# 花冠病毒
## 화관바이러스

본 장편소설은 중국 작가협회 현대문학정품 외국어번역 지원 작품입니다.

# 花冠病毒

## 화관바이러스

비수민畢淑敏 지음 / 김연난 옮김

學古房

내가 좋아하는 말이 있다. ─ 나무는 너무 빨리 자라면 못쓴다. 1년생은 땔감으로밖에 못쓰며 3년이나 5년생은 책걸상을 만드는 데나 쓰이며 10년 100년 자란 것이라야 기둥이나 대들보가 될 수 있다. 하기에 무엇이나 마음을 다스리며 내실을 다지면서 때를 기다려야 하는 법이다.

2003년, SARS바이러스가 몰고 온 급성 호흡기 증후군이 베이징을 강타하여 전염병 발생 상황이 심각한 단계에 이르렀었다. 그때 필자는 중국 작가협회의 파견을 받아 사스에 저항하는 최전방에 심입하여 취재하게 되었었다.

나는 특수 제작한 방호복 차림으로 시체 소각로 앞에 머문 적이 있다. 당시 나는 사스 바이러스와 그토록 근거리에서 접촉하다 보니 그 냄새를 맡을 수 있을 것만 같았다. 물론 바이러스는 냄새가 없다. 그때 내가 맡은 것은 환자의 배설물과 소독약이 혼합된 냄새였을지도 모른다. 시체 주머니는 밀봉이 단단히 되어 있었으니 실제로는 그 냄새도 맡을 수 없었을 것이다. 그때 내가 맡은 것은 공포에 떨던 나 자신의 상상이었으리라.

함께 파견된 보고문학 작가는 진작에 작품을 내놓았다. 하지만 나는 오래도록 표현할 수 있는 적절한 받침점을 찾지 못해 펜을 들 수 없었다. 그로부터 장장 8년이 지나서야 나는 이 바이러스와 관계있는 소설을 집필하기 시작했다. 때는 내가 처음으로 최전방을 밟던 날에서 이미 수천의 낮과 밤이 지난 시점이었다.

꿈속에서 몇 번이나 바이러스를 만났던지 모른다. 그것은 그토록 또렷하고 선연했다. 손을 내밀면 그의 곱슬곱슬한 변두리와 화려한 입자들을 만질 수 있을 것만 같았다. (역시 나의 상상의 산물이었다.)

이것은 순전히 허구의 소설이다. 공상 과학소설의 범주에 포함시키면 어떨까 싶은데 그쪽에서 받아 줄지 모르겠다.

나는 인류와 바이러스는 기필코 한차례 처절한 싸움을 벌일 것이라고 믿는다. 치열한 육박전이 있을 것이고 누가 이길지는 아직 미지수다.

나는 독자들이 소설의 너무 디테일한 기술적 부분에 집착하지 말기 바란다. 노파심에서 말해 두지만 설산에서 온 광천수에 대해서도 공포감을 가지지 말기 바란다. 재차 강조하지만 멋대로 모종의 원소를 복용하지도 말기 바란다. 바이러스에 대해서도 지나치게 무서워할 필요가 없다. 이 소설을 사스에 짜 맞추지 말기 바라며 옌시가 중국의 어느 곳인지 찾아보지도 말기 바란다.

이 소설은 나의 '파텍필립'이며 나의 '티쏘'이다. 이 두 브랜드는 모두 세계의 명품 시계인데 내가 감히 그것들과 비교하는 것은 내가 서양 것을 숭상하거나 분수를 모르고 오만방자해서가 아니라 나의 극히 제한된 시계에 관한 지식으로도 이 두 브랜드가 완전히 수공으로 제작된 명품이라는 것을 알고 있기 때문이다. 비록 여태껏 국산 시계를 차고 있기는 해도 나는 난감하게도 중국의 수공예품 시계에 대해서는 전혀 모른다.

여기까지 쓰고 난 뒤에야 나는 중국의 완전히 수공으로 제작한 첫 투르비용 손목시계에 '중화 제비'라는 멋진 이름이 있다는 것을 검색해 냈다. 그러니 이 책은 나의 '중화 제비'이기도 하다.

좋은 소설을 쓰는 과정은 좋은 시계를 만드는 과정과 흡사하다고 생각된다. 나는 전반은 의사로 보냈고 후반에도 몇 년간 심리의사 노릇을 한 적 있다. 그래서인지 나는 줄곧 인간 생리의 상사성과 인간 정신의 거대한 차이성에 빠져서 헤어 나오지 못하고 있다. 최대한 정확하게 이 차이점들을 해부하고 묘사하면서 깊이 숨어 있는 논리성을 찾아내려고 끊임없는 노력을 해 왔으며 계속 노력하는 중이다. 줄거리와 이야기의 보일락말락 하는 끊김과 이어짐 속에서 인간 본성의 풍부함과 불가사의를 캐내려 했다. 저녁에 울리는 북과 새벽에 치는 종소리를 들으며 하루하루 최선을 다하며 한 점의 흐트러짐도 용납하지 않았다.

이 책은 종잇장들에 인쇄 잉크를 발라 찍어 낸 문자들이 아니라 나의 시간들이 깃들어 있는 결과물이다. 이 시간들은 내가 이 문자들을 쓰느라고 허비한 새벽과 자정의 집합만을 의미하는 것이 아니며 나의 체력과 뇌력의 소모만을 말하는 것도 아니다. 나의 노심초사와 손가락 경련뿐만 아닌 것은 더 말할 것도 없다. 아래의 요소들과 비교하면 이상의 것들은 그야말로 보잘것없는 티끌에 불과하기 때문이다.

이 책에는 나의 인생이 그대로 녹아 있다. 내가 젊은 시절 티베트에서 마신 매 한 모금의 눈 녹인 물, 내가 의사로 근무할 때 위급한 환자를 구급하기 위한 매 한 번의 심장 안마, 피 공포증에 떨던 때로부터 일상사로 여기게 만든 매 일분일초의 주시走時, 사망에 이르는 환자들에게 보낸 나의 따뜻한 응시로 맞이한 고별 등등… 이 책에는 또 지구를 돌던 나의 기나긴 여행의 발자취, 지나간 시절과 미래의 세계에 보내는 나의 추억과 전망, 그리고 망망한 우주에 대한 나의 호기심과 환상이 깃들어 있다.

이 소설 집필 과정에서 나의 손가락들이 집단 반란을 일으켰다. 약속이나 한 듯 동시에 여러 손가락에 건초염이 발병했다. 컴퓨터 키보드의 자판 하나하나가 뾰족한 들풀 씨앗이라도 되기나 한 듯, 두드릴 때마다 열 손가락 관절과 팔목이 동시에 아픔에 시달렸다. 나는 자신에게 속삭였다 — 버텨야 한다. 이 이기적이고 욕망이 팽배한 괴이한 세상에서 근면하고 정직하고 용감하게 살아가는 사람들이 있으니. 나는 자신의 성실한 노동으로 그들 속에 녹아들고 싶었다.

스스로 독자가 되어 본다. 만약 자신의 심정을 관찰하면서 이 책을 읽는다면 대부분 장절들은 당신을 걱정하고 긴장하게 할 것이다. 그나마 에필로그에 가면 마음의 평화와 안정을 찾게 될 것이다.

나를 최전방에 파견한 중국 작가협회의 신임에 감사를 드린다. 그 살벌한 나날에 따뜻한 관심을 나에게 기울여 준 베이징 작가협회도 잊을 수 없다. 그때 베이징 작가협회에서는 일부러 차를 보내 나를 실어다 주었었다. (당시 거리에는 택시는 이미 보이지 않았고 대중교통도 극히 적었다.) 특히 전염병 전문병원의 생과 사의 최전방에서 분투하던 의사들과 간호사들에게 감사를 드린다. 그들이 나에게 과학적이고 생동하게 사스의 과정과 경과를 설명해 주었었다. 나에게 최신 약학 지식을 제공해 준 군사의학 과학자들에게 감사드린다. 사스에 감염된 환자분들에게 충심으로 감사를 드린다. 그들의 눈물 어린 체험과 서술을 통해 나는 자기가 겪은 것처럼 생생하게 그 공포스러운 장면들을 감지할 수 있었다. 외교부 부장, 국가 기상국 수석전문가, 저명한 사회학자 그 외에도 수많은 분들의 접견과 진솔한 담화에 감사를 드린다.

이 책의 담당 편집자인 셰부저우謝不周 여사에게 감사드린다. 셰 여사의 지극히 전문적인 문학적 건의는 나에게 큰 도움을 주었었다. 여사님의 정열적인 직업 정신과 빈틈없이 올바른 자세를 추구하는 모습은 나를 끊임없이 편달하고 독촉하여 앞으로 나아가게 했다.

후난 문예출판사, 중난 박집천권博集天卷의 벗들에게 감사드리며 나에게 격려와 도움을 주신 모든 분들에게 감사를 드린다.

이 소설은 오랫동안 누적해 왔음에도 불구하고 땔감에 지나지 않는다. 비록 땔감일지라도 짧은 순간이나마 아름다운 불길로 타올랐으면 하는 바람이다. 나의 마음속으로부터 우러나오는 따뜻함이 전달되었으면 좋겠다.

캐나다 북부 산간 지대를 여행하면서 나는 하룻밤에 두 번이나 오로라라 불리는 북극광을 봤다. 푸른색 오로라 외에 붉은색도 있었다. 다들 북극광은 천당으로 통하는 계단이라고들 한다. 붉은색 북극광을 본 사람에게는 배가 되는 행복이 있을 거라고 한다.

모든 벗들과 붉은 북극광을 나누고 싶다.

북극광은 사실 행복과 아무런 관련이 없다. 몸과 마음이 돌연적인 변고를 당해, 이 책에서 묘사한 것과 다를 것이 없는 그런 극단적인 상황에 처했을 때 궁극적으로 의지할 수 있는 것은 당신의 내적 에너지뿐이다.

행복은 당신의 심신의 선량하고 아름답고 단단한 곳에 있을 뿐이다.

비수민
2011년 12월 19일

번역에 입문한 지 어언 수십 년, 이름 석 자가 찍힌 책들도 심심찮게 펴냈지만 역자 서문 의뢰는 처음이다. (고작해서 약력 정도나 올려주었었다.)

황송한 마음은 일단 접어두고 이 책을 옮기게 된 경위부터 말한다면 이 작품은 중국 작가협회에서 주관하는 〈중국 당대 우수작품 대외 번역 프로젝트〉 입선작이다. 이 프로젝트는 대략 한국문학번역원의 번역지원과 비슷하다고 생각하면 될 것이다. 물론 썩 늦게 시작되었지만. 번역에 관한 한 전국적인 굵직굵직한 상이며 나라 내부의 지원은 여러 번 받은 적 있지만 이런 대외 지원은 처음이라 적잖게 심장이 뛰었던 것도 사실이다. 하다면 더 유명한 작가들도 있겠는데 왜 비수민을 골랐는가? 그것은 내가 비수민 작가의 찐팬이기도 하지만 전국적인 작가들 가운데서는 그녀가 유일하게 잘 아는(물론 나 자신의 일방적인 감각일지도 모르지만) 작가이기 때문이기도 하다.

나와 비수민 작가의 인연은 1989년으로 거슬러 올라간다. 당시 연변 TV 방송국의 추천으로 나는 중국에서 작가를 양성하는 최고학부 격인 노신문학원의 제1기 번역 연수반 학원이 될 행운을 얻었었다. 외국어 대상이 아니라 국내 여러 소수민족 언어 중국어 번역 인재 양성을 목적으로 한 연수반이었는데 위구르족, 몽골족, 카자흐족, 따이족 등 인구가 많은 민족들, 그리고 윈난성 등 변강에서 온 진정한 소수민족(인구가 몇 만밖에 안되는 민족도 있었다) 학생들과 함께 옌볜과 헤이룽장성에서 온 4명의 조선족 학생이 참가하였었다. 총 학생 수는 30명이 못 되었던 것으로 기억된다. 그때 노신문학원에는 우리 연수반을 내놓고도 베이징 사범대와 함께 꾸리는 작가반(대학원) 학생들도 있었다. 저명한 작가를 모셔 강연을 듣는 것이 주요한 수업내용이었는데 그때마다 전체 학생들이 모여 경청하였었다. 그때 작가반에는 후에 노벨상을 받은 모옌을 비롯하여 비수민, 류전윈, 위화, 옌거링, 츠즈졘 등 청년 작가 40명이 있었다. 당시 그 많은 작가들 가운데서도 비수민에게 제일 눈길이 갔던 것은 그녀의 티베트 고원에서의 여군 생활을 묘사한 소설을 감명 깊게 읽었기 때문이었다. 어쨌든 함께 얘기도 나누고 당시 수도 철강회사 의사였던 그녀와 손금도 봐달라고 하면서 나름대로 접촉이 있었지만 그녀가 나를 기억하기는 바라지 않았었다. 모옌도 당시에는 유명하지 않았는데 하물며 변강의 작은 TV방송국 PD였던 나야 더 말해 무엇하겠는가.

하지만 정작 나라적인 번역 지원 프로젝트에 신청하려니 제일 먼저 떠오른 것이 비수민 작가였다. 책이나 정보의 홍수 시대에 살면서 나에게는 고질병이 되다시피 한 습관이 하나 있다. 많은 작가의 그 많은 책을 다 사지 못할 바에는 내가 좋아하는 중점 작가의 책만이라도 체계적으로 사려는 습관. 한국 작가로는 박완서, 이문열 등이었고 중국 작가 중에서는 단연 비수민이었다. 비수민의 소설은 물론 그녀의 방대한 양의 수필집도 거의 전부 소장하고 있다. 물론 다 읽어봤다고 하긴 부끄럽지만 적어도 소설만큼은 전부 읽었다고 하여도 과언이 아니다. 문학은 물론 심리학까지 전공한 작가의 작품이어서인지 그녀의 작품은 언제나 나에게 깊은 감명을 주었었다. 규정에 따르면 신청하기 전에 작가의 동의서를 받아야 했다. (문학번역원에서도 초기에는 이런 규정이 있었다.) 일이 잘 될라고 그랬는지 업무상 연계가 있던 헤이룽장 조선족 출판사의 진훙창金洪昌 선생에게 글쎄 비수민 작가의 연락번호가 있지 않겠는가. 조마조마한 마음으로 건 전화를 비수민 작가는 친절히 받아주었고 잘은 기억하지 못하지만 그때 조선족 번역가가 있었던 것은 기억한다면서 흔쾌히 동의서를 써주었다. 그런데 2017년에 신청한 프로젝트가 사드로 인한 중한관계 냉각기를 겪다 보니 1년 넘게 감감무소식이었다. 희망이 없다고 마음을 내려놨을 즈음 2019년에 선정이 되었다는 통지를 받게 되었다. 그때 신청한 작품이 이 〈화관바이러스〉였는데 연말에 진짜 바이러스 사태가 터질 줄이야. 비수민 작가의 수술 메스보다도 더 예리한 묘사를 보면서 그녀의 번뜩이는 예지력에 감탄하지 않을 수 없다.

한국문학번역원에서 선 지원, 후 출판사 지정인 데 반하여 후발주자인 중국에서는 한국에서 번역서를 내줄 출판사도 미리 찾아야 했다. 이제껏 한국 작품을 중국에서 출판하던 나로 말하면 이것 역시 난제가 아닐 수 없었다. 이때 구원자처럼 등장한 나의 후배 서난류 여사(지린성 출판부문의 책임적 지위에 있었다.)의 소개로 학고방의 고마운 분들을 만나게 되었다. 하운근 사장님은 아무런 면식도 보장도 없는 상황에서 흔쾌히 출판계약서를 보내주셨고 명지현 팀장님을 비롯한 편집자분들은 나의 서툰 원고(비록 한국어과 교수이고 한국 소설 애독자이긴 하여도 필경 이국에서 생활하다 보니 많은 표현이 생경하리라 사료된다)를 알뜰히 다듬어 주셨다. 특히 교정을 맡으신 정성우 님은 구두점 하나, 맞춤법 하나도 놓치지 않으시고 정성들여 깐깐히, 깨끗하게 원고를 마무리해 주셨다. 하여 갖은 파란과 곡절을 딛고 이 〈화관바이러스〉가 드디어 세상에 나오게 되었다. 오늘 이 기회를 빌려 여러분들에게 충심으로 되는 감사를 드리는 바이다.

문학 작품의 최종 평판자는 독자 여러분이다. 이제 곧 한국 독자들에게 선보이게 된다고 생각하니 약간 생뚱맞게 중국의 속담 하나가 생각난다. "못생긴 며느리도 언젠가는 시부모를 뵈어야 한다." 주사위는 던져졌다. 내가 사랑하고 존경하는 비수민 작가에게 누가 되지 않고 여러모로 도움을 주신 분들에게 죄송하지 않았으면 하는 바람이다.

만약 당신이 고등학교 정도의 화학 지식을 소유하고 있지 않다면 이 소설을 읽기 좀 어려울지도 모른다.

만약 당신이 대학교 이상의 의학지식을 소유하고 있지 않다면 이 소설을 읽기가 약간 껄끄러울지도 모른다.

하지만 당신이 대학원생 이상의 심리학 지식이 없다 해도 소설을 읽는 데는 아무런 곤란이 없을 것이다.

당신에게 용기와 책임감이 결여되고 환경 위기감이 없다면 이 소설을 읽기가 아주 어려울 것이라 생각된다.

당신에게 휴머니즘 정신이 없다면 차라리 이 소설을 읽지 말고 던져 버리라.

이 소설은 전적으로 허구이며 소설에서 묘사한 정경이 영원히 발생하지 않았으면 하는 바람으로 쓴 것임을 말해 둔다. 하지만 의학과 창작을 동시에 업으로 하는 필자는 인류가 언젠가는 바이러스와 혈투를 벌일 것임을 굳게 믿는다. 소설 속의 전문가가 말한 것처럼 이 싸움에서 누가 이기는가 하는 것은 아직 미지수이다. 이 소설을 읽어 둔다면 어느 날 정말로 전염병에 걸린다 하더라도 당신이 목숨을 건지는 데 약간의 도움이 될지도 모른다.

소설에서 묘사한 신비한 항바이러스 효능이 있는 약 가루는 탄탄한 의학적 원리에 입각한 것이기는 하지만 마음대로 사용하지는 말기 바란다.

비수민

# 프롤로그

화관바이러스 습격을 받은 옌시燕市, 일 사망자 수 100명 돌파. 하지만 방역지휘부의 공식 발표 수는 단 25명.

2008년 9월 2일, 벨기에 브뤼셀, 유럽 의회 특별회의에 참석한 국회의원들은 저마다 안전모를 착용하고 있었다. 그것은 천장 판넬이 떨어질까 봐 두려워 그러는 것이라 한다. 실제로 이 해 8월 13일에 이런 일이 생긴 적이 있었다. 천장 판넬이 희한하게도 천장에서 떨어져 내렸던 것이다.

2009년 10월 17일, 인도양의 섬나라 몰디브에서 전체 내각 성원들─대통령을 포함한 지도자들이 전부 잠수 장비를 착용하고 인도양 바다 밑에서 '수중 내각회의'를 개최했다. 그들은 바다 밑에서 결의서를 채택했는데 기후의 변화가 자신들의 보금자리인 이 섬나라에 가져올 위협을 부각하기 위해서라고 했다. 수중 회의의 상징적인 의미인 즉, 만약 세계 여러 나라가 능동적으로 기후 변화에 대처하지 않는다면, 빙하가 소실된 영향으로 상승한 해수면 때문에 몰디브는 결국 바다에 가라앉은 해저 국가가 될 상황이라는 것이었다.

2009년 12월 4일, 24명 네팔 내각 구성원들이 세계 최고봉인 에베레스트 산 해발 5,242m의 한 캠프에서 회의를 열었다. 세계에서 가장 높은 내각회의라는 데는 그 누구도 토를 달 수 없을 것이었다. 헬리콥터를 타고 회의 장소에 이른 내각 성원들은 저마다 두툼한 방풍 방한복을 껴입고 산소마스크까지 착용한 차림새였는데 기후변화가 히말라야 산맥에 끼치는 영향을 전 세계에 알리기 위함이라고 했다.

20NN년 3월 3일, 중국 옌시에서 소집된 시장 긴급회의에서는 모든 참

석자들이 특수 제작된 방역 헬멧을 쓰고 있었다. 표정도 볼 수 없는 상태에서 회의 참석자들은 방역 지휘부 총지휘관 웬자이춘袁再春의 상황 보고를 엄숙히 청취했다. 무시무시한 전염병이 들불처럼 옌시에서 번지고 있었다. 방역 최전선에서 회의 장소로 직행한 웬자이춘의 몸에 바이러스가 묻어 있을지도 모르는 일이었다. 옌시 수뇌부의 절대적인 안전을 담보하기 위해서는 그 어떤 예방 조치도 과하다고 할 수 없었다. 그래서 회의 참석자 모두에게 반드시 헬멧을 착용할 것을 요구한 것이다.

시장 천위슝陳宇雄이 입을 열었다.

"오늘 회의에서 토의할 사안은 사안이 사안이니 만큼 한 번 더 강조하겠습니다. 반드시 비밀을 엄수하며 자신의 부모나 자녀들에게도 하나라도 말 해서는 안 됩니다. 모든 매체들은 더 말할 것도 없고요, 한마디로 티끌만 한 실수도 용납하지 않는다는 의미가 되겠습니다."

헬멧들이 일제히 머리를 끄덕였다. 헬멧에 가려진 표정들이 어떤지는 누구도 가늠할 수 없었다. 헬멧에서 고무 냄새 비슷한 고약한 냄새가 나서 착용자들은 질식할 지경이었다. 의사 출신의 관록 있는 전문가로 옌시의 과학 문화 위생 사업을 주관하는 부시장이기도 한 방역 총지휘관 웬자이춘이 허스키하고 푹 잠긴 목소리로 브리핑을 시작했다.

내력이 불분명한 병원체가 옌시를 강타하고 있다. 병원체를 임시방편으로 화관바이러스로 부르기로 한다. 주요한 증상은 열이 나고 기침이 나며 가래에 피가 섞여 나오고 설사를 하다가 전신의 모든 계통이 붕괴되는 것이다. 병에 걸린 환자가 이미 수천에 달하며 사망자 수가 수백을 기록하고 있다.

하지만 이런 내용은 옌시의 지도적 위치에 있는 사람들에게 생소한 상황은 아니었다. 그렇다면 불시로 긴급회의를 소집한 것은 무언가 새로운 상황이 발생했기 때문일지도 모른다.

"3월 2일, 24시간 내의 사망자 수가 세 자리 숫자를 돌파하여 101명에 달했습니다. 문제는 이 상태를 어떻게 시민들에게 통보해야 하는가입니다." 웬자이춘이 회의 참석자들에게 물었다. 방역 총지휘관으로 그는 매일 매체들에 상황을 통보해야 하는데, 사망자 수가 시민들의 최대 관심사였기 때문이다.

이 시각 이전까지의 통보는 사실 그대로의 내용이었다. 대중들은 모든 것을 투명하게, 실시간으로 통보할 것을 바랐기 때문이었다. 이 시각 이전까지는 옌시의 모든 상황들이 그런대로 평온함과 나름대로의 질서를 잃지 않았다고 해야 할 것이다.

천위슝이 은근히 재촉하는 듯 말한다.

"여러분들의 의견은? 참석자 전원이 태도 표시를 해야 합니다. 기권은 없습니다."

절반 이상의 사람들이 사실대로 통보할 것을 주장했다. 절반이 채 못되는 사람들이 사망자 수에 대해서 기술적인 처리를 해야 한다는 주장을 내놓았다.

천위슝이 채근했다.

"아리송한 말은 그만두고, 기술적인 처리란 도대체 어떤 것입니까?"

다들 입을 다물었다. 하는 수 없이 웬자이춘이 말을 받았다.

"그거야 뭐, 약간 숨기자는 거지요. 즉 사망자 수를 축소하자는 겁니다." 그는 기술적 처리를 주장하는 일파의 적극적인 창도자가 된 것이나 다름 없었다.

천위슝이 다그쳤다.

"그렇게 주장하는 이유를 말해 보시오."

새하얀 의사 가운 차림의 웬자이춘이 서두르지 않고 말을 이어 나갔다.

"우리에게는 눈앞에 닥친 화관바이러스에 대처할 백신이 없습니다. 단순히 의지나 믿음, 즉 깡으로 버티는 거죠. 지금까지의 경험으로 보면 회복될 가능성이 큰 환자들은 대개 데면데면한 성격으로 화관바이러스가 얼마나 무서운지 전혀 모르는 사람들입니다. 전혀 모르니 낙관할 수도 있을 겁니다. 하지만 상황을 제대로 알고 근심에 잠기는 사람들은 사망할 가능성이 상대적으로 큽니다. 따라서 지금 이 단계에 시민들이 모든 것을 알 필요는 없다는 판단을 했습니다. 시민들이 화관바이러스로 인한 사망자 수를 모른다면 병에 걸려도 살아남을 가능성이 그나마 늘어날 것으로 생각됩니다. 굳이 은폐하자는 것이 아닙니다. 은폐할 필요도 없고요. 평생을 의사로 살아오다 보니 환자와 환자 가족들에게 어떤 방식으로 말해야 하는지를 잘 압니다. 어쩌면 나는 이 세상에서 거짓말을 제일 많이 한 사람일지도 모르겠지만 양심만은 떳떳합니다. 3월 1일만 해도 사망자가 35명이던 것이 단 하루 만에 세 배의 속도로 급증했습니다. 이것은 전염병이 급격히 창궐하기 시작하는 신호탄으로 볼 수 있습니다. 지금 병원에는 생명이 위급한 중환자들이 수두룩하니 감염자 중 일부의 사망은 불가피할 것으로 보입니다. 이제부터는 화관바이러스 사망자 수는 날마다 백을 웃돌 것으로 예상됩니다. 그때가 되면 우리는, 자연에 떠도는 화관바이러스뿐만 아니라 사람들 마음속에 자리 잡은 화관바이러스까지 직면해야 하겠지요. 그 결과가 옌시의 전면적인 붕괴로 나타날 지도 모릅니다.”

그렇지 않아도 풍상*이 옅게 스며드는 노쇠한 목소리가 방역 헬멧을 거쳐 나오니 더욱 차갑고도 괴이했다.

회의 참석자들은 서로 둘러보았으나 헬멧에 가리어 표정을 가늠할 수 없다. 하지만 누군들 서로의 심정을 모르랴.

천위숭이 침묵을 깼다.

“웬 지휘관의 뜻인즉, 한 방면에서 우리가 아무것도 할 수 없다면 차라리 그 문제를 가볍게 넘겨 버리고 우리가 뭔가를 할 수 있는 다른 방면에 모든 역량을 집중하자, 대강 이런 뜻이겠지요?”

시장이 자신의 견해를 내놓지는 않았지만 누구나 그의 말뜻을 헤아릴 수 있었다.

하지만 진상을 은폐할 수 없다고 끝까지 주장하는 사람도 있었다. 그는 시 공산당 위원회 서기 보좌관인 신다오辛稻였다. 서기가 병상에 누워있으니 그를 서기 대변인으로 보는 사람도 있었다.

“심각한 상황을 거짓으로 통보한다니, 이 얼마나 나라와 인민을 해치는

---

* 고생을 많이 겪은 것을 바람과 서리에 비유하는 말

행실입니까! 그렇게 한다고 해도 최종 책임은 누가 진단 말입니까?"

웬자이춘이 몸을 일으켰다. 사실은 구태여 일어설 필요가 없는 일이었다. 회의 참석자들의 앞에는 각도가 잘 맞춰진 효과가 정밀한 마이크가 비치되어 있으니. 일어서니 되레 목소리가 멀어져서 깊은 동굴에서 울려 나오는 소리처럼 변했다.

"대중이 위험성을 인지하는 것은 아주 복잡한 과정입니다. 지금 상황이 끊임없이 악화되기에 우리는 비상조치를 취해야만 합니다. 다시 말해 책임을 감당해야하기 때문에 평상시와는 전혀 다른 담력과 책략이 있어야 한다는 말이 되겠습니다."

신다오도 불쑥 일어섰다. 웬자이춘과 대등한 자세를 취하려는 것인지, 아니면 선배에 대한 존중에서 우러나오는 것인지는 알 수 없었다. 그는 키가 작은지라 몸을 일으켜도 웬자이춘처럼 닭 무리에 서있는 학 같은 느낌은 없었다. 목소리도 키에 걸맞게 평온했다.

"이런 책임을 질 수 있는 사람은 여기에 없을 겁니다. 지금 우리는 매일 두 종류의 숫자를 마주해야 하지요. 하나는 부정적인 소식들, 즉 새로운 발병자와 누적된 발병자의 증가, 새로 늘어난 의심 감염자와 누적된 의심 감염자 수, 새로 늘어나거나 누적된 사망자 수, 격리 인원수 등등이죠. 다른 한 종류는 새로운 치유중인 환자 수와 병이 나아 퇴원한 사람들의 수 등등, 말하자면 긍정적인 지표인 셈이지요. 우리 눈앞의 상황에 긍정적 지표는 제로인데, 부정적 지표를 뜯어고치고 분식하자는 것이 맞죠? 진상이 폭로되기라도 한다면 정부에 대한 공신력이 얼마나 추락할지 생각해 보시기는 했습니까?"

웬자이춘이 차갑게 응수했다.

"누구는 거짓말을 하고 싶어 하는 줄 아십니까? 진실이 거짓보다 더 해로울 경우, 우리는 어쩔 수 없이 거짓을 선택할 수밖에 없다는 겁니다! 누구든 지위고하를 막론하고 진실을 말하는 동시에 바이러스를 이길 수 있을 거라는 대중의 신념을 유지시킬 수 있다면 나서 보십시오. 저의 이 총지휘관 자리를 달갑게 내어드릴 테니."

좌석의 분위기가 삽시에 팽팽해졌다. 이런 천균일발*의 순간에 바보가 아닌 다음에야 누가 재수 없기 짝이 없는 방역 총지휘관의 감투를 탐하겠는가? 난감한 분위기를 누그러뜨리려고, 또 웬자이춘에 대한 지지를 표하려고 민정국장이 다른 화제를 꺼내었다.

"지금 화장터의 소각로는 모두 과부하 상태인데다 어제 소각로 하나가 망가져서 폐기처리 됐습니다. 그 때문에 화관바이러스 사망자의 시체가 적치되기 시작했습니다."

상업국장이 토를 달았다.

"물자 공급이나 장비의 비축도 상당히 부족합니다. 대규모의 사재기 바람이라도 일어난다면 상점들이 텅텅 비게 될 형편입니다."

의약국장이 기회를 놓칠세라 끼어들었다.

"약품도 크게 부족합니다." 그의 얼굴에 씁쓸한 웃음이 피어올랐다. "물론 약품이 있다고 해도 이 신종 바이러스에는 거의 효과가 없긴 하지만요. 하지만 약품이 있으면 없는 것보다는 낫지 않겠습니까. 플라세보로 쓴다고 해도 말입니다. 어쨌든 약물을 복용하면 희망이라도 생기니까요."

경제 책임자가 말했다.

"금년 1/4분기의 GDP 하락은 기정사실화되었습니다."

그나마 공안 부서의 보고가 괜찮은 셈이었다.

"바이러스에 감염될까 봐 두려워서인지 좀도둑들이 뿔뿔이 고향으로 돌아가 버리거나 집에 틀어박혀 있어서 범죄율이 하락하는 추세입니다."

모두들 돌아가면서 보고를 마치자 웬자이춘이 재차 발언했다.

"만약 정녕 누군가가 역사 앞에 책임을 져야 한다면 저 웬자이춘이 모든 책임을 달갑게 지겠습니다. 사망자 수를 허위 보고하자는 주장은 제가 내놓은 것이니까요."

웬자이춘의 태도 표시에 천위슝은 가타부타 말이 없다. 그저 자기의 말

---

* 한 가닥의 머리카락에 매우 무거운 물건을 매어 끄는 모양새로 매우 위험한 형국을 나타낼 때 쓴다.

만 강조할 뿐이었다.

"제가 방금 비밀 엄수의 중요성을 말했지요. 이 시각 이후부터 화관바이러스에 대한 모든 대외 브리핑은 웬 총지휘관 한 사람이 책임지는 걸로 하겠습니다. 모든 정보가 한 사람 입에서 나간다는 뜻입니다. 그 누구도 월권해서는 안 되겠습니다."

이날, 옌시 방역 지휘부에서는 다음과 같이 공표했다:

본 시에서 3월 2일에 화관바이러스 감염으로 인한 사망자 수는 25명으로 전날보다 10명이 감소되었다.

사람들은 기쁨에 넘쳐 서로 이 희망찬 소식을 알리었다. 모든 시민이 사기충천해졌다. 드디어 전염병을 이겨낼 서광이 비친 것이다.

# 제1장
# 연꽃 절취 의뢰

나더러 화관바이러스를 훔쳐오라면서 감히 그것을 연꽃이라고 묘사하다니?
당신의 정체는 무엇인가?
미국 중앙정보국인가, 아니면 KGB? 이도 저도 아니면 혹 모사드?

뤄웨이즈羅緯芝는 팔짱을 낀 채 창문 앞에 그린 듯이 서 있었다. 창밖의
이른 봄의 도시를 바라보는 듯하였지만 두 눈은 퀭하니 초점이 없다.

구급차가 비단을 찢는 듯 아츠러운* 소리를 내며 사거리를 질주한다.
경적을 미친 듯이 울려대지만 허장성세에 불과했다. 왜냐하면 텅 빈 거리
에는 행인이라곤 볼 수 없으니. 행인뿐만 아니라 가게마다 문을 꽁꽁 걸
어닫았고 음식점들도 쥐 죽은 듯 고요했다. 음식점을 찾는 고객도, 고객을
기다리는 셰프도 없다. 시름없이 피어난 꽃들과 그 꽃들이 흩뿌리는 향기
가 괴괴한 도시에 미약하게나마 생기를 보태 줄 따름이었다. 봄빛이 화사
한, 이처럼 좋은 날씨에 사람들은 약속이라도 한 듯 저마다 집구석에 처
박혀 있기만 했다. 그도 그럴 것이 이 시점에서 자기를 꽁꽁 감추는 것이
제일 안전한 자구책이었기 때문이었다.

전화벨이 울린다.

멍을 때리던 뤄웨이즈는 화들짝 놀랐다. 멍하니 생각에 잠긴 사람은 깊
이 잠든 것과 다를 것이 없기 때문이었다.

"여보세요." 수화기를 든 뤄웨이즈는 기계적으로 한마디 했다.

---

* 결이 날카롭고 신경을 자극하여 듣기 싫은 소리

"안녕하세요. 뤼웨이즈 씨 맞죠? 예술가 협회에서 연락드렸습니다."상대는 여자였는데 목소리가 간절해 보였다.

"아니, 거긴 아직도 출근하나 보죠?"

뤼웨이즈는 진짜로 놀랐다. 지금이 어느 때인데. 전염병이 살판 치고 있으니 서민의 생계와 직결되는 극히 제한된 부문만 그럭저럭 돌아가고 있을 뿐, 기타 기관들은 문을 닫아 건 지 오래였기 때문이었다. 예술가 협회는 어느 모로 보아도 중요한 기관 축에 끼일 처지는 아닐 텐데. 보아 하니 협회 사람들은 직분에 충실한 나머지 생사 같은 것은 도외시하는 것이거나 특수한 사명을 띠고 있는 것, 둘 중에 하나일 것 같았다.

"출근은 합니다만 직장이 아니라 집에서 사무를 봅니다. 저는 협회 비서 란완추이藍晩翠라고 해요. 긴히 말씀드릴 일이 있어 전화했는데 혹 방해가 되지나 않으실지 … " 달콤한 음성을 가진 여성이었다.

너무나 무료하고 심심하던 차라, 방해라도 하는 사람이 있다는 것이 신선한 자극으로 다가왔다.

"전화 주셔서 반갑습니다, 비서님. 그런데 전염병이 이렇게 심각한데 그쪽에서 무슨 일을 할 수 있나요?"

"듣자니 화관바이러스라 하데요. 이름은 예쁜데 어쩜 이렇게 지독한지 모르겠어요! 많은 사람들이 목숨을 잃었는데 백신은 고사하고 전파 경로도 파악 못했다나 봐요. 이렇게 나가다간 걷잡을 수 없는 지경에 이를지도 몰라요."

란 비서는 불손한 말투에 개의치 않고 차분히 말을 받았다.

두 사람은 화관바이러스를 화제로 이야기를 나누었는데 자신이 하는 말을 상대방도 이미 알고 있음을 눈치 챘다. 그도 그럴 것이 지금 소식을 알 수 있는 경로가 방역 총지휘관의 브리핑 말고는 없지 않던가. 하지만 이 시점에서 화관바이러스를 빼놓고 과연 무슨 이야기를 나눌 수 있으랴. 떠도는 뜬소문이나 유언비어를 전파할 것인가? 예를 들자면 간장을 마시면 병을 예방할 수 있다는 소문이 도는 바람에 시중에는 간장이 바닥난 지 오래였다. 여기 생각이 미치자 뤼웨이즈는 쓴웃음을 지었다.

"우리 집은 간장 한 병도 손에 넣지 못했지 뭐예요. 집에서 쓰던 진간장도 동이 나서 지금 때마다 색깔이라곤 전혀 없는 반찬을 먹는데 꼭 오래된 결핵 환자의 창백한 얼굴 같다고요."

란완추이가 한숨을 쉬었다.

"뤄 작가님은 의학적 배경지식이 있는 분이시라 다르긴 다르군요. 어쩜 폐결핵이 생각하셨을까."

뤄웨이즈가 그녀의 말을 바로잡는다.

"폐결핵은 아니에요. 폐결핵은 바이러스의 영향으로 얼굴이 창백하기는커녕 오히려 발그스레한 홍조를 띠거든요, 그것이 병적이긴 하지만. 제가 말하는 건 다른 결핵이에요. 이를테면 골결핵이라던가 자궁 같은 부위 말이에요. 후자는 중의들이 건혈루干血癆라 칭하는 생식기 질환이지요. 생각해 보세요, 피가 다 말라버리는 판에 안색이라고 좋겠어요."

예까지 말하고 나서 뤄웨이즈는 너무 나갔다는 감이 들었다. 간장 얘기를 하다가 건혈루라니, 준비 없이 듣는 사람은 얼마나 거북할까.

그나마 란 비서가 화통한 사람이어서 다행이었다. 전혀 개의치 않고 되레 걱정하는 어투로 물었다. "마침 저희 집에 간장이 두 병 있어요. 제가 한 병 드릴까요?"

이 말에 뤄웨이즈는 어지간히 감동했다. 생면부지인 사이에 그 귀한 것을 서슴없이 나눠주겠다니. 물론 집에 소금이 넉넉히 있긴 하지만 따뜻한 마음이 느껴져서 고마웠다. 시시껄렁한 이야기만 주고받다가 문득 짚이는 게 있었다. 이렇게 급한 시기에 불쑥 전화를 걸다니, 중요한 일이 있는 게 틀림없었다. 빙빙 에두르기만 하는 걸 보아 쉽게 꺼낼 얘기가 아닌 것 같았다. 만약 아는 사이였으면 뤄웨이즈는 이렇게 말하며 진작 재촉했을 터였다.

"할 말이 있으면 바로 하세요, 빙빙 돌려 말하지 마시고."

하지만 면식도 없는 사이에 차마 그럴 수는 없어서 주제가 이끄는 대로 주거니 받거니 시간을 때울 수밖에 없었다. 목마른 놈이 우물을 판다고, 때가 되면 말하겠지.

아니나 다를까, 란 비서가 끝내 전화한 뜻을 비쳤다.

"이번 전염병은 기괴하기 짝이 없는 같아요. 지도부에서 특별취재단을 묶어 1선에 투입하려 하는데요. 각 분야의 전문가들로 조직되었고 곧 출발하게 돼요. 그런데 작가도 한 분 필요하대요. 의학적 배경이 있고 필력도 좋아야 한대요. 협회 책임자들이 전화 회의를 했는데 뤄 작가를 적임자라고 생각하고 있어요."

란 비서가 주저주저하면서 겨우 말을 끝까지 마무리했다. 전화선을 타고 마른침을 꼴깍꼴깍 넘기는 소리가 전해왔다.

한편 뤄웨이즈는 채찍에 호되게 한 매 얻어맞은 듯 등골에 소름이 쫙 끼쳤다. 손에 쥔 수화기가 땀으로 미끄러워지면서 하마터면 땅에 떨어뜨릴 뻔했다. 전염병이 살판을 쳐서 죽느냐 사느냐 하는 마당에 곧바로 출발해서 1선에 투입하게 한다니?

"저, 안 가면 안 될까요?"

첫 반응은 무의식의 소관이었다.

"작가분이 못하시겠다면 누구도 강요할 순 없어요."란 비서의 어조에는 실망감이 다분했다.

뤄웨이즈는 인정에 약한 사람이었다. 상대방이 강압적으로 나왔더라면 인정사정 볼 것 없이 단칼에 잘랐을 테지만 스스로 결정하라고 하니 되레 망설여졌다. 그래서 엉뚱한 물음을 내뱉고 말았다.

"그런데 왜 꼭 나여야만 하죠?"

란 비서는 총명한 사람이었다. 뤄웨이즈의 말속에 담긴 작은 틈바구니를 놓칠세라 파고들었다.

"이번 취재는 위험한 임무여서 참가자들은 모두 남성분들이고 여성은 한 사람도 없어요. 지도부에서 검토해 봤더니 그래도 여성이 있으면 좋겠다고 했나 봐요. 전 인류에 덮친 재난인데 여성들이라고 수수방관할 수는 없잖아요 …"

뤄웨이즈는 원리원칙을 질색하는 사람이라 이런 말이 먹혀 들 리 만무했다.

"아무리 그래도 천하에 널린 게 여자인데 제가 꼭 총대를 메야 할 이유가 없지요." 말하는 도중 전화기의 음색이 확연히 달라진 것을 느꼈다. 소리가 얇은 비닐 장막으로 감싸기라도 한 듯 아련하고 멀게 들려왔다.

"제 목소리 들려요? "그녀는 란 비서에게 물었다.

"네. 아주 또렷한데요. 왜요? 그쪽은 안 들리시나요?" 란 비서의 목소리는 가느다랗게 변했는데 그런대로 알아들을만했다.

"아, 이곳도 괜찮아졌어요."

사실, 여전히 흐리멍덩하게 들렸지만 그쪽에서 잘 들린다니 이쪽에서 정신을 가다듬기만 하면 대화는 이어갈 수 있을 것 같았다. 전염병이 유행하고 있으니 전화선이라고 고장이 안 날까, 신경 쓸 필요가 없을 것 같았다.

"방금 어디까지 얘기했죠?"

전화선 탓에 정신까지 몽롱해진 듯했다.

"아, 작가분께서 안 가셔도 된다고 하니 어째서 자기가 꼭 가야 하는지를 물으셨죠. 아무튼 참여할 의향이 없으시면 이유를 캐물으실 필요도 없겠죠."

란 비서는 뤄웨이즈가 음질의 변화 때문에 물은 말을 이야기를 그만두려는 핑계쯤으로 여기는 것 같았다.

뤄웨이즈는 왠지 기분이 찜찜해졌다.

"그래도 밝힐 건 밝혀야겠어요. 무슨 일이나 이유가 있어야 하는 거 아닌가요? 제가 가든 안 가든."

"좋아요. 그럼 지금부터 이유를 말할게요. 첫째, 작가분은 의대 졸업생이죠. 후에 또 법학 석사와 심리학 박사를 땄고요. 그러니 이 방면의 전문가라 할 수 있겠죠. 둘째, 작가분은 건강이 아주 좋은 편이지요. 전염병이 대유행하는 시기에 병자를 1선에 파견할 수는 없겠지요? 취재는 고사하고 자기 몸도 간수하지 못한다면 큰일이니까요. 셋째, 이 점은 깊이 얘기하지 않겠어요. 다들 작가분의 필력이 괜찮다고 하더군요. 앞의 두 조건을 갖추고 있더라도 글이 되지 않으면 이 취재단과 역사에 모두 유감을 남길

게 아니겠어요? 어때요? 이 정도면 작가분의 질문에 대한 답이 될까요? 만약 작가분이 만족하신다면 전화를 끊을까 해요."

란 비서의 어조는 변함없이 밝았지만 뤄웨이즈는 그녀가 이미 지쳤음을 느낄 수 있었다.

"잠깐만요, 제게 고려할 시간을 좀 주시겠어요?" 이때 뤄웨이즈는 수화기에서 바람이 스쳐 지나가는듯한 소리를 들었다. 음질이 불시로 떨어진 원인을 알 것 같았다.

"그러지요. 하지만 너무 많이 드릴 수는 없어요. 제일 길게 잡아도 한 시간이에요. 한 시간 내에 대답을 주세요." 란 비서는 사무적인 말투로 대답했다.

"왜요?"

전염병이 유행해서 그런지 시간도 얼어붙은 듯 느껴졌다. 사람마다 집 구석에 틀어박혀 옴짝달싹 않고 있는데 무슨 일이 이렇게까지 급할까 싶었다.

"이번 특별취재단의 명단을 이미 텔레비전 방송국에 넘긴 상태예요. 작가분의 약력과 사진도 들어있어요. 만약 작가분이 거부하시면 당장 사진과 약력을 내려야 하는데, 아직 한 시간쯤 여유가 있어요. 그 이상 늦추면 그대로 방송될 테니 그때 가서는 물러설 수 없지 않겠어요?"

뤄웨이즈는 어지간히 당황했다. 이거 그야말로 이판사판이 아닌가.

"제가 만약 동의한다면 어떻게 되죠?"

"내일 아침 차가 도착할 거예요. 작가분을 직접 방역 총지휘부까지 모셔다 드릴 차 말이에요. 그다음 일은 저도 잘 몰라요. 하지만 한 가지만은 명확히 말씀드릴 수 있어요. 즉 내일 아침 집을 떠나면 이 전염병을 이겨내기 전에는 집에 돌아올 수 없다는 점이에요. 출발한 시점부터 지속적인 격리 상태에 들어가는 거죠."

란 비서는 아주 엄숙한 어조로 토씨 하나 틀리지 않게 분명히 말했다. 이미 작성된 원고를 외우는 것 같았다.

"저, 다른 분들은 다 동의했나요?" 뤄웨이즈가 기어이 한마디 물었다.

"그럼요. 모든 사람들이 한결같이 동의했어요. 많은 것을 묻지도 않았고요."

뤄웨이즈는 시계를 보면서 말했다.

"하지만 저의 엄마가 편찮으시거든요, 암이 … 제게 시간이 얼마 남았죠?"

"만약 거절하실 거라면 30분 내에 저에게 전화 주셔야 돼요. 이 시간을 넘기면 취재단에 가입하는 것을 동의한 걸로 알겠어요. 방송국에서는 한 시간 후에 뉴스를 내보낼 겁니다."

란완추이는 지령대로 철두철미하게 움직이는 사람이었다. 모든 것을 상부의 지시에 따르는 우수한 요원인 셈이다. 지도부에서 어떤 지령이 떨어지든지 접수한 순간 천부적인 총명으로 그 요지를 파악하고 즉각 모든 행정적 자원과 경험을 동원하여 임무를 추호의 빈틈도 없이 꼼꼼하게 수행하는 유능한 요원. 언변이 청산유수인데다가 일을 실행하는 계획이 야무져서 누구든지 처음 접촉하는 사람은 실리카 겔 재질의 벽면과 마주하는 느낌이 들게 한다. 부드러운 듯하면서도 절대로 뚫을 수 없는 벽면. 반대편에서 무슨 말을 하든 맞받아칠 수 있고 요리조리 몰아붙여 상대를 막다른 골목에 이르게 하는 재간. 그녀는 부드러운 것으로 단단한 것을 이기는 전력에다 적당히 타협할 줄 아는 기교까지 갖춰 언제나 상부에서 맡겨준 과업을 뛰어나게 완수하곤 했다. 그녀는 언제나 민감하게 상대의 주저감과 망설임을 정확히 파악하며 용케 제일 적절한 타이밍에 상대의 사유의 틈바구니를 파고들곤 했다.

화관바이러스가 범람하면서 여러 기관들의 사무는 대개 재택근무로 바뀌었다. 란완추이는 이러한 방식에 정말 적응이 되질 않았다. 바이러스에 대한 두려움도 두려움이겠지만 상부에서 꼬리에 꼬리를 물고 내려보내던 지시가 끊기니 무엇을 어떻게 해야 할지 모르겠는 게 더 큰 문제였다. 집은 인간의 최후의 보루라 했다. 란완추이는 함께 사는 식구들에게 지령을 내렸다. 누구든 이 집에서 한 발짝이라도 나가지 말 것, 모든 밖의 일은 일체 내가 책임진다.

전염병이 급작스레 터진지라 집안에 가만히 앉아있으면 위험성이 피부에 와닿지는 않았다. 집이야 원래 그대로였고 아직까지 주변 환경은 안정적이었기 때문이었다. 거리에 나가서야 전염병이 사람들의 일하고 오락하는 모든 기쁨을 삼켜버렸음을 여과 없이 느낄 수 있었다.

뤼웨이즈한테서 어머니의 병세를 전해들은 란완추이는 "그럼 가지 마세요!"라는 말이 터져 나오는 것을 가까스로 참았다. 당신은 안 가도 돼요. 안 가겠다고 말만 하면 누구도 당신에게 강요할 순 없어요. 하지만 그녀는 결코 이렇게 할 수 없었다. 그녀한테는 지도부의 뜻에 위배되는 말을 할 권리가 없었으며 자신의 감정 따위를 개입할 권리는 더더욱 있어서는 안 될 권리였다. 그러니 그녀는 뤼웨이즈가 취재단에 참가하도록 최대한 설득했을 뿐만 아니라 조속히 합류하도록 독려할 수밖에 없었다. 그녀는 직업정신이 투철한 사람이기 때문이었다. 사무 장소는 바뀌었어도 사업의 질이 떨어져서는 안 되니까.

뤼웨이즈는 수화기를 내려놓았다. 그녀가 취재단 가입을 거절할 수 있는 시간은 이제 단 28분만이 남아 있었다. 인기척을 느끼고 돌아보니 어머니가 뒤에 서 있었다.

마른 몸매에 낯빛이 파리한 엄마는 암회색 홈웨어 차림이었다. 발자취 소리도 없어서 마치 그림자 같았다. 쇼트커트를 한 엄마는 어느 각도에서 보면 사내아이 같았다.

"엄마, 엄마가 내 전화를 도청했지." 뤼웨이즈가 핀잔하듯이 말했다. 이 문장은 의문문이 아니라 평서문이었다. 아니, 확인도 필요 없는 긍정문이었다. 통화 도중에 음질이 이상해지고 바람 소리 비슷한 것이 나던 이유가 어머니가 수화기를 가만히 들었기 때문임을 눈치 챘었다. 집안에는 방마다 전화기가 비치되어 있고, 모두 연결되어 어느 방에서나 통화 가능했다. 하지만 엄마가 그녀의 전화를 가만히 엿들은 적은 단 한 번도 없었기에 미처 그 생각을 못 했을 뿐이었다.

"공무에 관한 거니깐 들어도 괜찮아. 네 남자 친구 전화라면 들으라고 해도 안 들어." 엄마가 대꾸했다.

30

"엄만 내 프라이버시를 침해했어." 뤄웨이즈는 농담 반 진담 반으로 말했다. 그녀는 이런 선례를 만들고 싶지 않았다. 엄마가 사적인 통화라는 것을 알아채고 금방 수화기를 놓는다고 해도 불안하긴 마찬가지였다. 어떤 경우에는 말 한마디, 호칭 하나로 천기를 누설할 수도 있으니까.

엄마가 말한다.

"그런 건 나도 알아. 그리고 난 네 전화를 엿들은 적 없다. 이번에는 어쩐지 나하고 상관이 있는 같아서 참지 못하고 그만…"

"엄마, 이 일은 엄마하고 상관없어." 뤄웨이즈가 단호히 말했다.

"어쩔래, 안 간다고 할래?" 거실을 지나면서 들은 몇 마디에 침실에서부터 들은 얘기를 합치니 엄마는 방금 무슨 얘기가 오고 갔는지 제대로 알고 있는 듯했다.

"그럴 거야."

"나 땜에?" 엄마가 다그쳤다.

뤄웨이즈는 적잖이 놀랐다. 엄마가 속상해할까 봐 엄마 때문이라는 말은 안 하려고 했는데. 그런데 이 이유가 아니라면 또 무슨 이유를 대야 한단 말인가? 뤄웨이즈는 엄마를 납득시킬만한 이유를 찾지 못했다. 게다가 엄마 앞에서 하는 거짓말은 언제나 치졸하기 짝이 없기에, 거짓말로 속 태우게 하느니 차라리 있는 그대로 말하고 말지. 뤄웨이즈는 말없이 고개를 끄덕였다.

"나를 위해서 네게 주어진 책임을 미루지는 말거라."

엄마는 차마 그를 똑바로 보지 못하겠다는 듯, 눈길을 피했다.

"근데 엄마, 취재단에 들어가면 지속적으로 격리당한다는 얘길 들었잖아. 집에도 못 오고, 끝이 날 때까지 …" 여기까지 말하고 나서야 뤄웨이즈는 자기가 란 비서한테 언제면 격리가 끝나고 집에 올 수 있는가 물어보지 않았음을 깨달았다. 다시 생각해보니 물어본다 해도 란 비서가 안다는 보장이 없긴 했다. 나름 돌아올 회답을 생각해 보았더니 옌시가 전염병을 이겨낸다든지, 아니면 모든 취재단원들이 영광스럽게 순직한다든지, 둘 중의 하나일 것이다. 하긴 이 두 가지 모두 정해진 스케줄이 있는 것이 아니었다.

엄마가 말을 받았다.

"나도 그건 안다. 하지만 네가 안 간다고 하면 어민 속상할 거다. 모두들 너를 필요로 해서, 그래서 너를 불렀는데 네가 안 가겠다 한다. 물론 이 어미 때문인 줄 안다. 그런데 너 이 어미 마음은 헤아려 봤니? 나는 어쨌든 죽을 거야. 물론 꼭 암 때문이 아니어도 다른 원인으로도 죽을 거란 말이다. 나이도 일흔이 넘었는데 이전 같으면 고희라 할 나이가 아니냐. 물론 지금이야 아무것도 아니지만. 어쨌든 내가 죽음에 시시각각 다가가는 것만은 틀림이 없잖니. 그러니 이번에 네가 안 간다고 하면 죽을 때 내 마음이 무척 괴로울 거야, 이 일이 생각나서 말이다. 그래 말인데 웨이즈야, 이번에 꼭 가거라. 엄마한테 효도하는 셈 치고. 내 걱정은 말고…"

엄마는 말을 하면서 한 번도 딸을 보지 않았다. 딸아이에게 눈망울에 고인 눈물을 들킬까 봐.

뤼웨이즈는 말을 잃었다. 엄마한테 가만히 기댄 채, 시간은 그렇게 말없이 흘러갔다. 드디어 수화기를 놓은 지 30분이 되었다. 웨이즈가 말했다. "엄마, 대신 내가 돌아오는 걸 꼭 기다려줘야 돼."

엄마가 살포시 웃었다. "아무렴, 힘닿는 데까지 기다려 보마. 그래도 웨이즈, 너도 알잖아. 이 병은 생각대로 되는 거 아니라는 걸. 내가 혹 기다려내지 못하더라도 엄마를 원망하진 말거라. 이 어미가 너를 생각하고 너를 지켜줄 테니. 누가 아니, 내가 천국에 가면 너를 지킬 수 있는 힘이 더 커질지."

모녀는 나란히 소파에 앉아 망울을 터치기 시작한 창밖의 봄꽃을 내다보았다. 시간은 더디게 흘렀다. 그게 아니라면 너무 빠르게 흐르는지도 모르겠다. 뤼웨이즈는 어머니 몸에서 전해오는 온기와 따뜻함을 평생 기억할 것이다. 사실, 두 사람이 밀착한 부분은 아주 조금, 조금 밖에 안 되었다. 어깨와 어깨가 가볍게 닿았을 뿐인데 온기는 끊임없이 세차고 힘차게 전해 왔다.

얼마나 지났는지 모른다. 아니, 뤼웨이즈는 얼마나 시간이 흘렀는지 너무나 똑똑히 감지하고 있다고 하는 편이 사실에 더 가까울지도 모르겠다. 어쨌든 뤄웨이즈가 몸을 일으켜 텔레비전을 켰다. 텔레비전에는 옌시 뉴스가 방송되고 있었다. 앵커는 화관바이러스와 투쟁한 역사를 기록으로 남기기 위해 여러 분야의 전문가로 이뤄진 특별취재단을 1선에 파견하여 다각적인 취재를 진행할 예정이라고 말했다. 이어 취재단 단원 명단과 간단한 소개가 방송되었다. 뤄웨이즈는 이제 곧 함께 싸울 전우들의 이름을 듣게 되었다. 정말 란 비서의 말대로 과연 전부 남성들이었다. 경제 전문가, 기상 전문가, 약학 전문가 등등. 뤄웨이즈는 자기 자신도 보았다. 아주 젊었을 때의 사진이었다. 막 학교 문을 나선 학생 같았다. 그녀의 순서는 맨 마지막이었다. 일곱 명의 남성들을 소개하고 나서였다. 남녀가 함께 나올 때는 여자를 제일 마지막에 놓는 것이 아마 관행인 것 같았다. 아 참, 어느 때라고 순서에 신경을 다 쓰냐고 생각했다가 이내 자신이 좀 이상한 건 아닐까 하고 생각했다. 아마 내가 제일 마지막에야 대답해서 그럴 거야, 뤄웨이즈는 나름 좋은 쪽으로 생각하기로 했다. 높은 문화적 배경을 가진 여성이 이만한 존재감도 없다면 그것이 더 이상한 거 아닐까.

내일 첫새벽에 출발해야 하니 일을 모두 처리해야 했다. 게다가 어머니가 중병을 앓고 계신 마당에 이렇게 떠나면 언제 다시 만날지도 모르니 걱정되고 애가 타는 것은 두말할 필요도 없었다. 뤄웨이즈는 어린 보모 탕바이초唐百草를 불러 일일이 해야 할 일들을 일러주었다.

바이초의 식구들은 옌시에 재앙이 닥친 일을 알고 진작 은밀하게 기별을 보낸 상태였다. 바이초에게 보모고 뭐고 다 집어치우고 일단 집에 돌아오라고 시골 사람들에게 무엇이 있는가? 건강하고 튼튼한 몸으로 일해서 벌어먹어야 할 거 아닌가! 시집도 안 간 처녀가 그런 험지에 남아 있다가 신체를 버려서야 쓰겠는가. 집식구들은 바이초가 바이러스를 묻혀올 수도 있다는 일은 생각지도 않았다. 죽더라도 한집 식구가 한 데서 죽으면 이보다 오붓하고 원만한 일이 어디에 있겠냐고 말할 사람들이었다. 바이초는 나이는 많지 않아도 생각은 옹골찬 아이였다. 애초에 시골이 답답하고 대도시의 색다른 생활이 궁금해서 나온 것이었다. 이제 겨우 첫걸음을 내디디어 멋지고 짜릿한 일은 아직 구경도 못했는데 그까짓 바이러스에 쫓겨 돌아가다니, 정말 말도 안 되는 일이었다.

그래서 그녀는 그다지 당황하고 무서워하지 않았다.

첫째는 자신이 옌시의 상황이 늙으신 아버지 어머니가 걱정하는 것처럼 간 곳마다 시체가 쓰러져 있거나 해골이 걸채이는 정도는 아니라는 것을 알고 있기 때문이었고, 둘째는 바이초 자신의 천성이 덜렁대고 낙관적인 편이어서 윗사람들이 어떻게든 인민을 이끌고 난관을 헤쳐나가리라 믿고 있기 때문이었다.

그리고 제일 중요한 것은 뤄웨이즈와 같은 주인을 만나기가 쉬운 일이 아니어서 자기가 이런 일자리를 얻은 것은 그야말로 복이 굴러 온 것이라고 해도 부족하지 않기 때문이었다. 이 집은 조건이 좋아서 자기 같은 보모도 독방을 쓰지, 식사도 고기반찬에 신선한 채소가 곁들여지고 식사 후에는 후식으로 과일도 먹을 수 있었다. 집에 있는 맛있는 과자들을 가만히 집어먹어도 뭐라 하는 사람이 없었다. 모든 보모들이 다 이런 평등한 대우를 향유하는 것은 아니다.

이 집 할머니가 앓는다고는 해도 아직 병상에 누워있어야 할 정도는 아니었고, 이것저것 참견하는 성격도 아니어서 바이초가 하는 일이란 집 안 청소나 하고 간단한 식사 준비를 하는 정도여서 거의 노는 것과 마찬가지였다. 뤄웨이즈나 어머니 모두 까탈스러운 성질이 아니어서 어린 보모를 살뜰히 대해주었다. 만약 무턱대고 집에 돌아간다면 나중에 다시 온다고 해도 이렇게 일은 가볍고 보수는 후한 일을 다시 얻을 수 있으리라는 보장이 없었다. 그리고 사람은 오래 지내다 보면 정이 생기기 마련이다. 할머니가 바이초를 귀여워하니 바이초도 진심으로 할머니를 대했다. 그런데 큰 재앙이 닥쳤다고 나 몰라라 하고 자기만 시골로 가다니, 착한 바이초는 이런 모진 마음을 먹을 수 없었다. 물론 바이초를 잡아두려고 뤄웨이즈가 주동적으로 월급을 올려준 것도 크게 한몫을 하긴 했다.

이런 여러 가지 요소들이 한데 어우러져 바이초는 정의롭고도 결연하게 집에 안 간다고 큰소리를 칠 수 있었다. 자기는 정부의 호소를 받들고 옌시에 남아서 고용주와 생사고락을 같이 할 거라고 했다. 게다가 지금 옌시를 빠져나가는 것도 생각처럼 쉬운 일은 아니었다. 도시를 벗어나는 주요 도로들은 죄다 통제된 상태여서 특별한 루트가 없으면 가려고 해도 갈 수가 없었다. 사정이 이러하니 탕바이초의 부모와 식구들은 그저 수천 리 밖의 시골에서 사람을 잡아먹는 바이러스를 저주하고 인간미라고는 없는 정책을 원망하면서 하느님이 자신들의 아이를 보우해주길 기도할 수밖에 없었다.

저녁 즈음에야 뤼웨이즈는 집안일을 그럭저럭 다 처리해 놓았다. 이제야 한숨 돌리려 하니 끝없는 처량함이 밀려들어올 줄이야. 어머니가 막 화학 치료를 끝낸 참이라 가냘픈 풀처럼 쇠해질 대로 쇠해진 상태인데 하나밖에 없는 딸이 돼서 이런 시점에 어머니를 놔두고 떠난다는 건 정말이지 말이 안 되는 일이었다. 옛사람들도 "부모가 있으면 먼 길을 떠나지 말라"라고 가르치지 않았던가. 아니, 이번 걸음은 먼 길이라고 하기는 곤란하기는 하다. 어쨌든 한 도시 내에 있으니 말이다. 하지만 그 사이가 천산만수를 사이 둔 것보다 멀면 멀었지 가깝지는 않을 것이다. 게다가 언제 돌아올지도 모른다. 마지막으로 따스하게 엄마 품에 기대보고 싶었지만, 엄마는 지쳐서 이미 잠자리에 든 상태였다.

한창 상념에 잠겨 있는데 전화벨 소리가 울린다. 황혼 속에서 벨 소리가 뿜는 진동은 은은한 황금빛 같다.

뤼웨이즈는 최대한 빨리 수화기를 집어 들었다. 어머니가 금방 누우셨는데 요란한 벨 소리가 어머니를 깨울까 봐서였다.

보나 마나 란 비서의 전화일 거라 생각했는데 부드럽고 듣기 좋은 남자 목소리가 들려왔다.

"뤼웨이즈 여사님 맞습니까?"

"그런데요, 그쪽은…?" 뤼웨이즈는 말꼬리를 끌면서 상대방이 신분을 밝히기를 기다렸다.

"여사님은 저를 모르십니다. 그리고 한 두 마디로 제 신분을 소개할 수도 없으니 만나서 얘기했으면 합니다."

남자의 담담한 말소리는 느리지도 빠르지도 않았지만 뿌리칠 수 없는 마력이 숨어 있는 것처럼 느껴졌다.

　뤄웨이즈는 깜짝 놀랐다. 지금이 어느 때인데. 전염병이 유행하는 시기여서 모든 사람이 외출을 자제하라고 요구하고 있으며 낯선 사람은 더욱 만나지 말라고 하지 않는가. 그런데 이 사람은 무슨 병에 걸려서 생판 모르는 사람과 만나자고 하는가. 그것도 이 어스름이 내리 덮이는 저녁 즈음에 말이다.

　"누구신데요?" 뤄웨이즈의 말에 감정이 실렸다.

　"그건 만나시면 알게 될 겁니다." 상대도 호락호락하지 않았다.

　"제가 전에 그쪽을 만난 적 있나요?" 뤄웨이즈가 콕 집어 물었다.

　"없습니다. 하지만 만나보시면 곧 같은 관심사가 있다는 걸 알게 될 겁니다."

　뤄웨이즈가 입꼬리를 비쭉했다. 만약 상대가 이 모양을 보았다면 그것이 무시하는 표정임을 알아챘을 것이 분명했다.

　"왜 그렇게 생각하죠?"

　남자가 이내 대답한다.

　"그건 제가 여사님을 아니까요. 여사님은 학자 가문 출신인데 아버님이 일찍 돌아가셨죠. 여사님은 중국에서 으뜸가는 의과대학을 나오셨지만 의학은 즐기지 않으시죠. 그래서 법학 석사와 심리학 박사과정을 전공하셨고요. 아직 미혼이시고 어머님도 중병을 앓고 계시지요. 그리고 여사님은 내일 아침이면 특별취재단의 일원으로 방역 제1선에 투입되게 되지요. 여사님은 지금 자택의 바닥까지 내려온 큰 창문가에 서셔서 저하고 스피커폰 통화를 하고 계시고요…"

　온몸의 솜털이 꼿꼿이 일어선다. 가뭄에 단비를 맞은 잔디처럼 말이다. 그래도 다행인 것은 자신이 광야에 홀로 서 있는 것이 아니라 열 발자국 떨어진 곳에 어머니가 계신다는 점이었다. 비록 중병에 걸리신 몸이어서 닭 모가지 비틀 힘도 없으시겠지만 어머니는 어디까지나 딸의 강대한 뒷심이기 때문이다. 뤄웨이즈는 저도 모르게 수화기를 든 손을 귀에서 좀 떨어지게 했다. 숨을 고르며 마음을 진정시키려 애썼다. 수화기의 마이크가 너무나 민감해서 자신의 심장 박동소리가 빨라진 것까지 상대방에게 전달될까 봐 주저하는 것처럼 보였다.

"당신은 별것도 아닌 것만 알고 있네요. 지금 같은 정보화 시대에 한 사람에 대한 자료를 수집하는 것은 일도 아닌데 말이죠." 뤄웨이즈는 강력한 반격 카드를 꺼내들었다.

"맞는 말씀입니다. 자료를 수집하는 것은 별거 아닌 게 맞습니다. 진짜로 중요한 점은 무엇 때문에 당신의 자료를 수집했는가 하는 거거든요."

예의 느리지도 빠르지도 않은 말투가 그녀의 정곡을 찌른다.

"그게 내가 이해할 수 없는 부분이긴 해요." 뤄웨이즈는 자신의 짜증과 분노를 감추지 않았다.

"그건 제가 말씀드릴 겁니다." 상대는 긍정적인 어조로 대답했다.

"그럼, 말씀해 보세요." 뤄웨이즈가 명령조로 다그쳤다.

"여사님, 화내시지 마세요. 제가 여사님에 대해 아는 것을 다 꺼낸 이상 어떻게 된 일인지도 말씀드릴 생각이니까요. 한번 만나고 싶어요."

뤄웨이즈는 도전을 즐기는 타입이었다. 그래서 더 생각하지 않고 응수했다. "좋아요. 언제 어디서 만날까요?"

"지금 여기에서요." 즉각 대답이 왔다.

뤄웨이즈는 그만 웃음을 터뜨렸다. 웃어야 할 타이밍이 아니지만.

"지금이라는 것은 이해가 돼요. 하지만 여기서라는 건 좀 모호한데요. 어디에 계시죠?"

"여사님 아파트 밑입니다. 아마 제가 보일 텐데요. 은회색 승용차 곁에 서 있습니다." 상대는 뤄웨이즈를 놀라게 할까 봐 주저하는 듯 목소리를 낮추었다.

뤄웨이즈는 창밖을 내다보았다. 과연 은회색 고급 승용차가 보였다. 석양에 비친 승용차 유리가 햇빛을 반사했다. 훤칠하고 끼끗한 잘 생긴 남자가 휴대폰을 든 채 그녀의 집을 바라보며 미소를 짓고 있었다.

뤄웨이즈는 깜짝 놀랐다. 하지만 승부심이 몸에 밴지라 비겁하고 유약하게 보이기 싫었다. 가만히 이를 꽉 깨물었다.

"그래요. 저도 그쪽을 봤어요. 비상 시기니 올라오시라고는 안 할게요. 화관바이러스 보유자일 수도 있으니 말이에요. 저는 당신을 전혀 모르거든요."

"오, 옳은 말씀입니다. 제가 그만 자기소개를 까먹었군요. 저는 리위안 李元이라고 하는데요. 저는 바이러스가 유행하기 시작하고 나서는 한 발자국도 집을 나선 적이 없습니다. 제가 한 말을 보증할 수 있습니다. 때문에 바이러스 보유 같은 건 걱정 안 해도 됩니다."

뤄웨이즈는 그와 말장난을 할 여유가 없었다. 그저 침묵을 지키면서 상대가 실질적인 얘기를 하기를 기다렸다.

"저를 믿어도 됩니다. 아니면 공기중의 바이러스에 감염되기도 전에 서로의 불신으로 백 번도 더 죽을 지도 모르니까요. 뤄웨이즈 여사님. 비록 미천하지만 제 목숨도 목숨인데 저는 여사님을 만나는 게 겁나지 않습니다. 지극히 중요한 일이 아니라면 이런 바이러스가 창궐한 비상시국에 제가 여기까지 올 리 없겠지요. 여사님이 배짱이 있고 똑똑한 분이라면 저를 만나주시지 않을 이유가 없습니다."

리위안의 말이 뤄웨이즈의 호기심을 자극했다. 저 멋지게 생긴 데다가 언변도 청산유수인 남자가 뭘 하려고 저럴까? 그녀는 한번 모험해 보기로 결심했다. 까짓것, 만나면 만나는 거지.

"좋아요. 제가 내려갈게요. 하지만 집에서 먼 곳은 안돼요." 뤄웨이즈가 토를 달았다.

"물론입니다. 감사합니다. 여사님 집 아래서 간단히 얘기하지요." 남자는 흔쾌히 동의했다.

뤄웨이즈가 바이초를 돌아보며 일렀다.

"옷을 입고 같이 나가자."

"할머니가 깨시기나 하면 어쩌나요?"

"금방 돌아올 건데 뭐, 길어야 십 분쯤."

두 여자는 함께 집을 나섰다. 현관에서 뤄웨이즈는 저도 모르게 머리를 몇 번 어루만졌다. 날씨가 어둑어둑해져서 자세히 볼 수는 없겠지만 시집도 안 간 여자에게 외모란 몸의 다섯 번째 팔다리만큼이나 중요한 것이었다. 남에게 잘 보이려는 것보다는 몸에 밴 습관이라는 편이 옳았다.

뤼웨이즈가 아파트를 나서니 리위안이 벌써 출입문 밖에서 기다리고 있었다.

"안녕하십니까. 뤼 박사님."

뤼웨이즈가 손을 내밀었다. "안녕하세요. 리 탐정님."

악수를 하며 뤼웨이즈는 상대방의 손가락이 얼음처럼 차가운 동시에 손바닥이 크고 골격이 단단한 것을 느꼈다.

뤼웨이즈의 말을 듣고 리위안이 웃었다. 하얀 치아가 어스름 속에서도 찬란히 빛난다. "저는 탐정이 아닌걸요."

가까이에서 보니 더 잘생긴데다가 피부색도 사람을 유쾌하게 하는 밀보리 색이었다.

"그럼 중앙정보국이라 할까요?"

"그것도 아닙니다."

뤼웨이즈는 호락호락하게 넘어가 줄 생각이 없었다.

"그럼 카게베겠죠."

"죄송한데요. 그것도 아니네요."

"그럼 모사드 맞죠?"

뤼웨이즈가 약간 짓궂게 맞받아친다.

리위안이 끝내 웃음을 터트렸다. "뤼 박사는 제가 박사님을 잘 아는 게 대단히 불만스러운 거 맞죠? 정말 죄송한데요. 일이 성사되게 하려니 그럴 수밖에 없었어요. 여사님의 도움을 받으려면 여사님을 잘 몰라서야 되겠어요?"

뤼웨이즈가 곱게 눈을 흘긴다.

"나에게 도움받을 일이 뭔데요?"

리위안이 바이초를 힐끗 바라본다. "저, 여사님과 단독으로 얘기를 나눌 수 있을까요?"

"자기가 무엇무엇이 아니라더니 점점 본색이 드러나네." 뤼웨이즈는 하는 수없이 바이초에게 말했다. "이 근방에서 좀 산책이라도 하지. 보이기는 하는데 들리지 않을 정도로."

바이초가 고개를 끄덕인다. 아직 어린 처녀가 집에만 박혀서 점잖은 올드미스인 뤼웨이즈와 숨이 간당간당하게 붙어있는 늙은 할머니만 상대하다 보니 갑갑할 때가 많았던지라 주위를 둘러보라는 말을 듣자 날 것만 같았다. 그깟 전염병이고 뭐고 생각할 겨를도 없이 깡충깡충 뛰어갔다.

"이 정도면 됐지요?" 뤼웨이즈가 고개를 약간 쳐들고 말했다. 리위안의 키가 생각보다 훨씬 컸다. 위에서 내려다볼 때는 몰랐는데 마주보고 있으니 목이 아파서 쳐다보기 힘들 지경이었다.

"자, 어디 앉아서 얘기할까요?"

리위안은 자상한 남자였다. 그가 머리를 숙이고 부드럽게 물었다.

뤼웨이즈의 이맛살이 찌푸려졌다. "아니, 긴 얘기를 할 작정인가요? 난 내일 아침이면 출정길에 오르는데요. 그쪽에서는 못 보셨겠지만 텔레비전에도 나왔어요. 이것저것 처리해야 할 일도 있고요. 일단 소집되면 지시에 따라야 해서 자유 활동도 할 수 없어요."

"알겠습니다. 가급적으로 짧게 할게요. 그런데 여사님이 질문을 많이 하신다면 시간이 조금 더 걸릴지도 모릅니다. 어디서 얘기할까요?"

뤼웨이즈가 말했다. "단지 부근에 괜찮은 카페나 다방들이 있는데요 …"

리위안이 급히 그녀의 말을 끊는다. "좋습니다. 아까 보모를 부르시죠. 옆에서 기다리게 하고. 제가 살게요."

뤼웨이즈가 말을 이었다. "제 말이 아직 안 끝났어요. 전에 있었는데요, 지금은 손님도 없고 접대원들도 없어서 다 문을 닫았어요. 이야기할 곳이 없으니 이젠 이야기하러 나오는 사람도 없어요. 그쪽처럼 생판 모르는 사람 집에 불쑥 찾아오는 사람은 아마 아무도 없을 거예요."

리위안이 약간 머쓱해서 말을 받는다.

"제 생각이 짧았네요. 제가 아무렇지도 않게 생각하니 남들도 그러려니 했네요. 그래도 이렇게 서서 얘기하긴 좀 그렇네요. 좀 무거운 화제이니 어디든 앉아서 얘기하는 것이 좋을 것 같습니다."

뤄에이즈가 말한다. "저쪽에 작은 화원이 있어요. 바이초, 우리가 가는 곳으로 따라와." 말을 마치고 두 사람은 묵묵히 걷기 시작했다.

한백옥으로 만든 탁상이 보인다. 탁상에는 "초하 한계"의 장기판이 새겨져 있다. 전에는 날이면 날마다 단지 내의 장기꾼들이 차지하다 보니 뤄웨이즈는 다가설 기회도 없었다. 그래서 한 번도 눈여겨본 적이 없었다. 저녁 어스름이 짙어져서 빨간 색 장기판이 짙은 갈색으로 변해 잘 알아볼 수 없었다.

사방에 놓인 장구처럼 잘록하게 생긴 돌들이 돌 탁자의 맞춤 의자 역할을 하고 있었다. 뤄웨이즈가 앉으려는데 리위안이 "잠깐만"하고 말렸다. 리위안은 호주머니에서 손수건을 꺼내더니 돌 의자 위에 펴놓는다.

"봄철에는 돌이 너무 차서 여성들은 조심해야 합니다. 손수건 하나가 냉기를 막지는 못하겠지만 없는 것보다야 낫겠지요."

뤄웨이즈는 내심 감동했지만 내색은 하지 않고 담담히 말했다.

"고마워요."

두 사람은 탁자를 사이 두고 마주 앉았다. 뤄웨이즈가 먼저 말을 뗐다.

"본론을 말하세요. 누가 당신을 파견한 거예요? 용건은 뭐죠?"

"파견은 무슨, 스스로 왔습니다. 저는 화학도인데요, 도움을 청할 일이 있어서 왔습니다."

"번지수가 틀렸네요. 내가 어떻게 화학도를 돕나요?"

리위안은 서두르지 않고 말했다. "전염병이 유행하는데 임상에서 사용되는 약품은 기본적으로 어느 것이나 화학성분을 함유하고 있습니다. 전염병에 맞서 약을 개발하는 것이 제 일입니다."

전염병이 한창 들불처럼 퍼지는데, 바이러스에 듣는 약이 없다는 것을 뤄웨이즈도 알고 있었다. 정부에서 시민들에게 수차례 냉정해야 한다고 경고하고 있어서 아직까지는 기본적인 사회질서가 유지되고 있지만 백신이 없는 한 사람은 더 많이 죽어나갈 것이며 사람이 죽을 때마다 살아있는 사람들의 신념을 갉아먹을 것이 분명했다. 이대로 나가다가는 조만간 시민들의 정신이 무너지고 말 것이다.

"그럼, 전염병에 저항하는 화학약품을 연구하고 있나요?"

리위안이 겸손하게 대답했다. "많은 사람들이 이를 위해 노력하고 있잖아요. 저도 그들 중의 한 사람인 셈이지요."

"하루속히 성공해서 인민들을 도탄 속에서 구해줬으면 좋겠네요. 하지만 이게 저하고 무슨 상관이 있죠?"

"저한테 바이러스 균주가 필요하거든요. 다시 말하면 환자의 인체에서 박리해 낸 바이러스 말이에요. 우리는 그것을 오랜 바이러스라고 부르기도 해요. 약품을 실험할 때는 이런 바이러스가 제일 귀중한 원료거든요. 비유하자면 사람을 셀 때는 명이라 하고 판다는 마리, 책은 권이라 하고 배추는 포기라고 하잖아요. 바이러스와 박테리아는 주라고 해요. 바이러스 수량이 100주라면 바이러스 개체 100개라는 뜻이지요."

뤼웨이즈가 말했다. "나도 그건 알아요. 이래봬도 의학을 전공한 사람이거든요. 그쪽은 지금 바이러스 균주를 요구하는 거죠?"

"맞습니다. 저는 당신을 잘 알거든요. 지금은 그저 이 일을 좀 더 분명히 설명하려는 겁니다."

날은 완전히 어두워졌다. 가로등에 불이 들어왔다. 무성한 황양목들 틈바귀에 숨은 단지의 가로등은 마치 노란색 여우들처럼 은은한 빛을 뿌리고 있다. 바이초가 문득 나타났다. "언니, 저 지금 언니 목소리는 들리는데 언니가 전혀 안 보여요. 집을 이렇게까지 오래 비우면 할머니가 조급해할 거예요."

"그래, 그럼 바이초 먼저 들어가. 내가 들어가는 것보다 저녁 준비가 일찍 끝나면 먼저 할머니와 둘이 먹으렴. 나 금방 들어갈게."

대답을 들은 바이초는 먼저 들어갔다. 그러자 리위안이 고맙다고 말했다.

"고맙긴요? 아직 아무것도 대답한 게 없는데."

"저를 믿어줘서 고맙다는 겁니다."

뤼웨이즈가 말했다.

"난 그쪽의 목적을 알겠어요. 지금 한창 유행하는 화관바이러스의 개체를 얻으려는 거 아니에요? 하지만 내게 어디 그런 게 있겠어요? 사람을 잘못 찾았어요."

"뤼 박사님, 박사님 말씀에 일리가 있습니다. 만약 제가 더 일찍 여사님을 찾아왔다면 그건 분명 사람을 잘못 찾아서일 겁니다. 여사님이 바이러스와 전혀 관계가 없을 때니까요. 하지만 당장 내일부터는 다르지요. 여사님은 바이러스를 접촉할 수 있는 사람이 되잖아요. 사람들을 도탄에서 구해내야 한다는, 여사님 어깨에 이 무거운 짐이 놓여 있죠. 이번에 유행하고 있는 화관바이러스는 바이러스의 왕이라 할 수 있어요. 그런데 우리에게는 구체적인 자료가 없습니다. 그러니 모든 약물 연구가 장님 코끼리 만지기나 다름없습니다."

"그쪽의 뜻인즉, 제가 당신들을 위해 바이러스 개체를 훔쳐오라는 건가요?"

"말하자면. 하지만 훔친다는 말은 하지 않았으면 좋겠어요. 이건 단순한 도둑질이 아니라 과학적인 연구를 위한 거니까요."

뤼웨이즈가 대답했다. "좋아요. 내가 훔친 균주가 과학 연구에 사용된다고 믿는다 쳐요. 그런데 그쪽에서는 왜 정당한 수단으로 그것을 얻으려 하지 않는거죠?"

뤼웨이즈는 이 말이 리위안을 흥분시킬 줄 몰랐다. "제가 정정당당한 수단으로 얻기 싫어하는 것 같으세요? 오매불망 바라는 바예요! 만약 하루라도 빨리 바이러스를 얻기 위해서 당국에 내 팔 한 짝을 바쳐야 한다면 당장 이 팔을 찍어낼 수도 있어요. 하지만 반드시 왼팔이어야겠죠. 오른팔로는 자판을 치고 보고서를 써야 하니까요. 가장 빨리 바이러스 개체를 얻으려면 수도 없는 절차와 비준을 거쳐야 한답니다. 바이러스가 범법자들 수중에 들어가면 인류에게 커다란 재앙을 가져올 테니 바이러스 접촉 범위를 최대한 엄격히 통제하는 것도 이해는 갑니다. 하지만 우리는 그것을 기다릴 수 없습니다. 엄격히 말하면 우리가 아니라 환자들, 나아가 인류가 기다릴 수 없지요. 날마다 사람들은 죽어나가고, 바이러스는 제철을 맞이한 것처럼 번식과 확산을 반복하고 있지요. 바이러스를 손에 넣을 수 있는 극소수의 사람들은 세상에 둘도 없는 명성과 이득을 한 손에 거머쥘 기회를 얻었으니 혈안이 되어 지키려고 할 겁니다. 물론, 유엔의 유네스코는 예외겠지만요."

뤄웨이즈의 이마에 식은땀이 송골송골 맺혔다. 가슴이 서늘하여 말까지 더듬는다. "그… 그런 줄은… 몰랐어요. 바이러스를 특정인만 접촉한다면 그들이 과학 연구에서 남보다 한발 앞설 수 있으니 기선을 잡았다 쳐요. 그럼 명성이야 얻을 수 있겠지만 재물과는 관계가 없잖아요?"

리위안이 고개를 저었다. "뤄 박사는 마치 이 세상 사람이 아닌 것 같군요. 바이러스를 손에 넣으면 그것을 치료하는 약을 만들 수 있게 되겠죠? 이런 의미에서 말하면 바이러스가 세상을 구제하는 부처님의 연꽃인 셈이지요. 이런 약품에 깃든 거대한 상업적 기회야 더 말해 뭐하겠어요?"

뤄웨이즈의 손가락이 무의식적으로 한백옥 탁자를 똑똑 두드린다. 캄캄한 밤이라 하얀 탁자가 검은색으로 변해 묵옥으로 만든 것 같았다. 저 멀리 홀로 선 가로등에서 비친 노오란 빛 한줄기가 마침 "초하 한계"라는 글자에 머물러 탁자의 윤곽선을 괴이하게 그려냈다. 머리를 굴리던 뤄웨이즈가 가까스로 반격할 말을 찾아냈다. "좋아요. 내가 바이러스를 손에 넣고 못 넣는 것을 떠나서 내가 어떻게 당신을 판단하죠? 당신이 방금 당신 입으로 말한 그 천하의 재앙을 이용해서 벼락부자가 되려는 사람이 아니라는 것을 어떻게 증명하지요? 오늘 오후 5시 전에 나는 당신이란 사람을 생판 몰랐잖아요. 이런 사람에게 그런 요구를 제기하는 게 좀 오버라고 생각하지 않으세요?"

리위안은 이 말에 말문이 막혀 버렸다. 한참을 끙끙대다가 겨우 말을 잇는다.

"아… 그건 제가 미처 생각하지 못했던 것 같습니다."

뤄웨이즈는 기회를 놓치지 않고 몸을 일으켰다.

"너무 지체했어요. 저 가야겠어요."

리위안의 조각 같은 머리가 맥없이 떨어뜨려진다.

"저는 당신이 거절할 거라곤 생각도 못했습니다."

뤄웨이즈가 단호하게 뱉어낸다.

"지금 같은 상황에선 모든 사람이 거절할 겁니다."

"모든 사람이라고 하셨죠? 맞는 말씀입니다. 하지만, 하지만 당신만은 ― 예외일 거라 생각했어요."

뤄웨이즈는 이미 몸을 돌린 상태였다. 몇 시간 뒤면 어머니와 헤어질 마당에 이런 얼토당토않은 일 때문에 시간을 뺏기다니, 미쳤지 미쳤어. 하지만 당신만은 예외일 거라고 생각했다는 말이 그녀의 발목을 잡았다. 왜 그런 판단을 했지?

"제가 어째서 예외죠?" 뤄웨이즈가 불이 뚝뚝 떨어질 듯한 눈빛으로 리위안을 노려보았다. 리위안이 보기에는 서슬 푸른 눈빛처럼 느껴져서 한마디만 입을 잘못 놀렸다가는 본전도 못 찾을 것만 같았다.

그 눈빛을 피하려는 양 리위안은 허리를 굽혀 돌의자에 폈던 손수건을 집어 들었다.

"오래전에 단시 한 수를 읽었는데 여성이 쓴 거였죠. 그때 인상이 강렬하게 남아서 지금도 외울 수 있어요 ― '이제 이 한 손으로 세상에 연꽃을 심을지니 하나뿐인 생을 바쳐 여성의 몸으로 부처가 되리라.' 이런 시구를 써낼 수 있는 사람이라면 깨끗한 마음을 가진 사람이 틀림없으리라 생각했어요. 그래서 이 시구를 수첩에 베껴 넣기까지 했죠. 아까 텔레비전에서 여사님 이름을 들으니 어쩐지 귀에 익더라고요. 그때 이 시구가 다시 생각났어요. 온 세상에 연꽃을 심어 부처님이 되리라 마음을 다지던 여성이라면 사람들의 목숨을 구할 수 있는 일을 마다하지 않을 거라고 생각했어요. 원래 이 말까지는 하지 않으려 했어요. 어쩐지 좀 의도적인 것 같아서. 말이 나온 김에 보여드리지요." 리위안은 말하면서 작은 수첩 하나를 꺼낸다. 오래전에 만들어진 수첩이 맞았다. 어두운 불빛 아래서 그가 서둘러 펼쳐 보인 페이지에 적힌 여러해 전의 자신의 작품을, 뤄웨이즈는 알아볼 수 있었다.

뤄웨이즈의 심장이 가볍게 떨린다. 나이가 어릴 때에는 힘도 없고 인내심도 없어서 천천히 사랑이 찾아오길 기다릴 여유가 없었다. 첫눈에 온 세상이 무너질 듯한 만남을 그렸고 하늘땅이 뒤집어지고 구사일생을 경험하는 곡절 있는 인생을 동경했었다. 무언가를 잃어버리면 가슴을 치며 통탄했었다. 차차 나이를 먹으면서 철이 들게 되었다. 그런 곡절 있는 경험들은 흔히 재앙으로 이어진다는 것을 깨달았다. 그때 썼던 시들도 화석이 된 지 오래였다. 마음속에서는 온갖 상념이 고동쳤지만, 얼굴에는 보기만 해도 얼어붙을 것만 같은 서릿발이 서려 있었다.

"맞아요. 내가 쓴 시. 그런 구절을 베껴줘서 고마워요. 내가 나이 어렸을 적에 남자친구에게 새 여자가 생긴 걸 보고 마음이 너그러운 척 적은 소리예요. 시 표면에 드러나는 대로 믿지 마세요. 전 불교를 믿지 않으니까요."

이 방법도 효과가 없자 리위안은 한발 물러설 수밖에 없었다.

"그렇다면 이만 물러가지요. 그런데 뭘 좀 드릴까 해요."

뤄웨이즈는 칼로 자르듯 거절했다.

"공로가 없으면 봉록을 받지 않는다고 하잖아요? 선물은 사양할게요. 감사합니다."

리위안이 고집스레 말했다.

"그래도 뭔지 보시고 말씀하시지요." 말하면서 뭔갈 꺼내는데 딸랑딸랑 소리가 난다. 별빛같이 반짝이는 것도 같고.

"수정인가요?" 뤄웨이즈는 반짝거리고 영롱한 빛을 내는 물건을 좋아한다. 플라스크부터 다이아몬드까지. 보석을 돌처럼 여기는 여자는 드물 것이다.

"바이러스 개체를 보관하는 장치입니다." 리위안이 그의 작은 병들을 만지작거린다.

뤄웨이즈가 대뜸 쏘아붙인다. "전 하겠다고 한 적 없는데요."

"저도 부탁드린 적 없습니다. 하지만 어느 땐가 지옥에 연꽃을 심고 싶을지도 모르잖아요. 혹시 화분을 찾지 못할까 걱정돼서 그럽니다."

리위안은 작은 병들이 아까워 죽겠다는 듯이 움켜쥐고 있다.

그러나 말거나 뤼웨이즈는 몸을 일으키면서 말했다. "내가 어떻게 그쪽이 실제로 전도유망한 화학자라고 믿죠? 사, 사기꾼이 아니라…"

리위안은 스스럼없이 말을 받는다. "그럼 이렇게 합시다. 제가 약을 드릴 테니 잘 간직해야 합니다. 바이러스를 수집하지 않는다고 해도 그쪽에서 들어가야 하는 곳은 상당히 위험하니까요. 자칫하다간 바이러스에 감염될 수 있습니다. 감염 증상이 나타난다면 그 즉시 이 가루약을 복용하십시오. 이것은 제가 방역 약품을 연구한 초보적인 성과입니다."

말과 함께 그는 아주, 아주 조그만 병 하나를 내밀었다. 병뚜껑은 파란색이었다. "당신을 구해줄 겁니다."

뤼웨이즈는 그만 웃음을 터뜨렸다. "이거 너무 말도 안 되는 거 아니에요? 방금은 바이러스를 구할 수 없어서 연구가 어렵다고 해놓고 눈앞에 치료제를 내밀다니! 아라비안나이트처럼 허황된 이야기를 하신 거 아세요? 만약 이 약이 정말 치료제라면 왜 내놓지 않았나요? 그럼 전염병에 감염되어 오늘내일하는 사람들이 구원될 터인데? 그러니 이 약은 허풍이거나, 플라세보쯤이나 되겠지요?" 대답하면서 뤼웨이즈는 가소롭다는 듯이 그 약병을 밀어놓았는데 하마터면 한백옥 탁자 아래에 떨어질 뻔했다.

날카롭게 치켜 올라간 리위안의 눈썹이 무섭게 꼬였다. 흡사 꿈틀대는 송충이 같았다. 그는 침묵을 지키다가 무겁게 입을 열었다. "어떻게 생각하든지 상관없는데 일단 받아 두십시오. 필요할 때 기장쌀만큼만 복용하면 될 겁니다. 그리고 하루에 제일 많아봐야 두 번까지 먹을 수 있습니다. 절대 과다 복용하면 안 됩니다."

그가 하도 정색하는지라 뤼웨이즈도 더 뭐라 할 수 없었다. 속으로는 까짓것 하면서도 차마 뿌리칠 수 없어서 그 파란 뚜껑 작은 병을 집어 들었다. "어쨌든 고마워요. 하지만 이번에 하게 될 모든 일이 순조로워 이런 것이 필요 없기만을 바라고 있어요."

손목시계를 보니 정말 시간이 많이 흘러 집으로 돌아가야 했다. 그녀는 손을 내밀며 말했다.

"제가 원하는 대답을 드리지 않아 기분이 잡치지 않았으면 해요. 어쨌든 비상시기에 만난 친구인데."

리위안은 부드럽고 너그러운 목소리로 대답했다. "다시 만날 기회가 있었으면 좋겠습니다." 스리슬쩍 올망졸망한 병들을 담은 주머니를 뤄웨이즈의 손에 억지로 쥐여준다.

뿌리치기엔 뤄웨이즈의 마음이 너무 물렀다. 하는 수없이 받아 쥐고 지나가는 소리로 묻는다. "만약, 만약 내가 정말 연꽃을 심는다면 어떻게 당신을 만나죠?"

실낱같은 희망이라도 놓칠세라 리위안이 대뜸 말을 받는다.

"제가 오늘 여기까지 찾아온 걸 보면 어떻게든 연결할 길을 찾겠지요. 비록 중앙정보국, 카게베, 모사드는 아니어도 이정도 능력은 있습니다."

두 사람이 리위안의 차 앞까지 왔을 때 리위안이 느닷없이 한마디 던진다.

"난 여사님이 집에 돌아가 제일 먼저 무슨 일을 할지 압니다."

"정말요? 저도 제가 뭘 할지 모르는데." 머리를 드니 창문에 어린 어머니의 모습이 보인다. 집에 들어가면 엄마가 왜 이리 늦었냐고 물을 거고 그 담엔 밥을 먹겠지.

리위안이 억울한 듯한 말투로 말했다. "문어귀의 쓰레기통에 제가 준 물건들을 버리겠죠."

뤄웨이즈는 깜짝 놀랐다. 정말 귀신처럼 맞추네. 그녀는 절대 이 물건들을 가지고 들어가지 않을 생각이었다. 괜히 엄마한테 걱정을 끼칠까 봐. 버리지는 않을지라도 감추어 놓을 것이다. 나쁜 짓을 하다가 들켜버린 사람처럼 머쓱해졌다. 하는 수없이 뤄웨이즈는 맘에도 없는 소리를 한다. "걱정 말아요. 어떻게든 가지고 갈 테니."

리위안의 표정이 엄숙해졌다. "제 말을 믿지 않아도 괜찮으니 이것들만은 갖고 가십시오. 그렇게 힘든 일도 아니니. 혹시 정말 쓰게 된다면 인류에게 복된 일을 하는 것이 될 겁니다."

걸음을 옮기다 보니 어느새 뤄웨이즈네 현관문 근처까지 왔다. 현관 불빛이 쏟아져 나온다. 옆에 선 리위안의 몸매가 마치 11월의 자작나무와도 흡사했다. 깨끗하며 쭉 빠지고 고독한. 장엄한 표정의 얼굴에는 숨길 수 없는 실망감과 기대감이 어려 있었다. 이 표정이 뤄웨이즈의 마음을 움직였다.

뤄웨이즈는 크게 고개를 끄덕였다. 나름 장엄한 승낙인 셈이다. 그러고는 잰걸음을 하며 집으로 향했다.

"잠깐만요." 화수분처럼 리위안이 호주머니에서 또 작은 병 하나를 끄집어냈다.

"평소에 고기를 즐기나요?" 튀어나온 것은 엉뚱한 물음이다.

"좋아해요. 건 왜요?" 뤄웨이즈는 처음으로 호기심을 느꼈다.

"오늘 저녁에는 잠들지 못할 수 있어요. 내일 떠나는데다가 나 같은 불청객을 만났으니. 그리고 어머니와 떨어져야 하니 생각도 많을 겁니다."

뤄웨이즈는 잠자코 말이 없었다. 오늘 같은 상황이 아니어도 항상 불면증으로 온 밤을 뒤척거리다가 새벽녘이 되어서야 까무룩히 눈을 붙이기 일쑤였다. 그렇다고 생판 처음 만난 사람한테 시시콜콜 얘기할 필요야 있겠는가.

"그래서요?" 약간은 가시 돋친 말투로 말했다.

"잠이 안 오면 이 가루약을 복용하세요. 이제껏 맛보지 못한 달콤한 잠에 빠질 테니." 리위안이 병을 건넨다. 말투는 자신감에 차 있다.

"정말요?" 어쩐지 찝찝해서 뤄웨이즈는 선뜻 손이 가지 않는다.

"90퍼센트 이상의 사람에게서 효과가 있습니다."

그의 자신감이 도리어 경각심을 불러일으켰다. "혹시 최신 수면제 아니에요? 난 시중에 흔히 보이는 수면제는 거의 써봤거든요." 말하는 순간 아차 했다. 끝내 비밀이 탄로됐네.

"내가 보장하지요. 이건 수면제가 아닙니다."

"그럼 더 문제네요. 혹시 마약류가 아닌가요?" 뤄웨이즈의 입에서 저도 모르게 이런 말이 튀어나왔다. 불신과 의심이 사회의 일반적인 기조가 된 지 오래였기 때문이기도 했다.

"그럼 이렇게 해요. 잘 보세요 …" 리위안이는 대답하면서 병에서 누에

콩 반 개쯤 될 하얀 가루를 쏟아내 그대로 입에 쓸어 넣었다. 물 한 모금 없이 넘기려 하다 보니 울대뼈가 격렬하게 움직이며 기침이 터져 나왔다. 뿜어나온 흰 가루가 그의 검은색 양장에 떨어져 마치 하얀 비듬과도 같이 보였다.

이렇게까지 될 줄은 몰랐던 뤄웨이즈가 급히 말린다. "아니, 사람이 왜 이래요! 말 한마디에 벽에 머리를 박는 극단적인 사람처럼 말이에요."

리위안이 옷에 묻은 흰 가루를 털면서 머쓱하게 말했다. "이젠 마음이 놓이지요? 설마 이것도 내가 사전에 기획한 고육계라고는 하지 않겠죠? 그렇다면 너무나 억울한데요."

뤄웨이즈가 그를 도와 옷을 털어주었다. 옷을 사이 두고 단단한 근육이 느껴졌다. "그만하세요. 당신이 준 게 약이라는 걸 믿을게요. 물론 수면제도 아니고 헤로인은 더더욱 아니다. 이러면 됐죠?"

리위안은 그 병에서 하얀 가루를 덜어내 종이로 꼼꼼히 싸서 뤄웨이즈에게 건넸다. 뤄웨이즈는 군소리 없이 정중하게 받아들었다.

"기억하세요. 수면에 도움 되는 이 약은 1호, 파란 병의 것은 2호라고 부르기로 해요." 리위안이 재차 당부했다.

아래층의 몇 집은 불빛이 들어오지도 않았다. 도망친 것이다. 그것도 온 가족이. 분명히, 지금은 옌시를 벗어날 수 없다. 하지만 어쨌든 평화로운 시기인지라 군인이 배치된다 해도 이 큰 도시를 철통처럼 에워쌀 수는 없을 것이고 또 저마다 방도를 찾다 보니 커튼 사이로 빛이 새는 것처럼 새어나가는 사람들이 있었다. 그들은 잠시 안정을 얻을 수도 있겠지만 사실은 위험을 전국에 전파한 것이나 마찬가지다. 물론 이것은 나중 이야기 겠지만. 이 시각, 그 집의 창문들은 눈동자를 도려낸 눈구멍처럼 시커멓고 섬뜩하게 보였다.

# 제2장
# 알게 된 진실

버티고 서 있는 총지휘관은 마치 미라인 듯.
가슴이 갈기갈기 찢긴다는 것이 어떤 모습일까 상상이 되는 대목이다.


　특별취재단이 드디어 집결하여 옌시 방역 총지휘부에 이르렀다. 이 시
각부터 취재단 성원들은 자유행동이 불가했다. 휴대폰마저 일괄적으로 보
관한다면서 거두어 갔다. 방에 전화기가 있었지만 외부 통화는 차단된 상
태였다. 물론 인터넷에도 접속할 수 없었다. 각자 비밀 엄수 협의서에 사
인했다. 이 일련의 거동으로 보아 이제 곧 일반인은 접촉할 수 없는 비밀
과 접촉할 것임이 분명했다. 아, 비밀, 그것은 마치 빨간 과일처럼 모든
사람에게 유혹으로 다가온다. 일단 발을 들여놓은 이상, 뤄웨이즈도 어머
니에 대한 걱정을 잠시 접고 일심전력 이 기이하고 특수한 사명에 매진하
기로 했다.
　지휘부는 옌시 교외의 한 널따란 단독 정원에 위치해 있었다. 예스러운
풍치의 정자와 누각에 녹음이 우거지고 온갖 꽃이 만발해 있었다. 새하얗
고 핏자국이 낭자하며 소독약 냄새로 넘치는 곳일 거라고 상상했었는데,
그와는 달라도 너무나 달랐다. 이제 전염병이 완전히 해소될 때까지 나갈
수 없으며, 여기에서 일하게 될 것이라고 했다.
　이곳은 예전의 어느 군왕의 자택이라고 했다. 비록 군왕이지만 여러 가
지 원인으로 시내 중심가에 사저를 지을 수 없어 이런 교외에 자리 잡았
다고 한다. 권력 중심에서 밀려난 탓에 차라리 권력 다툼의 야망을 내려
놓고 정성들여 정원을 가꾸어 이렇게 아름다운 정원을 남겼다고 했다. 이

런 곳에서 전염병과 싸운다니, 정말 '황제 전쟁'이라 할만하다. 뤄웨이즈가 입을 삐죽였다.

특별취재단 성원들이 최고 수장인 방역 총지휘관 웬자이춘을 만나는 건 당연한 수순이었다. 그런데도 웬자이춘은 일이 바쁘다는 핑계로 질질 끌다가 저녁때가 되어서야 귀찮아 죽겠다는 표정으로 그들을 만나주었다.

사람들은 웬자이춘을 '웬총'이라고 부르고 있었는데 이는 총지휘관이라는 뜻이리라. 뤄웨이즈는 웬일인지 허리춤이 두둑한 보스가 연상되었다. 하지만 머리가 하얗게 센 웬자이춘은 키가 훤칠하고 마른 몸매였다. 새하얗게 빨아 풀을 빳빳이 먹인 의사복 차림이었는데 흰 가운은 아주 깡동하여* 겨우 곧고 긴 다리의 무릎을 가릴까 말까 했다. 게다가 일부러 제일 마지막 단추를 잠그지 않았는지 총총걸음으로 걸어올 때 옷자락이 날리어 새하얀 대붕** 같았다.

젊은이들이 다른 일터에서 어떤 활약상을 보이는지는 제쳐놓고 의사라는 업종에서는 오직 나이가 질량 담보서라고 해도 틀린 말이 아니었다. 뤄웨이즈는 웬자이춘의 몸에서 뿜어져 나오는 강력한 위압감을 감지할 수 있었다. 신속한 스캔과 분석을 거쳐 뤄웨이즈는 이 위압감이 반쯤은 그의 모든 것을 꿰뚫어볼 것 같은 날카로운 눈빛에서 오고 나머지 절반은 눈빛처럼 흰 의사 가운에서 온다고 단정했다. 사실 이 옛 저택 안에서는 직접적으로 환자들을 상대하지 않았기에 다른 사람들은 양장이 아니면 중국식 평상복 차림이었다. 그런데 웬자이춘만은 독야청청 빳빳한 카키천 서양식 빅 칼라 작업복을 착용하여 고독한 오연함을 뽐내고 있었다.

특별취재단 구성원을 보고서 손도 내밀지 않는 그 태도 역시 냉담의 극치라 할 수 있었다.

"방역 최전선에 왔으니 이 점을 명심하시오. 즉 그 누구와도 악수하지

---

* 입은 옷이 아랫도리나 속옷이 드러날 정도로 짧다.
** 하루에 구만 리를 날아간다는 상상의 새로, 매우 크다고 한다.

않을 것. 환자의 손은 물론 동료의 손을 잡아도 안 됩니다. 내가 말하는 것은 나의 동료들, 즉 의사와 간호사를 말하는 겁니다. 화관바이러스는 고도의 접촉성 전염병으로서 침방울과 물, 그리고 사지의 접촉 모두 전파 경로라 하겠습니다. 그러니 이 시각부터 악수는 금지입니다."

뤼웨이즈와 다른 사람들은 내밀었던 손을 부끄럽게 걷을 수밖에 없었다. 이 한 방이야말로 매서운 한 방이었다. 이 순간부터 특별취재단의 스스로 고결한 꽃인 척하던 자세는 최전방 의료진의 철의 법칙에 밀리고 말았다.

그들의 감정변화를 아는지 모르는지 웬자이춘의 두 번째 지시가 떨어진다.

"여기는 C구역이라는 걸 명심하시오. 마음대로 말하지도, 다른 곳에 가지도 못합니다."

무시무시한 화관바이러스에 오염된 정도에 따라 웬자이춘은 옌시의 각 구역을 서로 다른 등급으로 나누었다.

A 구역은 위독한 환자들을 받아들이고 그들의 사체를 수습하는 곳으로 전염병 병원들과 장의사, 화장터 등이 이런 구역으로 분류된다.

B 구역은 환자들을 치료하는 모든 병원들이 해당되었다.

그럼 무엇을 C 구역이라고 하는가? 바로 화관바이러스에 오염될 가능성이 있는 구역을 말한다고 한다.

이 옛 군왕부에는 환자는 없었지만 여전히 C급 방역의 안전계수를 적용하고 있었다. 여기에 발을 들여놓는 모든 사람들은 장장 15일의 격리를 거쳐 확실히 바이러스에 감염되지 않았고, 병이 발병하지 않았다는 것이 증명되지 않는 한 이곳을 떠날 수 없었다.

일반인들, 즉 지금 병에 걸리지 않은 사람들의 거주구역의 등급은 0이라 했다.

사람들은 영어 자모표의 순서에 따라 높은 등급에서 아래 등급으로 내려올 수는 있다. 즉 C구역에서 B구역으로, B구역에서 다시 A구역으로. 이런 경우에는 미끄럼틀처럼 아무런 장애도 없이 미끄러질 수 있다. 하지만 이것은 역행할 수는 없는 것으로서 A구역에서 B구역으로, B구역에서 C구역으로는 절대 갈 수 없다고 했다. 즉 내려올 수만 있고 올라갈 수 없는 사다리라고 할 수 있다. 자신의 구역을 떠나려면 엄격한 격리 기간을 거쳐 감염도 발병도 일어나지 않았다는 것이 증명된 다음에야 가능했다.

위험을 향해 굴러 떨어지는 것, 즉 0에서 직접 A구역에 굴러 떨어지는 것은 그 누구도 상관하지 않는다. 하지만 그 누구나 절대 쾌속으로 오염 구역에서 오염이 없는 0구역으로 옮겨갈 수는 없다. 주의할 것은 이 '0'이 영문 자모 'O'가 아니라 아라비아 숫자 '0'이라는 것이다. 그 뜻은 묻지 않아도 자명하다. 즉 제로, 없다는 뜻으로서 오염이 없고 화관바이러스가 없다는 의미이니 자연히 안전하다는 뜻이다.

뤼웨이즈를 비롯한 취재단원들은 지금 0에서 'C'로 굴러떨어진 상황이다. 이제 다시 0으로 돌아갈 날을 기약할 수 없게 됐다.

웬자이춘의 세 번째 말마디는 비교적 길었다.

"이곳은 바쁜 곳입니다. 대단히 바쁘다고 해야 할 것입니다. 게다가 비밀도 많은 곳이지요. 나는 당신들이 무엇 때문에 이곳에 왔는지 모릅니다. 하지만 더 윗선에서 지시한 사안이기에 나는 복종할 수밖에 없습니다. 이 시각부터 당신들은 이 저택에서 전염병에 대적하는 모든 비밀과 접촉하게 될 것입니다. 우리는 힘닿는 대로 당신들에게 진상을 이해할 수 있는 가능성을 제공할 것입니다. 하지만 당신들은 이 정원을 벗어날 수는 없습니다. 이것은 사업의 필수 조건이니 양해하기 바랍니다. 그리고 외부와 자유롭게 연락할 수도 없고 인터넷을 이용할 수도 없습니다. 이 역시 사업의 필수 조건입니다. 당신들은 휴대폰을 제출해야 하는데, 아마 이미 내셨으리라 믿습니다. 그건 이곳을 떠날 때 돌려받게 될 것입니다. 물론 우리는 전문 요원을 배치하여 이 휴대폰들을 관리할 것이며 휴대폰들도 정상적으로 켜져 있을 겁니다. 만약 여러분의 가정들에서 큰일로 연락해 온다면 즉각 통지해 드릴 겁니다. 그리고 너무 억울해 하지 마시기 바랍니다. 여러분들뿐만 아니라 저를 포함한 여기 있는 모든 사람들이 이 원칙을 지키고 있으니까요. 단 한 사람도 예외는 없습니다. 이곳은 지내기에 그만인 경치를 가지고 있습니다. 여러분께서 잘 돌아보시기 바랍니다. 화관바이러스에 대적하는 것은 지구전이니 조급해하지 마시고 차분히 지내시기 바랍니다."

총지휘관의 말을 듣고 취재단원들은 한 가지만은 똑똑히 알 수 있었다. 그들은 이제 질병 강제수용소에 수감된 셈이다. 비록 그 누구도 환자는 아니지만 환자들의 대우와 똑같았다. 똑같이 자유를 잃었다. 경계가 삼엄한 이 아름다운 정원 안에서는 유진무퇴, 즉 앞으로 나갈 수 있을 뿐 뒤로 물러설 수는 없다. 솔직히 말해서, 지금 당장 그들 중의 어느 누구에게 집으로 갈 수 있는 특혜가 주어진다고 해도 자각적으로 15일간의 격리를 거치지 않는다면 누가 감히 그 상태로 친인들을 만날 배짱이 있을 것인가? 천사들만 살 것 같은 아름다운 정원의 구석구석에 사람을 치를 떨게 하는 화관바이러스가 잠복해 있지 않을 것이라고 그 누가 단언할 수 있는가? 만약 자신의 부주의로 바이러스를 집에 묻혀 가서 식구들까지 해를 입게 한다면 그 죄를 어떻게 감당할 것인가?

특별취재단은 즉시 해당 자료와 문헌들을 열람하기 시작했다. 무서운 싸움에 뛰어들었으니 적부터 이해해야 했다.

화관바이러스라는 이름은 옌시 수석 병리해부학자인 위정펑于增風 교수가 달아준 것이라고 했다.

뤄웨이즈는 위정펑이 작성한 보고서부터 읽기 시작했다.

"전자현미경으로 사망한 환자의 조직에서 분리한 바이러스를 관찰한 결과 이것이 완전히 새로운 바이러스라고 단언할 수 있었다. 바이러스 개체는 대체적으로 원형이었으며 지름은 약 400나노미터 정도로서 인류가 감염된 바이러스들 중에서는 체적이 비교적 큰 편이다. 그 모양은 대다수의 인류나 동물들이 감염되는 바이러스, 예를 들면 척수 회백질염 바이러스, 헤르페스 바이러스나 아데노 바이러스처럼 구형인 것이 아니라 약간 납작한 모양으로서 챙이 넓은 밀짚모자와 흡사했다."

여기까지 쓰고 난 이 새 바이러스의 발견자는 마치 마음속 흥분을 감출 수 없는 듯했다. "아니, 그것이 밀짚모자라고 하는 것은 너무나 평범한 비유다. 그것은 밀짚모자와는 비할 수도 없이 화려하다. 정교한 꽃술과도 같은 문양들이 주변을 장식하고 있는데 물 흐르는 듯한 반달형으로 마치 세상에서 으뜸가는 꽃으로 된 왕관처럼 보인다. 맞다. 아예 화관바이러스라 명명하는 편이 낫겠다. 이렇게 찬란하고 정교한, 대칭적이고 화려한 화관!"

여러 자료들을 두루 종합한 결과, 화관바이러스에 대한 대략적인 윤곽이 잡히기 시작했다. 이 바이러스의 발병은 느리지만, 걸음마다 진을 치며 신체를 야금야금 집어삼켜가는 침입자였다. 제 눈으로 환자를 단 한 명도 보지 못했지만 발병하는 흐름에 대해서도 대강 알게 되었다. 고배율 현미경 아래에서 그토록 화려하고 정교하며 복잡하기 짝이 없는 화관처럼 보이지만 사실은 아주 튼실한 놈으로, 현대에 살아남기 위한 요구 조건이 전혀 까다롭지 않았다.

이것이야말로 무서운 일이었다. 일반적으로 말하면 세균이나 바이러스는 소화기관에 기생하지 않으면 호흡기에 기생하기 때문이다. 인류의 2대 생존 기관에 동시에 침입하여 영향을 주는 것은 극히 드물다. 물론 드물다고 해서 전혀 없다는 말은 아니다. 예를 들면 결핵 박테리아는 사람들을 폐병에 걸리게 할 수 있을 뿐만 아니라 장결핵, 골결핵에도 걸리게 할 수 있다. 이 괘씸한 화관바이러스 역시 먹이를 가리지 않는 특성을 보아 소화기관과 호흡기관의 혼합성 전염병이라 할 수 있었다. 만약 그에게 충분한 시간만 주어진다면 인체의 모든 조직을 잠식할지도 모른다.

때문에 이 바이러스야말로 흉악하고 잔인하기 짝이 없는 것이다.

일반인들은 이 바이러스의 성질을 잘 모른다. 사람들이 끊임없이 죽어나간다는 것은 알지만 보통 열이 나고 가래에 피가 섞이는 정도에서 입원시키다 보니 그 뒤에 생기는 증세들에 대해서는 전혀 모르고 있는 상태였다. 대중의 공황을 일으키지 않기 위해 후속 증세에 대한 묘사를 극히 자제하다 보니 공백이나 다름없었다. 선전을 위해 통일한 설법은 그저 일단 원인을 알 수 없는 발열이나 피에 가래가 섞여 나오는 현상이 발견되면 가급적으로 신속하게 병원에 호송해야 한다는 것이었다. 그 후의 상황에 대해서는 누구나 말을 아꼈다.

며칠 뒤, 특별취재단은 아침마다 열리는 병원장 연석회에 참석할 권리를 얻었다.

병원장들은 완전 폐쇄식의 방역차에 앉아 이곳에 왔다. 잘 알던 회의 참석자들 사이로 불현듯 나타난 뤄웨이즈 등 낯선 얼굴들을 보자 놀란 내색을 감추지 못했다.

호화로운 저택에는 격에 맞는 으리으리한 회의실이 갖추어져 있었다. 인테리어는 중국식이었는데 십자 해당화 무늬 나무 창살은 마치 타임 슬립을 타고 고대에 온 듯한 감을 준다. 무겁게 드리워진 검푸른 빛깔의 커튼은 실내를 아늑하고도 포근하게 감싸준다. 색깔 때문인지 기분까지 가벼워지는 듯하다. 다들 착석한 다음 웬자이춘이 일어섰다.

"먼저 새로 온 동지들 몇을 소개해드리겠습니다. 이분들은 의사가 아닙니다. 너무 놀란 기색으로 저를 쳐다보지 마십시오. 제가 요청해서 오신 분들이 아니니까요. 저도 이런 백척간두의 위기일발의 시각에 무엇 때문에 이런 상관없는 분들을 모셔야 하는지 납득이 안 되는 사람입니다. 어쩌면 교란 목적으로 보낸 듯도 하고요. 하지만 어쨌든 이곳에 발을 들여놓았고 또 감염방지 차원에서도 나갈 수 없게 됐습니다. 그러니 이 일은 이쯤 덮어두고 우리는 우리가 할 일을 해야겠지요. 투명인간 취급을 한다고나 할까. 좋습니다. 시작합시다."

말을 마친 그는 그대로 의자에 앉아 남들한테 눈길 한번 주지 않는다.

이런 말을 듣고서 난감한 것은 취재단원들이었다. 죄송하다고 해야 할지, 각오 한마디 해야 할지, 그저 꿔다놓은 보릿자루처럼 멀뚱히 앉아 있을 수밖에 없었다.

"첫 절차부터 들어갑시다. 어제 사망자 수를 몇이라고 하는 게 좋을까요?" 웬자이춘이 단도직입적으로 묻는다.

병원장들은 서로 눈치만 본다. 실내는 어찌나 조용한지 봄바람이 창문을 스치는 소리까지 가려들을 수 있었다. 어쨌든 모르는 사람들이 있는지라 다들 주저하지 않을 수 없었다.

"저 사람들은 모두 비밀 엄수 협의서에 사인했습니다." 총지휘관은 그들이 걱정하는 것이 무엇인지 잘 안다.

그래도 다들 침묵을 지킨다.

"그럼 실제 사망자 수부터 말해 보시오."웬자이춘이 답답하다는 듯 재촉한다.

병원장들은 그제야 맥락을 잡은 듯 조심스럽게 숫자들을 말한다. 그들의 말을 들은 뤄웨이즈는 소스라치게 놀랐다. 전염병이 얼마나 무시무시하게 확산되고 있는지 이제야 실상을 알았기 때문이었다. 병원장들이 보고하는 사망자 수는 텔레비전에서 보도하는 것과는 비교도 되지 않을 정도로 차이가 났다.

처음으로 이런 핵심적인 기밀 회의에 참석한 취재단원들은 경악을 금치 못했지만 그렇다고 내색할 수도 없는 노릇이었다. 뤄웨이즈는 마음을 다잡고 숫자들에 귀를 기울였다.

"좋습니다. 그럼 대외적으로는 얼마라고 공표하는 게 좋겠습니까?" 웬자이춘이 묻는다.

제1병원의 여성 병원장이 제일 먼저 의견을 말했다. "대중의 공황 정서가 끊임없이 축적되고 만연하는 마당에 오늘 공표하는 숫자는 어쨌든 어제보다 조금 적어야 한다고 생각됩니다. 사기 진작에 유리할 테니까요."

"오늘은 이렇게 공표한다 칩시다. 내일은 어떻게 하죠? 만약 내일도 오늘보다 더 적게 말한다면 의문이 생기지 않겠습니까? 구급차가 매일 자지러지게 경적을 울리고 수많은 사람들이 병원에 들어가는데 퇴원하는 사람은 없지 않습니까? 그럼 그 많은 사람들이 다 어디로 갔죠?"

머리발이 희끗희끗한 어느 병원장이 우울한 어조로 반론을 펼쳤다. 이분의 흰머리는 대단히 매력적이었다. 적당히 흰데다가 아주 고르고 반투명하게 빛을 반사하는 모습이 최고급 당면을 머리 위에 이고 있는 듯했다.

"그럼 내일은 적당하게 사망자 수를 많이 공표하는 걸로 합시다. 그럼 금방 말씀하신 모순점이 그다지 두드러지지 않을 수도 있겠지요." 침음하던 웬자이춘이 무겁게 말했다.

"그런데 내일 숫자가 커지면 여전히 대중의 공황을 심각하게 할 소지가 있지 않을까요?" 중의 연구원 원장이 자신의 우려를 내비쳤다. 그의 연구원에서는 지금 중의학으로 전염병을 연구하고 있다. 그런 이유로 다른 병원에서 가망이 없다고 생각하는 환자들을 끝도 없이 연구원에 보내다 보니 방금 말한 사망자 수도 그들이 제일 많았다.

"템포에 주의를 돌려야 합니다. 내가 말하는 것은 사망 템포입니다. 내 생각에 이 템포는 마땅히 2+1, 즉 좋은 소식 둘에 나쁜 소식 하나, 이런 형태여야 합니다. 나쁜 소식을 하나 내보내면 이어서 좋은 소식을 몇 개 내보내는 식으로 말입니다. 그다음에는 또 나쁜 소식 두어 개 공표해야겠죠 … 이렇게 하면 대중들도 전염병에 대적하는 것이 장기적인 투쟁이라는 것을 의식하게 되겠지요. 조급한 마음에 너무 서둘러도 안 되고 해이해져서 소홀히 대하거나 적을 하찮게 여겨도 안 된다는 것을 알게 될 것입니다. 그리고 우리 의료진이 한창 열을 올려 처절한 혈투를 하고 있다는 것도 알 수 있을 겁니다." 웬자이춘이 최종결정을 내린다.

다들 머리를 끄덕이며 찬동을 표했다. 옌시 아동병원의 병원장은 아직 젊은 나이의 세련돼 보이는 여성이었다. 그녀는 근심으로 어두워진 낯빛으로 말했다. "사망자 숫자를 이렇게 뜯어고치다가는 언젠가는 들통이 나지 않을까요? 아주 간단한 산술 문제인데 점차적으로 사망자 수를 늘려간들 언제 가서 실제 숫자에 맞추겠어요?"

병원장들의 표정이 어두워진다. 의학이란 제일 실사구시적인 학문이다. 그들의 의학 생애에서 이런 황당하기 짝이 없는 거짓말은 유례없는 일이었다. 다들 양심의 가책으로 가슴이 찢어지는 듯한 표정이었다.

웬자이춘이 무겁게 입을 연다.

"이건 간단한 산술 문제가 아닙니다. 이 숫자를 알 사람이 없을뿐더러 영원히 모르게 될 것입니다. 동지들, 동료들, 진실한 숫자를 알 수 있는 사람은 이 자리에 있는 분들뿐입니다. 하지만 이러한 진실이 화관바이러스와의 싸움에서 무슨 의미가 있겠습니까? 아무런 의미도 없습니다! 우리한테는 지금 아무런 특효약도 없습니다. 아예 속수무책이라고 해도 과언이 아닙니다. 물론 어떤 환자들은 살아있습니다. 그것은 자신의 의지력과 면역력에 의한 것이겠지요. 만약 사람들이 손 놓고 죽어갈 수밖에 없는 이런 비참한 상황을 제대로 안다면 불타는 투지로 병마와 싸울 수 있는 사람이 도대체 몇이나 되겠습니까? 나는 낙관할 수 없습니다. 여러분들도 지나치게 낙관하지 말기 바랍니다. 때문에 우리가 지금 거짓을 얘기하는 것은 생명의 본질에 대해 옳은 말을 하는 것이라고 할 수 있습니다. 이는 재난 앞에서의 지혜이며 선의의 거짓말입니다. 이 속에 사무쳐 있는 것은 의사들의 대자대비*인 것입니다. 그러니 진실한 사망자 수는 잊으십시오. 이 방을 나서면 깡그리 잊어야 합니다. 누가 굳이 잊지 않으려 한다면 그것은 사라진 수많은 생명을 모독하는 겁니다!"

장내가 숙연해진다.

뤼웨이즈는 의자에 굳어졌다. 그야말로 믿을 수 없는 일이었다. 평범한 인민들이 텔레비전에서 공표하는 사망자 숫자가 늘어나고 줄어드는 걸 지켜보면서 마음을 졸이고 안도의 숨을 내쉴 때 그 누가 이것이 숫자 유희에 불과하다는 것을 상상이나 할 수 있겠는가.

연석회의에서는 다른 사안들도 토론하였지만 뤼웨이즈는 머리가 하얘져서 한마디도 알아들을 수 없었다. 숫자 유희의 폭격으로 혼미해질 지경이었다. 회의가 끝나고 사람들이 흩어졌지만 그녀는 소파에 널부러진 채 움직일 생각을 안 했다.

웬자이춘이 다가와 그녀를 살핀다.

"저, 괜찮은지요?"

그가 이렇게 자상 모드로 돌아선 것은 판단 착오 때문이었다. 뤼웨이즈가 병에 걸린 줄로 착각한 그는 임상 의사의 배역으로 돌아간 것이다. 웬자이춘은 상부와 동료들에게는 엄격할 수 있어도 자신의 환자들 앞에서는 언제나 따뜻한 사랑으로 충만한 사람이었다. 어떤 의사들에게 환자를 돌보는 것은 신경이 쓰이고 번거롭고, 나아가 더럽고 위험한 일이었지만

---

* 넓고 커서 끝이 없는 부처와 보살의 자비

웬자이춘에게는 기쁨이고 본분이었다. 그는 다른 사람을 고통에서 구해내는 그 느낌 자체를 좋아하고 있었다.

뤄웨이즈가 가까스로 입을 열었다.

"괜찮습니다. 놀라서 그래요."

"놀라긴 뭐가 놀라요? 아직 진짜 환자도 보지 못한 마당에!"

뤄웨이즈도 호락호락한 사람이 아니었다.

"저는 환자가 무서운 게 아니라 이런 허위가 두려울 뿐이에요."

웬자이춘이 이맛살을 찌푸리며 당돌한 여자를 훑어본다.

"꼬마 아가씨, 진상이란 잔혹한 거라오. 진상을 알 수 있는 대오에 들어온 이상 대가를 치러야 할 거 아니오?"

뤄웨이즈는 여전히 공포 속에 헤엄치고 있었다.

"점점 통계와 실제 상황의 차이가 커질 텐데 그땐 어떡하죠?"

"통계의 존재 자체는 희망을 대표해야 하오. 만약 이 숫자가 갈수록 커져서 우리들까지 포함하게 된다면 이 숫자야말로 아무런 의미도 없는 거 아니겠소?"

이런 무거운 화제를 언급하는 웬자이춘의 얼굴에서는 아무런 표정도 읽을 수 없었다. 사시나무 떨듯 하는 것은 뤄웨이즈의 몫이었다.

"정, 정말 이렇게 비관적인 상황인가요?"

놀라도 이만저만 놀란 게 아니었다. 총지휘관으로서의 웬자이춘에게는 수하 직원의 기운을 북돋아 줄 의무가 있다.

그는 한 걸음 물러서서 두 손으로 어깨를 감쌌다.

"생각보다는 훨씬 비관적일걸. 당신들 특별취재단을 투입시킨 이유에 대해 내가 나름 가장 합리적인 해석을 해봤는데 … 그것은 바로 우리의 대오가 전멸할지도 모른다는 거였소. 그때 가면 후손들에게 상세한 자료를 남겨야 할 텐데, 녹음이며 동영상, 도표, 사진 등등을 포함해서 문자 자료도 필요하지 않겠소? 베이징 팡산房山의 운거사에 어떻게 그렇게 많은 불경들이 생겼는지 알고 있소? 전란에 경서들이 불타버릴 것이 염려되어 그 많은 불경들을 일일이 돌에 새겨 넣은 거라오. 역사가 유구한 문자들이 현대화된 매체들보다 전해 내려갈 희망이 더 크다는 거지. 만약 당신들의 펜 끝에서 이번 재난이 진실되게 기록될 수 있다면, 그것이 우리의 마지막 기여가 될 수도 있겠지."

시시각각 눈앞에 닥친 죽음의 위협과 사투하는 마당에 웬자이춘은 부드럽게 돌려 말할 여유가 없었다.

뤄웨이즈가 걱정스레 묻는다. "그럼 지휘관님은 무섭지 않나요?"

"아니, 전혀."

웬자이춘에게는 의연한 기운이 넘쳐흐른다. 손닿을 데 서있는 총지휘관을 바라보면서 뤄웨이즈는 홀연 전혀 무섭지 않은 것을 느꼈다. 그의 마음을 읽으니 든든한 동맹군이 생긴 듯했다.

두려움이란 정말이지 기괴한 녀석이다. 감추고 숨기려고 들면 발효되어 적조처럼 걷잡을 수없이 퍼지지만 일단 드러내고 말하기만 하면 과거형이 된다. 입을 여는 순간부터 주의력은 움트는 힘에 돌려지게 된다. 만약 당신의 동료도 두려워한다면 당신은 자신이 고립되지 않았음을 느끼게 되며 동질감을 느껴 굳세질 수 있다.

뤄웨이즈는 모든 것을 다 안다는 듯이 해쭉 웃는다.

"친절한 설명 감사해요. 하지만 지휘관님도 얘기처럼 강한 것 같지는 않은걸요. 저처럼 두려운 거 맞죠?"

놀란 것은 웬자이춘이었다. 1분 전만 해도 사시나무 떨 듯하던 이 처녀가 어찌 자신의 마음까지 들여다본단 말인가? 변해도 너무 급변했다.

"지휘관님의 자세가 비밀을 폭로했어요."

웬자이춘은 무의식적으로 자신의 자세를 돌아본다. 흰 가운은 밝게 빛나고 허리는 꼿꼿했다.

"이건 의사의 기본적인 자세인데, 무슨 문제라도 있소?"

"지휘관님의 자세로 말하자면, 두 손으로 어깨를 감싸고 몸이 수축된 상태인데 가급적으로 신체를 안으로 끌어들이려 하지요. 심리학에서는 이것을 '미라식' 자세라고 합니다. 그 잠재적인 함의는요, 그쪽이 모체에 회귀하려고 한다는 것이지요."

웬자이춘이 너털웃음을 터뜨린다. 얼마 만인가, 이렇게 웃어본 지도 기억이 가물가물했다.

"음, 재밌어, 괜찮군! 정말이지 특급 코미디요! 내 어머니가 세상 뜬지 50년이나 되는데 내가 모체에 회귀하고 싶어 한다고? 60대 늙은이에게 이런 말을 하다니, 조그만 계집애가 당돌해도 유분수지, 그야말로 허튼소리야 허튼소리!"

하지만 뤄웨이즈는 이 약간은 과장된 반응에서 웬자이춘이 멸시로 불안함을 감추려 한다는 것을 보아냈다. 그녀는 냉철하게 되받아친다.

"어쨌든 지휘관님은 우리들을 쓰잘머리 없다고 여기시니 좋은 평가는 기대하지 않아요. 이 자세는 말이죠, 지휘관님이 안정감이 지극히 큰 위협을 받고 있다고 생각한다는 것을 말하죠. 지휘관님은 자신을 감추고 도망치려 하죠. 하지만 도망칠 곳이 없기에 두렵지 않은 척하는 것뿐이에요! 지휘관님은 텔레비전에 나오는 것처럼 침착히 전술 전략을 세우며 … 승산이 있다고 생각하지 않고 있어요."

특별취재단 같은 것은 안중에도 없던 웬자이춘이었었는데 그중에서도 제일 나약한, 방금까지도 덜덜 떨기만 하던 여자 구성원이 자신의 마음을 꿰뚫어볼 줄은 몰랐다. 그는 누구한테라도 마음을 터놓고 싶은 욕구가 생겨버렸다. 자신의 마음을 열고 바깥 형편도 알아보면서 팽팽하여 끊어질 것만 같은 신경을 느슨히 하고 싶어졌다.

"젊은이, 내가 텔레비전에서는 진짜로 … 승산이 있는 것처럼 보였댔소?"

"적어도 제 눈에는 그랬어요. 제가 이래 봬도 보통 사람들보다는 예리한 편이거든요. 저까지 지휘관님의 위축 자세를 보아 내지 못했다면 다른 사람들은 턱도 없을걸요."

웬자이춘이 저도 모르게 고개를 끄덕인다. 이 말을 흡족히 여기는 듯했다. 그는 약간 망설이는 듯하더니 입을 열었다.

"저, 그쪽의 미라 이론인지 뭔지, 아는 사람이 많소?"

뤄웨이즈는 자신이 정곡을 찔렀음을 직감했다. 입가에 얄미운 웃음이 떠오른다.

"그럼요, 이론을 아는 사람은 많지요. 하지만, 지휘관님이 이렇게 두 손으로 어깨를 감싸고 양미간을 찌푸린 모습을 본 사람은 아마, 그다지 많지 않을걸요."

"이 말의 의미는 나더러 공개적인 장소에서는 두 손으로 어깨를 감싸지 말라는 뜻?"

뤄웨이즈가 달래는 듯 말한다.

"우연히 한두 번쯤이야 괜찮겠죠. 하지만 늘 이런 자세를 취한다면 부정적인 신호라 할 수 있죠."

웬자이춘의 목구멍에서 꿍 소리가 난다.

"한데, 내가 만약 잊어버리면 어쩌지?"

뤄웨이즈는 이 늙은이에게 귀여운 면이 있다고 느꼈다.

"언제나 그 흰 가운을 걸치고 계시잖아요. 차라리 두 손을 호주머니에 넣으세요. 그럼 어깨를 감쌀 필요가 없을 테니까요."

웬자이춘이 고개를 끄덕인다.

"음, 괜찮은 방법이야."

함께 회의실에서 나오며 웬자이춘이 말한다.

"시간이 나면 잘 이야기를 나눠보지요."

그저 흘려들을 뤄웨이즈가 아니었다. 기다렸다는 듯이 대뜸 못을 박는다.

"언제쯤 시간이 돼요?"

이야기하면서 두 사람은 솔밭 속으로 뻗은 오솔길에 접어들었다. 수백 년은 되어 보이는 노송 한 그루가 우뚝 서 있는데 설한풍을 이겨낸 가지들은 위에서 아래로 축 내리 처져 있었다. 오래된 고목은 봄바람에 술렁이며 신음하는 듯 흐느끼고 있었다. 온통 푸른빛을 띠고 있긴 하지만 새로 돋은 가지와 겨울을 겪은 잎사귀들의 푸르름이 완연히 다르다. 햇순에는 연한 노란색이 깃들어 있는 반면 오래된 잎사귀들은 풍상고초를 겪은 검푸른 색이다. 하지만 연한 푸름이나 검푸른 색을 막론하고 모든 잎사귀들은 한결같이 생기를 뿜으며 아름다운 봄날을 단장하고 있었다. 싱그러운 솔 기운에 마음이 탁 트이는 듯했다.

웬자이춘이 깊이 숨을 들이 마신다.

"사실 나는 바쁘다고 할 수도 없지. 진짜 바쁜 것은 최전방의 의사와 간호사들이니까. 그리고 제일 수고하는 것은 장의사들이라고 해야 할 거요. 기세 흉흉하게 달려드는 신종 바이러스 앞에서 우리는 피동적으로 당하기만 하는 입장이거든. 적의 상황을 전혀 모르니 장님이 코끼리를 만지는 것과 별반 다름이 없다오."

뤄웨이즈가 말을 받았다.

"저도 해당 자료들을 보았는데요. 위정펑 선생의 화관바이러스에 대한 묘사는 정말 귀중하다고 봐요. 이성적이면서도 감성이 풍부하더군요. 그분을 만나 뵈었으면 좋겠어요."

뤄웨이즈는 자신의 첫 취재를 시작할 생각이었다. 비록 방금 합류한 사람이긴 해도 위정펑처럼 바쁜 사람을 만나려면 총지휘관의 비준이 없으면 안 될 일이라는 것쯤은 알고 있었다.

순간 웬자이춘의 안색이 확 변한다. 그는 확언하듯 대답했다.

"그건 안 되오."

"왜요?" 뤄웨이즈는 진심으로 이상한 생각이 들었다.

웬자이춘도 자신이 지나쳤음을 깨달은 듯 누그러진 목소리로 대답한다.

"그분은 A구역에 있고 여기는 C구역인데 만나긴 어떻게 만난다고 그러오?"

뤄웨이즈는 입을 다물었다. 이곳의 규칙에 의하면 이것은 확실히 넘을 수 없는 장애인 것은 분명했다. 직접적으로 화관바이러스로 사망한 사체들을 해부하는 위정펑 의사는 고도의 위험에 노출되어 있는 사람인데 어찌 만나고 싶다고 만날 수 있겠는가!

뤄웨이즈의 풀이 죽은 모습을 보고 있자니 웬자이춘은 은연중에 측은함을 느꼈다. 그는 자신의 비서 주룬朱倫을 불러서 여차여차한 자료를 뤄웨이즈에게 주라고 일렀다. 그것은 위정펑이 화관바이러스에 대한 느낌과 사색을 적은 것인데 아직 정식으로 발표하지 않은 내부 회람 단계의 서류였다.

그날 저녁, 뤄웨이즈는 자기에게 배정된 숙소 — 군왕부207호실에서 자료들을 펼쳐들었다. 봉함된 흰 봉투 안에 들어있는 자료는 깔끔하게 정리된 서류일 줄 알았는데 펼쳐보니 웬걸, 난잡하고 이리저리 흩어진 초고에 불과한 뭉치였다. 첫 몇 장을 얼핏 읽어 본 뤄웨이즈는 저도 모르게 그것들을 봉투에 도로 넣어버렸다. 음산한 기운이 자료 뭉치에서 풍겨 나와 소름이 끼쳤다. 이런 의료 서류는 해가 반짝 나는 대낮에 봐야지. 그렇지 않으면 리위안이 준 하얀 분말을 복용하더라도 잠들 수 없을 것만 같았다. 뤄웨이즈는 여기에 들어온 이후부터는 리위안의 1호 분말 덕에 밤마다 편한 잠을 잘 수 있었다.

이튿날 오전, 진짜로 3월 초에 보기 드문 화창한 날씨가 찾아왔다. 햇빛은 어찌나 쨍쨍한지 꽹과리 같았고 솔솔 불어오는 따뜻한 바람은 콧구멍을 간질였다. 뤄웨이즈는 다시 위정펑의 의학 서류들을 꺼냈다.

화관바이러스는 약 일주일 정도의 잠복기가 있다고 했다. 발병이 급격한 편이 아니라는 말이다. 갑작스레 발병하지 않을뿐더러 점잖고 부드럽다고 할 수 있다. 인체에 대한 최초 공격은 경미하고 느려서 환절기 감기와 흡사하다. 그 후에 점차 증상이 나타나기 시작하는데 경미한 두통과 온몸이 진저리가 나다가 점점 심해진다고 한다. 이때 열과 기침이 나며 가래에 피가 보인다고 한다. 하지만 이때까지도 컨디션은 그다지 나쁜 편이 아니어서 정상적으로 출근하는 사람까지 있다고 했다. 그런데 이러한 성질 때문에 후기의 살상력이 더욱 무시무시했다. 이때는 쉼 없이 극심한 두통과 기침에 시달리게 되며 결국에는 걷잡을 수 없는 설사로 이어진다고 한다. 처음에는 그래도 형태 있는 분변이지만 후에는 잿빛에 붉은색을 띤 액체를 배설하게 되며 이어 액체 중에 쌀알 같은 부스러기가 보인다고 한다. 환자들은 대부분 설사가 시작된 후의 수십 시간 내에 사망에 이르게 된다고 하는데 그것은 그 배설물들이 환자가 섭취한 음식물 찌꺼기가 아니라 바이러스에 의해 분해된 인체의 창자이기 때문이라고 한다. 쌀알 같은 물체는 바로 탈락한 창자 점막이란다. 상상해 보시라. 창자가 토막토막 끊어지는 것이 어떠한 아픔일지! 혹 간장촌단肝腸寸斷이라는 성어를 쓰는 사람이 있지만 이 바이러스에 걸린 사람에게 이것은 형용사가 아니라 피비린내 나는 현실이었다.

위정펑은 병리해부 보고서 여러 부를 첨부했다.

그중 최초 보고서에는 아래와 같이 적혀 있다.

시신은 이미 부패가 시작되었다. 나는 포화 속의 노먼 베쑨(항일 전쟁 시기 중국에 와 구호 활동에 종사한 캐나다 의사)처럼 냉정해야 된다고 자신을 다잡았다. 이 환자의 차갑고 눅눅한 신체는 전에는 그 자신의 것이었겠지만 지금은 나의 것이다. 먼저 환자의 가슴을 열었다. 눈앞에 나타난 것은 불타 버린 재가 가득 찬 통이었다. 폐와 기관지의 구조와 결은 완전히 파괴되었는데 화염방사기에 그슬린 듯했다. 하지만 화염방사기가 훑고 지난 폐허는 잿빛인데 반하여 화관바이러스가 남긴 것은 공포스러울 정도의 뻘건색이었다. 해부 가위로 환자의 복부 근육을 잘랐더니 검은색의 더러운 액체가 분수처럼 뿜겨 나와 나의 특수 방호 에이프런을 적셨다. 폐장의 파괴 상태를 이미 본지라 충분한 사상 준비가 있었건만 환자의 복강 상태는 나에게 크나큰 충격을 주었다. 이번에 본 것은 폐허도 아니었다. 이것은 더는 인간의 신체가 아니었다. 완전히 문드러져서 죽과도 같은 그 모양은 억만 년 전의 선사시대의 유해에서나 볼 법했다. 완전히 부패된 차디찬 죽… 나의 손가락과 가위, 메스는 부패된 장기 속을 힘겹게 더듬었다. 간장은 평소의 비할 바 없이 매끄러운 변두리를 잃은 채 퉁퉁 부어오른 구명환처럼 복강 속에 떠올라 있었다. 심장의 파열로 인한 피가 바다를 이룬 가운데 고름으로 찬 담낭과 췌장이 덧쌓여서 마치 폭풍우 속에 내팽개쳐진 망가진 벌집과도 같았다. 바이러스에 짓밟힌 장관은 사악한 청남색을 띠고 있었는데 바이러스에 물어 뜯긴 구멍이 숭숭 뚫려있다.

환자의 몸이 겪었을 수만 가지 재난의 형태가 이 시각 응고되어 내가 하나하나 해독하기를 기다린다…

사망이 닥쳤을 때 이 육신이 받아내야만 했을 고통을 전혀 헤아릴 수 없다. 세상의 모든 언어는 이 비참한 바위에 산산이 으깨져서 보잘것없는 것이 되었다. 이 정도의 생명의 폐허를 보노라니 조금이라도 일찍 죽는 것이 얼마나 자비로운 일인지 깨달을 수 있었다!

마지막으로 그의 뇌를 해부하기 시작했는데 고름이 뿜어져 나온다…

여기까지 본 뤄웨이즈의 인내가 극한에 다다랐다. 손가락이 전기에 붙은 것처럼 세차게 떨린다. 그녀가 할 수 있는 일은 단 하나, 서류를 덮어버리고 207호실을 뛰쳐나가는 것뿐이었다. 문을 탕 닫아 음산한 기운을 차단하고 넘어지듯 마당에 달려 나왔다.

쨍쨍한 햇빛이 피부에 닿자 그녀는 저도 모르게 몇 번이고 재채기를 해댔다. 금빛 꿀벌이 콧구멍에 파고드는 것만 같았다. 봄날의 점점 따뜻해지는 햇빛 아래 그녀는 그대로 버티고 서서 따뜻한 태양이 혈맥을 녹여주기를 기다렸다. 뜨거운 기운이 굳어진 손가락 끝까지 살며시 흐른다. 얼마나 지났을까, 누군가의 속삭이는 소리가 들렸다.

"뤄 박사님, 크게 놀라신 것 같은데요?"

머리를 돌려보니 중년의 사나이가 지나가고 있었는데 다름 아닌 웬자이춘의 비서관인 주룬이었다.

"주 비서관님, 전 그분을 만나야겠어요."

뤄웨이즈는 가슴을 쓸어내리며 용기를 내어 말했다.

"어느 분을 말씀하시는지?"

주 비서관은 떨떠름한 표정이다.

"위정평 교수님요. 저한테 주신 자료의 작자분 말이에요. 필력이 이만저만 아니던데요. 화관바이러스를 깊이 알고 있는 과학자세요."

뤄웨이즈는 과학 괴물이라 할 수 있는 이 사람이 도대체 어떻게 생겼는지 궁금해졌다. 그 사람은 바이러스에 대해 병적인 애착이 있는 듯했다. 정말로 만나게 된다면 너무 무섭지 않았으면 좋겠다.

주 비서관은 약간 망설이는 듯하더니 딱한 표정을 짓는다.

"오, 그분 말인가요. 그런데 그분은 만나고 싶다고 만날 수 있는 분이 아니라서요."

"그건 이해돼요. 그분은 A구역인데 저는 C구역이니 직접 만나는 건 어렵겠지요. 하지만 전화는 걸 수 있지 않을까요? 화관바이러스가 전화선을 타고 전염되는 건 아니겠지요?"

주 비서관은 그녀의 이 유머가 전혀 우습지 않은 듯 정색해서 말한다.

"이건 웬총에게 보고할 사안입니다."

"좋아요. 연락 기다릴게요."

뤄웨이즈가 한결 밝아진 목소리로 말한다. 이제 겨우 몸이 풀린 것 같다.

이튿날, 뤄웨이즈는 응답을 받았다. 그것도 주 비서관이 아니라 방역 총지휘관인 웬자이춘이 직접 회답을 한 것이다. 장소는 그의 사무실이었다. 새하얀 소파, 새하얀 커튼에 웬자이춘의 24시간 몸에서 떠날 것 같지 않은 흰 가운까지, 마치 병원의 격리 병동에 온 것만 같은 기분이었다.

"위정평을 꼭 만나보고 싶다고?"

웬자이춘은 찻잔 뚜껑으로 잔 안의 아직 퍼지지 않은 찻잎을 밀어내면서 느릿느릿 묻는다.

"그래요." 뤄웨이즈가 정중하게 고개를 끄덕였다.

"무섭지도 않소? 단순한 화관바이러스 감염 문제가 아니라 위정평은 성깔도 이만저만 아닌데, 그 사람은 의사 중에도 알아주는 괴짜라오."

웬자이춘의 어조에는 전혀 기복이 없다. 이 말만 들어서는 그가 위정평의 성미를 좋아하는지 꺼리는지 전혀 판단할 수 없었다.

"무서워요. 하지만 아주 매력적이기도 하죠. 저는 그분의 성격을 존중할 거예요." 뤄웨이즈가 솔직하게 대답한다.

"위정평은 매력적인 의사이긴 하지. 사람들은 대개 의사면 다 같은 줄로 알겠지만 그건 잘못된 생각이오. 위정평은 자체 발광하는, 그것도 눈부신 빛을 뿜는 의사요. 그는 화관바이러스를 격퇴하는 우리의 이 싸움을 위해 최초의 정보를 제공했다오."

웬자이춘의 말에 약간 감정이 실린 듯했다.

뤄웨이즈가 가망이 있을 것 같아 약간 들떠있을 때 웬자이춘이 가차 없이 냉수 한 바가지를 끼얹는다.

"하지만 그쪽은 그 사람을 만날 수 없소."

"왜요? 전 그분이 최전방에 있는 의사인 걸 알아요. 제가 만약 그분을 만나려고 한다면 방역 등급이 C등급에서 A등급으로 올라서 위험 계수가 높아진다는 것도 알고요. 하지만 전 두렵지 않아요. 일단 이곳에 온 이상 용왕매진*해야죠. 정 안된다면 전화라도 걸게 해주세요. 직접 만나 취재 하는 것보다는 못하겠지만요."

뤄웨이즈는 평소에 각오요, 구호요 하면서 자신을 드러내는 사람을 멸시해 왔는데 이때서야 이런 말이 필요한 순간이 있음을 알게 되었다. 어떤 경우에는 속된 방식으로만이 결코 속되지 않은 마음을 표현할 수 있구나.

"그 정도로 위험하진 않소. 웨이즈는 C등급에서 A등급으로 변할 필요 없이 그냥 C구역에 머물 수 있소. 날 따라 오오 같이 그를 만나러 갑시다."

말과 함께 웬자이춘은 몸을 일으키더니 뒤도 돌아보지 않고 사무실을 나선다. 흰 가운의 자락이 바람에 날려 다리에 칭칭 감기는 바람에 걸음이 제대로 되지 않는 것 같다.

뤄웨이즈는 계를 탄 것처럼 기뻤다. 와, 이렇게 간단할 줄은 몰랐네. 위정평이 같은 군왕부에 있다니. 병리 보고서란 모든 의사들의 종신 교수님과 같은 존재로 모든 수수께끼의 답이 아닌가. 날이면 날마다 정답에 접근하는 사람, 화관바이러스에 이름을 달아준 사람, 그런 사람과 만나다니, 뤄웨이즈는 작은 심장이 콩콩 뛰는 것을 느꼈다.

웬자이춘은 말 한마디 없이 걸음을 재촉한다. 뤄웨이즈는 떨어질세라 종종걸음으로 따라간다. 왕의 저택이란 주택의 최고급 형식임에 틀림없었다. 제국주의가 자본주의의 제일 부패한 상태인 것처럼 말이다. 작은 다리 아래 맑은 물이 돌돌 흐르고 푸른 대밭은 온갖 꽃이 만발한 화원을 품고

---

* 거리낌 없이 씩씩하게 나아감

있다. 방역 지휘부 직원들의 숙소는 아주 흩어져 자리 잡고 있었는데 은하 속에 흩어져 있는 별들 같았다. 그들은 드디어 울창한 파초 나무에 뒤덮인 숙소에 다다랐다. 넘쳐흐르는 푸르름 속에 금방 망울을 터뜨린 붓꽃이 개구쟁이들처럼 여기저기서 빼꼼히 얼굴을 내밀고 있다. 뤄웨이즈는 저도 모르게 이홍쾌록怡紅快綠이란 낱말을 떠올렸다. 날카로운 메스를 든 위정평 교수가 이토록 우아한 곳에 기거할 줄은 몰랐다. 이 방역 최전선도 남들이 생각하는 것처럼 피비린내만 풍기지는 않는 모양이다.

뤄웨이즈는 마음속으로부터 찬사를 보낸다.

"덕성과 명망이 높으신 분이라 계시는 곳부터 다르네요."

웬자이춘이 그녀를 돌아보며 말한다.

"그의 숙소가 아니라 지휘부에서 나한테 배정해 준 숙소라오. 거의 이곳에 오지 못한다 뿐이지. 병원이나 과학 연구소를 돌지 않으면 지도부에 보고를 해야 하니까. 사흘에 하루 꼴로 돌아온다 할까."

"그럼 두 분이 함께 계시나요?"

웬자이춘이 멈춰 섰다. 그는 뤄웨이즈를 돌아보며 또박또박 말한다.

"위정평은 내 제자였소. 하지만 그쪽은 그를 더는 만날 수 없을 거요. 그는 이미 순직했으니까."

뤄웨이즈는 저도 모르게 옆에 있는 대나무를 붙들었다. 댓잎들은 폭풍을 만난 듯 부르르 떤다. 반 식경이나 지나서야 그녀는 모깃소리 같은 소리를 겨우 낸다.

"어 … 어쩌다가요?"

"병리 표본을 해부하다가 화관바이러스에 감염됐다오. 아주 험악하게 발병했었지. 우리가 최선을 다 했고 그 자신도 완강하게 병마와 사투했지만 결국에는…"

그는 뤄웨이즈가 그의 눈시울을 볼까 봐 고개를 돌려버렸다.

그냥 앞으로 가야 할지, 아니면 그 자리에 서 있어야 할지 뤄웨이즈는 갈등했다. 결국 웬자이춘 혼자서 앞으로 가서 방문을 열었다. 이윽고 방에서 나온 노인은 입방체의 종이박스 하나를 들고 나왔다.

"이것은 위정펑이 위급할 때 사람을 통해 내게 보내온 것인데 병상에서 이 질병에 대한 마지막 사색들을 적은 것이오."

두 손으로 박스를 받아 드는 뤄웨이즈는 뜨거운 유골함을 받쳐 든 듯했다. 웬자이춘이 덧붙인다.

"두려워하지 마오. 소독을 마친 거라 전염될 우려는 없소. 하지만, 반드시 비밀을 지켜야 하오."

뤄웨이즈는 선서라도 하는 것처럼 다짐한다.

"걱정 마세요. 이 자료들, 꼭 비밀을 지킬 테니까요."

웬자이춘이 가슴을 내리쓸며 크게 한숨을 내쉰다.

"자료만이 아니오. 우리의 명부에서 위정펑이는 아직 살아있소, 최전방에서 말이오."

순간 뤄웨이즈는 깨달았다. 위정펑 의사의 사망조차도 사망자 수에 집계 되지 않은 것을.

통계상에서 위정펑 의사는 지금도 팔팔하게 살아있는 것이다.

# 제3장
# 사재기 심리

그 많던 24겹짜리 소독 마스크는 어디로 갔나?
공급을 무제한 보장하는 것은 인민들과 빅딜을 하는 것이다.


207호실에 돌아와 박스를 열면서 뤄웨이즈는 위정펑의 유서도 전번처럼 흰 봉투에 넣은 것이리라 생각했다. 그런데 봉투는 크라프트지로 시대에 맞지 않는 고색창연한 것이었다. 흡사 오래된 역사 유물 같았다.

봉투를 여니 안에 크고 작은 종잇장들이 들어있었는데 전번 것보다도 더 자잘하고 흩어진 것들이었다. 보아하니 때때로 생각나는 것을 잡히는 대로 각색의 종잇장들에 메모하는 것도 이 천재적인 의사의 스타일인 것 같았다. 이것으로 뤄웨이즈가 세 번째로 위정펑이 남긴 자료를 접하는 셈이었다. 첫 번째는 화관바이러스의 명명에 관한 서술이었으며 두 번째는 해부 보고서였다. 그럼 오늘 이것은 또 무엇일까? 그녀는 자료 봉투를 힘껏 흔들어 보았다. 하다못해 USB메모리 하나라도 있으면 정보량이 엄청 많을 텐데. 하지만 USB 같은 건 없었다. 다시 생각해 보니 자기 생각이 틀렸다. 이런 유언장 비슷한 구절들을 쓸 때 위정펑은 이미 엄격하게 소독된 격리 병동에 들어 있었을 텐데 목숨이 오락가락하는 판에 어디에서 컴퓨터를 사용한단 말인가?

색깔도 크기도 다른 종잇장들에 글자들이 흘려 씌어 있었다. 자세히 보니 사용한 사인펜도 굵기나 색채에 차이가 나는 것들이었다. 글씨체도 처음에는 그런대로 단정해 보였으나 갈수록 거칠어지고 있었다. 마지막에 가서는 글자의 형태가 거의 부적과 같았다. 그중 어떤 자료들은 그가 병실에 가지고 들어간 건지, 남들이 복사해 준 것인지도 분명치 않았다. 어떤 글은 환자의 병력서에 쓴 것이고 심지어 화학 검사서나 처방전에 남긴 것도 있었다. 병상에 누워있을 때 만나는 사람들에게 달라고 한 것으로 보인다. 지금은 병원들에서 종이 없는 진료를 실시한지 오랜 지라 남아 있는 종잇장들은 모두 이전의 잔고여서 그 질이 말이 아니었다. 그리고 소독도 아주 철저하게 했는지 종잇장들이 모두 누렇게 바래고 취약해져서 옛 무덤에서 출토된 전병처럼 손대면 부스러질 것만 같았다. 따져보면 이 글씨들은 쓴 지가 그닥 오래 지나지 않겠지만 얼핏 보아서는 오랜 세월을 겪은 잔해와도 같았다.

전번의 경험이 있는지라 뤼에이즈는 화창한 날씨의 오전에 이 자료들을 보기로 했다. 햇빛을 온몸으로 받으며, 인내심을 최대한 발휘하고 용기를 북돋아야 할 것 같았다. 햇빛이 옮겨가면 자기도 따라 옮기면서 햇빛이 몸을 비추게 해야지. 태양의 무궁한 에너지만이 이 황갈색의 종잇장들이 내뿜는 골수까지 얼어 드는 냉기를 제어할 수 있을 거야. 이렇게 작심했지만 끝내 호기심을 이기지 못하고 손을 넣어 제일 마지막 종잇장을 가만히 끄집어 내 보았다. 종잇장에는 "음… 열어보지 마시오… 열어보았다가는 후회할 것"이라는 글귀가 적혀 있었다.

이건 뭐람? 모르겠다. 뤼웨이즈는 급급히 그 종잇장을 도로 밀어 넣었다.

또 한 차례 회의가 소집되었다. 이번에는 어떻게 시민들의 사재기에 대응할 것인가 하는 것을 토론한다고 했다.

이번은 다른 회의실이었는데 들어가니 어안이 벙벙해졌다. 단상에는 웬자이춘 한 사람뿐이고 특별취재단 성원들이 아래에 드문드문 앉아있었다. 그밖에는 한 사람도 없었다. 즉 진짜 회의 참석자들은 한 사람도 보이지 않았다. 웬자이춘이 특별히 취재단 성원들만 불러서 회의를 하려는 것 같았다. 하지만 뤼웨이즈는 절대 이럴 리가 없다는 것을 안다. 웬자이춘의 생각대로라면 취재단 나부랭이들을 전부 내쫓아도 성에 차지 않을 마당에 그들만 불러서 회의를 하다니. 차라리 해가 서쪽에서 뜨라고 해라.

아니나 다를까, 흰 가운 차림의 웬자이춘은 취재단 성원들에게 눈길도

주지 않고 단도직입적으로 개회를 선포한다.

"회의를 시작합시다. 비상 시기인 만큼 격식 같은 건 차리지 말고 정황부터 보고하시오."

그제야 뤄웨이즈는 이번은 화상회의라는 것을 깨달았다. 그도 그럴 것이 여러 병원장들이 날마다 오염구역에서 오기에 군왕부는 C구역 경계여서 소독을 거쳐야 하는데다가 물자 공급을 주관하는 사람들이 모두 0구역 인사들이어서 회장에 오는 것이 불편할 것이었다.

신중한 통제를 거쳐 날마다 통보하는 사망자 수는 아직 시민들이 받아들일 만한 범위에 속한다고 할 수 있었다. 하지만 이런 숫자라 해도 날마다 쌓이다 보니 이미 적은 숫자가 아니다. 게다가 사람들은 퇴원하는 사람들을 볼 수 없었다. 일단 병원에 들어가면 단 한 명도 퇴원하지 않는다. 물론 방역 지휘부에서는 이 일에 대해 사람들이 납득할 만한 설명을 내놓긴 했다. 처음으로 보는 신종 전염병의 회복 기준이 엄격한 것이 느슨한 것보다 낫다. 때문에 모든 임상 증세들이 치유되었다고 해도 병원에 남겨 관찰하여 후속 감염을 방지해야 한다. 그래서인지 지금까지는 의식적인 숫자 축소가 전혀 들통이 나지 않고 있다. 하지만 시간이 시간이니 만큼 화관바이러스를 이겨낼 수 있다는 믿음도 점차 사라지고 있는 중이었다.

위험은 드디어 가시화되었다. 집안에 숨어 숨죽이고 있던 사람들이 거리에 쏟아져 나왔단다. 그들은 약속이라도 한 듯이 미친 듯이 물건들을 사들이기 시작했다. 식료품과 식수는 말할 것도 없고 솜옷이며 이불이며 휴지, 그리고 소금 … 닥치는 대로 사들였다. 옌시의 수많은 슈퍼들은 반날도 안 되는 동안에 물건들이 거덜이 났다. 수년간 창고에 적치되어 있던 쓰잘머리 없는 물건들까지 전부 팔려나갔다.

스크린에 제일 처음 뜬 것은 상업국 국장의 부은 듯한 얼굴이다. 원래 뚱뚱보여서 그런지 급해서 부종이 온 것인지 알 수 없었다.

"그럼 제가 먼저 보고하지요. 충동구매는 어제 오후 세 시쯤에 폭발했습니다. 제일 먼저는 교외로부터 시작됐고요."

누군가 그의 말을 자른다.

"줄곧 성공적으로 공황을 억제하여 시민들의 소비가 정상적이고 이성적인 범위를 유지하지 않았습니까? 무슨 돌발사건이 일어나서 졸지에 이런 사재기 바람이 분 겁니까?"

회의 참석자들은 모두 상당한 직급의 지도자들이기에 평소 같으면 이렇게 주제넘는 행동을 하는 사람이 없었겠지만 비상 시기인지라 사람들의 사유에도 가속도가 붙은 듯했다.

웬자이춘이 두 손을 아래로 누르는 제스처를 한다.

"다들 냉정하시오. 먼저 왕 국장의 말부터 들어봅시다."

왕 국장이 말을 이었다.

"더 정확하게 얘기한다면 옌시의 도농 접합부에서 제일 먼저 이 현상이 일어났습니다. 이런 곳들은 관리가 상대적으로 빈약한 곳이지요. 도시 구역에는 대부분 직장에 다니는 사람들이 살다 보니 고정된 일자리가 있어 마음도 든든하고 지식인들도 많아서 전망에 대해 낙관적인 편입니다. 그리고 옌시의 진정한 농촌들도 이 몇 년간 발전이 빨라서 집집마다 곳간에 여유 식량이 있고 살림집도 널찍하지요. 그러니 민심도 안정된 편입니다. 그리고 아시는 바와 같이 화관바이러스는 주로 호흡기와 소화기를 통해 전염되는 질병이니 생존 조건이 상대적으로 좋은 편인 농촌에서는 별반 위협이 되지 않겠지요. 문제는 도시와 농촌의 접합부입니다. 외래 인구들이 대부분 이런 곳에서 살다 보니 주거환경이 좋지 못하고 수입도 안정적이지 않습니다. 게다가 위생환경은 더더욱 말이 아닙니다. 전염병이 발생한 뒤, 기타 성들과 도시들에서 옌시와 통하는 길목들을 폐쇄하는 바람에 우리 시로 들어올 수는 있어도 나갈 수는 없습니다. 다른 곳들에서는 화관바이러스가 침입해 들어올까 봐 민간인들도 철저히 통제하고 있지요. 이런 형편에서 교외의 상황이 제일 혼잡한 것은 자명한 일입니다. 어제 오 씨 성을 가진 늙은 부부가 처음으로 물건을 사들이기 시작했는데 소식이 들불처럼 번져서 온 시내에 퍼졌습니다. 지금처럼 인터넷과 통신이 발달한 세상에 통제할 수도 없고요. 도미노 현상처럼 걷잡을 수 없는 사태가 벌어진 겁니다."

웬자이춘이 한마디 한다. "그 늙은 부부는 도대체 어찌 된 일입니까?"

상업국장은 눈시울을 내리깔고 답한다.

"그들의 아들이 M국에서 의학박사 공부를 하는데 밤중에 전화를 걸어 중국 옌시에서 사망자 수를 거짓으로 통보한다고 했답니다. 그리고 화관 바이러스는 백신도 없고 사태가 끊임없이 확대되어서 통제할 수 없는 지경이라고 했답니다. 그래서 사람들이 많이 죽을 거라고, 수십, 수백만에 달할 거라고… 그 아들이 늙은 부모들에게 권한 방책은 모든 힘을 다해 물건들을 비축하는 거라고 했답니다."

왕 국장의 말을 들은 사람들의 낯빛이 확 변한다. 제일 걱정되던 일이 끝내 터졌다. 외국 매체들이 미친 듯이 야단이다. 사람들의 눈빛은 웬자이춘에게 쏠린다. 그가 어떤 표정인지 보려는 듯이.

웬자이춘이 담담한 표정으로 묻는다. "그래서요?"

왕 국장이 말을 이었다.

"그래서 그 오 씨 성을 가진 부부는 택시를 타고 교외의 큰 슈퍼에 갔답니다. 차에 올라 기사에게 빨리 가자고 하니까 기사가 무슨 일이 그리 급하냐고. 그래서 이러이러하다고 아들이 한 말을 전했나 봅니다. 늙은 부부가 슈퍼에 들어 간 다음 그 기사가 문자 그룹 발송 형식으로 이 일을 자신의 친지들에게 알렸답니다. 그 후엔 하나가 열로, 열이 백으로 뜬소문이 삽시에 퍼졌지요. 그 기사도 일이고 뭐고 집어치우고 슈퍼에 들어가 물건들을 샀답니다."

"음, 뜬소문이라고 하기는 좀 그런데. 계속하시오." 웬자이춘은 눈썹 하나 찡그리지 않는다.

"그 오 씨 성을 가진 노부부는 슈퍼에 들어가 먼저 쇼핑카트가 있는 데로 갔답니다. 할머니가 끌고 할아버지가 밀면서 수십 대의 쇼핑카트를 밀고 가는데 슈퍼 직원들이 와서 쇼핑카트를 떼어낼 줄 모르는가 물었답니다. 그런데 늙은 부부가 이 카들을 전부 쓰겠다고 하더랍니다. 직원은 하는 수없이 그들을 도와 쇼핑카트를 매장에 밀고 들어오고 그들을 도와 판매대의 물품들을 쇼핑카트에 실어줬답니다. 그들은 도합 이십여 대의 물품을 샀는데 만 위안 너머 썼답니다."

"뭐 그리 많지 않구만요."웬자이춘이 덤덤하게 말한다.

상업국장의 말이 다급해졌다. "많지 않다구요? 한집에서 만 위안씩이면 우리 상점들이 몇 집에나 공급할 수 있겠습니까?"

웬자이춘이 미소를 띠며 말을 받는다.

"내 말은 이십 몇 대의 쇼핑카트어치 물건이 만 위안 밖에 안 되니 값이 많지 않다는 겁니다. 우리가 물가 통제를 잘 한 거라고나 할까요."

"값이야 그렇다지만 문제는 물건이 없다는 겁니다."

상업국장은 말하면서 사진 몇 장을 꺼내든다.

살상력이 어마어마한 사진들이다. 다투어 사재기를 한다고 하면 떠오르는 것은 숫자들뿐이지만 진실한 사진을 보니 참으로 놀랍기가 그지없었다. 슈퍼들의 모든 진열대들이 텅텅 비었다. 분유가 없고 찻잎도 없고 설탕도, 식용유도 없어졌다··· 이런 식료품은 그렇다 치고 접이형 자전거도 없고 예술 스탠드도 없다··· 뤼웨이즈가 볼 때에 이건 참으로 뭐라고 설명할 수 없는 현상이었다. 밖으로 나가는 것이 위험하여 집에서 책을 보고 글을 쓴다면 전기스탠드는 필요하다고 치자. 하지만 자전거를 사는 것은 나돌아 다니는 것을 의미할 것인데 나돌아 다니려면 밖의 위험이 해소되어야 할 것이 아닌가? 참 종잡을 수 없는 일이다. 제일 가소로운 것은 피임 도구들마저 몽땅 없어진 일이다. 밖에 나갈 수 없으니 집에서 섹스나 하자는 거냐 뭐냐.

웬자이춘이 대형 스크린을 보면서 말한다.

"상황은 아주 분명한 셈입니다. 우리도 나름 이런 상황에 대비해서 주민들의 채소, 고기, 달걀, 우유와 식량에 대해 효과적으로 공급을 보장하여 왔기에 이번의 사재기 풍조가 주민들의 기본적인 생활 물자에까지 파급되는 것을 막고 있지만 이는 분명 위험한 신호입니다. 불신 정서가 나타났을 뿐만 아니라 대규모로 번지고 있으며 누적되고 뜸을 들여 한창 심각해지고 있습니다. 지금 우리는 이 상황을 어떻게 대처해야 할지가 가장 큰 문제입니다."

회의 참석자들의 일치된 견해는 공급을 보장하자는 것이었다. 그들의 논리인즉 만약 시민들이 아무리 사들여도 물자가 풍부한 것을 본다면 사들이려는 열정이 식을 것이고 뜬소문도 저절로 사그라든다는 것이었다. 그러면 사태가 회복되고 인심도 안정될 것이다.

웬자이춘은 사람들의 말을 귀담아듣고 나서 말했다.

"이전에 우리는 이렇게 사재기 풍조를 대처해 왔지요. 그리고 매번 효험이 있었습니다. 하지만 이번은 그렇게 간단하지 않을 같습니다. 중국은 큰 나라지만 우리 옌시는 천만이 넘는 큰 도시지요. 터놓고 말해 우리 여기 사람들이 집집마다 그 오 씨 노부부처럼 쇼핑 카 20대씩 물건을 사들인다면 온 나라의 힘을 쏟아 붓는다고 해도 공급할 수 없을 것입니다. 그리고 기존에 써오던 이런 방법은 시민들의 심리와 빅딜을 하는 것이나 다름없습니다. 그럼 판돈은 무엇이겠습니까? 충분한 비축이겠지요. 사겠으면 사 봐라, 내가 무한정 공급할 테니, 물건은 얼마든지 있다. 보시라, 나에게 얼마나 승산이 있는가. 그러면 그쪽에서 먼저 물러날 것이다. 대략 이렇겠지요. 하지만 이번에 우리는 딜을 할 수 없습니다."

웬자이춘의 말을 듣고 다들 아연실색한다. 이왕에 이런 일이 닥치면 정부에서는 언제나 배포 두둑이 밑천을 드러내 보이곤 했었다. 그리고는 차분하고 느긋하게 언명하곤 했었다. 사십시오, 얼마든지, 마음대로. 우리가 언제까지나 대 줄 테니.

여러 사람의 마음을 헤아린 듯 웬자이춘이 말을 이었다.

"전에 이런 상황이 나타났을 때는 언제나 속전속결했었습니다. 하지만 이번은 지구전입니다. 얼마나 걸릴지, 언제 가야 최후 승리를 전취할 수 있을지 누구도 시간표를 제출할 수 없습니다. 이번에도 우리가 모든 것을 쏟아 붓고, 시민들이 몽땅 사들이고, 없어지면 다시 쏟아 붓고 시민들이 또 사고 이렇게 한다면 악순환에 휘말리게 될 것입니다. 극단적으로 말하면 어느 날 모든 잔고가 거덜이 난다면 그때 가선 또 어떻게 하겠습니까? 한번 생각해 봅시다. 만약 이번 전염병이 장기간 지속된다면 우리는 결국 시민들에게 최저한의 공급도 보장하지 못하게 될 것입니다. 그러면 민심이 흉흉해질 텐데 국제 사회에서 우리에게 지원을 준다고 해도 해결할 수 있겠습니까? 한 컵의 물로 달구지의 불을 잡으려는 격일 것입니다! 오 씨 부부의 외국 친척들처럼 사이비 같은 유언비어들을 유포해서 우리의 분위기를 망치는 것은 차치하고라도 말입니다. 때문에 우리는 반드시 멀리 내다 봐야지 절대 눈앞의 곤경을 피하려고 우환거리를 만들어서는 안 됩니다."

영사막에서 여러 사람들이 고개를 끄덕이는 모습이 보인다. 약간 사이를 두고 다른 국장이 마이크를 잡았다.

"우리는 다른 성이나 도시들에 지원을 청할 수 없을까요? 이렇게 큰 나라에서 옌시 하나를 못 살리겠습니까? 구조요청 신호를 보내면 각 방면의 물자들이 속속 도착할 텐데요. 그러면 우리의 힘도 강해져서 시민들이 기뻐하지 않을까요?"

그렇다. 시민들이 볼 때에 전혀 부족함이 없도록 물자를 공급하지 않는다면 이러저러한 추측이 난무하고, 그로 인해 더없이 복잡하고 험악한 상황으로 번질지도 모르는 일이었다. 그러니 뒤의 방법이 더 타당할지도 모른다.

웬자이춘이 말한다. "제가 이야기 하나 할까요?"

이 말에 다들 또 놀란다. 지금이 어떤 때인가? 금쪽같은 시간을 쪼개 써도 모자랄 판에 이야기라니?

남들이야 그러건 말건 웬자이춘은 컵을 들어 목을 적시고 유유히 서두를 뗀다.

"화관바이러스의 최초의 증세는 열이 나는 것이지요. 환자가 열이 나서부터 감염된 것이 확진되기까지 대개 사흘에서 일주일이란 시간이 걸립니다. 이건 비교적 느린 과정인데 더 험한 것은 거론하지 맙시다. 이 며칠 사이에 효과적인 통제와 감독을 하지 못한다면 환자는 움직이는 슈퍼바이러스가 되지요. 재채기 한 번에 9미터 반경에 200만 개의 바이러스 입자가 퍼진다고 합니다. 입자 10개면 한 사람이 감염되고요. 다시 말해 이론적으로는 환자의 재채기 한 번에 20만 명을 족히 감염시킬 수 있다는 뜻이지요. 가장 빠른 시간에 발열을 감지하는 것, 이것이야말로 화관바이러

80

스를 통제하는 강력한 문턱이라 할 수 있겠지요."

여기까지는 거의 말을 하지 않은 것이나 다름없었다. 방송이나 텔레비에서 몇 번이고 선전한 것들이니까, 옌시에 모르는 사람이 없다고 해도 과언이 아닐 것이다.

웬자이춘은 사람들의 실망 어린 눈빛에 아랑곳하지 않고 자기 말만 한다.

"그래서 체온계가 필요한 거죠. 조금이라도 낌새가 보이면 체온부터 재야하니까요."

사람들의 눈빛이 그에게 쏠린다. 무슨 말을 하려는 걸까?

"지금 여러 가지 전자 체온계가 출시되었지만 싸고도 믿음직한 것은 그래도 재래식 수은 체온계겠지요. 여러분에게 문제 하나 냅니다. 옌시 인구가 천만인데 도대체 체온계가 몇 개나 있을까요?"

다들 서로 눈치만 본다. 누가 이런 엉뚱한 숫자에 주의를 돌릴 것인가?

"약 120만 개지요. 병원을 빼놓고 거의 가정들마다 가지고 있지요. 그런데 많은 학교들, 대학교 중학교들에는 학급들에 단 한 개의 체온계도 비치되어 있지 않습니다. 그러니 수업을 할 때, 불편해하는 학생이 있어도 당장 체온을 잴 수 없다고 합니다. 그래서 전염병 전파 초기에 내가 한 형제 성의 친구에게 지원을 요청했답니다. 그더러 체온계 2만 개를 지원해 달라고 했지요. 과분한 요구는 아니죠? 한 성에서 2만 개면 전국적으로 수십만 개는 거뜬할 거고 이것들을 학교나 직장들에 비치하면 발등의 불은 끌 수 있을 것이라 생각했었지요. 제 친구는 대학교 룸메이트인데 의사 출신이고 지금은 한 성의 지도자지요. 어느 성인지는 말하지 않겠는데 다들 추측하지는 말기 바랍니다. 제가 말하는 것은 일이지 어느 개인이 아니기 때문입니다. 그 룸메이트가 뭐라고 했는지 아시겠어요? 형님, 미안하지만 안 되겠습니다. 내가 '왜, 물건이 없소? 그렇게 큰 성에 체온계 2만 개가 없다니 말이 되오? 거저 달라는 것도 아니고 사겠다는데'라고 했지요. 룸메이트 말이 형님, 돈 문제가 아닙니다. 체온계 2만 개라 해봤자 몇 푼이나 되겠습니까? 한 번 손님을 청하는 돈도 안 되겠는데요. 문제는 제가 이런 시점에 이런 일을 할 수 없다는 것입니다. 제가 화나서 이런 일이 어때서? 남을 돕는 일이고 다른 사람을 고난에서 구해주는 일인데, 좋은 일이 아닌가 하고 물었더니 제 친구 말이 형님, 화내지 마시고 곰곰이 생각해 보십시오. 옌시의 전염병이 이렇게 창궐하는데 우리 성에 퍼지지 말라는 법이 있습니까. 그때 가면 지금 그곳에서 나타나는 문제가 고스란히 이곳에도 나타날 텐데 우리도 체온계가 모자랄 것이 아닙니까? 그때 가서 장부를 들추면 제가 그곳에 체온계를 보낸 일이 지적당할텐데 제가 어떻게 우리 성의 인민들에게 설명해야 할까요? 옌시는 제일 먼저 일이 나서 전국에 지원을 요청할 수 있다손 쳐도 우리 성에서 일이 터지고, 또 다른 성에서 터지기 시작한다면 스스로의 힘에 의지할 수밖에 없지 않겠습니까? 그러니 형님, 제가 면목을 봐주지 않는다고 탓하지 마시오. 정말 방법이 없어 그럽니다. 이것이 내가 하려는 이야기입니다."

이렇게 엄숙한 회의에서 이야기를 하는 것은 좀 격에 맞지 않는 감이 있었다. 하지만 참석자 전원이 이것이 절대 단순한 이야기만은 아니라는 것을 알아들었다. 그러니 신속히 결의문을 채택할 수 있었다.

1. 〈전 시 인민에게 알리는 글〉을 발표하여 정부에서 사재기 행위를 엄격히 제한하라는 입장을 밝힌다.
2. 인민들에게 우리의 물자 비축이 아주 풍부하지만 방역 투쟁의 후속적인 사업을 위하여 공급 통제 조치를 취할 것임을 알린다. 즉 생활 필수품은 증거서류에 따라 공급할 것이다.
3. 오 씨 노부부가 산 물품은 5000위안어치만 남기고 나머지는 슈퍼에서 회수하도록 한다.
4. 향후에 다시 이런 현상이 발생한다면 5000위안을 상한선으로, 5000위안을 초과하는 부분은 판매하지 않는다.
5. 사재기 행위를 금지하며 필요시에는 법률적인 제재를 가한다.

이때 누군가 이의를 제기한다. 회수한 물품들은 대개 식료품일 텐데 거둬들여도 재판매가 불가능할 것이다. 그러니 이번은 경고만 하고 다음부터 금지하는 것이 어떨까?

웬자이춘이 단호하게 말한다.

"안 됩니다. 회수한 다음, 사용할 수 있는 것은 사용하고 사용할 수 없는 것은 폐기처분하십시오. 이런 풍기를 간과해서는 안 됩니다!"

누군가가 또 말한다.

"그날 물건을 산 것은 오 씨 노인들뿐이 아닌데요. 그런데 다른 사람들 것은 회수할 방법이 없으니 한 사람에게만 적용하는 것이 불공정한 것은 아닐까요?"

"물론 불공정하지요. 하지만 비상 시기에는 비상조치가 필요한 법입니다. 그 집이 우리가 이 시점에서 단정할 수 있는 사재기 풍조의 시발점인 이상 반드시 처벌해야 합니다."

무언가 말하고 싶으나 망설이는 사람이 보인다. 웬자이춘이 매의 눈으로 그를 포착하고 영사막을 뚫어지라 쳐다보면서 말한다.

"지금이 어느 때라고 아직도 앞뒤를 재고 있습니까! 어서 얘기하시오!"

의사 출신들은 우물쭈물하며 망설이는 사람을 제일 싫어한다.

그 사람이 주저주저하며 입을 열었다.

"그 오 씨 노부부의 가족이 외국에 있는데 그들을 처벌한다면 소식이 외국에 즉시 전해질 거 아닙니까? 외국 매체들은 이것을 빌미로 또 인권 침해니 뭐니 떠들 텐데… 엄숙히 처벌하는 문제는 다시 고려해 봤으면 합니다."

웬자이춘이 차갑게 웃는다.

"그 집에 외국에 사람이 있기에 더더욱 이렇게 처리하는 겁니다. 그런 사람들더러 중국 사람의 일은 중국 사람들 자체로 처리할 수 있다는 것을 알게 해야죠. 하지만 참 잘 제기했습니다. 그들더러 초과 구입한 물건을 물리라는 것이지 몰수하는 것이 아니거든요. 상점에서 환불 조치만 잘 한다면 우리는 꼬투리를 잡힐 일이 없습니다. 조리 있고 절도 있으니까요. 환불하는 자금은 슈퍼가 부담하게 하지 말고 특별 방역 경비에서 지출하도록 하십시오."

뤼웨이즈가 홀연 입을 열었다. "저도 의견이 있습니다."

웬자이춘이 흠칫 놀란다. 의견이 있는 것이 문제가 아니라 의견을 제기할 자격이 없는 것이 문제였다.

특별취재단 성원들도 놀라긴 마찬가지였다. 그들은 기껏해야 참석자에 불과하여 의견 같은 것은 제기할 입장이 아닌데 이렇게 총지휘관을 건드린다면 긁어 부스럼을 만드는 것과 무엇이 다른가?

뤼웨이즈가 총지휘관을 빤히 쳐다본다. 사실 방금 입을 연 것은 일시적인 충동에 가까웠다. 하지만 후회한들 무슨 소용이 있으랴. 공이 자신의 손을 떠났는데. 게다가 이 회의는 생방송이니 뱉은 말을 주워 담을 수도 없었다.

웬자이춘은 당해 봐서 뤼웨이즈가 괴짜라는 것을 알고 있었다. 하지만 날이면 날마다 판에 박은 회의를 하기보다는 간혹 신선한 충격도 괜찮을 것 같았다. 그래서 규정를 깨고 말했다.

"이분은 특별취재단 성원입니다. 좋아요. 방관자의 입장에서 한번 얘기해 보시오."

퇴로가 차단됐으니 이제는 억지로라도 돌격할 수밖에 없다.

"오 씨 노인의 사재기가 저는 일종의 자기 보호라고 생각되는데요. 재난이 닥쳤는데 누군들 자신을 보호하고 싶지 않겠습니까? 본능적인 방위라고 할 수 있겠죠. 그러니 단순한 개체를 놓고 말하면 잘못이 없다고 할 수 있습니다. 하지만 자기 보호를 위한 일련의 동작들은 전염성이 있는데 이것은 그 어떤 바이러스나 병균보다 더 빨리 퍼지는 법입니다. 게다가 잠복기도 없이 즉시 발병하지요. 예를 들면 외국에서 걸려온 전화, 택시를 타고 슈퍼로 향한 것, 기사의 문자 그룹 발송, 이어진 시민들의 사재기, 이런 것들은 화관바이러스의 전파 속도보다도 훨씬 빠릅니다. 지금 심리적인 전염병의 도미노가 이미 건드려진 상태이니 무너지는 것은 시간문제라 하겠습니다. 공포의 전염은 거대한 곤경을 조성할 테니 근본적인 조치가 없다면 걷잡을 수 없는, 끝이 보이지 않는 악순환을 초래할 것입니다."

스크린에 많은 사람들이 머리를 끄덕이는 것이 보인다. 힘을 얻은 뤼웨이즈가 말을 이어나갔다.

"저는 오 씨 노부부를 엄벌에 처해야 한다고 생각합니다. 난세에는 중한 벌을 적용해야 하지요. 물론 어째서 엄벌해야 하는지 근거는 똑똑히 밝혀야겠지요. 징벌은 심리학적으로 세 가지 원칙에 준해야 합니다. 첫째는 신속해야 하는데 어제 생긴 일을 오늘 징벌 원칙을 발표한다면 제일 좋겠지요. 즉 빠를수록 좋습니다. 둘째는 중한 것인데 처벌이 중해서 그들로 하여금 제멋대로 사재기를 한 것은 수지가 맞지 않는 일이라는 것을 느끼게 한다면 다시는 이런 일을 하지 않을 수 있습니다. 셋째는 널리 알리는 원칙인데 이 점을 저는 전혀 걱정하지 않습니다. 우리의 선전의 힘이 얼마나 강력한데. 하지만 반드시 입체적인 폭격을 통해 모든 사람들이 이것이 잘못된 일이고 다시는 이러지 말아야 하겠다고 느끼게 해야 합니다."

웬자이춘이 묻는다. "말을 다 했습니까?"

"아니요."

하지만 웬자이춘이 가차 없이 끊는다.

"그쪽의 견해는 일리가 있습니다. 하지만 오 씨 노부부에 대한 처리는 저의 뜻을 따르는 것으로 합시다. 이론은 이론일 뿐이고 현실은 왕왕 이론과 다르거든요. 우리는 민중의 감당 능력을 감안해야 합니다. 자녀가 외국에 있는 노부부에 대해 지나치게 엄벌을 가하는 것은 우리의 경로 전통과도 저촉되며 온화한 민중들이 받아들이기 어려운 부분이기도 합니다. 우리는 민중들에게 검소하고 인내해야 한다고 알려야 합니다. 이렇게 하는 걸로 합시다. 폐회를 선포합니다."

지루한 회의 끝에 뤄웨이즈는 머릿속에 말벌 떼가 파고든 듯 욱신거림을 느꼈다. 만약 지도층의 일을 보려면 먼저 회의하는 것부터 배워야 할 것 같았다. 지겨워하지도 말고 싫은 내색도 하지 말아야 한다. 하품하거나 꾸벅꾸벅 조는 것은 더더욱 안 될 일이다. 단정하게 꼿꼿이 앉아서 형형한 눈빛으로 앞을 주시하여야 하며 … 그렇다고 지나치게 판에 박힌 말을 해도 안 된다.

이 회의가 끝난 다음 곧이어 두 회의가 기다리고 있다고 했다. 하나는 대외 선전의 말을 맞추는 회의이고 다른 하나는 공급을 보장하는 일을 결론 짓기 위한 회의였다. 특별취재단 성원들은 자신의 필요에 따라 선택하여 참석하라고 했다. 누군가 두 회의 다 참석하려면 어떻게 해야 하는가 묻는다. 뤄웨이즈가 돌아보니 텔레비전 방송국의 논평원인 하오저郝轍라는 사람이었다. 뤄웨이즈가 보기에 이 사람은 어쩐지 노리는 바가 있는 것 같았다. 매일 같이 회의를 하는데 지겨워하기는커녕 즐기는 것 같았다. 배경이 이만저만 아닌 싱크탱크에서 온 것으로 알려진 특별취재단 단장 멍징롄孟敬廉이 말한다.

"분신술을 부리는 것도 아니고, 어떻게 두 회의에 참석한다고 그러오? 안 될 말이오."

하오저에게도 나름 생각이 있었다.

"한 회의를 절반쯤 하고 다시 다른 회의에 참석하면 되지요. 두 회의 지점만 저한테 알려주세요. 제가 달음박질쳐 갈 테니까요."

공교롭게도 지나가던 웬자이춘이 이 말을 들었다.

"뭐 연극 구경인 줄 압니까? 회의에는 회의의 엄숙성이 있습니다. 둘 중 하나만 고르시오."

하오저는 하는 수없이 공급 보장 회의를 선택했다.

뤄웨이즈가 소리를 죽여 단장에게 묻는다.

"저, 두 회의에 다 참석하지 않는 건 돼요?"

멍징롄의 눈길이 뤄웨이즈를 훑는다. 지나치게 날카롭지는 않아도 어쩐지 압력이 느껴지는 눈빛이다.

"안 됩니다. 우리가 무엇 때문에 여기 있는데요!"

둘을 비교하면 그래도 선전 회의가 좀 흥미로울 것 같아 뤄웨이즈는 지시에 따라 벚꽃 만발한 곳에 자리 잡은 중형 회의실로 발길을 옮겼다. 시위서기 보좌관인 신다오가 회의를 주재하고 있었는데 그는 뤄웨이즈를 보자 인사 겸 덕담을 건넨다.

"금방 회의에서 한 발언이 참으로 식견이 있었습니다. 뤄 박사에게 한 표 던집니다."

"고마워요!"

뤄웨이즈는 속으로 그를 자기편으로 생각하기로 했다. 회의가 시작되기 전이여서 숨돌릴 틈이 있었다. 신다오는 암청색 양장에 노란색 줄무늬 넥타이를 하고 있었는데 색상 배합이 뛰어나 참석자들의 우중충한 옷차림 가운데 유난히 눈에 띄었다. 가까이에 선 탓에 뤄웨이즈는 그의 넥타이의 줄무늬가 흔히 보는 사선으로 비낀 줄인 것이 아니라 정교한 작은 동물 형상임을 알아보았다.

뤄웨이즈는 탁자 위에 비치된 샘물을 마시면서 무심한 듯 한마디 건넨다.

"그쪽은 야망이 있는 분이군요."

신다오가 주위를 둘러본다. "초면에 막말하시면 안되죠."

"그러면 당장에 이 밝은 노란색의 용이 가득 그려진 넥타이를 바꾸세요. 이 색깔은 사람들에게 봉건 왕조를 연상하게 하지요. 게다가 원단이 구름 비단인데 이건 전에는 황실 전용 원단이었어요."

이번에도 원격회의였는데 하루의 상황을 종합해서 어떤 것을 보도하고 어떤 것을 잠시 유보하며 어떤 진상은 영원히 묻어 둘 것인가를 결정하는 회의였다. 물론 그들에게 전달되는 뉴스도 방역 지휘부에서 일차적으로 걸러낸 것들이었다.

이때에야 뤄웨이즈는 큰 깨달음을 얻었다. 숫자란 진실과 별로 큰 관계가 없는 것이다. 그것은 사실 민중의 심리 감당 능력의 판단에 관계되는 것이다.

이런 회의에서 의례적으로 하는 말을 되풀이한 다음 신다오가 말한다.

"일반적으로 재난에 닥치면 사람들은 세 단계를 겪는다고들 하지요. 즉 우울, 초조와 분노라고 합니다. 이것은 위험 3단계라고도 할 수 있는데 목전의 민중 정서가 대략 어느 단계에 처해 있다고 생각하십니까?"

각자 자신의 견해를 피력하기 시작했다. 우울 단계라고 하는 사람도 있고 초조 단계라고 하는 사람도 있다. 하지만 많은 사람들은 이미 잠재적인 분노 단계에 접어들었다고 인정했다. 견해가 다른 사람들끼리 약간의 언쟁도 있었다.

신다오가 돌연 뤄웨이즈를 쳐다본다.

"특별취재단의 뤄웨이즈 박사의 견해를 들어봅시다."

한 번 겪어보고 나니 뤄웨이즈는 더는 총알받이가 되고 싶은 생각이 없었다. 그런데 이렇게 콕 집어 말하니 퇴각할 수도 없는 노릇이다.

"제 생각엔 세 단계가 뒤섞인 혼돈 상태라고 생각됩니다."

신다오는 왼손을 주먹 쥐고 오른 손바닥을 툭툭 친다.

"나도 동의합니다. 현재 시민들에게 이 세 가지 정서가 다 존재하지요. 어느 종류가 제일 주요한가 하는 것은 중요한 문제가 아닙니다. 세 가지 정서가 모두 부정적이며 서로 인과 관계에 놓여있으니까요. 우리의 선전 책략은 민중들을 이끌어 이런 정서에서 벗어나도록 만드는 거지요. 사람들은 누구나 남에게 책임지우길 좋아하지요. 민중들도 희생양을 얻고 싶은데 제일 간단하고 공감할 수 있는 방법은 바로 정부를 미워하는 거겠죠. 때문에 우리는 절대 그들이 정부를 원인 제공자로 삼게 해서는 안 됩니다."

회의 참석자들은 모두 찬동했다. 그런데 이미 실시하고 있는 선전 수단을 빼놓으면 또 무슨 뾰족한 수가 있을까?

누군가 제의한다. "텔레비전에 아름다운 대자연 풍경을 반복적으로 내보내고 방송에서도 경쾌한 음악을 중복하는 건 어떨까요?"

뤄웨이즈가 말했다. "반복적으로 내보내는 것은 최면술이나 다름없습니다. 이 방법은 안 됩니다."

신다오가 고개를 끄덕이는 것을 보면서 옌시의 어느 패션 잡지의 여성 주필이 말을 받았다.

"제가 보충하지요. 경쾌한 음악만으로는 부족합니다. 사람들에게 힘을 줘야 하거든요. 베토벤의 〈운명 교향곡〉 같은 걸로 말입니다."

여성 주필의 헤어스타일이 뤄웨이즈의 눈길을 사로잡았다. 그녀는 보기 드문 민국 시대의 젊은 부인의 트레머리를 하고 있었는데 아주 단아해 보였다. 보통 이 나이의 여성들은 긴 생머리를 늘여 자신의 미혼 상태와 건강 상태를 과시하기 좋아한다. 혹 결혼한 여성이라도 긴 머리를 자르기 아까워서 그대로 두는 경우가 많은데 저변에 이성의 눈길을 끌려는 생각이 깔려있는지도 모른다.

뤼웨이즈는 그녀의 혼인 상태를 알 수 없었지만 한 올의 흐트러짐도 없는 트레머리로 인해 군계일학처럼 빼어나 보이는 것은 확실했다.

우아하거나 말거나 뤼웨이즈는 반대 의견을 내놓았다.

"저는 반대합니다. 격앙되어도 안 되고 비장해도 안 되고 굴복하지 않으려 해도 안 됩니다. 거의 숨이 넘어가는 사람한테 일어나 싸우라고 요구할 수 있을까요? 그의 신경을 어루만져 안정시키고 평온하게 하는 것이 우리가 해야 하고 또 할 수 있는 일이라고 생각합니다. 저는 음악에는 문외한이지만 지금은 부드러움으로 강한 것을 이겨야 할 때라고 생각됩니다."

두 여인이 말다툼을 하는 것을 보고 다들 재미있어하는 같았다. 누군가 〈양산백과 축영대〉라고 외쳤는데 뤼웨이즈의 지지자 같았다.

신다오가 머리를 흔든다. "그건 너무 애절한데요."

여 주필은 예쁘게 생긴데다가 곱고 가녀린 손을 갖고 있었다. 혹 천재적인 피아노 소녀였을지도 모를 일이다. 그녀는 지지 않으려는 듯 또 새 노래를 내놓는다.

"하이든의 〈놀람〉은 어떨까요? 우리의 지금 심경을 잘 대변하지 않아요? 악장은 처음에는 평온하고 미약하다가 주제가 몇 차례 반복된 다음 돌연히 아주 강력한 화음이 튀어나오지요. 이것도 이 악장이 〈놀람〉으로 명명된 원인이기도 하지요. 모두들 자신의 심정을 헤아리면 널리 공감할 수 있으리라 믿습니다."

신다오가 냉소를 머금고 말한다.

"그렇지 않아도 경악을 금치 못할 마당에 놀란 감정을 유도하자는 말입니까?"

여 주필은 끈기 있는 사람인 것 같았다.

"그럼 〈운명〉으로 하죠. 둥, 둥, 둥, 둥… 네 번 울리면 하늘땅이 맞붙지 않나요."

신다오가 한심하다는 듯 말을 받는다.

"그렇지 않아도 천지가 뒤집어질 것 같은 상황이니 사람들의 신경을 더는 건드리지 맙시다."

"그럼 차이콥스키의 〈비창〉으로 하죠." 여 주필의 끝은 어딘가 싶다. 이제껏 점잖은 태도를 잃지 않던 신다오가 버럭 화를 낸다.

"도대체, 정말로 몰라서 그런 겁니까, 아니면 모르는 척하는 겁니까? 이 작품을 창작할 때 차이콥스키는 죽음의 신이 자신을 쫓고 있다고 느꼈다지 않습니까! 이 작품을 무대에 올린 지 아흐레 만에 그분은 세상을 떴지요. 사람들이 이 사실을 잊을까 봐 걱정이라도 됩니까?"

호된 질책을 당한 그 여인은 굉장히 억울해하는 것 같았다. 영사막으로 보니 긴 속눈썹이 파르르 떨리는 모양이 슬퍼서 아름답기까지 하다. 뤼웨이즈가 눈여겨보려는데 렌즈가 옮겨가고 여 주필의 모습은 더는 비치지 않았다.

어쨌든 오늘의 화제가 여느 때와 달리 사람들의 흥미를 끈 것만은 사실인 것 같았다. 여 주필이 사라진 뒤에도 사람들은 앞다투어 자신의 견해를 내놓으며 언쟁도 마다하지 않았다. 누군가 시벨리우스를 거론한다. 다들 머리를 끄덕인다. 분명 교향시 〈핀란디아〉의 장쾌함은 정평이 나 있지 않은가. 도시에 갇혀 있는 사람들에게는 더할 나위 없이 확장력을 보여줄 것이다.

신다오도 고집이 이만저만 아닌 같았다.

"시벨리우스의 작품은 깨끗하고 맑긴 하지만 너무 차갑습니다. 새하얀 빙설을 떠올리게 하거든요. 지금은 마음을 따뜻하게 해주는 음악이 필요합니다. 나는 모차르트의 교향곡 35번, 하이든의 90-104번 교향곡, 바흐 G선상의 아리아를 방송할 것을 주장합니다. 만약 꼭 베토벤을 포함해야 한다면 제6교향곡이 괜찮겠지요 … 물론 중국 민악도 틀어야 합니다. 인민들에게 친숙하고 향토적인 느낌을 줄 테니까요. 하지만 〈강하수〉는 안 되고 〈이천에 비낀 달〉도 안 됩니다. 너무 슬픕니다. 〈춘강화월야春江花月夜〉, 〈파초 잎에 내리는 비〉는 괜찮을 것 같습니다. 〈보보고步步高〉나 〈아마요 령餓馬搖鈴〉 같은 것은 절대 안 되지요 … 그 이유는 말하지 않아도 알 테니 이를 원칙으로 합시다."

그의 말을 들으면서 뤄웨이즈는 신다오라는 사람이 가벼이 볼 인물이 아님을 느꼈다.

그녀의 사색은 여 주필에게로 옮아갔다. 예로부터 머리카락은 혈血의 여분이라 했다. 특히 여성에게 있어서 머리카락은 직관적인 건강 서류라 할 수 있으며 간접적으로 신장의 건강을 대표하며 여성의 생식능력에 직결된다. 더욱이 장발은 하루 이틀 사이에 기를 수 있는 것이 아니기에 모종의 의미에서 말하면 두발은 성적 에너지의 정정당당한 쇼윈도라 할 수 있다. 여러 해 전에 홍콩 배우 류더화劉德華가 광고에서 했던 말이 생각난다.

"내 꿈속의 연인에겐 윤기 나는 검은 생머리가 있어요."

그 말 한마디에 그가 홍보한 샴푸가 불티나게 팔렸었다. 여성이 일단 결혼하여 품절녀가 되면 서류도 보관 서류가 된다. 그러니 두발의 가치가 하락되고, 장발이 단발로 변하기에 샴푸 상인들의 이윤에도 영향을 미치게 된다.

물론 꼭 그런 것만은 아니다. 예를 들면 항공 회사들의 어여쁜 스튜어디스들은 기혼이나 미혼이나 할 것 없이 모두 우아한 트레머리를 하고 있다. 트레머리도 트레머리 나름인데 민국 시대* 아녀자들의 트레머리는 아주 낮게 트는 반면 지금의 스튜어디스들은 높게 틀어 올린다. 민국 시대의 트레머리가 순종을 대표한다고 하면 스튜어디스들의 헤어스타일은 청고함의 대명사라고나 할까. 스튜어디스의 미모에 침을 흘리는 자들에게는 분명 일종의 경고일 것이다 — '내가 지금 당신에게 미소를 보내는 것은 순전히 직업적인 행위이니 다른 생각은 하지 말라'고.

그럼 여자 주필은 어디에 속할까? 난리판이나 다름없는 이런 시기에 정교하고도 옛 정취를 불러일으키는 트레머리를 해서 누구한테 보이려는 것인가?

만약 어느 한 동료에게 보이려는 것이라면 구태여 수차례 발언할 필요가

* 1912-1949년까지의 시기로 '구중국'이라고 칭하기도 한다.

없을 것이었다. 그렇다면 이렇게 농염하고도 공격적으로 나오는 것에 대한 설명은 단 하나만이 남는다. 바로, 회의의 주재자에게 보이려는 것이다.

그렇다면 그들은 또 어떤 사이일까?

… 문득 정신을 차린 뤄웨이즈는 자신이 미워 죽을 것 같았다. 시도 때도 없이 불쑥불쑥 치솟는 타인을 분석하고 싶은 충동. 아아, 이 심리학자의 직업병을 어떻게 해야 하나. 시간이 오래되면 강박증이 될지도 모른다.

하지만 자신을 위해 변호하고 싶은 마음도 슬며시 고개를 쳐든다. 지나치게 심심하고 무료하니 어쩌겠어. 이런 답답한 기분에 숨 쉴 구멍이라도 찾아야지. 남을 분석하는 것은 사실 뤄웨이즈에게 가벼운 상식 퀴즈나 다름없었다. 악의 없이 순수하게 기술적 차원에서 자신의 안목을 기르기 위한 것이다. 하지만 극히 적은 부분을 제외하고는 증명할 방법이 없어서 추측으로 남는 경우가 수두룩했다.

음악을 튼 다음에는 우아한 시를 낭송해 주기로 했다. 시간이 별로 없기에 토론에 부치지 않고 신다오가 자기 생각을 말했다.

"고시를 낭송해야 합니다. 예를 들면 사랑시, '요조숙녀, 군자호구' 같은 걸로요. 아름답고 낭만이 넘치는 시구여야 합니다. 〈장한가〉처럼 생사이별을 읊은 것은 안 됩니다. 이 밖에 오늘부터 옌시의 모든 영사막, 디스플레이 화면에 아름다운 산천, 하류, 바다와 하늘 등 탁 트인 정경들이 나타나게 해야 합니다. 반복적으로, 밤낮을 가리지 않고 내보내야 합니다. 방송 중에도 모든 시시껄렁하고 영양가 없는 프로들을 없애야 합니다. 사람을 죽이거나 사기를 치는 것을 묘사한 프로는 더더욱 안 됩니다. 슬픈 과거나 원한을 회상하는 것도요. 이런 프로들은 우리 정신을 좀먹게 하거든요. 나라와 가정에 큰 재난이 닥친 상황이니 개인보다 훨씬 큰 힘을 가진 기관이나 정부의 힘을 믿게 해야지 다른 선택지가 없습니다."

힘 있는 말 때문인지 신다오에게서는 지도자의 풍채가 뿜어져 나온다. 모두들 감탄하는 눈길로 그를 바라본다. 자신감을 얻었는지 신다오는 명쾌하게 결론을 내린다.

"무슨 방법을 써서라도 군중들의 분노를 해소시켜야 합니다. 분노라는 것은 대개 소극적이지요. 그러나 적대적이거나 폭력적인 흙탕물들과 흡사해서 모이고 모여 한번 홍수가 되면 파괴력이 무시무시하지요. 전쟁이 어떻게 일어나는가를 생각해보면 분노와 원한이 이웃이라는 것을 이해할수 있을 겁니다. 분노를 해소시키는 제일 좋은 방법은 사람들이 멋대로접촉하지 못하게 하는 겁니다. 연합이 없으면 동란도 없으니까요. 이러는편이 제일 안전합니다. 사람들에게 알리시오. 조용히 집에 있고 섣불리나가지 말라고. 정부를 믿고 의사를 믿으며 대자연의 섭리를 믿으라고!우리는 반드시 승리할 것입니다!"

선전 간부들은 약속이나 한 듯 박수를 보낸다.

연이어 여러 회의에 참석하고 나니 뤄웨이즈는 어찌나 피곤한지 몸이부서질 것만 같다.

그녀는 신다오와 나란히 통신방으로 걸어간다.

뤄웨이즈가 먼저 입을 뗐다.

"저를 믿어주셔서 고마워요. 돌연 습격까지 해서 발언 기회를 주시다니."

"나는 형식주의를 혐오합니다. 회의를 열었으면 실질적 효과가 있어야지요."

뤄웨이즈가 일부러 말을 돌린다.

"그 여자 주필, 정말 사랑스럽지요?"

신다오가 모르겠다는 듯 되묻는다.

"누구 말씀이신지? 선전 부서에 여 주필이 쌔고 버렸는데."

뤄웨이즈가 해쭉 웃는다.

"방금까지는 그쪽과 그녀의 관계가 아리송했었는데 이렇게 오리발을내미시니 잘 알겠어요."

"여자라면 좀 어리숙한 편이 낫지요." 신다오가 웅얼거린다.

뤄웨이즈는 그를 놀리는 것이 재미있었다.

"그럼 왜 바로 말하지 않나요?"

신다오가 벌씬* 웃는다.

"내가 지금 바로 말하고 있지 않습니까?"

벌써 어슴푸레한 저녁이 되었다. 규정에 따르면 식구들과 통화할 수 있는 시간이다. 통화시간은 하루에 5분씩 주어진다. 물론 감청하는 사람이 있다. 지정된 방에 들어가 특별하게 제작된 전화기로만 가능하다. 들어올 때 휴대폰 번호를 적어 냈는데 이때 사용된다. 적어 냈던 번호가 상대방에게 그대로 나타나는 것이다. 무표정한 담당 직원이 입회하고 있었다. 어머니는 뤄웨이즈의 안전이 걱정되어 시시콜콜 캐물었다. 뭘 먹느냐, 어떤 곳에 들었느냐, 생각나는 것은 다 묻는다. 뤄웨이즈는 가급적으로 자세하게 대답한다. 자신의 의식주행을 천당 못지않게 아름답게 묘사하고 특히 안전 문제에 초점을 두었다. 지금 활동하는 구역은 아주 외각이어서 건강 같은 것은 전혀 걱정하지 않아도 된다고 했다. 비록 집을 떠난 지 며칠밖에 안 되지만 보통 사람들의 생활과 구만 리나 떨어진 느낌이 든다.

어머니와 이런저런 얘기를 나누는 것을 즐기던 홀로 사는 할머니 한 분은 어찌나 놀랐던지 덜컥 숨지고 말았다고 한다. 그 할머니는 신종 전염병이 발생했다는 소식을 들은 다음부터 하루 24시간 텔레비전 앞을 지키면서 화장실도 문을 열어 놓은 채로 이용했단다. 혹시라도 무슨 뉴스를 놓칠까 봐. 큰일을 볼 때는 그다지 문제 될 것이 없었다. 냄새가 온 거실에 퍼지는 것만 꺼리지 않는다면 화장실 문을 열어 놓아도 상관이 없으니. 볼일을 본 다음에는 물 내리는 버튼을 누르자마자 쏜살같이(분명 이 동작은 나이든 할머니에게는 아주 어려운 동작이었으나 끝내 숙달하였다고 한다.) 화장실에서 뛰쳐나와 다시 텔레비전 앞에 앉았단다. 그러면 물 내리는 소리가 아나운서의 목소리를 덮을 염려가 없기에. 문제는 소변보는 것이었다. 물은 위의 방법대로 내린다고 쳐도 자기가 만들어내는 소리도 방송을 시청하는데 방해가 되니까. 할머니가 골머리를 짠 결과 해결책을 찾아낼 수 있었다. 즉 오줌을 세 번 꺾어 누는 방법이었다. 먼저 조금 눈 다음 아나운서가 숨을 쉬는 사이를 이용해 또 조금 … 이런 방법은 시간도 적게 들일 수 있을 뿐만 아니라 잽싸게 뛰어나가기만 하면 다음 말을 들

---

* 숫기 좋게 입을 벌려 소리 없이 벙긋 웃는 모양

을 수 있었다. 만약 중요한 뉴스가 없으면 다시 화장실에 가서 계속 자신의 오줌 소리를 만들면 되었다. 중요한 뉴스가 나올 때면 참았다가 끝난 다음 계속하고. 그 할머니는 뤼웨이즈의 어머니에게 이 방법을 강력추천했다고 한다. 엄마가 힘없는 소리로 그러면 방광이 견뎌낼 수 없을 텐데 하니 그 할머니는 나는 그쪽처럼 집에 귀가 여섯이나 없으니 어쩌겠소 하더란다. 엄마가 그쪽은 귀가 둘뿐이어도 너무 걱정하진 마시라고. 중요한 뉴스면 여러 번 방송하기 마련이니 너무 긴장할 것 없다고 했더니 할머니가 그래도 제때에 들어야지 재방송할 때 들어서야 되겠냐고 반박하더란다. 엄마는 권해도 소용이 없음을 알고 더는 얘기하지 않았다고 했다.

그런데 신경이 너무 팽팽하다 보니 전염병이 목숨을 앗아가기도 전에 그 할머니의 지병인 심장병과 고혈압이 재발했다고 한다. 높은 혈압에 혈관이 터졌는데 너무 긴장한 탓에 심장까지 막혔단다. 둘의 협공을 견디지 못한 할머니는 화장실에서 텔레비전 옆까지 돌진하던 도중 그대로 쓰러져 숨을 거두었다고 했다.

방역 지휘부에 있으니 여러 방면의 정보들이 눈꽃처럼 날아든다.

암에 걸린 일부 환자들은 병원에 갔다가 괜히 화관바이러스에 감염될까 봐 화학 치료를 받아야 하는 시점에도 질질 끌다가 암이 재발해 사망했다고 했다. 이건 도대체 암으로 죽은 건지 아니면 공포로 인해 죽은 건지 누구도 몰랐다.

어느 날 정오 12시 정각에 누군가 18층 아파트에서 투신자살했는데 시체에 선혈이 낭자해 끔찍하기 짝이 없었단다. 거리에는 행인이 별로 없었다지만 그 큰 아파트에 머물고 있는 사람들이 많은지라 쿵 하는 추락 소리에 다들 크게 놀랐단다. 그 사람은 그래도 현명한 편이어서 유서를 남겨 자신의 죽음이 아무와도 상관이 없음을 밝혔다. 흉수는 바로 화관바이러스인데 매일 전전긍긍 마음을 졸이다가 어느 날 바이러스 때문에 썩어 문드러질 거면 차라리 자신의 의지에 따라 목숨을 끊는 편이 낫겠다고 판단했다고 한다. 그러면 비루한 바이러스에 의한 고름 투성이 대신에 깨끗한 시체를 남길 수 있지 않은가. 그는 인간의 마지막 존엄을 지키고 싶다고 했다.

조사에 의하면 이 사람은 우울증을 앓고 있었는데 약이 떨어졌지만 병원에 가서 약을 타오기가 두려워 참고 있었다. 만성병인데 무슨 큰일이야 있을까 생각했겠지만 우울증이 재발하여 비관하고 사는 것이 힘들어져서 그만 수십 미터 고공에서 투신했다. 그런데 온몸이 산산이 부서져서 결국은 화관바이러스로 죽은 사체와 별다를 게 없게 되었다고 한다.

사람들은 서로 이 소식을 알렸다. 그런데 자살도 전염성이 있는 모양이다. 며칠 사이에 잇달아 자살 사건이 터졌는데 모두 바이러스에 대한 극도의 두려움으로 초래된 것이었다. 사망 방식은 투신이거나 목을 매는 것이 대부분이었다. 세상을 버린 사람들은 모두 선량한 사람들인지 다들 유서에 원인을 자세히 써서 경찰들이 쓸데없이 수사력을 낭비하지 않도록 했다.

우울감도 걷잡을 수없이 만연하고 있었다. 누군가 모든 시민에게 우울증 약품을 나눠줄 것을 제안했지만 최종 부결되었다. 그런 약품의 기본 원리는 대부분 인체 신경 매개물의 비율을 조절하여 사람을 흥분 상태에 처하게 하는 것이다. 이런 약품을 대규모로 나눠주어 옌시 전반이 흥분이나 열광 상태에 처하게 된다면 어떻게 대처할 것인가? 그런 일이 일어나면 안 되므로 옌시의 모든 병원에서 우울증 환자의 진료기록을 조사하게 조치했다. 환자들이 병원에 오기 꺼린다면 직접 약을 집까지 조달해 주어 약이 떨어지지 않도록 했다.

이 조치로 하여 자살 풍조는 점점 가라앉았으며 아주 효과적인 것으로 판명되었다.

심히 우려되는 점은 여러 가지 마약으로 화관바이러스에 대한 공포에 대처하는 사람들이 생겨나기 시작한 것이었다. 마약이 인체 내에 침투하면 사람을 정신이 황홀해지며 환각이 일어난다. 이것은 아주 위험한 조짐인 바, 특히 질풍노도의 시기에 처해 있는 청소년들에게는 더더욱 그러했다. 게다가 심리적 반항기에 처해 있는 그들은 어른들이 말리는 일일수록 더 하고 싶어 한다. 더 위험한 것은 마약이란 이 악마는 처음 인체에 들어갔을 때는 말기 중독과 같은 뼈를 깎는 아픔이 없고 또 평소에 흔히 말하는 소름을 끼치게 하는 중독 증상도 없기에 일부 청소년들은 빠질 것까지는 없다고 쉽게 단정하곤 한다는 점이다. 하지만 이 무시무시한 마약은 젊은 신체와 영혼을 한발 한발 나락으로 끌고 간다. 그런 이유로 정부의 해당 부서에서는 즉각 다량의 경찰력을 동원하여 마약 밀매와 흡입을 단속하기 시작했다. 다행히 비상 시기여서 사람들이 누구나 밖에 나다니지 않는 탓에 일반적인 절도나 날치기 같은 사건은 눈에 띄게 줄었고, 경찰들은 우세한 병력을 집중한 섬멸전을 벌여 마약의 파급을 막을 수 있었다.

학교들도 수업을 중단했기에 애들도 모두 집에 갇혀있다시피 했다. 철없는 아이들은 처음에는 이게 웬 떡이냐 하고 기뻐하였는데 하루 이틀 시간이 흐르니 학부모들이 먼저 소매를 걷어붙이고 나서기 시작했다. 배우지 않으면 인재가 될 수 없는데 배움의 황금기를 이렇게 집에서 허비하다니. 중국 사람들은 예로부터 교육을 중시하는 민족이었다. 게다가 전염병과의 싸움은 끝이 보이지 않으니 지구전이 될 것이 분명하다. 그렇다고 애들까지 공부를 하지 않고 세월아 네월아 할 수는 없지 않은가. 그러니 어떤 학부모들은 학생들과 마찬가지로 집에 박혀 있는 교사를 연락하여 옛날 서당 비슷한 공부방을 열기 시작했다. 교사들은 물론 기꺼이 이에 응했다. 학비를 버는 것은 차치하고라도 다년간 학생을 가르치다 보니 남을 가르치기 좋아하는 직업병이 생겼기 때문이다. 그동안은 집에 갇혀 갑갑해도 자기 식구들을 학생 삼아 가르칠 수밖에 없었다. 집에 교사가 있는 사람들은 그들의 '가르침'을 받아내다 못해 용감하게 거리에 뛰쳐나와 떠도는 소문들을 수집하여 도처에 퍼뜨리기 시작했다. 또다시 학생들을 잃은 교사들은 지루하고 심심하기 짝이 없던 차에 학생들을 보내오는 학부모를 만나니 이보다 반가운 일이 없을 지경이었다. 이런 작은 학급 교학은 종래의 학교 수업보다 더 나은 점도 있었다. 교사가 아이들의 수준별 교육을 하는 데에 있어 말 그대로 찰떡궁합이 될 수 있었다. 아이들 역시 이런 공부는 처음이었다. 같은 또래와 놀 수 있는데다가 선생도 윽

박지르지 않으니 진짜 유쾌한 공부였다. 선생들도 가르치려는 욕구가 충분히 만족되니 정말 누이 좋고 매부 좋은 일이었다.

이 밖에도 작업량이 크게 줄어든 업종들이 많았다. 예를 들면 시내버스나 지하철의 승무원들은 거의 출근하지 않게 되었다. 돌아다니는 사람들이 줄어서 발차 수를 줄였기 때문이다. 그렇다고 운행 정지를 할 수는 없는 노릇이었다. 대중교통은 도시 생명력의 징표니까. 대중교통이 정상적으로 돌아가기만 하면 단 몇 사람만 이용한다고 해도 상징적인 의미가 있었다. 희망을 나른다고 할 수 있기 때문이다.

많은 업종들이 쇠퇴의 길을 걷고 있었지만 흥성하는 업종도 있었다. 통신업의 수입이 대폭 늘어난 것이다.

대부분 민중들은 초기의 경악을 거쳐 지금은 안정을 되찾았다. 사람들은 정부를 인솔자로 삼아 정부의 말을 듣고 있다. 정부의 위기관리 능력과 긴급사태 처리 능력도 한층 강화되어 뜬소문 같은 것이 나타나면 즉시 해명될 수 있었다. 민심은 안정을 되찾았고 있고 사회생활도 기본적으로 정상 상태를 회복했다.

이 날 통신방을 나오니 어둠 속에서 누군가 부르는 소리가 들렸다. 돌아보니 하오저였다.

"회의가 끝났나요? 식사는요? 통화했어요?"

한 그룹에 속한 사람이라 그런지 뤄웨이즈의 질문이 속사포처럼 이어진다.

"다 끝났습니다. 회의는 괜찮았습니다. 많은 내막들을 알게 되었으니. 식사도 괜찮아서 잘 먹고 잘 마셨습니다. 오늘 통화는 아들애와 했는데 5분이 좀 짧은 감이 듭니다. 할 말도 채 못했는데 끊겼거든요. 그래도 아들의 모습이 떠올라서 다행입니다."

하오저는 좀 서글퍼 보였다.

뤄웨이즈가 제일 듣기 거북해 하는 것이 남들이 아이 얘기를 하는 것이었다. 서른이 넘은 올드미스여서 심리가 비정상적으로 변한 것이 아닌지 저절로 의심될 때도 있다. 그녀는 자신의 정서를 애써 억제하면서 흥미진진한 듯 말을 받았다.

"그럼요. 애가 아빠와 한창 얘기를 하는데 툭 끊다니, 약간 잔인한데요. 아들이에요, 딸이에요?"

하오저가 나무라는 듯 말한다.

"금방 아들이라고 했는데요."

흥미는 꾸며낼 수 없음을 안 뤼웨이즈는 말을 돌렸다.

"사실 누구나 비밀을 지켜야 한다는 것을 아는 데도 옆에 떡하니 지키고 앉았으니, 마치 범법자가 된 기분이에요."

하오저의 쌈닭 기질을 보아낸지라 그가 공감할 만한 화제를 꺼낸 것이다. 그런데 하오저의 공격 목표가 뤼웨이즈의 말에 돌려질 줄은 몰랐다.

"문제는 감청하는 것이지 어디에서 하는지는 중요하지 않지요. 즉 형식이 중요한 것이 아니라 내용이 중요하다는 말입니다. 만약 보이지 않는 곳에서 이뤄진다면 더 이상하지 않겠습니까. 이렇게 눈에 띄는 곳에 앉아 있으니 자각적으로 쓸데없는 말을 하지 않게 되지요."

하루 내내 긴장한 상태로 돌아가던 군왕부는 지금도 어디에나 불빛이 찬란하다. 대낮에 되레 많은 방들이 녹음 속에 묻혀 사람들의 종종 걸음을 빼놓고는 바쁘게 보내는 줄 몰랐는데 지금 밝은 불빛 속에서 숨 막힐 듯한 긴장이 느껴진다.

두 사람은 자갈로 포장된 오솔길 어귀에 멈춰 섰다. 여기서 갈라져 각자의 숙소에 돌아가야 한다. 뤼웨이즈는 새삼스레 밤하늘을 쳐다보았다.

"언제 집에 돌아갈지 모르겠어요."

짙은 꽃향기가 코를 찌르지만 꽃은 보이지 않는다.

하오저가 흥 하고 콧방귀를 뀌었다.

"이제 온 지 며칠이라고 집 생각을 해요? 그러면 애초에 신청하지 말 노릇이지."

뤼웨이즈가 변명하듯 말했다. "제가 자원한 것이 아니에요. 어머니가 암 말기예요. 자식이라곤 나 하나뿐인데. 저한테 직책이 떨어지니 감당해야 할 수밖에 없었지요."

하오저가 이해한다는 듯이 말을 받았다.

"그렇군요. 나는 자청해서 왔는데 그쪽은 충효를 함께 돌볼 수 없게 됐군요."

"어찌 돼서 자청하게 됐어요?" 뤼웨이즈가 이해가 안 간다는 듯이 되물었다.

"나라가 불행해야 시인이 흥하지요. 그래서 나는 일이 터지기를 바라는 편입니다. 전쟁도 좋고 지진, 쓰나미, 해적 … 뭐든지 좋지요. 제일 싫은 게 아무 일 없이 심심한 거죠. 물론 나를 보고 난세를 바라는 어두운 심리가 가득하다고들 하죠. 하지만 내가 난을 자초한 건 아니잖아요. 다시 말해 내가 있든 없든 발생할 난은 발생하는 거죠. 나에겐 아무런 책임도 없다는 겁니다. 하지만 일단 난이 터지면 우리는 할 일이 있게 되죠. 어디 생각해 보세요. 전란이 없었던들 이백이며 두보며 육유 같은 사람들의 시가 그렇게 유명해질 수 있었을까요? 절대 상상도 할 수 없는 일입니다. 때문에 마음속에 포부가 있는 사람들은 비바람이 휘몰아쳐 천지가 뒤엎어지는 것을 바라지요."

"이 관점대로라면 나는 역사에서 도태돼야 마땅한 것 같아요. 나는 평온함을 즐기거든요."

"너무 겸손한걸요. 오늘 한 발언만 해도 그렇죠. 얼마나 악독한 발언이에요? 하마터면 외국 화교의 늙으신 부모님을 쫄딱 망하게 할 뻔하지 않았어요? 처음에는 그쪽을 현모양처라고 생각했는데 내 눈이 삐었군요."

뤼웨이즈가 투정하는 듯 말한다. "현모양처가 되려면 시집부터 가야겠지요. 지금 상태로는 되려 해도 될 수 없는걸요."

하오저가 타이르는 듯 말한다.

"이곳에서 나가면 서둘러 사람을 찾아 시집가세요. 생명이란 얼마나 취약한 것입니까? 여기서 진상을 알면 알수록 일분일초를 아껴서 제때에 누려야겠다는 생각이 듭니다."

뤼웨이즈도 같은 생각이었다.

"하긴, 전염병은 많은 사람들의 가치관을 바꿔 놓았지요."

"우리만 봐도 그렇습니다. 이제 서로 안지 수십 시간 밖에 안 됐는데 아주 깊은 이야기를 나눌 수 있지요. 정상적인 상태에서는 아마 수십 년은 사귀어야 할걸요."

뤄웨이즈가 동감을 표한다. "그 말은 맞아요. 이 안의 하루는 밖의 여러 해에 맞먹는 같아요. 아, 금방 참가한 회의는 어땠어요?"

"수확이 아주 큽니다." 하오저가 진심으로 대답한다.

"그럼 좀 얘기해 주세요."

두 사람은 숙소로 돌아가는 것을 그만두고 벤치를 찾아 앉아 얘기를 나누기 시작했다. 평소에 집에 있을 때는 이 시간에 텔레비전 앞에 앉아 바이러스의 변화를 감지할 시간이지만 지금 전염병의 심장부에서 싸우다 보니 도리어 본연의 모습으로 돌아간 듯했다. 뉴스를 시청할 열정이 사라진 것이다.

"이번 회의가 열리기 전에 나는 물자 구입을 통제할 데 관한 여러 결정들에 기본적으로 동의하는 입장이었지요. 하지만 오늘 회의 후에는 새로운 견해가 생겼습니다."

뤄웨이즈는 흥미가 생겼다. "어디 자세히 말씀해 보세요."

"얼마 전에 마스크를 미친 듯이 사들이던 일이 생각나세요?"

뤄웨이즈가 고개를 끄덕이며 말한다.

"그때 화관바이러스가 주로 호흡기를 통해 전파된다고 해서 마스크가 첫 번째 방어선이 된 거죠. 약방의 마스크들은 순식간에 거덜이 났죠. 뭐 미친 듯이 사들일 새도 없었던 것 같아요. 그래서 다들 마스크를 만들기 시작했는데 꽃 천이며 메리야스며 애니메이션 도안이 찍힌 거며, 하여튼 별의별 마스크가 다 있었지요. 그때는 지금처럼 긴박한 상황은 아니었었는데 다들 마스크를 끼고 나온 걸 보니 백화제방이란 말이 무색할 지경이었어요. 서로 흔상할 여유는 없어도 진풍경을 이룬 건 맞지요."

하오저가 말을 받는다. "좋아요. 그럼 이 마스크를 화제로 합시다. 첫 물음입니다. 그렇다면 그 하얗고 정석적인 18겹에서 24겹인 소독 거즈로 된 마스크는 모두 어디로 갔을까요?"

뤄웨이즈는 정말이지 이 문제에 대해서 생각해 본 적이 없었다.

"그거야, 의사들한테 지급하지 않았을까요?"

"의사들이 사용하는 마스크는 다른 경로를 통해 공급되지요. 일반 인민들과는 상관이 없습니다. 의사들의 사용은 보장이 되니까요. 내가 말하는 것은 일반인들의 마스크입니다."

뤄웨이즈가 생각을 더듬는다. "그때 이런 정규적인 마스크를 낀 사람은 별로 없었던 같아요. 열에 하나 꼴이라 할까."

하오저의 얼굴에 냉소가 떠오른다.

"진짜로 방역 효과가 있을 법한 마스크는 시중에 거의 판매되지 않았지요. 여러 큰 기관들에서 먼저 손을 썼으니까요. 즉 미친 듯한 구입은 시중에서 발생한 것이 아니라 그전에 벌써 이루어졌다는 말입니다. 상급 기관들의 임직원들은 공장제 마스크를 낄 수 있었지요. 전염병 상황에서의 특권인 셈입니다. 물론 그 후에 이내 공장제 마스크도 자작 마스크도 화관바이러스를 막을 수 없다는 것이 판명되어 이 일이 유야무야하게 되긴 했었죠. 하지만 돌이켜 생각해 볼 때, 만약 이 마스크가 진정 효과가 있다면 전염병이 대규모로 유행하는 시기에 마스크 하나가 생명의 흐름을 결정할 수 있다는 말이 되지 않겠습니까? 무지렁이 백성들로 말하면 그들의 생명을 지켜주는 사람이 없는 상황에서 나서서 빼앗기라도 해야지, 아니면 무슨 방도가 있겠습니까? 그 오 씨 노인만 보아도 그렇습니다. 늙은 부부가 직접 슈퍼에 갔었죠. 그것은 자녀들이 따로 살기 때문입니다. 빈 둥지의 노인들은 우리 사회의 약자들이지요. 마스크를 지급한다고 해도 그들에게는 절대 차례가 오지 않습니다. 나라에서 통제하는 물품은 모두 등급이 있습니다. 최하층의 서민들에게 가는 자원은 제일 적기 마련입니다. 이런 형편에서 미친 듯이 사들여야 생존권이 보장받을 수 있다면 그들이 무엇 때문에 사들이지 않겠습니까?!"

차가운 기운이 발밑에 스며든다. 뤄웨이즈는 자신도 결국 사회의 최하층임을 깨달았다. 그들은 약속이나 한 듯 일어서서 걷기 시작했다.

하오저의 이론은 아주 설득력이 있는 듯했다. 하지만 잠깐만. 뤄웨이즈는 무슨 일이나 자신의 입장에서만 생각해서는 안 된다는 것을 안다. 그녀가 입을 열었다.

"그럼 추리를 계속해 볼게요. 만약 오 씨 노인은 많은 식료품을 사들였는데 다른 사람들은 기본적인 생활 물자도 없다고 한다면 그때는 어떻게 될까요? 그쪽에서 방금 오 씨는 약자고 힘이 없다고 하셨죠? 그의 하늘 끝에 있는 아들은 부모들께 전화질이나 하는 것을 내놓고는 아무런 대책도 없겠지요. 그의 아들은 집에 돌아와 부모님과 함께 어려움을 헤쳐 나가려고는 하지 않고 그저 사재기를 하라는 조언이나 할 따름이지요. 좋아요. 추리를 계속합시다. 만약 다른 사람들은 죄다 굶어죽고 오 씨 노인들만 살아남았다면 어떻게 되겠어요? 그들에게 독립적으로 살아나갈 능력이 있나요? 그 사람들은 이기적으로 자신만 돌보고 다른 사람은 생각지도 않지요. 만약 이 세상에 이기적인 사람들만 살아남는다면 인류에게 무슨 희망이 있겠어요? 만약 공급이 극도로 부족해지는 현상이 정말 나타난다면 과학자들과 지휘부에 공급해야 한다고 봐요. 그래야 인류가 전염병을 이겨낼 수 있을 테니까요."

하오저가 말을 받았다.

"복잡한 문제를 간단화하려면 거시적인 지혜가 필요하지요. 하지만 간단한 일을 복잡하게 만들려면 약간의 미련함만 있으면 충분합니다. 그쪽은 아주 영광스럽게도 후자에 속한다고 할 수 있어요. 됐습니다. 우리는 지금 지휘부에 있으니 병으로 죽기 전에 굶어 죽지는 않겠지요."

뤄웨이즈가 톡 쏘듯 대꾸한다. "나는 굶어죽으면 죽었지 병들어 죽긴 싫어요."

그녀는 불현듯 위정펑의 붓끝에 묘사된 폐허 같은 시체를 떠올렸다.

어느덧 207호 앞까지 왔다. 갈라지면서 하오저가 관심 조로 말한다.

"이곳의 밤은 정말이지 적막합니다. 술집이 있나, 노래방이 있나, 그리고 … 많은 것들이 없지요. 쓸쓸하면 저를 찾아 얘기나 나누세요."

뤄웨이즈는 '이곳에 죽음은 있지요'라고 말하고 싶은 것을 가까스로 참았다.

# 제4장
# 고장난 소각로

화장터에 사체가 차고 넘쳐서 이제 사흘 뒤면 시체가 거리에 버려질 판이다. 백신이 없으면 온 도시가 C 구역으로 전락할 것이다.

 제아무리 방역 지휘부라 해도 시시각각 시위에 재운 화살처럼 급박한 것은 아니다. 오히려 과녁을 겨누고 시위를 당기지 않을 때가 많다. 아침의 연석회의가 소집되기 전에는 잠깐이나마 조용한 시간이 있었다.

 공기는 아주 싱그럽다. 그래도 뤄웨이즈는 이 공기 중에 화관바이러스 입자가 도사리고 있을지도 모른다는 생각을 떨쳐버릴 수 없다. 하지만 너무 짙은 농도가 아니라면 인체가 통제할 수 있을 것이다. 그 증거란 이곳이 비록 C구역이긴 하지만 아직까지는 발병자가 단 한 명도 발견되지 않았다는 점이다.

 이 가히 사면초가라고 할 수 있는 위기에 처한 곳을 너무 살벌하게 상상하지는 마시라. 그와는 반대로 이곳은 실내 설비가 아주 고급스러워 4성급 호텔 못지않았다. 여기 온 첫날밤에 많은 일과 놀라움을 겪었으니 잠을 못 이룰 만도 했다. 그런데도 뤄웨이즈는 눕자마자 곯아떨어졌고 꿈한번 꾸지 않았다. 자신의 몸이 새 환경에 잽싸게 적응했는지, 아니면 리위안이 준 가루약의 효험인지 확실히 알 수는 없었지만 후자일 가능성이 높았다. 그래서 그녀는 밤마다 꼬박꼬박 그 1호 가루약을 복용하기 시작했다. 아침에 일어나면 개운하여 새소리 꽃향기에 도취된다. 어떨 때는 자신이 어디에 있는지 잊을 정도로 마음이 평온해지기도 했다. 세수하고 머리를 만지고 방을 나서니 먼 산이 그림처럼 안겨온다.

사람이란 정말 이상한 동물임이 틀림없다. 이런 경치는 옌시의 화창한 날씨에 얼마든지 나타날 수 있는 것이련만 뤄웨이즈는 생전 처음 본 것만 같았다. 세심하게 다듬어 놓은 오솔길을 따라 산책하노라니 사철나무에 뾰족뾰족 돋아난 햇잎들은 비취와 황금으로 빚어진 듯 아침노을의 빛을 깨끗하게 반사하고 있었다. 뤄웨이즈는 저도 모르게 잎사귀 하나를 따서 입에 물었다. 삽시에 시원하고 쌉쌀한 한 맛이 혀끝에 감돈다. 꽃들은 깊은 잠에서 금방 깨어나 아직은 아침도 먹지 못해 힘이 없는 듯, 힘차게 꽃잎을 펼치지 않고 있었다.

저 멀리에 누군가가 약간 휘청이는 모습이 눈에 띈다. 얼핏 보니 쓰레기통을 뒤지는 듯했다. 참 이상한 늙은이네. 여기가 어디라고 쓰레기통을 뒤진담? 금덩이가 숨겨져 있다손 쳐도 목숨을 바쳐가며 모험할 필요가 있을까? 아니 참, 저 늙은이는 어떻게 들어왔을까? C구역이라지만 이렇게 경비가 허술해서야 나 원…

하지만 다시 생각해 보니 이 많은 사람들이 여기서 생활하는데 하루에 양산하는 쓰레기양도 이만저만 아닐 것 같았다. 쓰레기가 생기면 관리할 사람이 있어야 하지. 낮에는 그런 사람들을 볼 수 없더라니 아마 밤에 나와 작업하는 모양이었다.

그런데 가까이 가서 보니 후줄근한 회색 스웨터를 걸친 늙은이가 글쎄 총지휘관이 아닌가!

웬자이춘은 그 눈부시게 새하얀 의사 가운을 벗어버리니 별수 없이 그 나이대에 어울리는 초로의 늙은이로 변하고 말았다. 눈두덩이 아래는 축 늘어지고 허리까지 구부정해 보인다. 그저 눈빛만이 매처럼 매서운 빛을 뿜고 있었다.

"지휘관님 안녕하세요." 뤄웨이즈가 인사했다.

"일찍 일어났구려. 난 일찍 일어나는 사람이 좋더라." 웬자이춘이 무람없이 응수한다.

"흰 가운을 안 입으시니 못 알아볼 뻔했어요."

"그건 내 갑옷이라오. 말하자면 두 번째 피부인 셈이지. 자네가 일찍 일어났으니 망정이지 내 이런 차림을 본 사람이 별로 없을걸."

"저도 예전에 흰 작업복을 입었어요." 뤼웨이즈가 잘 보이려는 듯 덧붙인다.

웬자이춘이 덤덤하게 말을 받는다.

"미안하오. 당신들의 이력서가 있긴 하지만 시간이 없어 보지는 못했소. 그런데 임자는 식료품 판매원이요, 아니면 이발소 미용원 일을 했는지? 아니, 고기를 파는 사람도 흰색 작업복을 입겠구먼."

뤼웨이즈는 그가 폄하하려는 의도를 일부러 모르는 척했다.

"저도 의학 공부를 한 적이 있는걸요. 그런데 묻고 싶은 게 있어요. 지휘관님은 어째서 여러 회의 석상에서도 흰 작업복을 입으시죠? 이건 좀 특별해 보이는데요."

"그건 아주 간단하오. 사람들에게 한 가지 신호를 보내려는 거지. 즉 우리는 지금 아주 위급하다는 신호. 생각해 보시오. 지진이나 방사능 누출 사고가 났을 때 일부 국가의 정부 지도자들도 다 데님 작업복 차림을 하지 않소? 그리고 일부 국제회의를 할 때에도 공통의 이익을 부각시키기 위해 회의에 참석한 여러 나라 지도자들이 그 나라 민족 복장을 입기도 하지. 같은 차원에서 나는 의사의 흰 작업복을 입는 거요."

"그럼, 왜 지휘부 구성원들더러 모두 입으라고 하지 않는가요?"

"그건 안 되오. 혹시 사진이라도 나돌면 병원의 회진처럼 보이지 않겠소? 너무 살벌하오. 내 이 작업복은 보통 가운이 아니라 특별 제작한 거요. 여러 벌이고, 바꾸어 입어야 항상 눈처럼 깨끗하지."

뤼웨이즈가 또 묻는다.

"지휘관님은 혹시 옷차림을 통해 하나의 신념을 나타내려는 건가요?"

웬자이춘이 머리를 저었다.

"단지 그것뿐만은 아니오. 나는 위급한 관두에 나라의 명을 받았으니 흰 작업복을 걸치면 그게 바로 나의 금루옥의가 아니겠소? 임자가 말했었지. 내가 모종의 안정감을 찾고 있다고."

웬자이춘은 입이 무거운 사람이어서 여간해서는 제 속을 드러내는 법이 없었다. 그런데 지금 새파란 계집애 앞에서 속을 터놓는다. 하긴 자기 속내를 빤히 들여다보는 사람 앞에서 구태여 꾸밀 필요가 있겠는가. 적나라하게 자신을 드러내는 것도 어찌 보면 일종의 편안함인 것이다. 사람이 사노라면 적어도 속내를 터놓을만한 사람이 한둘은 있어야 할 것이다. 그 사람이 설령 낯선 사람이라도 말이다. 사람들이 여행 도중에 처음 만난 사람에게 여태껏 깊이 묻어두었던 비밀을 터놓는 것도 이런 맥락에서이다. 비록 자신도 그런 일이 일어난 후에야 불가사의하다고 느끼기는 하지만. 전염병이 들불처럼 번지고 있다. 총지휘관으로서 웬자이춘이 받는 압력은 이만저만 아닐 것이다. 하지만 이 보안이 철통같은, 아름답고 고즈넉한 정원에서 그가 누구한테 자신의 속내를 터놓을 수 있을까.

뤄웨이즈가 의식적으로 말을 돌린다.

"흰옷을 입기 좋아하는 사람, 특히 흰옷을 많이 가지고 있는 사람은 대개 몸이 좋지 않거든요. 식사도 아주 조금 하고요."

웬자이춘의 안구가 왼쪽 위를 향해 돌아간다. 무언가를 회상하는 표정이다. 이윽고 그는 어린애처럼 푹 웃음을 터뜨린다.

"그러고 보니 난 식사량이 적기는 해. 몸은 그런대로 괜찮은 편이고. 임자는 꼭 신딸 같아."

뤄웨이즈의 어깨가 으쓱해진다. "심리학 하고 독심술은 원래 이웃사이니까요."

웬자이춘이 손사래를 친다.

"어쨌든 신딸의 지적을 받은 담부터 나는 다시는 미라 자세를 취하지 않았다오."

"그렇다고 안정감이 강해진 건 아니잖아요. 그저 인위적으로 하나의 외재적인 표현방식을 바꾼 것뿐이죠."

웬자이춘은 이 화제를 끌고 나가기를 싫어하는 같았다.

"아, 위정펑의 유언은 다 읽어봤소?"

뤄웨이즈는 약간 머쓱해졌다. "아직이에요."

웬자이춘은 그다지 뜻밖이라고 생각하지 않는 것 같았다.

"아직 못 보았으면 그만두는 게 좋겠소. 불필요한 호기심을 불러일으키기 족하니까."

이번에는 뤄웨이즈가 놀랄 차례다. "그걸 읽어보셨어요?"

"음, 나는 읽어봤지. 위정펑은 화관바이러스에 이름을 달아 주었는데 이게 그의 가장 중요한 기여라고 할 수 있소. 화관바이러스의 전파경로에 대해서도 정확한 판단을 했고 그래서 우리는 일련의 효과적인 조치를 취해 해당 구역들을 봉쇄할 수 있었다오. 위정펑이는 나의 가장 훌륭한 제자였다오. 개구쟁이긴 해도 꾀가 많았지."

뤄웨이즈가 고개를 끄덕였다.

"방금 한 말씀이 맞아요. 전 이미 호기심이 생겼거든요. 제 생각엔 위정펑님은 순직하기 전에 또 다른 자료 한 가지를 남겼을 것 같아요."

"아니, 아직 보지 않았다면서? 그런데 어떻게 이런 판단을 할 수 있지?"

"직감입니다. 저는 겁쟁이라 무서워서 못 읽었던 거예요. 햇빛이 쨍쨍한 날을 골라 햇빛 아래에서 읽으려고요. 그런데 호기심을 못 이겨 가만히 제일 마지막 장을 봤거든요. 거기서 무언가 암시하는 느낌의 문장을 발견했어요. 자료가 또 있는 게 맞아요. 그저 그 자료가 어디 있는지 모른다 뿐이지."

웬자이춘이 침묵을 지키다가 입을 열었다.

"임자는 정말 똑똑하구먼. 그 판단이 맞소. 위정펑이 남긴 유서가 누군가에게 있긴 하오."

뤄웨이즈가 다급하게 말했다. "그 사람이 어디 있어요? 유서를 보고 싶어요."

웬자이춘이 손목시계를 들여다보더니 말을 돌린다.

"벌써 이렇게 됐구먼. 빨리 돌아가 회의를 열 준비를 해야 하오."

전신을 방호복으로 무장한 병원장들이 속속 도착한다. 사망자 수는 천정부지로 치솟아 24시간 내의 사망자 수가 200명을 돌파했다. 입원한 환자 숫자는 수천 명에 달하는데 병상도 의료진도 모자라고 약품도 달린다

··· 방 안의 냉방은 아주 충분했지만 웬자이춘의 머리에는 땀방울이 송골 송골 맺혔다. 어떻게 할 것인가? 절망의 불길이 숫자를 뚫고 치솟아 현장의 모든 사람의 이마를 달군다. 만약 병세를 통제할 수 없다면 대면 감염으로 인한 확산이 불가피해지므로 온 도시가 C구역으로 전락할 것은 불 보듯 뻔했다.

웬자이춘의 휴대폰이 울린다. 규정대로라면 회의를 할 때는 전화를 받을 수 없겠지만 그만은 예외였다. 그의 휴대폰은 위로는 고위급 지도자, 아래로는 최전방에 이어져 있으니까.

전화는 아주 짧았다. 웬자이춘은 거의 응답하지 않다가 한마디만 묻는다. "이제 며칠 버틸 수 있습니까?"

실내는 물 뿌린 듯 조용하다. 묵묵히 듣고 난 웬자이춘이 "한번 반복해서 말씀해 주시오"라고 말하더니 휴대폰의 스피커폰을 켰다. 이제 온 회의실의 사람들이 모두 통화 내용을 들을 수 있었다.

"그건 매일 얼마나 보내오는지에 달립니다. 지금 속도대로라면 사흘이면 전부 만원이 될 겁니다. 그러면 시체가 거리에 쌓이게 되겠지요."

"알았습니다."

웬자이춘이 간단하게 대답하고 나서 휴대폰을 껐다.

모두들 방금 토론하던 의제에 따라 대중들에게 얼마나 공표할지 연구하리라 생각했는데 웬자이춘이 말한다.

"이 일은 기정방침대로 합시다. 어제 숫자에 네댓 증가하는 걸로 하지요. 이 일은 잠시 그만 토론하는 걸로 하고. 지금 새로운 문제에 봉착했습니다. 아까 전화는 장의사에서 온 것인데 본 시의 화장 능력이 극한치에 달했다고 합니다. 지금의 속도대로 사망자가 발생한다면 매일 24시간 가동해도 시체를 다 화장할 수 없다고 합니다. 모든 냉동고도 꽉 찬 상태입니다. 지금 제일 긴박한 문제는 날이 갈수록 늘어나는 사망자의 시체를 어디에 보관해야 하는가 입니다. 이것은 민생문제일 뿐만 아니라 의학문제이기도 합니다. 즉 한 구 한 구의 시체가 전부 전염병의 발원지라는 것입니다. 시체를 즉각 소각하지 못한다면 전염병이 더 빠르게 확산될 크나

큰 위험을 감수해야 합니다."

뭐웨이즈는 목이 조여드는 감각을 느꼈다. 그녀는 턱을 잔뜩 쳐들고 목을 길게 늘여야만 숨을 쉴 수 있었다. 매일 축소된 사망자 수를 접하는 서민이라면 좋겠다. 죽을 땐 죽더라도 속을 바질바질 태울 필요 없으니. 지금 같으면 바이러스 때문에 죽기도 전에 지레 겁먹어서 죽을 지도 모른다!

누군가 국내의 소각로가 고강도 연속 작업 시 버틸 수 있을지 모르니 해외로부터 고성능 소각로를 수입해야지 않겠는가하는 의견을 제기했다. 그러자 웬자이춘이 답했다. "수입하는 중입니다. 하지만 시간이 걸립니다. 해외 공장에서 생산해야 하니까요. 그리고 또 컨테이너로 운반해 오고 설치하고 세팅하려면 제일 빨라도 45일이 걸린다고 합니다. 그때 가면 시체가 태산을 이룰 텐데요."

형제 성과 도시에 지원을 청하는 것이 어떻겠냐고 누군가 말한다.

웬자이춘이 말했다.

"지원이란 말은 쉬워도 처리하기는 어려운 일입니다. 어떻게 냉동 시체를 다른 성에 운반해 가는지부터가 문제입니다. 어떤 사람을 시켜 무슨 차로 운반해 갈까요? 운반해 가서는 어디에 두겠습니까? 이 과정에서 조금만 소홀하다가는 헤아릴 수도 없는 양의 바이러스를 다른 도시에 수출하는 거나 다름없으니까요. 남들이 승낙하지 않을 건 말할 것도 없고 승낙하는 사람이 있더라도 다른 사람에게 재앙을 전가할 수는 없습니다."

또 누군가 말한다. "그럼 화장터의 노동자들더러 초과근무를 하게 해서 생산량을 늘릴 수는 없겠습니까?"

"생산량"이란 낱말을 말한 다음 그 사람은 미안한 듯 한마디 덧붙인다.

"다른 대체할 말을 찾지 못했는데 다들 알아들으실 줄 믿습니다."

웬자이춘이 설명한다."소각로는 시체를 소각한 다음 일정한 냉각기가 필요합니다. 소각로를 쉼 없이 돌리다가 고장이라도 나는 날엔 상황이 더 엉망이 될 것입니다."

더는 발언하는 사람이 없다. 병원장들은 사람이 죽어가는 일은 보았어도 사후 처리에 대해 생각해 본 적이 없으니까.

뤄웨이즈는 더는 참을 수 없어 용기를 내어 입을 열었다.

"저는 이런 회의에서 발언 자격이 없는 줄 압니다. 하지만⋯ 제게 방법이 하나 있는데 말해도 될지 모르겠습니다."

다들 놀라며 눈길을 이 젊은 여성에게 돌렸다. 참석자들은 그녀가 누구인지 아무도 모른다.

웬자이춘이 아무런 감정도 드러내지 않고 건조하게 말한다. "얘기해 보시오."

뤄웨이즈와 이야기를 나눈 적이 없었더라면 그는 가차 없이 그녀의 발언을 제지했을 것이었다. 하지만 사람이 목석이 아닌 다음에야 어찌 무정할 수 있겠는가? 위정펑에 대한 뤄웨이즈의 집착을 헤아려 그녀의 발언을 검토하겠다고 한 것이다.

"혹시 대형 냉장고가 없을까요? 시체들을 잠시 그곳에 얼려 둘 수 있을 것 같습니다. 먼저 얼려 뒀다가 사망자 숫자가 감소되고 해외 설비가 도착한 다음 다시 화장하면 되지요."

뤄웨이즈는 조리 있게 말하려고 애를 썼다.

"대형 냉장고는 식료품을 저장하는 것인데 지금 시체를 저장하기는 부적합합니다. 그리고 대형 냉장고의 입출고 조건 역시 완전한 격리가 불가능합니다. 냉장고 하나가 못쓰게 되는 것은 그렇다 치고 시체 운반 과정에서 바이러스가 확산되기나 하면 얻는 것보다 잃는 것이 많을 것입니다." 물자국에서 반박한다.

"아니면 폐기처분된 냉장창고는 없나요? 아니면 교외에 자리 잡은 단독 건축물을 신속히 냉장창고로 개축하던가. 어쨌든 새 화장터를 짓는 것보다는 빠를 테니까요."

뤄웨이즈가 자신의 견해에 힘을 주기 위해 보충했다.

웬자이춘이 말을 받았다.

"사망자 수는 최고 기밀입니다. 그러므로 만약 다른 부서를 시체 냉장에 참여시키려면 여러 부서에 관계되는 일이기에 반드시 지도부에 신청해야 됩니다. 이 문제는 다시 생각하는 걸로 합시다. 사흘이란 시간이 있으니까요. 다음은 백신 문제입니다. 그 동안 임상 실천을 거친 병원장 여러분, 무슨 실마리라도 얻었습니까?"

그의 어조는 어딘가 초조해 보였다. 하긴 이 문제는 매번 토론에 부치건만 항상 아무런 진척이 없는 문제였다.

전염병 병원장이 난처한 질문을 피하려는 듯 먼저 입을 열었다.

"우리는 병원이 차고 넘쳐서 더는 새 환자를 받을 수 없습니다. 그러니 어떻게 새로운 환자들을 처리할 것인가부터 토론하면 안 될까요? 방금 사후 처리 문제를 언급했는데 더 급한 것은 산 사람을 어떻게 치료하는가 하는 거니까요."

웬자이춘이 차갑게 응수한다.

"백신이 없다면 지금 살아 있는 모든 환자들이 곧 시체로 변할 겁니다. 그러니 백신을 토론하는 것이 바로 치료를 토론하는 것입니다. 그걸 이야기하지 않는다면 치료할 약도 없으니 우리의 병원들은 호스피스로 전락하고 맙니다. 환자를 받으면 뭘 합니까? 그저 사망 장소를 바꾸는 것이나 다름없을 텐데."

웬자이춘의 어조가 딱딱하기 그지없었지만 전염병 전문병원 병원장은 개의치 않았다. 총지휘관의 말이 사실이기 때문이다. 의사 손에 백신이 없다는 것은 전쟁터에 나가는 병사의 손에 무기가 없는 것과 마찬가지다. 아니, 그보다 더 심하다고 해야 할 것이다. 전쟁터에서 무기나 탄약이 떨어지면 육박전이라도 벌일 수 있지만 약 없는 의사는 무엇을 할 수 있단 말인가. 아무것도 없이 화관바이러스 환자와 접촉한다면 사람을 구하는 것은 고사하고 자기 목숨까지 내줄 공산이 크다.

"중의 쪽은 어떻습니까?" 다들 묵묵부답으로 일관하자 웬자이춘은 하는 수 없이 특정인을 지명한다.

중의병원 병원장은 고개를 들지도 못한다.

"우리가 새 약 한 가지를 시험 사용하긴 했지만 효과가 없었습니다. 선조들이 썼다는 전염병 치료 처방들을 일일이 써보고 있지만 그것들도 뚜렷한 효과가 없었습니다. 이 화관바이러스라는 것은 완전히 새로운 바이러스라고 볼 수밖에 없습니다. 중의 고전에서 도무지 기록을 찾을 수 없거든요. 바이러스에 감염되었으나 사망에 이르지 않은 사람들은 모종의 불가사의한 힘의 도움을 받은 것 같고요. 지금의 기록으로 봐서는 우리가 쓴 약품들과 아무런 관계가 없는 듯합니다. 물론 그 어떤 질병의 치료나 정기를 북돋우고 사악한 기운을 없앤다는 점에서 큰 방침은 다르지 않지요. 하지만 양심적으로 말해서 이것을 백신이라 하기는 좀 그렇습니다."

말을 마친 그의 머리는 더욱 수그러졌다. 마치 선조들을 위해 부끄러워하는 것 같았다.

웬자이춘이 끙 하고 탄식한다. 전혀 진척이 없는 상황을 예견하지 못한 건 아니지만 병원장들 입에서 들으니 더욱 속상한 노릇이다. 그는 눈길을 신약연구소 쪽으로 돌렸다.

연구소 소장이 내키지 않는 어조로 입을 열었다.

"우리가 화관바이러스 균주를 입수하긴 했습니다만 그것이 임상에서 어찌 되어 그렇게 거대한 살상력을 갖게 되는지는 밝히지 못했습니다. 지금 한창 분류하고 배양하는 단계인데 균주가 안정적으로 생장해야 기존의 것이나 새로 연구한 약물들을 사용할 수 있습니다. 이후에 동물실험, 임상시험 등 과정을 거치려면 최소한 반년 이상이 걸립니다. 안전을 보장하기 위해 우리는 더 많은 화관바이러스 균주를 공급받을 것을 신청했습니다. 멀리 있는 샘물로 당장의 갈증은 해소할 수 없겠지만 우리는 조금도 해이해지지 않고 최선을 다할 예정입니다. 하지만 우리더러 당장 백신을 내놓으라는 것은 객관적으로 보아도 기술발전의 법칙에 위배된다고 생각합니다."

웬자이춘은 이를 알고 있었으나 그래도 불만스러운 듯 한마디 한다.

"당신들이 백신을 완성해 내기를 기다리다 간 시체들이 냉동 창고 열 개에도 차고 넘치겠습니다."

누군가 화관바이러스 회복자의 피에서 항체나 항바이러스 혈청을 추출하면 안되겠냐고 제의했다. 추출할 수만 있다면 치료에 도움이 될 것은 당연했다.

웬자이춘이 참다못해 냉소를 터뜨린다.

"그런데 지금 형편에서 회복기라고 단정 지을 수 있는 환자가 도대체 몇 명이나 되겠습니까? 만약에, 만약에 있다고 하더라도 몸이 극도로 허약할 텐데 혈청을 얼마나 추출할 수 있겠습니까? 연구에 사용한다면 몰라도 대규모 치료에 응용하자니, 그게 물 한 컵 가지고 산불을 끄겠다는 거랑 뭐가 다릅니까! "

공기가 얼어붙었다. 회의는 다시 교착상태에 들어섰다. 누군가 조심스레 묻는다. "그 바이러스 균주를 세계보건기구에 전달했다고 하지 않았습니까? 그곳에서는 기별이 없는지요?"

웬자이춘이 말했다.

"세계보건기구 쪽에서도 급하게 연구하고 있다고 합니다. 그리고 당연하게도, 백신이 만들어진다면 즉각 임상에 투입할 거고 무료로 우리에게 제공할 겁니다. 단, 지금까지는 성공했다는 기별이 없습니다."

회의가 끝난 후 뤼웨이즈는 홀로 방에 돌아왔다. 그녀는 햇빛 따위를 기다리지 않기로 했다. 한시라도 빨리 위정펑의 자료를 읽어야 했다. 이타의 추종을 불허하는 뛰어난 의사는 생명의 최후 순간에도 온몸을 불태워 전염병을 이겨낼 방도를 모색하였을 터, 그렇다면 그가 남긴 자료들은 전염병과의 싸움에 아주 유용한 것이리라.

크라프트지 봉투를 열었다. 뤼웨이즈는 엄숙하고 경건하게, 단정히 앉아서 읽어 내려가기 시작했다. 읽으면서 뤼웨이즈는 때때로 머리를 옆으로 돌리곤 했다. 눈물이 흘러내려 귀중한 서류를 적시지 않게 하려고. 이것은 최전방에서 싸우던 의사가 남긴 생애 최후의 문자들이다. 미래에는 박물관에 보존하여 인류와 화관바이러스가 생사를 걸고 벌인 혈투를 기억하게 해야 할 것이다.

그런데 우리에게 그 미래가 올 수 있을까?

제5장
# 찬연한 바이러스

선사시대의 바이러스가 거위 털 이불을 젖히고 인간 세상에 모습을 드러내었다.
얼마나 무시무시한가, 킬러는 티 없이 결백한 빙하 속에 숨어 있었다.


앞에 놓인 어린아이의 시체 한 구.

나는 독수리마냥 시체에 광적으로 집착한다. 시체라는 것은 다른 사람들에게는 공포와 더러움일지 몰라도 나에게는 성대한 연회나 펼쳐놓은 교과서와도 같은 존재이다.

나는 그 애를 향해 허리를 깊숙이 굽혀 인사한다. 여기서 '그 애'는 '그것'이라 칭하는 편이 나은 지도 모른다. 왜냐하면 이미 생명이 다한 상태이기 때문이다. 하지만 나는 여전히 '그 애'라고 칭하련다. 내 눈에 그 애는 살아있으니까. 그 애는 나한테 그가 받아 당한 고난을 말해줄 것이며 어떤 치료가 필요하고 효과적이었으며 어떤 치료는 그저 흉내만 내거나, 지어는 돈을 편취하려는 것이었는지를 낱낱이 까발려줄 것이다. 나는 생명이 떠나간 최후의 순간에 킬러의 치명적인 일격이 어느 장기에 가해졌으며 화근이 어디에서 와서 어디로 갔는지를 알게 될 것이다.

이 애는 아주 어린 아이로 열 살 밖에 안 되었다.

평상시에는 곁에 조수가 있지만 이번은 다르다. 조수는 없다. 이런 공포스러운 전염병의 깊은 곳에 들어오려는 사람이 없기 때문이다. 이는 흉악한 맹수들이 도사리고 있는 굴에 들어가는 것과 다를 바 없다. 사람을 질식시킬 듯한 소독수 냄새로 가득 찬 해부실에 홀로 들어선 나는 다른 사람을 탓할 생각이 없었다. 나 자신도 지금 전전긍긍하고 있으니까. 나는 고독하고 쓸쓸하게 이 기괴한 질병에 목숨을 빼앗긴 시체 — 아주 조그마한 그 애와 동무하고 있다.

물론 나도 최대한 방호 조치를 하긴 했다. 마치 방사능 농도가 짙은 구역에 들어가는 화학병처럼. 그래서 나의 손가락은 평소처럼 영활하지 못했고 허리라도 굽히려고 하면 무거운 앞치마가 해부대의 변두리를 스쳐 피가 묻어나기도 한다.

이 애의 병리해부 보고서는 이미 의학서류로 작성했으므로 여기서 나는 의학 맛이 다분한 그런 문자를 중복하지 않을 것이다.

나는 여러 차례 전자현미경으로 인간을 죽음으로 내모는 이 바이러스를 관찰했었다. 그런데 바이러스가 이렇게나 찬란하게 아름다울 줄이야. 마치 보석을 박아 만든 아름다운 화관과도 같았다. 그래서 나는 그에게 '화관바이러스'라는 이름을 붙여 주었다. 나는 나의 이 기발한 착상으로 의기양양했었다. 이것이 그 바이러스의 최종 이름이 될지는 모르겠지만 적어도 아명이라 할 수 있으리라.

요 며칠 사이에 나는 기존 바이러스들의 이력들을 샅샅이 훑었지만 이 바이러스에 대해서는 티끌만한 정보도 찾을 수 없었다. 미친 듯이 기쁘다. 내가 글쎄 누구도 발견하지 못했던 신종 바이러스를 발견했고 그것을 고정시키다니! 전체적으로 이 험악한 바이러스가 환자들에게 어떤 고통을 가져다주었는지 따지지 않은, 마음으로부터 우러나온 순수한 과학자의 기쁨은 맹렬한 것이다. 세속적인 잣대로 이 감정을 헤아리지 말기 바란다.

지금, 나는 그것이 어디에서 왔는지부터 밝혀야 한다.

북극의 그린란드에서 빙층 물질을 연구하는 과학자들이 빙하를 뚫고 그 속에서 얼음 코어를 채취한 적 있었다. 그런데 연구 과정에서 일종의 정체 모를 미생물이 현미경 아래에 나타날 줄이야. 나는 당시 그들의 아연실색을 상상할 수 있었다. 그것은 내가 지금 그들만큼이나 놀라고 있기 때문이기도 하다.

당시 과학자들은 얼음 코어 속에서 이미 14만 년이나 살아온 바이러스 균주를 발견했다고 최종 단정했다. 이런 미생물은 생존하기 적합한 얼음

속에 숨어 있는 동시에 재기할 시기만 노린다고 했다. 이 바이러스가 기나긴 14만 년을 어떻게 보냈을지 가히 상상할 수 있다. 이 바이러스들은 처음에 자아 저장을 실시하여 동면 비슷한 상태에 진입한다. 얼음 코어의 환경은 그들에게 상당히 유리하다. 바이러스들은 인내하며 소생할 그날만 기다리면 되었다. 죽은 듯이 가만히, 어느 날 인류나 수생 생명체 및 기타 생물들이 자신을 찾을 때까지. 절대다수 생물에게 있어서 빙하는 죽음이 도사린 금지구역이다. 하지만 그것은 또 인류가 지금까지 발견한 가장 훌륭한 미생물을 보존하는 모체이기도 하다. 바이러스가 흉악하긴 하지만 일격에 허물어질 때도 있다. 예를 들면 열, 물, 효소, 화학약품이나 자외선 등은 모두 바이러스를 죽일 수 있다. 빙하의 한랭은 바이러스에 대한 열량의 해독을 막아주며 빙하층에는 흐르는 물이 거의 없기에 화학물질이 가져오는 생물분자에 대한 부식도 최대한 방지한다. 자외선은 비록 빙하층을 꿰뚫을 수 있다지만 그것은 근근이 표면 현상에 불과하다. 빙하층이 수십 미터에 달할 경우 빛 에너지가 급속히 감쇠되어 그 힘이 소멸되기 때문이다. 빙설은 포근한 깃털 이불처럼 이런 태곳적 바이러스들을 감싸 주어 그것들이 안전한 암흑의 궁전에서 천년만년 고이 잠들게 한다. 과학자들은 일찍이 800만 년 전의 빙하층에서 살아있는 세균을 분리해 낸 적 있는데 이 기록은 지금도 경신중이라고 한다. 현재는 이미 2500만 년 전의 영구 빙하층에서 살아있는 세균을 분리해 내었다. 극단적으로 한랭한 세계에 인류가 모르는 미생물이 얼마나 많이 숨어 있을까.

'바이러스'란 이 낱말은 라틴어에서 왔는데 원래는 한 동물 종에서 생산되는 독소를 지칭했다고 한다. 바이러스는 증식되고 유전되며 진화할 수 있다. 그러니 생명의 가장 기본적인 특성을 구비했다고 할 수 있다. 태곳적의 바이러스가 숙주의 몸에 재차 진입하는 경로는 나의 상상에 의하면 대략 이러하다 ─ 제일 먼저는 빙하가 녹아야 하며 그 다음에 빙하가 녹은 물을 따라 그것들이 재차 햇빛 아래 노출되어야 한다. 이때 그에 대한 면역력이 결핍한 숙주를 만난다면 급속히 자신의 군체를 늘이며 이를 거점으로 삼아 전반 인류 세계에 전파되는 것이다. 그들이 지닌 독성을 아는 사람이 전혀 없으므로 대규모로 폭발할 경우 그 파괴력은 상상할 수도 없다.

지금 세계적으로 급속히 녹고 있는 빙하들이 무려 16만 군데에 달한다고 한다. 유럽 알프스산맥의 빙하 면적은 19세기 중엽보다 3분의 1이나 줄어들었으며 체적도 절반이나 줄었다고 한다. 아프리카의 최고봉 킬리만자로의 빙하는 85%나 위축되었다고 한다. 추산에 의하면 대략 2070년에서 2080년 즈음이 되면 북극해의 바다 얼음이 소멸될 것이라 한다.

북극은 천애지각*이고 알프스는 남의 나라 일이라 생각하지 마시라. 우리나라의 청장고원의 빙하에도 엄연히 바이러스 과립이 존재하니 지구온난화와 더불어 수시로 방출될 가능성이 있다고 한다. 청장고원의 빙하는 지금 한창 연평균 131제곱킬로미터의 속도로 축소되고 있는데 2050년 즈음에 가서는 삼분의 일 정도의 빙하가 소실될 것이라 한다. 최근 30년 동안 중국의 삼강 발원지의 빙하 위축 속도는 지나간 300년의 10배에 달한다고 한다. 창장 강 발원지의 빙하는 연평균 75미터씩 뒤로 물러나고 있다. 황허 강 발원지의 빙하의 수축 비례는 제일 많을 때 77%에 달했다고 한다. 최근 반세기에 청장고원의 연평균 온도는 매 10년마다 0.37℃의 속도로 상승되고 있다. 21세기 초엽에 이르러 중국의 빙하 총량은 4분의 1이나 감소되었다고 한다. 비극은 이에 그치지 않는다. 이제 2050년에 이르면 재차 4분의 1이 감소될 것이라 한다. 2070년에 이르러 청장고원의 해양성 빙하 면적은 무려 43%나 감소된다고 한다! 2100년경까지 감소될 빙하 면적은 75%에 이를 것이라 한다.

빙하가 녹아 얼음이 풀리면 빙하수가 범람할 것이다. 수십 수백만 년을 기다려 온 바이러스들도 잠에서 깨어나 새로운 여정에 오르게 된다. 하! 무시무시하지 않은가!

바이러스는 인류보다 훨씬 나이가 많다. 그들은 우리의 선조인 셈이다.

---

* 하늘의 끝이 닿은 지점과 땅의 한 귀퉁이라는 뜻으로, 서로 멀리 떨어져 있는 상태를 이르는 말

사람들은 9000만 년 전의 조류 화석을 발견하였는데 거기서 전염병의 증거를 찾아냈다. 이는 전염병은 극히 오래된 것임을 말해준다. 이렇듯 유구한 역사를 지니고 있는 생물에 대해서 나는 깊은 존경과 경의를 표할 수밖에 없다. 사람들이 어떻게 생각하는지와 관계없이.

바이러스도 나름 살아가야 할 테니 끊임없이 번식할 수밖에 없다. 이것은 불변의 진리다. 문제는 이런 바이러스들이 반드시 생체 내에서 자신을 복제해야만 한다는 것이다. 이런 복제 과정이 인류에게는 치명적일 뿐이다. 나는 이런 상상을 해 본다. 지구는 이러한 바이러스들의 방출로 인해 전염병이 창궐하는 것을 수차례 경험했을 지도 모른다. 그래서 파괴적인 유행병이 번져 모든 지혜 생물들이 모두 바이러스에 의해 소멸되었을 지도 모른다. 공룡이 소멸된 것처럼. 인류는 표층 토양에서는 소멸된 지 억만 년이나 되는 이러한 선사시대의 바이러스의 재등장을 막을 수 없다. 인류의 면역력은 그들 앞에서는 매우 취약하며 심지어 제로에 가깝다.

생각해 보시라. 치명적인 미생물이 빙하에서 해동되어 당신이 사는 곳에 진입한다면 어떤 일이 발생할 것인가?

이미 발생한 실례들만 해도 가히 상상할 수 있다.

흑사병이라 불리는 페스트는 1338년에 중 아시아의 작은 도시에서 최초로 발병하였는데 1340년 전후로 남쪽으로 넘어가 인도에 퍼졌다. 그 뒤 고대의 상업 경로를 따라 러시아 동부에 퍼졌는데 1348년에서 1352년 사이에 유럽 전반을 휘황찬란한 무덤으로 변하게 만들었다. 당시 유럽의 삼분의 일의 인구가 목숨을 잃었는데 그 숫자가 약 2500만 명에 이른다.

물론 일차적으로 바이러스 한두 개를 섭취하는 것쯤은 면역체계가 온전한 사람에게는 별문제가 아닐 것이다. 인체 내의 백혈구와 면역계가 그것들을 박멸할 수 있으니 말이다. 하지만 바이러스의 침입량이 많거나 인류 개체의 면역계가 완벽하지 못할 때는 얘기가 달라진다. 마치 국경선을 담당하는 국경 수비대가 없는 나라처럼 적들은 파죽지세로 쳐들어와 결국에는 온 나라를 삼켜버릴 것이다.

이야기를 많이 했지만 나는 지금까지 바이러스 감염으로 죽은 눈앞의 애의 구체적인 정황은 모르고 있다.

지구의 온실효과로 인해 초래된 남극 빙하의 융화에 대해 전에 사람들이 걱정한 것은 근근이 해수면이 상승하여 많은 육지가 잠기는 것이었다. 하지만 미국 해양과 기후 학자들의 연구로 밝혀진 바에 의하면 해수면이 도시들을 잠기게 하기도 전에 빙하의 융화가 방출하는 공포스러운 바이러스가 수백만 명의 생명을 앗아갈 것이라고 한다.

청장고원이 그중에서도 특히 위험하다고 했다.

헤아릴 수 없이 오래전, 지구의 따뜻한 계절풍이 열대와 온대의 바닷물을 지구에서 제일 높은 산맥에 불어 올렸는데 그것이 바로 아아한* 히말라야이다. 그 과정에서 수도 없는 광물질, 부유생물 및 각종 동물들의 사체의 티끌이 계절풍과 눈비를 통해 세상에서 제일 높은 땅 위에 뿌려진 것이다. 그것들은 순백의 빙하 속에 고스란히 얼어붙었는데 킬러들도 숙면에 빠졌다. 주의해야 할 것은 숙면은 어디까지나 잠일 뿐, 사망이 아니라는 점이다. 수십만 년이 흐른 뒤에도 킬러들은 생기 있고 팔팔한 생명력을 유지하게 된다.

화관바이러스가 바로 그들 중의 가장 출중한 대표자라고 할 수 있다. 그가 지금 우리의 삶에 대거 침입하고 있다.

지금, 그는 심지어 내 몸에 들어왔다.

나는 이에 대해 곤혹스러울 수밖에 없었다. "방금 영마루의 짙은 구름을 보았는데 벼랑 아래 눈발이 구름처럼 흩날리누나." 무슨 영문인지 이 두 구절의 옛 시가 떠오른다. 누가 쓴 것이더라? 이 글귀들은 나의 지금 상태와 전혀 상관이 없는 듯지만 떠올랐으니 문자로 남기기로 한다.

나의 이성과 지식체계는 아직 공황상태가 아니다. 내가 아이를 향해 해부도를 든 그 시각부터 나는 언젠가 이런 순간이 찾아올 것이라 예측했었다. 내가 아무리 꼼꼼하게 방호 조치를 한다 해도 이런 유례없는 침입으로 말하면 내 몸이 전면적으로 무너질 것은 불 보듯 뻔했다.

---

* 산이나 큰 바위가 우뚝 서 있는 모양

눈발이 흩날린다. 거위 털 같은 눈꽃은 느리지도 빠르지도 않게 듬성듬성 이곳저곳에 흩날리는데 어느덧 온 하늘을 점령해 버렸다. 눈꽃에는 안구가 있는데 중심부가 까맣다. 그 새까만 눈은 밤바다처럼 깊다. 눈꽃은 흰 국화꽃처럼 하늘하늘 나부낀다. 천당에서 한창 성대한 추도회가 열리는데 모든 내빈들이 가슴에 달았던 흰 꽃을 떼어낸 모양이다.

물소리가 얼음 밑에서 오열한다. 그것이 나의 면역계일까?

한랭은 발열의 청첩장이며 고열은 사망의 전주곡이다. 나의 면역계가 작동하여 전혀 희망이 없는 발악을 하고 있다. 나는 눈앞에 있는 아이의 몸에서 필사적인 결투가 남긴 폐허를 보았다. 매 차례의 전투지는 모두 백색의 퇴각과 도주로서 전멸과 파괴라 할 수 있었다. 나의 벗들이 특수 방호복을 착용하고 나를 구하러 달려왔다. 갑옷 같은 복장은 그들의 행동을 굼뜨게 한다. 내 눈 흰자위에는 이미 시뻘건 실핏줄이 얼기설기 엮이고 있었다. 그들은 나에게 희망이 있으며 그들은 최선을 다할 것이라고 말한다. 나는 뒷말은 믿지만 앞말은 믿지 않는다. 그래서 나는 포기하기로 했다. 이 시각 포기는 두려움 없는 태연함을 의미한다. 나는 마지막 힘을 짜내서 그들을 믿는 척 가장하는 동시에 그들이 나의 제일 귀중한 시간과 힘을 이용하여 거짓에서 헤매게 하지 않을 것이다.

다른 사람들을 돌보시오. 내가 말한다.

당신이 제일 중요한 사람입니다. 그들의 말이다. 그들은 삼교대로 나누어 병실을 순찰하는데 하는 말이 똑같다. 나는 그들이 회진할 때 이미 인식을 통일했으리라 믿는다. 즉 내가 하루하루 썩어가고 있다는 점을 확인한 것이리라.

어떤 사람들은 이는 대단히 고통스러운 과정이리라 단정하지만 사실은 그렇지 않다. 인체는 어찌 되어 고통을 예고하는가? 그것은 당신을 어떻게든 구제하려 하기에 경보를 보내는 것이다. 당신에게 고도의 경각심을 불러일으켜 마땅한 조치를 취하게 하려는 것이다. 정 안되면 최후 발악이라도 했으면 해서일 것이다. 그래야 그나마 살아남을 희망이 있을 테니까. 하지만 인체가 이미 전혀 가망이 없음을 의식한다면, 더 끌어봐야 아무런 가치도 없음을 느낀다면 인체는 총명하게 무기를 버리고 저항을 포기한다. 그는 아주 온화하게 묵묵히 인내하면서 더는 당신에게 참기 어려운 아픔이거나 살을 찢는 듯한 구조신호를 보내지 않고 당신에게 만족스럽고 태연하게, 가급적으로 평온하게 최후의 시간을 보내게 한다.

내가 지금 이런 상태에 처해있다. 근육과 관절은 이렇게 사이가 좋지 못하고 기관지와 목구멍은 서로 견원지간이 되었다. 더구나 고열은 모든 것을 삼켜버리려는 패왕인 듯, 인체는 함락 직전의 보루가 되어 더는 저항할 힘도, 의지도 없어졌다. 그런데 이상한 것은 내가 전혀 고통을 느끼지 못하고 있다는 점이다. 비록 나의 내장이 지금도 점점 썩어 들어가고 있고 나의 기도가 차차 피비린내 나는 고름으로 차오르는 것을 누구보다 잘 알고 있지만. 나는 이제 말하는 것도 거의 불가능하다. 오직 희미한 '어어' 소리를 낼 수 있을 뿐이다. 동료들과의 교류는 철저히 차단되었다. 이것은 대단히 낯선 종류의 맹독성 바이러스다. 나는 내 육체가 이 바이러스에 대해 추호의 면역력도 없음을 확신한다. 나는 평소에 아주 건강한 사람이었다. 하지만 바이러스는 무인지경에 들어온 듯 활보하고 있다. 내가 후세에 남길 수 있는 유일한 기록이 있다면 이 바이러스에 대한 나의 진실한 감수와 판단뿐일 것이다.

내가 남기는 이 자료에는 나의 추측도 포함되어 있다. 애석하게도 나에게는 그것들을 실증할 시간이 남아있지 않다. 나의 투쟁이 중단된 셈인데 정말 어찌할 방법이 없다. 하지만 나는 고통스럽지 않다. 유감스러울 뿐이다. 장군이 전장에서 죽는다면, 과연 그는 고통스러워할까? 그렇지 않을 것이다. 나도 마찬가지다. 나는 바이러스를 좋아한다. 그가 이 시각 내 생명을 앗아가고 있더라도 이 사랑은 변치 않을 것이다. 한 장사가 서슬 푸른 보검에 죽는다고 치자. 그 보검이 장사의 머리를 내리치는 순간에도 그는 보검이 정말 예리하다고 찬탄할 것이다.

나의 힘은 점점 사라지고 있다. 화관바이러스를 이겨내려면 단 하나의 방법밖에 없다. 즉 그의 균주를 채취하여 실험실 환경에서 한 세대 한 세대 독성을 약화시켜 마지막에 가서 그의 항원성만 남게 하는 것, 이렇게 해서 인체에 대한 그 유해성을 미약하게 만드는 것이다. 그리고 그것을 겨냥한 백신을 만들어 내는 것이야말로 유일무이한 방법이라 하겠다…

세상에 없을 것 같은 피곤한 느낌… 나는 이제 곧 영원히 잠들 것이다. 다시는 깨어날 수 없는 영면에 들더라도 나는 당신들이 화관바이러스를 이겨냈다는 낭보를 기다릴 것이다 … 제삿날 네 아비에게 고하는 걸 잊지 말거라… 그 물건은 열어보지 마시라. 정말로 부득이한 경우가 아니라면… 오… 열어보지 않는 것이 좋을 것이다… 그렇지 않으면 후회할 테니…

# 제6장
# 넘치는 시체

케이스 하나에 세 켤레의 신을 쑤셔 넣어야 한다.
화관바이러스로 인해 죽은 한 구의 시체는 100명을 감염시킬 수 있다.

위정펑이 최후로 남긴 글들을 읽은 뤄웨이즈는 오만가지 상념이 들고 마음이 착잡하여 누구라도 붙잡아 속마음을 터놓고 싶어졌다. 그런데 누구한테 터놓아야 하나? 웬자이춘의 숙소를 알지만 그한테 폐를 끼칠 수는 없는 노릇이다. 단독으로 웬자이춘을 만날 수 있는 시간이라곤 아침 산책 시간뿐이다. 그래서 뤄웨이즈는 알람을 맞춰 놓고 이튿날 아침에 아예 일찍 일어났다. 일단 저번에 웬자이춘을 만난 적 있는 길목에 잠복해 있다가 웬자이춘의 모습이 나타나면 우연히 만난 척하기로 했다. 양말이 아침 이슬에 축축이 젖어 차갑게 발등에 들러붙는다. 거미들은 수고스럽게 야근을 한 모양인지, 새 거미줄을 잔뜩 늘였다. 그들은 마치 초목의 경찰 같았다. 뤄웨이즈가 무심하게 지나가니 진득진득하고 헝클어진 가느다란 줄들이 그녀의 머리에 달라붙어 털어도 쉬이 떨어지지 않는다.

저 앞의 굽은 길에서 회색 낡은 스웨터를 걸친 노인을 만난다면 얼마나 좋을까. 뤄웨이즈는 그한테 하소연할 말이 정말 많았다.

콩닥거리는 가슴을 진정시키며 하염없이 기다렸지만 웬자이춘은 산책하러 나오지 않았다. 뤄웨이즈는 가슴이 철렁해졌다. 총지휘관이 혹시 병에라도 걸린 건 아닐까? 이곳은 C구역이다. 이론적으로는 누구나 감염 위험성이 있는 것이다. 더구나 총지휘관은 늘 최전선에 투입된 병원장들과 이런저런 얘기를 나누니 감염될 확률이 누구보다 높을 것이다…

천만다행으로 오전의 정기 회의에서 뤄웨이즈는 빳빳한 흰 가운 차림의 강건하고 정력적인 웬자이춘을 볼 수 있었다. 총지휘관은 병에 걸린 것이 아니었다. 그 시각에 최고 지도층에 전화로 전염병 상황을 보고했다고 한다.

연석회의에서 보고된 실제 숫자는 그야말로 무시무시했다. 화관바이러스에 의한 사망자 수는 어제에 연달아 50% 상승되었다. 모인 사람들은 사망자 수에 대해 이미 무감각 상태인 듯했다. 대중들에게 공표하는 숫자도 일종의 심리 유희처럼 되었다. 당면한 제일 큰 문제는 이런 사망자들을 어디에 안치할 것인가 하는 문제였다. 장의사와 모든 병원의 영안실은 진작 넘쳐난 지 오래였다. 시체를 저장하는 철제 냉동 서랍은 원래 1인실이었지만 지금은 집단 숙소로 변했다. 서랍 하나에 시체를 넣을 수 있는 데까지 쑤셔 넣어 하나의 신발 케이스에 신발 세 켤레를 억지로 밀어 넣는 것과 다르지 않았다. 조금이라도 더 넣으려고 머리와 발을 교차해서 넣는다. 그러다가 키가 큰 사람이라도 만나면 머리나 발이 서랍 밖에 드러나서 제대로 닫지 못하기 일쑤였다. 시체가 너무 많은 것 때문에 영안실의 온도가 상승하여 시체가 녹기라도 할까 봐 영안실마다 냉각설비를 최대로 가동하고 있다고 했다. 그곳에 들어가면 마치 극지에 있는 것만 같다고 했다. 혹시나 장발의 여자 시체라도 있으면 흘러내린 머리칼에 흰 서리가 맺혀 꼿꼿하게 바닥까지 드리운 모양이 괴이한 상고대 같다고 했다. 또 한 대의 소각로가 과부하를 견디지 못하고 고장이 나서 한창 긴급 복구 중이라 한다. 복구가 될지는 미지수로, 두고 봐야 한다고 했다. 외국에서 수입하기로 한 소각로는 언제 도착할지 모르는 상태인데, 이는 상대방이 고의적으로 질질 끌어서 이쪽을 골탕 먹이려 하는 걸지도 모른다고 했다. 영안실에 수납하지 못한 시체들에 대해 병원들에서는 으슥한 구석을 찾아서 집채만한 얼음덩이들을 쌓아놓고 간이 냉동을 하고 있다고 했다. 날씨가 점점 더워지는데다가 사체가 화관바이러스에 감염된 채로 썩어가는 중이라 지금은 고름이 줄줄 흐르며 조각조각 분해되고 있다고 한다. 무서운 것은 사람이 죽었다고 바이러스도 따라 죽는 것이 아니어서 제멋대로 번식하며 도처로 퍼져서 도도한 기세의 대부대를 이루었다고 해도 과언이 아니라고 한다. 얼음 녹은 물과 피고름으로 얼룩진 시체가 분해된 쪼가리들이 도처에 흘러넘친다고 한다. 하는 수없이 시체 저장실의 문 앞마다 모래주머니들을 켜켜이 쌓아놓았고, 이는 홍수 방지 현장과도 같아 보인다고 한다. 이것은 최후의 방어선으로 시체에서 흘러나온 액체가 이 방어선 밖으로 나오기라도 한다면 그 후에 벌어질 일은 상상도 못할 것이라고 했다.

회의실은 마치 누군가 지붕에서 납을 녹여서 쏟아 부은 듯 중압감에 누구 하나 고개를 들지 못한다.

"그만하고 산 사람의 문제나 토론합시다. 치료에 집중해서 환자들을 살려내야 사망자를 감소시키지요."

한 병원장이 이 무거운 분위기를 참지 못하여 애써 말을 돌리려 한다.

"산 사람의 일은 우리가 매일 토론하고 있지 않습니까? 산 사람과 죽은 사람은 상호 보완하고 상생하는 관계입니다. 만약 사망자가 타당한 처리를 받지 못하고 도처에 버려져서 화관바이러스가 범람한다면 우리가 죽을힘을 다해 환자를 치료한들 사상누각에 불과할 겁니다. 제일 낙관적인 추측에 근거하더라도 한 구의 사체가 100명에게 감염시킬 수 있다고 합니다. 100구면 10만 명입니다. 내가 산수도 몰라서 틀리게 계산했다고 생각하지 마십시오. 이것은 간단한 덧셈이 아니라 기하급수로 늘어나는 숫자니까요. 우리가 사망자를 타당하게 안치하지 못한다면 우리는 산 사람을 소중하게 대접할 수 없을 것입니다. 터놓고 말해 우리는 지금 이미 발병한 환자들에 대해 손 놓고 하늘에 맡기고 있는 상태가 아닙니까. 예상과 달리 위험기를 넘긴 사람들은 주로 자신의 종합적인 체력, 주요하게는 면역력에 의지한 거지요. 묻혀야 평안을 얻는다고 하듯, 망령들은 흙을 바라고 있습니다. 이것이 망자를 위해 책임지는 것이며 결국에는 산 사람을 위해 책임지는 것입니다."

웬자이춘이 무거운 어조로 말한다.

방 안의 분위기는 더 가라앉았다. 시간이 얼마나 흘렀는지 누군가 조심스레 입을 열었다.

" '문화혁명'시기에 남겨진 방공 지하 벙커를 이용하는 건 어떨까요?"

누군가 대뜸 반박한다.

"마땅한 설비도 없는데 그런 곳에서 어떻게 냉동할 겁니까? 게다가 오래된 벙커들인데 새는 곳이 있기라도 하면 또 어떻게 하고요?"

웬자이춘이 격려하듯 말한다.

"어쨌든 다들 아이디어를 모아 봅시다. 중앙에서 회답하기를 전염병 유행을 저지시키기 위하여 옌시에서 어떤 요구를 하든지 전국적인 도움을 줄 거랍니다."

누군가 조그맣게 중얼거린다. "다른 성에서 우리를 도와 화장해 주겠다고 하더라도 시체를 운반하여 갈 수 없지 않습니까."

"제게 방책이 있는데 말해도 될지 모르겠습니다." 누군가 주저하며 말한다.

"얘기해 보시오." 웬자이춘이 말한다.

"교외 중에서도 구석진 곳을 찾아서 굴착기로 거대한 굴을 판 다음 시체들을 전부 그곳에 운반하여 휘발유를 뿌려 소각하는 겁니다. 철저히 소각한 다음 다시 묻어버리면 시체가 아무리 많아도 대처할 수 있지 않겠습니까? 물론 각자의 유골을 받아 갈 수 없다는 결함이 있긴 하겠지만요."

이 방안을 들은 모두의 첫 반응은 '너무 잔인한 거 아닌가'하는 생각이었다. 그러나 냉정하게 생각해 보니 일리가 없는 것도 아니었다. 죽은 사람은 이미 지각이 없으니 소각로면 어떻고 야외면 어떠랴. 본질적인 면에서 차이는 없었다. 정 방법이 없다면 이것도 철저한 해결책이라 할 수 있겠다.

웬자이춘이 입을 열었다.

"불가합니다. 이렇게 조작한다면 가족들이 유골을 받아 가지 못하는 것은 차치하고 제가 파악한 데 의하면 화관바이러스는 생명력이 극히 강하다고 합니다. 만약 소각굴의 온도가 규정에 이르지 못한다면 소각이 철저하게 이뤄지지 못할 것이고, 열전달이 균형적이지 못하면 사각지대가 나오기 마련입니다. 그런 상황으로 인해 남게 된 바이러스들은 여전히 극히 큰 전염성을 가지고 있어 토양과 수원까지 오염시킬 위험성이 큽니다. 우리는 스스로에게 책임져야 할 뿐만 아니라 자손만대를 위해 책임을 감당해야 합니다. 만인갱 식의 매장법은 도의적으로 받아들일 수 없을 뿐만 아니라 과학적인 차원에서도 상황을 백 프로 통제하기 어려운 방법으로 후환이 이만저만 아닐지도 모릅니다."

재차 장시간의 침묵이 흐른다. 회의실에는 화장실이 붙어 있었다. 누군가 화장실을 한 번 이용하더니 전염이라도 됐는지, 아니면 저마다 방광이 차오르는지 돌아가며 화장실을 들락날락한다. 말소리가 사라진 대신 쫄쫄 물 내리는 소리가 요란했다. 근처에 시냇물이라도 있는 듯한 느낌마저 들었다.

끝도 없는 물소리 속에서 뤄웨이즈가 끝내 참지 못하고 입을 연다.

"저는 발언할 자격이 없는 사람입니다만, 제가 조금만 개조하면 시체를 저장하는 냉동 창고가 될 수 있는 곳을 알고 있습니다. 아마 만 구까지도 저장 가능할걸요."

"말해 보시오." 웬자이춘이 말했다.

# 제7장
# 와인 저장고

정교하게 조각한 층계는 이탈리아 최정상 조각가의 작품이라고 한다.
하지만 이곳에 더는 와인을 저장할 수 없게 되었다. 영원히, 영원히.


    무겁고 둔중한 와인 저장고의 상수리나무 대문을 열어젖히니 오래된
붉은 벽돌 벽, 게으르게 늘어진 정교한 샹들리에, 꽃무늬 철문이 눈에 들
어온다. 어디를 보나 사치스러운 귀족풍이다. 창고에 들어서서야 이곳이
원래 천연 동굴이었음을 발견했다. 서늘한 기운이 뼛속에 스며든다. 예복
차림의 직원들이 다가와 시찰 나온 부시장 셰경눙謝耕農에게 친절하게 저
장고를 소개한다. 와인을 저장하기 제일 합당한 곳은 어둡고 서늘한 온도
가 11℃에서 15℃ 되는 저장고인데 항온, 항습을 보장하고 빛을 피하고
조용하며 이상한 냄새가 없는 곳이어야 한다. 이 저장고는 산에 의지하여
산을 파서 만들어 산과 혼연일체가 되었기에 사철 서늘하여 가히 국내에
서 으뜸가는 와인 저장고라 할 수 있다며 설명을 늘어놓았다.
    진작 대머리가 된 셰경눙은 건성으로 고개를 끄덕인다.
    "음, 훌륭하군요. 그런데 여기 주요 책임자가 어느 분입니까?"
    한 사람이 대답한다. "시장님, 시장님께서 급히 오시다 보니 총지배인
이 다른 일로 나가셔서 … 저는 부지배인입니다."
    셰경눙이 부드럽게 말했다.
    "그럼 다른 분들은 나가서 일 보십시오. 부지배인 동지, 그리고 기사
한 분, 두 분만 남으면 되겠습니다."
    과분한 대우를 받은 듯 부지배인이 황송하여 말한다.

"시장님의 신임에 감사를 드립니다. 하지만 저는 술맛을 잘 몰라서 감별사도 남게 하는 게 어떻습니까?"

"괜찮습니다. 오늘은 술을 마시지 않을 테니."

사람들은 분부대로 흩어져 나갔다. 동굴이 깊어짐에 따라 불빛이 점점 약해졌다. 일행은 마치 오랜 역사를 지닌 유럽의 와이너리를 거니는 듯했다.

부지배인은 걸으면서도 소개를 멈추지 않았다.

"우리 이 저장고는요, 일억 년 역사를 자랑하는 석회 용암 동굴 속에 지어졌는데요, 품질 면에서 최상급이라 할 수 있습니다. 술을 담는 상수리나무 통들도 전부 백 년 수령의 프랑스와 미국 상수리나무 중에서도 재질이 제일 좋은 것들로만 골라서 굽는 것까지 공들여 만들었답니다. 철저히 국제 표준에 따라 와인을 저장하는데, 500만 톤까지 저장할 수 있습니다."

셰경눙이 겸손하게 말을 받았다.

"나는 저장고에 대해 잘 모릅니다. 그런데 이만한 창고에 사람을 수용한다면 얼마나 수용할 수 있겠습니까?"

"사람을요?" 부지배인이 무의식적으로 되묻는다. "어떤 사람을 수용하는지요?"

셰경눙이 설명한다. "그저 일반인 말입니다. 그쪽이나 저와 같은 보통 사람들을요."

부지배인은 여전히 어리둥절해 하고 있었다.

"어떻게 수용하게요? 들어와 산다는 말씀입니까?"

셰경눙이 좀 생각하고 나서 말한다.

"산다고 해도 되겠습니다. 좀 **빽빽하게** 산다면 얼마까지 되겠습니까?"

부지배인은 이 부시장은 부동산을, 거기서도 비영리 주택 사업을 관장하고 있는 모양이라고 추측했다. 와인 창고에서 사람이 살 생각을 하다니. 그는 터져 나오는 웃음을 가까스로 참으며 머리를 써서 사색하는 척했다.

"술 500병을 저장하는 공간 당 한 사람씩 계산하면 만 사람은 너끈히 수용할 수 있을 것입니다. 그런데 화장실과 주방은 계산에 넣지 않았습니다. 만약 그것까지 고려하면 수용 가능한 인구수가 조금 줄어들겠지요."

셰경눙이 엄숙한 표정으로 말한다.

"그들에게 화장실 같은 건 필요 없습니다." 여기까지 말한 셰경눙은 문득 생각난 듯이 묻는다. "그런데 방금 말한 만 사람은 서있는 거지요?"

부지배인이 대답한다. "그럼요. 만약 이곳을 지하 벙커로 삼아 원자 폭탄이나 화학무기를 방어하려 한다면 …"

셰경눙이 부드럽게 그의 말을 자른다. "만약 그들이 누워있다면 어떨까요?"

"누워있다고요?" 부지배인은 이번에도 무의식적으로 되묻는다. 사실 그는 이것까지는 생각해 본 적이 없는지라 한참이나 뜸을 들이다가 겨우 대답한다.

"거야 아마도 서 있는 것보다는 좀 더 자리를 차지하겠지요. 대략 5000명 정도, 아마 그쯤 될 것 같습니다."

뜻밖에 부시장이 그의 말을 반박하고 나선다.

"틀렸습니다. 그쪽은 덧놓이지 않는 표준으로 계산한 거고요, 실제 상황은 그렇지 않을 겁니다." 셰경눙은 말하면서 동굴을 찬찬히 훑어본다. 아치형의 천장은 매우 높았다. 제일 낮은 곳도 십여 미터는 더 되어 보였다.

이야기하면서 걷다 보니 일행은 나선형으로 내려가는 층계에까지 왔다. 아래층은 또 다른 정경이었다. 계단은 정교하게 조각한 목재로 만들었는데 부드러운 불빛에 비친 포도알 조각과 넝쿨 조각들은 영롱하기 그지 없었다.

"이건 전부 수입품입니다." 앞에서 안내하던 부지배인이 돌아보며 자랑스럽게 말한다.

"어디에서 수입한 거죠?" 세 부시장도 흥미를 느끼는 것처럼 보인다.

"와인을 말씀하시는 겁니까, 아니면 층계 말씀입니까?"

"층계도 수입품이란 말입니까?" 부시장은 약간 뜻밖이라는 듯 물어보았다.

"그럼요. 이 층계들은 이탈리아 최정상급 조각 장인의 작품인데요. 다섯 명이 2년을 온전히 들여 만든 겁니다. 목재는 미국 캘리포니아의 마호

가니인데 이건 아무런 냄새도 없는 나무입니다. 조각이 완성된 뒤에 분해하고, 배로 실어다가 옌시에 도착해서 다시 조립했지요. 보십시오. 얼마나 고색창연합니까! 얼마나 정교하게 맞물렸습니까! 얼마나 … 정말이지 이 정도의 솜씨는 이제 유럽에서도 찾아보기 힘들다고 합니다." 부지배인은 긍지에 부풀어 자랑을 늘여놓는다.

셰경눙이 고개를 돌려 자세히 층계를 여겨 본다. "조립한 것이라면 분해도 가능한가요?"

"애초에 설치하는 데만 석 달이 걸렸지요. 만약 다시 뜯어내려면 아마 시간이 훨씬 오래 걸릴걸요. 그리고 더러 망가지기도 하겠지요."

셰경눙이 손으로 난간을 툭툭 친다. "아깝군요."

아래층 저장고에는 제조비가 어마어마한 상수리나무 술통 수백 개가 벽에 기대어진 채로 차곡차곡 쌓여 있었다. 상수리나무 술통으로 만들어진 통로가 저 멀리까지 뻗어있다. 흔들리는 불빛이 얼룩얼룩 암벽에 그림을 그린다. 부지배인이 한마디 덧붙인다. "우리의 저장고는 결함이 딱 하나 있지요."

셰경눙이 신경을 곤두세운다. "무슨 결함인데요?"

부지배인이 유유히 말한다. "천사의 몫 말입니다."

셰경눙이 실눈을 하고 말을 받는다.

"그쪽 말인즉 당신들 저장고는 하드웨어는 정상급이지만 역사가 얼마 안 되어 벽에 세월의 흔적이 없고 술의 양도 눈에 띄게 줄어들지 않는다는 의미지요? 걱정 마시오. 나에게 이건 결함도 아니니까요."

부지배인은 자신이 고수를 만났음을 깨달았다. 만회라도 하려는 듯 연신 덧붙인다. "이제 차차 있게 될 겁니다. 천사의 몫이 생기겠지요. 우리도 언젠가는 백 년 저장고가 되겠지요."

순시가 끝나고 다들 돌아섰다. 부지배인의 등이 겸손하게 굽어졌다.

그는 이미 갖은 곤란을 극복하고 식구들을 하이난에 보냈다. 그곳은 중국 대륙에서 옌시와 제일 멀리 떨어져 있는 곳이었다. 와인은 고급 식당의 필수품목으로서 짙고도 순수한 향기를 풍기는 관계를 맺어주는 끈이

기도 했다. 하이난에서 임시 피난처를 찾는 데는 비범한 와인 몇 병이면 충분했다. 부지배인은 경험을 통해 와인 저장에는 온도와 습도가 가장 중요한 포인트라는 것을 깨달았다. 반드시 합당해야 하고 또 안정되어야 한다. 이 두 가지에서 문제가 생기면 명주를 암살하는 것과 같다. 같은 이유로 하이난과 옌시는 온도나 습도가 전혀 다르니 옌시에서 제멋대로 날뛰는 바이러스도 하이난에 가면 그대로 소멸될 수도 있을 것이다.

집식구들을 멀리 보내고 나니 근심이 사라졌다. 그러니 부지배인은 자신이 그토록 사랑하는 와인들과 운명을 같이하기로 마음먹었다. 매일 저장고를 순시하는데도 늙은 농사꾼이 양식 창고에서 알알이 여문 곡식들을 손끝으로 비비는 것처럼 그처럼 흐뭇하고 느긋할 수가 없었다. 이곳은 시내와 멀리 떨어져 있어 공기가 신선하고 인적이 드물다. 때때로 와인 맛도 볼 수 있으니 바이러스로 가득한 망망대해에 떠있는, 아름답게 장식한 거대한 놀잇배와 같다고 할 수 있다. 그 짜릿한 유쾌함을 남들은 상상도 못할 것이다.

부지배인이 문득 생각난 듯 묻는다. "최상급의 샤토 라피트를 맛보시겠습니까?"

부시장은 가타부타 말이 없다.

와인 말만 나오면 부지배인은 수다쟁이로 변한다.

"와인을 맛보는 것도 국학 대가 왕궈워이王國維의 말마따나 세 단계를 거쳐야 한답니다. 와인 맛보기도 운율과 박자가 있습니다. 첫 단계는 '간밤 서풍에 나뭇잎 떨어지네'라고 와인이 가져다주는 감관의 향수를 느낄 수 있지요. 기포들이 파열되면 달콤한 맛 또는 쌉쌀한 맛을 갖다 주지요. 상수리나무 통은 젊은 것이어야 한답니다. 그것은 와인을 연인처럼 변화시켜 술에 화려한 향을 더해 주지요. 와인에는 12가지나 되는 향이 있답니다. 예를 들면 야자 향, 라이락 향, 그리고 구운 빵 향과 쓴 아몬드 향, 훈제 향과 감초 …"

셰경능이 눈살을 찌푸렸다. "나는 벌써 '수많은 사람들 속에서 그녀를 백 번 천 번 찾아 헤매다가 홀연히 머리를 돌려 보니 그녀는 불빛 어두운 곳에 서 있네'의 경지에 다다랐습니다. 참 훌륭합니다. 이제 이곳에는 열세 번째 향이 있게 될 것입니다. 즉시 모든 통풍구를 봉폐하고 저장고 내의 일체 냄새들이 밖으로 새어 나가지 못하게 조처하시오. 새로이 강력한 냉각관을 가설하시오. 이것들은 72시간 내에 완수해야 합니다. 그다음에 지속적으로 냉기를 수송하여 저장고 온도가 -18℃ 이하에 도달하게 하되 온도 차가 플러스 마이너스 1℃를 초과해서는 안 됩니다. 기사님, 기술 면에서 무슨 어려움이라도 있습니까?"

기사는 부시장이 무슨 소리를 하는지 통 알아들을 수 없었다. 하지만 자신을 지명하니 입속말로 중얼거린다.

"기술 … 이라면 충분히 가능하지만 설비와 가설 인력 … 그리고 시간이 필요합니다."

"다른 건 다 있지만 시간이 없습니다. 빠를수록 좋습니다."

셰경눙이 어두운 낯빛으로 못을 박는다.

"그런데 … 이런 온도라면 모든 와인들이 얼어 터질 텐데요 …" 부지배인이 아연실색한다.

셰경눙이 말한다. "제가 그만 와인을 깜빡했군요. 미안합니다. 저것들을 전부 정리해서 부근의 골짜기에 묻어 버리십시오. 그 누구나 사사로이 처리해서는 안 됩니다. 손실된 비용을 측정해서 직접 나한테 보고하도록 하십시오. 이 저장고는 이 시각부터 긴급 징용에 들어갑니다."

부지배인은 패닉 상태에 빠질 지경이었다. 저도 모르게 소리를 지른다.

"왜요? 이 와인들은 값이 어마어마한 진품들인데요! 그리고 당장에 이 많은 것을 처리할 사람도 없고요!"

셰경눙이 침착하게 말한다.

"그건 걱정 마시오. 내가 사람을 파견할 테니. 금방 말하지 않았습니까? 이곳은 징용되었습니다. 그러니 즉시 사람들이 들어올 것입니다. 그리고 미처 말하지 못했군요. 정말 미안한데 당신은 이 시각부터 격리되었습니다. 집으로 갈 수 없다는 뜻입니다. 지금부터 화관바이러스 사태가 종료될 때까지."

날벼락을 맞은 듯 부지배인이 펄쩍 뛴다. "무엇 때문에요?"

"조금 지나면 무엇 때문인지 알게 될 겁니다. 그리고 내가 한 말을 절대 다른 사람에게 얘기하지 마십시오. 누구에게라도 말하면 그 사람도 집에 갈 수 없게 될 터이니. 이 시각부터 이 저장고는 더는 와인을 저장할 수 없습니다."

부지배인은 달갑지 않은 표정이다. "그럼 사태가 종료된 다음엔요?"

부시장의 눈이 가늘어졌다. 먼 앞날을 내다보려는 듯이. 이윽고 머리를 설레설레 흔든다. "그때가 와도 안 될 겁니다."

부지배인의 집착도 이만저만 아니다. "이제 화관바이러스를 이겨내면 경축해야 할 거 아닙니까? 이곳은 손꼽히는 와이너리거든요!"

부시장 셰경늉은 또박또박 내뱉는다. "이곳은, 영원히, 와인을 저장할 수 없습니다."

부지배인이 단말마적인 발악을 해 본다. "오래된 와인들은 영혼이 있단 말입니다. 그들은 조용하고 차가운 곳을 즐기지요. 남들이 시끄럽게 구는 것을 싫어합니다."

그런 그를 향해 셰경늉이 흔들림 없이 대답했다.

"이곳에 많은 영혼이 깃들 겁니다."

제8장

# 지휘관과의 식사

바이러스는 만 년의 시간을 들여 공룡을 멸종시켰다.
우리는 한여름의 불타는 햇빛을 기다릴 수밖에 없다.

위정펑이 남긴 서류의 마지막 구절―"그 물건은 열어보지 마시라⋯
열어 보면 후회할 테니⋯"

이게 도대체 무슨 의미일까?

뤄웨이즈는 이 봉투에 또 다른 것이 있어야 할 것만 같았다. 그녀는
봉투를 다시 열었다. 지난날, 가난한 사람들이 밀가루 자루를 털어서 입에
풀칠할 식량을 찾는 것처럼 여러 번 털고 또 털어 보았다. 하지만 떨어지
는 것은 종이 부스러기 이외에 아무것도 없었다.

위정펑은 도대체 무슨 물건을 남겼기에 남이 열어보기를 간절히 바라
면서 또 열어볼까 봐 걱정했을까?

그럼 누가 그 물건의 행방을 알고 있을까? 감췄다면 도대체 어디에 감
춘 걸까?

답이 없다. 매일 C구역에 있다 보니 한 발자국도 나갈 수 없고 하는
일이란 회의뿐이다. 그래 이것이 이번 취재의 전부 내용이란 말인가? 전
염병이 사라지는 날까지 그들은 끊임없이 회의만 해야 하는가? 뤄웨이즈
는 무력감을 느꼈다.

저녁을 먹고 나니 또 가족과 통화할 시간이 되었다. 뤄웨이즈는 어머니
한테 잘 있다고 하고 나서 앵무새처럼 저녁의 메뉴까지 시시콜콜 얘기해
드렸다. 전화선 저쪽에서 어머니의 시름을 놓은 듯한 숨소리가 들린다.

그런데 통화가 끝날 임박에 엄마가 불쑥 묻는다.

"얘야, 너한테 리위안이라 부르는 친구가 있니?"

뤄웨이즈는 흠칫 놀랐다. 리위안을 친구라고 할 수 있는지, 그리고 리위안이 엄마한테 뭐라고 자신을 소개했는지 알 수 없는지라 그저 "아, 네"라고 대답했다.

"너에 대해 관심이 아주 많더구나. 그리고 네가 최전방에 간 줄도 알고. 너는 아무도 모를 거라 하지 않았니? 그럼 아주 특별한 관계겠구나. 전화에서 목소리를 들으니 좋은 사람 같더구나."

뤄웨이즈는 말을 잃었다. 집에 과년한 처녀를 둔 부모들은 전부 머리가 잘못되는 같았다. 연락하는 모든 이성들을 잠재적인 발전 대상으로 생각하니 말이다. 이렇게 온 나라가 발칵 뒤집힌 상황에도. 뤄웨이즈는 달래는 듯이 말했다.

"참, 엄마도. 신문에 내 이름이 실렸으니 알았겠지 뭐. 그가 뭐라고 했길래?"

"뭐라고 하지 않았어. 그저 안부 전화였다. 오, 네가 약을 꼭꼭 챙겨 먹었으면 좋겠다고 하더라. 그런데 무슨 약인지는 모르겠다."

"수면제예요. 엄마, 건강 조심하세요. 안녕히 주무세요!"

뤄웨이즈는 수화기를 내려놓았다.

일부러 인지 우연한 일치인지 하오저도 이 시간에 전화를 걸려고 왔었다. 하오저는 간단하게 몇 마디 말하고 나서 걸음을 재촉하여 산책하는 뤄웨이즈 곁으로 다가온다.

"회의 때마다 불쑥불쑥 뭐라고 하는 통에 내가 다 손에 땀을 쥐었지 뭐요."

말하면서 하오저는 자연스럽게 뤄웨이즈의 어깨에 팔을 걸친다.

뤄웨이즈는 살며시 몸을 틀어 그의 팔을 떨어뜨렸다. 하오저는 못생긴 남자였다. 청춘기에 여드름이 심하게 났는지 얼굴에 흔적이 남아 있었다. 피부과 치료를 받은듯한 데도 흔적이 또렷하게 보인다. 얼굴이 군데군데 번들거리니. 그런대로 몸매는 괜찮아 보였다. 중년이 다 되었는데도 젊은

이들처럼 호리호리하고 배가 나오지 않았다. 특히 곧게 뻗은 두 다리가 탄력이 넘쳐 보였다. 표범같이 날렵해 보여서 믿지 않았다. 하지만 지금이 어느 때고 어떤 곳인가? 목숨을 내건 전장에서 어깨동무를 하다니? 그것도 잘 모르는 처녀와? 하지만 하오저의 뼈마디가 단단한 큰 손이 어깨를 스치는 순간, 짜릿한 감각이 전신을 훑고 지나간 것은 사실이었다. 뤄웨이즈는 남자의 손가락이 툭툭 건드리는 감각을 분명히 느꼈었다. 피아노를 치는 것처럼.

하오저가 멋쩍게 팔을 거둬들이며 변명하듯 말한다.

"환난의 시기에 사람과 사람 사이의 감정은 가까워지기 쉽다오."

그 말을 들으면서 뤄웨이즈는 리위안을 떠올렸다. 그래, 나를 걱정하고 있는 게 맞아. 가슴이 따뜻해졌다.

일이 있어 좀 지체하다 보니 뤄웨이즈가 식당에 갔을 때는 뷔페가 거의 끝날 무렵이었다. 뷔페란 성수기를 지나면 처량하기 짝이 없는 법이다. 스테인리스 찬합 뚜껑을 젖히니 달랑 남겨진 생선 대가리 하나가 탁구공처럼 희멀건 눈을 부릅뜬 채 음험하게 노려보고 있었다. 뤄웨이즈는 불에 덴 것처럼 찬합을 닫아 버리고 종종걸음으로 달아났다. 두 번째 찬합은 뚜껑에 온기가 남아 있었다. 기대를 가지고 열어젖혔더니 짓무른 여주 한 가닥이 바닥에 축 늘어져 있다. 푸른색에 누런색을 띤 모양이 배설물을 연상시킨다. 가까스로 찜통을 찾았더니 이번엔 작은 찐빵 몇 개가 남루한 모습으로 구석에 웅크리고 있다. 뤄웨이즈는 폐허 속에서 온전한 찐빵을 골라내어 대충 끼니를 때우려고 했다. 이때 웬자이춘이 나타나더니 말을 걸었다.

"먹을 것이 없지?"

뤄웨이즈가 고개를 흔들었다.

"있어요." 집어 올린 찐빵의 껍질이 백기처럼 늘어진다.

웬자이춘이 신사처럼 요청한다. "여사님, 저와 함께 점심을 드실 수 있으시겠습니까?"

뤄웨이즈가 혀를 홀랑 내민다. "지휘관님은 특별 식사죠. 제가 어떻게."

"나도 똑같은 뷔페요. 그저 따로 남겨 줄 뿐이지. 저 안쪽의 작은방에."

뤄웨이즈가 걱정스레 묻는다. "둘이서 일 인분을 먹으면 모자라지 않을까요?"

"아니, 흰 가운을 즐겨 입는 사람은 식사도 조금밖에 안 한다 할 때는 언제고?"

뤄웨이즈가 쑥스러워 몸을 꼬았다.

"그건 제가 마음대로 한 말인걸요. 심리학에는 실증되지 않은 설이 많아요. 참고만 하세요."

"아무리 먹을 것이 없어도 임자의 것이 없어서는 안 되지. 다음에 난제가 생기면 또 임자의 기발한 발언을 들어야 할 테니까."

웬자이춘은 말을 하는 동시에 안쪽에 있는 깨끗한 단독 식당으로 뤄웨이즈를 데리고 들어갔다. 안에는 그다지 크지 않은 원탁 하나가 있었는데, 과연 밖의 것과 같은 요리들이 놓여 있었다. 그저 식기들이 고급스러운 것만이 차이가 있었다.

"수저 한 벌 더 올리시오." 웬자이춘이 분부한다.

웬자이춘은 뤄웨이즈의 몇 차례 돌발 발언을 기억하고 있었다. 이 때문에 그녀를 특별하게 생각하게 되었는지도 모른다. 다른 사람이었더라면 먹든지 굶든지 그가 관여할 바가 아니었다. 뤄웨이즈는 정말로 배가 고팠던지라 체면이고 뭐고 허겁지겁 먹기부터 했다. 웬자이춘은 느긋이 국을 떠먹으며 말한다.

"뤄 꼬마. 아마 모르겠지. 내가 임자들을 쫓아버릴 생각만 했다는 걸."

뤄웨이즈가 대답한다. "왜 모르겠어요. 하지만 저희들이 별로 폐를 끼친 것도 아니잖아요. 그리고 우리는 당당한 명분으로 파견 받아 온 사람들이니 지휘관님이 쫓아버리고 싶다고 쫓을 수도 없고요. 그건 군벌의 행태예요."

웬자이춘이 모처럼 웃음을 터뜨린다.

"내 조부님이 군벌이었으니 격대 유전인 셈이오. 나의 부친은 대단히 점잖고 예의를 지키시는 분이었다오. 내 세대에 와서 우연히 군벌 노릇을 하는 것도 용서할 만한 일이 아니겠소."

뤄웨이즈가 질세라 말을 받는다.

"지휘관님께서 진짜로 우리를 쫓아내려 한다고 해도 취재단 사람들도 호락호락하지 않을걸요. 이곳의 내막을 폭로할지도 몰라요. 그렇게 되면 잃는 것이 더 많지 않겠어요? 그래서 우리를 이곳에 남겨 이곳의 의료진과 함께 진지를 지키게 한 거 맞죠?"

웬자이춘이 고개를 끄덕인다. "하긴, 손님을 청하긴 쉬워도 보내긴 어려우니까."

"지휘관님이 우리를 청해서 온 건 아니잖아요."

"아따, 말투를 보니 이곳에서 떠나기 싫어하는 같구먼."

뤄웨이즈가 말 안에 말을 숨겨 응수한다.

"살아도 중국 사람, 죽어도 중국 귀신이니 갈 데가 없네요."

전염병 사태가 점점 심각해짐에 따라 해외에 친척이 있는 사람들 중에 외국에 나가 피신하는 사람들이 늘어났다. 해외에서는 이들을 "전염병 이민"이라 한다고 했다. 여러 나라들에서 중국 항공기의 입경을 거부하고 국경을 봉쇄하기 시작했다.

갈수록 모두가 사망자 수에 대해 무감각해져 갔다. 어찌 보면 항체가 생겼다고 할 수도 있겠다. 몇 명이 늘어나든 수십 명이 늘어나든 더는 큰일이 난 듯 놀라지 않았다. 정기 회의에서는 사망자 수를 점차 늘려서 공표하기로 했다. 그냥 이대로 가다가는 나중에 통계 오차가 너무 커서 해결할 방법이 없게 될 게 뻔했기 때문이었다. 신문과 TV 뉴스에서는 날이면 날마다 전염병과의 전쟁에서 일사분란하게 진척을 내고 있으며 결정적인 승리가 눈앞에 있다고, 그래서 절대 긴장을 놓아서는 안 된다고 보도하고 있다. 사람들의 의심은 갈수록 커져가고는 있었지만 다들 입 밖에 내지는 않았다. 믿지 않는다고 해도 변하는 건 없었기 때문이었다. 불행중 다행이라고 할까, 단 하나 긍정적인 일이 있다면 먼 교외의 산 속 동굴에 자리 잡은 초대형 와인 저장고의 개조가 감쪽같이 이뤄졌다는 것이었다. 여러 병원이 매일 밤 자정만 되면 사망자들을 그곳에 운반해 냉동 저장했다. 비록 이미 수천 구에 이르지만 착착 쌓아서 저장하다 보니 공간이 넉넉하다. 이제 만 명이 더 죽는다 해도 수용할 수 있다. 당장 발등에 떨어진 불은 끈 셈이다.

뤼웨이즈가 말했다. "지금 나간다고 해도 가슴 떨리긴 마찬가지일 거예요. 차라리 이 폭풍의 눈에서 똑똑하게 죽는 편이 나아요."

웬자이춘이 밥알을 헤는 듯이 입속에 넣으며 말한다.

"사실 우리가 지금 죽는다 해도 똑똑하게 죽는다고는 할 수 없소. 위정펑처럼 말이오."

뤼웨이즈가 놓칠세라 묻는다.

"그렇지 않아도 여쭤보고 싶었어요. 위 선생의 유품이 어떤 사람 손에 있다고 하셨는데 이 사람이 누군지 지휘관님은 알고 계시죠. 그럼, 그 사람이 누굽니까?"

웬자이춘이 서두르지 않고 평온하게 묻는다. "이걸 꼭 알아야 하는 이유를 알고 싶구먼."

"금방 말한 것과 같습니다. 똑똑하게 죽고 싶어서요."

웬자이춘은 귤 한 쪽을 집어 들며 말한다.

"그런데 어떻게 위정펑 의사는 꼭 더 많은 걸 알고 있을 거라고 단정하지?"

뤼웨이즈가 또박또박 대답한다.

"위정펑은 대단히 책임감 있는 의사입니다. 그 자신도 이 병에 걸렸고 또 그 때문에 순직하셨죠. 저는 믿습니다. 이 바이러스에 혼신을 불태우신 그분은 아마 돌아가실 때도 눈을 감지 못했을 겁니다. 만약 지금 제가 집에 있었다면 매일 방송을 듣고 텔레비전이나 보면서 화관바이러스와의 투쟁을 상상했을 겁니다. 저는 아마 고명한 과학자들이 밤낮을 이어가면서 바이러스를 박멸하는 방법을 고안하고 있으며 우리한테는 바이러스를 정복할 수 있는, 위력이 강대한 비밀 병기가 있고 이제 곧 비할 바 없는 위력을 과시할 것이라고 천진하게 생각할 겁니다. 이런 상상들로 인해 저는 아마도 아주 낙관적으로 살아가겠죠. 애석하게도 지휘부의 핵심부에 들어온 저는 이 모든 것이 환각이었음을 깨달았습니다. 백신은 없었습니다. 모든 것을 지휘하는 과학자라든지 깊은 산에 숨겨 둔 비밀 병기 같은 것도 없었지요. 유일하게 얻은 게 있다면 와인 저장고를 개축한 시체 저장고뿐입니다. 지금 만 구 가량의 시체들이 그곳에서 화장을 기다리고 있죠. 죽음이 불가피한 이상, 죽기 전에라도 진상을 똑똑히 밝혀 원귀가 되지 않고 사람들에게 희망을 주는 것, 이것이 위정펑의 마지막 생각이었을 겁니다."

웬자이춘은 이번엔 너무 구워서 약간 타버린 떡을 집어 들었다. 그는 바삭 소리 내며 한 입 베어 물고 나서 말을 받았다.

"지나치게 비관적인 거 아니요? 우리에게는 아직 희망이 남아 있는데."

급급히 먹다 보니 뤼웨이즈는 이미 밥을 다 먹은 상태였다. 그녀는 두 팔로 턱을 괴고 할끗 눈을 흘겼다.

"저는 허장성세로 남을 격려하는 말을 더는 듣고 싶지 않은데요."

웬자이춘은 이내 대답하지 않고 천천히 구운 떡을 다 먹고 나서야 정색하며 말한다.

"이건 절대 허장성세가 아니오. 봄이 곧 지나가고 여름이 올 거 아니요?"

뤼웨이즈가 말을 받는다. "시인들이 읊은 것은 '겨울이 되었는데 봄이 멀소냐'이지요. 이렇게 개작하셨는데 무슨 특별한 뜻이라도 있나요?"

"특별한 뜻은 없소. 표면에 드러난 그대로요. 기다리는 것이요. 모든 생물들은 봄철에 싹이 트고 자라나지. 바이러스도 아마 이 진리에 대항하지 못할 거요. 기온이 더 높아지면 대자연이 손을 내밀어 인류를 구제해 줄지 누가 아오? 우리는 올해 여름의 불타는 햇빛을 기대할 수밖에 없소."

뤼웨이즈가 반신반의하며 묻는다.

"만약, 여름철이 되어도 화관바이러스가 활개를 친다면 우리에게 무슨 방법이 있을까요?"

"그럼 또 가을을 기다리는 거지 … 소설가들은 인류와 바이러스의 싸움을 폭풍이나 소나기처럼 묘사하고 있지 않소? 전염병이 닥치기만 하면 모든 사람들이 일시에 죽어버려 온 도시가 귀신 도시가 될 것처럼 말이오. 이런 묘사는 사실 맞지 않는 것이오. 혹시 그렇게 묘사하는 소설들에 무슨 깊은 뜻이 담겨 있다고 해도 과학자로서의 본인은 그따위 것을 파낼 시간이 없소. 진정으로 전염병이 유행될 때 모든 사람이 순식간에 죽어버린다면 더 좋은 일일지도 모르오."

뤄웨이즈가 컵을 들어 물 한 모금을 삼킨다.

"잠깐만요. 사람들이 죄다 죽어버리는 것은 그만큼 맹독성을 가진 바이러스라는 건데 그것이 어떻게 좋은 일이죠?"

웬자이춘이 대답한다.

"바이러스는 완전한 생물체가 아니라오. 다시 말하면 그것은 반드시 산 사람의 세포 내에 기생해야 자라나고 번식할 수 있지. 만약에 그 독성이 너무 강해서 삽시간에 자기가 기생하는 숙주를 독살한다면 자기의 살길도 끊는 거나 마찬가지지. 다른 산 사람들은 그 자리를 피해, 즉 시체를 멀리하기만 하면 살아남을 수 있다오. 즉 가죽이 없으면 털이 어디에서 자라겠소? 그러기에 뿌리부터 말하자면 매일 사람의 일부분만 죽이고 끝없이 전염시킬 수 있는 전염병이야말로 세상 무서운 거지."

뤄웨이즈는 알아들었다. 화관바이러스는 무딘 칼로 사람을 야금야금 죽이기 때문에 더더욱 음험한 것이다.

"그럼, 어떻게 해야 그것을 퇴치할 수 있나요?"

그녀가 묻거나 말거나 웬자이춘은 생각의 맥락에 따라 말을 이었다.

"어떤 연구자들은 공룡이 바로 이런 병에 걸렸을 거라고 인정하고 있소. 병이 발생해서부터 무려 만 년을 내려오며 바이러스의 침입이 이어졌는데 궁극적으로 하나의 종을 완전히 멸망시키고 저도 함께 죽는 것으로 끝장을 봤다는 거요."

뤄웨이즈는 살이 떨린다는 것이 어떤 말인지 실감했다.

"저, 혹 이 말은 우리가 두 번째 공룡이 될 수도 있다는 말씀이신가요?"

웬자이춘은 눈길을 창밖으로 돌린다. 잔뜩 흐린 하늘은 금방이라도 빗줄기를 퍼부을 것만 같다. 바람결에 습기가 느껴진다. 그는 큰 한숨을 내쉬었다.

"진인사대천명할 뿐이지."

뤄웨이즈가 젓가락을 탁 소리 나게 놓는다.

"방역 총지휘관이란 분이 어쩜 이렇게 투지가 전무할 수 있어요!"

말과 함께 벌떡 일어서서 당장 자리를 뜰 태세다.

웬자이춘은 뜻밖이라는 듯 말했다.

"아니, 조그만 계집애가 성질을 부리긴! 나한테 이따위로 말하는 사람이 없었거늘."

뤄웨이즈는 아직도 씩씩거린다.

"이제 몽땅 죽어버리고 말겠는데 장유유서와 상하존비를 논해서 뭐해요? 지금처럼 날마다 회의나 하고 숫자를 분석하고 이후엔 가짜 장부를 만들고 한탄이나 하다가 흩어지려고요? 모르는 사람들은 당신들이 전염병을 이겨낼 무슨 신기한 묘책이라도 내놓을 줄 알겠지만 상황을 아는 사람들은 모든 것을 하늘에 맡기고 하루하루를 허송세월하는 줄 다 알아요!"

이런 얼토당토않은 말을 들은 웬자이춘은 화가 나기도 하고 우습기도 했다. 이 정원에 발을 들여놓은 시각부터 그에게는 자신에게 속한 시간은 단 1초도 없었다. 하루가 다르게 심각해지는 전염병 사태에서 위험은 끝도 없이 터진다. 그것들을 혼신의 힘을 다해 막아내려니 온몸이 부서질 지경이었다. 하지만 승리의 그날은 기약이 없어 진짜 언제까지 버텨야 할지 알 수 없다. 제일 가슴이 터지는 것이 자신이련만 그는 또 누구를 찾아 하소연해야 하는가? 이 주제넘게 튀어나온 조그만 계집애는 말에 가시가 돋치긴 했어도 그의 정곡을 찔렀다. 웬자이춘이 숨을 고르고 말한다.

"임자네 취재단이 정말 철수한다고 해도 난 임자를 남겨둘 거야."

뤄웨이즈는 이 영감님이 재밌는 사람이라고 여겨졌다. 방금 당돌하고 버릇없이 굴었는데 탓하기는커녕 자기를 남기겠단다. 다시 생각해보니 너무했다는 생각이 들었다. 분명히 아득한 선배님이고 또 제일 고생하시는데 태도가 너무 건방졌었다. 수습이라도 하려는 듯 표정을 고치며 말한다.

"저는 그저 방역을 위해 조금이라도 실제적인 일을 하려고 … 급한 마음에 아무 소리나 했으니 개의치 마세요. 저, 세상사가 뛰는 놈 위에 나는 놈 있기 마련인데 화관바이러스가 진짜로 금강불괴는 아니겠지요?"

"그 마음이야 누가 모르겠소? 지금 전 세계의 과학자들이 모두 천적을 찾고 있는 중이요. 돌아간 위 의사를 포함해서. 그는 죽는 순간까지 찾고 있었다오."

뤄웨이즈가 잊지도 않고 묻는다.

"위 의사가 남긴 물건은 도대체 어디에 있나요? 찾지도 못하게 된 건 아니겠지요?"

웬자이춘도 식사를 마쳤다. 그는 자리에서 일어나며 말한다. "찾을 수야 있지."

두 사람은 이야기를 나누며 그릇들을 걷어가는 직원들을 피해 식당 문으로 향했다. 아니나 다를까 하늘에서는 큰 빗방울들이 흩뿌려지고 있었다. 비치되었던 공용 우산들은 남들이 다 가져간 모양이었다. 식당 직원들이 우산을 찾아드릴 테니 조금만 기다리라고 한다. 두 사람은 각자 의자 하나씩을 빼내어 그 자리에 앉았다. 우산이 오거나 비가 멎기를 기다릴 생각이었다.

뤄웨이즈는 끈질긴 사람이라 질문을 그만두지 않았다. "그 물건은 어디에 있나요?"

웬자이춘은 끝도 없이 이어지는 빗줄기를 바라보며 대꾸한다.

"내가 갖고 있소."

뤄웨이즈는 전혀 놀라는 기색이 없다. 이럴 가능성을 진작부터 염두에 두었기 때문이었다.

"그 안에 무엇이 들어 있었나요?"

웬자이춘이 설레설레 고개를 젓는다.

"나도 모르오. 밀봉한 종이봉투인데 겹겹이 싸고 또 싸여 있었소. 위정 펑이 분명히 말하지 않았소? 정말로 부득이한 경우가 아니면 절대 풀어보지 말라고."

뤄웨이즈가 머리를 갸우뚱했다. "정말이세요?"

웬자이춘은 약간 화가 난 듯하다. "임자까지 속일 필요가 있을까?"

그러자 뤄웨이즈가 톡 쏘듯 말했다. "거야 저는 모르죠."

웬자이춘은 속상한 표정을 지었다.

"내 일생동안 쌓아 온 명예가 이번 전염병 사태로 훼멸될 판이오."

뤄웨이즈가 낌새가 잘못된 것을 눈치채고 바삐 설명하기 시작했다.

"제가 정말인지 물은 것은 버릇일 뿐이에요. 그러니 절대 달리 생각 마세요. 제가 묻고 싶은 것은－지금을 정말로 부득이한 경우라고 칠 수 있을까요?"

웬자이춘도 더 캐묻지 않고 하늘을 우러러보며 길게 탄식한다.

"그렇다고 해야겠지. 지금 와인 저장고에 저장해 둔 시체만 해도 밤낮없이 소각해도 몇 달은 태워야 될 거요. 계속 이대로 죽어 나가다간, 만약 하늘이 돕지 않는다면 언젠가는 전염병이 우리를 전멸시키고 말 것이오."

뤄웨이즈가 다그친다.

"그렇다면 어째서 위 의사가 남긴 봉투를 뜯어보지 않나요? 그분은 분명 스스로 시체를 해부했었고 또 화관바이러스 감염으로 사망한 의사 중에 제일 고위직이 아니었던가요? 속수무책으로 당하고 있는 우리들에게 그분의 견해는 그야말로 귀중할 텐데요."

"그건 나도 모르는 바가 아니오. 하지만…" 웬자이춘이 말꼬리를 흐린다.

"하지만 왜요?"

뤄웨이즈는 이 위풍당당한 총지휘관이 어째서 평소와 이렇게나 다르게 변했는지, 칼로 자른 듯이 결단에 능하던 사람이 왜 앞뒤를 재는 소심한 사람이 되었는지 알 수가 없었다.

직원들이 아직 우산을 가져오지 않았지만 빗줄기는 많이 약해져 있었다. 웬자이춘이 말한다.

"가지요. 난 곧 회의에 들어가야 하니까."

"이 자리를 피하려 하지 말았으면 좋겠어요. 전 명쾌한 답을 듣고 싶거든요."

두 사람은 아직도 그칠 생각을 하지 않는 봄비를 맞으며 회의실로 걸음을 옮겼다. 웬자이춘이 입을 열었다.

"정 답을 알아야 하겠다면 알려줄 수도 있소. 하지만 나는 어쩐지 두렵구먼."

위정펑 의사의 최후의 유품을 웬자이춘이 간수하며 내놓지 않고 있었다. 이 점에 대해 뤄웨이즈는 전혀 뜻밖으로 느껴지지 않았다. 그 이유라면, 역지사지하여 생각한 결과 나름대로 설득력 있는 이유를 찾을수 있을 것 같았다. 예를 들면 웬자이춘이 과학 연구 성과를 독점하려 한다던가 … 또는 아직 시기상조라고 여긴다던가 … 아니면 그 어떤 공개적인 장소에서 정중하게 이 자료들을 공표하려 한다던가 … 모든 가능성을 예측했다고 생각했는데 그것이 두려움 때문이라는 것은 생각지 못했다.

"무엇이 두려운데요?"

뤄웨이즈가 다그쳤다. 그들은 이미 회의실에 들어서고 있었다. 식당으로부터 회의실까지의 거리가 줄어듦에 따라 웬자이춘은 허심탄회한 친절감을 떨쳐버리고 남들을 범접하게도 못하는 위풍을 회복한 듯했다.

그래도 이번만은 이 문제를 회피하지 않으려는 듯 말했다.

"죽을까 봐 겁나오."

말투는 작심한 듯 힘이 넘쳤다.

뤄웨이즈는 사람들이 천 가지 만 가지 어투로 이 말을 할 수 있다고 생각했지만 웬자이춘처럼 정의롭고 늠름하며 힘차게, 또 품위 있게 말할 수 있을 줄은 몰랐다.

"누가 죽을까 봐 겁나요? 지휘관님이 겁쟁이는 아니겠죠?"

웬자이춘의 어조가 너무나 결연한지라 뤄웨이즈는 마지못해 한마디 덧붙였다. 속으로는 "인민들이 죽을까 봐 겁나 그러오"라는 응답을 예상하면서.

그런데 웬자이춘은 예상치 못한 말로 또렷하게 답했다.

"내가 죽을까 봐 겁나 그러오."

# 제9장
# 최후의 유품

삶과 죽음 사이를 오락가락할 때 인간의 성욕은 각별히 강해진다.
허브의 제일 큰 유감은 럼주를 만나지 못한 것이다.

어머니의 병세가 악화되었다. 저녁 통화를 할 때 노인의 힘없는 목소리가 전화선을 타고 뤄웨이즈의 고막을 울렸다.

"즈아야, 너 언제쯤 돌아올 거냐?" 즈아는 엄마가 뤄웨이즈를 부르는 애칭이었다.

뤄웨이즈는 억지로 눈물을 참으며 자기 목소리가 부드러우면서도 강단이 있다고 느끼게 하려고 애썼다.

"엄마, 전염병과의 전쟁이 획기적인 진전을 이뤘어요. 이제 곧 전면적인 승리를 거둘 거예요. 그럼 나도 격리가 풀려 집으로 가겠죠. 엄마, 그때까지 꼭 견뎌야 돼요!"

"견 … 견뎌야지 … 그런데, 그런데 엄마가 견디지 못하더라도 즈아야, 이 어미를 탓하지 말거라 …"

뤄웨이즈는 엄마가 자기의 흐느낌 소리를 들을까 겁나서 헛기침을 했다.
"엄마, 바이초에게 할 말이 있어요."

"언니! 할머니는 언니 생각뿐이에요! 언니 언제쯤 오죠?"
바이초의 목소리는 간절한 바라는 마음으로 떠 있었다.

"곧 가게 될 거야. 할머니가 요즘 몸이 안 좋은 것 같으니 징릥 선생님을 모셔다가 진찰을 받고 징 의사한테 왕진비를 넉넉히 드리렴. 그렇다고 할머니를 병원에 모시고 가서는 절대 안 돼. 병원은 너무 위험해."

뤄웨이즈는 몇 번이고 곱씹으며 당부했다. 징 의사는 늙은 중의이다.

수화기를 내려놓고 밖에 나온 뤄웨이즈는 아무 곳이나 찾아서 목 놓아 울고 싶었다. 머리를 드니 한 그루 밖에 없는 벚꽃나무가 눈에 띄었다. 고독한 나무에도 꽃이 만발해 있었다. 바람에 떨어지기만 기다리는 듯했다. 뤄웨이즈는 나무를 부여잡은 채 이윽고 나무 밑에 섰다. 제일 연약한 꽃은 벚꽃이 아닐까 싶었다. 조금만 건드려도 꽃잎이 눈처럼 날린다. 뤄웨이즈는 연분홍 꽃잎들이 어둠에 물들어 잿빛으로 변할 때까지 하염없이 나무 밑에 서 있었다.

그녀는 입술을 깨물고 오솔길을 따라 207호실로 걸음을 옮겼다. 마음 놓고 울 곳은 자기 방밖에 없었다.

길 옆에서 무언가 반짝인다. 자세히 보니 담뱃불이었다. 공공장소에서 금연이 실시된 지도 여러 해라 많은 사람들이 담배를 끊었다. 흡연자가 규정을 위반하면 무거운 벌금을 안기는 것은 물론 강제적인 처벌을 받아야 했다. 처벌은 다름이 아니라 거리에 나가 담배꽁초를 줍는 일이었다. 100개를 주워야만 벌칙이 면제된다. 혹시 그까짓 100개를 못 줍겠는가, 정 안 되면 담배를 몇 갑만 더 사서 피워도 되겠다고 생각하는 사람이 있을 테지만 법 집행기관에서는 이런 꼼수를 방지할 대책을 미리 세워놓았다. 즉 매 하나의 꽁초를 주울 때마다 주위 환경과 함께 인증 사진을 찍어 내라는 것이었다. 이 처벌 조례를 공표했을 당시에 잡음이 이만저만이 아니었다. 중국엔 인구가 워낙 많아서 전에 없던 일을 새로이 시작하려고 하면 왈가왈부하는 사람이 하나쯤은 있기 마련이었다. 그래도 이 벌칙은 빈틈없이 실시되어 공공장소에서 함부로 담배를 피운 사람들은 쭈그리고 앉아 담배꽁초를 줍게 되었다. 까짓것 벌금 몇 푼 내는 것쯤은 일도 아니었지만 창피한 것이 문제였다. 게다가 공공장소에서 담배를 피우는 사람이 갈수록 줄어들다 보니 큰길에서 꽁초 100개를 줍기가 갈수록 어려워졌다.

왕의 옛 저택은 가히 무릉도원이라 할 수 있다. 금연 경찰의 감독이 없으니 법이 닿지 않는 사각지대가 되었다. 그런데 이렇게 비윤리적인 사람이 있다니 대체 누굴까? 가까이 가보니 하오저였다. 어디서 구했는지 얼룩덜룩한 위장복 차림이어서 얼핏 보면 야전군 같았다.

"자각이 정말 없군요." 뤼웨이즈가 참지 못하고 한마디 했다.

"다음 주에 죽을지도 모르는 판에 담배 한 대 피운다고 무슨 죄가 되겠소? 흡연해서 10년 감수한다고 치고, 누가 우리를 10년 더 살게 보장해 준다고?"

"죽을 땐 죽더라도 깨끗한 곳에서 죽고 싶어요."

하오저는 담배를 땅에 버리고 발로 밟아 부스러뜨렸다. 그 작은 불빛이 청석 블록의 틈서리에 스며드는 것을 지켜보다가 다시 쭈그리고 앉아 담뱃재를 먼지와 함께 손으로 쓸어 담아 쓰레기통에 버렸다.

"나는 그저 청소하는 노동자들이 내일 아침 담배꽁초를 발견하고 놀랄까 봐 그러는 거요. 임자 말 몇 마디에 새사람이 되었다고 오해하지는 말라고."

뤼웨이즈가 말한다.

"우리도 이렇게 군왕부에만 갇혀 있을 게 아니라 다른 데도 가봐야 하지 않겠어요?"

하오저가 대뜸 찬성한다.

"내 말이! 나도 그 생각을 하던 참이오. 이제 곧 최전방에 가겠다고 신청하려 하오."

뤼웨이즈가 묻는다. "C구역에서 A구역으로 가려고요?"

"그렇소. 바로 최전선까지."

뤼웨이즈가 걱정스러운 마음에 말했다.

"가는 건 쉬워도 다시 돌아오려면 힘들 걸요. 바이러스에 감염될까봐 겁나지 않으세요?"

"나도 피와 살로 이루어진 평범한 인간인데 왜 겁나지 않겠소? 하지만 나라의 흥망성쇠에는 필부도 책임이 있다지 않소? 그래서 여기에 처박혀 있기보다는 진짜 전선에 가려는 거요."

"당신의 결정에 감탄할 수밖에 없네요."

이 말을 들은 하오저는 뤄웨이즈의 손을 덥석 잡는다.

"나하고 함께 가지 않겠소?"

뤄웨이즈는 손을 빼내었다. 병석에 누워계시는 어머니를 떠올렸다. 옛 사람들도 부모를 모시는 사람은 먼 길을 가지 않는다고 했었지.

"전 안 돼요. 어머니가 중병을 앓고 계시거든요. 이 C구역에서 집으로 돌아가는 것은 그나마 쉬워서 무슨 일이 생겨도 어머니를 뵐 수 있겠지요. 그런데 A구역에 가면 구중궁궐*에 들어간 신세가 되니 못 가요. 아무쪼록 거기 들어가면 몸조심하세요!"

하오저가 말한다.

"그럼 오늘 밤 임자 방에 좀 앉았다 가도 되겠소?"

이 말을 꺼낼 때 하늘에서 곧바로 별똥별 하나가 떨어졌다. 하오저의 눈동자가 별똥별의 빛을 반사하여 보석처럼 빛난다.

뤄웨이즈는 눈을 내리깔고 묻는다. "그쪽은 아마 늘 이러겠지요?"

"거저 앉았다 가는 거야 늘 있는 일이지, 뭘 그러오?"

뤄웨이즈가 말한다.

"천진한 척 말아요. 우리는 풋풋한 나이가 아니잖아요. 속으로는 뻔할 텐데요 ─ 가서 앉아 있으면 무슨 일이 가능할 지, 아니 정말로 무슨 일이 생길지."

하오저가 손사래를 친다.

"그거야 임자가 뭘 바라는가에 달렸지. 죽음이 코앞에 닥친 마당에 다른 것들은 다 부차적인 것이 아니겠소? 지금 전염병은 군집 상태란 말이요. 다들 기차역의 수직 엘리베이터에 오른 신세지. 결국에 도착할 곳은 암흑의 플랫폼이란 말이요."

뤄웨이즈는 걸음을 옮기며 나뭇잎들을 만지작거린다.

"방금 말한 부차적인 것들이 무엇을 가리키는지 알고 싶은데요."

"거야 간단하지. 이를테면 전통이라든가, 도덕이라든가, 명성 따위…"

---

* 문이 겹겹이 달려 있는 깊은 궁궐이라는 뜻으로, 임금이 머무는 궁궐을 의미한다.

뤄웨이즈가 확인이라도 하듯 묻는다.

"그쪽의 뜻인즉 한 사람 또는 한 무리 사람이 죽게 된다면 평소의 가치관 같은 것은 관계할 것 없이 제멋대로 하면 된다, 이 말인가요?"

하오저는 제대로 된 대답을 피했다. 대신에 묵묵히 걷다가 치아를 드러내고 경박하게 웃는다. "임자가 왜 시집을 못 가는지 알겠소."

뤄웨이즈가 심드렁하게 말을 받는다. "나도 모르는 것을 어떻게 안다고, 어디 한 번 말해 봐요."

하오저는 아예 걸음을 멈추었다.

"이처럼 모호한 일도 억지로 이론적으로 이야기하려 하다니, 얼마나 재미없는 여자요? 아마 그쪽과 같이 자고 싶어 하는 남자는 없을 거요."

뤄웨이즈도 발걸음을 멈췄다.

"잘 말했어요. 정곡을 찔렀네요. 그렇다면 방금 시도했던 일을 부인한다는 말씀인지요?"

"그런 셈이지. 임자도 알지만 우린 집을 떠난 지 오래잖소. 삶과 죽음 사이를 오락가락할 때 인간의 성적 욕망은 반대로 어마어마하게 강해지지. 성욕의 깃발이 나부끼거든. 마치 이오지마 섬의 병사들처럼 말이오."

하오저는 말하면서 기지개를 켰다. 수고양이처럼 등에 잔뜩 힘을 주는데 머리카락이 부르르 떨린다.

뤄웨이즈가 다그친다. "이오지마 섬의 어떤 병사들 말이에요?"

"깃발을 들고 있던 병사들 말이오."

"정말 부끄럼도 없군요. 그래도 A구역에 가겠다는 생각을 하고 있으시기에 더 독한 욕은 하지 않을게요. 그럼 어디 정기를 키우고 예기를 모았다가 황관에 단단히 대처해 보세요."

이 하오저라는 사람은 정말이지 알다가도 모를 사람이었다. 뤄웨이즈는 바이러스로 난리가 난 마당에 염문까지 제조할 생각은 티끌만큼도 없었다. 공기 중에 떠다니는 화관바이러스의 분자들은 남성호르몬을 자극하는지는 몰라도 여성들을 놓고 말하자면 금욕제와 다를 게 없었다.

하오저는 휑하니 가버렸다. 뤄웨이즈는 발 가는 대로 한참 걸었다. 그러다 저도 모르게 웬자이춘의 숙소 부근까지 와 버렸다. 주위는 그야말로 고즈넉하고 머리 위에 걸린 은쟁반 같은 달은 깨끗한 빛을 뿌린다. 바람은 개구쟁이들처럼 나뭇잎을 살짝살짝 건드린다. 뤄웨이즈는 이 세상 어느 곳엔가 자신을 잡아당기는 신비한 힘이 있는 것만 같았다. 그녀를 대신해 어려운 결정들을 내리는 것만 같다. 자기가 어떤 곳에 나타나는가 하는 것도 무슨 일이 생길 계기인 것만 같다.

불이 밝혀져 있기에 뤄웨이즈는 가볍게 노크했다.

웬자이춘은 지금은 새하얀 가운 차림이 아니라 회색 적삼에 남색 바지를 입고 있었다. 얼핏 봐서는 정년퇴직한 늙은 노동자들과 별로 달라 보이지 않았다.

"왔구먼. 환영하오. 그렇지 않아도 전화하려던 참이었소."

웬자이춘은 탁상 위의 내부 전화를 가리켰다.

"사과드려야 할 것 같아서요. 지휘관님을 겁쟁이라 했잖아요."

"오, 맞는 말인데 왜 그러오. 난 겁쟁이가 맞소. 하지만 겁쟁이라 해서 다 같은 건 아니지. 어떤 사람은 자신을 위해 겁쟁이가 되고 어떤 사람은 다른 사람을 위해 담이 작아지니까."

뤄웨이즈는 이 말이 무슨 뜻인지 얼른 이해가 가지 않아 우물쭈물 자리에 앉았다. 웬자이춘이 묻는다. "뭘 마시려오?"

"어떤 것들이 있는데요?" 말을 마친 뤄웨이즈는 그만 가볍게 웃어버렸다. 다방 종업원과 말을 나누는 것 같아서.

웬자이춘은 뤄웨이즈의 웃음소리를 못 들은 척한다.

"무엇이든, 올해의 청명전 룽징차도 있고 묵은 보이차도 있소. 커피도 물론 되지."

"정오만 지나면 저는 차나 커피를 못 마셔요. 잠을 못자거든요."

"그건 임자의 신경계통이 카페인이나 시어필린에 특별히 민감하다는 것을 말해주오. 그렇다면 끓인 물 밖에 없겠구먼. 정말, 내가 손수 가꾼 신선한 박하가 있다오."

뤄웨이즈가 손뼉을 친다.

"신선한 박하를 맛볼게요. 이왕이면 럼주에 타서."

"좋소. 보시오. 이게 내가 손수 심은 거라오." 말하면서 웬자이춘은 예리한 의료용 가위로 바닥까지 내려오는 통창 앞의 화분에서 박하 한 줌을 잘라냈다. 깨끗하게 잘 씻어서 투명한 유리컵에 담고 술병 하나를 따서 두어 방울 떨궈 넣었다. 그러자 방 안에 신선한 박하향과 럼주가 혼합된 향기가 자욱하게 퍼졌다. 이어서 웬자이춘은 팔팔 끓는 물을 컵에 부었다. 그러자 삽시에 짙고도 톡 쏘는 향기가 풍기는데 전장에서 불시에 돌격 나팔 소리가 울리는 듯했다.

"차도 못 마신다는 사람이 이런 자극적인 음료를 즐기다니."

웬자이춘은 특수한 음료를 조제하면서 중얼거렸다. 지금의 그는 천군만마를 호령하는 지휘관이 아니라 말 안 듣는 딸아이에게 잔소리를 하는 늙은 아버지 같다.

"그건 제가 박하 향 껌을 씹고 박하 향 치약을 쓰기 때문인 것 같아요. 박하는 전혀 수면에 영향 주지 않더라고요."

웬자이춘이 생색을 낸다. "내가 기른 이 박하는 녹색 박하라오."

뤄웨이즈가 놀란다. "아니 그럼 적색 박하도 있나요?"

웬자이춘은 뤄웨이즈의 오해가 재미있다는 듯이 우쭐해서 말한다.

"녹색이란 말도 모르오? 친환경을 뜻하지. 내가 친히 가꾼 거여서 비료나 농약은 전혀 쓰지 않았다는 뜻으로 한 얘긴데."

뤄웨이즈는 제일 긴 줄기가 싹둑 잘라진 박하를 불쌍한 눈길로 바라보았다.

"이렇게 잘라서 먹는 건 아까워요. 파릇파릇하게 잘 자라는 애를."

어떤 푸름은 여리고 가냘프지만 박하는 그렇지 않다. 금방 돋아난 파란 잎도 신랄한 맛이 무엇과도 비길 수 없다.

웬자이춘이 달래듯 말한다.

"이 세상의 어떤 허브들은 짓이겨져야 향기를 발한다오. 그것으로 자신의 사명을 완수하는 거지. 뜨거운 물이나 술에 담가져 향을 발하지 못하고 저절로 늙어 말라죽는 것이 허브에겐 오히려 비애가 아니겠소. 자, 드시오. 연녹색 박하와 짙은 술의 결합, 절묘한 배합이지."

뤄웨이즈가 한 모금 맛을 보니 아닌 게 아니라 독특한 맛이 났다. 연이어 몇 모금 마셨더니 머리에 땀방울이 맺힌다. 둘은 이말 저말 나누기 시작했다. 녹색 박하 음료는 용기를 북돋우는 데 특효약인 것 같았다. 뤄웨이즈가 자신의 방문 목적을 터놓는다.

"저는 위정펑 의사가 남긴 최후의 유품을 갖고 싶어요."

웬자이춘이 적절한 말을 고르려는 듯 천천히 말했다.

"그가 남긴 유품은 나도 열어보지 않았다오. 열어보기 무서웠던 거지. 그건 내가 위정펑을 너무 잘 알기 때문이오. 개구쟁이 중에도 그렇게 짓궂은 개구쟁이가 없다오."

"개구쟁이와 유품이 무슨 상관있나요? 죽음을 앞두고 장난이라도 쳤다는 말씀인가요?"

웬자이춘이 망설이듯 입을 연다. "그보다 더 위험할지도 모르지. 생각해 보오. 위정펑이 죽기 전에 제일 고통스럽게 생각한 것이 무엇이었을 것 같소?"

뤄웨이즈가 생각하고 나서 말한다.

"자신이 화관바이러스를 격퇴하는 대신에 그것에 목숨을 빼앗긴 것이 아닐까요?"

"옳소. 그렇다면 그런 상황에서 그의 제일 절박한 염원은 또 무엇이었겠소?"

뤄웨이즈는 좀 깊게 생각해 보았다. "복수일 겁니다. 화관바이러스를 박멸하는 것."

웬자이춘이 말꼬리를 길게 끈다. "맞 ― 소. 하지만 자신의 죽음이 코앞에 닥쳤음을 잘 아는 사람이, 그것도 전혀 움직일 수 없게 된 사람이, 육신이 초 단위로 점점 썩어 들어가는 사람이 바이러스에게 복수하기 위해서 할 수 있는 게 뭐가 있을까? 잘 생각해 보오."

뤄웨이즈는 골머리를 짜보다가 고개를 흔든다. "상상이 안 돼요."

웬자이춘이 다 알고 있다는 듯 그녀를 바라본다.

"생각은 했지만 입 밖에 내기는 싫다, 맞지? 나도 생각해 봤고 임자한 테는 말할 수 있소. 그건 위정평의 유품이 반드시 바이러스와 관계있을 거란 거요. 그런 상황에서 정말로 부득이한 경우가 아니라면 유품을 풀어 보지 말라고 한 것은 유품에 위험이 깃들어 있다는 것을 암시하는 거고. 내가 방금 말한 것처럼 내가 내 한 사람뿐이라면 나는 죽음을 겁내지 않 소. 하지만 나는 지금 방역 총지휘관이요. 만약 내가 화관바이러스에 감염 된다면 이 싸움을 계속 진두지휘할 수 없을 거고 상부에 상황을 보고할 수도 없게 되며 내가 축적한 화관바이러스에 대한 지식을 널리 전파하여 더 많은 사람을 구해낼 수도 없을 거 아니겠소? 다시 말하자면 나의 생명 은 이제 내 한 사람에게 속한 것이 아니게 되었다는 거요. 대의를 위해서 나는 겁쟁이가 될 수밖에 없소. 겁쟁이가 되는 것이 용사가 되는 것보다 더 큰 인내심과 의지력을 요구할 때도 있다는 거요."

컵을 든 웬자이춘의 손이 가늘게 떨린다. 파란 액체 몇 방울이 소파에 떨어져 코르크 색의 천 위에 엷은 자주색 흔적이 남았다.

뤄웨이즈가 묻는다. "지휘관님의 말씀인즉, 위정평 의사의 유품을 풀어 보면 생명에 위험이 있을지도 모른다는 뜻인가요?"

"그렇소. 때문에 내가 그의 유품을 봉인하여 누구도 가질 수 없게 한 거요."

뤄웨이즈의 뼛속에 스며있던 집착과 용감함이 폭발했다.

"만약 제가 자발적으로 열어보겠다고 한다면요?"

"그것도 안 되오. 그건 임자가 감염된다면 임자 하나의 문제로 끝나는 것이 아니라 많은 사람에게 영향 줄 것이기 때문이요. 지휘기구 전반이 C구역에서 B구역, 심지어 A구역으로 격상될 테니깐. 절대 경거망동해서 는 안 되오."

상황은 명백해졌지만 더 절망적이었다.

그날 밤, 뤄웨이즈는 한숨도 잘 수 없었다. 불면증이 강렬하게 재발했기 때문이었다. 웬자이춘의 말에 놀란 것도 있겠지만 리위안이 준 1호 분말 이 떨어졌기 때문이기도 했다. 그녀는 이제서야 그동안의 편안한 잠이 군왕부의 조용한 환경과 깨끗한 공기 덕분이 아닌, 리위안의 하얀색 분말 덕이라는 것을 깨달았다.

잠들지 못하다 보니 오만가지 상념이 떠오른다. 비몽사몽간에 키가 훤칠한 마른 사나이가 다가오는 것 같았다. 낯빛은 검푸르지만 온화한 미소를 띠고 있었다.

"누구세요?" 뤄웨이즈가 물었다. 그녀는 자신이 무서워해야 한다고 생각했지만 뜻밖에 전혀 무섭지 않았다. 오히려 호기심이 생겼다.

"나 위정펑인데." 그 사람이 익살스럽게 되묻는다. "며칠 새 나만 입에 올리더니 왜? 못 알아보겠소?"

"키가 이렇게 크셨나요?"

뤄웨이즈의 입에서 엉뚱한 말이 튕겨져 나온다. 그러나 정말로 솔직한 생각이었다. 위정펑의 일은 물론 필체까지도 익히 보아왔기 때문에 익숙한 사람이라고도 할 수 있지만 사진을 본 적은 한 번도 없었다. 그저 그가 이렇게 키가 클 수는 없다고 느낄 뿐이다.

"화관바이러스는 키를 자라게 하는 효과가 있다오." 위정펑이 정색하며 말한다.

"그렇다면 죽지 않았어야죠." 자기가 지금 꿈을 꾸고 있는지는 몰라도 위정펑이 이 세상 사람이 아니라는 점은 분명했다.

위정펑이 말한다. "그렇소. 나는 이미 죽었소. 답이 내가 남긴 물건에 있다는 것을 알려 주려고 온 거요. 나는 당신들을 해치지 않을 거요. 기억하오. 꼭 기억하기를…" 키가 훤칠한 위정펑은 바람결처럼 사라지고 말았다.

이 짧은 기억 때문에 뤄웨이즈는 자신이 잠들었던 건지 아니면 깨어있었던 상태였는지 판단할 수 없게 되었다. 그래도 생각해 본 결과 꿈결이었다고 생각하는 편이 나을 것 같았다. 낮에 생각한 것이 꿈으로 나타난다고들 하지 않는가. 만약 꿈이 아니라면 귀신의 장난일 텐데, 화관바이러스가 사람의 영혼을 나타나게 한단 말인가?

어찌 됐든 이로 인해 위정펑의 유품을 열어보고자 하는 뤄웨이즈의 생각은 강해져만 갔다. 그녀는 더 누워있을 수 없어 일어나 짧은 편지를 썼다. 자신의 결심과 모든 책임은 스스로로 감당하겠다는 태도를 표명했다. 날이 밝기를 기다려 뤄웨이즈는 오솔길에 갔다.

새벽녘의 원림은 더더욱 고즈넉하다. 하늘은 직책에 충실하지 않는 요리사가 고기비늘을 발라내는 칼로 구름을 난도질해 놓은 것처럼 보였다. 고기비늘 같은 구름이 군데군데 흩어져 물고기의 피 같은 빨간 아침노을을 가린다. 나무 그림자가 빽빽하여 일출은 볼 수가 없었다. 딱히 할 일이 없는지라 뤄웨이즈는 왕의 저택을 살펴보기 시작했다. 관찰을 시작하고 나서야 원림이라는 것은 나이와 상관없이 가꾸기에 달렸다는 것을 심심히 깨달았다. 오래된 것이 분명한 저택은 여전히 생기가 넘쳐흐르고 있었다. 푸르고 싱싱하며 살찐 나무들은 전혀 인간의 재난으로 인해 시들지 않고 있었다. 아무것도 모르는 양 파아랗고 반들반들하고 두꺼운 잎사귀들을 펼쳐들고 있다. 인간이 죽고 사는 것은 거대한 자연을 보고 말하자면 아무것도 아닌 모양이었다.

저 생기발랄한 나무가 되었으면! 뤄웨이즈가 감개무량해하는 사이 조깅하던 웬자이춘이 다가왔다. 그는 뤄웨이즈를 보고 전혀 놀라는 기색이 없다. 그녀가 여기서 기다리고 있을 줄 진작 알고 있었다는 듯이. 뤄웨이즈도 말 한마디 없이 묵묵히 편지만 건넸다. 웬자이춘은 짧은 편지를 오래도록 보았다. 깐깐히 훑어보는 품이 시한폭탄이라도 되는 듯하다. 그리고 입을 연다.

"이제 검토하지 않다간 혈서라도 쓸 태세구먼. 좋소. 위정펑의 유품을 임자한테 주지. 하지만 방호태세를 꼼꼼히 하고. 그리고 조금이라도 이상한 낌새가 보이면 즉시 나한테 보고해야 하오."

말을 마치고 자신의 방에 돌아가 금고를 열고 흰 천 봉지 하나를 꺼냈다. 병원들에서 흔히 쓰는 거즈로 싼 봉지였다. 원래는 새하얀 것이었겠지만 소독하고 훈증하다 보니 지금은 쓸쓸한 갈색으로 변했다.

"기억하오, 아가씨. 이건 아가씨의 자업자득이니까."

웬자이춘이 무표정하게 내뱉는다.

# 제10장
# 악마의 종이

꽁꽁 언 지구상에서 제일 먼저 소실된 육지는 오스트레일리아였다.
테이프로 꽁꽁 감싼 다음 "독극물! 절대 풀어보지 말 것!"이라고 써넣었다.


이 세상에서 위정평을 제일 잘 아는 사람은 아마 그를 제일 아끼는 스승 웬자이춘일 것이다. 남에게 부탁하여 어떻게든 자기에게 넘겨주라고 한 유품에는 분명 사연이 있을 것이다. 그러니 누구한테도 말하지 않고 비밀리에 봉인해 두었다. 조심성과 자신이 짊어지고 있는 직책으로 인해 웬자이춘은 의학 유산이라고도 할 수 있는 이 유품을 섣불리 풀어볼 수 없었다. 하지만 누군가 나서기를 바라지 않은 것은 아니었다. 화를 남에게 전가시키려는 것이 아니라 화관바이러스에 대해 좀 더 깊이 있게 알고 방역에 도움이 되었으면 하는 마음에서였다.

위정평은 지금까지의 화관바이러스와의 싸움에서 목숨을 잃은 백의 전사중 최고위급이었다. 그에 앞서 그는 탐험 정신과 탐구 정신이 지극히 강한 기인이기도 했다. 그러니 그가 화관바이러스에 대해 다른 사람보다 더 많은 지식을 가지고 있을 것은 분명했다. 그런데 기술이 제일 뛰어나고 용의주도하기까지 한 병리해부학 전문가 위정평이 화관바이러스에 죽다니. 이 일이 생긴 후 의료진은 저마다 불안에 떨고 있었다. 일상적인 구급 활동만 해도 바빠 죽겠는데 깊이 있게 탐구할 힘이 어디 남아있겠는가? 텔레비전에서는 매일 갑옷처럼 두꺼운 방호복 차림의 의료진이 병실에서 숨이 간들간들 붙어 있는 환자들을 살뜰하게 돌보는 화면을 방송하고 있었다. 이 화면들이 진짜냐고? 물론 진짜다. 하지만 의료진이 병실에 머무르는 시간은 지극히 짧았다. 눈 깜짝할 새라는 말이 무색할 지경이었다. 재감염 가능성을 최대한 낮추기 위해 의료진은 다음과 같은 지침을 실천하고 있다—고도 감염 위험 환경에 머무르는 시간을 가급적으로 줄일 것. 59초에 해결할 수 있는 일은 절대 1분을 쓰지 말 것. 원격 설비로 해결 가능한 상황은 절대로 현장에서 처리하지 말 것. 그렇다. 죽음을 기다리는 매 하나하나의 몸뚱이는 모두 화관바이러스의 거대한 파티장이다. 살판난 바이러스들은 밤낮을 가리지 않고 광란의 파티를 벌이며 아무런 어려움 없이 사방팔방에 자손을 퍼뜨리고 있다. 파국을 만회할 수 없을 바에야 중책을 떠안고 있는 사람들이 끊임없이 줄어들어 윗돌을 빼어 아랫돌을 괴어야 하는 처지인 의사와 간호사들을 언제 포탄이 날아올지 모르는 진지에 한 시간이라도 더 머물게 해서 함께 망하게 할 필요가 있을까?

일선에서 고생스레 뛰어다니는 의료진은 참상의 목격자로서의 스트레스도 이만저만이 아니었다. 그들이 이를 악물고 매일같이 자리를 지키며 절망에 빠진 환자들에게 그나마 함께 해주는 사람이 있다는 것을 느끼게 하는 것만이 이 시점에 할 수 있는 가장 큰 의료 행위라 할 수 있었다. 에드워드 리빙스턴 트뤼도 의사도 유명한 명언을 남기지 않았는가—"때때로 치료하고 자주 안도시키고 언제나 편안하게 하라". 지금 우리 의료진이 할 수 있는 일을 반영한다면 다음과 같이 수정할 수 있을 것이다—"거의 치료하지 못하고 자주 시체를 수습하며 언제나 격리시킨다".

화관바이러스에 대한 깊고 세밀한 연구는 전염병이 지나간 후에야 가능할 것이다. 하지만 이 명제의 전제는 우리에게 '이후'가 있어야만 성립한다. 지금 이미 연구에 돌입한 연구기구들이 있다지만 그 효능은 대략 말 태우고 버선 깁는 것과 같아 제때에 완성하지 못할 것이 뻔하다. 이런 상황에 방역 일선에서 사망한 병리학자의 유품이 이루 말할 데 없는 의학적 가치가 있을 것은 두말할 것도 없다.

"이 유품은 특수 경로를 통해 전해져 나온 것이니만큼 엄격한 소독을 거쳤을 거고 따라서 안전하다고 할 수 있소. 하지만 그래도 아무쪼록 조심하기 바라오." 웬자이춘은 이미 숙소 문을 나선 뤄웨이즈에게 당부, 또 당부한다. 어쩐지 떨쳐버릴 수 없는 걱정이 서려 있었다.

위정펑의 유품을 얼마나 어렵사리 손에 넣었는지 모른다. 서천에 가서 경서를 구해오는 것만큼이나 고생했다고 해도 과언이 아닐 것이다. 뤄웨이즈는 자신이 삼장처럼 기쁠 것이라 생각했었는데 막상 받아들고 나니 그렇지 않았다. 이것은 비단 리본이 달린 선물이 아니라 괴이함이 얽혀 있는 비밀 서한이다. 207호실에 돌아온 뤄웨이즈는 소독제로 손부터 깨끗이 닦았다. 그리고 스탠드 불빛을 제일 밝게 조절해놓고 나서야 조심스럽게 위정펑의 유품을 풀어보기 시작했다.

무엇 때문에 소독제까지 써야 했을까? 그녀도 잘 모른다. 어쨌든 이 봉지 안의 물건은 바깥 세계보다 훨씬 위험할 것이 아닌가. 곰곰이 생각해본 뤄웨이즈는 깨달았다. 손을 깨끗이 하는 것은 사실 일종의 존경의 표시였다.

한 겹, 또 한 겹, 마치도 천층병*과도 같았다. 겹마다 병원에서 쓰는 흰 거즈였는데 아마 이것은 생명이 경각에 달린 위정펑이 얻을 수 있는 유일한 포장물이었으리라. 이제 마지막 한 겹이 남자 뤄웨이즈의 심장 박동이 빨라졌다. 그 얇은 거즈를 뚫고 그녀는 그것이 작은 갑임을 보아냈다. 그런데 볏짚 같은 물건이라도 있는 듯 버석버석 소리가 났다.

끝내 마지막 포장을 열었다. 봉투 하나가 나타났다. 이걸 봉투라고 하는 것은 상당히 미화시킨 표현이었다. 그것은 처방전을 붙여 만든 것이었는데 척 보기에는 대충 접어놓은 것처럼 보였다. 그것을 풀어보려고 할 때에야 그것이 고무풀로 봉한 것임을 알 수 있었다. 봉할 때에야 더 단단히 밀봉하려고 그랬겠지만 복잡한 소독 절차를 거치면서 금이 생겨 애초의 방비 조치는 헛것이나 다름없어졌다.

뤄웨이즈는 전전긍긍하면서 이 매미 날개처럼 얇은 종잇장을 펼쳤다.

---

* 천 겹의 떡이라는 뜻으로, 밀푀유와 비슷하다. 파나 고기를 넣어 만들기도 한다.

아, 또 위정펑의 필체였다. 그러나 그것은 글자의 획들이 더욱 흐트러지고 색깔이 더 연했다. 종잇장에는 저번처럼 번호가 매겨져 있었다. 위정펑이란 사람은 죽을 때까지 전혀 빈틈이 없었던 게 분명하다.

나는 임상의사에게 강력한 호르몬제를 써 달라고 주문했다. 그 의사는 내 친구였고 죽음은 피할 수 없다는 것을 알고 있었다. 죽음이란 망토를 피할 수 없다면 그것에 장미꽃 한 송이 달아주자. 나는 자기를 위해 서산을 넘어가기 전의 해와도 같은 찬란한 시간을 쟁취했다. 이 시간을 빌려 마지막 비밀을 알려줄 것이다.

내 앞의 작은 아이의 자료들을 찾아보았다. 그 애는 톈치田麒라고 불렀다. 사진을 보니 창백하고도 가냘프게 생겼고 얼굴에는 나이와 걸맞지 않은 우수가 끼어 있었다.

그 애는 만성 림프구성 백혈병 환자였다. 3세에 발병하여 그 후로 부친의 골수 이식까지 받았다. 일반 사람들의 골수 이식 성공률은 만 분의 일 가량인데 친척 사이에는 좀 높다. 톈치와 그의 부친은 적합점 열 개에서 다섯 개가 서로 맞았다. 보통 여덟 개 이하면 성공의 가능성이 아주 낮다고 봐야 한다. 하지만 완전히 적합한 제공자를 얻으려면 오래 기다려야 하는데 톈치는 기다려 낼 수 없었다. 게다가 그의 부친이 하도 간곡하게 애원하는 바람에 의사는 죽은 말을 산 말로 치료하는 셈 치고 대담하고 말았다. 그런데 웬걸, 톈치는 위험기를 넘기고 이식에 성공했다. 이식실을 나온 뒤에도 톈치는 장기간의 이식 거부반응 억제 치료를 받아야하긴 했다. 비록 그 비용이 만만치 않았지만 아들이 하루하루 커가는 모습을 보는 것만으로도 아버지는 기뻤다고 한다.

올해 이른 봄, '거대 우산'이라고 부르는 환경보호 조직에서 옌시의 제일 큰 공원에서 대형 환경보호 행사를 벌였었다. 그들은 히말라야에서 채취한 빙하수를 이용하여 만든 거대한 지구 모형 얼음을 만들었는데 해가 뜬 다음에 이 얼음 지구를 광장에 두었다. 그리고 얼음 지구는 햇빛이 강렬해지기 시작하며 녹기 시작했다. 약 15분이 지나 첫 방울이 지구 표면을 미끄러져 내렸다. 윤곽이 제일 먼저 흐려진 것은 태평양 제도였고 제일 먼저 소실된 대륙은 오스트레일리아였다. 한 시간이 흐르니 아메리카 대륙이 녹아버렸다. 이때의 얼음 지구는 더는 구체가 아니라 언 두부처럼 구멍이 숭숭 뚫렸다. 20분이 지나 중국 대륙을 대표하는 부분과 남북 양극이 무너지기 시작했고, 온 지구가 해체되고 말았다. 그 자리에는 사방으로 흩뿌려진 맑은 물만 남았다⋯ 그날 많은 사람들이 이 과정을 지켜봤는데 지구 온난화로 인해 빙하가 녹으면 일어날 재난을 직관적으로 체험한 셈이었다.

그날 톈치의 부모님은 아이와 함께 모든 과정을 관람했다. 사람이 많은데다가 정오에 덥기까지 해서 톈치는 빙하 물을 만지기도 했다. 톈치는 아주 시원하고 기분이 좋다고 했다. 그런데 열흘 뒤에 톈치에게 병세가 나타나기 시작했고 급격히 악화되었으며 끝내 사망에 이르렀다.

나는 톈치를 해부해야 했다. 특수한 방호설비를 걸친 나는 마치 실한 식물과도 같았다. 두 발을 25도 각으로 벌리고 전용 해부실의 지면에 온당하게 버티고 섰다. 순식간에 나의 흰색 격리화 양쪽 볼은 톈치의 몸에서 흘러나온 흑갈색의 액체에 오염되었다. 찐득찐득하고 번쩍번쩍하는 것이 오랫동안 신은 갈색 가죽을 뒤집은 구두와 같아 보이기까지 했다. 사람의 유체는 본디 조용하게 휴식을 취하다가 흙에 돌아가야 하는데 더 많은 사람들의 복지를 위하여 일부 사람들은 희생을 해야 하는 것이다. 나는 전염병은 결국 퇴치될 것이라고 믿는다. 이미 죽은 사람의 몸은 다시는 바다에 돌아갈 수 없는 조개껍질과도 같으니 해양관의 표본으로 남는 것도 모종의 행운이라 할 수 있지 않을까? 병리 해부란 곧 수확이다. 수확하는 것이 죽음일 뿐이며 나 자신이 최후의 농부인 셈이다. 나는 감정의 색채가 다분한 낱말을 즐기지 않지만 더 좋은 단어가 생각나지 않아 그대로 쓰겠다.

수확을 시작했다. 톈치의 시체는 존엄하며 존경스러운 비밀 물체다. 그는 지금 나와 숨바꼭질하고 있다. 나는 반드시 메스로 그것을 고정시키고 칼날과 현미경으로 그와 겸손하게 대화하며 그가 받아들여야만 했던 고난을 이해해야 했다. 그래야 그는 사망의 비밀을 곧이곧대로 터놓을 것이니까. 가장 정교하고 세밀한 해부는 나의 호흡과 호흡 사이에, 나의 매 차례의 심장 박동 사이에 이루어지며 더욱이 심장 박동과 호흡이 없는 시기가 중첩될 때 이루어져야 할 것이다. 그래야만 내가 할 수 있는 최대한의 정교함과 세밀함을 보증할 수 있을 테니.

첫눈에 봤을 때 눈앞에 펼쳐진 생명의 폐허는 아주 난잡해 보이지만 차차 그가 지나온 과정이 나타날 것이며 마지막으로 총체적인 합일을 이룰 것이다. 바이러스도 일종의 힘이라는 것을 부정할 수는 없을 것이다. 이런 광폭하고 난폭한 힘이 쓸고 간 자리에서 애초의 생생한 모습을 복원하는 것은 기술이자 상상력이며 과학이자 예술이다.

해부를 한 다음의 텐치는 벗어 놓은 작은 외투와도 같았다. 더는 뻣뻣하고 더러운 물건이 아니다. 나는 그것을 깨끗하게 손질하여 우아하게 펼쳐놓았다. 누군가가 세심하게 개키어 거둬서 옷장에 넣어주기를 기다리는 것만 같다. 안녕, 텐치야. 넌 이제 내 보고서 속에 살아 있을 거야. 이것이 네 부모님들이 갖은 고생을 마다하지 않고 너를 기른 최종 목적일지도 몰라. 단지 이전에는 우리가 모르고 있었을 뿐.

기진맥진하다. 하지만 이건 단순한 시작에 불과하다. 과학자의 직감은 나에게 그 물에 문제가 있을지도 모른다고 알려주고 있었다.

텐치의 병리 해부가 끝난 뒤, 나는 거대 우산 조직과 연락하여 이 일에 대해 문의했었다. 그들은 내 의도를 잘못 이해해서 그들이 거짓 퍼포먼스를 벌인다고 질책하는 줄 알았다. 그래서인지 가슴을 두드리며 보장한다고 말했다. 그들이 만든 얼음 지구에는 절대적으로 빙하 물이 함유되어 있다고.

나는 그 말이 구체적으로 무슨 뜻인지 물었다.

그러자 그들은 자신들이 만든 얼음 지구의 모든 물이 빙하수라고는 할 수 없어도 (그러려면 막대한 돈이 들어간다고 했다.) 그중의 일부는 진짜로 히말라야 빙하에서 채취한 것이라고 했다.

나는 그렇다면 이 물을 어떻게 채취했는지 물었다.

그들은 과학 고찰 시에 수백 미터 깊이에서 채취한 얼음 코어를 썼다고 했다. 나는 원래 이 일을 더 똑똑히 밝힌 다음 다시 보고하려고 했는데 이미 열이 나기 시작했다. 기타 부분은 내가 남긴 공개된 유서에서 읽었을 것이니 여기서는 중복하지 않겠다.

만약 당신이 다행스럽게(불행일지도 모른다!) 이 유서를 보게 된다면 아래와 같은 몇 가지 일을 해주기 바란다.

첫째, 빙하 물을 찾으시라. 나는 그 속에서 최초의 화관바이러스를 발견할 수 있을 것이라 추측한다.

둘째, 내가 남긴 이 편지를 물에다 담가 보시라. 종이 한 조각이면 족
할 것이다.

......

여기까지 읽어 내려간 뤄웨이즈는 뭔가 이상스러워 일단 멈췄다. 첫 번
째 일은 웬자이춘에게 보고하여 그에게 빙하수를 찾아서 분석하라고 하
면 될 것이다. 그런데 두 번째, 즉 편지를 물에 담가보라고 하는 일은 그리
쉬운 일이 아닐 것 같았다. 이 종잇장들은 이미 삭아버려서 물에 담그기
는 고사하고 오래 쥐고 있어도 부스러질 것만 같다. 역사적 유물은 아니
라 해도 정말 훼손시키면 책임이 이만저만이 아닐 것이다.

하지만 그가 시킨 대로 변두리에서 한 조각만 잘라내는 것쯤은 괜찮지
않을까?

생각이 여기까지 미치자 뤄웨이즈는 글자가 없는 구석 부분을 조금 찢
어내었다. 투명한 육각형 유리컵에다 광천수를 붓고 그 종이 조각을 담그
고 나서 조용히 기적이 나타나기를 기다렸다.

10분 정도 기다렸지만 아무런 기적도 나타나지 않았다. 그저 그 종잇장
이 점점 퍼져서 섬유질의 찌꺼기로 변했다. 유리컵은 옅은 안개가 낀 것
처럼 부옇게 되었다. 뤄웨이즈는 컵 옆으로 다가가 화학 수업을 하는 고
등학생처럼 손바닥을 부채처럼 펴서 흔들며 냄새를 맡아 보았다. 아무런
냄새도 없었다. 이번에는 컵을 들어 힘껏 좌우로 흔들어 보았다. 마치 와
인이 컵에 붙는지 보려는 것처럼. 한바탕 힘을 들여 보았으나 물은 희뿌
옇기만 하고 아무런 변화의 조짐도 보이지 않았다. 뤄웨이즈는 맥이 풀려
속으로 투덜거렸다. 명성이 자자한 의사도 별 수 없군, 죽음을 앞두고 헛
소리나 하고. 그 사이 컵의 물은 침전이 되어 윗부분은 점점 맑아지고 아
랫부분은 찐득찐득해졌다.

뤄웨이즈는 쓸데없이 맥을 빼지 않기로 했다. 효과도 없는 '화학실험'
을 할 거면 위정펑의 편지나 마저 보겠다. 하지만 이젠 중대한 발견이 있
을 것 같지도 않았다.

종잇장의 뒷면에 글자가 있는 것이 보였다. 사실 아까부터 보였지만 너무 갈겨쓴 글씨여서 천천히 읽을 엄두가 나지 않아 먼저 종이부터 담갔던 것이다. 이제 마음을 가라앉히고 읽어 보자.

나는 당신이 방금 뒷면에 글자가 있는 것을 보았을 것이라 생각한다. 하지만 이 글을 먼저 읽었더면 종이를 물에 담가 볼 용기가 생기지 못했을지도 모르겠다. 만약 당신이 끝끝내 이렇게 해보지 않는다고 해도 나는 당신을 전혀 탓할 마음이 없다. 당신에게는 위험을 기피할 권리가 있기 때문이다.

물론 내가 했으면 좋겠지만 나에게는 이미 요만한 일을 할 힘도 남지 않았다. 나는 어쨌든 내가 할 수 있는 모든 것을 할 것이다. 세속적인 도덕 평가는 내 알 바가 아니다. 생명이란 일련의 기회비용이라 할 수 있는데 나에게는 최후의 기회가 남았을 뿐이다. 이것이 내 밑천의 전부이다. 나는 내 생명을 바치는 것을 마다하지 않는다. 그리고 이 시각, 죄송하지만 당신의 생명까지 바치려 한다. 많은 사람들의 생명을 위해서는 달리 선택이 없다. 이는 죄악적이며 숭고한 느낌인데 나를 이해해 주기 바란다.

당신이 이 글을 읽기 전에 이미

1. 이 종이의 일부분을 물에 담갔고,
2. 근거리에서 그 물을 관찰했으며,
3. 15cm 쯤 되는 곳에서 그 냄새를 맡았으며,
4. 물을 흔들어 본 연후에 냄새를 맡았다면,

만약 이 네 문제에 대한 응답이 전부 '그렇다'라면 당신은 부디 아래 문자들을 끝까지 읽어보기 바란다. 다음에 자신이 어떻게 행동할지를 선택하시라.

참으로 유감스러운 일이지만 이 말은 해야겠다. 당신은 이미 근거리에서 화관바이러스에 감염되었다. 나의 경험에 따르면 당신이 발병할 확률은 99%에 달한다.

여기까지 읽은 뤄웨이즈는 벼락을 맞은 기분이었다. 내가 이미 화관바이러스에 감염되었다고? 방금 전에 그 흉악한 바이러스가 내 몸에 침투했다고? 뤄웨이즈는 아연실색하여 비틀비틀 화장실에 들어갔다. 수돗물을 틀어 놓고 미친 듯이 머리를 씻어내었다. 이어 소독수를 마구 부어 신체의 노출 부위에 발랐다. 맑은 물로 몇 번이고 입을 헹궈냈다. 사레가 들려 캑캑거리면서도 차가운 물을 얼굴에 마구 들이부었다. 차가운 물은 턱을 따라 배꼽에 흘러들었다. 뤄웨이즈는 이번에는 고개를 젖히고 가그린을 콧구멍에 부어 넣었다. 쨍하고 쓴 기운이 목구멍을 훑더니 목구멍이 타들어가는 듯한 느낌이 들었다. 겨잣가루를 일 킬로나 들이부은 것처럼 … 이래도 성에 차지 않아 욕조에 뛰어들어가 뜨거운 물을 온몸에 퍼부었다 … 눈앞에 보이는 모든 도구를 동원해 자신을 안팎으로 철두철미하게 소독한 다음에야 데친 배추처럼 축 늘어진 몸으로 장갑을 끼고 핀셋으로 그 더러운 종잇장을 집어 들고 끝까지 읽어내려 갔다.

아마 죽도록 피곤하겠지. 당신은 분명 불에 덴 것 마냥 자신을 소독했을 테니. 이건 힘과 시간이 드는 일이지. 하지만 나는, 관록 있는 병리학자와 이 병에 걸려 곧 죽어갈 환자라는 이중 신분으로 정중하게 당신에게 알려주는 바이다. 당신이 한 모든 일들은 전혀 소용없는 짓이다. 당신의 몸에 들어간 양귀비는 이미 기지개를 켜고 있을 테니.

유감스럽게도 금방 지나간 찰나의 시간에 화관바이러스는 진작 당신의 체내에 들어갔다. 지금 한창 아들딸을 낳으며 부지런히 번식하고 있을 것이다. 이제 당신에게 남은 것은 자신의 면역력에 의지하는 일, 단 하나뿐이다. 그러니 전혀 조급할 필요가 없다. 만약 그것이 비극이 된다면 당신이 그것을 의식하기도 전에 무거운 수문은 이미 올라갔으니 이제 곧 하늘땅을 뒤덮는 홍수가 닥칠 것이다. 만약 평안하게 살아남을 수 있다면 당신의 유전자에 감사하면 될 것이다. 그가 당신의 목숨을 구한 것이다. 당신은 아마 이 물건이 당신 손에 들어가기 전에 당연히 철저한 소독을 거쳤으리라고 생각할 것이다. 나도 그러리라 믿는다. 하지만 나는 나의 풍부한 경험으로 이 바이러스 과립들에 특수한 방호 처리를 했다. 그렇기에 그것들도 분명 시련을 이겨냈을 것이다. 나는 당신이 그것들을 만났을 때 그것들이 살아 있을 것이라고 믿는다.

당신은 지금 내가 죽도록 밉겠지. 하지만 내가 몇 번이고 당신을 말렸다는 것을 잊지 마시라. 이건 분명 당신의 자발적인 선택이다. 그러니 나를 지나치게 원망하지 마시라. 내 솔직하고 개인적인 의견을 말하자면 나는 당신이 감염되기를 바란다. 아니면 내가 너무 고독할 테니. 그런데 이제 당신이 있으니(당신이 남자이든 여자이든 늙었든 젊었든 그건 중요하지 않다.) 나는 고독하지 않다. 당신은 이제 내가 겪었던 모든 아픔을 겪게 될 것이며 나와 마찬가지로 사색하고 탐색하게 될 것이다. 당신은 어쩌면 질병을 이겨낼지도 모른다. 정말 그렇다면 얼마나 많은 사람들에게 희망을 주겠는가. 당신이 끝끝내 떠나야 한다면 나는 천당에서 당신을 기다릴 것이다. 그러니 이젠 그만 분노하시라. 이 분노라는 것도 우리의 면역력을 약화시킨다는 것을 잊지 마시라. 화관바이러스는 자신의 의지가 있는 바이러스이니까.

내 할 말은 다 했다. 어서 컵에 남은 물을 끓이시라. 그럼 잔류한 바이러스들이 죽어 버릴 것이다. 그것들은 빙하에서 왔기에 고온에 저항력이 없다. 물론, 더 많은 사람들에게 옮기고 싶으면 변기에 쏟아 버리면 그만이다. 그러면 화관바이러스는 폭발적으로 전파될 것이며 그것을 막을 힘이 이 세상에는 더는 없을 것이다.

아, 오늘 저녁은 아무 일도 없을 테니 편히 주무시기를!

위정평 절필

맙소사! 뤼웨이즈는 일순간 멍해졌다. 모든 판단 능력을 잃고 말았다. 그녀가 제아무리 총명하다 해도, 그녀가 천 가지 만 가지 가능성을 생각해보았다고 해도, 위정평이 남긴 유품이 살아 있는 화관바이러스이리라고는 생각지 못했다. 그녀는 완전히 무방비한 상태에서 십중팔구 화관바이러스에 감염되었을 것이다.

그렇다면 그녀는 이제 무엇을 할 수 있을까? 위정평의 예언이 맞았다. 그녀는 아무것도 할 수 없었고 아무것도 할 필요가 없었다. 무엇을 하든 소용이 없기에.

뤄웨이즈는 207호실의 소파에 축 늘어졌다. 마치 풍랑에 떠밀려 올라온 모래톱에 버려져 뜨거운 햇볕에 말라버린 불가사리처럼. 그녀의 유일한 바람은 위정펑의 죽음 직전에 찾아온 신경 착란에 의한 헛소리를 적은 것이 이 유서이기를 바랐다. 하지만 그럴 가능성은 거의 없다고 봐야 할 것이다. 약물의 힘인지 아니면 죽기 전의 '회광반조'였던지, 전체적으로 위정펑의 이 유서는 아주 논리 정연했다. 뤄웨이즈는 이제 와서야 웬자이춘이 이 물건을 단단히 봉인하였던 이유를 알 것 같았다. 위정펑이란 인간은 악마였다.

이제 뤄웨이즈가 유일하게 기댈 곳은 위정펑이 남긴 바이러스가 철저한 소독과 짧지 않은 시간에 의해 죽었다는 추측밖에 없었다. 위정펑이 제아무리 작전 계획을 면밀하게 짰던들 자기가 죽은 후의 모든 것을 예측할 수는 없을 것이다. 그는 분명 인간이고 신선이 아니니까. 정말 전지전능했다면 자신이 화관바이러스에 감염되어 목숨을 잃지 않았을 테니. 하지만 이 실낱같은 희망도 지금 시점에서는 판단할 수 없다. 화관바이러스도 나름 잠복기가 있기에 모든 것은 그 시기가 지나고 나서야 결판이 날 테니. 당장 할 수 있는 일이란 운명을 하늘에 맡기는 것뿐이었다.

그렇다면 이 일을 웬 총지휘관에게 보고해야 할까? 뤄웨이즈는 바로 결정을 내릴 수 없었다. 보고한다면 평지풍파를 일으키는 건 물론, 자신은 즉각 격리되어 입원하겠지. 요 며칠 사이의 취재를 통해 뤄웨이즈는 이들의 현재 책략이 '천 명을 잘못 죽일지언정 하나를 놓치지 않는다'는 것임을 알게 되었다. 웬 총지휘관이 뤄웨이즈가 감염되었다는 것을 믿지 않는다고 해도 그는 뤄웨이즈를 당장 격리병원에 보낼 것이다. 그렇다면 이 모든 것이 괜히 한바탕 놀란 것이고 뤄웨이즈가 사실 감염이 된 것이 아니라고 해도 그녀는 병원에 갇혀 속을 졸이며 규정된 시간을 보내야 할 것이다. 그것도 진짜 감염자들과 친밀하게 접촉하면서 말이다. 이번에 감염되지 않았다 해도 그곳에서 감염될지도 모른다. 게다가 집에는 중병에 걸린 어머니가 계신다. 엉뚱한 곳에 갇혀서 꼼짝달싹 못하게 된다면 어떻게 할지가 문제였다.

뤄웨이즈는 어렵사리 생각을 정리했다. 먼저 태연자약하게, 아무 일도 없었던 듯이 며칠을 보내는 거야. 그녀는 화관바이러스가 그렇게 강한 놈이리라고는 믿지 않았다. 설마 아까의 철저한 소독을 피해 멀쩡히 살아 있을까? 그녀는 자신의 면역력을 믿어 보기로 했다. 자신이 종이로 접은 인형도 아닌데 아무럼 일격에 쓰러질까? 그리고 제일 중요한 것은 모든 것이 발생한다 해도 아무 방법이 없다고 하지 않았던가. 그럼 기다리는 거지, 별 수 있나?

그녀는 몸을 일으켜 우선 화관바이러스로 의심되는 물을 전기포트에 쏟아 넣었다. 그다음에 물을 좀 더 받아서 나머지 종이 찌꺼기까지 잘 씻어서 넣었다. 생각해 보니 컵도 문제였다. 방에 비치된 전기포트가 꽤 큰지라 아예 컵까지 넣어 버렸다. 뤄웨이즈는 이를 악물고 버튼을 눌렀다. 전기포트에 빨간 불빛이 들어오면서 물을 끓이기 시작했다. 뤄웨이즈는 아무것도 하지 않고 기계만 뚫어져라 쳐다보았다. 몇 분 지나지 않아 김이 뽀얗게 피어오른다.

뤄웨이즈는 단숨에 이 과정을 세 번이나 반복했다. 넣은 물이 전부 끓어 없어질 때까지. 저도 모르게 중얼거린다.

"위 선생님, 선생님의 화관바이러스가 제아무리 강해도 지금은 김으로 사라진걸요."하고 말하는데 갑작스레 두통이 찾아왔다. 아니, 화관바이러스가 벌써 발작했단 말인가?

더 생각하기도 무서웠다. 불행 중 다행이라면 화관바이러스가 담겼던 컵을 철저히 소독했다는 것이다. 뤄웨이즈는 입술을 깨물고 저주를 퍼부었다. 괘씸한 화관바이러스, 네가 제아무리 강한들 그래도 단백질이겠지? 펄펄 끓는 물에 목욕했으니 이젠 달걀 흰자위처럼 응고되었겠지? 지금도 살아 있을 리 없겠지?

뤄웨이즈는 위정펑의 유품을 다시 꽁꽁 싸기 시작했다. 거즈로 겹겹이 싼 다음 넓은 접착테이프로 꽁꽁 동여 쭝쯔*처럼 만들어 버렸다. 그다음에 눈에 띄도록 외부에 마커펜으로 써넣었다─"독극물! 절대 풀어보지 말 것!"

　창문 밖에서 벚꽃이 날린다. 꽃잎들이 분분히 흩날려 연분홍의 눈이 내리는 듯하다. 벚꽃의 낙화는 바람의 협박도, 가지의 버림을 받은 것도 아닌 자신의 수명이 다한 것이리라. 그러니 그 누구도 탓할 바가 아니었다. 담담한 꽃향기가 풍기는 옛 저택의 오솔길은 고즈넉하기만 하다.

---

* 찹쌀을 갈대 잎이나 대나무 잎에 싸서 찐 음식으로 중국의 단오절에 주로 먹는다.

# 제11장
# 자체 발광 하오저

위정펑이 자기의 여자 친구를 살인죄로 고소했다.
C구역에서 0구역까지, 사람마다 네이블오렌지 헬멧을 써야 한다.




   리위안이 준 1호 백색 분말이 떨어지면서부터 뤄웨이즈는 불면증의 나락에 떨어졌다. 게다가 오늘 낮에는 더없이 경악할 일이 생겼고 밤에는 더더욱 암울한 기운이 흐르는지라 작은 소리에도 불쑥불쑥 놀라 무슨 조치라도 있지 않으면 또 하얗게 밤을 새우게 생겼다. 뤄웨이즈는 잠옷 차림으로 1호 분말을 넣었던 봉지를 찾아 컵에 대고 죽으라고 털어댔다. 떨어진 흰색 부스러기들을 한입에 털어 넣었다. 심리적인 작용 때문인지 아니면 진짜 영험한 약이어서인지 하루 종일 공포로 떨던 심신이 그런대로 몽롱한 잠에 빠져들었다.

   그녀를 깨운 것은 자지러지는 전화벨 소리였다.

   내선 전화인데 하오저였다.

   "어찌 된 일이오? 아침도 안 먹고 회의에도 안 나오다니? 혹시 병에 걸린 것 아니오?"

   뤄웨이즈는 식은땀이 흘렀다. 안 그래도 속이 켕기는데 하필이면 콕 집어 말하다니? 지금 그녀가 제일 꺼리는 말이 '병에 걸렸다'는 것이었다. 다시 말하면 오늘 이전에, 정확히 말하면 어젯밤 이전에는 그녀는 '병'이란 말에 전혀 감각이 없었다. 매일 병과 씨름하는 사람이 하루에 수십 수백 번 이 말을 하지 않는다면 그게 더 이상하지 않겠는가? 그런데 지금은 이 낱말에 극도로 예민해져 있었다.

"병은 무슨, 그저 좀 피곤해요."

뤄웨이즈는 손으로 머리를 빗어 넘기며 대답했다. 그녀는 진실을 말하기 싫었지만 그렇다고 거짓말을 할 수도 없었다.

하오저가 말했다.

"그럼 지금이라도 빨리 오지. 오늘 오전에 행동계획을 보고해야 한다고 하는구면."

"알았어요."

말을 마친 뤄웨이즈는 화장실에 들어가 거울에 비친 자기 얼굴을 찬찬히 들여다보았다. 이곳 객실의 조도가 낮아서인지 얼굴빛이 의기소침해 보이고 병색까지 있어 보였다. 그녀는 거울에 대고 일부러 험상궂은 표정을 지어 보았지만 별로 나아 보이지 않았다. 뤄웨이즈는 부질없는 노력을 그만두었다. 설사 감염이 되었다고 해도 하루 이틀 사이에 발병하는 것도 아닌데 너무 신경을 쓸 것까지는 없다고 생각했다.

그녀가 쓰는 화장품은 젊은 여성 치고는 간단한 편이었다. 신체도 괜찮고 평소에 혈색도 좋았던지라 친구에게서 받은 연지를 한 번도 써본 적이 없었다. 그녀는 부랴부랴 화장품 케이스를 뒤져 연지를 찾아냈다. 그리고 광대뼈가 솟은 부위에 슬쩍 발라봤더니 홍조가 떠오르며 얼굴에 생기가 돌았다. 여자들이란 야들야들해야 예뻐 보이는 모양이야. 뤄웨이즈는 거울을 향해 우스꽝스러운 표정을 지어 보이고 나서 숙소를 나섰다.

길에서 정례 회의를 마치고 돌아오는 웬자이춘과 부딪쳤다.

웬자이춘은 그녀의 기색을 찬찬히 살피면서 물었다.

"위정평의 유품을 뜯어본 거요?"

뤄웨이즈는 불안한 기색으로 그렇다고 했다. 속으로는 이 늙은이에게 초능력이 있는 건 아닌가 의심하면서.

"무엇이 들어 있었는가?"

이미 예상하고 대비하였던 질문이었기에 망정이지 뤄웨이즈는 하마터면 모든 것을 실토할 뻔했다. 비밀이란 무게뿐 아니라 부피까지 갖고 있어서 사람을 압박하여 거대한 에너지를 소모하게 한다. 비밀은 정말이지

호랑이보다 더 무섭다. 하지만 그녀는 적시적으로 어제(오늘 새벽이라고도 할 수 있다.) 내렸던 결정을 상기하고 입을 열었다. "중요한 발견이 있습니다."

웬자이춘은 대단히 관심 있는 표정이다.

"오, 역시 그렇구먼. 어서 말해보시오."

뤄웨이즈가 말한다.

"최초의 감염은 녹아내린 빙하수에서 생긴 것 같다고 했어요. 제일 처음 그 얼음조각을 관람한 사람들을 조사해야 합니다."

웬자이춘이 대답한다.

"이 문제는 위정펑이 전문 보고서를 제출했다고 했소. 우리도 추적 조사를 했고, 이는 사실로 밝혀졌소. 이미 적절한 처리를 했고 그 외에 다른 건 없었나?"

뤄웨이즈는 애써 담담한 표정을 지었다.

"다른 것은 원래의 기록의 계속으로 새로운 것은 없었습니다."

웬자이춘은 반신반의하면서 침묵하다가 말한다.

"이건 내가 아는 위정펑이와는 다른데 … 뭔가 큰 걸 터뜨려야 위정펑답운데."

뤄웨이즈는 늙은이의 선견지명에 놀랐다. 그녀는 조금이라도 빈틈을 보일세라 생각해 두었던 대비책에 따라 침착하게 대답했다.

"저도 그렇게 생각했는데 정말 없었어요."

웬자이춘이 말을 받았다.

"생명이 경각에 닿아서 그런지 머리가 흐려져서 평소와 다른 행동을 했을지도 모르지. 지금은 이렇게 설명할 수밖에 없구먼."

뤄웨이즈는 저도 모르게 입술을 깨물었다. 혹시라도 진실이 튀어나올까 봐. 위정펑이 머리가 흐려졌다고? 그는 죽는 순간까지도 사람을 놀라게 하는 탁월한 창조력으로 충만되어 있었다.

웬자이춘이 당부한다.

"방금 말한 빙하수 문제는 더 퍼뜨리지 마시오. 나라에서 전문적으로 처리할 것이니.”

뤄웨이즈가 고개를 끄덕였다. 지금이야말로 화관바이러스에 관한 그 어떤 보도도 마음대로 발표할 때가 아니었다. 인심이 흉흉해질 우려가 있으니 말이다. 자칫하면 고산 샘물 광천수도 마음 놓고 마실 수 없게 될 판이었다.

웬자이춘이 말을 잇는다.

“자신이 신청하고 함께 토론하는 방식으로 임자네는 여러 직능 부서에 내려가 상황을 파악할 수 있게 됐소. 이렇게 해야 방역 투쟁을 위해 입체적인 기록을 남길 수 있을 테니.” 여기까지 말한 그는 입속말로 웅얼거린다. “하긴 인류가 멸종된다면 기록이 아무리 상세한들 무슨 소용이 있겠소만.”

뤄웨이즈가 묻는다. “그럼 제가 위정펑의 집식구들을 취재해도 될까요?”

웬자이춘의 입가의 근육이 눈에 띄게 실룩인다.

“그건 안 되오. 적어도 현시점에선. 그 이유는 임자도 알 텐데. 우리의 기록에서 위정펑은 아직 살아 있으니까.”

뤄웨이즈는 죽음에 관한 두 장부책을 떠올렸다. 요즈음 습관 되다 보니 익숙해져서 그 일을 그만 잊어버렸던 것이다.

“그 집에 어떤 식구들이 있나요?”

뤄웨이즈가 끈질기게 묻는다. 지금 위정펑에 대한 그녀의 흥미는 단순한 호기심을 뛰어넘어 자신의 생명에 대한 우려와 직결되어 있었다. 이 사람을 깊이 알아야만 그가 말한 것이 진실인지 판단할 수 있을 것이다.

웬자이춘이 추억을 더듬는다.

“한 이십여 년 전이었을까, 내가 의대 교수로 있을 때 위정펑은 나의 제자였소. 공부를 썩 잘했고 지식도 넓었지. 키가 훤칠해서 학교 농구팀의 중앙 공격수였소. 어디 생각해 보시오. 의대엔 여학생이 많은데 위정펑이처럼 이렇게 늠름하고도 머리 좋은 학생이라면 따르는 사람이 얼마나 있었겠는가. 후에 샤오니쉐蕭霓雪라 부르는 여학생과 사귀게 되었는데 한창 피 끓는 나이인데 무슨 일이 생겼는지 상상할 수 있을 테지. 처녀가 임신하게 됐는데 낙태하기로 했다오. 의과대학에서 이건 어려운 일이 아니지. 그런데 위정펑이 죽어도 동의하지 않을 줄이야. 후에 샤오니쉐가 아이를 낳긴 낳았는데 버렸다고 하는구먼 …"

크게 놀란 뤼웨이즈가 소리친다. "아니, 그렇게 독한 엄마도 있나요?"

웬자이춘이 말을 이었다.

"젊을 때는 비상식적인 과오를 범할 수도 있거든. 샤오니쉐는 외지에 가서 실습할 기회를 이용해 애를 낳고 또 버리기까지 했다오. 그 학생은 마른 몸매라 임신해도 티가 나지 않았다나 보오. 그저 외지에 가서 실습하면서 좀 풍만해진 정도. 그곳 사람들은 그녀가 원래 어떤 몸매였는지 모르니 의심하는 사람도 없어서 글쎄 몸을 풀 때까지 감쪽같이 모든 사람을 속였다는구먼. 샤오니쉐도 보통은 넘는 여자라서 그런지 혼자서 아이를 낳아서 쓰레기통에 버렸다고 들었소. 그 사이에 누구에게도 들키지 않았고. 위정펑와 샤오니쉐는 실습하는 도시가 서로 달랐는데 몸을 풀 때쯤이 되어 위정펑이 기쁜 마음으로 샤오니쉐를 찾아갔을 때는 상황이 종료된 뒤였다오. 애가 어디에 있는지 물었더니 샤오니쉐가 애를 낳긴 낳았는데 죽었다고 대답했다오. 병원을 대라고 하니 샤오니쉐가 숙소에서 혼자 낳았다고. 위정펑은 앞뒤를 생각해 보고 나서 무슨 영문인지 깨달았다오. 그래서 홧김에 샤오니쉐를 살인죄로 고소하였지 뭐요 …"

뤼웨이즈는 얼굴이 하얗게 변했다. 맙소사! 위정펑이 이런 사람이었다니! 그러면 그가 한 말들은 진짜가 분명하다!

"그래서 어떻게 됐는데요?"

뤼웨이즈는 자기 일이라도 되는 듯 숨이 한 줌만 해져서는 물었다.

"위정펑이 살인 혐의로 고소하긴 했지만 증거가 없었소. 샤오니쉐는 아기를 쓰레기통에 버렸다고 했는데 본 사람 역시 단 한 명도 없었소. 목격자가 없으니 찾을 방법도 없었지. 샤오니쉐는 애를 사산했기에 버렸다고 딱 잡아뗐고 위정펑이 사방으로 수소문했지만 아기에 관한 실마리를 전혀 찾을 수 없었다오. 사람들은 모두 샤오니쉐를 동정했었지. 그도 그럴 것이 아름다운 여 의대생이 살인이란 죄명을 뒤집어쓰면 일생을 망칠 것이 아니오? 동정은 동정이고 끝까지 증거를 찾지 못한 탓에 이 사건은 유야무야 흐지부지 해졌다오. 문제는 위정평인데 평생 독신으로 살았을 뿐만 아니라 성격도 괴팍해졌다오. 물론 누가 그런 사람한테 시집오겠소? 위정평은 차라리 잘 됐다는 듯이 의학에 몰두하여 결국 이름난 병리학자가 되었소. 내가 알기로는 그에게 친인이란 늙은 아버지 한 분뿐인데 지금 살아계시는지도 알 수 없소. 그밖에는 식구가 없소."

웬자이춘은 자기가 이렇게 많은 얘기를 한꺼번에 쏟아 낼 줄은 몰랐다. 마치 수다스러운 아낙네처럼.

뤄웨이즈는 들으면 들을수록 가슴이 서늘해졌다. 정말이지 알면 알수록 독한 사람이었다. 그녀는 갑자기 숨쉬기도 힘들어졌다. 가까스로 입을 열어 웬자이춘에게 묻는다. "저, 화관바이러스에 감염되면 어떤 증상이 있나요?"

"여기서 우리와 이리 오래 머리를 맞대고 있었으니 반쪽짜리 전문가는 될 거 아니오. 제일 처음에는 맥이 없고 미열이 나다가 기침이 나고 가래에 피가 섞여 나온다오. 다음에는 설사하면서 고열이 나는데 이때 신체 각 계통이 쇠약되면서 썩기 시작한다오. 마지막에는 온몸이 망가… 아니, 그런데 갑자기 이건 왜 묻는데?"

뤄웨이즈는 마주치려는 이빨을 가까스로 억제하며 심호흡을 했다. 겨우 침착함을 되찾고 태연한 척 말한다.

"그거야 지휘관님 같은 의학 권위자한테서 가장 정확한 정의를 들어보려고 그러죠 뭐. 그런데 다른 사람들이 말하는 것과 별반 다르지는 않네요."

이 말을 들은 웬자이춘은 웃어야 할지 화내야 할지 몰랐다.

"내 원 참, 사실 이것은 한 사람의 생김새를 형용하는 것처럼 긴 얼굴이나 달덩이 같은 얼굴, 갸름한 얼굴, 죄다 거기서 거기지 얼굴이야 어디 가겠소. 덧니가 있다면 있는 거고 없다면 없는 거겠지. 너무 이상한 말로 표현한다면 그 대상에 대해 딴 생각이 있는 것이 아니면 생판 다른 사람을 떠올린 것이 되겠지. 그 말인즉 누가 설명하든 화관바이러스는 다 비슷하다는 거요."

뤄웨이즈는 자제력이 극한에 다다라 더는 버틸 수 없을 지경이었다. 그녀는 인사도 제대로 못한 채 급히 자리를 떴다. 웬자이춘은 고개를 갸우뚱했다. 이 처녀가 오늘은 좀 예의 바르지 못한데.

이어서 열린 취재단원들 회의에서 다들 자신이 깊이 파악하고 싶은 방향들을 말했다. 환경위생 부서에 가보려는 사람은 다량의 의료 쓰레기들과 생활쓰레기의 무해화 처리 상황을 알아보고 싶다고 했다. 의학 과학원에 가 보려는 단원은 전자현미경 아래에서 화관바이러스의 진면목을 보고 싶다고 한다. 대학에 가서 취재하려는 한 단원은 일부 학생들에게 발병한 것 때문에 대학 전반이 봉쇄 상태인데 이런 상황에서 학생들이 어떻게 지내는지 알아보고 싶다고 했다. 뤄웨이즈는 가까스로 정신을 가다듬어 외교부에 가보고 싶다고 했다. 이 소리를 듣자 다들 의론이 분분해졌다. 상업부나 교통부 같은 곳까지는 이해할 수 있다고 해도 외교부라니? 외교부가 전염병과 무슨 상관이 있다고?

뤄웨이즈가 설명한다.

"한 나라에 심각한 전염병이 발생했는데 다른 국가들은 우리를 어떻게 생각하는지? 우리의 국제적 위상이 영향을 받지나 않았는지? 이런 것들이 그리도 중요하지 않다는 말입니까? 이후에도 이런 대규모적인 전염병에 대처하려면 마땅히 경험을 총합해야죠."

하오저의 요구는 간단했다. 최전방에 내려가 의사 간호사들, 그리고 중환자들과 함께 하겠다는 것이었다.

취재단장 멍징롄이 태도 표시를 한다.

"하오저 동지의 용감하게 헌신하려는 정신은 칭찬할 만합니다. 방역 일선에 가겠다, 이것은 전투에서의 돌격 중대나 척후 소대에 해당하는데 참으로 경복할 만한 행동입니다. 좋습니다. 우리가 종합해서 상부와 연계한 다음 가급적이면 여러분의 요구를 만족시키는 방향으로 진행합시다."

멍징롄이 '가급적'이라는 낱말을 말할 때 뤄웨이즈는 가슴을 스쳐지나는 실낱같은 통증을 느꼈다. 그것은 있는 듯 없는 듯한 아픔이어서 만약 다른 사람의 발언을 경청하면서 심신이 상대적으로 느슨한 상태가 아니라 길을 가거나 말을 하거나 화장실에 가는 등 무언가를 하는 상태였더라면 그녀는 결코 이것을 감지하지 못했을 것이었다. 오히려 아무것도 하지 않고 있었기에 이것을 감지할 수 있었다. 그것은 비록 실낱같이 약하였지만 분명하고 또렷했다.

뤼웨이즈는 위정펑의 경고가 생각났다. 화관바이러스가 정말로 발작을 시작했단 말인가?

그녀는 믿고 싶지도 않았고 믿으려고 하지도 않았다. 병마가 자신을 할퀴고 물어뜯기를 기다리다가 아무것도 못하고 백기를 드는 것은 너무나도 끔찍한 노릇이다! 뤼웨이즈는 돌연 위정펑을 이해할 수 있을 것 같았다. 의학과학을 생명으로 간주하는 연구자가 최후의 순간에 처했는데 당연히 무슨 꾀라도 내어 자신의 학술 설계를 이어가야 하지 않겠는가. 그가 기분파인 것만은 확실했다.

그렇다고 공포에 떨면서 죽음을 기다릴 수는 없는 노릇이었다.

"만약 제가 질병 잠복기라면 나가서 취재하는 것이 남들에게 피해가 되지 않을까요?"

뤼웨이즈는 우선 이 문제부터 분명히 해야 했다.

"이전의 규정대로라면 C구역에서는 0구역으로 갈 수 없습니다. 그런데 지금 방역 부서에서 특수한 헬멧을 고안해냈는데, 이것을 착용하면 C구역 사람들도 보통 사람들과 접촉할 때 문제가 없다고 합니다. 동지들은 외출하게 되면 이 헬멧을 착용해야 합니다. 이걸 쓰면 좀 답답한 느낌이 나기는 하지만 점차 적응이 될 겁니다." 멍징롄이 말하면서 주황색 헬멧 하나를 꺼낸다. 색깔이 어찌나 선명한지 마치 나무에서 금방 딴 네이블오렌지 같았다.

뤼웨이즈는 낚아채듯 헬멧을 가져다 써 보았다. 과연 좀 자연스럽지 않은지라 재깍 벗어서 찬찬히 훑어본다. "색깔이 좀 그런데요. 다른 색깔은 없나요?"

멍징롄이 대답한다.

"이건 바다에서 조난당했을 때 쓰는 구명조끼 색깔을 본뜬 것인데 긴급 상황과 위험을 의미합니다. 이 방역 헬멧은 새로운 패션 아이템 같은 것이 아니라서, 색깔이 한 가지뿐입니다."

뤄웨이즈는 다시 헬멧을 써보았다. 신기하게도 다른 사람의 말소리를 또렷이 들을 수 있었다. 그렇다면 그런대로 받아들일만하다. 전염병 시기에 사업 진행 속도는 놀랄 만큼 빨라서 일행은 이튿날 오후에 방역 헬멧을 착용하고 수도에 위치한 외교부에 도착했다. 일반인들이 볼 때에 외교부란 신비로운 느낌이 있는 곳이었다. 과연 문을 들어설 때부터 다른 곳과는 달랐다. 깐깐하게 묻는 것은 물론 일일이 지문까지 남겨야 했다. 순조롭게 통과한 후에, 다들 큰 접견실로 안내되었다. 이는 외교부가 제일 높은 격식을 차린 접대를 할 때 쓰이는 곳으로, 보통 때는 부장이 외국 사절들을 접견하는 곳이라고 했다. 다들 텔레비전 화면에서 익히 보아 오던 곳이었다. 커피색 카펫, 사방은 중국의 특색이 드러나는 나무 조각품과 실크 양탄자 등으로 장식되어 있었다. 미색 소파에는 새하얀 레이스 커버가 씌워 있어 깨끗하고 우아한 느낌이 들었다. 아니, 우리가 외교부의 귀한 손님이 되다니. 다들 몸 둘 바를 모르겠다는 사극 대사를 실감하는 중이었다.

그런데 주변을 둘러보니 다들 커다란 오렌지색 헬멧을 착용하고 있는 모습이 마치 지진 구조대원들 같았다. 털북숭이 구조견까지 있으면 그림이 완벽할 것 같았다. 이런 정중한 분위기에서 다들 서로 훑어보며 애써 웃음을 참는다. 이때 매끈하게 각이 잡힌 양복 차림의 관원 한 사람이 얼굴에 웃음을 한가득 띠고 들어선다. 다들 즉시 자리에서 일어섰다. 들어온 사람이 바로 외교부장이었기 때문이었다.

부장이 손을 내민다. "여러분, 안녕하십니까?"

다들 어색하게 손을 감춘다. "부장님, 안녕하십니까?"

부장이 그제야 무엇을 떠올린 듯 농담조로 말한다.

"아 참, 금방 악수해선 안 된다고 경고를 받았는데 깜빡했군요. 이 방에 사람들을 모셔 놓고 악수를 안 한 적이 없어서요."

멍징롄이 여럿을 대표하여 인사를 올린다.

"부장님께서 매우 바쁘실텐데도 시간을 내주셔서 정말 감사합니다."

외교부장이 말한다.

"여러분들이 이런 차림까지 갖춰 외교부에 오시다니 정말 제 시야를 넓혔습니다. 감동을 받았고요. 터놓고 말해서 지금 우리는 전혀 바쁘지 않답니다."

다들 의아해하는 와중에 뤄웨이즈가 물었다. "왜 바쁘지 않습니까?"

"이미 오기로 했던 외국 사절단 일정이 전부 취소되었습니다. 그리고 우리나라의 사절단도 완곡하게 거절당했고요. 올 사람도 오지 못하고 나갈 사람들도 나가지 못하는 마당에 여기 앉아만 있는 이 외교부장이 바쁠 일이 뭐가 있겠습니까?"

이 말을 들으니 다들 풀이 죽어 기어드는 목소리로 묻는다.

"그러면 우리나라의 국제적 이미지에 손상이 가지 않을까요?"

부장이 엄숙히 대답한다.

"당연하지요. 하지만 바이러스에겐 여권이나 사증도 필요 없지요. 그것은 인류의 뜻대로 고분고분 어느 곳에 가만히 있지는 않을 겁니다. 그러니 바이러스가 범람하는 틈을 타서 중국이 동아병부*라니 제3세계는 더러운 곳이니 열등 인종이니 하는 케케묵은 논조를 퍼뜨리는 것은 더없이 황당무계한 노릇이지요."

다들 더없이 분노했다.

"아니, 그런 말을 어느 나라 사람들이 했단 말입니까? 일상이 회복되면 더는 그들을 상대하지 맙시다! 단교해야죠!"

외교부장이 말한다.

"세상이 넓고도 넓은데 언제나 세상이 혼란하지 않을까 봐 걱정인 사람, 하정투석**하는 사람, 근린궁핍화 정책***을 펼치는 사람들이 있기 마

---

* 1840년대 아편전쟁 이후 쇠약해진 중국을 낮잡아 부르던 말

련이지요. 이 자리에서는 아무래도 남보다 이런 일을 더 많이 접하게 됩니다. 우리는 누구나 조국과 떼려야 뗄 수 없는 관계가 있지요. 오래전에 위다푸郁達夫가 일본에서 여자친구를 사귈 수 없으니 '조국이여, 너는 왜 빨리 강대해지지 못하느냐'고 한탄했다지 않습니까! 지금 우리나라가 하루가 다르게 발전해 가니 벗들도 갈수록 많아지고 있지 않습니까. 그런데 화관바이러스란 사태가 터지니 관계가 나쁘던 사람들은 차라리 때를 만났다고 이를 고소하게 여깁니다. 게다가 원래 우호적이던 벗들마저 무서워서 찾아오지 못하게 되어 버렸고요. 화관바이러스를 제때에 통제하지 못한다면 우리나라의 국제적인 위상을 심각하게 해칠 건 분명한데 그걸 어떻게 되돌릴지는 가늠할 수 없을 지경입니다."

부장은 사태를 과장하여 여러 사람을 놀라게 하지도 않았고 그렇다고 실제 상황을 곧이곧대로 터놓지도 않았다. 실제 상황은 이보다 심각했다. 중국의 화물선들은 입항 거부를 당하는데 아무리 이 화물들은 전염병 사태가 발생하기 전의 것들이라고 설명해도 상대방 측에서는 듣는 척도 하지 않았다. 중국의 항공편을 이용한 여행객들은 비행기에서 내리지도 못하게 했다. 인도주의 차원에서 휘발유나 넣어주고 그대로 되돌려 보내기 일쑤였다. 휘발유를 넣는 노동자들도 화학전을 방어하듯, 방호장비로 전신을 무장하고 있었다. 모든 출구들이 막힌 상태였다. 새로운 계약을 맺으려는 사람도 없다. 먹는 것도, 입는 것도, 심지어 수공예품까지 금지 품목에 들어갔고 금속과 광석까지도 거부했다. 마치 화관바이러스가 금속이나 돌덩이 속에서도 살 수 있는 것처럼. 냉동품은 안 된다, 고온 소독한 것도 안 된다, 현대 물품은 싫다, 고대 물품도 싫다. 결과적으로 전반 나라가 외딴섬처럼 되어버렸다.

뤄웨이즈는 저도 모르게 한탄했다. 바이러스야, 바이러스야, 너는 어째

---

** 함정에 빠진 사람에게 돌을 던진다는 뜻으로 어려운 처지에 놓인 이를 도와주기는커녕 도리어 괴롭히는 것을 이르는 말
*** 다른 나라의 경제를 희생시켜 자국의 경기회복을 도모하려는 정책

서 우리 중국 사람만 못살게 구냐? 그렇게 대단하다면 국경선을 뚫고 전 세계를 두루 밟을 노릇이지. 그때 가면 사람들은 진짜 '세상이 덥고 추운 것을 함께 한다'는 게 무슨 말인지 알 텐데. 글로벌 시대의 지구는 납작한 평면처럼 변해서 사람들을 진정으로 갈라놓을 수 있는 것은 아무것도 없었다. 때문에 '타인은 지옥'이라는 방식은 때 지난 것일 뿐만 아니라 실시될 수도 없는 것이다.

하지만 지금 불이 난 것은 자기 집이다. 다른 사람들더러 억지로 물을 퍼다가 불을 끄라고 할 수는 없는 노릇이다. 커져가는 불에 부채질이나 하지 않으면 착한 사람이다. 전염병을 하루바삐 박멸하여 국제사회에서 기를 펴기를 바랄 뿐이었다.

부장은 화관바이러스 치료 방면에서의 진척을 자세하게 물어보았다. 하지만 다들 말을 아꼈다. 지금 상황에서는 신문이나 텔레비전에서 선전하는 것보다 깊이 들어가면 곤란했다. 이런 사정에는 더없이 밝은 부장인지라 여러 사람의 처지를 헤아려 더 깊이 묻지 않았다.

부장이 의식적으로 말을 돌린다.

"나는 어떨 때 이런 생각을 하게 됩니다. 이제 우리가 전염병을 어느 정도 통제하게 되면 우리나라 대표단을 제일 먼저 받아 줄 나라가 과연 어느 나라일까 하고 말입니다."

여럿이 말했다. "아무래도 제 3세계 나라가 아닐까요?"

부장이 말을 받았다.

"꼭 그렇지는 않을 겁니다. 제3세계 나라들은 대개 국력이 비교적 약한 데다가 담이 비교적 작지요. 그러니 이런 얼음장을 깰 용기가 없을지도 모릅니다. 하지만 무슨 일이나 예외가 있는 법이니 구체적으로 어떻게 될지는 그때 가서 봐야겠지요. 그 나라 지도자와 중국의 관계에 달렸다고 봅니다."

다들 부장에게 묻는다.

"이번에 대규모의 감염자 폭증으로 인해 거대한 손실이 일어나진 않았는지요?"

외교부장이 답한다.

"경제상의 손실은 이제 전문적인 통계자료가 있을 겁니다. 외교적인 면으로 말하자면 지금 나타난 이것들은 빙산의 일각에 불과합니다. 이로써 빚어진 손실은 아마 이후의 상당히 긴 시간 동안 해소할 수 없을 겁니다. 나는 화관바이러스와의 싸움의 최전방에 투입될 수 없으니 그곳에서 싸우는 동지들에게 전해주십시오. 동지들 어깨에는 역사의 중책이 실려 있고 조국의 위세와 명망이 실려 있으며 우리 민족이 세계 민족의 숲속에 꿋꿋이 설 수 있느냐 없느냐 하는 사명이 실려 있다고 말입니다. 동지들, 부탁드립니다!"

외교부장은 정중하게 일어서서 모두를 향해 깊이 머리를 숙였다. 취재단원들도 급히 일어나 부장에게 맞절을 한다. 하오저 한 사람만이 자리에 앉은 채 움직이지 않는다. 다들 그가 예의를 모른다고 나무라려는데 하오저가 입을 열었다.

"부장님, 부장님은 저에게 인사하는 것이 아니니 저는 받을 자격이 없습니다. 하지만 저는 부장님의 인사를 잘 간직하겠습니다. 저는 내일이면 최전방에 내려가게 됩니다. 부장님도 아시겠지만 우리는 지금도 보통 사람들보다는 전방에 조금 더 가깝습니다. 우리는 C구역에 있으니까요. 하지만 전방은 A구역입니다. 저는 A구역에 가게 되는데 항일전쟁 때 태항산이나 기중冀中 평원처럼 적들의 후방에 가는 것과 비슷합니다. 저는 꼭 부장님의 인사를 그들에게 전해 줄 것입니다. 일선에서 싸우는 용사들에게 전국 인민들이 그대들을 주시할 뿐만 아니라 세계 인민까지도 그대들을 주시하고 있다고 알릴 것입니다!"

참석한 모든 사람들, 외교부장을 포함한 모든 사람들이 하오저의 말에 감동했다. 그 순간만큼은 하오저가 외교부장보다 더 빛나는 인물이었다.

# 제12장
# 에메랄드빛 유혹

유혹에 빠진 육신은 구멍이 숭숭 뚫린 핑크색 스펀지로 변했다. 선연하고 아리따웠다. 마치 뤼웨이즈는 강제 수용소에 갇힌 유태 여인이고 그는 나치 군관인 듯했다.


"나는 전방에 가게 됐소."

옛 저택의 정원으로 돌아와 저녁을 먹은 후의 개인 활동 시간이었다. 하오저가 걸어오더니 뤼웨이즈에게 말을 건다.

뤼웨이즈가 웃었다. 헬멧을 벗고 있는 것이 이렇듯 좋을 줄은 몰랐다. 적어도 서로 얼굴 표정을 제대로 볼 수 있으니.

"이 점은 오늘 할 만큼 이야기한 같은데요. 마음껏 얼굴도 내밀고요. 서로 잘 아는 마당에 내 앞에서까지 연극할 필요가 있나요."

하오저가 요청한다. "내 방에 같이 갑시다. 용사를 전송하는 셈 치고."

뤼웨이즈가 말을 받는다. "이 말을 다른 사람한테 했으면 감동이라도 하겠지만 나한테는 효과가 없어요."

그녀는 속으로 생각했다. 내 상황은 A구역이고 뭐고, 정말 발작이라도 하면 바로 순직할지도 모르는데. 비장함만 보자면 하오저 당신의 몇 곱절은 될 걸.

그러건 말건 하오저는 그녀를 가벼이 끌고 간다. 뤼웨이즈는 손을 떨쳐내긴 했지만 그를 따라 발걸음을 옮겼다. 어찌 됐건 내일이면 떠날 사람이 아닌가.

하오저의 방에 들어섰다. 사실 군왕부 내의 일반 객실들은 다 비슷했다. 싱글 소파 하나, 더블 소파 하나에 테이블과 차 탁자 하나, 대개 이런 구조였다. 하지만 남자가 들어 있으니 어딘가 모르게 지저분하고 탁한 담배 냄새가 났다.

하오저가 말했다.

"이곳에 올 즈음에 고향에서 햇차를 보내왔기에 조금 가지고 왔다오. 귀한 손님인데 귀한 차를 맛보시게 해야지."

말하면서 화장실에서 양치질할때 쓰는 유리컵을 가져왔다.

"이 찻물은 특별히 파랗고 맑기에 유리컵으로 마셔야 한다오. 집에서는 프랑스 아코록의 육각형 다이몬드 컵을 썼었는데. 보석처럼 빛나는 컵이었지. 여기 조건이 이러하니 양치 컵으로 대체할 수밖에 없구먼. 하지만 걱정 마시오. 완전히 위생적이니까."

찻물을 우려내니 과연 색깔이 고왔다. 컵에 커다란 에메랄드를 통째로 넣은 듯, 푸르름에 가슴이 찡해졌다.

뤄웨이즈가 말한다. "정말 훌륭한 차네요. 그런데 어쩌죠? 난 정오가 지나면 차를 못 마시는걸요. 저녁에 잠이 잘 안 와서요."

하오저가 말했다.

"그렇다면 잘 됐소. 우리 고향의 차는 마음을 안정시키는 데에 전문이니까." 말하면서 자기 컵을 들고 단숨에 반 컵이나 마신다.

뤄웨이즈는 컵을 들고 조금 맛보았다. 뜨거운 찻물인데도 은은한 냉기가 감돌아 기분이 좋았다. 그래서 천천히 마시기 시작했다.

이말 저말 하다가 하오저가 탄식한다.

"나는 내일이면 떠나오. 어쩌면 다시는 돌아오지 못할지도 모르지. 그런데도 일말의 섭섭한 감정도 없소?"

뤄웨이즈가 담담하게 받는다.

"비장한 고별사는 세상모르는 여학생을 꼬실 때나 써먹으시지요. 우리는 한 참호 속의 전우예요. 이 점을 잊지 마세요. 싸움터에서 이따위 것은 사족에 지나지 않아요."

하오저가 혀를 찬다.

"정말 꽉 막힌 사람이군. 내 이야기 하나 해주지. 자위반격전 때 일인데 우리 군에서 중대장 한 사람이 전선에 가게 되었다오. 떠나기 전에 평생 여자 맛을 못 본 것이 제일 큰 유감이라고 하더라오. 부대가 머물던 집의 여인이 이 말을 듣고 자기 몸을 주었다오. 그런데 이튿날 배치가 변해서 중대장이 전선에 가지 않게 됐지 뭐요. 그러니 대뜸 여론이 변해서 별의 별 소리가 다 나왔지. 주인집 아낙네를 보고 늙은 소가 새싹을 뜯었다고 들 했는데 그 아낙네 나이가 중대장보다 썩 많았거든. 그리고 중대장이 3대 기율 8항 주의의 제 7조를 위반했다고 고발했다오. 부녀를 희롱했으니까. 그래서 처분령이 떨어졌는데 중대장은 면직됐다오. 그런데 누가 알았겠소. 명령이 다시 내려와 전선에 가게 됐는데 졸병이 된 중대장이 전선에 나가겠다고 견결히 탄원했다오. 원래의 중대장, 그 일이 있고 나서는 졸병인 그는 전선에서 용감히 싸워서 적들을 물리쳤지만 자신도 장렬히 희생되었지. 희생된 다음에 시신이 열사능원에 묻혔는데 그 주인집 아낙네가 어쨌는지 아오? 미친 듯이 일을 해서 번 돈으로 전부 고급 담배와 고급술을 사서 흙에다 뿌리고 무덤 앞에 꽂아 놓았다오. 그래서 그 중대장의 무덤이 능원에서 제일 호화로운 무덤이 됐다나."

뤄웨이즈가 나무랐다.

"좋은 이야기임에도 그쪽 입에서 나오니 맛이 변했네요. 하지만 감동적이네요."

하오저가 기쁜 듯이 소리친다.

"정말이오? 그런데 말로만? 행동이 있어야지."

말과 함께 싱글 소파에서 자연스럽게 뤄웨이즈가 앉아 있는 더블 소파에로 옮겨 앉았다. 어찌나 가까이 앉았는지 서로의 숨소리까지 또렷이 들린다.

뤄웨이즈가 펄쩍 뛰며 테이블 곁의 안락의자에 가 앉았다.

하오저가 다그친다. "내 말을 알아들었소?"

"하! 내가 그것도 모르겠어요?"

하오저의 말에 감정이 실린다.

"내가 당신을 좋아한단 말이오. 난 내일 아침이면 출발하오. 천산만수는 고사하고 직선거리로는 불과 몇 킬로겠지만 당신도 알다시피 이제 가면 영영 못 돌아올지도 모르오. 영원한 이별이 될지도 모른단 말이오.”

뤼웨이즈가 입을 삐죽인다. “그렇게 격앙되고 비장한 척 말아요. 내가 모를 줄 알아요? 아무것도 아닌 일을 가지고.”

하오저가 격정을 못 이겨 부르짖는다. “그래 죽음을 앞두고 광란의 마지막 밤을 보내지도 못한단 말이오?”

뤼웨이즈가 반박한다. “무슨 근거로 죽음을 운운하죠? 우리 모두 전염병을 무탈하게 뚫고 나올지도 모르는데.”

하오저가 속이 타 죽겠다는 듯이 말한다.

“나는 단 한 번이라도 몸을 철저히 풀어 이 죽을 놈의 스트레스에서 벗어나고 싶단 말이오. 사실 임자도 이것을 갈망하고 있지 않소. 내 눈은 못 속이오. 남자와 여자가 왜 자신의 본능을 억압해야 하냔 말이오. 봉건적인 냄새가 풀풀 나는 옛 군왕부에서, 죽음의 날개 밑에서 우리가 쾌락을 만끽하는 것, 이것이 바로 죽음을 멸시하는 신화가 아니겠소!”

말하면서 그는 소파에서 몸을 일으켜 뤼웨이즈의 어깨를 감싸 안는다. 뤼웨이즈의 귓불이 하오저의 가슴에 닿았다. 쿵쿵 힘차게 뛰는 심장 박동소리가 들린다.

이상하게도 뤼웨이즈도 원시적인 동력이 자신의 복부에서 꿈틀거림을 느꼈다. 그 괴기스러운 힘은 모란꽃처럼 만개하더니 어느덧 손가락 끝에 닿아 온몸을 감싸 안아 힘차게 뛰는 그 심장에 맡겨버리고만 싶었다. 뤼웨이즈는 서른이 갓 넘은 성숙한 여성이다. 온몸은 수분이 충만하여 늙은 것과는 거리가 먼 모습이었다. 비록 풋풋하지는 않을지언정 지금이야말로 익을 대로 익어 톡 건드리면 터질 시기인 것이다.

그녀는 귀신에게라도 홀린 듯이 침대 가로 몸을 피한다. 반듯한 침대에는 새하얀 고급 원단 시트가 씌워져 있다. 네 귀를 매트리스에 밀어 넣어 주름살 하나 없는 침대는 새하얀 거울과도 같았다.

피한다는 것이 되레 불에 붙은 집에 부채질하는 꼴이 돼 버렸다. 애매한 요청으로 보일만도 하다. 맹호처럼 덮치려던 하오저가 무슨 생각을 했느지 동작을 멈추고 또박또박 묻는다.

"어, 결혼 전인 건 알겠는데 한마디만 묻겠소. 당신, 숫처녀요?"

순간, 뤄웨이즈는 반쯤 정신이 돌아왔다. "이 상황에서 그런 걸 물어요?"

하오저는 굽히지 않았다. "나는 답을 알아야 하겠소."

뤄웨이즈가 조용히 반걸음 정도 뒷걸음친다. "나는 그쪽과 아무것도 할 생각이 없는데요."

하오저가 정색해서 말한다.

"나는 아주 이성적인 사람이란 말이오. 무슨 일을 하나 그 과정과 결과가 어떻게 될 것인지 똑똑히 알아야 하고 상대도 알기를 바라오. 나는 절대 협박이나 강요하지 않을 거고 상대가 꼬임에 들었다고 생각하게 하지도 않을 거요."

뤄웨이즈가 옅은 웃음을 짓는다. "재미있네요. 이 모든 것을 분명히 한 후에 조작에 들어가자, 그건가요?"

하오저의 표정이 정중해진다. "다 임자를 위해 그러는 거요. 우리는 모두 성인이오. 그러니 자신의 행위에 책임져야 할 거 아니요."

뤄웨이즈가 짝짝 손뼉을 친다.

"좋아요. 위기일발의 순간에도 이지적이라, 마음에 들어요. 전염병은 사람을 성숙하게 하나 봐요."

하오저가 그녀의 말을 바로잡는다.

"전염병 전에도 나는 이렇게 밝고 당당했지. 때문에 많은 여성들과 깊은 관계를 가졌지만 한 번도 탈이 난 적이 없었다오. 물론 그녀들도 마찬가지요. 우리 집은 여전히 화목한 가정이고 나는 훌륭한 남편, 훌륭한 아버지지."

뤄웨이즈는 혼외정을 이렇듯 당당하게 피력하는 사람을 본 적이 없었다. 엄격하게 말하면 이것은 '정'도 아니었다. '성'일 따름이다. 하지만 지금, 이상하게도 그녀는 하오저에게 끌림을 느꼈다. 그의 얼토당토않은 이론뿐만이 아니라 그라는 사람에게 끌린다. 정말이지 귀신이 곡할 노릇이었다. 그의 견해에 전혀 공감을 못 하겠는데도 불나방처럼 그에게 날아가다니. 지금 눈앞에 있는 하오저는 늠름하고 멋지다. 억지에 가까운 말들에서는 사악한 광채가 뿜겨 나온다.

뤄웨이즈는 자신이 미워졌다. 지금이 어느 때라고 이런 곳에서 인생을 놀음처럼 여기고 있나! 사람들이 목숨을 내걸고 싸우는 마당에 성욕이 범람하다니! 이지는 그더러 뿌리치고 일어서서 유유히 사라지라고 깨우치지만 그녀의 육신은 말을 듣지 않는다. 유혹에 빠진 육신은 어느덧 구멍이 숭숭 뚫린 핑크색 스펀지로 변했다. 성욕의 와인을 빨아들인 듯 선연하고 아름다웠다.

그가 또 무슨 기상천외한 수작을 하나 봐야지. 뤄웨이즈는 이렇게 자신을 설득한다. 이곳에 남아 있어야 하는 이유를 찾고 있는 셈이다.

여자를 꼬시는 데 능한 하오저가 뤄웨이즈의 생각을 모를 리 없다. 그녀는 절반 정도 넘어온 셈이다. 하지만 그는 용맹하면서도 조심성을 잃지 않는 타입이었다. 큰 뿌리는 흔들렸지만 작은 뿌리도 세심히 살펴야 한다. 그는 방금과는 달리 유유자적하게 자리에 앉아 묻는다.

"아직 내 물음에 답을 주지 않았소."

뤄웨이즈는 그가 무엇을 물었는지 바로 생각이 나지 않았다. 망설이다가 되묻는다.

"우리는 아마 이 세상에서 가장 냉정한 남자와 여자일 것이에요. 미안하지만 한 번 더 말해줄 수 있어요?"

"내 질문은, 당신은 숫처녀인지에 대한 것이었소."

뤄웨이즈가 아무리 개방적인 사람이라 해도 이것은 쉽게 대답할 문제가 아니었다. 그녀는 난감한 탓에 웃음을 지어 보였다. "당신한테 이걸 알아야 할 이유라도 있나요?"

하오저가 당당하게 말한다. "있고말고! 당신의 답에 따라 내 책략도 달라지니까."

뤄웨이즈가 되묻는다. "만약 내가, 숫처녀라면?"

하오저가 그녀를 훑어보면서 입을 연다.

"그러면 몇 가지를 당신에게 먼저 말해야 하겠지. 첫 경험, 그게 뭐 그리 대단한 건 아니요. 나는 숫처녀라서 자랑스레 느끼는 기호도 없고, 그리고 그쪽에서도 세상없는 진귀한 물건을 가지고 있는 것처럼 느끼지는 말기 바라오. 첫 번째와 백 번째에 큰 차이점은 없으니까. 나는 그저 첫 경험을 하는 여성도 정상적인 심리를 가지기를 바랄 뿐이오. 자기가 대단한 손해를 보았다고, 죽기라도 할 것처럼 생각지 말기 바라오. 더구나 나에게 일생을 의지하려고 하지는 말아야 하오. 중국의 마지막 봉건 왕조가 멸망한지도 백 년이 넘었고 우리는 모두 현대인이 아니오?"

뤄웨이즈가 혀를 내둘렀다. 불륜에도 이렇듯 정연한 논리가 있을 줄은 몰랐다.

"내가 만약 처음이 아니라면요?"

"그럼 조금은 간단해지지. 적어도 한 번은 겪어 본 사람이니 절차도 알 것이고. 이건 서로 좋아서 하는 일이니 당신도 기쁘고 나도 쾌락을 맛볼 거 아니오. 누구도 누구에게 빚진 것이 없소. 물론 하룻밤에 만리장성을 쌓는다고 이런 관계가 있으면 이다음에 서로 돕기도 쉬울 거요. 벗이 하나 늘면 길도 하나 늘어난다고 하지 않소! 만약 이다음에 다시는 만나지 않는다고 해도 좋은 추억을 남길 수 있지 않소? 이렇게 봄바람에 취하는 좋은 밤을 기억하시오. 나는 곧 전방에 나갈 것이고 임자도 오늘 유난히 아름답구먼 …"

말하면서 하오저는 침대 가에서 멋진 제스처를 취해 보였다. 신사가 요청하니 아름다운 아가씨, 저절로 그물에 걸리시라. 이것은 그의 상투적인 수법이었다. 언제나 먼저 세치 혀로 여자의 마음을 흔들어 철저하게 정신적 포로가 되게 만들고 그들이 자신의 빼어난 재주에 매혹되게 하는 것이다. 그는 자신의 수단이 남다를 것이라고 자부하고 있다. 그러니 여자들이 넘어올 수밖에. 둘이 서로 좋아하게 된다면 그 뒤의 절차는 더욱 매끄럽고 더욱 원만할 수밖에 없다. 찰떡궁합도 이런 찰떡궁합이 없을 테니 오르가슴을 수차 느끼는 것은 일도 아니다. 강간과 비슷한 방법이나, 단순히 물질적인 방법이나 기타 수단으로 여자를 꼬시는 것은 덧없는 사리사욕이라는 느낌이 너무 짙을뿐더러 즐거움을 누리는 데도 너무나도 차이가 난다. 인간은 분명 고급 동물인데 남자와 여자의 관계에서도 좀 더 고급스러워야 할 게 아닌가. 공을 들이고 뜸을 들이면 시위를 한껏 당긴 활처럼 쏘지 않으려 해도 쏘지 않을 수 없다. 성욕이 마른 장작에 불붙듯 타오르니 여자 쪽에서 가슴을 파고들 것이다. 이것이야말로 최고급 향수이며 신선 못지않은 극락이 아니겠는가! 이것을 단순한 금전이나 다른 조건으로 살 수 있을까. 자신의 경험에 의하면 이 노하우는 여대생, 여성 기업가, 여성 공무원들을 상대로 성공률이 꽤나 높았다. 하지만 뤄웨이즈라 부르는 이 계집애라고 하기는 좀 그런, 예쁘장하고 학력이 대단히 좋으며 세상 물정도 꽤 많이 알 것 같은 상대에게는 이것이 먹힐지 하오저 자신도 그다지 자신이 없었다. 하지만 그는 도전을 좋아하는 성미인데다가 지금 갇혀 있는 군왕부의 범위 내에서는 선택할 여지도 별로 없었다. 집 떠난 지 오래니 풀기는 해야 하겠고, 그래서 뤄웨이즈에게 퇴짜 맞으면서도 몇 번이나 집적거렸던 것이다. 하하, 그런데 오늘 소원을 이루게 될 줄이야.

뤄웨이즈는 별의 별 연애나 불륜 이야기들을 들어왔지만 이렇게 적나라한 리허설은 듣도 보도 못했다. 그녀는 자신이 둘로 분열되는 것을 느꼈다. 시집갈 나이의 처녀로서 그녀는 남을 유인하면서도 자신은 정당하다는 듯 묘사하는 패권 논리에 반감을 느꼈다. 하지만 뤄웨이즈의 마음속 깊은 곳에서 피어나는 은밀한 생각은 달랐다. 이제껏 이렇게 당당한 웅변과 파워를 접해 본 적 없는 그녀에게, 하오저의 노골적인 말들은 생기를 불러일으키는 봄바람처럼 느껴져서 저도 모르게 달콤한 함정에 빠져들고 싶은 충동을 느끼게 한다.

하오저가 기세 등등하게 다그친다. "숫처녀가 맞소, 아니오?"

온몸의 피가 터져 나올 것만 같다. 그 기세에 눌리어 뤄웨이즈는 솔직하게 터놓을 수밖에 없었다. "아니예요."

그녀는 약간 민망함을 느꼈다. 그녀의 첫 키스와 숫처녀의 몸은 모두 첫사랑에게 바쳤다. 그녀는 자기가 백옥 같은 몸이길 바랐을지도 모를 하오저가 실망할 거라고 생각했다.

그런데 웬걸, 하오저는 안도의 숨을 내쉰다. "잘 됐소."

"뭐가 잘 됐다는 거죠?" 뤄웨이즈가 정말 몰라서 묻는다.

하오저의 얼굴에 사악한 웃음이 피어오른다.

"황무지를 개간하려면 힘들단 말이오. 그리고 당신을 코치질 하기도 싫고. 그럼 슬슬 시작해 볼까."

이렇듯 안하무인이고 유리한 고지를 선점한 듯한 자의 명령에 뤄웨이즈는 저항할 힘을 잃었다. 하오저는 상대가 원하는지 원치 않는지는 묻지도 않은 채 바로 명령을 내린다. 뤄웨이즈는 독충에 물린 사람처럼 눈빛이 흩어져서 무의식적으로 묻는다.

"나더러 뭘 하라는 거죠?"

하오저가 놀림조로 말한다.

"멍청이 계집애, 이것까지 가르쳐야 하겠소? 옷부터 벗어야 할 거 아니야."

뤄웨이즈의 아가씨 같은 성격이 갑작스레 튀어나와 애교 부리듯 말한다. "싫어요, 불부터 꺼요."

하오저가 단칼에 자른다. "안 되오."

뤄웨이즈는 영문을 알 수 없어 어린애처럼 물었다. "왜 불을 끄면 안 돼요?"

유치한 대화를 하는 사이에 욕망은 묘지의 도깨비불처럼 점점 흩날려 간다.

하오저가 어린애를 타이르듯 말한다.

"너무 이르단 말이요. 나의 평소 작업과 휴식 시간은 밤 12시 좌우에 자리에 드는 거요. 우리가 이곳에 온 지 얼마 되지 않았지만 이곳 직원들은 모두의 기본적인 생활 패턴을 이미 파악하고 있단 말이요. 그리고 임자가 내 방에 들어온 것을 본 사람도 하나쯤은 있을 텐데 지금 갑자기 불을 끈다면 이상하게 생각하지 않겠소? 혹시 전등이 고장이라도 났나 해서 수리하러 올지도 모르오. 종합적으로 보았을 때, 이 시간에 내 방의 불은 꺼져선 안 되는 거요. 물론 누가 본다고 해도 문제 될 건 없소. 서로 마음이 맞아서 하는 거니까, 하지만 문제를 일으키지 않는 편이 더 좋지 않겠소? 남들까지 번거롭게 만들 필요는 없으니까. 임자 생각은 어떻소?"

이렇게까지 나오니 뤄웨이즈도 고개를 끄덕일 수밖에 없었다.

그러나 하오저의 말은 아직 끝나지 않았다.

"그리고 둘째로 나는 밝은 곳에서 섹스하는 것을 즐긴다오. 여인의 몸을 볼 수 있고 또 표정도 볼 수 있으니. 다시 말해 교합하는 몸뚱이를 볼 수 있으니까. 그거야말로 기이한 생물체가 아니겠소. 손이 네 개, 발이 네 개, 머리가 둘, 색채와 향기, 맛을 겸비한 전면적인 향수지. 시커먼 곳에서 가만히 하는 것, 그건 불륜을 저지르는 인간들이나 할 노릇이지. 너무나 당당하지 못하오. 난 그것이 싫소."

무엇을 후안무치하다고 하는지 오늘 뤄웨이즈는 똑똑히 알게 되었다. 그런데 이해할 수 없는 것은 이런 후안무치한 남자에게 자신이 바보처럼 끌린다는 것이다. 그에게 남들과 다른 생억지와 기이하고 황당한 논조들이 얼마나 남아 있는지 진심으로 알고 싶었다.

만약 이때 누군가 들어온다면 그의 눈에 비친 정경은 멋진 옷차림의 두 남녀가 무슨 일을 두고 열변을 토하는 모습이리라. 누군들 그들이 한창 성적인 화제를 담론하리라 생각이나 할 수 있겠는가? 역사나 나라에 관계되는 엄숙한 화제를 논하고 있을 거라고 생각할 것이 분명하다.

"옷을 벗으시오." 하오저가 간단하게 명령한다. 그의 몸에는 기괴한 에너지가 넘치는 것 같다. 기세등등한 빛과 열을 내뿜으며 일체 저항을 용납하지 않을 기세다. 뤄웨이즈는 강제 수용소의 유대인이고 그는 나치 군관이라도 된 것 같았다.

그 말에 뤄웨이즈의 자존심이 건드려졌다. 그래서 그녀는 고집스레 말한다. "벗기고 싶으면 당신이 벗겨요."

하오저가 또 자신만만하게 자신만의 논리를 펼친다.

"나는 남이 나의 옷을 벗기는 것을 싫어한다오. 역지사지로 나는 이 일에서는 남을 거드는 것이 싫소. 옷도 애초에 자기가 입은 것이니 역시 스스로 벗어야 할 거 아니오. 나는 자유를 사랑하는 사람이어서 모든 것이 자유롭게 시작되기를 바란다오."

이것은 그의 속마음이면서도 그를 이제껏 불패의 자리에 설 수 있게 한 비장의 무기이기도 했다. 그는 단 한 번도 완력을 써 본 적이 없었다. 하고 많은 여자들과 관계를 가졌지만 하나같이 스스로 옷을 벗게 했다. 이렇게 되기만 하면 그는 이론에서나 실천에서 모두 불패의 고지를 선점하게 되었다. 신분이 고귀하고 교양이 있는 여자일수록 그는 밝디밝은 불빛 아래에서 제 손으로 한 겹 한 겹 옷을 벗게 했다. 그리고 그는 아름다운 몸뚱이가 껍데기를 바른 따끈따끈한 달걀처럼 하얗게 드러나는 것을 느긋이 구경하곤 했다. 이 과정은 흡사 고급 레스토랑의 웨이터가 맛있는 요리를 두 손으로 받쳐 올리는 것과도 같았다. 자기는 남몰래 군침을 삼키면서 조용히 지켜보기만 하면 되었다.

뤼웨이즈도 귀신에게 홀린 것처럼 옷을 벗기 시작한다. 한 겹, 또 한 겹, 그녀는 아주 조심스레 옷을 벗었다. 이튿날 아침에 등교하여야 할 학생이 교복을 단정하게 개켜 놓는 것처럼. 이제 속옷만 남아서 곧 실 한 오리 걸치지 않은 알몸뚱이가 될 무렵, 그녀가 돌연히 괴성을 지르더니 바닥에 쪼그리고 앉아 자신의 입을 틀어쥐었다. 하오저는 이것을 꾀돌이 뤼웨이즈가 일부러 정취를 불러일으키려는 장난쯤으로 여겼는데, 뤼웨이즈는 자신의 손바닥을 보더니 표정이 급격히 나빠진다. 이윽고 가까스로 몸을 일으킨 뤼웨이즈는 휴지로 손바닥을 닦더니 그것을 자신의 핸드백에 넣었다. 그러고는 방금 반듯이 개켜 놓았던 옷을 다시 주워 입기 시작했다. 얼마 지나지 않아 들어올 때의 차림으로 하오저의 앞에 나타났다.

제아무리 산전수전 다 겪은 하오저라 해도 이런 불가사의한 여자는 난생 처음 본다. 북받치던 성욕은 찬물을 맞은 것처럼 사그라들은 대신 분노가 끓어올랐다.

"이건 무슨 뜻이오?" 하오저의 목소리가 분노로 떨린다.

뤼웨이즈는 이미 맑은 정신으로 되돌아왔다.

"나는 그만두려고요. 아무리 그럴듯하게 말해도 당신은 결국 아무런 책임도 지지 않고 자신의 욕망을 만족시키려는 것으로밖에 안 보이네요. 나는 이런 짓, 하기 싫어요. 간단합니다."

그녀의 거절은 서릿발같이 섬뜩한 것과는 거리가 멀었다. 하지만 온화하면서도 확고한 말투는 마치 온몸을 감싸는 갑옷과도 같았다.

하오저는 자신이 이번에는 패배했음을 직감했다. 하지만 절망하기는 이르다.

"싫으면 관두오. 그래도 이야기는 할 수 있잖소. 이렇게 좋은 밤을 허망하게 보낼 수야 없지."

그가 말하는 사이에 뤄웨이즈는 문가로 걸어갔다.

"미안해요. 전 가겠어요. 이 세상은 아름답지만은 않으니까요."

말을 마친 뤄웨이즈는 유유히 떠나 버렸다.

멍하고 얼떨떨한 감정은 하오저의 몫이었다. 차 탁자 위의 컵은 파란 도깨비 눈깔처럼 그를 향해 부라리고 있다. 이건 보통 차가 아니었다. 그의 고향에서는 이것이 최음제라는 것을 모르는 사람이 없었다. 민요 축제라도 열리는 날엔 처녀 총각들 가방에는 너나없이 이런 찻잎이 들어 있었다. 노래하고 춤을 출 때 찻잎을 씹으면 힘든 줄도 모르고 온밤 내내 춤추고 노래할 수 있었다. 마른 찻잎을 씹다가 자정이 되면 눈이 맞은 남녀들은 수림 속을 찾아서 함께 좋은 밤을 보내곤 했다. 이런 유습이 남아 있는 깊은 시골에서 나온 하오저라는 젊은이는 살이 찢기고 피 터지는 싸움을 통해 지금의 명성을 쌓았던 것이다. 지금은 그런대로 상류사회에 발을 들여놓았다고 할 수 있을 것이다. 이것이 그리 쉬운 일이겠는가! 그는 부모가 애초에 수림에서 그의 생명을 빚었기에 자기는 고목의 혼백과 천지의 정기를 타고난 것이 틀림없다고 자부하고 있었다. 이 점을 중요하게 생각했기에 그는 어디를 가든지 고향의 이 신비한 차를 꼭 지니고 다녔다. 어떨 때, 아내가 곁에 없고 또 마땅한 성적 파트너도 없을 때면 그는 홀로 이 차를 우려먹기도 했다. 성욕이 회오리바람처럼 몸속에서 고동치고 온몸이 달아오르면 자위행위를 해서 식히곤 했다. 그는 이런 격정이 부딪치는 감각을 즐겼다. 자신의 몸속에서 꿈틀거리는 에너지를 감지할 수 있다고 믿으면서.

그는 죽은 사람도 벌떡 일어나게 할 수 있는 말재주와 사랑하는 고향의 차의 도움으로 여태껏 자신이 마음에 둔 여자들을 손에 넣지 못한 적이 거의 없었다. 그런데 오늘은 어찌 된 일인가? 겉이 반반한 뤄웨이즈가 정녕 돌계집이었단 말인가? 처음에는 술술 제대로 풀린다 싶었는데 왜 마지막에 이런 반전이 있었지?

하오저는 아무리 생각해도 영문을 알 수 없었다. 뤄웨이즈가 차를 너무 적게 마셨던가, 아니면 평소에 수면제를 늘 복용해서 면역력이 생겼던가 둘 중의 하나일 것이다. 다음에 이런 타입을 만나면 찻잎 농도를 짙게 해야지. 하오저는 경험을 체화하는 데 능한 사람이었다. 그리고 무슨 일이나 꼭 분명히 하고 끝을 보려는 근성이 있었다. 하지만 괜히 자극해 놓은 성욕은 사그라들 줄 몰라 그를 괴롭힌다. 시간이 오래되어 영롱한 색깔을 잃고 탁한 녹색으로 변한 고향의 차를 바라보니 괜히 화가 치밀어 올랐다. 하오저는 미친 사람처럼 컵을 들어 바닥에 내동댕이쳤다. 짤랑하는 소리가 고즈넉한 밤에 자지러지게 퍼졌다.

# 제13장
# 총지휘관의 진단

가래 속의 핏발은 고운 나비 리본처럼 엉키어 있다.
과학자님, 당신이 임종하면서 남긴 바이러스가 인간 세상에 확산되고 있습니다.

이튿날, 하오저는 출발하면서 뤄웨이즈가 헬멧을 쓴 채로 구석에 홀로 앉아 있는 것을 보았다. 그는 아무 일도 없었던 듯이 인사했다. 어째서 밖으로 나가지도 않으면서 헬멧을 쓰고 있는지 물어보려고 했지만 뤄웨이즈가 무표정하게 고개를 끄덕이며 전혀 이야기를 나눌 생각이 없는 것을 보고 그만두고 다른 사람들과 공식적으로 이별 인사를 할 수밖에 없었다. 그는 오늘 A구역으로 떠나기에 더는 이곳에 돌아오지 않게 된다.

다들 헤어지기 섭섭해 하는 기색이었다. 바람은 쓸쓸한데 역수 강물 차갑기도 하구나… 섭섭하기는 한 것 같은데 딱히 할 말은 없다. 이 며칠 사이에 생죽음을 너무 많이 봐서인지 감정이 마비된 것 같았다. 어찌 보면 마비되는 것이 현시점에서는 제일 현명한 방법일지도 모른다. 떠나는 사람이 너무 속상하지 않고 남아 있는 사람도 너무 슬프지 않을 것이니 말이다.

남은 사람들은 헬멧을 착용하고 신약특약국에 취재를 나갔다.

신약이야말로 실낱같은 희망이라도 이어주는 금열쇠라 할 수 있다. 백신도 없이 화관바이러스를 이겨낸다는 것은 신기루나 다름없는 이야기일 것이다. 다들 떠나려는데 뤄웨이즈가 멍징롄의 곁으로 다가왔다.

"저에게 잠깐만 시간을 주세요."

일찌감치 헬멧을 쓰고 있는 모습을 보고 나갈 채비를 다했나 생각했는데 이렇게 나올 줄은 몰랐다. 헬멧의 투명한 마스크를 통해 앞에 서 있는 여인을 훑어봤더니 얼굴빛이 발그스름하여 별로 아픈 것 같지도 않았다.

"어디 불편하기라도 하오?"

특별취재단원들은 저마다 투지가 고양되어 조금이라도 빨리 취재를 떠나고 싶어했다. 모두가 하오저처럼 되지는 못하더라도 꾀병을 부릴 수는 없지 않은가. 게다가 집에 갈 수 없는 채로 이곳에 갇혀 있을 바에야 나가서 바람이라도 쐬는 편이 훨씬 나았다. 이 단원은 어찌 된 일일까?

뤄웨이즈가 고개를 숙이고 말한다. "부인병이에요."

여자들이 이 카드만 꺼내들면 다른 사람은 더 할 말이 없어진다. 멍징렌이 걱정하듯 묻는다. "그럼 의사라도 보내줄까?"

뤄웨이즈가 얼버무린다. "고맙습니다. 그런데 괜찮아요. 며칠 지나면 나아질 테니."

"그렇다면 낼 모레 취재도 못 가겠구먼?"

"아마도요. 정말 죄송합니다."

"그럼 잘 휴식하고 계시오." 멍징렌은 당부하고 나서 사람들을 데리고 떠났다.

어제 하오저가 건넨 차의 농도가 너무 짙어서 뤄웨이즈는 한동안 심신이 모두 통제된 상태였다. 흐리멍덩한 상태에서 하오저를 보니 그처럼 잘생긴 사람이 없었고 그보다 말을 잘하는 사람도 없는 것 같았다. 그녀가 에라 모르겠다 하고 몸을 주려는 순간에 가슴에 짜릿한 통증이 지나갔다. 그것은 아주 특별한, 이제까지 체내로부터 전해 오는 통증 중에는 겪은 적이 없는 느낌이었다. 척추 앞부분 깊숙한 곳에서 생겨나서 마치 서슬 푸른 검이 폐부를 찌르는 것 같았다. 그 순간 그녀는 너무 아파 비명도 지르지 못한 채 밑동 잘린 나무처럼 주저앉고 말았다. 이어 입안이 비릿해져서 손으로 입을 감싸 쥐었다. 이때 기침 속에서 작은 미꾸라지가 목구멍을 빠져나와 손바닥에 닿았다. 뤄웨이즈는 자신의 손바닥에 묻은 가래를 똑똑히 보았다.

아주 조그마한 반투명한 점액 덩이 속에 핏발 하나가 선연히 뻗어 있었는데 훈장의 끈 같았다. 요염하고 가느다란 그것은 약간 구부러져 있었으며 나비 리본을 만드는 중에 힘이 모자라 풀린 듯한 모습이었다. 느낀 대로만 말한다면 그건 슬프도록 아름다웠다.

바로 그 찰나 뤼웨이즈는 자신이 화관바이러스에 감염되었음을 알았다. 그래서 매정하다 싶을 정도로 돌아섰던 것이다. 어찌 됐든 하오저에게까지 화관바이러스를 전염시킬 수는 없었다.

피가 섞인 가래를 생성하는 질병은 흔히는 다음과 같은 두 가지이다. 하나는 폐결핵이고 다른 하나는 암이다. 물론 기관지 확장증 같은 병도 있기는 하지만 이런 경우 흔히 긴 병력을 동반하고 있어 뤼웨이즈는 이에 해당되지 않는다. 뤼웨이즈는 폐결핵도 없고 발열, 식은땀이나 기침이 나고 가래가 나오는 증상도 없다. 폐결핵의 발병 역시 아주 신사적이어서 느릿느릿 사람에게 다가온다. 그런데 이번 증세는 전광석화처럼 맹렬히 덮쳐 오지 않았는가? 이 둘의 성격은 엄연히 다르다. 폐암에 걸렸을 가능성도 극히 희박하다고 생각했다. 뤼웨이즈가 담배를 피지 않을뿐더러 집에도 담배 피우는 사람이 없다. 그리고 폐암 가족력도 없다. 게다가 평소에 외출을 거의 하지 않다 보니 간접흡연 가능성도 배제할 수 있다. 더구나 폐암 발병자는 거의 남성 노인인데 뤼웨이즈는 새파랗게 젊은 여성이 아닌가…

짧디짧은 시간에 뤼웨이즈의 머리는 초고속 컴퓨터처럼 모든 가능성을 일일이 배제했다. 사실 이 절차는 불필요한 것이었다. 피가 섞인 가래침을 본 첫 순간에 그녀는 벌써 그 무시무시한 저주가 맞아떨어졌음을 알았다 ─ 그녀는 화관바이러스에 감염되었던 것이다.

동료들이 모두 떠나고 난 뒤에 뤼웨이즈는 햇볕 아래 멍하니 앉아서 이제 어떻게 해야 할지 생각했다.

먼저 웬자이춘에게 보고하고… 그다음에 검사를 받고… A구역 병원에 입원하여 진정한 바이러스 감염자들과 같이 있는다… 그 어떤 백신도 없다. 자신의 의지력에 기대어 하루하루를 참고 견딜 수밖에 없다. 자칫하다간 두 번째 위정펑이 되어 시체가 와인 저장고를 개조한 산간 지대의 창고에 운반되어 갈 판이다. 시체 위에 시체가 쌓인 모양이 풍수를 거둔 밀짚 더미와도 같다 … 그다음에는 …

그다음은 없다. 그녀는 이제 어머니를 만날 수도, 저 밝은 햇빛을 볼 수도 없을 것이다. 책을 읽을 수도 컴퓨터를 다룰 수도 없을 것이다 … 아직 한참 남았을 줄만 알았던 인생에 난데없는 종지부가 찍힐 것이다!

정말이지 받아들일 수 없는 일이다! 그녀는 더 많은 꽃향기를 맡고 싶고, 올여름 제일 먼저 피어나는 연꽃잎을 보고 싶다. 다이아몬드 같은 별이 총총 박힌 하늘을 바라보고 싶고 복되고도 평안한 일생을 보내고 싶다. 자신의 귀중한 생명이 아침에 나왔다가 저녁에 죽는 하루살이처럼 덧없이 스러지게 할 수는 없다.

뤼웨이즈의 온몸이 격렬하게 떨리기 시작했다. 놀라서 그런지 아니면 진짜 열이 나서 그런지 판단할 수 없었다. 한달음에 207호실로 돌아온 그녀는 지휘부에서 나누어 준 수은 체온계를 찾아서 겨드랑이에 끼웠다. 백년 같이 느껴지는 기다림 끝에 체온계를 뽑아서 눈여겨본 그녀는 날 듯이 기뻤다. 빨간 뱀 같은 수은주가 가까스로 37℃에까지 뻗어 있었다. 그렇다면 열은 아직 나지 않는 것이다. 10분의 1초나 기뻐했을까, 불행하게도 그녀는 다시 회의에 빠졌다. 온도계를 낀 시간이 충분했을까? 느낌만으로는 길고도 길었지만 실제로는 너무 짧지나 않았을까? 그렇다면 이 수치는 참고할 가치가 없는 것이다. 하는 수 없이 체온계를 재차 겨드랑이에 끼웠다. 이번에는 시간을 확실히 하기 위해 시계를 보기로 했다. 10분이 지나간 뒤 ― 이것은 절대적으로 충분한 측정 시간이다. 그녀는 떨리는 손으로 체온계를 빼서 눈을 부릅뜨고 수은주를 노려보았다. 이번에 빨간 뱀은 38℃까지 올라와 있었다.

열이 나는 것이 분명하다.

흉통이 또 엄습해 온다. 깊은 곳으로부터 전해져 오는 공포스럽기 짝이 없는 통증이다. 힘이 센 절삭기의 예리한 칼날이 나선형으로 회전하면서 폐엽*을 할퀴며 지나는 것 같다.

끝장이다!

이 시각, 뤼웨이즈의 마음속에서는 위정펑에 대한 증오가 솟구쳐 올랐다. 늑대 가죽을 뒤집어쓴 악독한 과학자 같으니라고. 자기 하나 죽은 것으로도 모자라 흉악한 바이러스를 남겨 세상에 확산시키다니. 위정펑이 앞에 있으면 칼로 찍어 죽이기라도 하고 싶다. 그녀는 피맺힌 깊은 원한의 바다에서 허우적거리다가 가까스로 해면에 떠올랐다. 그런데 다시 생각해 보니 위정펑은 다른 사람이 손가락 하나 까딱할 필요 없이 이미 간뇌도지肝腦塗地**되어 저세상 사람이 됐지 않은가. 그렇다면 원수는 이미 갚은 셈이다. 그런데 다시 생각해 보니 자신이 감염된 것이 위정펑을 죽음에 몰아넣은 것과 같은 바이러스라면 얼마 지나지 않아 자신이 간뇌도지 될 차례가 올 것이 분명했다.

어떻게 해야 하나? 어떻게 할까? 어떻게…

이젠 의심할 필요도 없다. 각혈하고, 기침이 나고, 열도 난다. 이 세 가지 증세가 한꺼번에 나타나는 것, 가장 합리적인 설명이 바로 화관바이러스에 감염되었다는 것이다.

하지만 각혈은 흉부의 우연한 외상으로 일어나는 경우도 있으며 기침도 몸살로 인해 기관지가 자극을 받아 생기는 경우도 있다. 열이 나는 것도 감기 때문일 수도… 뤼웨이즈는 자신도 믿기 어려운 이유들을 찾아 나타난 증세들을 설명하려 몸부림을 친다.

그녀는 공포에 빠졌다. 본능적으로 최악의 결과를 부정하려 하고 있다. 최후의 종착지가 그 거대한 와인 저장고라는 데 생각이 미치자 뤼웨이즈는 가능한 한 기다리며 지켜보고 싶어졌다. 자기 손으로 자신에게 사형을 선고할 수는 없지 않은가. 확실히 진단할 수 없다면 현상 유지라도 해서

---

* 포유류의 폐를 형성하는 부분으로 사람의 경우 오른쪽 폐는 상엽·중엽·하엽으로, 왼쪽 폐는 상엽·하엽으로 나누어진다.
** 끔찍하게 죽임을 당한 모습을 이르는 말

시간을 벌어야 한다. 떳떳하게 햇빛 아래서 정상적인 사람처럼 생활해야 한다. 기적이 일어나기를 기다려야 한다. 어쩌면 이것이 모두 기우이고 괜히 긁어 부스럼을 만든 것일지도 모르니까.

뤼웨이즈는 스스로 약효가 의심스러운 진정제를 찾아 복용한 셈이다. 조금 진정이 되니 일단 보고하지 않고 변화를 기다리기로 마음먹었다. 물론 다른 사람에게 전염시키지 않기 위해서는 지금부터 언제나 헬멧을 착용해야 할 것이다. 식욕이 전혀 없었지만 신체 면역력을 높이기 위해서는 무엇이든 먹어야 했다. 음식을 입에 넣을 때마다 모래알을 씹는 것 같은 느낌이 들었지만 억지로 꿀꺽꿀꺽 넘겼다. 점심 식사 때는 헬멧을 쓸 수 없으니 전염이라도 될까 봐 아예 숙소에 타다가 먹었다. 혼자 있을 때는 헬멧을 벗고 있었다. 식사 후에는 집에서 가지고 온 해열제를 복용했다. 온몸에 땀이 나니 좀 개운한 느낌이 들었다.

졸기 시작했는데 누군가 문을 두드린다. 옷을 걸치고 헬멧까지 쓰고 나서 문을 열어 보니 웬자이춘이었다.

"앓는다기에 지나가는 길에 들렀소." 웬자이춘이 문안한다.

뤼웨이즈는 친인을 만난 아이처럼 목놓아 울고 싶어졌다. 가까스로 눈물을 참으며 대답한다. "감기 걸렸나 봐요. 열이 납니다."

웬자이춘이 묻는다. "다른 증세는 없소?"

"기침이 약간 나는 거 빼곤 아직 다른 증세는 없어요."

"조심해야 하오. 여기가 C구역이라고 해도 이론적으로는 화관바이러스에 감염될 가능성이 있으니까."

뤼웨이즈가 울음 섞인 목소리로 묻는다. "만약 정말 감염됐다면 어떡하죠?"

웬자이춘은 커다란 헬멧을 쓰고 있는 뤼웨이즈를 보며 말한다.

"착한 아가씨. 남에게 전염될까 봐 예방 차원에서 헬멧을 쓰고 있는 거 맞지?"

뤼웨이즈는 원래 비밀을 지킬 수 있을 때까지 지키다가 정 안될 때에 밝히기로 마음먹었었다. 그런데 '착한 아가씨'란 말 한마디에 정신이 무너질 뻔했다. 아니에요. 전 나빠요. 전 나쁜 계집애에요! 이 순간, 그녀는 모든 것을 터놓기로 마음먹었다. 첫째는 물론 혼자서 이 어마어마한 무게를 감당할 수 없어서였고 둘째로는 만약 진짜로 화관바이러스에 감염된 것이라면 상황이 급속히 악화될지도 모르는데 그때 가서 정신을 차리지도, 제대로 말을 내뱉지도 못할까 걱정이 되었기 때문이다. 정말 그렇다면 자신은 물론 다른 사람에게까지 누가 미칠 것이 아닌가.

뤄웨이즈는 가볍게 헛기침을 하고 입을 떼려 했다. 그런데 도화선에 불을 붙인 양 진짜 기침이 터져 나올 줄이야. 웬자이춘이 누군가? 화관바이러스와 싸우는 수석 전문가인 그는 졸지에 상황이 예사롭지 않음을 눈치챘다. 그는 침묵을 지키며 뤄웨이즈가 설명하기를 기다렸다.

뤄웨이즈는 정신을 가다듬고 또박또박 말하려 애쓴다. "지휘관님, 전 이미 화관바이러스에 감염된 것 같아요."

웬자이춘이 당황한 기색 없이 묻는다. "접촉자라도 있소?"

"근거리에서 위정펑 의사의 유언을 읽었잖아요. 그분은 더 많은 사람들을 연구 대오에 합류시키려고 유품에다 모종의 처리를 했다고 했어요. 그래서 화관바이러스가 철저한 소독 과정에서 살아남은 거고요. 제 생각에 저는 이 경로를 통해 감염이 된 것 같습니다."

모든 것을 터놓고 나니 숨이 확 나갔다. 팽팽하던 신경이 좀 풀린 것 같기도 했다.

웬자이춘은 실내에서 두어 바퀴 돌고 나서 걸음을 멈췄다.

"위정펑 이 친구, 죽는 와중에 장난을 쳐서라도 과학 연구를 이어가려 했군. 내 벌써 그럴 거라 짐작은 했소. 내가 열어 보기 두려워한 것은 직책이 무거워서였소. 자신의 생명이라도 마음대로 사용할 수 없단 말이오. 그런데 그 사람 혼이 임자한테 붙었구먼."

뤄웨이즈가 울상이 되어 묻는다.

"설마 그가 일부러 남을 해치려 한 걸까요?"

웬자이춘이 가슴을 쓸어내리며 길게 탄식한다.

"하…. 내가 알고 있기로는 절대 일부러 해치려 한 건 아닐 거요. 하지만 죽음을 앞두고 이런 생각은 했겠지. 자기가 죽고 나면 누가 자기처럼 바이러스를 미친 듯이 사랑하며 연구할까? 아마 이 일이 마음에 걸려서 눈도 감지 못했을 거요! 그래서 모든 방법을 동원해서 바이러스를 보존하고, 이다음에라도 자기처럼 호기심 많고 죽음도 겁내지 않는 사람이 이 살인 바이러스에 대한 연구를 계속하기를 바랐겠지. 그 사람은 완벽주의자여서 일이 잘 이어지기를 추구했소. 그래서 자신의 연구 영역에다 복병을 심어 놓은 거지. 앞사람이 쓰러지면 뒷사람이 이어나가면서 바이러스의 가장 심오한 비밀을 밝히기를 기원했을 거요. 순리대로라면 그에게 말려들어야 할 사람은 임자가 아니라 나 같은 사람인 거요. 그런데 임자 성격에도 이런 요소가 있었는지 엉뚱한 사람이 그한테 걸려들었구먼."

뤄웨이즈가 묻는다.

"지휘관님의 말씀대로라면 제가 감염된 것은 두말할 나위 없는 사실인데요. 그러면 저는 이제 어떻게 해야 하죠?"

웬자이춘이 깊이 사색하다가 무겁게 입을 연다.

"지금은 이미 임자 하나의 문제가 아니라 지휘부 전반의 문제가 됐소. 지휘부는 어떻게 해야 할까?" 양미간을 찌푸린 웬자이춘은 결연한 표정을 짓는다. "우선, 위정평의 유품은 그 어떤 사람도 더는 열어 봐선 안 되오."

뤄웨이즈는 그제야 자신이 감당할 수 없는 책임을 저도 모르게 총지휘관에게 떠넘겼음을 깨달았다. 엉뚱하게 '물귀신 작전'이라는 낱말이 떠올랐다. 듣던 말대로 누군가 함께 절망감을 짊어질 수 있다는 생각에 마음이 약간 안정됨을 느꼈다. 그런데 바로 이때 비수에 가슴을 찢기는 듯한 통증이 다시 한 번 폭발했다. 인정사정없이 몸을 짓이기는 것 같은 통증이. 그녀는 터져 나오는 신음소리를 가까스로 삼켰다.

사소한 점이라도 놓치지 않는 웬자이춘이 이번에는 알아채지 못했다. 자신의 사색에 너무 깊이 빠져있었던 탓이리라.

"아직은 확신할 수 없으니 헬멧을 쓰고 있을 필요는 없소. 이건 의학 윤리적으로도 문제 될 건 없소. 지금 이렇게 떡하니 쓰고 있다가는 괜한 공황을 야기할 수도 있으니까. 됐소. 이젠 그걸 벗으시오.”

뤼웨이즈는 순순히 헬멧을 벗었다. 숨이 확 트이며 살 것 같았다. 그녀는 조심스레 물었다. “그런데 지휘관님, 지휘관님은 감염될까 봐 두렵지 않으세요?”

웬자이춘이 대답한다.

“나는 두렵지 않소. 내 생각에 나는 이미 몇 번이고 감염이 되었을 거요. 임자도 알다시피 금방 나온 연구 보고서에서 지적한 것처럼 어떤 사람들은 화관바이러스의 잠재적 감염자라오. 그들이 발병하지 않는 건 항체가 생겼기 때문이오. 이건 이후의 대규모 방역의 방향이 될지도 모르오.”

“그렇다면 항체는 어떻게 형성되는 걸까요? 완전히 새로운 바이러스라면 일반인들은 면역력이 없을 텐데요. 예를 들면 저는 지금 바이러스가 제 몸이 허허벌판이라도 되는 듯이 달리는 듯한 느낌이 들어요.” 뤼웨이즈는 힘없이 고개를 떨구었다.

“너무 비관적인 거 아니요?” 웬자이춘이 뤼웨이즈의 어깨를 다독인다. 뤼웨이즈는 말할 수 없는 감동을 느꼈다. 웬자이춘은 그녀가 감염되었다는 것을 제일 분명하게 아는 사람이다. 다른 사람이라면 귀신 피하듯 해도 성에 차지 않을 텐데 어깨를 다독이다니. 그의 따뜻한 손길에서 뤼웨이즈는 강한 힘을 느낀다. 웬자이춘이 말을 이었다.

“백 보 양보하더라도 이건 임자 개인으로 놓고 말하면 어디까지나 비극이지. 하지만 제일 훌륭한 의료 자원이 있는 곳이니 우리가 할 수 있는 모든 방법을 동원해서 바이러스를 억제할 수 있을 거 아니오. 특별취재단이 오늘 신약특약국에 갔소. 그곳의 사업 상황을 지금 나는 매일 체크하고 있다오. 하지만 신약 제조는 절차가 복잡하고 임상시험까지 해야 하니 먼 곳에 있는 물로 당장의 갈증을 해소할 수는 없다오. 가장 간단한 방법은 임상시험에서 직접 병을 낫게 하는 것이라오. 아가씨, 너무 비관하지 마오. 비관하는 건 면역력을 저하하게 할 뿐 전혀 도움이 안 되니까. 내 말을 기억했겠지?”

뤼웨이즈는 눈물을 머금고 말한다. “기억했어요. 전 신약을 복용하며 힘내서 바이러스와 싸울 겁니다."

그녀가 감동을 받은 것은 웬자이춘의 말의 내용 때문만이 아니었다. 그보다도 말할 때의 표정과 태도가 그녀의 마음을 뭉클하게 했다. 조용하고도 침착한 모습, 노쇠하지만 따뜻함을 잃지 않은 목소리가 하나로 어우러지니 마치 생명의 샘물과도 같았다. 그녀의 가슴에 방울방울 떨어져 스러져가던 생명력에 생기를 불어넣는다.

원래대로라면 이즈음의 뤼웨이즈는 웬자이춘에게 대한 감격으로 충만되어 있어야 한다. 그런데 그녀는 돌연 아주 귀찮은 표정을 지으며 뚱딴지같은 소리를 한다.

"저 너무 피곤해요. 좀 쉬어야겠어요. 이젠 가보셔야죠."

웬자이춘은 순간 어리둥절했다. 하지만 거의 확진이라고 볼 수 있는 화관바이러스 환자라면 그 어떤 비정상적 표현도 이해해 줘야 한다. 웬자이춘이 방을 나오는데 뤼웨이즈는 바랠 생각도 않고 앉은 자리에서 고개를 푹 떨구고 있다.

문 닫히는 소리와 함께 뤼웨이즈는 기다시피 하여 화장실로 갔다. 방금 지나간 칼로 에이는 듯한 복통이 일어났을 때, 그녀는 저도 모르게 바지에 실례를 했던 것이다. 봄철에서 여름철로 넘어가는 계절이어서 옷차림도 가벼운 데. 일어선다면 그보다 창피한 일이 없을 것이었다. 그러니 할 수없이 예의고 뭐고 일단 가라고 재촉한 것이다.

복통이 재차 엄습해 온다. 이번에 뤼웨이즈는 변기 안의 배설물이 미음 같은 부연 액체임을 똑똑히 보았다. 극히 미세한 창자 내부 조직의 파편이 섞여 있는 것이 분명했다.

뤼웨이즈의 안색이 창백해졌다. 이제 와서 더 무슨 말이 필요할까? 그녀가 감염자라는 사실은 불 보듯 뻔했다. 기름을 넣은 재봉틀처럼 사망의 실감개는 이미 돌아가기 시작했다. 바이러스는 이제 쉼 없이 그녀의 창자를 누비며 한 땀 한 땀 그녀의 생명을 갉아먹을 것이다.

지금 단 하나의 선택이 남아 있을 뿐이다 — 이 군왕부에서 죽을 것인가, 아니면 전염병 전문병원에서 생을 마감할 것인가?

# 제14장
## 고름으로 변하는 시간

억만 개의 바이러스의 주둥이들이 인체를 물어뜯어 고름으로 변하게 한다.
파란 병 속의 백색 분말은 모종의 주문 같았다.


죽을 땐 죽더라도 뤄웨이즈는 더러운 몰골로 죽기는 싫었다. 귀신이
돼도 깔끔한 귀신이 돼야지. 이제 저승사자가 남겨 준 시간도 얼마 남지
않은 것 같았다. 지금, 아직 맥이 조금이라도 남아 있을 때 생의 마지막
을 잘 매듭지어야 했다. 뤄웨이즈는 더러워진 속옷과 바지부터 벗었다.
그리고 비닐로 여러 겹 꽁꽁 감쌌다. 마지막으로 '독극물!'이라고 써 붙
이고 따로 정리해 두었다. 쓰레기통에 버려서는 안 된다. 자칫하면 감염
을 확산시킬 수 있으니까. 차라리 자기가 죽은 다음 전문가들이 처리하
게 하자. 오염물을 처리한 후 먼저 세수를 하고 옅은 화장까지 했다. 사
실 뤄웨이즈는 평소에 화장 같은 건 하지 않는 편이었다. 그런 것을 가
식이라고 생각하니까. 하지만 지금이야말로 허위적인 힘이라도 빌려야
할 때였다. 그래야 거울에 비친 모습을 보면서 조금이라도 희망을 느낄
수 있을 테니.

병든 몸으로 가까스로 치울 건 치우고 의자에 몸을 맡기고 숨을 돌리려
는데 초인종이 울린다.

"누구세요?"

정말이지 이런 땐 누구도 달갑지 않았다. 비록 총지휘관이 직접 헬멧을
착용하지 않아도 된다고 했지만 그래도 남에게 옮길까 봐 노심초사하지
않을 수 없다. 제일 좋은 방법은 아예 사람을 만나지 않는 것일 것이다.

그래서 초인종 소리를 무시하기로 했다. 응답하지 않으면 사람이 없는 줄로 알고 가버릴 테니. 그런데 종소리는 네가 안에 있는 줄 안다는 듯이 줄기차게 울렸다.

뤼웨이즈는 하는 수없이 다가가서 문을 열었다. 뜻밖에도 웬자이춘이었다.

"안녕하세요." 뤼웨이즈는 숨넘어가는 소리로 인사했다. 방금 무례하게 군것을 사과라도 하듯.

웬자이춘의 손에는 종잇장들이 들려 있었다.

"이건 내가 작성한 혈액 검사서요. 특수 제작한 검사서여서 이름도 적지 않소. 이것을 지참하고 특정 기구에 가기만 하면 피를 뽑아 즉각 해당 부서에 보내 검사하게 될 거요. 그러면 제일 오래 걸려도 48시간 내에, 즉 모레 점심 전에 우리는 최종 결과를 알게 될 거요. 그리고 이건 수시로 전화를 걸 수 있는 비준서요. 군왕부 내에서 전화 통제를 실시하긴 하지만 내가 사인한 특별 허가서만 있으면 규제를 받지 않을 수 있소. 물론 비밀 엄수 원칙은 잘 알고 있을 테니 다시 말하지 않겠소. 외부에 병에 걸렸다는 말을 해서는 안 되오. 그러지 않으면 모든 사람에게 해가 될 것이니."

말을 마치고 웬자이춘은 또 약병 몇 개를 건넨다.

"이건 당장으로서는 제일 좋다고 인정하는 화관바이러스 치료제들이오. 일단 복용해 보시오. 효과가 있을지는 장담할 수 없소. 하지만 효과가 있을 거라고 믿기 바라오. 그리고 수분을 다량으로 보충해야 하오."

말을 마친 웬자이춘은 연민에 찬 눈빛으로 뤼웨이즈를 바라보다가 그녀의 손을 꼭 잡아 준 다음 조심스레 문을 닫고 나갔다.

그가 들어와서부터 뤼웨이즈는 단 한마디도 하지 않았다. 고맙다는 말의 '고'자도 입 밖에 내지 않았다. 큰 은혜에는 고맙다는 말을 하지 않는다는 것이 이런 경우를 두고 하는 말인 것 같았다.

그녀는 즉시 약들을 먹었다. 이어 물을 양껏 마셨다. 심리적인 현상인지는 몰라도 약간 정신이 또렷해지는 것 같았다. 지금 당장 해야 할 일이 몇 가지 있다.

그녀는 가까스로 몸을 일으켜 숙소를 나섰다. 어제부터 오늘까지 불과 스물 몇 시간이 흘렀을 뿐인데 그녀의 삶에는 천지가 뒤집힐만한 격변이 일어났다. 흥미진진하게 세상만사를 논했던 사람이 순식간에 생사를 헤매는 가련한 신세가 되었다.

검역 혈액검사서의 안내에 따라 군왕부 구석에 자리 잡은 작은방을 찾았다. 저번에 정원을 산책하면서 지나친 적이 있었지만 아무런 표시도 없는 이 자그마한 방에 눈길을 준적은 한 번도 없었다. 이제 와서야 방역 지휘부에서 일찍부터 전문기구를 두고 군왕부 내부의 전염병 전파 상황을 체크해 왔음을 알게 되었다.

방 안의 직원은 검사서를 보더니 말 한마디 없이 규정대로 혈액과 대소변 표본 채취를 시작했다. 채취가 끝나자 무표정하게 한마디 한다.

"이제 뒷일은 신경 쓸 필요 없습니다. 결과가 나오면 우리가 즉각 방역 총지휘부에 보고할 겁니다."

뤼웨이즈는 아무 말도 하지 않았다. 아무런 흥미도 없었다. 이미 그 결과를 진작부터 알고 있었으니.

이어 그녀는 통신방으로 발걸음을 옮겼다. 웬 총지휘관이 친히 발급한 통신 허가서가 있으니 그녀는 마침내 수시로 어머니한테 전화할 수 있게 되었다. 하지만 전화를 건다고 해도 무슨 말을 할 수 있을까? 만약 어머니가 자신의 상황을 묻는다면 아무 일도 없다는 듯이 거짓말을 할 수 있을지 모르겠다. 자식이 어머니를 속인다는 것은 생각처럼 쉬운 일이 아니니 말이다.

그녀는 무거운 심정으로 손목시계를 보았다. 아직 이른 시간이었다. 평소처럼 규정된 시간에 통화하지 않는다면 엄마의 큰 의심을 살 것이 분명했다. 하지만 저녁 즈음에 병세가 급격히 진척된다면 전화방으로 걸어갈 힘이 남아 있을까? 걸어갈 수는 있다고 해도 기침이라도 터진다면 목이 쉬어 말이 나가지 않을지도 모른다. 그럴 거면 차라리 일찍 거는 편이 나을 거라는 생각이 들었다. 뤼웨이즈는 이런 생각을 굴리며 전화방에 가서 웬자이춘의 쪽지를 보이고 즉시 다이얼을 돌렸다.

신호음이 꽤 오리 울렸는데도 전화를 받는 사람이 없다. 집에 사람이 없나 보다 하고 수화기를 놓으려는데 어머니의 떨리고 노쇠한 목소리가 들려온다.

"여보세요? 누구신지?"

"엄마, 나야 나, 웨이즈예요. 엄마 잘 있어요?"

눈물이 비 오듯 쏟아졌지만 어머니에게 들킬까 봐 억지로 목소리를 가다듬는다.

"즈아냐? 네가 웬일이냐? 무슨 일이라도 있는 거냐?"

어머니의 어조에는 숨길 수 없는 당황함이 어려 있었다.

"엄마, 아니에요. 이제 곧 공무 집행차로 외지에 가게 돼요. 막 출발해야 하니까 저녁까지 기다릴 수 없어 먼저 했어요. 이번에 나가게 되면 매일 제시간에 전화하지 못할지도 모르니 괜히 걱정하지 마세요. 전화할 수만 있으면 꼭 할 테니. 못하는 건 사정이 있어서이니 딴 생각 마시고요. 난 잘 있는데 엄만 어떠세요?"

뤼웨이즈는 단숨에 모든 말을 쏟아낸다. 중간에 끊기기라도 하면 더는 말하지 못할 것만 같아서.

"그래, 더 위험한 곳으로 가게 되는 거냐? 전화도 못 할 곳으로? 네가 걱정되는구나!" 어머니는 매우 불안해 보였다. 딸아이가 걱정할까 봐서인지 큰 한숨을 내쉬고 말을 이었다. "가게 되면 가야지. 충성과 효도는 동시에 할 수 없으니까. 나는 별일 없으니 걱정 말거라."

할 말은 태산 같았지만 뤼웨이즈는 말을 이어가는 것을 주저했다. 엄마가 낌새라도 알아채면 큰일이었다. 그렇다고 끊기도 아쉽다. 내일 전화를 걸 힘이 남아 있지 않을지도 모르기 때문이었다. 만약 전염병 전문병원에라도 들어가는 날에는 지금이 이별의 순간이 될 수도 있다. 수화기는 들고 있으나 무슨 말을 해야 할지 몰라 망설이는데 엄마가 눈치를 챘다.

"즈아야, 너 혹시 무슨 일이 있는 건 아니지?"

이제 더 망설일 수는 없었다. "더 멀리 떠나게 되니 엄마 생각이 나서 그래요."

"바보 같으니라고, 천 리 밖도 아니고 한 도시에 있겠는데 뭐 그러냐. 텔레비전에서 보니 어느 정도 통제되고 있다고 하더구나. 모두 통제 범위에 있다고 하니까 이제 곧 임무를 완수하고 당당하게 돌아올 수 있을 거다."

뤼웨이즈가 기계적으로 말을 받는다. "임무를 완수하고 돌아가겠죠. 그래요. 당당히 ― 돌아가겠죠."

불현듯 뇌리에 한 장면이 스쳐 지나간다. 돌아가는 것은 사람이 아니라 유골함인데 덮개에는 '뤼웨이즈'라는 글자가 고딕체로 씌어 있다. 뤼웨이즈는 제멋대로 상상을 펼칠 때가 아니라는 것을 깨닫고 어머니에게 말했다. "바이초를 바꿔주세요. 당부할 말이 있어서요."

바이초가 전화를 바꿨다. 뤼웨이즈는 먼저 엄마 안부부터 묻는다.

"할머니는 좀 어때?"

"그저 그래요. 언니 걱정뿐이죠."

뤼웨이즈가 당부한다.

"오늘부터 일 때문에 매일 저녁 제시간에 전화할 수 없을지도 몰라. 전화가 없더라도 할머니를 잘 돌봐드려야 한다. 가능하기만 하면 꼭 전화하는 걸로 할게. 혹시 내게 전할 말은 없니?" 복부에서 또 칼로 에이는 듯한 통증이 시작된다. 통신실 경호원 앞에서 그날 같은 실수를 할 수는 없다.

"없어요. 걱정 마세요 언니. 할머니를 꼭 잘 돌볼게요." 수화기를 놓으려는 순간 바이초가 금방 생각이라도 난 듯 말을 이었다. "아, 그 사람이 몇 번이나 전화 와서 언니 일을 물어댔어요. 내가 기억력이 나빠서 매번 얘기한다 얘기한다 하면서 까먹었어요."

"그래, 누구나 전화하면 내가 잘 있다고 말해 줘. 그럼 됐다. 다시 보자 바이초." 뤼웨이즈는 전화를 끊고 싶어 안달이다.

그런데 바이초가 고집을 부린다. "그 사람이 꼭 자기 말을 전해달라고 했어요."

"누군데?" 뤼웨이즈는 허리를 구부리고 배를 감싸 안은 채 힘들게 물었다.

"떠나기 전날 언니를 만나서 오래 얘기한 그 사람 말이에요. 키가 훤칠한 리위안이란 사람. 언니 그 사람 기억 안 나요?"

리위안이 전화로 바이초에게 말하는 법을 가르쳐준 게 분명하다. 어리버리한 계집애가 이렇듯 논리정연하게 말하니 기억이 안 날 리 없다.

"기억 … 난다 … ." 뤄웨이즈가 이를 악물고 대답한다. 또 한 차례 극심한 통증이 엄습해 온다. 이번에는 복부가 아니라 흉부였다.

"리위안 그 사람이 이 말을 꼭 해드리라고 했어요. 만약 언니한테 상황이 발생한다면 꼭 내가 준 약을 드시라고. 물론 그 사람이 준 약 말이에요. 됐어요. 말을 전했으니." 바이초는 큰 짐이나 내려놓은 기분이 들었다.

"알았 …" 뤄웨이즈가 수화기를 놓았다. 실상은 더 들고 있을 힘이 없었다. 수화기가 떨어지는 순간 피 섞인 가래침이 튕겨 나왔다. 다행히 통신 감찰 요원이 담화가 끝나가는 것을 보고 별 이상이 없을 같아 밖에 나간 참이었다. 그가 만약 이 정경을 보았더라면 혼비백산했을 것이 분명했다.

그녀는 휴지로 가래를 깨끗이 훔치고 나서는 기댈 수 있는 모든 것 — 벽이며 전봇대며 금방 새 잎이 돋아나는 대나무며 거칠거칠한 버드나무 껍질 … 등등에 의지해 가까스로 207호실에 돌아왔다. 몸을 잔뜩 웅크린 채 침대에 누웠는데 온몸에 진땀이 흐르고 숨소리가 점점 잦아든다. 화관 바이러스가 이토록 흉악할 줄은 몰랐다. 파죽지세로 인체를 종횡무진하며 상상할 수 없는 속도로 범람한다. 바이러스는 흉악한 패왕처럼 거의 모든 내장을 점령해 버렸다. 지금은 대뇌만이 온전히 작동하고 있는 것이라고 볼 수 있었다.

그래서 더 비참한 것인지도 모른다. 차라리 혼수상태라면 아무것도 모르는 채 죽음으로 갈 수도 있을 텐데. 그것이 오히려 축복일지도 모른다. 적어도 가슴을 저미는 듯한 공포와 머리를 쥐어짜도 아무 소용없는 사색에는 시달리지 않을 수 있을 테니. 신체의 극심한 고통과는 반대로 뤄웨이즈의 머리는 그 어느 때보다도 맑았다. 구름 속에 솟은 빙하처럼 티끌 하나 없이 깨끗하다. 외부의 모든 자극, 스쳐 지나가는 바람이나 새 울음

소리마저 선명하고 생생하기 짝이 없는 흔적을 남긴다. 그러니 일분일초를 보내기 더더욱 힘들다. 몸 상태가 뻔하고 모든 것을 느낄 수 있는데 바이러스의 발걸음은 막을 수 없으니 말이다. 심지어 억만 개의 바이러스가 뾰쪽한 주둥이로 자신의 몸을 갉아먹는 것까지 느낄 수 있었다. 불쌍한 내 몸의 세포들은 이 무지막지한 침입자 앞에서 아연실색해 저항하는 시늉조차 할 수 없었다. 아니, 두 손들고 항복할 겨를도 없이 싯누런 고름으로 바뀌어 버리고 있었다.

뤄웨이즈는 텅 빈 눈길로 207호실을 훑는다. 네 벽이 텅 빈 것처럼 느껴지고 인생이 참담하게만 느껴진다.

뤄웨이즈가 감염된 바이러스는 위정펑에게서 온 것이다. 위정펑은 자신의 기대와 꿈을 이런 괴기스러운 방식으로 인간 세상에 남겨 놓았다. 전염병의 깃발은 죽음의 기운에 힘입어 온 세상을 삼킬 듯이 나부낀다. 뤄웨이즈는 마침내 위정펑을 깊이 이해하게 되었다. 이런 사위가 막막한 고독한 상태에서 속수무책으로 당하기만 할 수는 없었으리라. 그는 자신이 반드시 죽을 것이라는 것을 알면서도 바이러스에 항거하려는 신념을 누군가에게 전해야만 했다. 누구의 도움도 받을 수 없고 일말의 희망도 없는 극한 상황에서 그는 결연히 자신의 몸의 바이러스를 힘닿는 데까지 확산시키려 하였으리라. 새로운 감염자가 생긴다면 그를 극복하고 박멸할 가능성도 함께 생긴다고 생각했을 것이다. 그렇지 않으면 자기의 죽음은 허망하게 터지는 물거품처럼 무가치한 것이 되어버리기 때문이다.

계산은 치밀하다만 유감스럽게도 그가 넘겨준 사람도 곧 죽게 되었다.

뤄웨이즈는 절대 다른 사람에게는 옮기지 않을 것이다. 분명 한창 증세가 발현중인 자신이 마음만 먹으면 이 병을 퍼트리는 것은 식은 죽 먹기임에도 불구하고 말이다. 다른 사람에게 옮겨서 그 사람도 자신이 지금 겪고 있는 것 같은 고통을 겪게 하는 것, 이것이 질병과의 싸움의 궁극적인 승리에 무슨 도움이 된단 말인가? 더 많은 사람이 걸린다면 병을 이겨낼 가능성이 그만큼 늘어난다는 게 말이 될까? 뤄웨이즈는 실낱같은 희망도 볼 수 없었다. 그러니 더 많은 사람이 걸린다는 것은 더 많은 죽음을 의미할 뿐임이 분명했다.

그런데 그녀는 정말로 죽기 싫었다. 집에는 중병에 걸리신 어머니가 계시고 아직 결혼도 못해 보았다. 그렇게 되고 싶었던 어머니가 될 기회도 없었다. 어머니뿐만 아니라 외할머니나 할머니가 되는 것도 상상해 봤었다. 슬하에 많은 손자, 손녀, 외손자, 외손녀를 거느린 복 많은 할머니 … 아니, 그건 못 되더라도 적어도 어머니의 임종을 지켜야 하고 바이초에게 괜찮은 직장을 얻어 줘야 한다. 바이초가 연애라도 하게 되면 그 애를 도와 신랑감을 잘 심사하고 시집갈 때는 예단도 넉넉히 준비해 주어야 한다. 친정 엄마처럼 말이다. 천천히 아주 가치 있는 작품을 써내서 어머니 일가의 백 년 풍운을 담는 것도 하고 싶었다. 그리고 세계 여행도 해야 하고 세상에서 가장 위대한 박물관에 가서 인류 문명의 아침노을과 폐허도 봐야 하는데 … 이 모든 것들이 눈에 보이지도 않는 조그만 바이러스 때문에 순식간에 박살이 나 버렸다.

가래에 피가 섞여 나오는 것쯤은 이제 일도 아니었다. 단 하루 사이에 보일락 말락 하던 핏발에서 피의 축제가 되어 버렸다. 흉부의 통증은 길게 지속되어 그대로 질식할 지경이다. 이제 한 발만 내디디면 임사 체험이란 걸 하게 되겠지. 설사는 그야말로 들끓어 올라 창자 내의 모든 것을 씻어낼 기세다. 뤼웨이즈는 시간이 지날수록 자신의 몸이 백 년이나 신어 더러워진 스타킹저첨 구멍이 숭숭 뚫려가는 느낌이 들었다.

이젠 전염병의 시달림 속에서 지나치게 고통스럽지 않고 지나치게 더럽게 되지 않는 것만 바랄 뿐이었다. 모든 것이 돌이킬 수 없게 되었으니 이왕이면 조용히 떠나고 싶다. 몸은 점점 망가지는데 정신은 더욱 또렷해졌다. 그녀는 묵묵히 자신의 일생을 돌아보기 시작했다. 어릴 적에 아버지가 차 사고로 돌아가셔서 엄마와 서로 의지하며 살아온 날들, 떠나가 버린 첫사랑부터 방금 걸었던 전화까지 … 흐리멍덩한 가운데 문득 바이초가 전해 주었던 리위안의 말이 생각났다.

그 훤칠하고 깨끗한 젊은이가 생각났다. 전생의 꿈만 같다. 그가 이야기할 때의 모습까지 생생히 안겨온다. 그는 입매가 참 예뻤었다. 웃지 않아도 유쾌한 느낌을 준다. 치열이 고른데다가 새하얗게 빛났다. 목소리는 온화했지만 깊은 기운이 느껴졌었다. 무엇보다도 눈빛이 깨끗하고 맑았다. 흑백이 분명한 눈망울은 낮과 밤 같았다. 가까이 앉아 있었기에 그의 몸에서 풍기던 새벽 바다의 내음을 똑똑히 기억한다. 뤄웨이즈는 사실 새벽 바다에 가본 적이 없었다. 하지만 그녀는 리위안의 체취를 형용하자면 이런 말밖에 없을 것이라 믿는다.

그가 그렇게 말했다면, 그것이 마지막 수라면 한 번 시험할 필요가 있을 것 같았다. 웬자이춘이 가져다준 약들은 전부 효과가 없었다. 저승사자가 저 앞에서 교활하게 웃고 있는 마당에 앞뒤를 잴 것도 없었다. 뤄웨이즈는 가까스로 몸을 일으켜 자기 것 같지 않은 뻣뻣한 다리를 억지로 몇 미터쯤 옮겼다. 흉강으로부터 내뿜어지는 듯한 압력 때문에 그녀는 이리 비틀 저리 비틀한다. 근육에 경련이 오고 구토가 나온다. 기도가 좌충우돌 광란을 벌여 상상할 수 없는 소리가 나온다. 누군가 작은 오리너구리를 밀어 넣은 것처럼. 그녀는 젖 먹던 힘까지 다 내서야 트렁크를 열었다. 트렁크의 주머니에서 리위안이 건넨 파란 뚜껑이 있는 작은 병을 찾아냈다. 귤색 가로등이 비치던 봄밤은 아스라한 기억으로 남았다. 마치 전생의 일 같았다. 이 약병도 불면증에 효험이 있다는 그 백색 분말과 같이 보관했으니 망정이지 아니었다면 버려버린 지 오래였을 거였다. 깊은 잠에 들게 해주던 신묘한 백색 분말은 이미 다 먹어 버린 후였다. 그저 작은 약병만이 고독하게 놓여 있었는데 모종의 주문 같았다.

뤄웨이즈는 남색 병뚜껑을 열었다. 안에는 가루약이 들어있었는데 흰색인지 회백색인지 눈빛이 흐려 알아볼 수가 없다. 아무 냄새도 나지 않았다. 그는 리위안이 기장쌀만큼만 먹으면 효과가 있을 것이라고 했던 것이 생각났다. 뤄웨이즈의 얼굴에 쓴웃음이 피어올랐다. 기장쌀만큼? 그만큼 먹어서는 비상이라도 죽지 않겠다. 화관바이러스가 이렇게 독하니 너무 적게 먹으면 소용이 없을 것 같았다. 눈대중해보니 작은 병의 분말은 합쳐서 기장쌀 열 몇 알쯤 될 것 같았다. 그녀는 떨리는 손가락으로 병을 톡톡 건드려 절반쯤 되는 분말을 빈 컵에 쏟았다. 그러고 나서 반 컵쯤 되는 온수를 컵에 부어 단번에 마셔버렸다.

아무런 맛도 느껴지지 않았다. 짜지도 시지도 쓰지도 맵지도 않다. 뤼웨이즈의 머릿속에 떠오른 마지막 생각은 이것이었다―이거 밀가루로 만든 거 아닐까? 그럼 꼼짝없이 죽겠구나…

제15장

# 저승사자와의 만남

중국 대륙 전역이 전염병에 들어갔다는 비상사태령을 선포해야 하는가.
무엇을 보아 207호 투숙객이 혼수상태거나 사망한 것이 아니라 잠든 것이라고 판단하였
는가.

　　웬자이춘은 뤄웨이즈가 심히 걱정이 되었다. 혈액 분석 보고서가 나오
지는 않았지만, 그의 경험에 따르면 뤄웨이즈가 화관바이러스에 감염되었
을 확률은 70%를 넘었다. 웬자이춘의 의학사전에서 70%라는 것은 사실
100%와 별로 차이가 없다. 오랜 의사 생활 동안 그는 100%라는 말을 입
밖에 낸 적이 없다. 인간이란 얼마나 기묘한 존재인가. 하지만 인간 자신
에 대한 인식은 또 얼마나 천박하고 평면적인가. 때문에 100%라는 것은
있을 수 없다. 그렇다. 그런 것은 없다.
　　웬자이춘은 뤄웨이즈가 사망할 확률이 70%라고 생각했다. 위정펑이 남
긴 그 바이러스가 자신의 것인지 아니면 그가 위독한 환자한테서 채취한
것인지는 모르지만 예사롭지 않은 것임은 분명하며 맹독성일 것은 틀림
없다. 이건 뤄웨이즈의 병세가 빠르게 진행된 것만 보아도 알 수 있다.
정상적인 소독을 거쳤는데도 극히 강한 전염성을 보유하고 있는 이런 바
이러스는 굶주린 범이 산에서 내려온 것과 마찬가지다. 현재의 방역 치료
방안이란 열을 내리게 하고 설사와 기침을 멎게 하며 호르몬제를 이용한
지지요법이 전부인데 특별한 효과는 없었다. 그렇기에 화관바이러스의 정
예 군단의 공격과 현대 의학의 지치고 힘없는 방어군 간의 전투 결과를
충분히 상상할 수 있었다.

218

근심 걱정에 시달리던 웬자이춘은 꼭 처리해야 할 일들을 처리한 후 즉시 뤼웨이즈에게 내선 전화를 걸었다. 전화벨 소리가 울린지 한참이 지났지만 받는 사람이 없다. 웬자이춘의 머릿속에 불길한 예감이 스쳐 지나간다. 설마 벌써 생명이 다해 가는 건 아니겠지? 다시 생각해 보니 그럴 것 같지는 않았다. 이제 겨우 하루째인데 사람이 죽는다면 이 병의 진행 속도와 맞지 않는다. 그는 안절부절못하다가 흰 가운을 걸치고 촘촘한 나무 그림자를 밟으며 뤼웨이즈의 숙소 207호실로 갔다. 솔솔 부는 밤바람이 꽃향기를 실어 온다. 웬자이춘은 제대로 걸어지지 않아 비틀비틀 거린다. 엉뚱하게도 이 자갈길은 옛날 왕들이 밟던 것일까 아니면 후에 조성된 것일까 하는 생각이 떠올랐다. 마르고 훤칠한 키에 흰옷을 걸친 웬자이춘이 수림 속을 비틀거리며 누비는 모습은 흡사 유령 같았다.

　207호실에 이르니 커튼이 드리워져 있었다. 어찌나 빈틈없이 드리웠는지 불빛 한 줄기조차 새어 나오지 않았다. 이건 깊은 잠에 들었거나 죽음이 임박한 것으로 볼 수 있다. 웬자이춘은 떨리는 손으로 초인종을 눌렀다. 아무런 반응도 없다. 다시 보니 문에 방해금지 카드가 걸려 있다. 휴대폰을 지참하고 있는 그는 뤼웨이즈의 실내 전화기에 전화를 걸어 보았다. 문을 사이 두고도 벨 소리가 들렸다. 밤이어서인지 더더욱 자지러지게 울린다. 뤼웨이즈의 소리가 들렸으면, 그것이 힘없이 가느다란 소리라도 얼마나 좋으랴. 그건 연약한 생명이 아직도 몸부림치고 있다는 징표일 테니. 하지만 들리지 않았다.

　이때 벨 소리가 뚝 그친다. 오랫동안 받는 사람이 없으니 시스템이 자동적으로 끊은 것임을 알지만 어쩐지 불길하게만 느껴진다.

　웬자이춘은 홀로 멍하니 뤼웨이즈 방문 앞에 서 있다. 멀리서 보면 단단하고도 꼿꼿한 대리석 기둥 같다. 죽음을 수도 없이 보아온 웬자이춘은 이미 비바람에 흔들림이 없는 큰 산처럼 강해졌다. 하지만 이번만은 처량한 마음을 감출 수 없다. 어쩌면 화관바이러스를 이겨내는 것은 이미 포기했는지도 모른다. 낮에 그렇게 가까운 거리에서 뤼웨이즈를 마주하고 그녀의 이마를 가볍게 만진 것은 그녀에 대한 관심이기도 하지만 배수진의 각오를 보여 준 것이기도 했다. 당시 그는 뤼웨이즈가 화관바이러스에 감염되었음을 이미 단정지은 상태였다. 감염되었을 뿐만 아니라 맹독성 균주에 의한 감염일 가능성이 크다. 그가 뤼웨이즈에게 자신이 여러 차례 바이러스에 감염되어 항체가 생겼을 것이라고 한 것은 과학적인 검증을 거치지 않은 거짓말이었다. 과학 연구 기구에서는 이미 항체를 변별해 내는 기술을 연구해 내었다. 총지휘관으로서의 웬자이춘은 당연히 첫 번째로 검증을 받았다. 유감스럽게도 일선에서 싸우는 극히 제한된 의료진에게서 극히 미약한 항체가 발견되었을 뿐, 다른 사람들에게는 전혀 없었다. 웬자이춘도 마찬가지였다. 이것은 방역 총지휘관도 일반인들과 똑같이 이 낯선 바이러스 앞에서 속수무책이라는 말과 같다. 이런 상황에서 그가 헬멧도 착용하지 않은 채 뤼웨이즈와 근거리에서 접촉한 것은 사실 자살행위와 다를 바가 없었다.

그렇다. 이 모든 압력을 견뎌낼 수 없다고 느꼈을 때 자살을 생각해 보지 않았던 것은 아니다. 그저 무거운 임무가 어깨에 실려 있으니 가볍게 도망갈 수 없었을 뿐이다. 만 명이 넘는 사람들이 목숨을 잃고 있다. 사체는 이미 와인 저장고에 차고 넘친다. 중국은 세계적인 기피 대상으로 전락했고 동아병부의 감투가 다시 씌워질 판이다. 모든 시민들에게 재난 키트를 배급해야 할지도 모른다. 물, 식료품, 약품, 건전지 라디오, 손전등, 다용도 칼 등을 넣은 키트. 시민들이 중요한 증서들과 함께 수시로 휴대하다가 비상사태가 일어나면 구급에 이용하도록… 우리나라에 적대적 정서를 품고 있는 나라와 세력들이 이 틈을 타서 자신의 잇속을 차리고 중화를 흔들려는 움직임이 포착되고 있다. 다른 건 그만두고 그저 화관바이러스 사망자들의 유체가 보관되어 있는 와인 저장고를 폭파시키기만 해도 냉동상태에서 아직도 살아있는 화관바이러스들을 사방에 살포할 수 있는데 이 일이 일어난다면 민족적인 재앙이라 할 수밖에 없다.

오늘 지도층에서는 중국 대륙 전역이 전염병 비상사태에 진입했다는 비상사태령 선포를 검토했다고 한다.

하지만 이것은 이제까지의 낙관적인 선전과는 전혀 상반된다. 전염병이 터진 이래 웬자이춘은 매번 의학적 권위자의 신분으로 나서서 대중들을 향해 발병자와 사망자 수를 거짓으로 발표하며 인민들에게 사태가 완전히 통제 하에 있음을 장담해 오지 않았던가. 사람들은 그의 새하얀 가운과 진중한 모습을 보고 부처와도 같은 구세주로 믿어 왔었다. 웬자이춘에게 천지를 뒤흔들 힘이 있고 그의 말이면 마디마디가 실현될 것처럼 말이다. 그저 고즈넉한 야밤에서야 웬자이춘은 자신의 혼란스러운 사유와 허약하기 짝이 없는 몸을 보며 이미 지탱해 나가기 어려운, 떨어지기 직전의 화살 같은 상태임을 감지할 수 있었다. 이 직책을 맡은 이래, 그의 하루 수면시간은 고작 서너 시간이었다. 격무는 그렇다 치고 극도로 시달리거나 분열되는 상태에 놓인 정신은 일생동안 실사구시 하는 것이 자신에게 주어진 천명이라 여겨 온 노 의사에게 얼마나 큰 상처가 될 것인가!

토론한 결과 비상사태령 선포는 일단 늦추기로 했다. 사태는 아직 최악의 조치를 취할 만큼 위급한 국면까지는 치닫지 않았다는 판단에서였다.

웬자이춘은 이 모든 것이 하루속히 끝나기만 바랐다. 마음속 깊은 곳에 철저히 해탈하고 싶은 갈망이 꿈틀거린다. 만약 인류라는 이 생물 종이 탐욕과 파괴를 일삼으며 지구를 제멋대로 약탈한 결과로 벌을 받아야 한다면 그것은 하늘의 뜻이니 저지할 수도 없고 저지하지도 말아야 할 것이었다. 화관바이러스라는 이 킬러가 하느님이 인류를 멸망시키려고 파견한 선두 부대일지도 모른다. 그렇다면 곧바로 수많은 재앙이 이어지겠지… 웬자이춘은 이제 죽는 게 두렵지 않다. 몸과 마음이 극도로 피폐해졌다. 그는 그저 체면이 서는 방식으로 마지막 종지부를 찍고 싶을 따름이었다. 그는 방역 전반의 진척에 악영향을 주고 싶지 않았고 자신이 사라지는 것으로 인하여 그렇지 않아도 서광이 보이지 않는 이 싸움에 부정적인 카드를 더하고 싶지 않았다. 자신의 소실로 인한 그림자가 가급적 작았으면 좋겠다… 이러한 모호하지만 착잡한 정서에 이끌려 웬자이춘은 보호장치가 전혀 없는 상태에서 중증 환자인 뤼웨이즈와 접촉했던 것이다.

하지만 그는 죽어서는 안 되었다.

이찌 됐든 그는 지금 방역 총지휘관이다. 만약 뤼웨이즈가 확실히 군왕부 내에서 발병해 사망에까지 이르고 그녀의 검사 보고서가 화관바이러스 감염자라는 것을 증명한다면 지휘부 소재지인 이 군왕부의 방역 등급은 졸지에 C구역에서 A구역으로 격상되게 되는데 자신은 이에 대해 묻어 버릴 수 없는 책임을 져야 한다.

우선 상황 파악부터 해야 했다. 잠시 사색하고 나서 웬자이춘은 전화를 걸어 군왕부 직원을 불렀다.

"실내 상황을 봅시다."

그는 아무런 감정을 드러내지 않고 물었다.

군왕부 직원들은 모두 웬자이춘을 알고 있는지라 키를 가져다가 문을 열려 했다.

"안에서 걸쇠로 잠겨 있는데요."

"방 안에 사람이 있습니다. 병에 걸려서 그 사람의 몸 상태를 파악해야 합니다." 웬자이춘이 설명한다.

"문을 부수면 몰라도 열 수 없는데요." 직원이 난감해 한다.

"만약 잠든 거라면 앓는 사람을 깨울 수는 없지 …"웬자이춘은 말꼬리를 흐렸다. 그가 말하고 싶은 것은 "만약 이미 사망했다면 보통 사람들이 이렇게 들어가는 건 위험합니다. 하지만 난 즉각 조치를 취해야 하는데…"였지만 정작 말한 것은 "그럼 방 안에 있는 사람의 상태를 알 수 있는 다른 방법이 없습니까?"였다.

직원은 잠시 생각하더니 말했다.

"실내에 감시 카메라가 설치돼 있습니다. 하지만 특별한 허가 없이 저희들은 볼 수 없습니다."

"알겠습니다. 그럼 누가 볼 수 있는데요?"

직원은 군왕부 책임자의 이름을 말했다.

"그 사람에게 전화를 해주시오." 웬자이춘이 즉시 요구했다.

전화를 받은 책임자가 즉시 달려와 웬자이춘을 모시고 중앙 통제실로 갔다.

"어느 방을 보시렵니까?" 책임자가 등록 대장을 펼친다.

웬자이춘이 뤼웨이즈의 방 번호를 말했다. 그 책임자가 설비를 작동시키려는데 웬자이춘이 묻는다.

"이걸 작동하면 방 안의 모든 정경이 보입니까?"

"물론이지요." 대답하면서 그 책임자는 약간 의아한 표정이다. 방 안의 정경을 보려고 이곳을 찾은 것이 아닌가?

웬자이춘이 묻는다. "당신들에게 여직원이 있습니까?"

"있습니다."

"그럼 여직원더러 먼저 보게 합시다. 만약 사람이 살아 있다면 저는 보지 않겠습니다. 만약 사망했다면 다시 결정하는 걸로 하지요."

사실 사람이 죽었다면 더 볼 것도 없다. 문을 부수고 들어가면 될 것이다. 하지만 웬자이춘은 이런 말을 입 밖에 내기 싫었다.

군왕부 책임자는 이 총지휘관이 오늘 밤 어딘가 이상하다고 생각했다. 꼭 죽은 사람을 보고 싶어 하는 사람처럼. 하지만 군왕부가 방역 총지휘부의 사령부로 된 다음부터 매일 변수가 끝없이 생기다 보니 사람들은 진작부터 그러려니 하는 습관이 들었다. 책임자는 나이 지긋한 여직원을 불러다가 그녀더러 207호실의 상황을 체크하라고 했다.

그 여직원은 마흔 살이 넘어 보였는데 네모진 얼굴에 단발이었다. 담담한 표정을 짓고 있었다. 웬자이춘은 그 책임자에게 눈짓하여 함께 통제실을 나섰다.

책임자는 별 이상한 늙은이를 다 보겠다는 표정이다. 천진한지 멍청한지. 사실 전염병이 발생되기 전까지만 해도 이곳은 환락의 천당이라 해도 과언이 아니었다. 벌거벗은 남녀들이 벌이는 리얼리티 쇼는 언제나 상상 그 이상이었다. 자기도 아무 일 없는데 인체의 비밀을 알 만큼 알고 있을 의학자가 오늘따라 꽁생원처럼 행동하니 정말 별일이었다.

웬자이춘은 의학적 도덕을 고수하는 사람이었다. 그는 한 여성이 쉬고 있는 방을 함부로 들여다보기 싫었다. 제아무리 정당한 이유가 있다고 해도 가급적이면 그 사람의 프라이버시를 지켜 주고 싶었다. 그는 자기가 아끼는 처녀에게 마지막 존엄을 남겨 주고 싶었다.

밤바람이 쌀쌀하여 한기가 든다. 웬자이춘의 두뇌는 고속으로 회전하기 시작한다. 일단 뤄웨이즈의 사망이 확인되면 그는 즉시 군왕부 전체 구역에 대한 철저한 봉쇄와 소독을 진행할 것이다. 일상적인 방역 지휘는 특수한 방법을 써서라도 중단 없이 계속되어야 할 것이다. 밖에서 기다리고 있는 몇 분간은 그야말로 지루했다. 웬자이춘이 그 엄숙한 표정의 여직원의 놀란 비명소리를 예상하고 있을 때 그녀가 다가와 나직이 보고한다.

"207호실의 투숙객은 편안히 쉬고 있습니다. 전혀 움직임이 없었습니다."

웬자이춘은 일반인들은 자는 것과 사망 상태를 잘 구별할 수 없음을 알고 있다. 게다가 모니터로 들여다본 화면은 그다지 선명하지 않으니 더더욱 그럴 가능성이 높았다.

"바닥에 토사물은 없었습니까?"

엄숙한 여성은 좀 생각해 보다가 대답한다. "없었습니다."

웬자이춘이 다그쳐 묻는다.

"그럼 뒤척이거나 발버둥 친 흔적은 없던가요?" 화관바이러스로 사망된 사람은 죽기 전에 극도의 고통을 경험하기 때문이다.

엄숙한 여성이 대답한다. "없었어요. 이불을 잘 덮고 있었습니다."

대답하면서 그녀도 이상한 표정을 짓는다. 그저 보라고만 하더니 왜 이렇게 깐깐히 물을까? 207호실에서 살인사건이나 발생한 것처럼.

웬자이춘은 그래도 마음이 놓이지 않는다.

"그럼 무엇을 보고 207호실 투숙객이 혼수상태거나 사망한 것이 아니라 자는 것이라고 판단했습니까?"

엄숙한 여성의 대답은 생각보다 빨랐다.

"그분의 발이 움직이는 걸 봤거든요. 마치 무언가에 오래 눌린 것 때문에 저려서 움직이는 것처럼 말이에요. 그래서 편안히 잠든 것이지 말씀하는 것처럼 …" 그녀는 '죽었다'는 말을 입 밖에 내기 싫었다. 그렇지 않아도 사방에 죽음의 그림자가 드리워져 있는 마당에 멀쩡한 처녀를 죽으라고 저주할 건 뭐람!

"좋습니다. 이만합시다. 오늘 우리가 모니터를 본 일은 207호실 투숙객과 모든 사람에게 비밀로 해야 합니다." 말을 마친 웬자이춘은 휑하니 떠나 버렸다. 보아하니 뤄웨이즈는 적어도 지금까지는 죽지 않은 모양이다. 삼혼*은 떠났는데 칠백**이 아직 남아 있는지도 모를 일이다. 하지만 그녀의 젊은 육체가 최후의 저항을 하고 있다고 해도 무슨 소용이 있을까? 무거운 걸음을 옮기는 웬자이춘은 마음이 착잡하기만 했다. 짙은 남흑색의 밤하늘은 불타버리고 남은 잿더미처럼 보드랍고 부스러지기 쉬워 보여서 한없이 신비롭게 보였다.

--------

* 사람의 마음에 있는 세 가지 영혼인 태광, 상령, 유정을 이르는 말
** 사람의 몸에 있는 일곱 가지 탁한 영혼인 시구, 복시, 작음, 탄적, 비독, 제예, 취폐를 이르는 말

# 제16장
# 천국의 모습

천당에는 풀잎 구름 문양의 천장이 있고 커튼에는 진주 모양의 술들이 달려 있었다. 우리와 천만 사람들의 약속을 잊지 말라. 아니면 당신에게 생명 위험이 있을 것이다.

뤄웨이즈가 눈을 떴다. 눈앞이 온통 금빛으로 찬란하다. 그녀는 유물론자로서 혼백이나 천당 같은 이야기를 믿지 않는다. 그런데 이 시각 그녀는 마음속 깊이 참회하고 있었다. 알고 보니 자기가 틀린 것이었다. 너무도 천박하고 무식했던 거였다. 죽은 다음에야 천당이란 것이 있다는 것을 알게 되다니. 그녀가 천당에서 제일 먼저 본 것은 눈처럼 새하얀 천장이었다. 천장에 발린 벽지는 풀잎과 구름 문양이었다. 아래를 내려다보니 천당에도 커튼이 있었다. 커튼의 아랫단에는 진주 꿰미 모양의 술들이 달려 있었다. 머리를 약간 돌리니 홍목 가구들이 눈에 띄었다. 이제 보니 천당도 인간 세상의 복사판이구나. 별로 특별한 것이 없구나. 가구의 모양까지 인간 세상과 비슷하다니. 의자에 걸쳐져 있는 자신의 옷에 눈이 닿았을 때에야 그녀는 깨달았다. 자신은 죽지 않았고 여전히 인간 세상에 남아 있는 것이었다. 여기는 바로 옌시의 군왕부였고 더 정확하게는 207호실이었다.

그런데 뭔가 잘못된 것 같았다! 몸도 일으킬 수 없을 정도로 허약한 컨디션이었는데? 고열로 타는 듯하던 피부는 어디로 갔지? 칼로 에는 것 같았던 고통은 또 어디로? 불덩이로 지지는 듯했던 복통은? 숨 쉴 때마다 터져 나오던 가래침과 콸콸 섞여 나오던 핏덩이는? 시도 때도 없이 나와 통제할 수 없는 설사가 다 어디로 갔나? 이것들이 다 어디에 갔단 말인가?

감쪽같이 사라졌다. 연기처럼 오간 데 없이, 모든 비참한 증상은 신의 손이 걷어간 듯 흔적도 없이 사라졌다. 그녀는 죽음 직전까지 갔던 사람답지 않게 털끝 하나 상하지 않고 온전히 돌아왔다. 모르는 사람이 봤으면 악몽 한 번 꾼 줄 알겠다. 아니, 지금 상태는 다시 태어났다고 하는 편이 나을지도 모른다. 온몸이 개운하고 마음이 평온하다. 더없이 맑은 눈빛은 푸른 하늘을 담은 듯하다…

더 반가운 것은 정신이 조금도 흐리멍덩하지 않다는 것이다. 뤄웨이즈는 큰 숨을 들이쉬고 나서 회상과 사색을 시작했다. 어제 일이 더없이 생생하다. 잠들기 전에 한 제일 마지막 일이 또렷이 생각난다. 그것은 바로 허겁지겁 리위안이 준 파란 뚜껑이 있는 병에 든 백색 분말을 먹은 것이었다. 그 앙증맞게 작은 병은 지금 침대 머릿장에 오뚝하니 놓여 있다. 어제 저녁에는 경황이 없다 보니 가루약을 조금 흘려서 카펫에 흔적을 남겼다. 손가락 마디마디에 힘이 풀려서 컵에 제대로 쏟지 못했던 것이다.

시계를 보았다. 따져보니 잠에 든 지 20시간이나 되었다.

가슴과 배가 아프지 않고 열도 나지 않고 가래도 없어졌다. 이 모든 것들이 어떻게 역전된 것인가? 꿈속에서 누가 구원의 손길을 뻗쳤단 말인가?

뤄웨이즈는 오리무중에 빠졌다.

사실 나올 수 있는 답은 하나뿐이었다. 웬자이춘이 준 상규 치료제들은 효과가 없었다. 약을 받자마자 미친 듯이 복용했지만 증세들이 전혀 호전되지 않았다는 점이 바로 증거다. 호전되기는커녕 점점 악화되었었다. 이제껏 남들의 말이나 문자를 통해서만 보고 듣던 고난들, 다른 사람들 몸에서는 천백 번 중복되었을 증상들이 자기 몸에 나타났다. 바이러스의 맹렬함, 이루 형언할 수 없는 아픔들, 말로는 못하지만 몸은 기억한다.

그러니 리위안이 준 파란 뚜껑 작은 병에 들어있는 백색 분말만이 이 경천동지할 역전의 유일한 주인공인 것은 의심할 나위가 없었다. 생각이 여기까지 미치자 뤄웨이즈는 쏜살같이 침대에서 뛰어내려(어젯밤에는 전혀 상상할 수도 없을 동작이다) 그 작은 병을 집어 들었다. 뚜껑을 열고 뚫어지라 들여다보다가 코앞에 대고 몇 번이고 냄새를 맡았다. 슬기로운 사람은 그 모습을 함부로 드러내지 않아 어리석어 보인다는 말처럼, 흰 가루들은 아무런 냄새도 나지 않았다. 기장쌀 만큼이라 했건만 어제 허겁지겁 절반이나 먹어버린 데다가 더러 흘리기까지 하다 보니 병안에 남은 것은 절반도 채 되지 않았다. 이러다가 약이 부족해진다면? 생각이 거기까지 미친 뤄웨이즈는 식은땀이 나기 시작했다. 그러면 화관바이러스가 역습이라도 하는 게 아닐까? 그녀는 쪼그리고 앉아서 카펫에 떨어진 흰 가루들을 주워 담기 시작했다.

문득 배가 고파졌다. 이건 좋은 현상이다. 내 몸이 에너지를 요구하는 거니까, 그리고 소화할 능력도 생긴 거니까. 시계를 보니 벌써 저녁 무렵이다. 아침은 고사하고 점심도 남아있을 가능성이 없다. 저녁 식사를 기다릴 수밖에. 군왕부에 들어올 때 혹시나 해서 소다크래커를 가방에 넣었던 생각이 났다. 여기에 와서부터 식사가 잘 나와서 크래커 따위는 필요 없었다. 감염되어서부터는 구토 설사에 시달리다 보니 크래커가 눈에 들어올 리가 없었다. 지금이 딱이었다.

크래커로 요기하고 나서 뤄웨이즈는 내친김에 리위안이 준 2호 분말을 조금 꺼내 먹었다. 이번에는 처음처럼 많이 복용하지 않았다. 한꺼번에 다 먹었다가 약이 부족해져 감염 증상이 다시 나타날까봐 두려워서였다.

두 번째 분말들이 몸에 들어가니 뤄웨이즈는 온몸이 새로운 에너지로 충전되는 것을 느꼈다. 단전의 기운이 충분히 솟구친다. 약간 과장해서 표현한다면 고목이 봄을 맞이하는 느낌이라고나 할까.

뤄웨이즈는 흰 바지와 수홍색* 티셔츠를 입고, 맑고 상쾌한 기분으로 방을 나섰다. 마침 그녀를 보러 온 웬자이춘과 마주쳤다. 그런데 웬걸, 총지휘관은 귀신이나 본 듯 휘청 쓰러지려 했다.

어젯밤, 더 정확히 말하면 오늘 새벽에 웬자이춘은 뤄웨이즈가 죽지 않

---

* 회색빛을 띤 연붉은색

앉다는 보고를 받고도 시름을 놓을 수 없었다. 그 엄숙한 표정의 여직원에게 계속하여 207호실 상황을 체크할 것을 당부했다. 조금이라도 이상한 낌새가 있으면 즉시 자신에게 알리라고 했다. 숙소에 돌아온 그는 자는 둥 마는 둥 온밤을 가슴 졸였다. 그런데 누구도 그를 찾지 않았다. 아침에 일어나는 즉시 달려와 보려 했건만 할 일이 태산이라 도무지 몸을 뺄 수가 없었다. 이 시간이 되어서야 조금 짬이 나서 달려온 건데 뤄웨이즈가 멀쩡하게 걸어 나오지 않는가.

뤄웨이즈가 죽어서 썩은 물로 변해 피고름 속에 묻혀 있거나 미음 같은 배설물 속에 쓰려져 있다고 해도 웬자이춘은 받아들일 수 있으며 어떻게 처리해야 할지 알고 있었다. 그런데 이렇게 비에 젖은 배꽃처럼, 연약해서 한들거리기는 해도 청순가련하게 나타날 줄은 몰랐다. 관록 있는 총지휘관이어도 벼락 맞은 표정을 지을 수밖에 없었다.

있을 수 없는 일이다! 중증 환자는 차치하고 일반적인 독감이나 폐렴, 이질…에 걸렸다고 해도 결코 하루 만에 씻은 듯이 나을 수는 없기 때문이다.

어느 지점에서 차질이 생긴 것이 분명하다! 웬자이춘은 심지어 뤄웨이즈라는 이 계집애가 연기력이 뛰어난 배우가 아닌지 의심될 정도였다. 어떻게 화관바이러스 감염자 배역을 그처럼 진실하고 생생하게 연기할 수 있단 말인가!

늙은이가 온밤을 걱정하고 가슴을 졸이며 뛰어다녔던 일을 알길 없는 뤄웨이즈는 기뻐하며 말한다.

"지휘관님, 지휘관님을 뵈니 얼마나 기쁜지 몰라요! 지휘관님은 모를걸요. 어제 저는 이제 영영 지휘관님을 못 볼 줄 알았어요."

웬자이춘이 더듬더듬 말한다.

"나… 나도 그… 그렇게 생각했소만, 임… 임자는 어떻게 이리… 이리 빨리 나은 거지?"

뤄웨이즈는 진심으로 모르겠다는 표정이다.

"글쎄 저도 모르겠어요. 어제는 이렇게 죽나보다 했거든요."

웬자이춘이 나도 임자가 생명 위험이 있는 줄 알았소라고 대답하려는데 군왕부 의학 분석 부서의 남자 의사가 숨 가쁘게 뛰어온다.

"총지휘관님, 사방으로 찾아다니던 참입니다."

"전화를 걸 것이지."

남자 의사가 말한다. "너무 중대한 사안이라서 전화하다가 말이라도 새나갈까 봐 만나서 말씀드리려고요."

"얘기해 보시오."

남자 의사는 난감한 표정으로 뤄웨이즈를 힐끗 본다. 눈치챈 뤄웨이즈는 자리를 피했다.

남자 의사는 서류봉투에서 검사 보고서를 꺼낸다.

"이건 지휘관님께서 어제 작성한 지정 검사서입니다. 결과가 예상보다 빠르게 나왔습니다. 어제 보내신 그 혈액 샘플은 화관바이러스에 극히 강한 반응을 보였습니다. 즉 대단히 강력한 화관바이러스 감염자인데 바이러스 균주는 독성이 얼마나 강한지 특별해 보일 정도입니다. 혈액 샘플이 익명이었는데 지금 당장 이 환자를 격리시켜 확산을 막아야 할 겁니다."

웬자이춘은 저만치 서 있는 뤄웨이즈의 가냘파 보이나 전혀 구부정하지 않은 뒷모습에 눈길을 주었다.

"알겠소. 잊지 마시오. 이 결과는 나를 제외한 모든 사람에게 비밀에 부쳐야 한다는 걸. 자칫하다간 대대적인 공황을 일으킬 수 있으니까."

남자 의사는 몇 번이고 머리를 끄덕이며 자기도 이 일의 중요성을 잘 알고 있기에 절대 함부로 발설하지 않을 것임을 약속했다. 화관바이러스 사태가 터진 뒤, 이것도 비밀이요 저것도 비밀인지라 진작 습관이 됐었다.

도대체 어찌 된 영문일까? 웬자이춘은 정말이지 곤혹스럽기 짝이 없었다. 물론 당장 뤄웨이즈를 격리시키는 것이 제일 안전하겠지만 뤄웨이즈가 그 철통같이 봉쇄된 곳으로 들어간다면 그 순간부터는 외부와의 모든 연락이 차단되고 모든 정보는 묻혀버리게 된다. 웬자이춘은 그녀가 그곳에서 남들과 똑같은 치료를 받게 되면 결국에는 사망에 이르게 되며 살아날 확률이 거의 없다는 것을 알고 있다.

눈을 들어 멀리 바라보니 들판은 파랗고 먼 산은 검푸르다. 웬자이춘은 뤼웨이즈에게 심상치 않은 일이 생긴 게 분명하다고 생각했다. 그러자 의학자의 탐구심이 강렬하게 발동되었다. 그는 무턱대고 뤼웨이즈를 전염병 전문병원에 보내는 것이 가장 무책임한 행위일지도 모른다는 생각이 들었다. 그렇게 되면 귀중한 정보와 치료시기를 놓치게 될 것은 불 보듯 뻔했다.

의학이 가진 고유한 논리와 철 같은 사실 앞에서 웬자이춘의 사유는 다람쥐처럼 뜀박질하기 시작한다. 제일 빠른 길을 찾아서 흩어져 있는 솔방울들을 줍고, 물방울들이 꽁꽁 얼어붙는 겨울철을 나야 한다.

하지만 그도 상응한 대비책을 강구해야 했다. 감염이 확산되게 해서는 안 된다. 모든 시설에 재차 검역 소독 조치를 취할 것을 요구했다. 만전을 기해야 하니까. 다행히 뤼웨이즈가 일찌감치 부터 스스로 방역 헬멧을 썼기에 바이러스가 확산될 가능성은 극히 적다고 할 수 있었다.

의학 진료란 불확실성으로 가득한 과학 영역이다. 검사 보고서에 무엇이라 적혔든 웬자이춘은 자신의 관록 있는 임상 경험에 비추어 뤼웨이즈는 절대 위중한 상태의 화관바이러스 환자가 아니라고 단정할 수 있었다. 반박할 수 없는 병독학 검사와 같은 증거가 있더라도 웬자이춘은 사슴을 말이라고 할 수는 없었다. 뤼웨이즈가 화관바이러스에 감염된 적이 있지만 불가사의하게 기적적으로 치유되었다고 생각할 수밖에 없다.

그 원인이 무엇인지 단정하기 전에 냉정한 사색이 앞서야 한다.

뤼웨이즈는 너무나 배가 고파서 식당에 가서 먼저 먹게 해 달라고 강렬하게 요구했다. 식당의 셰프가 허락해 주자, 그녀는 미치도록 기뻐서 허겁지겁 음식을 삼키기 시작했다. 먹는 게 힘이다. 이 힘은 무쇠고 강철이다! 배부르게 먹고 나니 인생이 이보다 더 아름다울 수가 없었다! 열도 내리고 아프지도 않고 기침도 멎고 설사도 하지 않는다 … 생활이 이렇듯 완벽한데 이 이상 더 무엇을 바라랴! 뤼웨이즈여! 행복이란 무엇인가? 전염병이 살판 치는 시기에 너는 멀쩡한 정상인이다. 이건 하늘이 내린 복이다!

여기까지 생각이 미친 뤼웨이즈는 기쁨을 주체할 수 없었다. 이렇게 전혀 아프지 않고 하자도 없는 몸으로 무엇을 해야 하는가? 찰나, 그녀는 자신의 발걸음이 통신방 문 앞에 다다른 것을 발견했다. 그제야 자신의 잠재의식이 그녀를 대신해 결정을 내렸음을 알았다. 엄마한테 전화해야지, 평안함을 알려야지.

전화가 가는데 여전히 한참 뒤에야 받는다. 어머니의 늙은 목소리가 전해 온다. "여보세요?"

"웨이즈예요, 엄마!" 엄마란 말을 뱉어낸 뤼웨이즈는 눈물이 왈칵 치솟는다. 엄마, 이 세상에서 가장 소박하고 따뜻한 말을 더는 못할 뻔했잖아. 그것도 연로하신 어머님이 세상 뜬 것이 아니라 자기가 먼저 사라져서.

엄마는 아주 반가워한다. "이번에 바뀐 자리가 정말 좋구나. 대낮에도 전화를 다 하고. 이전보다 나아. 그때는 너무 엄격했지, 그치?"

뤼웨이즈는 처음에 무슨 소린가 하다가 엄마가 걱정할까 봐 새로운 임무를 맡았다고 거짓말한 일이 생각났다. "그래요. 이제는 시간을 정해 놓지 않고 전화할 수 있을 것 같아요." 그녀는 너무 단정적으로 말할 수는 없었다. 이제 웬자이춘이 특별 통신 허가증을 반납하라고 하면 남들처럼 저녁에야 전화할지도 모르기에.

영문을 모르는 엄마는 아무렇지 않게 말을 받는다. "아침에 거나 저녁에 거나 상관없다. 너만 잘 있다면 엄마는 마음이 놓인다. 그런데 바이초가 보낸 물건은 받았냐?"

뤼웨이즈가 고개를 갸우뚱한다. "물건이라고요? 못 받았는데요."

"어제 네 친구라는 사람이 전화가 와서 너한테 전할 물건이 있다면서 바이초더러 아파트에서 내려와 받으라고 했단다. 바이초 말이 네가 떠나기 전날에 본 적 있는 사람이라 하더구나. 그래서 오늘 오후 바이초가 무슨 지휘부라는데 가서 전한다고 하더라. 금방 전화가 왔는데 안전 문제 때문에 너를 만날 수 없다고 해서 어떻게 할지 물어가지구, 그래서 거기에 맡기고 오라고 했지. 애가 아직 돌아오지 않았는데 길에 있는 모양이다. 빨리 가 봐라. 혹시 잃어버릴라. 조그만 꾸러미던데."

뤄웨이즈는 어머니와 몇 마디 더 얘기를 나누고 나서 수화기를 내려놓았다. 리위안이 보낸 물건이라고 생각하니 마음이 벅차오른다.

뤄웨이즈가 그 걸음으로 해당 부서에 가 보니 아닌 게 아니라 작은 꾸러미 하나가 있었다. 심장이 콩콩 뛰며 기대와 열망이 솟구쳐 올라 당장이라도 펴보고 싶었다. 그녀는 이런 감각이 좋았다. 헤쳐보면 모든 것을 알 수 있을 텐데. 리위안이란 사람이 절대 그 어떤 애매한 표시도 하지 않았을 줄 뻔히 알면서도 기대를 해 본다. 꾸러미를 열지 않은 이상 진상이야 어떻든 간에 상상은 자유니까!

207호실에 돌아와 소파에 몸을 묻고 자신에게 제일 편안한 상태로 조절하고 나서 조심스레 꾸러미를 헤쳤다.

안에는 더 조그만 봉지가 들어있었다. 손으로 만져 본 뤄웨이즈는 그것이 무엇인지 알 수 있었다. 열어보니 생각대로였다. 바로 그 백색 분말이었다.

따로 편지 한 장이 있었다.

뤄웨이즈 아가씨 안녕! 요즈음 잘 있는지요? 걱정이 됩니다. 아가씨 댁의 꼬마 보모님 말에 따르면 그쪽의 목소리가 아주 허약하다고 하더라고요. 내 생각엔 당신이 바이러스에 감염된 게 분명해요. 이런 치명적인 바이러스가 아니라면 그렇게 씩씩하고 역동적인 분이 남이 알 정도로 허약해질 순 없을 테니까요. 만약 아가씨가 나를 기억한다면, 만약 아가씨가 내가 준 흰 가루약을 지참했다면 그 어떤 출구도 없는 막다른 골목에서 그 약을 복용했을 수도 있었겠다고 생각합니다. 만약 정말로 그 약을 드셨다면 당신의 몸이 답을 주었을 것입니다. 그러면 당신도 이 백색 분말의 강대한 위력을 믿게 되겠죠. 딱 한 가지 걱정되는 점은 그때 건넨 약물의 분량이 너무 적다는 것입니다. 그래서 지금 2호 약 가루(주: 당시 파란 뚜껑의 작은 병에 넣은 약과 같은 겁니다.)를 더 보내드립니다. 복용량은 저번과 같습니다. 한 번에 기장쌀 한 알 만큼만 드시면 됩니다. 하루에 2회고요. 절대 너무 많이 드시지 마십시오. 전염병은 여태껏 유행 중인데 저도 당신처럼 타들어 가는 심정을 억누를 수 없습니다. 우리들의 약속을 아직도 기억하고 계시는지요? 만약 전에 저에게 대해 반신반의하셨다면 이번에 2호 가루약을 친히 드셔보시고 나서 저에 대한 신임이 더 깊어졌으리라 믿습니다. 우리들의 약속을 꼭 기억하시기 바랍니다. 그것은 만백성의 복지를 위한 약속이니까요.

여기서 아주 작지만 아주 중요한 점을 강조하려 합니다. 우리가 알게 된 일과 1호, 2호 가루약, 그것들의 작용과 당신이 복용한 과정에 대해서 아무쪼록 비밀을 지켜주시기 바랍니다. 이는 우리들의 연구 성과에 관련될뿐더러 당신의 생명이나 안전과도 직접적으로 관련되는 일이기 때문입니다. 절대 잊으시면 안 됩니다! 이 편지는 읽어 보시고 즉각 소각해 주십시오. 리위안 배상, 총총.

몇 번이고 다시 읽는 뤼웨이즈는 심정이 착잡했다. 물론 기쁘기야 했다. 복용하는 약품이 떨어지지 않게 됐으니. 그러면 병세도 점점 호전되겠지. 그녀는 이 점을 진심으로 믿었다. 어제 그토록 험악한 상황도 이겨냈으니 이제 점점 좋아질 일만 남았을 거 아닌가. 그런데 한편으론 의심도 되었다. 이 신비한 2호 가루약이란 도대체 어떤 것일까? 리위안이란 사람은 또 어떤 사람이고? 편지에서 '우리'라는 낱말을 쓴 걸 보아 조직에 소속된 사람임이 분명했다. 그렇다면 그것은 또 어떠한 조직일까? 이 밖에도 두려운 마음이 들었다. 이제 방금 화관바이러스의 살육에서 벗어났는데 (물론 아직은 지켜봐야 하겠지만) 또 종잡을 수 없는 짙은 안갯속에 빠져든 기분이다. 생명의 안전이 위협받을 수도 있다고 하지 않았는가…

편지지를 매만지던 뤼웨이즈는 자신의 지문이 편지지에 찍힌 지문과 겹쳐지는 것을 느꼈다. 심지어 새벽녘의 바다 냄새를 맡기까지 했다. (환각일지도 모른다.) 편지의 극히 미세한 부분까지 모두 마음에 새겨 넣고 나서도 아쉬움을 떨쳐버리지 못하며 편지를 태웠다.

그녀는 재차 2호 가루약을 복용했다. 이번에는 과다 복용을 하지 않고 설명대로 '기장쌀' 한 알 만큼만 복용했다. 하지만 그 흉악한 바이러스가 다시 기승을 부릴까 두려워 반 알쯤 더 먹었다.

잠자리에 들려고 하는데 누군가 노크를 한다. 문을 열어보니 웬자이춘이다.

"지휘관님 안녕하세요!" 뤄웨이즈가 카랑카랑한 목소리로 인사한다.

"이제 많이 나은 것 같구먼." 웬자이춘의 흰 가운도 카랑카랑 소리를 낸다.

"네. 많이 나은 같아요." 뤄웨이즈가 조심스레 대답한다. 만약 방금 리위안의 편지를 보지 않았더라면 훨씬 열정적으로 대답했을 터였다.

"임자의 검사 보고서가 나왔소. 화관바이러스 감염, 그것도 제일 심각한 감염이라고 하더구만." 웬자이춘은 아무런 표정도 없이 선포한다.

뤄웨이즈는 이미 각오가 되어 있었지만 그래도 크게 놀랐다. 자기 스스로 추측하는 것은 어디까지나 추측이지만 과학적으로 실증된 것은 인정사정 봐주지 않는 강철 같은 사실이다. "이, 이건 너무나 불가사의한 일이에요."

웬자이춘이 고개를 끄덕인다. "더욱 불가사의한 것은 임자의 임상 증세들이 신속하게 완화되고 있다는 점이오. 지금 보기에는 거진 다 회복된 것 같구먼."

"어저께는 정말 너무 고통스러웠어요. 새벽까지 살 수 있을지 의심스러울 지경이었고요. 그런데 오늘 오후에 깨어나니 모든 것이 뒤바뀌었어요."

웬자이춘이 엄숙하게 말한다. "그래서 내가 알고 싶은 것은 그동안 임자가 무엇을 먹었는가 하는 거요."

리위안의 부탁이 없었더라면 아버지처럼 자상한 노인 앞에서 뤄웨이즈는 모든 것을 말했을 터였다. 하지만 지금은 리위안의 말대로 오리발을 내밀 수밖에 없다. "별다른 게 없는데요. 지휘관님이 주신 약 말고는 다른건 전혀 먹은 적 없어요."

웬자이춘은 뒷짐을 진 채 저벅저벅 걷기 시작했다. 그는 의아한 표정을 감추지 못한다. "내가 임자에게 준 약품들은 임상에서의 우선 선택 약물들이긴 하지만 내가 알기로는 이제껏 임자에게서 나타난 것과 같은 효과는 본 적이 없단 말이오."

뤄웨이즈는 얼버무릴 수밖에 없었다. "그 … 그건 … 매개인의 상황이 … 달라서가 아닐까요?"

웬자이춘은 머리를 끄덕이면서 사색에 잠긴다. "개체 차이는 영원히 존재하는 법이지. 그럼 확인차 검사실에 가서 채혈 한 번 더 해보시오."

뤄웨이즈는 그러겠다고 했다.

떠나면서 웬자이춘이 부탁했다. "임자가 회복되는 것을 보니 정말 기쁘오. 하지만 절대 가벼이 여겨서는 안 되오. 비록 아직은 치유된 후의 화관 바이러스 감염자가 재발했다는 보고는 없지만 조심해서 낭패될 일은 없잖소? 푹 휴식하고 돌발 상황이라도 있으면 즉시 나한테 알리시오."

뤄웨이즈는 웬자이춘이 재차 떼 준 혈액검사서를 지참하고 군왕부 정원 구석에 자리 잡은 화학 검사실을 찾았다. 그곳에는 24시간 직원들이 대기하고 있었다. 피를 뽑은 후에 뤄웨이즈가 물었다. "결과는 언제쯤 나오죠?"

"보통 48시간이 걸리는데 이 검사서는 웬 총지휘관님이 직접 사인하신 초 긴급 검사서라서 약 24시간 후면 결과를 알 수 있을 겁니다."

뤄웨이즈가 말한다. "그러면 내일 이때쯤 가지러 오면 되나요?"

화학분석원이 대답한다. "직접 받을 수 없습니다. 웬 총지휘관님만이 결과를 보실 수 있으니까요."

뤄웨이즈가 반발하듯 말한다. "제 피가 아닌가요?"

화학분석원이 온화하게 설명한다. "여사님의 몸에 흐르는 피니까 여사님 것이 맞습니다. 하지만 일단 저희 손에 들어와 정밀 검사를 거친다면 그 결과는 여사님에게 속한 것이 아니지요. 적어도 전적으로 여사님 것은 아닙니다. 결과는 방역 지휘부의 것이 됩니다."

뤄웨이즈는 더 따지지 않기로 했다. 그럼 기다리지 뭐. 내일 웬 지휘관이 감정 결과를 통보해 줄 테니.

뤄웨이즈는 즉시 숙소에 돌아왔다. 몸 상태가 지속적으로 호전됨에 따라 이 천지개벽이라 할 수 있는 변화의 맥락을 따져보고 싶어졌다. 화관 바이러스가 자신을 덮친 것은 분명한 사실이다. 자신의 강렬한 감각이나 정밀 검사의 결과나 모두 이 점을 증명하고 있다. 그런데 그렇듯 기세 흉흉하던 바이러스가 왜 흔적도 없이 사라졌을까? 스스로 궤멸된 것일까,

아니면 약물에 박멸된 것일까? 웬자이춘이 준 약물이 거의 효과가 없었다면 효과가 있는 것은 리위안의 2호 가루약뿐이라는 말이 된다.

뤄웨이즈는 파란 뚜껑 약병을 꺼내서(그녀는 두 번의 약을 모두 이 병에 넣었다.) 자세히 연구하기 시작했다. 말이 연구지 별다른 기기가 없으니 육안으로 관찰할 수밖에 없었다. 관찰하고 나서 흔들어도 보고 냄새도 맡아 보고 조금 맛도 보았지만 새로운 발견은 없었다.

뤄웨이즈는 지금 다른 각도에서 화학분석원의 말을 깨달은 셈이다. 그의 말이 맞았다. 자신의 몸이나 피가 자신의 것인 건 맞다. 하지만 과학적인 검사 논증과 해석이 없다면 인간은 자신의 몸에서 무슨 일이 생기는지 모를 것이다. 지금 그녀가 아무것도 모르는 것처럼. 하지만 살아 있다는 것은, 정말 좋다!

인간은 거대한 고통이나 희열이 밀려올 때 판단이 흐려지기 쉽다. 뤄웨이즈는 짧디 짧은 시간에 이 두 가지를 모두 맛보았다. 그러니 그녀가 어리벙벙하고 흐리멍덩한 것은 이해할 수 있는 일이라 하겠다. 그래서 그녀는 아예 사색하는 것을 포기하기로 했다. 흐리멍덩하면 뭐하나, 기다리면 되지. 의학은 끈적이는 곤혹으로 충만한 과학이다. 보통 곤혹스러움은 명석함에 다가가기 위해서 반드시 거쳐야 하는 관문이다. 하지만 어떤 경우 더욱 복잡한 혼란을 낳기도 한다.

## 제17장
# 광야와 들불

바이러스의 점점의 불꽃은 요원의 불길로 번질 수도 있다.
우리는 우리만의 암호를 정했다. 법해, 백낭자 그리고 찐빵.

하나는 훌륭한 수면 효과가 있는 백색 분말 1호이고 다른 하나가 바로 화관바이러스 백신 백색 분말 2호이다. 하지만 이 약품들은 극도로 비밀을 지켜야 하는 단계여서 발설하면 안 되었다.

이제까지 살면서 지금처럼 편했던 적이 없었던 것 같다. 방도 청소해 주지, 시트도 갈아 주지, 밥도 남이 해 주는 밥을 먹으면 되었다. 심지어 설거지 걱정도 없었다. 텔레비전을 볼 수도 있고 독서할 수도 있으며(자기가 가지고 온 책을 읽어도 되고 군왕부 도서관을 이용해도 된다.) 아무것도 하지 않고 멍 때리고 있어도 된다. 밖에서는 날이면 날마다 사람이 죽어 나가고 모두들 방역 때문에 회의하랴, 머리를 쥐어짜며 뛰어다니는데 방역 지휘부에 시름없이 누워서 유유자적 시간을 보내다니. 태풍의 눈은 다른 곳보다 고요하다고나 할까.

국면은 악화 일로를 치닫고 있었다. 옌시는 이미 전민 배급제를 실시했다고 했다. 들어보니 일인 당 매일 광천수 두 병과 라면 세 봉지를 공급받을 수 있다고 한다. 온 도시가 냄새나고 거멓게 되며 썩어가고 있다. 제조업은 완전히 중단되었고 소수의 정부 부처의 사업을 유지하고 있는 것 외에 유동성이 큰 모든 작업은 폐업 상태이다. 관광업은 저절로 중단되었다. 누가 전염병에 휩싸인 곳에 와서 죽음을 자초하겠는가. 외교는 더 말할 것도 없다. 온 세계에서 중국에 구정물을 들씌우기에 급급해 하고 있는데 심지어 이 민족은 진작 멸망했었어야 한다고, 아니면 전 인류에 재앙이 될 것이라고 하는 자들도 있었다.

지금 옌시에서 취하고 있는 조치는 결국 일방적인 지리 봉쇄에 불과했다. 안의 사람은 나갈 수 없지만 밖의 담대한 사람이 들어오는 것은 말리지 않는다. 단, 일단 들어오기만 하면 다시 나갈 수 없다. 초기의 봉쇄가 그다지 엄격하지 못했던 탓에 옌시의 몇몇 사람들은 여러 가지 경로를 통해 이곳에서 빠져나갔다. 그중에 화관바이러스의 잠복기에 나간 사람도 있었기에 시간이 흐름에 따라 타성에서도 산발적인 감염이 나타나고 있었다. 웬자이춘은 이런 점점의 불꽃이 들불로까지 번질 수도 있다는 점을 똑똑히 알고 있었다. 다시 말해 그때 가서도 백신을 찾지 못한다면 중국 땅 전반이 바이러스에 침몰될 위험에 처하게 되는 것이다.

종말이 일어날 거라고 떠들썩했던 2012년 12월 21일은 순조롭게 지나갔다. 인류는 멸망하지 않았고 지구도 폭발하지 않았다. 그런데 이번 화관바이러스 사태는 오랜 문명국을 정녕 죽음으로 내몰 것만 같았다. 뤼웨이즈 자신은 끊임없이 호전되고 있었지만 눈앞의 국세를 생각하기만 하면 그녀는 가슴이 타들어 감을 느꼈다.

그녀는 세상과 단절된 상태에서 꼬박 72시간을 보냈다. 이 사흘 동안, 그 누구도 그녀를 번거롭게 굴지 않았다. 뤼웨이즈는 남들이 자신을 잊은 줄로만 알았지 이것이 웬자이춘의 특별지시임은 몰랐다. 웬자이춘은 자신의 비준이 없으면 그 누구도 207호실에 들어갈 수 없다고 엄명을 내렸다. 식사도 전문 인원이 날라주도록 했다. 방역 지휘부에서는 날마다 듣도 보도 못하던 일들이 터지는지라 사람들은 웬만한 일엔 놀라지도 않았다. 죽음이 다가오는 마당에 사람들은 작은 일이라도 따지고 볼 마음을 잃은 지 오래였다. 뤼웨이즈는 사실상 완전 고립 상태에 처해 있었다. 생각했던 대로 웬자이춘의 통신 허가서도 효험을 잃어 그녀는 자정이 되어서야 헬멧을 쓴 채로 집식구들과 통화하여 자신이 무사하다는 것을 알릴 수 있었다. 바이초는 리위안이 전화로 뤼웨이즈의 근황을 물었다고 했다. 그리고 자기가 물건을 전해주었으며 뤼웨이즈가 무사하다고 전했다고도 알렸다.

뤄웨이즈가 계속 휴식하려고 하는데 웬자이춘이 자신의 방에 오라고 통지해 왔다. 뤄웨이즈는 그가 자기를 특별히 챙기는 줄로만 알았는데 사실은 웬자이춘이 뤄웨이즈의 방 안에 설치된 감시 카메라를 꺼려서였다. 그는 그와 뤄웨이즈의 담화가 남에게 알려지는 것을 원치 않았다.

두 사람은 며칠 전처럼 마주 앉았다. 하지만 더는 전과 같지 않다는 것을 둘 다 알고 있었다. 이 사이에는 화관바이러스가 뻗친 마수와 그로 인한 뤄웨이즈의 구사일생이 놓여있었다.

"축하하오. 염라대왕 앞에 갔다가 되돌아온걸." 웬자이춘은 감개가 무량했다.

"어쨌든 병이 나으니 너무 편해요." 뤄웨이즈도 진심으로 감탄한다.

"자, 이것이 임자 두 번째 검사서요."웬자이춘은 서류철에서 한 장을 뽑아내 뤄웨이즈에게 건넨다. 진작 전자서류로 사무를 보고 있지만 웬자이춘의 요구에 의해 화관바이러스에 관한 보고서들만은 종이 서류로 기록을 남기고 있다. 사람들은 이것을 그저 나이 지긋한 선배 과학자의 독특한 기호쯤으로 치부했지 누구도 그 속내를 알지 못했다. 이 종이로 된 보고서를 응시하고 있노라면 웬자이춘의 뇌리에는 스릴 넘치는 추리소설을 읽는 것처럼 무수한 의학적 상상이 용솟음친다는 것은 누구도 모를 것이다. 그는 이런 낙을 버릴 수 없었다. 기묘한 과학정보는 가장 아름다운 동화처럼 사람을 도취시키기 때문이었다.

검사서를 받아들었지만 뤄웨이즈는 알아볼 수 없었다. 이런 검사서의 오묘한 점이 바로 이런 것이다. 분명 자신의 조직과 혈액을 검사해 도출한 결론이지만 정작 당사자는 뭐가 뭔지 모르기 때문이었다.

웬자이춘이 흐뭇한 어조로 말한다. "이건 화관바이러스와의 싸움을 시작한 이래 내가 본 가장 완벽한 검사 결과요."

"완벽하다고요?" 뤄웨이즈가 어리둥절해 묻는다.

"그렇소. 환자는 우리가 지금까지 본 가운데 가장 흉악한 화관바이러스 균주에 감염되었지만 지극히 짧은 기간에 모든 수치가 전면적으로 호전되어 치유되었소. 만약 우리의 모든 환자들이 누구나 이런 메커니즘을 겪고 이런 결과가 나오도록 복제할 수만 있다면 화관바이러스를 이겨낼 날도 머지않을 것이오."

웬자이춘의 시선은 군왕부의 벽을 꿰뚫고 저 멀리 넓은 광야에 날아간다. 그곳의 공기 속에는 화관바이러스가 부양하면서 수많은 사람들의 목숨을 앗아가려고 호시탐탐 기회를 노리고 있다.

뤄웨이즈는 단정 지을 수 없는 어조로 물었다.

"혹시 지금 말씀하시는 환자가 전가요?"

"그렇소. 바로 아가씨요. 어쩌면 화관바이러스를 이겨낼 역사적 사명이 아가씨의 어깨에 놓일지도 모르오."

이것이야말로 뜻밖이었다. "저 … 제가 감당할 수 있을 리가요."

웬자이춘이 자리에서 성큼 일어서더니 표범처럼 카펫 위를 맴돈다. "나는 아직 이게 어찌 된 영문인지 전혀 알 수가 없소. 임자는 진짜 다른 약물을 전혀 복용한 적 없는 거요?"

뤄웨이즈가 가만히 이빨을 깨물었다. "그럼요."

자신이 존경하는 어르신을, 그것도 의학계의 거장을 기만한다는 것은 도덕적으로 질책을 받아도 마땅한 일일 것이다. 하지만 그 극히 미량의 흰 가루를 약물이라고 할 수 있을까? 뤄웨이즈는 이런 생각으로 도덕적 책임에서 벗어나려 했다.

사실 웬자이춘은 사람을 시켜 207호실의 녹화 파일을 다시 돌려 보았으나 가치 있는 정보를 발견하지 못했다. 물론 뤄웨이즈가 약을 먹는 정경도 보았다. 그중에는 파란 뚜껑의 약병도 있었지만 사람들은 눈치를 채지 못했다. 오히려 정상적으로 보였다. 뤄웨이즈에게는 수많은 약이 있었으니. 웬자이춘이 그녀의 대답을 믿은 것은 지금까지 임상에서 이토록 놀라운 효과를 보인 약품이 없었기 때문이기도 했다. 그는 자신의 사고 맥락을 따라 말한다. "어찌 됐든 임자를 통해 우리는 한 줄기 서광을 본 셈이오. 이 문제는 한 가지 해석이 존재할 뿐이오. 어쩌면 임자의 병세 호전은 위정펑의 특별한 뜻과 관계있을지도 모르오. 그가 일부러 임자더러 이렇게 맹렬한 증세가 있으면서도 치명적인 것은 아닌 화관바이러스의 아종에 감염되게 했을 수도 있으니 말이오. 이런 아종을 이용하면 신속히 백신을 배양해 내서 사람들로 하여금 발병해도 목숨은 잃지 않고 면역력이 생기게 해서 근본적으로 화관바이러스를 이겨낼 수 있게 할지도 모르오.”

뤄웨이즈가 기꺼이 소리친다. “정말 그랬으면 좋겠어요!”

웬자이춘이 못을 박는다. “그런데 위정펑이 남긴 유품에서 감염된 것이라고 단정 지을 수 있소?”

뤄웨이즈가 단호하게 말한다. “예.”

“그가 남긴 유품은 어디에 있소?”

“제 방 금고 안에 보관했어요.”

“즉각 꺼내서 나한테 주시오.”

뤄웨이즈는 즉시 207호실에 돌아가 몇 겹이고 꽁꽁 싼 종이봉지를 꺼냈다. 그것이 더는 자신을 해코지할 수 없음을 분명히 알면서도 치가 떨리는 것을 금할 수 없다. 그녀는 봉지를 가져다 웬자이춘에게 건넸다. 봉지를 세심하게 받아들고 나서 웬자이춘이 선포한다.

“지금부터 임자는 자유롭게 됐소.”

“무슨 뜻인지?” 뤄웨이즈가 의아해서 물었다.

“말 그대로요. 임자 몸에는 지금 풍부한 화관바이러스의 특이성 항체가 끊임없이 생성되고 있다오. 다시 말하면 죽자고 난리치는 화관바이러스가 임자한테서는 패잔병이 됐다는 거요. 그래서 임자는 충분한 활동 자유를 얻게 되었소. 이 시각 이후로 임자는 C구역에서 B구역으로, 거기서 다시 A구역으로 드나들어도 아무런 구애를 받지 않게 되었소. 다른 사람들이 갈 수 없는 현장이라해도 임자는 갈 수 있소. 다른 사람이 드나들 수 없는 곳에 임자는 드나들 수 있소. 임자와 같은 면역력을 가진 사람이 전국적으로 몇이나 되는지는 나도 알 수 없소. 내가 파악한 범위에서, 우리 옌시에서는 임자가 유일하오.”

뤄웨이즈는 그가 말하는 이 크나큰 자유에 포함된 모든 내용을 전부 알 수는 없었다. 하지만 처음으로 떠오르는 생각을 붙잡았다. “그럼 집에 가서 엄마를 봬도 돼요?"

웬자이춘이 웃음을 머금고 고개를 끄덕인다. "아무렴. 임자는 누구도 감염시키지 않을 테니 아무런 격리 심사도 받을 필요가 없소."

"정말 잘 됐어요. 그럼 지금 가볼게요."

웬자이춘이 말한다. "내가 특별 통행증을 떼주지. 임자가 모든 사람들에게 일일이 설명할 수도 없고 또 그들이 알아듣지도 못할 테니 통행증이 있으면 편리할 거요. 단, 한 가지는 명심해야 하오. 화관바이러스에 걸렸다가 나았다는 걸 비밀로 해야 한다는 것을."

뤄웨이즈가 의아한 듯 묻는다. "이렇게 좋은 일을 왜 비밀로 해야 하죠?"

"이건 임자의 안전을 고려한 거요. 어디 한 번 생각해 보시오. 화관바이러스야 인제 임자를 건드릴 수 없다고 해도 세상의 형형색색의 음모와 계략들은 임자를 독살할 수 있을 거 아니오? 임자가 세상의 모든 사악한 것에 항체가 있는 것은 아니니까. 그러니 항상 조심해야 하오. 이 밖에 또 한 가지 요구 사항이 있는데 꼭 대답해야 하오."

뤄웨이즈의 마음은 어머니를 뵐 수 있다는 기쁨으로 벅차오른다. 어머니만 뵐 수 있다면야 한 가지 요구 사항쯤이야. "지휘관님은 제 생명의 은인이신데 대답하고 말고요."

"정확하게 말하면 나라 앞에 대답하는 거요. 즉 어머니를 뵌 다음 반드시 이곳에 돌아와야 한다는 거요. 우리는 임자란 이 특수한 병례를 통해 귀중한 경험을 종합해 내야 하니까."

뤄웨이즈는 하늘에 대고 맹세하듯 말한다. "저는 반드시 돌아옵니다."

뤄웨이즈는 그 길로 집으로 갔다. 며칠 못 뵙는 새에 어머니는 훨씬 노쇠해 보였다. 딸아이가 무사히 돌아온 것을 본 어머니는 눈물을 비 오듯 흘렸다. 그리고 그 상태로 딸아이를 붙들고 어떻게 지냈는지 꼬치꼬치 묻는다. 눈에 익은 집안의 가재도구들을 보면서 뤄웨이즈는 더 없는 친숙함을 느꼈다. 격세지감이라는 것은 아마 이런 것을 두고 하는 말이리라. 비록 며칠도 안 되었지만 그간 겪은 일을 어찌 한두 마디로 다 말할 수 있겠는가. 만약 곧이곧대로 엄마한테 얘기했다간 늙으신 어머니를 기절시키기에 족했다. 그래서 뤄웨이즈는 큰일은 작은 일로, 작은 일은 없는 일로 줄여서 가계부를 읽듯이 엄마한테 얘기했다. 주로 군왕부의 음식이 얼마나 맛있고 직원들이 얼마나 친절한지 이야기했다. 그렇게 이야기하니 엄마는 딸아이가 별천지에 갔다 온 것쯤으로 여기게 되었다.

엄마와 얘기를 나누면서도 뤄웨이즈는 내내 한 가지 일이 마음에 걸렸다. 틈을 내 바이초에게 가만히 묻는다.

"나 찾는 사람은 없었어?"

"처음에는 찾는 사람이 더러 있었어요. 다 친구들이라 했어요. 그래서 방역 최전방에 취재를 나갔다고 했더니 요즈음은 찾는 사람이 거의 없어요."

"거의 없어도 영 없는 건 아니잖아. 그날 나한테 약을 전하라고 한 사람도 있잖아."

바이초가 꿈에서 깬 듯이 소리쳤다. "맞아요. 리위안을 말하는 거죠!"

"그래. 그런데 어째 전화가 없지?"

바이초가 대꾸한다. "그 사람은 신출귀몰한 사람이에요. 언제 전화할지 전혀 종잡을 수 없거든요. 난 그저 수주대토*하는 사냥꾼처럼 기다릴 수밖에 없어요. 그가 전화를 걸어오면 몇 마디 얘기를 나누고, 걸어오지 않으면 내가 주동적으로 걸지는 않아요."

"왜, 전화번호도 안 받았어?"

"그럼요. 저한테 알려주려고 하지 않는데 제가 먼저 달라고 하기는 쑥스러워서요. 그리고 별로 필요도 없는 같아서요. 정말, 언니에게도 그의 번호가 없나요?"

뤄웨이즈는 쓴웃음을 지었다. 리위안은 물론 전화번호를 건넸었다. 그

---

* 한 가지 일에만 얽매여 있는 어리석은 사람을 이르는 말. 송나라의 한 농부가 우연히 나무 그루터기에 토끼가 부딪쳐 죽은 것을 잡은 후, 그 방법으로 토끼를 더 잡을까 해서 일도 안 하고 그루터기만 지키고 있었다는 데서 유래한다.

런데 더는 연락할 필요가 없을 것 같아서 버려버렸기 때문이었다. 집 전화는 엄마가 여러 해 써 오던 구식 전화기여서 발신자 번호 표시나 번호 저장과 같은 기능이 없다. 바이초 계집애가 언제 배웠는지 성어 하나는 잘 썼다 — 수주대토, 수주대토가 맞았다.

"만약에 다시 전화가 오면 번호를 알려 달라고 해." 뤼웨이즈가 분부한다.

바이초가 약간 어색한지 말한다. "그럼 언니가 달라 한다고 해도 돼요? 저도 처년데 어떻게 주동적으로 남자 번호를 달라고 하겠어요?"

뤼웨이즈가 대뜸 대답한다. "그럼, 내가 달라 했다고 말해." 그녀는 언제가 되더라도 목숨을 구해 준 은혜에 대해 정중하게 감사를 표해야 하겠다고 생각했다.

리위안이란 토끼는 사냥꾼 뤼웨이즈를 너무 오래 기다리게 하지 않았다. 그날 저녁 잠들 무렵, 리위안이 전화를 걸어왔다.

뤼웨이즈가 집에 있다는 바이초의 말을 들은 리위안은 기뻐서 펄쩍 뛸 지경이었다.

"어떻게 집에 있어요? 언제나 늦은 시간에 집식구들을 번거롭게 굴어서 정말 미안했어요. 그쪽이 밤에야 통화할 수 있다는 소리를 듣고 나는 더 늦은 시간에 전화를 걸곤 했거든요. 그래야 최신 상황을 알 수 있으니까요." 리위안의 목소리에는 걷잡을 수 없는 기쁨이 출렁인다. 깨끗하고도 부드럽다.

"걱정해 줘서 정말 고마워요. 제가 하마터면 죽을 뻔한 거 아시죠?" 다른 사람들이 곁에 없으니 뤼웨이즈는 에두르지 않고 바로 얘기했다. 그 파란 뚜껑 약병의 2호 가루약 덕분에 그녀는 이 남자와 문경지교라도 된 것 같았다.

"그렇게 위험했었나요?" 리위안은 자신의 놀라움을 감추지 않았다. 뤼웨이즈는 약간 으쓱해졌다. 큰 재난을 겪고도 살아남았다는 것은 꽝장히 큰 이야깃거리이기에.

"저는 화관바이러스에, 그것도 맹독 바이러스에 감염되었댔어요." 뤼웨이즈는 엄숙하게 리위안에게 진상을 알려주었다.

리위안은 한참이나 침묵을 지킨다. 아마 사색에 잠긴 듯했다. 이윽고 입을 연 그는 "그런데 지금은 집에 돌아올 수까지 있으니 완전히 회복되신 거 맞죠?"라고 되물었다. 방금과는 달리 경어를 쓴다. 죽음의 문턱까지 갔다 온 사람에게 표하는 경의일 것이다. 그의 목소리에는 진중하면서도 따뜻한 위로가 충분히 느껴졌다.

뤼웨이즈가 대답한다. "내 검사 보고서는 아주 기이한 변화를 나타냈대요. 첫째, 나는 전혀 의심할 바 없는 화관바이러스 감염자래요. 하지만 내게는 또 믿기 어려울 정도로 신속하게 고강도의 항체가 생겨서 빠르게 회복됐대요 …"

리위안이 돌연히 그녀의 말을 자른다. "내일은 어디에 계실 거예요?"

뤼웨이즈가 대답한다. "당연히 방역 지휘부에 돌아가야죠. 웬자이춘 총지휘관님께서는 제가 아주 기이하고 독특한 케이스라고 했거든요."

"그분이야 물론 그렇게 생각하시겠죠. 현대의학의 틀에서는 근본적으로 설명이 불가능하거든요. 그럼, 혹시 내일 아침 잠깐 만날 수 있을까요?"

뤼웨이즈가 답한다. "저는 내일 아침 열 시에 돌아가야 해요. 그러니 아침 일찍 만나야 할 거예요."

리위안이 기꺼이 응한다. "좋아요. 그럼 이렇게 하는 걸로 합시다. 내일 아침 7시에 제가 그 집 아래에서 기다릴게요." 말을 마친 그는 대뜸 수화기를 놓아버렸다. 마치 뤼웨이즈가 거절이라도 할까 봐 두려워하는 것처럼.

뤼웨이즈는 그날 모처럼 단잠을 잤다. 자기 집에서, 그것도 엄마 곁이라 안전한 느낌이 넘쳐나서인지도 모른다. 눈을 떠보니 벌써 아침 6시 45분이다. 그녀는 바이초에게 "엄마하고 먼저 아침을 먹어, 날 기다리지 말고."라고 한마디 하고는 바람처럼 집을 나섰다.

리위안은 벌써 아파트 아래에서 기다리고 있었다. 늠름한 총각이 바람을 맞받아내며 꼿꼿이 서있는 것을 본 뤼웨이즈는 늦잠을 잔 결과가 어찌나 엄중한지 뼈아프게 느낀다. 약속 시간에는 겨우 맞추었지만 세수도 못한 부스스한 모습이니 말이다.

그러건 말건 리위안은 반가운 표정으로 그녀를 아래위로 자세히 훑어본다. "음, 안색이 좋아 보이는데요."

뤄웨이즈가 대꾸한다. "만약 닷새 전에 나를 봤다면 살아남을 가능성이 지구에서 화성 출신의 사람을 만날 만큼이나 적어 보였을 거예요."

리위안이 흥미롭다는 듯이 말한다. "그렇다면 더더욱 자세히 얘기해 봐야겠는데요. 자, 가급적으로 디테일하게 얘기해 보세요. 저는 모든 세부적인 것을 듣고 싶습니다."

두 사람은 길섶의 벤치에 자리 잡고 앉았다. 뤄웨이즈가 경과를 자세히 이야기하기 시작했다. 뤄웨이즈가 단숨에 파란 뚜껑 병안의 약을 다섯 배되는 분량이나 삼킨 대목을 얘기했을 때 리위안이 놀라서 낯이 파랗게 질렸다. "혹 잘못 기억한 건 아니에요?"

"전혀요. 이튿날 오후에 남은 약을 보니 원래의 사분의 일 정도 밖에 안 됐어요. 그날 일부를 흘리기는 했지만 적어도 절반을 먹은 것은 절대 틀림없어요."

리위안이 급해서 발을 동동 구른다. "그렇게 많은 양을 삼키다니, 죽자고 작정했어요? 그때 무슨 생각을 했어요?"

뤄웨이즈가 그의 말을 바로잡는다. "그때 약을 먹지 않는 것이야말로 죽자고 작정한 것일걸요! 아무 생각도 할 수 없었어요. 시간은 자꾸만 흐르지, 증세는 점점 깊어만 가니 이젠 끝장이구나 생각했지요. 일반적인 약물은 죄다 먹어봤지만 아무런 효과도 없었어요. 이판사판이니 에라 모르겠다 하고 한입에 털어 넣었지요."

리위안이 조심스레 묻는다. "혹시 무슨 부작용 같은 건 없었나요?"

뤄웨이즈는 정신을 가다듬고 회상해 보고 나서 대답했다. "아마 없었던 것 같아요. 그저 온밤을 꼼짝도 않고 잤어요. 오줌 누려고도 일어나지 않았으니 자리에 지도를 그리지 않은 게 다행이지요." 말을 마친 그녀는 머쓱해졌다. 익숙하지도 않은 총각 앞에서 배설 문제를 운운하다니. 하지만 리위안의 태도는 자못 정중했다. 의학적인 병례를 수집하는 전문가 같았다. 그 때문에 뤄웨이즈는 사실대로 말해야만 할 것 같았다.

리위안이 말한다. "이건 아주 중요한 정황입니다. 제 지도교수님께 제대로 보고해야겠습니다."

"지도교수가 누군데요?"

"제가 아주 존경하는 분이신데 우리 팀의 전반 계획을 지도하고 계십니다."

뤄웨이즈가 진지하게 말한다. "그럼 꼭 그분한테 전해주세요. 이 약은 정말 잘 듣는다고요. 하루빨리 사회에 기여하여 인민들을 도탄 속에서 구해주시라고요."

리위안이 대답한다. "꼭 그분께 전해드리지요. 그런데 내가 당부한 작업은 완수하셨는지요?"

뤄웨이즈가 의아한 듯 묻는다. "작업이라니요? 무슨 말씀인지?"

리위안이 나무라듯 말한다. "가장 맹렬한 화관바이러스 균주 말입니다! 균주를 보존할 특수한 기기까지 드리지 않았습니까!"

"무슨 대단한 일인 줄 알았어요. 그것 말씀인가요? 너무나 간단한 일 아니에요? 앞에 있는 내가 바로 맹독성 균주의 보유자인걸요!"

"그럼 표본을 보존했나요?"

"아뇨. 하지만 사람이 여기 있잖아요. 나 스스로가 표본인걸요!"

리위안이 참다못해 소리친다. "아가씨! 바이러스 균주의 가장 농축된 존재는 구토물, 혈액과 가래 같은 것들입니다. 물론 배설물도 포함되지요."

뤄웨이즈가 얼른 말을 받는다. "그럼 내 피를 뽑으면 될 거 아니에요?"

리위안이 말했다. "좋아요. 제가 독하다고 원망하지 마세요. 지금 당장 그쪽의 피를 뽑아 표본으로 삼을 테니." 말하면서 리위안은 메고 온 가방에서 주섬주섬 도구들을 꺼내더니 뤄웨이즈의 팔에서 피를 뽑았다. 그리고는 채혈한 혈액을 특수 용기에 보관했다.

요 며칠 사이, 뤄웨이즈는 수차례 피를 뽑히다 보니 채혈 절차에 진작 습관이 되었었다. 하지만 큰길가의 벤치에 앉아서 의학실험용 피를 뽑히자니 어지간히 적응이 되지 않았다. 그녀는 고개를 깊숙이 떨구었다. 괜히 단지 사람들에게 들킬까봐. 그런데 고개를 숙이니 정신이 황홀해진다. 리위안의 몸에서 풍기는 사향과도 흡사한 우아한 체취가 코를 찔러서. (이번에는 어찌 된 영문인지 새벽의 바다 냄새는 아니었다. 하지만 사향 냄새가 더 매혹적이었다.)

천만다행으로 돌아다니는 사람이 거의 없었다. 시국이 시국이니 만큼 사람들은 저마다 집에 숨어 있었다. 집이야말로 그들의 방공호이자 보루였다. 그곳에 몸을 감추고 있어야 화관바이러스를 이겨낼 수 있는 것처럼. 더구나 누구에게 들킨다고 해도 사람들은 거리 아무데서나 여러 가지 의학적 조치를 하는 것에 이미 길들여져 있기에 이상하게 생각할 사람이 없었다.

확실하게 모든 작업을 마치고 나니 리위안의 엄숙한 표정이 약간 풀렸다. "나와 교수님인들 무엇 때문에 한시 급히 연구성과를 공개하고 싶지 않겠습니까. 문제는 임상 검증을 거치지 못해서 설사 우리가 적정 투여량을 백 퍼센트 파악하고 있다고 해도 즉시 인체에 사용할 수 없다는 점입니다. 균주를 배양하는 것은 더 많은 병례에 사용하여 연구하고 실증하려는 것입니다. 분명, 지금 시점에서 그쪽은 특수한 사례에 불과하거든요."

뤄웨이즈가 머리를 끄덕여 동의를 표한다.

리위안은 또 흰 가루약을 주면서 재차 당부한다. "이것도 2호입니다. 지금은 병의 발현기가 이미 지났기에 절대 임의로 과다 복용해서는 안 됩니다. 과다 복용하면 위험할 수 있으니 말입니다. 절대 잊지 마세요!"

이때 바이초가 뤄웨이즈를 찾아와서 말한다. "언니, 할머니가 언니와 함께 드시려고 아침을 드시지 않아요. 몇 번이나 데웠는지 몰라요."

말을 하면서 그녀는 힐끔 리위안을 쳐다보았다. 불청객이 너무 오래 언니를 붙들고 있어서 온 식구를 애먹인다는 식으로.

리위안이 웃으며 말을 건넨다. "바이초, 아가씨를 언니라고 부르면서 아가씨 엄마를 할머니라고 하면 촌수가 틀리지 않나?"

바이초는 리위안이 자기한테 주의를 돌린 것이 기뻤다. "할머니가 우리 할머니와 나이가 비슷한데 할머니라 부르지 않고 어쩌겠어요? 그런데 언니는 또 우리 언니와 비슷하니 언니라 해야죠 촌수가 다 뭐라고 시내 사람이 우리 촌사람보다 그런 것을 더 따지는 게 말이 된다고 생각하세요?"

리위안이 대꾸한다. "몇 세대만 올라가면 나도 촌사람인데 뭐. 바이초가 그렇게 부르겠다면 나도 따라 부를게. 아니, 난 그래도 뭐 누님의 어머니를 어머니라고 불러야겠어." 리위안은 머리를 굴렸다. 아무렴, 함부로 불러서야 안 되지. 장래를 위해서도 호칭부터 정확히 정리해야지.

정작 당사자는 '아무렇게 부르면 어때요?' 하는 태도를 보였다.

리위안이 정색해서 말한다. "뭐 누님, 누님께서 방금 얘기한 상황에 비추어, 특히는 향후의 복용량에 관해서, 나는 가능하면 누님과 직접 통화해야 할 것 같은데요. 저도 지휘부 내에서 외부와의 연락은 제한되어 있다는 것을 압니다. 그러니 제가 저녁에 댁에 와 있는 걸로 하지요. 그러면 집에 전화할 때 저하고 얘기할 수 있을 테니 말입니다. 물론 바이초 여동생과 어머님께 불편을 끼칠 수 있으니 사전에 어머님한테 잘 말씀드려 주십시오. 저를 너무 시끄럽게 여기지 말아 주십사하고."

이제 리위안과 주기적으로 통화할 수 있다는 데 생각이 미치자 뭐웨이즈는 절로 미소가 피어난다. 저쪽에서 이렇게 나오니 말이지 설사 전화번호를 딴다고 해도 무슨 구실로 그를 찾겠는가? 병 이야기를 한다고 해도 이제 병이 거의 다 나아가는 마당에 이 핑계를 몇 번이나 더 써먹을 수 있을까. 여기까지 생각이 미친 뭐웨이즈는 밝은 목소리로 대답한다. "그건 전혀 문제 될 거 없어요. 엄마는 말벗이 없어 걱정이었거든요."

"그래요? 정말 잘 됐군요. 그럼 우리는 먼저 암호 몇 가지를 정해야겠어요."

뭐웨이즈는 어릴 적부터 비밀이나 신비한 것이라면 혹하는 성미라 대뜸 찬성한다. "좋아요. 그런데 그럴 필요까지 있을까요?"

리위안이 말한다. "우리는 비록 불법적인 일을 하는 건 아니지만 설명하기 힘든 부분이 있기에 암호를 정하면 오히려 간단할 겁니다."

"그럼 그쪽은 창장 강, 나는 황허 강이라 하는 게 어때요?"

리위안이 고개를 흔든다. "창장, 황허는 별로인데요. 전쟁하는 것도 아닌데. 신분은 그쪽은 누님, 나는 남동생이면 되고요. 누님이 다섯 배나 삼킨 그 가루약은 '백낭자'라 부릅시다. 그리고 누님이 드시면 곯아 떨어져 단잠을 자는 약은 '찐빵'이라 하고요. 바이러스 균주는 '법해'라 부르는 걸로 하지요. 누님 생각은 어떠한지요?"

뤄웨이즈가 대답한다. "'백낭자'와 '법해', 좋네요. 그 신화적 의미가 마음에 들거든요."

리위안은 또 작은 봉지 하나를 꺼낸다. 각이 진 봉지였다. 뤄웨이즈가 물었다. "이건 3호인가요?"

리위안이 갑자기 수줍은 듯 목소리를 낮춘다. "이건 약물이 아니라, 말하자면 제가 드리는 작은 선물인데요. 해적 목걸이인데 이전에 유학 가서 산겁니다. 별로 값진 물건은 아니지만 저의 호신부였지요. 이걸 지니고 계시면 위험한 순간에 약간은 용기를 얻을 수 있지 않을까 해서요. 제가 곁에 있는 것처럼 말입니다."

뤄웨이즈는 망설이지 않고 그것을 받아 쥐었다. 그의 수줍음이 마음에 들어서 일부러 농을 한다. "나더러 물불을 가리지 말라는 뇌물이지요?"

리위안이 대뜸 변명한다. "작은 선물은 격려이고 큰 선물이라야 뇌물이라 할 수 있지요. 이래봬도 제가 여자한테 선물하는 건 처음이에요. 산과 물이 가로놓여도 어떤 식으로든 그쪽과 함께 하고 싶어서요."

바이초가 입을 삐죽인다. "언제까지 이러고 있을 거에요? 할머니가 애타서 돌아가시겠어요!"

# 제18장

# 법해와 백낭자

어디에 가서 법해를 찾아야 할까? 오늘 밤 그대는 오시려나?
누구나 균주를 손에 넣는 사람은 다이아몬드 광산을 차지한 것과 마찬가지일 것이다.

뤄웨이즈가 군왕부 방역 총지휘부에 돌아와 보니 누군가 207호실 문 앞에서 기다리고 있었다. 채혈하기 위해서였다. 웬 지휘관이 향후에 지속적으로 뤄웨이즈의 혈액을 채취하여 과학 연구에 제공하라고 지시했다는 것이었다.

뤄웨이즈는 전혀 불평이 없었다. 비록 주사기 한가득 피를 뽑은 것을 보면 심리적인 반응인지는 몰라도 어지럼증이 나는 듯했지만 이렇게라도 화관바이러스를 이겨내는 데 조금이나마 보탤 수 있다는 것이 다행으로 느껴졌다. 웬 지휘관도 약속을 물리지 않고 그녀에게 특별 통행증을 발부해 주었다. 이것만 있으면 뤄웨이즈는 옌시 전반을 종횡무진할 수 있다. C구역이든 B구역이든 A구역이든지를 막론하고.

병이 완쾌된 후 그녀는 많은 기관과 직장들을 방문했다. 그런데 진상을 알아갈수록 마음은 무거워져만 갔다. 인류와 바이러스는 피할 수 없이 한 차례 결전을 벌일 것이며 그 싸움이 빨리 오든 늦게 오든, 심각하든 경미하든 어쨌든 닥칠 것이다. 무시무시한 싸움이긴 해도 인류가 궁극적인 승리를 따낼 가능성이 없는 것은 아니다. 우리가 이 세상에 오기 전부터 이 싸움은 존재했었고 우리가 세상을 떠난 다음에도 그것은 여전히 존재할 것이다. 인류는 바이러스에 의해 소멸되든지 (바이러스가 공룡을 멸망시켰던 것처럼) 아니면 바이러스와 평화적으로 공존하는 방법을 터득(우리가 감기나 뇌염 바이러스에 소멸되지 않은 것처럼)할 것이다. 어쨌든 감기나 뇌염은 여전히 존재하며, 죽는 사람도 많다. 하지만 절대다수의 사람들은 그것의 마수에서 벗어날 수 있으니 공존이라 할 수 있었다.

큰 전염병 사태는 필시 무수한 생명을 앗아갈 것이다—이것은 과학자들이 향후 70년 내에 기필코 발생하리라고 예언한 바 있는 재앙이다. 그런데 지금 그 시간표가 앞당겨져서 웅장한 규모와 기세로 중국 앞에 펼쳐진 것이다.

단, 이번에 우리가 이길 수 있을까? 웬자이춘은 뤄웨이즈와 같은 회복 사례가 중대한 의의가 있다고 인정했다. 하지만 정작 당사자인 뤄웨이즈는 이것이 어찌 된 영문인지 전혀 모르고 있었다.

하루 일과와도 같은 식구들과의 통화는 자리에 있을지도 모르는 리위안으로 인해 기대에 부푸는 일이 되었다.

리위안이란 사람은 예나 지금이나 바람 같은 사람이었다. 자기 할 말이 있으면 오고 없으면 오지 않았다.

낮이 점점 길어진다. 식사를 마치고 보도를 따라 통신방으로 가면서 뤄웨이즈는 석양이 서쪽 하늘에서 약 15도의 경사각으로 산 너머에 꼴깍 넘어가기까지 도대체 얼마나 걸릴까 계산해 보았다. 그녀의 관찰에 따르면 대략 7분에서 8분정도 걸리는 것 같았다. 이 시간이면 식당에서 통신방까지 걸어갈 수 있다. 서쪽 하늘을 물들이는 핏빛 노을을 보노라면 뤄웨이즈는 마음이 알알하게 아파왔다. 위독한 화관바이러스 환자가 임종을 맞는 것 같다는 생각이 들어서. 해는 졌다가도 다시 뜨지만 인류의 한 집단이 이렇게 멸망한다면 영영 다시 돌아올 수 없는 법이다. 뤄웨이즈는 지금 이 시각에도 숨을 거두는 화관바이러스 환자가 있을 것이라 믿는다. 아무래도 죽는다고 한다면 차라리 지금처럼 아름다운 시간에 죽는 편이 나을 것 같았다. 그럴 수 있다면 육신은 바이러스에 의해 찢긴다 해도 영혼만큼은 저 아름다운 저녁노을과 함께 영원을 누릴 수도 있지 않을까.

어떻게 그들을 구원할 것인가? 이 시각, 오만가지 상념은 하나의 추측으로 엉긴다—오늘 밤, 그대는 오시려나?

그녀의 마음속의 '그대'란 바로 리위안이다.

이날, 엄마와 얘기를 나눈 뒤, 바이초가 문득 끼어들었다. "누가 언니와 할 말이 있대요."

"오…" 뤄웨이즈는 다른 말을 하지 않았다. 감청 요원이 곁에 있다. 시간이 지나면서 누구 집에 어떤 식구들이 있는지 속속들이 꿰고 있다고 해도 과언이 아니었다.

"누님, 잘 있어요?" 리위안의 듣는 맛이 있는 목소리가 들려온다. 뤄웨이즈는 저도 모르게 수화기를 귀에 꼭 대었다. 목소리가 새어 나올까 봐 겁내는 것처럼. 사실 그녀가 오버한 것이다. 감청 요원들이 중요시하는 것은 이곳에 있는 사람들이 하는 말이지 바깥의 사람들이 뭐라고 하는 것이 아니기에.

"그래…" 뤄웨이즈는 금세 정신박약자가 된 것처럼 단 마디 소리를 빼놓고는 뭐라고 말할 수 없었다.

"누님, 알려드릴 일이 있습니다. 법해를 찾지 못했습니다." 리위안의 목소리에는 조급함이 배어 있었다.

"그럼 어디로 갔을까?" 뤄웨이즈가 대답한다. 암호의 좋은 점을 이제야 실감했다. 대놓고 "바이러스 균주가 어디로 갔을까?"라고 한다면 감청 요원의 눈이 튀어나올지도 모르는 노릇이다.

"모르겠어요. 혈액의 저항력이 너무 강해서 법해가 완전히 소실됐는지도 몰라요." 리위안이 대답한다.

뤄웨이즈는 사색하면서 말한다. "그렇다면 우리는 영영 그것을 못 찾겠네."

"적어도 이전의 방식대로 원래의 곳에서는 찾을 수 없어요."

리위안의 말을 번역하면 뤄웨이즈의 혈액에는 이미 균주가 없으니 아무리 많은 혈액을 채취한다고 해도 별 수 없다는 뜻이었다.

"그럼 어째야 하지?" 뤄웨이즈도 속이 탄다.

"누님, 방법이 있긴 합니다." 이 문제에 대해 리위안은 나름 사색해 보고 지도교수와도 의논해 본 듯했다.

"어디에 가면 찾을 수 있을까?"

"법해가 모여있는 곳에 갈 수밖에 없습니다." 리위안이 대답한다.

"죽은 법해를 말하는지 아니면 산 것을?"

옆에 무료하게 앉아 있던 감청 요원이 귀를 쫑긋한다. 분명, 법해라는 말이 흔히 나오는 말은 아니다.

"다 돼요. 사람이 죽어도 법해는 일정 기간 살아있거든요. 특수한 환경에서, 예를 들면 저온 환경에서는 오랫동안 살아있을 수도 있어요. 법해가 살기 좋아하는 곳을 저번에 얘기한 적 있죠? 그리고 다른 물건도 누님한테 다 있지요? 됐어요. 오늘은 이만해요. 누님이 평안하고 건강하기를 빌게요."

"다 평안해야지." 뤄웨이즈는 조심스레 대꾸하고 나서 수화기를 놓았다. 감청 요원도 시름을 놓은 표정이었다. 방역 지휘부 내부 상황에 대한 말은 단 한마디도 없었다. 법해니 뭐니 하는 건 식구끼리 하는 농담일 것이다.


뤄웨이즈는 방역 일선에 가겠다고 청원했다.

웬자이춘이 잠시 사색한 후에 말한다. "만약 다른 사람이 이런 청원을 한다면 당장 기각하겠지만 임자는 다르오. 임자 체내의 항체 농도는 지금도 신속히 증가하고 있소. 전설의 금강불괴라고 해도 과언이 아닐 만큼. 이제 화관바이러스는 임자를 해칠 수 없을 것이오. 좋소. 제1선에 내려가 둘러보고 돌아와 나한테 보고해 주시오. 이 시각부터 아가씨는 나의 특사요. 모든 곳에서 아가씨한테 파란불을 켜줄 거요."

뤄웨이즈는 균주를 보관하는 냉장 시험관을 지니고 일선 병원에 갔다.

환자들은 사경을 헤매며 몸부림치고 있었다. 의료진은 이미 기진맥진한 상태였다. 먼저 들어온 환자들이 낫기도 전에 새로운 감염이 끊임없이 확산되고 있기 때문이었다. 사망은 시간이 지날수록 늘어나기만 했다. 상황은 긴급했지만 치료 절차는 오히려 간단했다. 틀에 박힌 절차라고나 할까. 환자가 구급차에 실려오면 즉시 병실에 보내진다. 병원은 마치 전시상태에 들어간 것 같다. 하나하나의 작은 병실이 아니라 병원의 공터에 수십 명 수백 명을 수용할 수 있는 대형 조립식 병실을 설치했다. 쉬운 비유를 한다면 농촌 같은 데서 혼례나 장례를 할 때 임시로 설치하는 대형 천막과 흡사하다고나 할까. 모든 사람들의 치료 방법은 똑같았다. 지지요법과 비싸기는 하지만 확실한 효과는 없는 약물을 투여하는 것. 의사들은 손발이 척척 맞았다. 정감과 교류같은 것은 하나도 없었다. 나누는 말마저도 극히 간단했으며 목소리에는 그 어떤 경향성과 온도도 실려 있지 않았다. 간호사들은 치료차를 밀면서 환자들에게 일일이 수액을 달아준다. 고압호스처럼 다량의 복합 약물들을 환자들의 체내에 밀어 넣는다. 말할 것도 없이 이 백의 천사들도 방역 마스크를 쓴 채로 일련의 치료와 분비물 제거 작업에 종사하고 있는 것이다.

병으로 사망한 사람들의 유체를 처리하는 것은 특수 부서에서 전문으로 책임지고 있었다. 사망자가 생기기만 하면 전문 요원들이 최대한 빠른 시간 내에 초대형 비닐 시체 주머니를 휴대하고 현장에 도착한다. 지금 환자들은 모두 집단 합숙처럼 한 장소에 입원해 있기에 사망자는 생존자에게 악성 자극이 될 수 있다. 그러니 가급적 신속하게 사망자를 그들의 시야 밖으로 옮겨야 했다. 이런 조치는 아직까지 생존해 있는 사람들이 치료될 거라는 믿음을 잃지 않게 하려는 조치인 동시에 자리를 내어 더 많은 환자를 수용하기 위한 조치이기도 했다.

화관바이러스 사망자의 시체를 옮기는 특수 시체 주머니는 교통사고나 지진과 같은 재해로 사망한 사람들을 넣는 주머니와 모양은 대체적으로 비슷하였으나 두께는 배나 되었으며 투명한 형태였다. 시신은 주머니에 밀봉된 후에도 생김새는 물론 수염이나 머리카락까지 똑똑히 볼 수 있어 괴기스럽고 공포스럽기 짝이 없었다. 하지만 아주 실용적이었다. 과학적인 검사나 유체 고별 같은 것은 향후의 일이고 지금은 고려할 여지조차 없다. 교통사고나 천재지변으로 사망한 사람은 그 원인이 명확하기에 하루속히 후사를 마무리하는 것이 중요하다. 하지만 전염병이란 엉망이 된 장부여서 이후에 분명 무슨 후속 처리가 있을 터, 그런데 다시 시체 주머

256

니를 일일이 헤쳐 분류하고 점검하려면 너무나 번거로울 테니 차라리 완전히 투명한 주머니에 넣어두는 편이 낫다는 판단 때문에 투명한 시체 주머니를 사용하는 것이다.

뤄웨이즈는 이제 화관바이러스에 한해서는 전문가나 다름없었다. 웬자이춘이 발급한 특별 통행증에 그녀의 두려움 모르는 용감한 투지가 합쳐지니 나래가 돋친 듯 보통 사람은 들어갈 수도 없고 또 들어가기 꺼리는 모든 의료 과정까지 지켜볼 수 있었다.

이 순간, 그녀는 환자의 분비물을 전문적으로 처리하는 특수 작업장에 와 있다.

이곳을 작업장이라고 하는 것은 무리가 아니었다. 어마어마한 크기의 원심분리기들이 굉음을 내며 돌아간다. 얼핏 보아서 콘크리트 믹서기 비슷한 분리기들이 삼키는 것은 시멘트와 모래가 아니라 화관바이러스 환자들의 각종 배설물―흉수, 복수, 가래, 분변, 구토물 … 등등이었다. 물론 정확하게 말한다면 이런 배설물들이 묻어 있는 타월, 침대 시트, 거즈와 같은 의료용품들이다. 이런 오염물들을 교반기에 넣어 분쇄한 다음 각종 소독액을 뿌리고 고압 증기를 거친 후에 … 마지막에는 건조하고 압축시켜 작은 부피로 포장한 다음 시체 소각로에 넣어 소각하여 먼지로 만들면 전반 과정이 끝난다고 했다. 이 작업을 책임진 의학 기사 더우진환竇錦歡은 "이렇게 해야 바이러스가 완전히 죽었다고 할 수 있습니다"라고 소개했다.

경악으로 입이 떡 벌어진 뤄웨이즈는 그 와중에도 머릿속으로는 의아함을 금치 못한다―그렇다면 위정펑의 유품은 어떻게 이런 다섯 관문을 뚫고 여섯 장수를 베는 가혹한 시련을 이겨내고 살아남았을까? 종이 질이 완전한 것은 그만두고라도 화관바이러스의 활성까지 보존하지 않았는가!

뤄웨이즈는 더우진환에게 물었다.

"줄곧 이렇게 소독했나요?"

"그럼요." 더우진환이 망설임 없이 대답한다.

"더우 기사님, 제가 보기에도 이건 완벽한 소독 과정이 틀림없어요. 그런데 애초에 말이지요, 즉 이 기계들을 조립하고 설치하기 전에는 어떻게 소독했나요? 이 기계들이 체적이 이렇게 크고 또 절차가 규범적인 걸로 보아 이번에 화관바이러스가 대규모로 폭발한 다음 투입된 걸로 보이는데요. 이런 전염병이 터지지 않았다면 어떤 기관에서 이러한 대형 기계들을 비축하고 있었을지 상상이 가지 않네요."

너무 말라서 일회용 젓가락을 연상시키는 더우진환은 이 말을 듣고 발끈한다. "저는 여사님이 무슨 의도로 저희들의 사업에 질의하시는지 알수가 없네요. 이 기계들은 일찍 비축해 두었던 것이 맞습니다. 우리나라와 같은 대국에서 무엇인들 준비를 안 해 두었겠습니까. 이런 소독 기계들은 오래전에 생산되어 특정된 장소에 보관해 두었던 것들입니다. 그러니 전염병이 터지자마자 즉각 사용하도록 교부할 수 있었지요. 아마 보통 사람들은 모종의 질병이 발생하면 각각의 특정한 소독 방식을 취할 거라고 생각하겠지만 사실은 그렇지 않습니다. 그 어떤 질병이든 간에 전염성을 띠고 있는 것이라면 환자의 체액, 혈액, 분비물과 신체 조직이라는 이 범위를 벗어날 수 없습니다. 이 점은 거의 같다고 보시면 됩니다. 찐빵, 타래빵, 만두는 종류가 달라도 모두 가루로 만들고 다 쪄낸 것인 것과 같습니다. 물론 쪄내는 시간은 서로 다르겠지요. 때문에 이 기계들은 일찍부터 제조된 것이 맞습니다."

그야말로 흠잡을 데 없는 명쾌한 대답이라 하겠다. 뤄웨이즈는 순간 뭐라고 해야 할지 모르겠지만 어쩐지 의혹은 쉬이 사라지지 않았다. 그녀는 잠깐 생각하고 나서 물었다. "하지만 전염병이 발생한 즉시 소독 기계들을 바로 조달하여 설치한다고 해도 어쨌든 시간차가 있을 거 아니에요? 소독은 시간을 다투는 것이니 그때 어떻게 오염물을 처리했는지 알고 싶어요."

더우진환은 고수를 만났음을 직감했다. 그는 조심스레 답했다. "그 말씀이 맞습니다. 전염병 유행 초기에, 다시 말해 극히 짧은 기간 동안에는 이 기계들을 사용하지 않았었습니다."

뤄웨이즈가 다그쳤다. "그럼, 그때는 어떻게 소독했죠?"

258

그러자 더우진환이 딱딱하게 대답한다. "의료기계들은 먼저 75% 알코올 약솜으로 닦거나 알코올에 담갔고요, 핏자국이 있는 것은 이산화염소 소독수에 30분간 담근 다음 생물 효소와 소금이 들어 있는 솥 안에서 깨끗이 씻었습니다. 이후에 고압 고온 증기 가마로 소독했지요. 고온 살균을 한 다음 다시 진공 방식으로 건조하고 압축하여 밀봉했습니다. 금방 보신 이런 연속적인 기계화 조작보다는 물론 조금 원시적이긴 하지요."

뤄웨이즈가 머리를 끄덕인다. "제가 알고 싶은 것은 그보다 더 빠른 시기입니다."

더우진환이 조금 불쾌해서 되묻는다. "완벽한 소독 과정을 견학하셨고 초기 상황도 이해하시지 않았습니까. 그런데도 이렇게 꼬치꼬치 물으시는 건 무슨 이유에서인지요?"

"그거야 간단하지요. 만약 우리가 이번 재난을 이겨낸다면 모든 것이 경험이 되겠죠. 혹시 성공하지 못하더라도 후대에게 반면교사로 삼을 교훈을 남길 수 있지 않겠나요?"

더우진환이 잠시 생각하더니 말한다.

"그럼 저를 따라오십시오."

뤄웨이즈는 더우진환의 뒤를 따라 길고 어슴푸레한 복도에 접어들었다. 다니는 사람이 적은 까닭에 이끼는 끼지 않았어도 미끌미끌한 것이 마치 지옥으로 통하는 오솔길 같았다. 뒤도 돌아보지 않고 성큼성큼 앞장서는 더우진환은 마치 '담력이 있다면 항아리 속에 들어오십시오'라고 하는 것 같았다. 사실, 병원들마다 이런 깊숙하고 어두운 곳이 마련돼 있다. 사람들은 그 끝이 영안실이리라 생각하지만 실제로 많은 사람들이 드나드는 영안실 자체는 음침하고 어둡지 않다. 지루하게 뻗어나간 복도의 끝에 다다랐다. 이렇게 으슥한 곳은 공포를 자아내기 족했다.

더우진환이 방문을 열었다. 안에는 흰색으로 법랑 칠을 올린 커다란 통들이 놓여 있었다. 학교에서 여러 해 전에 학생들에게 식수를 공급하던 통들과 흡사했다. 그저 아래에 수도꼭지가 달려 있지 않을 뿐이었다. 뤄웨이즈가 통 하나를 열어보니 반나마 남아 있는 소독수 냄새가 코를 찌른다.

그 곁에는 스테인리스강 재질의 막대가 있었는데 골프채의 윗부분과 비슷하다.

"그때는 환자들의 배설물 따위를 이 통 안에 넣었다는 말이죠?" 뤄웨이즈가 묻는다.

더우진환은 덤덤한 표정으로 대답한다. "맞습니다."

"그럼 무엇으로 휘저었나요?"

"인력으로 했지요." 대답하면서 더우진환은 곁에 있는 금속 막대를 들어 통 안에서 휘젓는 동작을 해 보였다. 오랫동안 담겨 있던 소독수는 휘저어놓으니 생기라도 얻은 듯 거품이 부글부글 괴어오르며 숨이 막힐 것만 같은 냄새를 풍긴다. 뤄웨이즈는 캑캑 기침을 했다.

"이건 너무나도 위험한걸요." 뤄웨이즈가 말한다.

"방호 조치가 따라가기만 하면 꼭 그런 것도 아닙니다. 보세요. 제가 멀쩡하게 살아있지 않습니까? 저는 처음부터 여기 있었거든요. 초기에 인력으로 작업할때부터 현재의 디지털 방식까지 전반 과정에 참여했습니다."

뤄웨이즈는 그의 눈을 똑바로 쳐다보며 물었다. "그렇다면 위정펑이란 분도 알겠네요?"

더우진환의 눈에 불꽃이 튀는 듯하더니 이내 스러진다. "물론 알지요. 명성이 자자한 분이었고 또 방역 최전방에서 희생된 영웅이시니까요."

"그분의 물품들은 당신이 소독했나요?" 뤄웨이즈가 기회를 놓칠세라 쐐기를 박는다.

"물품들이 여기 운반돼 올 때는 이름을 적지 않습니다. 그러니 정확한 답을 드릴 수 없군요. 제가 했을 수도 있고 아닐 수도 있으니 말입니다. 여기는 저 혼자 담당하는 게 아니라, 소독 작업을 담당하는 팀이 있거든요."

뤄웨이즈는 그의 눈에서 아무런 빛깔로 읽을 수 없었다. 하긴, 매일 환자들에게서 나오는 바이러스가 가득한 분비물들을 취급하다 보면 아무리 부드러운 사람이라도 강심장이 될 수밖에 없겠지.

뤄웨이즈가 또 묻는다. "만약 환자의 유품 같은 것을 가지고 나가려면 어떻게 하죠?”

“만약 엄격한 소독을 거쳤다면 이론적으로는 문제없다고 할 수 있습니다. 바이러스라는 것은 환경에 아주 취약한 하등 생명체니까요. 그것은 화학약품과 고온, 자외선 같은 물리적인 요소들로 박멸할 수 있습니다.”

뤄웨이즈가 다그친다. “그렇다면 그런 일을 한 적이 있다는 말씀인가요?”

“그런 일이라니요? 소독을 말씀합니까, 아니면 …”

“제가 뭘 묻는지 아실 텐데요. 소독이라면 이미 충분히 설명하셨지 않습니까?”

더우진환은 두 손을 방역복 호주머니에 찌른 채 묻는다. “그런데 무슨 권한으로 이런 일을 물으시는지? 이건 방금 말씀하신 취재 목적과는 상관이 없어 보이는데?”

“물론 상관있습니다.” 뤄웨이즈는 물러설 기세가 아니다.

“그럼, 그쪽에서 많은 문제들을 물었는데 저도 한마디만 물읍시다.”

뤄웨이즈가 대답했다. “어서요.”

더우진환이 한발 다가서며 묻는다.

“여사님은 어찌 되어 위정펑 교수님 일을 그토록 관심 있어 하시는지요?”

“그의 유품이 소독을 거쳐 밖으로 나오고 나서 제가 곧바로 접촉했으니까요.”

순간 더우진환의 얼굴에 착잡한 표정이 떠오른다. “여사님이 이렇게 아무 일 없는 것을 보니 제 소독이 아주 철저했던 것 같네요.”

뤄웨이즈는 그의 눈길 깊은 곳을 스쳐 지나가는 실망을 포착했다. 그는 자신의 소독이 과해서, 바이러스 전부를 죽여 버려 위정펑의 부탁을 들어주지 못한 것을 후회하고 있으리라.

뤄웨이즈는 이 기사의 도움이 있었기에 위정펑이 그의 마지막 구상을 실천할 수 있었으리라는 것을 단정 지을 수 있었다. 하지만 세상일이란 변수가 있기 마련이고, 또 그 속 사정을 터놓고 말할 수도 없기에 그녀는 가볍게 머리를 끄덕이고는 침묵할 수밖에 없었다.

그들은 대형 소독 기계 옆으로 돌아왔다. 더우진환이 예의를 갖춰 묻는다.

"더 알아야 하실 것이라도 있으신지요?"

이젠 그만 가보라는 뜻이 진하게 풍긴다.

바로 이때 각 과와 실에서 환자의 오염물들을 소독처에 실어왔다. 커다란 투명한 비닐 자루들인데 선명한 오렌지색을 띠고 있었다. 바닷가의 구명조끼 색깔과 흡사하다. 더우진환은 즉각 숫자를 확인하며 접수하느라 바쁘다. 뤄웨이즈는 급기야 투명 인간이 되었다. 이것이 바로 그녀가 바라던 바였다. 그녀는 남들이 주의하지 않는 틈을 타서 잽싸게 한 비닐 자루에서 피에 젖어 갈색이 된 거즈 하나를 꺼내어 자신의 작업복 안에 숨겨온 지퍼락 봉투에 집어넣었다. 물론 이것은 위험천만한 일이지만 뤄웨이즈는 자신의 항체에 대한 확신이 있었다. 그것은 너무 강해서 더는 화관바이러스에 감염되지 않을 것이다. 그리고 이것은 명백한 위법행위이기는 하지만 이렇게 하지 않는다면 어떻게 균주를 손에 넣을 수 있겠는가. 균주가 없다면 리위안과 그의 지도교수가 진행하고 있는 연구는 대규모 보급을 보장할 수 없었다.

임상 의사로 일하던 더우진환의 아내는 이미 방역 일선에서 목숨을 잃은 상태였다. 아내가 살아 있을 때, 그들 부부는 같은 일을 하면서도 성격이 고지식하고 엄숙해서 로맨틱한 분위기 같은 것은 찾아볼 수도 없었다. 아니, 서로 이야기도 변변히 나누지 못했었다. 아내가 사망된 후에야 더우진환은 자신이 그를 얼마나 애틋이 사랑했었는지를 깨달았다. 하지만 그에게는 슬퍼할 시간이 없었다. 눈물조차 보이지 않았다. 규정에 따르면 그가 전장에서 물러나겠다고 요청하기만 하면 상응한 격리 기간을 거쳐 상대적으로 안전한 곳으로 돌아갈 수 있었다. 그러면 슬픔과 고통으로 얼룩진 곳을 떠날 수 있다. 하지만 그는 한 발자국도 물러서지 않겠다는 의지를 스스로 표시했다. 그에게는 편안함도, 안전함도 필요 없었다. 바이러스와 지적에 있어야 아내와 함께 있는 것 같았다. 흉악한 녀석이 뺑소니

치려는데 어찌 퇴각할 수 있으랴! 그는 모든 힘과 수단을 동원하여 아내를 살해한 바이러스와 백병전을 벌여야 했다. 이 과정에서 목숨을 잃은들 무슨 대순가. 그는 복수해야 한다. 복수하는 데는 수단을 가릴 필요가 없다. 그는 자신의 방식으로 모든 가능성을 동원하여 바이러스와 판가름이 날 때까지 싸움을 벌일 것이다. 필요하다면 바이러스와 공멸해도 괜찮다. 이것만이 끝도 없고 떨쳐버릴 수도 없는 슬픔에서 벗어날 수 있는 유일한 길일 것이다.

원래 말수가 적은 편이었던 그는 지금은 아예 워커홀릭으로 변해 버렸다. 위독 환자의 병실을 드나드는 것을 밥 먹듯 했다. 죽음을 앞둔 환자와 이야기를 나누면서도 눈썹 하나 까딱하지 않는다. 이런 그에게 다른 사람은 감히 무어라고 하지도 못했다. 모든 것이 그의 마음대로였다.

뤄웨이즈를 내보내면서 더우진환은 그녀에게 자외선 방지 안경을 착용하게 하고 강렬한 자외선 빛으로 소독했다. 뤄웨이즈는 두 손을 작업복 안에 넣어 균주를 보호하려 안간힘을 썼다.

그런데 어쩌면 시간이 이렇게 더디게 흘러갈까? 화관바이러스가 자외선의 공격을 당해낼 수 있을까? 지금 그녀는 저도 모르게 흉악한 바이러스 편에 서서 그의 안위 때문에 마음을 졸이고 있다. 이 순간만큼은 보호라는 말이 소멸을 의미했다.

작별 인사를 나누면서 더우진환은 눈을 내리깔고 말했다. "여사님은 화관바이러스에 아주 흥미가 있는 것 같습니다그려."

뤄웨이즈가 대답한다. "흥미랄 것까지는 없고요, 제 일일 따름입니다. 위급한 시기에 명을 받았다고나 할까요." 따지고 보면 이 사람이 그녀의 고난의 장본인 격이지만 그녀는 어쩐지 그가 밉지 않았다. 위정평의 임종 시의 부탁을 그는 거절할 방법이 없었으리라. 사실, 그녀 자신이 지금 하고 있는 일도 그와 다를 바 없잖은가.

더우진환이 한마디 덧붙인다. "사실 지금 화관바이러스에 흥미를 가지고 있는 사람들이 한둘이 아닙니다."

"죽음도 겁나지 않나 보죠. 그런데 무엇 때문에 흥미를 가진대요?"

"이건 신종 바이러스가 아닙니까. 누구든 그 균주를 손에 넣기만 하면 희귀 자원을 손에 넣는 것과 같지요. 균주를 이용하여 백신을 만들고 신약을 개발할 수 있으니까요. 어떤 의미에서 말하면 내 뒤에 있는 것은 다이아몬드 광산이라고도 할 수 있지요."

더우진환의 등 뒤는 거대한 소독장이었다. 산더미처럼 쌓인 오렌지색 비닐 주머니는 맹독성 화관바이러스의 베이스캠프다. 음산한 바람이 인다. 이미 하얀 색을 잃은 모든 거즈들은 분명, 바람에 나부끼는 하나하나의 위패들이었다.

# 제19장
# 방역 1선 탐험기

천신만고 끝에 범의 굴에서 빼내 온 균주들이 글쎄 몽땅 죽은 것이란다.
만약 시체들을 가루 내어 온 세계에 뿌린다면 그 후과는 과연 어떠할 것인가?


뤄웨이즈는 화관바이러스가 묻은 그 거즈를 애지중지 살피면서 소독처를 나서자마자 그것을 몸에 지닌 보관 장치에 넣었다. 모든 과정에서 그녀는 그야말로 조심에 조심을 했다. 자기 몸에는 강한 면역력이 있어 괜찮다고 해도 행여나 바이러스가 퍼져 나가 무고한 사람들을 해치기라도 한다면 그야말로 씻을 수 없는 죄가 아니겠는가. 하지만 이 모든 것은 A구역에서 이루어지는 것이고 A구역 자체가 깨끗한 곳이 아니라는 것이 그나마 위안이 되었다. 이곳의 공기 속에는 진작부터 헤아릴 수 없는 바이러스 입자들이 떠다니고 있을 터이니 자기가 조금 보탠다고 해서 무엇이 달라지랴.

군왕부에 돌아와서 가까스로 저녁까지 기다렸다. 가족과 통화할 시간이 되니 뤄웨이즈는 다짜고짜 바이초에게 물었다. "그가 곁에 있니?"

바이초가 되묻는다. "누가요?"

뤄웨이즈는 화가 불쑥 치민다. 계집애가, 몰라서 물어? 곁에서 직무를 수행하는 감청 요원에게 눈길이 가자 애써 아무 일도 없는 듯이 말했다. "내 동생 말이다."

깜찍한 계집애는 그제야 알겠다는 듯이 느릿느릿 말한다. "아, 리위안 오빠, 오늘은 안 오겠대요. 전할 말이 있으면 저에게 하세요." 리위안의 대리인이나 된 것 같다. 뤄웨이즈는 고까운 생각이 들었다. 하지만 다시 생각해보니 거의 날마다 자기 집에 오는 리위안이 바이초와 얘기를 나누면서 친해지는 것도 자연스러운 일이었다. 전염병이 도는 이 비상시기에 집집마다 문을 닫아걸고 두문불출하는데 죽음을 겁내지 않고 놀러오는 사람이 있다는 것이 어딘가. 게다가 깨끗하고 멋있게 생기기까지 했으니 바이초가 좋아하는 것도 무리가 아니리라. 여기까지 생각이 미친 뤼웨이즈는 자조하듯 피식 웃었다. 누가 너더러 지금껏 시집가지 못하래, 봐봐, 꼬마 보모까지 너와 겨루려 하지 않나.

짧디 짧은 순간에 온갖 상념이 스쳐 지나간다. 뤼웨이즈는 쓴웃음이 나왔다. 며칠 전까지만 해도 저승 문턱에서 헤매더니 벌써 질투를 다 하고, 너 잘났다 잘났어. 하지만 그녀는 질투 같은 것에 매달리는 성격이 아니었다. 뤼웨이즈는 마음을 다잡고 바이초에게 말했다. "동생한테 줄 것이 있어. 이 말을 꼭 전해야 한다."

뤼웨이즈는 균주가 든 보관장치를 철이 지나 집에 보낼 겨울옷 속에 감추고 군왕부를 나섰다. 찰나, 백색테러가 횡행할 때 목숨을 내걸고 정보를 전하던 지하당원들이 생각나서 이름 모를 성취감에 잠겼다. 정말, 좋은 일을 하면서 이렇게 못할 짓을 하듯 사람의 눈을 피하다니. 만약 정정당당하게 버젓이 연구한다면 성과가 더 빨리 나올지도 모르는데.

며칠이 지나 정례 통화 시간에 드디어 리위안이 나타났다. "누나, 안녕." 여전히 부드럽고 온화한 목소리다. 우애와 친절이 뚝뚝 떨어지는 것만 같다. 뤼웨이즈의 심신은 그의 말에 맞춰 가늘게 떨린다. 리위안이 곧게 뻗은 갈댓잎처럼 자기 집 전화 옆에 서 있는 모습이 그려진다. 아, 얼마나 아름답고 매혹적인 화폭인가.

"내가 보낸 옷은 받았어?" 뤼웨이즈가 물었다.

"받았어요. 그런데, 다 죽었어요." 리위안이 대답한다.

"뭐라고? 누가 죽었는데?" 뤼웨이즈가 펄쩍 뛴다.

"누나가 보낸 물건 말이에요."

"왜?" 뤼웨이즈는 그 말이 믿어지지 않았다. 천신만고를 다해 범의 굴에 들어가 채취해 온 균주가 몽땅 죽어 버렸다니, 정말 슬픈 소식이었다.

도대체 어찌 된 영문일까? 원인도 찾을 수 없다면 이다음에도 살아 있는 균주를 얻을 수 없다는 말이 된다. 여기까지 생각이 미친 뤄웨이즈는 새삼스레 감청 요원을 힐끗 쳐다보았다. 죽네 사네 하는 말을 듣고 이상하게 생각할까 봐. 뜻밖에도 그는 전혀 개의치 않는 표정이었다. 그도 그럴 것이 상황이 상황이니 만큼 죽는다는 말을 귀에 못이 박히게 들어왔으니 놀라면 도리어 이상한 일이었다. 전염병이 휩쓰는 마당에 사람이 죽는 일은 비일비재한 동시에 제일 중요한 이야깃거리였다. 가까운 사람이나 아는 사람도 죽는데 모르는 사람이 죽는 일에 대해 관심을 가질 사람은 없었다.

리위안이 대답한다. "우리도 한창 원인을 분석하는 중입니다. 우리 쪽의 절차에는 문제가 없으니 결론은 단 하나, 누님이 가지고 나오는 과정에서 엄격한 검사와 소독을 거친 것 때문으로 보입니다. 그래서 몽땅 죽어 버린 거죠."

"아니, 걔네들은 생명력이 되게 끈질기다며? 그런데 그렇게 맥없이 죽어버린다고?"

뤄웨이즈는 울화통이 터졌다. 그녀는 무엇 때문에 화가 났는지 스스로도 혼란스러웠다. 바이러스가 덜 흉악하다고 유감스러워 한단 말인가?

"생명력이라는 것도 상대적인 것이지요. 문제는 우리에게 그것이 필요하다는 것입니다. 심지어 더욱 시급해졌지요."

리위안은 답이 없는 문제로 왈가왈부하기 싫어서 화제를 밀고 나간다.

"그건 왜?"

리위안이 다른 소리를 한다. "백낭자는 계속 드시고 계시죠?"

"백낭자 덕에 사는데 뭐."

"더 많은 법해가 있어야 백낭자의 투여량을 정할 수 있습니다. 너무 적으면 효과가 없을 거고 너무 많아도 부작용이 염려되니까요."

뤄웨이즈는 균주의 역할을 이제야 똑똑히 알았다.

"아직도 법해를 찾아야 하나?"

"그럼요. 어느 때보다도 더 급합니다."

"내가 방법을 찾아볼게."

리위안이 말한다. "법해도 어떨 땐 아주 취약하답니다."

"알았어."

두 사람은 작별 인사를 나누었다. 뤄웨이즈는 방금 한 말들을 곰곰이 되새겨 보았다.

"내가 보낸 옷은 받았어?"

"뭐라고? 누가 죽었는데?"

"왜?"

"아니, 걔네들은 생명력이 되게 끈질기다며? 그런데 그렇게 맥없이 죽어버린다고?"

"그건 왜?"

"백낭자 덕에 사는데 뭐."

"아직도 법해를 찾아야 하나?"

"내가 방법을 찾아볼게."

"알았어."

하! 허점이 없잖아. 다시 감청 요원을 쳐다보니 그도 담담한 표정이다. 뤄웨이즈는 자기가 참 교활하다고 자부심을 가졌다.

통신방을 나와 발걸음을 옮기다 보니 웬자이춘의 숙소 앞이었다. 아직 이른 시간이라 총지휘관은 방에 없었다. 뤄웨이즈는 방 문 앞에 놓인 벤치에 앉아 조용히 그를 기다렸다. 튤립이 피었다. 들백합도 한창 꽃망울을 터뜨리려고 숨을 고르고 있었다. 대기 속엔 짙은 꽃향기가 스며들어 있다. 다들 여름철엔 나무 위에 앉지 말고 겨울철엔 돌 위에 앉지 말라더니 정말 그런가 보다. 얼마 안 되었는데 벌써 허리 아래로 냉기가 스며든다. 아직 여름철이 아니건만 나무는 습기를 잔뜩 머금었는지, 그 위에 조금이라도 오래 앉아 있으면 냉기가 스멀스멀 몸을 파고들어 혈기가 원활하지 못하게 된다. 하는 수없이 뤄웨이즈는 몸을 일으켜 천천히 거닐기 시작했다. 어찌 됐든 며칠 전에 죽음에서 벗어나 몸이 크게 상했을지도 모르니 조심해야 했다.

밤의 장막은 따뜻한 물처럼 소리 없이 내려앉는다. 푸른 잎새 사이로 별들이 하나둘 빼꼼 머리를 내민다. 별은 해님의 부서진 조각인 양 푸르무레한 어둠이 사방을 감싸 안을 때 나무들의 주위에서 생존의 비밀을 밝히고 있었다. 별은 갈수록 많아졌다. 누군가 하느님의 보석함을 쏟아 구슬들이 흩어진 듯하다. 온갖 꽃들과 나무들이 배경이 되어 정원에서 쳐다보노라면 하늘에는 다이아몬드도 있고 진주도 있고 에메랄드와 호박도 있는 듯, 찬란하기 그지없었다. 뜬금없이 뤼웨이즈는 이런 생각을 한다. 이 군왕부는 지금이 더 아름다울까, 아니면 옛적이 더 아름다웠을까? 그때는 아마 청사초롱 밝히고 밤놀이도 했을 테지? 헤아릴 수 없는 밝고 아름다운 노란색의 등롱*들이 가을철의 노란 감처럼 어둠 속에서 떠다녔겠지? 영국 시인 서순의 시 한 구절이 느닷없이 떠오른다. "가슴에는 호랑이를 품고 장미꽃 향기를 맡아보노라." 뤼웨이즈는 저도 모르게 가벼이 허리를 굽혀 꽃향기를 맡아 보았다. 몇 번이고 코를 벌름이던 암호랑이가 지겨워져서 되돌아가려고 할 즈음, 웬자이춘이 나타났다. 그는 방금 고위층에 보고하고 오는 길이었다. 여태껏 백신을 못 찾은 탓에 단단히 깨졌다.

"날 기다린 거요?" 웬자이춘의 목소리에는 피곤이 잔뜩 실려 있었다.

"제 검사 결과를 알아볼까 해서요. 맨날 피를 뽑아가니 더하면 족히 큰 사발 하나는 되겠죠? 그 양이면 쓰러진 사람도 구하겠어요. 그런데 누구 하나 결과를 알려주는 사람이 없었거든요. 제가 제 몸에서 생긴 일에 대해 전혀 모른단 말이에요." 뤼웨이즈는 그 사이 기다린 것에 대한 핑곗거리를 생각해 두었었다. 사실 핑계라 할 것도 없었다. 그녀는 실제로 결과가 궁금했으니까.

"보혈제들을 좀 드는 게 좋겠소. 나한테 마침 옌워(제비집)가 좀 있소. 그냥 제비가 아니라 전통적으로 인정하는 금사연의 둥지라오. 임자가 갖

---

* 등의 한 종류로 대오리나 쇠로 살을 만들고 겉에 종이나 헝겊을 씌운 후 안에 등잔불을 넣어 달아 두기도 하고 들고 다니기도 한다.

다 드시오." 웬자이춘이 그녀를 방으로 안내하며 말한다.

"감사해요. 그런데 전 안 먹을 거예요. 그 옌워라는 게 제비가 새끼를 위해 지은 집이라는 걸 생각하기만 하면 먹을 수 없어요. 그저 결과만 알면 돼요." 뤼웨이즈는 총지휘관의 호의를 거절했다.

"그 말엔 나도 동감이오. 나도 차마 먹을 수 없다오. 하지만 임자가 먹지 않고 나도 먹지 않는다 해도 이건 더는 새끼 제비를 위한 집이 될 수 없소. 그러니 가져다 드시고 빨리 몸을 추스르시오. 그래야 인류가 화관바이러스를 이겨내는 데 더 큰 기여를 할 거 아니오."

뤼웨이즈는 옌워를 받았다. 마음속으로는 안 먹으리라 하면서도 지쳐서 쓰러질 지경인 늙은이가 이 일로 더 말하는 것이 안쓰러워서.

웬자이춘은 자리에 앉아 입을 열었다. "임자 혈액 속의 항체는 지속적으로 증가하는 중이오. 그야말로 놀라울 지경이오. 내 생각엔 임자는 지금 그 어떤 방호조치도 없이 화관바이러스와 근거리 접촉을 해도 아무런 문제가 없을 것 같은데. 물론, 아직까지는 가설에 불과하지만서도."

뤼웨이즈가 대답한다. "지휘관님의 가설은 실제로도 들어맞아요. 제가 요즈음 늘 A구역에 가잖아요? 어떨 땐 갑갑한 방호 장비를 벗어던지고 직접 A 구역의 공기를 들이마셨거든요. 그런데도 지금까지 전혀 불편을 못 느껴요."

웬자이춘이 의외라는 듯 흠칫한다. "아니, 그럼 자신의 몸으로 실험한다는 거요?"

"그래요. 위정펑도 자신의 몸으로 실험하지 않았나요? 그분은 제게 선구자랍니다."

웬자이춘이 정색해서 말한다. "그래도 다시는 그러지 마시오. 임자가 구태여 실험하지 않아도 우리는 이론적 추론을 통해 완전히 결론을 도출할 수 있으니까. A구역의 공기를 직접 들이 마신다니, 거참 위험천만한 일이군. 어떤 경우에는 우리의 생명이 우리에게만 속한 것이 아니라는 걸 알아야 하오. 나만 봐도 그렇지. 내가 얼마나 위정펑의 임종 유언을 듣어보고 싶었는지 아오? 그러나 나는 그럴 수 없었다오. 할 수 있는 것이 있다면 그것을 파기하는 것뿐이었지. 만약 나도 임자처럼 쓰러지고, 또 임자와 같이 좋은 운수가 없다면 그때 손실은 나 하나의 사망으로 끝나는 것이 아니라 방역 사업 전반의 손실로 이어질 것이기에."

뤼웨이즈가 대답한다. "총지휘관님이야 당연히 중요하지요. 하지만 저는 아니잖아요."

웬자이춘이 말한다. "임자는 커피를 안 마신다지, 그럼 그저 맹물밖에 없구먼. 저번에 친구들이 몇몇 왔다 갔는데 다들 즐겨 마셔서 박하 잎이 거덜 났다오. 미안하게 됐소. 그런데 지금 이 시점에서는 임자가 나보다 백 배 더 중요하다오."

뤼웨이즈가 무슨 말인지 몰라 의아해 하자 웬자이춘이 설명한다. "지금 임자 체내에 존재하는 고강도 항체는 우리가 화관바이러스를 박멸할 수 있는 최종적인 목표라고 할 수 있소. 그저 우리가 당분간 그 비밀을 해석할 수 없을 따름이지. 해석할 수 없으면 복제할 수도 없소. 때문에 보편적 의의를 가질 수 없지. 발견이란 끈질김으로 이뤄진 축적으로 이루어지는 거라오. 그래서 지금 늘 임자 피를 뽑는 거요. 임자몸이 비밀이거든."

뤼웨이즈가 입을 연다. "저에게 아이디어 하나가 있는데 말해도 될지 모르겠어요."

"이렇게 말하는 사람은 결국 다 털어놓게 돼 있지. 이런 말로 청자의 호기심을 자극하니까. 임자가 말하려는 게 보통 말은 아닐 거요. 어서 해 보시오."

"와인 저장고에 가보고 싶어요."

웬자이춘이 알듯 말듯 하게 고개를 끄덕인다. 동의한다는 의미가 아니라 와인 저장고의 진실한 뜻을 알아들었다는 의미이다.

"그건 또 왜?" 산전수전 다 겪은 몸이지만 뤼웨이즈가 무슨 동기로 이런 말을 하는지 알 수 없었다.

"제 체내의 항체가 모든 종류의 화관바이러스의 침입을 이겨낼 수 있는지 알아보려고요. 제가 알기로는 여태껏 누구도 그곳을 전면적으로 감사한 사람이 없지요. 제가 가면 이 중요한 곳에 대해 실제 탐사를 할 수 있을 거고 또 1차적 자료들을 입수할 수 있지요." 뤄웨이즈가 말한다. 물론 이 말들은 모두 진심이었다. 하지만 제일 급하게 할 일은 당연히 1차적인 균주를 손에 넣는 일이었다.

웬자이춘은 물론 이것이 지극히 필요한 일이라는 것을 알고 있었다. 그러나 너무 위험한 일이기도 했다. 와인 저장고는 시체 창고로 개조된 이래 기본적으로는 완전 봉쇄 상태였다. 새로운 사망자의 시체들도 미처 처리하지 못하는 마당에 와인 저장고에 적치된 오래된 시체들을 꺼내서 화장한다는 것은 실질적으로 불가능한 일이었다. 시체는 날이면 날마다 새롭게 생겨나서 정상적인 화장 능력을 초과한지 오래였다. 제일 처음 사용하도록 지정된 와인 저장고는 진작부터 차고 넘쳐서 새롭게 술 저장고들을 징발하여 사용하고 있는 형편이었다. 술 저장고 내의 구체적 상황은 그저 직원들이 감시 카메라를 통해 관찰하고 있는데 다행히 지금까지는 아무 일도 일어나지 않고 있었다. 하긴 쥐 죽은 듯이 고요하고 아무런 생명의 조짐도 없는 곳에서 무엇이 말썽이라도 일으킬 생각이나 하겠는가. 와인 저장고에 들어가는 것만 해도 지대한 위험을 무릅써야 하는데다가 시체를 다루는 일은 생각만 해도 끔찍한 노릇이니 하늘만큼이나 큰 이유가 없다면 누가 그런 궁리를 하겠는가.

하지만 과학 연구나 인류의 안전의 차원에서 본다면 누군가 와인 저장고에 들어가서 시체에 보존되어 있을 1차적 자료를 수집하는 것은 대단히 필요한 일인 것이 분명했다. 화관바이러스가 숙주를 죽음으로 몰고 간 한참 후에도, 바이러스는 여전히 독성을 갖고 있을까? 갖고 있다면 그 시간은 얼마나 될까? 시체를 저장고에 넣기 전에 시체 주머니에 소독약을 살포하였는데 과연 효과가 있을까? 이는 모두 현장조사를 해야 하는 사안들이다.

만 번 양보해서 만약 누군가 흑심을 품고 시체를 도둑질해다가 시체를 가루 내어 인간 세상에 살포한다면 과연 어떠한 일을 초래할 것인가? 방역 총지휘관으로서의 웬자이춘은 이런 상황에도 대비해야 할 것이다. 그러니 뤄웨이즈가 이런 말을 꺼낸 것에 대해 자연히 마음이 움직였다. 정말이지 이 문제를 소홀히 한지 오래였다.

이 순간부터 그는 뤼웨이즈가 지기로 느껴졌다.

"연구 차원에서 보면 진정 필요한 일이긴 하지. 하지만…" 그의 눈시울이 처져 내린다. 거미줄이 얼기설기 끼고 오랫동안 손질하지 못한 극장의 주름막처럼.

뤼웨이즈가 말을 받았다. "지휘관님께서 너무 위험할까 봐 그러시는 줄 알아요. 하지만 제게는 이미 초강력 항체가 생겼다고 지휘관님이 말씀하시지 않으셨어요? 만약 범의 굴에 들어갈 사람이 필요하다면 제가 적임자가 아닌가요? 만약 그래도 마음이 놓이시지 않는다면 제가 전처럼 화학무기를 막을 수 있는 방독면이라도 쓰지요 뭐."

웬자이춘이 말한다. "얘야, 보증은 하지 말거라. 절대 일이 생기지 않으리라는 둥, 그런 말은 영원히 하는 게 아니란다. 의외라는 건 언제나 있는 법이거든. 그러니 장담은 금물이지. 웨이즈 몸의 항체는 웨이즈가 이번 재난에서 살아남도록 만들 수 있는 건 사실이지만 와인 저장고의 수천수백의 시체에서 어떤 변이가 생겼을지는 누구도 알 수 없단다. 사람은 죽어도 바이러스는 보통 살아 있거든. 그것들은 자연히 번식하고 늘어나게 되지. 그렇다면 와인 저장고의 화관바이러스 농도가 놀라울 정도로 짙을 거야. 게다가 밀폐된 장소이니 바이러스들이 서로 융합하여 새로운 변이를 일으켰을지도 모르고. 만약 바이러스의 DNA 부스러기들에 키메라 현상이 일어나고 접목되어 무시무시한 신종 바이러스를 생성시켰다면 네 몸의 항체는 아무런 소용이 없게 되는 거야. 즉 네가 보통사람과 같아질 수도 있다는 거지. 정말 그런 상황이 되면 그야말로 위험천만한 일이야. 그런데도 내가 너를 말리지 않는다면 죄를 짓는 것과 마찬가지지." 웬자이춘이 백발이 성성한 머리를 설레설레 흔든다. 머리발은 마치 한파 속에 나뭇가지에 맺힌 얼음 꽃 같다.

뤼웨이즈는 아버지에 대한 인상이 거의 없는 상태였다. 이 순간, 그녀는 아버지를 찾았다. 자신과 아무런 혈연관계도 없는 이 노인이 이렇듯 자신을 위해 이렇게나 꼼꼼히 생각해 주다니, 뤼웨이즈는 거대한 공포를 느낌과 동시에 더 없는 따뜻함을 느꼈다.

　가장 맹렬한 화관바이러스만이 인간을 가차 없이 죽음으로 내몰 수 있다. 와인 저장고에 들어가지 않는다면 가장 우수한 균주를 얻을 수 없다. 균주가 없다면 리위안과 그의 지도교수는 실험을 계속할 수 없을 것이며 따라서 바이러스를 이길 백신을 찾아낼 수 없을 것이다. 그렇게 된다면 국가 전반이 크나큰 재앙과 도탄 속에 빠질 것이다. 여기까지 생각이 미친 뤼웨이즈는 결연히 말한다. "지휘관님, 전 이미 마음을 정했어요. 인민들을 구하기 위해서라면 무서울 것이 없어요. 저를 보내주세요."

　웬자이춘이 말한다. "그래, 정말로 최악의 경우를 감당할 준비가 된 거요? 만약 이 생기가 완연한 봄날에 자신의 생명에 쓰디쓴 종지부를 찍게 된다 해도 후회하지 않을 자신이 있소?"

　사실 뤼웨이즈는 최악의 경우까지 생각해 보진 않았다. 그녀는 그저 그런 경우는 없으리라고, 자신은 절대 죽지 않을 것이라고 믿을 뿐이었다. 그녀는 자신의 체내에 생성된 항체가 강력한 힘으로 자신을 지켜줄 것이라는 것을 믿고 있었다. 그것은 그녀의 호신부였다. 그리고 항상 낙관적인 마음을 간직하는 것은 인생에서 가장 중요한 소질이라고 믿고 있었다.

　그래서 그녀는 대답했다. "전 준비 됐어요."

　웬자이춘이 손을 흔들며 말한다. "애야, 지금은 가서 쉬거라. 네가 준비되었더라도 내가 아직 준비가 되지 않았거든. 시간을 두고 더 생각해 보겠네."

# 제20장
# 저장고 입주자들

인류와 바이러스는 기필코 판가름이 날 때까지 싸움을 벌일 것이다. 지금 인류의 대파멸로 인해 생겨난 와인 저장고를 개조한 시체 창고에 혹 무슨 신선이나 요괴가 생겨나지나 않을까? 이를테면 좀비나 흡혈귀 같은 것들이 …

웬자이춘은 심사숙고 끝에 뤄웨이즈가 와인 저장고 시체 창고에 들어가는 것을 허락했다. 이른 아침의 웬자이춘은 저녁 무렵에 볼 때처럼 노쇠하고 애수에 찬 모습이 아니었다. 과학 거장의 담담하고도 냉정함을 되찾은 듯하다. 그는 뤄웨이즈를 똑바로 쳐다보며 말한다.

"기억하오. 이건 임자의 자업자득이라는걸."

뤄웨이즈가 웃으며 받아친다.

"더 비유적으로도 말씀하실 수도 있겠는데요."

"어떻게 말이오?"

"불속에 날아드는 나방이라고요."

웬자이춘은 이런 시점에 농담하기 싫어서 그녀의 말을 받지 않고 자기할 말만 한다. "임자에게 알려줘야 할 불행한 소식이 하나 더 있소."

뤄웨이즈는 전에는 '불행'이라는 낱말을 제일 두려워했었지만 생사의 시련을 겪고 난 다음에는 이 단어에 면역력이 생겼다.

"말씀하세요. 전 감당할 수 있어요."

"전용차와 보조 인력이 임자를 시체 창고까지 실어다 줄 거요. 하지만 임자가 그 안에 들어갈 때는 조수가 없소. 다시 말해 임자는 혼자서 들어가야 하오."

"왜요? 저 홀로 시체 산에 들어가요?"

뤄웨이즈는 너무 놀라 새된 소리를 쳤다. 화관바이러스에 감염될 위험은 없다고 해도 혼자서 그 많은 비명횡사한 시체들을 대해야 한다니, 그야말로 가슴이 서늘해지는 일이다.

웬자이춘이 냉정하게 말한다.

"그래서 지금이라도 후회할 수 있다는 거요. 내가 아직 아무런 실질적인 배치도 하지 않았을 때에. 임자는 투지가 하늘을 찌르고 세상에 두려운 게 없지 않소? 그곳에 있는 사람들은 죽은 것이 분명하오. 즉 그곳에서 그 어떤 생명의 자취도 찾아볼 수 없다는 말이오. 온도와 습도가 고정되고 도둑과 강도가 없고 나쁜 놈도 없소. 인간 세상의 일체 죄악이 없다고 해야 할 거요. 존재하는 것은 다만 바이러스와 죽음뿐이오. 임자는 온도를 측정하고 정체적인 상황과 일련의 수치들을 관찰하고 보고서를 작성하면 될 것이오. 전혀 복잡할 거 없소." 웬자이춘은 의논할 여지도 없는 딱딱한 어조로 사업 배치를 한다. 사실 그는 내심 뤄웨이즈가 두려워 그만두기를 바랐다. 비록 의학적인 면에서 보면 뤄웨이즈의 이 프로젝트가 더없이 중요하고 가치가 있는 것이긴 하지만.

뤄웨이즈는 애원하듯 말한다.

"누군가 저와 함께 들어가게 하면 안 돼요? 한 사람이어도 돼요!"

"사람을 붙일 수는 있소. 하지만 그들이 쓸데없는 희생양이 될까 봐 겁나오. 그들의 체내에는 임자와 같은 항체가 없거든. 그런 고농도의 바이러스 환경에서 한번 감염이라도 돼서 발병하면 거의 살아남을 확률이 없소. 임자야 자신이 원해서 하는 일이니 자기가 책임지겠지만 다른 사람은 이런 생명을 내건 신청을 하지 않았소. 내가 비록 총지휘관이긴 하지만 이런 지령을 내리긴 어렵소."

뤄웨이즈는 할 말을 잃었다. 그렇다. 그녀는 지금이라도 그만둘 수 있겠지만 바이러스는 그만둔다는 말을 모른다. 인류와 바이러스는 기필코 판가름이 날 때까지 싸움을 할 것이다. 이 싸움은 지금 시점에서는 인류의 대파멸의 양상을 보이고 있다. 만약 전 인류가 멸종된다면 그녀 홀로 살아남는다 해도 무슨 의미가 있을까? 예전에는 전쟁 연대를 동경하면서 죽음을 티끌처럼 여기는 정신을 부러워하기도 했다. 그런 시대가 다시는 돌아오지 않으리라 생각했었는데 지금 이런 가능성이 영광스럽게도 자신에게 온 것이다. 지휘관님의 말씀이 맞다. 시체 창고 안에는 인간 세상의 다툼이나 시끄러움 같은 건 없다. 소매치기도 없고 불량배도 없고 사람을 죽이거나 해치는 놈도 없는데 두려울 것이 뭐가 있으랴? 여기까지 생각이 미친 뤄웨이즈는 타들어가는 입술을 빨며 가슴을 쭉 폈다. "저는 후회하지 않습니다." 바짝 마른 입술은 거칠거칠한 사포와도 같다. 인간은 극도로 긴장될 때 위액, 소화액 같은 그다지 중요하지 않은 액체 분비가 중단된다고 한다. 뤄웨이즈는 자신이 겁을 먹어도 제대로 먹었음을 직감했다.

일이 이쯤 되니 딱해진 것은 웬자이춘이었다. 개인적으로 말하면 그는 뤄웨이즈가 죽음을 무릅쓰고 시체 창고에 들어가는 것을 원치 않았다. 하지만 과학 연구 차원으로 보면 누군가는 반드시 1차 자료를 수집해야 한다. 이렇게 된 마당에 피차 해야 할 말은 다 했고 말릴 만큼 말렸다고 해야 할 것이다. 웬자이춘은 마디가 굵은 손을 내밀어 뤄웨이즈의 조그마한 손을 굳게 잡았다. "아가씨, 무사히 돌아와야 하오."

진상을 밝히는 일은 경우에 따라 필요하면서도 비정한 일일 수 있다.

뤄웨이즈는 와인 저장고에 다다랐다. 전에 이곳에 왔을 때는 초목이 푸르르고 공기가 더없이 싱그러운 아름다운 전원 풍경이었었다. 지금, 산은 그대로 푸르고 물도 예전처럼 맑다. 하지만 공기가 어떠한지는 그녀가 평가할 바가 아니었다. 어디에나 침투해 있는 화관바이러스가 이 투명하고 맑은 공기 속에 잠복해 있지 않다고 누가 단언할 수 있을까. 사실에 기반하여 말하자면 전원 풍경은 시체 창고가 되기 전보다도 훨씬 아름다웠다. 그것은 단지 정부가 바이러스가 부주의로 인해 유출될 위험성에 대비해 이러저러한 이유를 대서 근방의 주민들을 전부 이주시켰기 때문이다. 인위적인 파괴가 없다 보니 주변의 식물들은 더더욱 싱싱하고 생기 넘치게 자라고 있었다.

와인 저장고의 대문은 굳게 닫혀 있었다. 초인종을 한참이나 눌러서야 직원이 나와 문을 열어주었다. 그 사람은 젊은 엔지니어였는데 발걸음이 기민하고 날렵했다. 마치 보이지 않는 군화라도 착용한 듯 신속하게 움직였다. 그는 자신의 성씨가 한가라고 소개하면서 주로 와인 저장고의 냉각과 해당 기기의 관찰을 책임지고 있다고 했다.

시체 창고로 변한 와인 저장고의 대낮은 한산하기 짝이 없었다. 이곳의 주요한 업무는 깊은 밤에 이루어지기 때문이다. 밤이 깊어 가장 어두운 시각이 되면 병원에서 나온 시체들은 바다에 흘러드는 지류들처럼 이곳에 집중된다. 게다가 이 와인 저장고는 제일 처음에 지정된 곳이기에 진작부터 차고 넘쳐서 지금은 대낮이나 밤이나 모두 고요하고 쓸쓸했다. 이곳의 주요 작업은 기기들의 정상적인 작동과 냉동 온도를 보장하는 것이라고 했다.

뤄웨이즈는 방호 장비를 챙기며 출발 준비를 했다. 그녀는 고개를 돌려 운전기사에게 말했다. "밖에서 기다리세요."

중년으로 보이는 운전기사는 얼굴이 하얗게 변하며 묻는다. "얼마나 기다려야 합니까?"

"그건 잘 모르겠어요. 금방 끝날 수도 있고 생각보다 오래 걸릴 수도 있으니 어쨌든 제가 나올 때까지 기다리세요."

대문을 열어 준 한 씨라는 젊은 엔지니어는 이 말을 듣고 불안감을 감추지 못한다. "아니, 진짜로 들어가실 건가요?"

이 말에 뤄웨이즈가 되레 의아해했다.

"진짜가 아니면요? 그럼 내가 뭘 하러 왔겠어요? 얘기를 못 들었나요?"

한 엔지니어가 대답한다. "사람이 올 거라는 말은 들었습니다. 하지만 오늘이라고는 하지 않았고 여성분인 줄은 더더욱 몰랐습니다! 정말입니다. 저 안엔 아무것도 없습니다."

"그 말엔 어폐가 있는걸요. 저 안에 진짜로 아무것도 없다면 정말이지 좋겠습니다. 저 안에는 많은 사람들이 있잖아요."

젊은 엔지니어가 움찔한다. "그들은 … 사람이라 할 수 없지요."

뤄웨이즈는 위정펑이 생각났다. 그래서 격하게 바로잡는다. "어찌 사람이 아니에요? 그들도 사람입니다."

그녀는 무엇이 생각난 듯 물었다. "그쪽은 들어간 적 없으세요?"

한 엔지니어가 약간은 억울한 듯 대답한다. "저는 이곳이 다 찬 다음에 이곳에 왔거든요. 제일 처음… 사람이 … 들어올 때는 작업자들도 함께 들어갔다고 합니다. 그런데 지금 우리의 주 업무는 기기들을 관리하는 일이거든요. 그러니 적정 온도를 유지하기만 하면 들어갈 필요가 없습니다. 물론 냉각설비가 고장이라도 나면 그 즉시 들어가 봐야 하겠지만요. 하지만 다행히 그런 일은 아직까지 한 번도 생기지 않았습니다."

뤼웨이즈는 마음이 놓이지 않는 듯이 캐물었다.

"그렇다면 안에 다른 상황은 없었나요?"

이번에는 한 엔지니어가 어리벙벙해졌다.

"무슨 상황을 말씀하는지?"

뤼웨이즈는 무거운 방호복을 껴입으며 말한다. "예를 들면 무슨 괴기 사건이라든지? 넋이 돌아온다든지, 좀비가 된다든지, 아니면 흡혈귀가 나타난다든지 하는 일 …"

한 엔지니어가 한시름 놓았다는 듯이 대답한다.

"그런 일들은 전혀 없었습니다. 사람들이 얼어서 냉동고의 돼지고기처럼 되어버린걸요. 영혼이라는 것이 정말 있다고 해도 얼음으로 변했겠습니다. 하지만, 그래도 들어가시는 건 삼갔으면 좋겠습니다."

"그건 왜요?"

"밖에서 모니터로도 안의 모든 상황을 살필 수 있거든요. 저 안은 온도가 영하 30도나 돼서 사람이 견뎌낼 수가 없습니다."

뤼웨이즈가 머리를 설레설레 저었다. "그런데 들어가지 않으면 어떻게 1차 자료를 파악할 수 있겠습니까? 이건 제 임무니까 꼭 들어가야 합니다."

말려낼 수 없음을 보고 한 엔지니어는 한숨을 쉬며 당부한다.

"안에 들어가면 제일 길어도 15분간 후에는 꼭 나와야 합니다. 방호복은 바이러스 방지에는 효과가 있지만 방한 기능이 약하거든요. 오래 있다가는 꽁꽁 얼어 버릴지도 모릅니다. 그리고 안에서 길을 잃어서도 안 돼요. 정말 길이라도 잃는 날엔 우리가 목숨을 걸고 구하러 들어간다고 해도 제때에 구조하지 못한 경우에는 얼음덩이로 발견될 테니까요." 말을 마친 엔지니어는 작은 기기 하나를 꺼내 약간 조절하고 나서 정중하게 뤄웨이즈에게 건넨다. "이건 경보긴데요, 일단 이상한 조짐이 발견되면 이것을 누르세요. 그러면 우리가 즉각 들어가 도움을 드릴 테니. 하지만 방호복을 착용하려면 시간이 걸릴 것이니 그때까지 버텨야 합니다. 물론 이 모든 것이 괜한 걱정이기만 바랄 뿐입니다."

뤄웨이즈는 방호복 차림의 손바닥으로 그를 토닥였다. "멀쩡하게 살아서 돌아올 테니 걱정 말고 기다리세요."

와인 저장고의 대문이 열렸다. 뤄웨이즈는 홀로 안으로 걸어들어갔다. 무거운 대문이 그녀의 등 뒤에서 소리 없이 닫힌다. 따뜻한 인간 세상과 격리된 셈이다. 저온을 유지하기 위해 저장고 안은 불빛도 아주 어두웠다. 광도는 감시 장치의 숫자들을 겨우 알아볼 수 있을 정도였다. 하긴 이 안에 있는 사람들은 바늘귀를 꿸 일도, 불 밝히고 야근할 일도 없으니 밝은 불을 달아도 필요가 없겠구나.

뤄웨이즈는 잠깐 멈춰 서서 몸이 방호복의 무게에 적응하게 했다. 이후에 심호흡을 한 번 하고 나서 전전긍긍하며 한 걸음 한 걸음 앞으로 나갔다. 그녀의 시력은 아직 주변의 어둠에 적응되지 않아 어두컴컴했다. 마치 시체 더미를 헤치고 가는 것 같았다. 정신을 가다듬어 자세히 보고 나서야 착각이었음을 알았다. 아직도 밀폐된 문을 몇 겹이나 지나야 이곳에 사는 사람들의 참모습을 볼 수 있었다. 냉각설비는 아주 강력해서 앞으로 나아갈수록 온도가 더욱 낮아지는 것 같았다. 바닥에는 두툼한 서리가 끼어 있어 서리 낀 냉장고 안에 들어온 것만 같다. 차디찬 공기는 어느덧 방호복의 겹층을 뚫고 뼈를 에이는 수준을 넘어서, 대못을 뤄웨이즈의 뼈마디마다 박아 넣는 것만 같은 느낌마저 들었다. 죽을 만큼 겁나서 종아리가 덜덜 떨렸지만 뤄웨이즈는 이를 악물고 눈을 딱 감고 앞으로 나갔다.

제일 마지막 밀폐 문이 열리고 뤄웨이즈는 끝끝내 시체 창고의 핵심부에 다다랐다. 눈을 들어 바라보니 기다란 터널이 끝없이 뻗은 것만 같았다. 만리장성을 모방해 쌓았던 와인 저장고의 벽면은 지금 아주 반들반들한 벽면재로 바뀌어 하얀 빛을 반사하고 있었다. 거리가 있어서 뤄웨이즈는 그것이 스테인리스 재질인지 아니면 특수한 플라스틱 재질 또는 이름 모를 첨단 기술 제품인지 알 수 없었다. 재질이야 어떻든 구부러진 라디안과 아치형이 동굴 천장의 기복과 기어처럼 맞물려 틈새 하나 보이지 않았다. 철저한 소독을 위해 사각지대를 남기지 않으려는 조치인 듯했다. 정교한 시공에 혀를 내두르지 않을 수 없었다. 와인 통을 놓아두던 틀들은 전부 제거한 상태다. 사실, 시체가 가득 찬 와인 통보다 무거울 리는 없겠지만 원래의 틀이 거칠기 때문에 세균을 철저히 없애기 어려울 뿐더러 시체 주머니를 파손시킬 위험성이 있어 제거한 것 같았다. 지금의 틀은 벽면과 같은 재질이었는데 새하얗고 견고하며 깔끔한 것이 슈퍼 진열대와 흡사했다. 물론 슈퍼의 진열대보다는 훨씬 높고 넓었다. 이 커다란 진열대에는 차곡차곡 물건들이 쌓여 있었는데 그것이 바로 화관바이러스로 인해 숨진 시체들이었다.

뤄웨이즈는 전에 이곳에 와 본 적이 있었다. 그때만 해도 포도주 특유의 오크 향과 참나무 통의 예스러운 맛이 어우러져 비단결처럼 아름답고 부드러운 운치가 차고 넘쳤었다. 하지만 지금의 이곳은 어둡고 단단하며 도처에 차가운 금속의 기운과 소독약의 서슬 푸른 독기가 차고 넘친다.

뤄웨이즈는 처음에 줄줄이 늘어선 시체 진열대에 차마 눈을 주지 못했다. 그녀는 복도처럼 기다란 공간을 따라 조심조심 느릿느릿 발걸음을 옮겼는데 깊은 잠에든 사람을 깨울까 겁내는 것 같았다. 시간의 흐름에 따라 추위는 점점 심해졌다. 뤄웨이즈는 그것이 시체 창고의 중심에 들어온 탓인지, 아니면 자신의 두려움이 깊어져 손발이 얼어버린 것 때문인지 알 수 없었다. 그녀는 그 자리에 멈춰 서서 버릇처럼 자신의 가슴팍을 만졌다. 그곳에는 리위안이 선물한 수정 목걸이가 걸려 있었다. 서로 교차된 두 자루의 해적검인데 까만 수정이 박혀 있었다. 검의 아래쪽에는 두 방울의 빨간 다이아몬드와 흡사한 수정이 박혀 있었는데 마치 흘러나온 핏

방울과 흡사했다. 선물을 받고 풀어 보았을 때 뤼웨이즈는 당당히 뿜어져 나오는 살기에 깜짝 놀랐었다. 후에 곰곰이 생각해 보니 리위안은 모종의 위험성을 예견하여 이 선물로 그녀의 용기를 북돋우려 한 것이 틀림없었다. 이 상징성이 다분한 장신구가 사악한 기운을 물리치기를 바랄 따름이었다.

더 지체해서는 안 되기에 뤼웨이즈는 심호흡을 두어 번 하여 숨을 고르고 나서 용기를 내어 눈길을 시체 주머니에 주었다. 찰나, 푸른색 눈썹, 나선형의 이빨과 혀, 포크와도 같은 팔이며 해골에 깊숙이 파인 구멍들이 차례로 떠오른다. 뤼웨이즈는 신속히 이성적인 판단을 했다. 아니야, 이렇게 빠를 수 없어! 이 사람들은 아직 해골이 되지 않았어. 사람의 형태를 간직한 시체들이야.

이때 꿈틀거리는 감각이란 바로 도망쳐! 뒤돌아보지 말고! 빠르면 빠를수록 좋아! 이러한 것들이었다.

하지만 그녀는 도망칠 수 없었다. 도망치지 않은 그녀의 눈에 들어온 제일 뚜렷한 모습은 바로 한 덩이 한 덩이 새하얀 물체들이었다. 방호 안경 뒤에서 힘들게 초점을 맞춘 끝에 그녀는 그 새하얀 덩이들 속에서 한 알 또 한 알의 혼탁한 갈색 리치 씨 같은 물체를 발견했다! 갈색과 백색의 대비는 너무나도 강렬하여 뤼웨이즈를 혼비백산하게 했다. 그런데 그것이 무엇인지 알 수가 없어 쫓기듯 눈을 감고 말았다.

심장이 순식간에 배로 팽창하는 듯했다. 자그마한 심장은 감당할 수 없는 중압감과 스트레스로 인해 망가지고 말았다. 그녀는 그저 기다릴 수밖에 없었다. 샘물처럼 재활의 힘이 모아지기를 기다릴 수밖에. 이윽고 그녀가 다시 눈을 뜨고 이 불룩하게 튀어나온 갈색과 흰색이 뒤섞인 물체를 자세히 볼 때에야 그것들이 화관바이러스로 인해 숨진 사람들의 눈동자인 것을 알아보았다.

그렇다. 자루 속에 누워있는 사람들은 하나같이 눈을 부릅뜨고 있었다. 흰자위는 마치 금방 구워 낸 석회처럼 새하얗고 동공이 확장되어 눈동자 밑의 암갈색의 응고된 피가 비쳐 나온다. 한 눈에 보기에 깊은 옛 우물 같았다. 손발은 구부러들고 체형이 망가졌고 표정은 공포스러웠다. 죽기 전에 당한 이루 말할 수 없는 고통을 말해 주려는 것처럼 보였다. 사망 후에 배출한 체액들은 자루의 밑부분에 황갈색의 더러운 얼음이 되어 엉겨 붙었다.

이런 참상에 대해 뤄웨이즈는 몇 번이고 상상해 보았었으나 실제로 접하니 숨이 넘어갈 정도로 놀랐다. 그 누구도 그녀에게 알려준 적이 없었다. 화관바이러스로 숨진 사람들은 죽어도 눈을 감지 못한다는 사실을! 그녀는 두 다리를 사시나무 떨 듯하며 사방팔방을 향해 절을 하면서 입으로 되뇌었다. "죄송합니다, 환우 여러분. 저는 당신들을 동정하고 연민할 자격이 없습니다. 그저 존경할 따름입니다. 그런데 오늘 더 많은 사람들의 복지를 위하여 저는 여러분들의 깊은 잠을 깨워야 할지도 모릅니다. 저는 가급적으로 가볍게 움직일 것이고 짧은 시간에 끝낼 것입니다. 그러니 널리 양해해 주십시오." 그녀는 자신이 이런 말을 입 밖에 낸 줄로 알았지만 사실 단 한마디도 소리를 내지 못했다. 그저 입술만 달싹거렸을 따름이었다.

어쨌든 말을 마치고 나서 그녀는 원래는 와인 저장고였으나 지금은 시체 창고로 탈바꿈한 곳의 더욱 깊은 곳을 향해 가까스로 걸음을 옮겼다. 부들부들 떨면서 계단을 내려갔다.

무엇 때문에 출입문에서 가까운 곳에서 균주를 수거하는 작업을 수행하지 않는가? 그러면 훨씬 쉬울 텐데. 그녀는 딱히 이유를 말할 수는 없었으나 직감적으로 더 깊은 곳에 가는 것이 좋을 것이라 느껴졌다. 사망자의 시체는 시간 순서로 안치한 것이니 일찍 사망된 사람일수록 안쪽에 놓였을 것이다. 이 점은 추측하기 쉽다. 첫째로는 나중에 찾기라도 해야 한다면 순서대로 놓아야 찾기 쉬울 것이고 둘째로는 안치할 때에도 선후 순서를 지켜야하기 때문일 것이다. 일찍 사망한 사람들을 출입문 근처에 놓는다면 그 후에 들어온 사람들을 어디에다 둘 것인가?

시체로 이루어진, 고요함이 가득한 통로에는 뤄웨이즈의 공허한 발걸음 소리만 울려 퍼진다. 그녀는 자신이 무겁게 걸어야 할지 아니면 가볍게 발걸음을 옮겨야 할지 몰랐다. 너무 가벼워 살쾡이처럼 아무런 소리도 나지 않는다면 자신이 이미 얼어 죽어서 유령이 된 상태와 차이를 느낄 수 있을지 두려웠다. 그렇다고 걸음을 무겁게 하면 울림이 생긴다. 두 가지 단점을 비교하여 그중 괜찮은 것을 고른 결과, 뤄웨이즈는 무겁게 걷기로 했다. 적어도 자신이 강하다는 것을 과시할 수 있으니 말이다. 무거운 화학 방호화의 밑바닥은 생각대로 선사시대의 동물들이나 낼 법한 쾅쾅 하는 소리를 냈다. 그 소리가 반들반들한 벽체에 맞아 메아리가 되었는데 끝이 없이 이어질 줄이야. 이것이야말로 더 무시무시했다. 메아리로 돌아오는 소리들이 중복되면서 누군가 다른 사람이 저 멀리에서 걷고 있는 것처럼 느껴졌다. 온몸에 전율을 느낀 뤄웨이즈는 이번에는 발을 높이 쳐들었다. 생각대로 소리가 훨씬 약해졌다. 시체 창고 안에 또 다른 귀가 없으니 망정이지, 만일 누가 있었다면 높아졌다 낮아졌다 하는 소리를 듣고서 놀라 쓰러지지나 않으면 다행이었다.

겨우겨우 저장고 깊은 곳에 다다랐다. 불빛은 처음처럼 어두웠지만 다행히 뤄웨이즈의 눈은 이런 어두움에 적응이 되었다. 그녀는 한 구 또 한 구의 시체의 명찰을 세심히 살폈다. 찾는 시체가 여기에 있는 게 분명하다.

제일 안쪽에 놓여 있는 시체 주머니 하나, 뤄웨이즈는 사지가 굳어진 채 발걸음을 멈췄다. 끝내 찾으려던 것을 찾았기 때문이었다.

주머니의 명찰에는 망자의 이름이 똑똑히 적혀 있었다 ― 위정펑.

주위는 변함없이 한랭했지만 뤄웨이즈는 땀이 나는 것을 느꼈다. 심장 박동이 빨라지고 위는 경련을 일으켰다. 그녀는 최대한 다른 생각을 하려 했지만 공포는 사라지지 않았다. 체내의 어느 부위가 가라앉으며 맥박이 갈수록 빨라졌다. 그녀는 결국 그 부위가 방광임을 느꼈다. 물밀듯 밀려오는 배설하고픈 감각을 걷잡을 수 없다. 그녀는 자신이 소변, 아니 대변까지 지릴지 모른다는 데 생각이 미쳤다. 혈액은 급류처럼 흐른다. 뤄웨이즈는 마치 고동치는 그 흐름을 보는 듯했다.

위정펑 사망 당시에는 시체 저장고가 건립되지 않았다. 그의 유체는 병원의 영안실에 오랫동안 보관되어 있었다. 관례대로 하면 그의 유체는 화장했어야 했다. 하지만 그의 순직이 동료들에게 너무나도 큰 충격을 주어서인지 그의 시체는 화장되지 않았다. 유체나마 조금이라도 오랫동안 보존하는 것이 그에 대한 최후의 예의라도 되는 듯이. 어쩌면 그것은 하나의 실책인지도 모른다. 하지만 어찌 됐든 그의 유체는 화장을 면한 채 이 저장고의 제일 첫 번째 주민이 되었다.

뤄웨이즈를 이곳으로 이끈 것은 그녀의 잠재의식이었다. 사실 그녀는 줄곧 그를 찾고 있었다. 그녀의 몸에는 그의 바이러스가 있다. 이런 의미에서 말한다면 그녀와 그, 아니면 그녀와 유체는 일맥상통한 혈연이 있는 것이다. 피를 못 속이는 것처럼 바이러스도 서로를 알아보는 모양이었다.

뤄웨이즈는 위정펑의 시체 주머니를 열었다. 주머니 입구에는 지퍼가 달려 있었다. 온도가 지나치게 낮은 탓에 지퍼는 아주 뻑뻑했다. 게다가 장갑까지 끼고 있어 동작이 어설프기 짝이 없었다. 부들부들 떨면서 가까스로 사람의 머리 크기만큼 지퍼를 열었다. 뤄웨이즈는 맥이 빠지지 않도록 계속 힘을 주었다. 그런데 웬걸, 힘을 고루 주지 못했는지 주머니 입구가 찢어지면서 위정펑의 시체가 철렁 떨어져 나왔다. 마치 꽁꽁 언 황하강의 큰 잉어처럼. 깜짝 놀란 뤄웨이즈는 저도 모르게 몸을 피했다. 그 때문에 위정펑의 시체가 그대로 바닥에 엎어졌다. 펑 하는 소리가 난 걸 보아 시체의 어느 뼈마디가 부러진 것 같았다. 뤄웨이즈는 그가 진작부터 아무런 고통도 느낄 수 없다는 것을 뻔히 알면서도 자책을 면할 수 없었다. 슬픔을 음미할 새도 없이 뤄웨이즈는 먼저 시체 자루 안에 얼어붙은 분비물 덩이를 자신이 휴대한 그릇에 담았다. 이후에 신체 조직들을 몇 덩이 채취했다. 리위안이 바이러스가 제일 밀집한 부위들을 알려주었기 때문이다. 손을 놀리면서 그녀는 하소연하듯 속삭인다. "선생님, 죄송해요. 이건 선생님의 염원을 하루빨리 실현하기 위해서랍니다."

시료 채취를 마친 후에야 뤄웨이즈는 그의 유체를 살펴볼 담력이 생겼다. 비록 그녀는 그를 잘 안다고 생각했지만 처음 본 그의 얼굴은 꽤나 낯설었다. 위정펑은 그녀의 꿈속에 나타났을 때의 모습보다 훨씬 후리후

리했다. 그의 몸은 마치 섣달에 눈서리를 맞은 동북의 노송과도 같았다. 차갑고도 꼿꼿하다. 병마의 모진 시달림을 겪어 일그러진 몰골이지만 예전의 단정한 모습을 찾아볼 수 있었다. 위정평의 표정은 화관바이러스에 목숨을 빼앗긴 다른 망자들과는 달랐다. 비록 그들처럼 눈을 감지 못했지만 표정은 더없이 안온했다. 살짝 들린 입가는 미소를 머금은 듯 무언의 힘까지 느껴진다. 핏속에 잠긴 눈동자는 여전히 크고 평온하며 온화하고 깊어 보였다. 죽음이 그를 정복하여 전기적인 일생이 막을 내렸지만 그는 결코 굴복하지 않았음을 보여주는 것 같다.

뤄웨이즈는 위정평을 조용히 응시했다. 시간의 흐름과 한랭의 습격과 더불어 그녀는 자신이 그의 지기임을 깊이 느낀다. 동일한 바이러스가 이 시각 서로의 체내에서 공진을 일으키고 있는지도 모르는 일이다. 그녀는 바이러스가 살판을 치는 이 살벌한 이승에 그가 이루지 못한 염원을 남겨두고 간 것을 이해한다.

뤄웨이즈는 위정평의 파란색과 흰색 줄이 간 환자복을 여미며 그를 다시 시체 주머니에 넣으려고 했다. 그런데 환자복 주머니가 부풀어 있는 것이 꼭 무슨 물건이 있는 것 같았다. 손을 넣어 만져보니 여러 겹으로 된 종이였다. 꺼내어 펼쳐보니 익숙한 필체가 눈에 들어온다ㅡ필체는 폭풍 속의 갈매기처럼 휘청휘청 흩날린다ㅡ또 하나의 유언장이라니! 이 사람은 유언광이 아닌가, 그가 이 세상에 아직도 얼마나 많은 문자를 남겨놓았을까? 아마 이게 제일 마지막 한 부겠지. 뤄웨이즈는 얼음 알갱이가 섞인 종이를 안주머니에 고이 간직했다. 주머니에 넣는 과정에 해적 목걸이가 손에 닿는다. 그녀는 그것을 살짝 건드렸다. 유언장을 얻은 뤄웨이즈는 힘을 다하여 위정평의 시체를 다시 주머니에 넣었다.

꽁꽁 언 위정평의 시체는 질병에 시달려서 체중이 대폭 줄어들었다 해도 연약한 여성의 몸으로 다루기엔 힘에 부치는 일이었다. 다행히 비상 상황에서 폭발하는 인체의 놀라운 힘 덕분에 끝내 시체를 도로 넣을 수 있었다.

뤄웨이즈는 떨어지지 않는 발걸음을 옮겨 위정평의 유체 곁을 떠났다.

사실 그녀는 전에 그를 한 번도 본 적이 없고 이 시간 이후로 다시 볼 수도 없을 것이다. 그녀는 그에 대한 존경을 끝없는 응시에 담았다. 뼈를 깎는 듯한 애통, 침묵 속의 인내, 유례없는 처량함과 절절한 그리움 … 모든 것은 조용한 이별로 끝났다.

이제 그녀는 떠나야 했다. 한바탕 힘을 썼더니 땀이 흠뻑 나서 추운지도 모르겠다. 손발이 아직 말을 듣는 틈을 타서 그녀는 또 다른 날짜에 사망한 시체에서 무작위로 표본들을 채취했다. 남자와 여자, 그리고 노인과 어린이를 선택했다. 그리고 건장한 사람과 마른 사람들도 택했다. 단 한 종의 바이러스가 이렇게 건장한 사람들을 순식간에 쓰러뜨릴 수 있다니, 그 독성도 다른 것보다 훨씬 강하고 뛰어날 것이 아닌가.

그녀는 어느 여자 아이의 구강 점막에서 질식을 일으킨 견본을 채취했다. 가래로 인해 질식을 일으키는 것, 이것은 화관바이러스의 가장 험악한 사망 원인이라고 할 수 있다. 어른들의 입은 열 방법이 없었다. 너무나 꽁꽁 언 탓에. 애들은 그런대로 괜찮았다. 너무나 가깝게 다가간 탓에 어린애 머리카락에서 풍기는 피비린내를 맡을 수 있었다. 환각인지 진실인지 알 수는 없지만. 그녀는 무의식적으로 머리를 돌려 피했다. 찰나, 뤼웨이즈는 등 뒤에서 들려오는 발자국 소리를 들었다. 쿵-쿵-쿵-쿵-

그녀는 이것은 착각임이 분명하다고 느꼈다. 혹한과 공포, 거기에 피로까지 겹쳤으니. 그녀는 돌아보지 않았다. 자신의 환각에 머리를 숙일 수가 없다고 생각되어. 만약 그 소리가 변함이 없다면 일은 완벽하게 해결되는 것이다. 환각이 분명하니 말이다. 그런데 괴이하게도 그 소리가 변했다. 규칙적인 쿵쿵 소리에서 멀어져 가는 규칙 없는 부스럭거리는 소리가 되었다. 그 부스럭 소리마저도 얼마간 들리더니 신비하게 사라져 버렸다.

차가운 시체 주머니에서 누군가가 부활한 모양이다. 이것이 뤼웨이즈의 첫 번째 생각이었다. 정말이라면 좋은 일이 아닐까? 어서 가서 도와주기라도 해야 하는 게 아닐까? 생각은 생각뿐이고 그녀는 용기가 없었다. 그러니 돌아보지도 않고 앞으로만 나간다. 이제 손발이 말을 듣지 않는다. 배까지 아프기 시작했다. 뤄웨이즈는 한 손으로 배를 움켜쥐고 다른 손으로는 무엇이든 잡을 준비를 했다. 그것이 시체 주머니라도 말이다. 그녀는 유령처럼 흐느적흐느적 앞으로 나간다. 고독하고 쓸쓸하고 괴기스럽기까지 하다. 몸에 걸친 방호복의 마찰은 들릴 듯 말 듯한 배경 음악으로 변했다.

전등은 푸르고 누르스름한 손처럼 시체들로 이루어진 복도의 희미한 빛을 이어준다. 희미한 불빛에 잘려나간 수없는 암흑들은 찢긴 상처처럼 공포를 흩뿌린다.

이곳은 정녕 세상에서 가장 황량한 곳이며 가장 고요한 곳이며 가장 괴기스러운 곳이 틀림없었다. 따라서 가장 상상의 나래를 펼칠 수 있는 곳이기도 했다.

# 제21장
# 국경이 없는 것들

와인 저장고 깊은 곳의 시체는 부활하더라도 반드시 허약하기 짝이 없을 것이다.
과학, 바이러스 그리고 돈, 이 모든 것은 전부 국계가 없는 것들이다.

뤄웨이즈의 손은 저도 모르게 앞가슴의 해적 목걸이에 닿았다. 물론 두
꺼운 방호복 탓에 피부까지 닿을 수는 없었다. 그녀는 그저 힘껏 목걸이
를 눌러 그 뾰족한 언저리와 약간 도도록한* 중심부의 촉감을 느낄 뿐이
었다.

짜릿한 아픔이 전해온다. 아픔은 그녀에게 꼭 이 일을 밝혀내야 한다고
알려준다. 밝혀내어야만 한다 — 이것이 자신의 환각인지, 아니면 이 얼음
동굴의 깊은 곳에서 정녕 어느 시체가 부활한 것인지. 만약 후자라면 이
것이야말로 더없이 귀중한 의학 자료일 것이다. 물론 위험할지도 모른다.
하지만 뤄웨이즈는 귀신같은 건 믿지 않는 사람이었다. 그리고 빈사 상태
에 처한 무력감을 몸소 체험하지 않았던가. 설령 어느 환자가 진짜로 살
아났다고 해도 이런 얼음으로 가득한 세계에서 먹지도 마시지도 못했을
터, 그런 사람에게 무슨 힘이 있을까. 하물며 그것이, 아니 정확하게 말하
면 그 아니면 그녀가 그 누구의 구원의 손길을 애타게 기다리고 있을지도
모르는 일이다. 이런 생각을 굴리며 뤄웨이즈는 방금 소리가 난 쪽을 향
해 움직이기 시작했다. 몸을 돌려 저장고의 다른 방향을 향해 발소리를
죽이며 살금살금 다가갔다.

---

* 가운데가 조금 솟아서 볼록한 모양을 이르는 말

더없이 고요한 시각을 표현할 때 사람들이 흔히 쓰는 비유가 있다. "쥐 죽은 듯한 정적"이라고. 비유는 비유일 뿐, 생기라곤 전혀 없는 시체 창고에 들어온다면 죽음이 생각처럼 고요하지 않다는 것을 깨닫게 될 것이다. 갱도의 막장과 흡사한 이 기다란 굴 양쪽에는 투명한 주머니에 넣은 시체들이 빽빽이 쌓여있다. 서로 다른 각도에서 어스름한 불빛을 반사하는 시체 주머니들은 얼핏 보면 울퉁불퉁한, 기묘한 모양의 바위들 같았다. 냉각 설비들은 보이지 않는 곳에서 쉴 새 없이 냉기를 뿜어내고 있었다. 강력한 냉기는 쉭쉭 아츠러운 소리를 내며 시체 주머니 사이를 훑고 지나간다. 협곡을 뚫고 지나가는 설한풍을 연상케 한다. 뤼웨이즈는 마음을 가다듬고 숨을 죽여가며 애써 가벼운 걸음으로 다가가려 했다. 화관바이러스 부활자라면 기필코 바람에도 날아갈 만큼 허약할 터이니 최대한 그 혹은 그녀를 보호해야 할 것이다.

다행히 시간이 그리 걸리지는 않았다. 어느 구석에서 그녀는 차곡차곡 쌓여 있던 시체 주머니를 누군가 건드린 흔적을 발견했다. 이걸 건드린 사람은 절대 자신이 아니라고 확신할 수 있었다. 그녀는 절대 이쪽 통로에 온 적이 없으니까. 기억은 아직 또렷하다. 게다가 한두개도 아닌, 여러 주머니에 건드린 흔적이 남아있었다. 주머니들은 뒤죽박죽이 되었을 뿐더러 지퍼도 제대로 잠그지 않아 입구가 벌려진 채 방치되어 있었다. 이런 음산한 구석에서 하나도 아닌 여러 시체들이 한꺼번에 부활하기라도 했단 말인가?

얼음은 쇠처럼 차다. 시간마저 얼어붙은 듯하다.

이때, 그녀의 눈에 아주 특별한 시체 한 구가 들어왔다. 그 시체는 시체 주머니의 구석에 웅크리고 있었는데 주머니가 비뚤어져서 전체 모양은 알아볼 수 없었다. 드러난 부분만 보아도 시체의 색깔은 다른 시체와는 전혀 다른 모습이다. 파랗고 흰 줄이 죽죽 간 환자복이 아니라 살구색 옷을 입고 있었다. 뤼웨이즈는 등골이 오싹해짐을 느꼈다. 하지만 시체를 섣불리 건드리지는 못하고 이 구역의 푯말부터 머리에 새겨 넣었다. 위치를 확인한 다음 그녀는 즉시 자리를 떴다. 이제 밖에 나가 몸을 좀 녹인

다음 사람을 불러 함께 들어와 볼 예정이었다. 이 괴이한 시체는 도대체 어찌 된 일인지 밝혀야 했다.

뤼웨이즈는 몸을 돌려 천천히 저장고 문 쪽으로 향했다. 그녀가 속도를 내지 않으려는 것이 아니라 무거운 방호복 탓에 전혀 뛸 수가 없었다. 그녀가 안간힘을 다해 가까스로 이 구역을 벗어나려는 찰나, 그 절도 있는 발자국 소리가 재차 들려온다. 하필이면 이런 중요한 때에 자신의 신체의 일부분, 이를테면 귀가 반란을 일으켜 괴기스러운 소리를 만들어 내는 같아 짜증이 났다. 일부러 남을 놀래키려 하는 것이 아니면 무엇이란 말인가. 이 순간 그녀는 체력과 정신력이 모두 바닥이 나서 깃털처럼 가벼운 자극도 감당할 수 없을 지경이었다. 그녀는 절대 머리를 돌리지 않으리라, 절대 자신의 환청에 굴복하지 않으리라 다짐했다. 마음 같아서는 자기 뺨이라도 한대 후려갈겨 짜릿한 아픔으로 환각을 깨고 싶었다. 하지만 두꺼운 방호복 덕에 아무리 힘을 내봤자 고작 펑펑 하는 소리나 날 것이다. 그녀가 머리를 짜내어 이 끝도 없는 환각에서 벗어 날 방법을 생각하고 있을 때, 거대한 손이 자신의 어깨에 놓이는 것을 느꼈다.

그녀는 얼굴의 근육을 움직여 웃는 표정을 지으려고 했다. 다른 사람에게 보이려는 것이 아니라 자신을 위안하기 위해서. 하지만 이런 음산한 곳에서 웃음이란, 그것의 출발점이 어떠한 것이었던지를 막론하고 단 일초 사이에 쓴웃음이나 냉소로 변할 게 분명했다. 그녀는 방금 자신이 느낀 것이 피부가 일으킨 일종의 환각이라고 생각했다. 이렇듯 고요하고 쓸쓸하고 냉혹한 세계에서 어떤 환각인들 생기지 않으랴. 하지만 그녀가 숨을 고르기도 전에 어깨의 압력이 점점 커져감을 느꼈다. 지금 어깨는 중압감을 느끼다 못해 가벼운 통증까지 전해온다. 뤼웨이즈는 발끈했다. 자신이 더는 이런 말도 안 되는 일에 놀라지 않기 위해 그녀는 끝내 머리를 돌렸다. 눈의 선명한 감각으로 귀의 환각을 깨 버리기를 바라면서. 그런데 천천히 머리를 돌린 찰나, 그녀는 자기와 똑같은 사람 하나를 발견했다. 똑같은 방호복 차림으로 자신의 뒤에 서 있는 사람 하나! 마치 거울 안의 자신을 보는 듯하다. 뤼웨이즈는 비애를 느꼈다. 맙소사! 이제 눈도 나를 배반하는구나. 청각과 촉각의 환각도 모자라서 시각까지!

혹시 이건 신경계통이 망가지려는 조짐이 아닐까? 식은땀이 주룩 흘렀다. 만약 진짜 그런 거라면 이제 곧 밑동 잘린 나무처럼 쓰러지겠지? 정말 그러면 안 되는데…

뤄웨이즈의 손가락이 무의식적으로 경보기에 닿는다.

그녀가 자신을 에워싼 모든 것에 가장 합리적인 설명을 부여하고 아무 일도 없었다고 자신을 위안하려는 찰나, 그 거울 속의 자신인 듯한 사람이 입을 열었다. "경보기를 누르면 안 돼요. 뤄웨이즈 씨!"

남자였다! 게다가 자기를 아는 남자!!

뤄웨이즈는 진심으로 이것 역시 환청이기를 바랐다. 이 시각 이 장소에서 그 어떠한 환각이라도 진짜로 산 사람이 나타나는 현실보다는 사랑스러울 것이기에. 하지만 그녀는 이번 일이 절대 환각, 환청, 환촉각 중의 어느 하나, 또는 그 모든 것을 합친 것이 아님을 깨달았다. 그 진짜 남자는 지금 천천히 자신의 어깨에서 손을 내리고 있었다.

살아 있는 한 명의 남자가 이 인간 세상보다 지옥에 더 가까울 햇빛 한 점 없는 시체 창고에 나타난 것이다.

그 역시 방호복 차림이었다. 처음에 뤄웨이즈는 그가 착용한 방호복이 자신의 것과 똑같은 것이라고 생각했었는데 이내 그 생각 역시 틀렸음을 알았다. 방호복에 찍힌 외국어 로고를 발견했기 때문이었다. 그리고 컬러도 약간 연해 보였다. 자신이 착용한 국산 방호복과 비슷하면서도 디테일이 약간 다르다.

그러나 뤄웨이즈가 상대가 외국인이 아닐까 의심하기도 전에 그는 유창한 중국 말씨로 자신의 이름을 부르지 않았는가. 자신을 알고 있음이 틀림없다.

"당신 누구죠?" 뤄웨이즈가 물었다. 그녀의 목소리는 시체 창고의 더없이 반들반들한 돔형 천장과 벽면에 맞혀 무수한 메아리로 돌아온다. "당당당당 당신은 누누누누구죠죠죠죠?" 그녀 음성의 떨림까지 증폭되어 울린다.

"겁내지 말아요. 해칠 생각은 없으니까." 그가 대답했다. 대답과 함께 미소를 지은 것도 같았다.

뤄웨이즈의 이빨이 딱딱 부딪혀 온다. "대답해요. 누구세요?"

"당신은 아마 영원히 모를 거요."

극도의 혹한으로 인해 뤄웨이즈의 뇌세포도 얼어붙은 듯했다. 그 사람의 목소리는 방호복을 뚫고 천장과 벽의 메아리까지 가세하다 보니 전혀 진실감이 없다.

뤄웨이즈가 다그쳤다. "여기엔 뭘 하러 왔죠?"

"그쪽은 뭘 하러 왔기에?" 음향 반사판에 부딪힌 것처럼 같은 물음이 돌아왔다.

생각해보니 정당한 과업 수행 중이고 샘플 채취용 도구까지 지참하고 있는지라 뤄웨이즈는 거짓말할 필요가 없다고 느꼈다. "샘플을 채취하려고요."

그 사람이 즉각 대답한다. "나도 그렇소."

바이러스 균주는 최고급 비밀에 속한다. 외국 방호복 차림으로 불쑥 이런 곳에 나타난 것을 보니 사전에 은밀하게 모의한 행동이 틀림없다. 그렇다면 그는 누구를 위해 균주를 얻으려 하는 걸까?

"나는 중국을 위해 왔어요. 그쪽은요?" 뤄웨이즈가 캐물었다.

그 사람이 헬멧 안에서 웃는 것 같았다. 물론 느낌이 그렇다는 거지 진실은 누구도 모른다. "나는 돈 때문에 왔소."

"그럼 어떻게 들어왔죠?" 이때 뤄웨이즈는 한 기사가 자신을 들어오지 못하게 하려고 극구 말리던 일이 생각났다. 이 사람이 자기보다 먼저 들어와 있었기에 그런 것이 틀림없었다.

외국 방호복을 입은 남자는 뤄웨이즈의 생각을 알아맞히기라도 한 양 대답한다. "돈은 목적이기도 하지만 경우에 따라 열쇠이기도 하지. 내가 들어올 때는 그쪽도 올 줄은 몰랐소. 그래서 당신 소리를 듣고 얼마나 놀랐는지 모르오. 당신의 용기에 경탄하는 바요. 원래는 우리가 서로 자기할 일이나 하고 마주치지 않기 바랐는데 이렇게 외나무다리에서 만날 줄은 몰랐소. 이따위 곳은 아무리 숨으려고 해도 숨을 곳도 없구면. 시체 더미에 몸을 숨겼는데 당신이 나를 찾다가 결국 발견한 것 같았소. 결국은 당신이 나를 핍박해 이렇게 드러내게 한 거요. 이렇게 담대한 줄은 몰랐소. 놀라서 쓰러지지나 않을까 했지.”

뤄웨이즈가 말한다. “나는 균주를 채취해서 중국 과학자에게 넘길 거예요. 그쪽은요?”

“나도 물론 과학자에게 주겠지. 하지만 중국은 아니오.”

“그럼 당신은 누구에게 고용됐겠네요?”

그 사람이 말을 받는다. “그 추측이 맞소. 하지만 과학은 국경이 없는 것이고 금전 역시 국경이 없는 법이오. 바이러스도 마찬가지지. 인민폐는 유로화나 파운드로 환전할 수 있소. 물론 달러로 바꾸는 것이 제일 쉽겠지. 그리고 … 황금으로도 바꿀 수 있다오.”

“말하자면 누군가가 당신에게 돈을 주고, 또 신형 방호복도 제공했는데 당신은 또 그 돈으로 저장고를 지키는 사람들을 매수했다, 이런 말이 되겠네요. 그후 이곳에 들어와서 균주를 훔치려 하다가 재수 없게 나하고 맞닥뜨린 게 맞죠?”

“아주 정확하오. 그쪽은 담대하기만 한 게 아니라 아주 총명하구면.”

뤄웨이즈가 말을 받았다. “당신의 음모는 이제 끝났어요. 제 생각에 당신은 처음엔 나를 죽여 버리려고 했는데 정말 죽여 버린다면 끝까지 추궁당할 게 뻔하고 그런다면 자신도 위험해질 수 있다고 생각했겠지요? 그리고 내가 당신을 발견했다면 놀란 나머지 과격한 반응을 할 거 아니에요? 경보기를 누른다든지 … 그런다면 어떤 일이 생길지 모르니까 차라리 주동적으로 나타난 거 아니에요? 사태를 자신이 컨트롤할 수 있는 범위에 두려고 …”

외국 방화복 남자가 뤄웨이즈의 말을 꺾는다. “아가씨, 아가씨는 아이큐가 적어도 160은 될 것 같은데 외국에서라면 국회의원 선거에 나가도 되겠소. 아가씨 말이 대부분 맞긴 한데 단 한 가지만은 틀렸소. 즉 나는 처음부터 아가씨를 죽이려는 마음이 없었다는 거요. 사람을 너무 나쁘게

만 생각하지 말았으면 하오. 비록 사람들이 금전을 목적으로 할 때에는 냉혈한으로 변한다고 하지만 나만은 예외라고 생각하오. 하지만 한 가지만은 명심하오. 절대 이 일을 발설하면 안 되오. 놀란 인간들은 이성을 잃기 쉬우니까."

"그건 왜요?" 뤼웨이즈가 믿지 못하겠다는 듯 되묻는다.

"중국 사람들은 절대 화관바이러스를 정복할만한 백신을 연구해 내지 못할 거요. 하지만 해외의 기구들은 일단 균주를 얻기만 하면 즉각 강력한 연구에 투입할 수 있지. 그 연구가 진척되기만 하면 인류가 화관바이러스를 완전히 이겨낼 수 있을 거 아니요? 그러니 넓은 의미에서 말하면 나는 당신과 똑같이 고상한 사람이오. 생명의 위험을 무릅쓰고 모든 사람들을 돕고 있으니까. 이게 바로 내가 이 과업을 수락한 이유요. 그런데 당신이 발설해서 끝까지 추궁하게 된다면 사람들은 나를 몹쓸 인간으로 몰 거 아니요? 더 중요한 건 이로 인해 인류 전반이 화관바이러스를 이겨내는 발걸음이 더 늦춰지게 된다는 거요. 정말 이렇게 되면 누구에게나 좋은 점이 없지. 외국 사람에게도 그렇고 중국 사람에게도 그렇소. 누구든 바이러스를 독점해선 안 되오. 그건 인류 전반에 대해 무책임한 행동이니까. 그래서 침묵을 택하는 편이 나을 거라고 말하는 거요."

"그쪽의 뜻은 우리가 안 만난 척하자는 거지요?"

"그렇소. 나라는 사람, 그리고 우리의 오늘 만남을 잊어버리시오. 난 즉시 사라질 테니까. 하지만 그쪽도 서둘러 이곳을 떠나는 게 좋을 거요. 내 방호복은 당신 것보다 질이 좋다오. 당신은 비록 나보다 좀 늦게 들어왔지만 지금쯤 거의 동태가 된 것 같아 보이오. 안녕, 아이큐 높은 협객 씨!" 말을 마친 그는 유령처럼 터덜터덜 걸어가기 시작했다.

뤼웨이즈의 손이 가슴께로 간다. 해적 목걸이의 뾰족한 칼날이 그녀의 피부를 아프게 한다. 그녀는 손을 옮기기는커녕 힘을 더 주었다. 이쯤 하면 그 뾰족한 모서리가 피부를 뚫어 빨간 피가 나왔을 것이다. 그녀는 이것이 꿈이 아니라는 것을 증명할 무언가가 필요했다. 이때 그녀의 손에 위정펑의 유품이 느껴졌다. 아, 이 보물은 그자에게 없는 것이다.

# 제22장
# 균주의 행방

당신이 말하는 위치는 나라의 특수 관할구역이어서 저희들은 들어갈 수 없습니다. 균주가 전쟁 미치광이의 손에 들어간다면 그 위력은 원자탄보다 더 공포스러울 것이다.

뤄웨이즈는 드디어 와인 저장고를 빠져나왔다. 꽃 부조가 새겨진 무거운 오크나무 문이 그녀 뒤에서 닫힌다. 뤄웨이즈는 채취한 샘플부터 잘 챙긴 다음 소독 구역에서 방호복을 벗었다. 끝내 푸른 하늘 흰 구름이 펼쳐진 세상에 돌아왔다. 뜨거운 햇빛 아래 고개를 들어보니 먼 산이 그토록 아름다울 수가 없다. 얼어붙은 듯하던 온몸의 피들이 다시 흐른다. 마치 환생이라도 한 것 같다. 한 기사가 마주 오며 알은체를 한다. "들어가 너무 오래 계셔서 얼마나 걱정했는지 모릅니다."

뤄웨이즈가 경보기를 들고 묻는다. "제가 만약 이것을 누르면 어떻게 되죠?"

아연실색한 한 기사가 손사래를 친다. "거야, 경보 소리가 터지게 되죠."

뤄웨이즈는 그에게 반응할 기회를 주지 않고 즉각 경보기를 눌렀다. 그 결과—아무 소리도 나지 않는다. 주위는 고즈넉하기만 하다. 한 기사가 받아 들고 힘껏 눌렀으나 결과는 마찬가지였다. 그는 맥빠진 소리로 중얼거린다. "어찌 된 영문인지, 고장이 났군요. 실험할 때마다 멀쩡했었는데 온도가 너무 낮아 기판이 망가졌나 봅니다."

뤄웨이즈가 고개를 끄덕인다. "괜찮아요. 제가 이렇게 멀쩡하게 나왔잖아요. 안에서 쓸 일이 없어 다행이에요."

한 기사가 크게 한숨을 내쉰다. "정말 다행입니다. 쓸 일 없는 것이 제일 좋긴 하죠."

뤼웨이즈는 통제실에 들어가 촘촘히 설치돼 있는 화면 앞에 섰다. "방금 저 안에서의 제 행적은 전부 보셨나요?"

감시를 책임진 젊은이가 탄복하는 어조로 대답한다. "물론이지요. 혼자들어가서서 정말 용감했어요. 저런 곳에서 그렇게 오랫동안 돌면서 표본채취를 하시다니, 정말 감탄했습니다. 저희들도 평소엔 들어가길 꺼리거든요."

뤼웨이즈가 재차 고개를 끄덕인다. "별거 아닙니다. 그쪽이라도 그렇게했을 테니." 그녀는 그의 대답을 통해 외국 방호복 차림의 남자가 감시사각지대에서 활동했을 뿐만 아니라 그녀까지 그곳으로 이끌어 갔음을알게 되었다.

뤼웨이즈가 뒤에 서 있는 한 기사에게 말한다. "실례지만 화장실에 좀…"

한 기사는 위치를 알려주고 나서 공손하게 물러갔다.

뤼웨이즈는 와인 저장고의 호화로운 화장실에 갔다. 화장실은 깊숙한곳에 설치돼 있어 안의 말소리가 밖에 들리지 않았다. 그녀는 이곳이 사치스러움을 과시하기 위해 화장실에까지 전화기를 설치했던 일을 기억해냈다. 아닌 게 아니라 전화기는 그대로 있었다. 그녀는 즉각 110을 눌렀다. "신고하겠습니다!" 그녀는 작은 목소리로 다급히 말했다.

"구체적인 위치를 알려주세요." 급박함이 상대에게 전해진 듯하다.

뤼웨이즈가 와인 저장고의 위치를 알려주었다.

110은 잠시 말이 없다. 아마 위치 추적을 하는 듯싶었다. 이윽고 회답이왔다. "미안합니다. 당신이 말하는 위치는 나라의 특수 관할구역이어서저희들은 들어갈 수 없습니다."

초조해진 뤼웨이즈가 애원하듯 말한다. "그럼 저는 어떡해요? 이건 나라의 최고 이익에 관계되는 일이란 말이에요!"

110이 말한다. "즉시 해당 부서에 보고하십시오."

뤼웨이즈는 실망하여 수화기를 내려놓는다. 물론, 웬자이춘에게 보고하면 되긴 했다. 하지만 웬자이춘이 아무리 능력이 있다고 해도 움직일 수 있는 것은 의사밖에 없었다. 그더러 즉시 인력을 동원하여 와인 저장고 주변의 길목들을 봉쇄하라고 하는 것은 무리다. 그 간계가 많은 남자는 분명히 사람들이 도착하기 전에 이곳을 빠져나갈 것이다. 지금 상황에 그녀가 지나치게 오래 머문다면 한 기사의 의심을 불러일으킬 것이니 자칫하면 이번 행동의 주요 목적까지 그르칠 수 있다. 균주야 다음 기회에 채취한다고 해도 위정평의 임종 유언은 단 한 부밖에 없지 않은가. 일신의 안위는 차치하더라도 돌아가신 분의 염원까지 망쳐서야 되겠는가. 이 시각, 자신을 보호하는 것이 바로 큰 국면을 살피는 것이었다. 여기까지 생각이 미친 뤼웨이즈는 수도꼭지를 틀어 손을 씻고 물방울을 털면서 태연히 걸어 나왔다. 한 기사가 밖에서 마음을 졸이며 기다리고 있었다.

"여자들이란 이래요. 바쁜 사람을 이렇게 오래 기다리게 하다니, 정말 죄송해요!"

한 기사는 큰 짐을 내려놓은 기분이다. "오래 나오시지 않으니 무슨 일이라도 난 줄 알았습니다."

"걱정 마세요. 아무 일도 없었으니까요."

군왕부에 돌아온 뤼웨이즈는 리위안에게 보낼 균주를 갈라내고 대부분의 균주는 웬자이춘에게 넘겼다. 위정평의 시신에서 얻어낸 자료는 남들이 알아보기 힘들 뿐더러 맹독성까지 있을 것이 분명했다. 웬자이춘이나 다른 사람들의 안전에 위협이 될 것 같아서 뤼웨이즈는 이를 꼼꼼히 봉한 채로 남겨 두었다.

와인 저장고의 상황에 대해 뤼웨이즈는 자세한 보고서를 작성해 올렸다. 그 이상한 남자와의 만남에 대해서는 웬자이춘에게 단독으로 보고했다. 웬자이춘은 양미간을 찌푸리며 일렀다. "이 일은 보고서에는 쓰지 마시오. 너무 조급해 하지도 말고, 내가 먼저 알아볼 테니."

며칠이 지난 뒤 웬자이춘이 말한다. "와인 저장고의 그날 모든 감시 화면을 조사해 봤는데 아무런 이상도 없었소."

뤄웨이즈는 전혀 놀라지 않았다. "진작 그러려니 했어요. 그 당시에 벌써 느꼈으니까요. 시체 창고의 감시 카메라라는 한계가 있어요. 설치할 때도 급박한 상황이었을 거고 게다가 마트도 아닌데 도둑을 방지할 필요도 없었겠지요. 그러니 사각지대가 아주 많을 거예요. 당직을 서는 한 기사가 그 사람을 가만히 들여보낸 걸 보니 사전에 면밀하게 준비하여 남모르게 기어들고 감쪽같이 사라지게 한 게 틀림없어요. 들어가기 전에 그 사람한테 감시 카메라의 위치를 자세히 알려줬겠지요."

웬자이춘이 말을 아끼며 대답한다. "경보 시스템도 검사했는데 모든 워키토키와 경보기가 정상이었소. 조금 상태가 안 좋은 것도 소리가 났다오."

뤄웨이즈는 코웃음을 쳤다. "그것도 이해가 가는 일이에요. 버튼의 선 하나를 고장내거나 수리하는 것쯤은 기사에게 일도 아니겠지요."

"그리고 사람을 파견하여 방호복을 착용하고 시체 창고에 들어가게 했는데 임자가 말한 그 방위의 모든 시체들이 다 정상적이었다고 했소. 움직이거나 누가 숨었던 흔적이 없이 말이요."

뤄웨이즈는 호ー 한숨을 내쉬었다. "솜씨가 이만저만 아닌걸요. 흔적도 없이 마무리해 놓은 걸 보니."

웬자이춘은 약간 망설이다가 끝내 입을 연다. "웨이즈, 임자가 극한의 공포와 저온 상태에서 환각이 생긴 게 아니라고 보증할 수 있소?"

세상에 이보다 억울한 일이 있을까 싶다. "그렇지 않아도 이렇게 말씀하실 줄 알았어요. 전혀요. 전 환청도 환시도 환촉각도 없었어요 … 제가 당시에 더없이 멀쩡한 상태였다는 것을 보증할게요."

웬자이춘이 말한다. "나도 임자를 믿기에 품을 들여 조사한 게 아니겠소. 지금 이 순간에도 나는 임자를 믿소. 하지만 남들이 믿지 않으니 어쩌겠소. 아무런 증거도 없으니 말이요."

뤄웨이즈가 차갑게 웃었다. "급해하지 말라고 해요. 저를 의심하는 사람들은 증거를 보게 될 거예요. 그리 시간이 걸리지 않을지도 몰라요. 이제 곧 외국의 어느 제약회사에서 우리의 균주를 이용해서 화관바이러스를 이겨낼 약물을 만들어 냈다고 선언하게 될 테니. 그리고 고가로 우리한테 되팔려고 하지 않는지 봐요."

"그 말이 맞소. 하지만 우리가 만들어 내지 못하고 있다고 해도 무엇 때문에 남들까지 만들지 못하게 하겠소? 바이러스란 누구에게나 옮을 수 있는 것이 아니오?"

뤼웨이즈의 정서가 격앙된다. "우리 사람이 얼마나 많이 죽었는데, 우리는 체질도 외국인들과 다르니 그 사람들이 만든 약이 우리한테 꼭 맞는다고 할 수 없지요. 그런데 우리 과학자들은 왜 이다지 무능한가요?"

"우리 의사들을 원망할 수만은 없소. 급박한 경우에는 응급 처치를 하고 여유가 생겨야 근본을 다스린다고 하지 않소. 지금은 대규모적인 전염병 폭발 단계이니 응급 처치로 위기에 대처할 수밖에 없소."

뤼웨이즈는 사색에 잠겼다가 입을 열었다. "이건 역사가 증명하게 합시다. 하지만 일단 이렇게 된 바에야 어찌 됐든 그 한 기사부터 시체 창고에서 전출시켜야 하지 않을까요?"

웬자이춘이 대답한다. "그렇지 않아도 그 한 기사의 경력을 조사했는데 참으로 깨끗했다오. 직무에 충실하고 아무런 흠결도 없었소."

뤼웨이즈가 하늘을 우러러 탄식한다. "저는 우리가 왜 화관바이러스에 전염됐는지 알 것 같아요."

웬자이춘이 이상해 나서 묻는다. "무슨 원인이라는 거요?"

"겉보기엔 충성스럽지만 내면에 비열한 인성을 가지고 있는 사람들이 이렇게 멸망하는 게 당연하지 않나요?"

웬자이춘이 나무란다. "한 사람 탓에 모든 사람을 족칠 수야 없지. 좋소. 나는 임자 견해를 존중하오. 이것이 안팎으로 결탁하여 균주를 훔치려는 사건이라는 것을 인정하지. 심지어 국외 세력까지 손을 뻗쳤다고 말이오. 하지만 한 가지 만큼은 아무리 생각해도 납득이 가지 않소. 바로 임자가 시체 창고에서 만난 그 남자가 어떻게 임자를 아는가 하는 거요."

뤼웨이즈가 가슴을 치며 말한다. "그러게 말이에요. 저도 답답해 죽겠어요. 그때 그 남자는 계속 몸을 숨겨도 됐는데 제가 경보기를 들고 있는 것을 본 것 같아요. 경보기라도 누르면 벨 소리가 날 것 같아서 서둘러 내 이름을 부른 게 분명해요. 한 기사가 진작 내 경보기를 망가뜨린 줄도 모르고. 제 생각엔 그 사람이 절 아는 건 맞는 것 같아요."

웬자이춘이 머리를 굴린다. "유체에서 균주를 채취하는 것은 그다지 어려운 일은 아니지만 어쨌든 어느 정도 의학적 지식이 있어야 하오. 이 사람은 적어도 숙맥은 아닐 거요."

뤼웨이즈가 머리를 끄덕인다. "그렇겠네요."

웬자이춘이 자신의 추리를 펼쳐나간다. "내가 지금 할 수 있는 일이라면 한 기사를 시체 창고에서 전출시키는 것뿐이오. 그러면 더 심한 유출은 막을 수 있겠지. 그리고 임자도 아는 사람 중에 의학적 배경지식이 있는 사람들을 한번 자세히 훑어보오. 가급적으로 조사 범위를 좁히게 말이요. 나는 옌시 안전부서에 이 사건을 보고할 거요. 소를 잃고라도 외양간은 고쳐야 할 거 아니요."

뤼웨이즈는 이제야 조금 시름이 놓였다. "인제야 총지휘관 같군요."

웬자이춘이 덧붙인다. "다들 그 와인 저장고에서 임자가 지각이 정상적이었을까 의심하지만 나는 임자를 믿소. 이제까지 물어본 것은 그저 필요한 절차니 달리 생각하지 마오. 이것도 내 직책이니까."

웬자이춘은 여기까지 말하고 말을 끊었다. 사실 시체 창고에 잠입하여 균주를 훔친 작자가 그것을 그저 외국 제약공장에 팔아 약물 연구에 사용한다면 그것은 차라리 나은 편이라 할 수 있다. 만약 균주가 전쟁 미치광이의 손에 들어가 생물학 병기로 쓰이기라도 한다면 그 위력이야말로 원자탄보다 더 어마어마할 것이다. 나쁜 사람은 천성적으로 살인이라든가 권모술수, 전쟁 같은 것을 즐기니 말이다.

# 제23장
# 완주하지 못한 지휘관

설사 어느 날 인류가 멸망되더라도 바이러스는 여유작작 살아갈 것이다.
매 제곱센티미터에 약 97개의 땀샘이 분포되어 있다. 지금 땀샘마다 식은땀을 분비하고
있다.

웬자이춘이 병으로 쓰러졌다. 약해진 혈압은 작은 타격도 감당할 수 없다. 시시각각 위험한 방식으로 뚝 떨어져서 실낱같은 유사를 끊어버릴 수도 있다.

무거운 몸은 형언할 수없이 추락하건만 사색은 한없이 가벼워진다. 이것이 영혼이 몸을 빠져나가기 전의 조짐이나 아닐까? 그는 알 수 없었다.

훌륭한 의사라면 반드시 뛰어난 기억력과 비범한 상상력이 있어야 한다. 웬자이춘은 이 두 가지 능력이 걸출한 사람이었다. 병중에서도 바이러스에 대한 사색만은 추호도 무뎌지지 않았다.

'바이러스'란 이 낱말은 라틴어에서 기원하였는데 원래는 동물에서 생긴 일종의 독소를 지칭했다고 한다. 바이러스는 증식될 수 있고 유전도 되며 진화할 수도 있다. 때문에 생명체의 가장 기본적인 특징을 구비했다고 할 수 있다. 바이러스 자체는 아주 기괴한 물건이다. 그 자체는 신진대사와 같은 생명과 관련되는 활동이 필요하지도 않고 그것을 수행할 수도 없으면서 남을 파괴하는 데는 이골이 났다.

인류는 바이러스 자체를 소멸시킬 수 없다. 미생물의 출현은 인류에 비할 수 없이 오래되었다. 인류가 없을 때부터 그것들은 이 파란 별의 주인이었다. 설사 어느 날 인류가 멸망하더라도 바이러스들은 여유롭게 살아

갈 것이다.

이 지구상에서 미생물과 비교했을 때, 어떤 의미에서는 인류가 되레 손님이다.

에이즈 바이러스부터 에볼라 바이러스, 사스(SARS)로부터 조류 인플루엔자, 인플루엔자 A 바이러스 서브타입 H5N1로부터 출혈성 대장균 … 인류의 발자취가 이르는 곳마다, 날개 돋친 듯한 교통 속도에 발맞추어 바이러스와 병균들도 현대 과학기술의 날개를 달았다. 그것들은 높은 산과 바다를 넘고 지하에 잠입하며 바람에 흩날린다. 어쩌면 미래의 그 어느 시점에서 인류 문명을 종결시킬 장본인은 이 작디작은 바이러스일지도 모른다.

일조의 부족이나 각종 화학 약품의 남용으로 인해 인류 건강의 자체 방어 메커니즘은 갈수록 약화되고 있다. 허약해지다 못해 일상적인 감기도 당해내지 못할 지경이니 어찌 자연계에서 이미 수만 년 사라졌던 바이러스의 독기 어린 부활을 상상이나 할 것인가. 이러한 바이러스에 대한 인류의 저항 능력은 희박하다 못해 거의 없는 것과 마찬가지라고 해도 과언이 아닐 것이다. 그러니 일단 전염이 발생되면 대규모로 번질 것이 분명하다.

바이러스는 그 개체로 놓고 보면 약하고 미세하여 작은 자극도 견디지 못할 지경이지만 그 투지만은 완강하기 짝이 없어 두려움을 모른다. 그들은 적후에 투입된 만반의 훈련을 거친 특전사들처럼 단독 작전도 가능하다. 인체와 접촉할 기회만 주어지면 다짜고짜 인체에 침입하여 첫 번째 숙주의 체내에서 분초를 다투며 기하급수로 자기의 '가족'을 늘려 나간다. 자아 복제에 몰두하는 한편 기회를 엿보며 다음 감염자를 노린다. 그야말로 직무에 충실하고 게으름 없는 전사라 하겠다.

인류는 미래에 자신을 삶아 죽이고 앓아 죽이고 물에 빠져 죽이고 중독되어 죽이고 목말라 죽일지도 모른다 … 휴 …

웬자이춘은 자신이 화관바이러스에 감염되었는지 단정 지을 수 없었다. 만약 정말로 감염된 것이라면 그야말로 음험한 유머가 아닐 수 없다.

방역 총지휘관이라는 작자가 바이러스의 습격을 당해 자신의 일터에서 죽는다 — 이것이야말로 영광스러운 치욕이 아닐 수 없다. 물론 뒤집어 말하면 위험을 무릅쓰고 최전방에 심입하여 모든 사람의 앞장에 섰기에 불행하게 바이러스에 감염된 것이라고도 할 수 있을 것이다. 의사로 놓고 말하면 이것도 생길 수 있는 일이라 하겠다. 노먼 베쑨만 보아도 그렇지 않은가. 그토록 고명한 의술을 지닌 사람이 수술하다가 병균에 감염되어 패혈증으로 목숨을 잃지 않았던가. 이러고 보면 의술은 한 갈래이며 운명 또한 한 갈래인 것 같다. 의술은 기술에 속하지만 운명은 하늘의 뜻이다.

사실 웬자이춘은 전혀 두렵지 않았다. 두렵기는커녕 작은 쾌감까지 느낀다. 그는 이제 너무나도 지쳤다. 방역 투쟁은 끝이 보이지 않는다. 모든 사람들이 기진맥진한 와중에 끊임없이 쓰러지는 사람이 생긴다. 바이러스가 공룡을 죽일 때 천천히, 무려 만 년이란 시간을 들였다고 한다. 물론 공룡의 멸종에 대해서는 무수한 추측이 존재한다. 소행성과의 충돌로부터 조산운동으로 인한 습지의 축소까지, 유전자의 붕괴로부터 현화식물 알칼로이드 중독설까지 웬자이춘은 모든 설들을 일일이 연구해 보았다. 결국에는 의사의 시각에서 출발하여 자기 좋을 대로 공룡은 바이러스로 죽은 것이라고 믿기로 했다. 어마어마한 체구의 안하무인의 공룡은 작디작은 바이러스와 기나긴 만 년간의 싸움을 벌여왔다. 무려 9999년이나 버티다가 최후의 1년에 푹 쓰러지면서 한 시대의 종결을 알렸다. 바로 이러한 점 때문에 그는 이번 방역 투쟁의 결과에 대하여 낙관적인 추측만은 추호도 할 수 없었다. 방역 기간 내내 그 어떤 시간표도 설정할 수 없었다. 앞길을 내다봐도 알쏭달쏭하고 전혀 갈피를 잡을 수 없었다. 물론 그는 자신의 이런 생각들을 다른 사람들에게는 절대 내비치지 않았다. 그저 나홀로 무거운 짐을 끄는 소처럼 힘들게 발걸음을 내디딜 뿐이다. 이제 그는 드디어 권태감을 느낀다. 그것도 아주 심각한 권태감을.

자신의 병세에 대해 웬자이춘은 심사숙고를 거친 후에 한마디도 발설하지 않고 최후의 1분까지 버티기로 했다. 그는 자신의 피를 검사하게 하는 것마저 생략했다. 그것은 일단 결과가 양성으로 나오기만 하면 보낼 때는 익명이라도 끝까지 추적해야 하기 때문이었다. 그렇게 된다면 더는 피할 방법이 없다.

검사하지 않는다면 미지로 남게 된다. 그렇다면 이것은 기만이 아니라 소홀일 뿐이다. 여기까지 생각이 미친 웬자이춘은 자신에게 쓴웃음을 보낸다. 얼마나 교활한가? 입 밖엔 낸 말은 모두 진실이다. 하지만 가장 진실한 현실은 씹어 삼켜 버렸다.

그런데 이러면 더 많은 사람한테 옮기기라도 하지 않을까? 웬자이춘은 알 수 없었다. 하지만 전반 군왕부 안에 화관바이러스가 제멋대로 날아다닌다면 자기 한 몸이란 감염원이 더해진다고 해서 뭐가 대수겠는가. 하물며 아닐 수도 있지 않은가? 분명 화관바이러스의 조기 증세는 기괴하기 짝이 없어서 많은 질병들과 유사하지 않은가? 총지휘관으로서 놀라서 어쩔 줄 모른다면 어찌 민심을 동요시키지 않을 수 있겠는가?

이런 생각들을 정리하고 나서 웬자이춘은 자신의 신체 변화에 의연하게 대처하기로 했다. 그는 안 되는 일인 줄 훤히 알면서도 억지로 하는 사람의 본보기였다. 그러니 매일 방역 1선에서 싸우며 민심을 안정시키고 전문가들을 다독이며 갖가지 관련 정책들을 제정하고 있는 것이다. 그는 그저 매일 상부에 하는 정례적인 보고를 부 지휘관에게 일임했다. 그 이유에 대해 자신이 좀 불편한데 만일의 경우를 대비해 이러는 편이 나을 같다고 솔직하게 터놓았다. 지도자는 그에게 위문의 뜻을 표하면서 이런 방법을 인정했다.

웬자이춘은 자신에게 강한 약을 투여하여 허약한 몸으로나마 사업을 이해하고 유지할 수 있게 했다. 하지만 여러 가지 조짐은 항상 그에게 관심 어린 시선을 보내는 뤄웨이즈를 속일 수 없었다.

며칠째 굳은비가 내리며 해가 나지 않아 사람들도 활기가 없다. 이 시각, 라일락 꽃잎이 날리듯 빗방울이 또 떨어진다. 저녁을 먹고 만난 자리에서 뤄웨이즈가 걱정스레 묻는다. "지휘관님, 좀 이상해 보이는데요."

웬자이춘이 뭔가 감추려 들며 말한다. "여기서 오래 있는 사람치고 이상하지 않은 사람이 어디에 있어?"

뤄웨이즈가 기어이 묻는다. "혹시 그 병에 걸린 거 아닐까요?" 그녀는 덮으려고 드는 웬자이춘의 고충을 헤아려 대명사를 사용했다.

웬자이춘이 대답한다. "나도 모르오." 그의 말은 사실이었다. 의사가 제 병은 못 고친다고 하지 않는가. 예로부터 등잔 밑은 어두운 법이다.

"검사해 보면 알 거 아니에요?" 뤄웨이즈가 다그친다.

웬자이춘도 속을 털어놓았다. "검사하기 싫단 말이오."

뤄웨이즈는 그만 킥하고 웃었다. 속세를 떠난 사람 같던 노 의사도 화관바이러스 앞에서는 변태가 되는구나. "괜찮아요. 날 보세요. 이제 멀쩡하잖아요!"

날마다 상부에 보고하는 일을 면하게 되니 지금 웬자이춘은 전보다 약간 한가해졌다. 그가 말했다. "임자가 나은 일은 정말이지 커다란 수수께끼요. 내가 너무 바빠서 캐묻지 못했는데 지금은 제대로 알려주기 바라오. 도대체 무슨 요법을 쓴 거요?"

뤄웨이즈는 불이 자신에게 옮겨 붙을 줄은 몰랐다. 좀 생각하고 나서 그녀는 머리를 흔든다. "전 말할 수 없어요."

"반드시 말해야 하오. 방역 투쟁이 막다른 골목에 다다른 마당에, 게다가 임자 눈으로 균주가 밖으로 새나간 것을 목격한 마당에 우리 어깨의 짐은 그야말로 태산처럼 무겁소. 내가 진짜 화관바이러스에 감염돼 죽기라도 하면 내 후임 총지휘관은 더없이 복잡하고 준엄한 국면에 직면하게 될 거 아니오? 때문에 확진되었다가 나은 사례로서의 임자의 목숨은 더는 임자 한 사람 것이 아니란 말이오. 하늘이 중한 임무를 내린다고 임자는 반드시 더 큰 역사적 사명을 짊어져야 한단 말이오. 내 개인의 목숨은 전혀 아깝지 않소. 모종의 상황에서 나는 이대로 영면에 들었으면 할 때도 있소. 나는 모든 것을 다 쏟아부었건만 국면을 돌려세울 방법이 없구먼. 어쩌면 나는 방역 투쟁이 승리하는 그날을 볼 수 없을지도 모르오. 하지만 나는 우리 중국의 인민들이 살아날 수 있는 돌파구를 찾을 수 있기를 바라오."

이야기를 나누면서 그들은 웬자이춘의 숙소 앞까지 왔다. 초여름이라 많은 꽃들은 가만히 스러지고 파란 단추 만한 작은 열매들이 맺혔다. 꼬마 열매들은 푸른 잎사귀 밑에서 조용히 자라고 있었다. 군왕부에는 깊이가 꽤나 되는 늪이 있었는데 기슭의 노란 창포는 칸나 비슷한 꽃을 피웠다. 기다란 잎사귀들은 배배 꼬여 있었는데 아가씨 뒤를 따르는 시종이 너무 멀리 떨어지지는 못하고 그렇다고 바싹 다가가지도 못해서 몸을 꼬고 먼 곳을 바라보는 듯했다. 웬자이춘과 뤄웨이즈는 자리를 찾아 앉았다.

이제 와서 더 속이는 것이 말이 안 된다고 생각한 뤄웨이즈는 입을 열었다. "지휘관님 말씀이 맞아요. 저는 이상한 가루약을 복용했어요. 하지만 정식 이름이 무언지는 저도 몰라요."

웬자이춘이 말한다. "그럼 애명이라도 말해 보던가."

뤄웨이즈가 대답한다. "애명은 백낭자라고 했어요."

"중약이오?"

"아니에요."

웬자이춘이 다그친다. "그럼 양약이오?"

뤄웨이즈가 대답한다. "양약도 아니에요."

웬자이춘이 어리둥절해졌다. "아니, 중약도 아니고 양약도 아니라면 도대체 어떤 물건이라는 거요?"

뤄웨이즈가 억울한 듯 대답한다. "저도 모르니 뭐라 말할 수가 없어요."

웬자이춘의 머리가 천천히 숙여진다. "지금 머리가 어지럽소. 그러니 오늘은 임자가 말하는 중약도 아니고 영약도 아닌 기괴한 약의 정체를 듣지 못하겠구먼. 내일 다시 얘기합시다. 시간을 내서 임자 그 '백낭자'의 이야기를 자세히 듣지."

뤄웨이즈는 웬자이춘을 부축하여 함께 일어섰다. 평소 같으면 그는 당연히 거절했겠지만 이 날만은 가만히 있었다. 웬자이춘은 오늘도 옷자락이 짧은 새하얀 작업복 차림이었다. 푸르름이 흐르는 식물들 사이가 아니라 사면이 새하얀 벽인 병원에 있는 듯한 느낌이 들었다. 뤄웨이즈는 웬자이춘을 총지휘관 숙소 밖까지 모시고 간 이후에 직원을 불러 방에 모시라고 당부했다.

"잘 자." 노인은 입속말로 중얼거린다. 작별 인사인 셈이다.

뤼웨이즈는 그길로 전화하러 갔다. 리위안의 흥분된 목소리가 들려왔다. 그는 그녀가 이번에 채집해 온 균주는 생명력이 아주 왕성하다고, 그래서 지도교수님이 아주 기뻐했다고 알려주었다. 이미 동물 실험에 들어갔단다.

백낭자의 대규모 사용에 가까워지는 진척이 있다는 말이 되겠다. 어쩌면 화관바이러스를 이겨낼 열쇠를 이미 찾은 건지도 모른다. 뤼웨이즈도 사뭇 기뻤다. 그래서 이튿날 이른 아침에 백낭자에 관한 모든 것을 곧이곧대로 터놓기로 마음먹었다. 어쨌든 중요한 관문을 이미 뚫었으니 선견지명도 있고 포용력도 있는 총지휘관이 꼭 지지하리라 믿기 때문이었다. 아마 웬자이춘만큼 중국 사람들 자체로 화관바이러스를 제압할 약물을 제조해 내기를 간절히 바라고 있는 사람은 없을 것이다. 뤼웨이즈는 이 점을 너무나도 똑똑히 알고 있었다.

이날 밤, 자정께에 전화벨이 돌연히 울렸다.

뤼웨이즈는 화들짝 놀랐다. 집에 노인이 있는 사람이 제일 두려워하는 것은 밤중에 울리는 전화벨 소리이다. 그녀는 냉큼 뛰어 일어나 수화기를 집어 들었다. "여보세요, 여보세요! 저 즈아예요 …" 말을 마치고 나서야 엄마는 이 전화를 걸 수 없다는 것에 새삼스레 생각이 미쳤다.

"오, 즈아라 … 그 이름이 … 참 좋구먼 …"귓전에 울리는 것은 한 늙은 남성의 웅얼대는 소리이다.

'혹 전화를 잘못 건 거 아니에요? 지금 몇 시인데, 사람을 놀래도 분수가 있지.' 톡 쏘아 붙이려던 뤼웨이즈는 말을 입 밖에 내기 전에 깨달았다 — 전화선 저쪽에서 수화기를 든 것은 웬자이춘이다!

"아, 총지휘관님 …"

"즈아, 할 말이 있어 그러오." 전화선을 타고 들려오는 웬자이춘의 목소리는 어딘가 이상했다. 콧소리가 맹맹한 것이 평소의 말소리보다 아주 부드럽게 들린다.

"무슨 일이라도 있으세요?" 뤼웨이즈가 다급하게 물었다.

"무슨 특별한 일이 있다기보다 얘기나 나눌까 해서 …"

"그러세요? 지휘관님, 저도 얘기하고 싶던 차예요. 원래 날이 밝으면 말씀드리려고 했는데."

"날이 밝으면, 아마, 늦을걸." 웬자이춘의 대답이다.

뤄웨이즈가 말을 받았다. "무슨 얘기부터 할까요? 그렇지 않아도 이상하게 생각하던 참이었어요. 지휘관님은 언제나 홀로 바삐 도는 것 같았어요. 지휘관님은 가정이 없으세요? 자녀들은요?"

웬자이춘이 대답한다. "사실 한 사람의 본성을 알아내려고 할 때 그의 모든 것을 알 필요는 없소. 이를테면 그의 과거, 그의 역사와 그의 이야기 같은 것들 말이오. 전자는 껍데기이고 표상에 불과하오. 한 사람의 역사를 '알아'낸다고 해서 꼭 그 사람을 '이해'한다고 할 수 있겠소? 이는 판이한 두 가지 인지 패턴이니 말이오. 안다는 것은 외재적인 형식과 관련되는 것이지만 이해는 무형의 것이라고 할 수 있소. 나의 아내는 나를 깊이 알고 있다오. 대학 때부터 한 학급이었으니. 그녀 역시 의학 면에서 조예가 깊은 사람이오. 지금은 해외의 명문대의 종신 교수라오. 하지만 그녀는 나를 이해하지는 못하오. 아들도 제 어미와 같은 과라오. 그러니 내가 가정에서는 소수파인 셈이지. 대략 한 해에 한 번꼴로 만나는데 그것도 내가 외국에 가서 그들을 만난다오. 그런데 보아하니 올해는 가지 못할 것 같구먼."

뤄웨이즈가 말한다. "지금이 몇 월인데요. 연말이 되려면 멀었어요. 꼭 가실 수 있을 거예요."

"못 갈거요." 웬자이춘의 어조는 더없이 단호하다.

뤄웨이즈는 이 늙은이가 어찌하여 올해는 안된다고 단언하는지 알 수 없었다. 하지만 이 밤중에 이런 일로 늙은이와 언쟁할 수도 없는 노릇이다. 그래서 그녀는 좋도록 얘기한다. "좋아요 좋아요. 지휘관님이 못 가신다면 부인님과 아드님이 만나러 올 수도 있겠지요."

웬자이춘이 말한다. "그러려면 내가 죽어야 가능할 거요."

어쩐지 불길한 예감이 들어 뤄웨이즈는 서둘러 말을 끊었다. "이런 화제는 그만두고 재미있는 얘기를 나누는 게 어때요?"

웬자이춘이 대뜸 찬성한다. "그럼, 나에게 있어서 무엇이 가장 중요한지 알겠소?"

뤄웨이즈로 놓고 말하면 이것은 버거운 화제였다. 총지휘관은 권력이 아주 크다고 할 수 있다. 가장 중요한 것을 꼽으라면 아마 사람들을 동원하여 화관바이러스와 싸우는 것이 아닐까? 흰 가운 차림으로 텔레비전에 나오는 웬자이춘은 정신적 지도자의 위엄이 있었다. 그녀는 자신의 생각을 웬자이춘에게 이야기했다. 그런데 웬자이춘이 웃는다. "똑똑한 아가씨, 이번에는 틀렸소."

"그럼 뭔데요?" 뤄웨이즈는 다른 이유가 생각나지 않았다.

"잘 들어 두오. 가장 중요한 것은 처방권이라오. 나는 구원하는 감각을 즐기지. 그건 하느님과 비슷하니까. 처방전의 서명 란에 날림 필체로 내 이름을 써넣는 그 감각이란… 그건 사신에게 던지는 선전포고이고 나의 의지와 지혜를 구현하는 거지. 물론 기나긴 의사 생애에서 나는 때때로 실패를 맛보기는 했었소. 하지만 나는 단 한 번도 투항했던 적도, 포기했던 적도 없다오. 그런데 내가 이런 권력을 잃기라도 한다면 정말 어떻게 살아가야 할지 전혀 상상이 되지 않소. 때문에 나는 이 모든 것이 아직 발견되고 실증되기 전에 자신을 위해 최후의 처방전을 내려야겠어. 바꾸어 말하면 나는 나 자신에게 권력을 행사하겠다 이거지. 참 좋은 일이야. 이를테면 내가 오늘밤 죽는다면…"웬자이춘은 담담하게 이런 끔찍한 말을 이어나갔다.

뤄웨이즈가 대뜸 말을 끊는다. "아녜요. 이건 절대 있을 수 없는 일이에요. 멀쩡한 사람이 죽긴 왜 죽어요? 지휘관님이, 지휘관님이 자살하신다면 몰라도."

웬자이춘이 가볍게 말을 받는다. "내가 아무렴 남들이 알아채게 자살하겠나? 그거야말로 의사의 일생일대의 명성에 먹칠하는 거지."

이 말을 듣고 뤄웨이즈는 한시름 놓았다. "그 말인즉, 지휘관님은 죽지 않는다는 거죠?"

"음, 얘야, 너 비록 젊다만 제대로 기억 못 했구나. 나는 자살하지 않겠다고 했지 죽고 안 죽는 건 거론하지 않았거든." 웬자이춘이 말한다.

"아니, 그건 또 무슨 얘기예요? 못 알아듣겠어요." 뤼웨이즈가 새된 소리를 질렀다. 정체 모를, 예측할 수 없는 두려움이 엄습해 왔다.

"됐소, 됐소. 이 얘긴 그만하자고. 어쩌다 이야기를 나누는데 이런 어두운 얘기만 하겠소? 그런데 임자도 알잖소? 만약 내가 길게 길게 실컷 살아가다가는 내 모든 것을 잃게 된다는 걸."

뤼웨이즈는 재차 어안이 벙벙해졌다. "혹시 지위와 권위를 말씀하시는 건가요?"

웬자이춘이 대답한다. "아니오. 그따위 것들은 나를 움직일 수 없소."

"몰라요, 몰라요. 지휘관님은 돈도 즐기는 것 같지 않고 벼슬에 대한 탐욕도 없는 것 같은데요. 볼 바엔 외국도 좋아하는 것 같지 않고요."

"하지만 나는 거짓말을 억수로 하지 않았소? 거짓말 한마디를 꽃 한 송이로 치환한다면 아마 산과 들을 덮을 거요."

뤼웨이즈는 이제야 알 것 같았다. 웬자이춘에게는 크나큰 아픔이 있었다. 마음속 깊은 곳에 감추어 둔 그 아픔. 그녀는 그를 위안하려 했지만 역부족이었다. 심리학적 측면에서 말하면 정서는 병을 낳는다. 하지만 이 세상의 부분을 이루는 사람들은 그 자체가 하나의 작은 우주로서 타인은 그 어떤 방법으로도 그를 강하게도 약하게도 할 수 없다.

"나는 눈앞의 이 사태의 죄인이오. 모든 일들, 설사 그것이 최악의 사태라고 해도 스스로의 논리가 있는 법이오. 단지 내가 그것을 혐오할 뿐이지. 정말, 즈아야, 이 늙은이의 야반삼경의 넋두리를 들어줘서 정말 고맙구나. 이젠 됐다, 나 피곤하구나 …" 이 말을 끝으로 수화기에서는 뚜뚜 소리만 들려온다.

뤼웨이즈는 통화 후 1호 '찐빵'을 복용하고서야 푹 잘 수 있었다. 아침에 일어나자 익숙한 오솔길로 발길을 옮겼다. 내심, 은회색 스웨터를 걸친 웬자이춘을 만났으면 했는데 웬걸 웬자이춘의 숙소 밖에 경계용 격리 대가 쳐 있고 사람들이 모여 있지 않은가. 그들은 저마다 숙연한 표정이었다.

다급히 달려간 뤄웨이즈는 주 비서와 마주쳤다.

"무슨 일이에요?"

두 눈이 붉어진 주 비서가 말한다. "지휘관님이 어젯밤 잠결에 세상을 떴습니다. 아직 원인은 알 수 없습니다."

뤄웨이즈는 그 자리에 쓰러질 뻔했다. 이제야 어젯밤은 영결의 밤이었음을 깨달았다.

그녀는 자신의 살구빛 피부의 매 제곱센티미터마다 대략 97개의 땀샘이 분포되어 있음을 느낀다. 그리고 전신에 퍼져있는 모든 땀샘에서 식은 땀이 흐르기 시작했다. 전신의 지방 분비 모공이 일제히 닫혀 손가락은 거친 사포처럼 까슬까슬해졌다. 매 제곱센티미터의 11개 입모근이 고도로 수축되었다. 이것은 태곳적부터 전해 내려오는 공포 반사인데 동물들이 자신의 털을 곤추세워 부피를 좀 더 크게 만들어 위급한 순간에 대처하려는 행위이다. 이 순간 이러한 반사 활동은 뤄웨이즈를 쓰러지게 하는 것 외에는 아무런 실질적 가치가 없었다.

"주 비서님, 저를 들여보내 주세요. 지휘관님을 봐야겠어요!" 뤄웨이즈가 히스테리적으로 외쳤다.

주 비서가 목소리를 낮춰 그녀를 타이른다. "지휘관님의 사망 원인이 밝혀지지 않았습니다. 만약 화관바이러스 감염이라면 확산을 방지해야 합니다. 그래서 누구도 들어갈 수 없습니다."

이런 말이 뤄웨이즈에게 먹힐 리 없다. "주 비서님, 제가 화관바이러스에 면역력이 있다는 건 비서님도 알잖아요? 저를 들여보내 주세요. 꼭 지휘관님을 봐야겠어요!" 뤄웨이즈는 울부짖으며 주 비서의 대답도 기다리지 않고 미친 듯이 웬자이춘의 숙소에 뛰어 들어갔다.

침대에 누워 있는 웬자이춘의 몸에는 새하얀 목욕 가운이 덮여 있었다. 낯빛도 은색만큼이나 창백했다. 파견된 의사는 초보적으로 그의 사망 원인을 심장 파열로 인한 내출혈로 진단했다. 뤄웨이즈는 뜨거운 눈물이 눈앞을 가리는 것을 느꼈다. 한 사람의 모든 피들이 흉강에 집중되어 온몸이 새하얀 마노*처럼 결백하고 깨끗하다. 이것은 도대체 어떤 힘이 일으킨 일이며 얼마나 괴이한 탈주인가.

뤄웨이즈는 웬자이춘의 오른손을 가볍게 만져 보았다. 바로 어제, 이 손으로 수화기를 들고 자기와 최후의 말들을 나눴다니. 그는 파란만장한 일생에 종지부를 찍으면서 자신의 마지막 진심과 안온함, 그리고 뼛속에 스민 청고함을 나눴던 것이다. '최후에 제게 연락해 주셔서 고맙습니다, 지휘관님.'하고 생각으로나마 마음을 전했다.

뤄웨이즈는 번아웃 증후군이라는 병이 있다는 것을 알고 있다. 이는 신체와 정서의 모든 에너지가 소진된 것을 의미한다. 이런 사람의 27%가 심부전증을 일으킨다고 한다.

형언할 수 없는 슬픔에 빠져 몸도 가누지 못하는 뤄웨이즈를 주 비서가 겨우 문밖으로 내보냈다. 눈물이 비 오듯 떨어져 잔디를 적신다. 뤄웨이즈는 가까스로 고개를 들었다. 안구의 표면에 맺힌 눈물은 돋보기와 흡사하다. 이 돋보기 덕에 뤄웨이즈는 평생에 제일 큰 아침 해를 보았다. 수림 위로 솟아오른 거대한 아침해는 동쪽 하늘을 붉게 물들인다. 그야말로 휘황찬란하다.

---

* 석영, 단백석, 옥수의 혼합물로 광택이 있으며 때때로 다른 광물질이 스며들어 고운 적갈색이나 흰색 무늬를 띠기도 한다

제24장

# 다이아몬드와 흑연

매 하나의 사람은 결국 다이아몬드와 연필심을 담그는 한 통의 물과도 같다.
백낭자의 진짜 이름은 92종 원소 중의 하나이다.


비틀비틀 몸을 가누지 못하는 뤄웨이즈는 가까스로 자기 숙소로 향한다. 언뜻 누군가 자기와 함께 천천히 걷는 것을 느꼈다. 손등으로 눈을 비비고 보니 다름 아닌 신다오였다.

신다오의 키는 뤄웨이즈와 비슷했다. 그러니 남자 중에서는 작은 편이다. 이렇듯 왜소한 남자가 칼날이 번뜩이는 삼엄한 관리 사회에서 고위직에 오른 걸 보면 보통 사람이 아닌 것은 분명했다. 신다오는 숙연한 기색이었지만 그다지 슬퍼 보이지는 않았다.

뤄웨이즈는 침묵을 지켰다. 이런 상황에 그녀는 침묵으로 조의를 표하고 싶었다. 신다오가 먼저 입을 열었다. "총지휘관은 사실 좀 더 계셨어도 좋았는데."

뤄웨이즈는 그의 눈썹이 실룩이는 것을 보았다. 왼쪽 눈썹이었다. 이는 그의 얼굴을 애통함과는 어울리지 않는 초연함을 띠게 한다.

뤄웨이즈는 끝내 입을 열었다. "당신은 마치 그가 스스로 목숨을 끊은 것처럼 말하는군요." 바로 이 순간, 뤄웨이즈는 어젯밤 웬자이춘과 나눈 이야기를 영원히 비밀에 부치기로 작심했다.

신다오는 그녀의 말에서 불만을 눈치 챘다. "뤄 박사, 그쪽이 노인님과 보통 관계가 아니라고 해서 남들까지 그쪽과 꼭 같아야 된다고 할 수는 없지요."

314

뤄웨이즈가 되물었다. "무얼 보고 이렇게 말씀하시죠?"

"뤄 박사의 남다른 슬픔에서요."

"누구나 모두 슬퍼하고 있지요. 출정하여 공도 못 이루고 먼저 죽었으니 총지휘관님이야말로 비극적인 인물이지요."

신다오가 말을 받는다. "그분이 지금 죽은 것은 제일 잘 된 일이라 할 수 있습니다. 미안합니다. 희생이라는 낱말을 쓸 걸 그랬습니다. 하지만 의미는 같지요. 내 말을 이해하실 겁니다."

뤄웨이즈가 발끈한다. "총지휘관이 순직했는데 제일 잘 된 일이라니요!"

신다오가 대답한다. "그분은 명예를 보존했지 않습니까? 이렇게 어마어마한 재난이 터졌으니 누군가는 책임을 져야 할 거 아닙니까? 그런데 책임지는 데도 관례가 있지요. 그쪽이나 나 같은 사람은 책임을 지려고 해도 질 수가 없습니다. 직급이 낮으니 말이 서지 않지요. 그렇게 많은 사람이 병으로 죽었으니 어떻게 인민들의 원망을 가라앉히겠습니까? 게다가 그 속에 숨어 있는 그 많은 비밀들은 어떡하고요? 죽으면 끝이겠지요. 그 어떤 사과의 말도 죽음보다 못합니다. 게다가 이 사람은 모든 것을 다 바쳐 싸우다가 죽었지요. 죽음은 본디 제일 큰 마침표인데 지금은 느낌표로 변했지요. 이런 결과야말로 좋은 결과가 아니겠습니까."

뤄웨이즈는 할 말을 잃었다.

신다오가 의미심장하게 말한다. "웬 총지휘관이 이렇게 가니 방역 관리층의 생태계에 커다란 변화가 생길 겁니다. 어쩌면 그쪽이나 내게도 관련이 있을지도 모릅니다. 못미더우면 두고 보십시오."

겉보기엔 수수한 이 키 작은 남자에게는 분명 재주와 지혜가 있다. 그러니 그 험하다는 관리 사회에서 물 만난 고기처럼 노니는 것이다. 이런 사람에 대해 분연히 흠모하는 것을 빼면 또 무슨 수가 있단 말인가.

뤄웨이즈는 207호실에 돌아왔다. 방에 들어오는 대로 대성통곡하리라 생각했는데 그러지 않았다. 그녀의 눈물이 말라버렸다. 눈동자는 건조하고 깔깔하기 그지없었다. 마치 오랫동안 쳐서 거의 터져버릴 지경인 탁구

공처럼. 그녀는 창밖에 눈길을 돌려 수림 속의 오솔길을 바라보았다. 그곳은 엊저녁에 그녀와 웬자이춘이 헤어졌던 곳이다. 그때 나눈 말들은 꼭 풀잎의 이슬에 맺혀 아직 땅에 떨어지지 않았으리라. 그토록 위엄 있고 친절하던 사람이 소리 없이 사라졌다. 그녀는 끝없는 허무감에 사로잡혔다. 죽음이란 얼마나 끈질긴 손님인가. 그는 숨을 죽이고 공손하게 우리 모두의 곁에 머무르며 수시로 손을 내밀어 누군가를 데려갈 채비를 하고 있다.

며칠 뒤, 웬자이춘의 사망 원인이 확진되었다. 급성 심장 발작으로 사망에 이른 것으로서 화관바이러스와는 상관이 없다고 했다. 뤄웨이즈만이 이것은 자살이라고 굳게 믿고 있었다. 물론, 웬자이춘은 총을 쓰지도 약을 먹지도 않았다. 밧줄 같은 것은 더 말할 것도 없었다. 그는 그저 꿈속에서 세상을 떴었다. 심지어 고통으로 몸부림을 친 흔적조차 찾아낼 수 없었다. 우리의 지휘관은 죽는 순간까지 조용하고 냉담하고 경건하고 담담했던 것이다. 뤄웨이즈는 눈처럼 새하얀 작업복을 걸친 웬자이춘은 저승사자 앞에서 두려움에 떨기는커녕 우아하게 그를 마중하여 스스로 자신의 발걸음을 멈추었다고 굳게 믿었다. 세계보건기구에서는 세상의 70%에 달하는 사람들이 자신의 신체기관을 공격하는 방식으로 스트레스를 풀고 있다고 지적한 바 있다. 웬자이춘은 자신을 위해 주동적인 사망을 설계하였는데 추호도 흠잡을 데 없이 완벽했다. 그야말로 원만하고 존엄스럽다 하겠다.

지휘관은 떠났지만 방역 지휘부의 사업은 한시라도 중단할 수 없었다. 새 지휘관이 즉시 취임하였는데 바로 셰겅눙이었다. 그의 지휘 스타일은 웬자이춘과 완연히 달랐다. 이것은 아마도 웬자이춘에 대한 상부의 평가를 반영한 것이리라. 웬자이춘의 방식이 화관바이러스의 유행을 효과적으로 저지시킬 수 없다면 스타일이 다른 지휘관으로 교체하는 것으로 방역 투쟁에 새로운 계기를 마련할 수도 있지 않을까?

화관바이러스는 이미 몇 달이나 기승을 부렸다. 처음에는 여름이 되면 타는 듯한 햇볕이 바이러스를 죽여 버릴지도 모른다고 생각했었다. 아니면 이전의 에볼라나 SARS처럼 난데없이 기세 흉흉하게 덮쳐 왔다가 소리 없이 사라지거나. 물론 덮쳐왔다가 사라지는 동안 수천 명의 생명도 소리 없이 사라지긴 하겠지만. 많은 문예 창작물들에서는 저마다 전염병을 '사형을 선고한 즉시 집행'하는 것으로 그리고 있다. 예고도 없이 터지고 기괴한 일들이 숨 돌릴 새도 없이 발생한다. 하지만 이내 인류가 승리하고 만사태평이 된다. 사실 현실은 이렇게 간단하지 않다. 화관바이러스는 전혀 서두르지 않고 질서정연하게, 착착 접근해 왔다. 그들은 진을 치고 진지를 구축하고 나서 하나 또 하나의 생명을 잘근잘근 씹어 삼켰다. 마치 애들이 아이스크림을 녹여 먹는 것처럼. 바이러스는 인간을 정교하게 분해했고 도시를 거친 암초로 변하게 했다.

지금 사람들은 제한적으로나마 생활 질서를 회복해 나가고 있었다. 그냥 이대로 나가다가는 화관바이러스에 삼켜져 버리기 전에 고독과 적막, 그리고 제한된 생활로 인해 우울증으로 목숨을 잃을 지도 모르니 말이다. 사는 것이 죽는 것만 못하다는 퇴폐적인 분위기가 사회에 만연해지고 있었다. 저도 모르는 순간에 덮칠지도 모를 화관바이러스의 제물이 되느니 아직 자신의 몸을 지배할 수 있을 때를 이용해서 실컷 향락을 누리다가 가는 것이 낫지 않겠는가.

자신을 방종한 결과, 살인이나 방화하는 자들까지 나타났다. 학교는 수업을 회복할 수 없고 제조업은 침체에 잠기고 사람들은 마음대로 나다니지도 못하다 보니 온 도시가 썩어가는 고인 물과도 같다. 사람들은 저마다 마음을 졸이며 조마조마한 나날을 보내는데 난데없이 이혼율이 껑충 치솟는다. 순리대로라면 생사를 넘나드는 마당에 한집 식구들이 서로를 더욱 아끼고 사랑해야 할 텐데 이혼이 웬 말이냐고 하겠지만 사실은 정반대였다. 그것은 다름 아닌 많은 부부들이 직장에 나가지 못하니 온종일 집구석에 처박혀 있을 수밖에 없었기 때문이다. 배급받은 식료품으로 끼니를 때우는 것 외에는 밤낮없이 섹스를 해서 자신의 신경을 마취시킬 수밖에 없었다. 그런데 이런 무미건조한 생활은 며칠 안 가서 싫증이 나기 마련이다. 짜증만 쌓이다 보니 입만 열면 서로에게 상처를 주곤 했다.

그리고 그 마찰이 날이면 날마다 심각해지다 보니 결국은 이혼에 이르게 된 것이었다. 그러다 보니 결혼하는 사람과 이혼자 수가 거꾸로 되었다. 자신이 화관바이러스에 감염되어 죽더라도 싫어하는 사람과는 엮이기 싫어서 그랬는지도 모른다. 만약 다른 병에 걸린다면 앓는 사람을 두고 이혼을 생각하는 사람은 없을 것이다. 살뜰히 돌봐도 모자랄 판에 누가 그들을 버리겠는가? 질병은 어떤 경우엔 접착제와도 같아서 쇼윈도 부부까지 애초의 애틋함을 회복하게 한다. 하지만 화관바이러스만은 달랐다. 이 병은 식구들이 돌볼 필요가 없을뿐더러 돌보는 것이 불가능했다. 확진되는 즉시 의료 기구에 의해 격리되기 때문이었다. 모든 것은 공항의 수화물 위탁처에 던져진 캐리어처럼 출구는 단 두 가지뿐이었다. 살아서 돌아오던가 아니면 영영 가버리던가. 사람들은 허무의 지배를 받았으며 정신적인 쓰레기는 날이 지날수록 쌓여만 갔다. 사람들은 체면이고 뭐고 집어치우고 마구 동거하거나 바람을 피웠다. 어마어마한 재앙 앞에서 사람들은 더는 법률을 겁내지 않았다. 한마디로 기승부리는 화관바이러스를 제압하지 못하다가는 인간의 정신이 먼저 무너져 내릴 판이었다. 화관바이러스는 사람들의 육신을 소멸시키기도 전에 개개인의 내면을 망가뜨린 것이다.

때문에 위급한 시기에 파견된 셰경능은 의학 전문가가 아니라 사회학자였다. 사회학과 재난학은 군체 차원과 사회 차원에서 깊이 얽혀 있기 때문이었다. 물론 그의 조수 예펑쥐葉逢駒는 의학 전문가였다. 방역은 의학적 수단을 이용해야 하지만 결코 의학적 수단만으로 해결되는 일은 아니었다.

셰경능은 방역 지휘부에서 시정연설을 발표했다.

"이런 절체절명의 순간에 명을 받으니 황송함을 금할 수 없습니다. 제가 저의 전임자처럼 자신의 일터에서 순직하지 않고 여러분들, 저의 전우와 옌시의 모든 시민들, 저의 부모형제들과 함께 이 재난을 이길 수 있기만 바랄 뿐입니다."

셰경능이 숨을 고르고 나서 말을 이었다.

"여러분, 재해와 재난은 어떤 차이점이 있습니까?"

대회장은 여전히 그 대회장이다. 그저 중심에 서 있는 사람이 바뀌었을 뿐이다. 더는 대쪽처럼 꼿꼿한 웬자이춘도, 그가 항시 걸치고 있던 새하얀 가운도 볼 수 없다. 게다가 이런 문제를 묻다니? 사람들은 저도 모르게 정신이 몽롱해졌다.

셰경능도 구태여 여러 사람을 난처하게 굴 생각은 없었다. 그래서 그는 자문자답하기 시작했다. "재해는 천연적인 것일 수도 있고 인위적인 것일 수도 있지요. 재난이란 재해가 발생된 후 더욱 큰 심각한 피해가 생겨서 고난으로 변한 것을 말합니다. 이를테면 하늘에서 폭우가 쏟아지는 것은 재해지요. 수재가 인간의 자취가 없는 곳에서 발생한다면 홍수가 세상을 삼킨다 해도 재난이 될 수 없겠지요. 하지만 인구 과밀 지대에 발생하여 건축물이나 사람, 가축을 물에 잠기게 한다면 재난일 수밖에 없습니다. 재해라 함은 주요하게 규모를 말하는 것이고 재난의 주안점은 세상에 남긴 진실한 결과를 말하는 거지요. 여러분, 제 말이 맞습니까?"

"지휘관님의 뜻은 재해가 재난보다는 가볍다는 의미인가요? 뒤집어 말하면 재난이 재해보다 더 심각하다는 뜻입니까?" 누군가 대답한다. 웬자이춘이 단도직입적인 직설화법을 구사했다면 새 지휘관은 일부러 연막을 치는 우회작전을 시도하는 듯했다.

"그렇다고 할 수도 있습니다." 응수하는 사람이 있으니 셰경능은 기분이 좋은 듯 보였다.

"하지만 이런 말이 무슨 소용 있겠습니까? 화관바이러스는 그를 재해라 칭하든지 재난이라 칭하든지를 막론하고 이미 사람이 수도 없이 죽어나가게 하고 있지 않습니까. 그러니 백 배 천 배 정신을 북돋아 대처해야 할 거 아닙니까. 여기에는 천재의 원인도 있겠지만 인재도 부정할 수 없습니다. 하지만 이것을 따지는 것은 지금 의미가 없습니다. 지금 가장 중요하고 가장 급박한 것은 사람을 구하는 것이니까요!" 그 사람이 갑작스레 격렬히 자기 의견을 피력하기 시작한다.

셰경능은 얼굴색 하나 바꾸지 않고 그 사람을 가리키며 말한다. "제가 보기엔 당신이 바로 전형적인 인물입니다. 너무나도 긴장하고 있군요. 긴장이란 많은 경우에는 상상의 산물입니다. 당신들은 날마다 죽음과 접촉하다 보니 부정적인 정서가 너무 많이 쌓였지요. 이 부정적인 정서가 또 초조와 공황을 낳고요. 매일 생각하는 것이 사람이 얼마나 죽었는데 이제 또 얼마나 죽겠는가 하는 문제지요 … 이런 정서가 어찌 대중들에게 파급되지 않겠습니까? 때문에 우리의 정례 사무 회의는 이런 의학 지상적인 분위기부터 바꾸겠습니다. 오늘부터 사망자 수는 하루에 한 번씩 보고할 필요 없이 사흘에 한 번씩 보고하는 것으로 합시다. 거대 도시인 옌시에서 이렇게 심각한 전염병이 터졌으니 포연탄우 속의 싸움터와 무엇이 다르겠습니까? 그러니 전장에서 몇 사람이 더 죽고 덜 죽은 것에 연연할 필요가 없습니다. 우리가 제일 중시해야 할 것은 숫자가 아니라 대중의 정서입니다. 모든 방법을 다 해서 이런 정서를 긍정적인 상상과 체험으로 변하게 해야 하는 것입니다. 정부의 소식은 더더욱 중요합니다. 이를테면 정부에서 어떤 새로운 조치들을 내놓았는가, 지도자들이 병원과 대학을 순시하면서 한 연설, 치유된 환자들의 언론 브리핑, 그리고 치료 환경의 개선과 호전 등등 말입니다. 절대 이런 보도와 브리핑을 가볍게 여기지 마십시오. 아무쪼록 긍정적인 방향으로 인도해야 하며 매일 새롭게 인도해야 합니다. 그렇게 해서 대중의 주의력을 집중시키고 믿음을 확고하게 하며 인민 군중을 안심시켜야 합니다. 이를 위해 상부에서는 신다오 동지를 방역 부 총지휘관 겸 선전부장으로 임명하였습니다. 의료 측면에서 놓고 보면 웬자이춘 동지가 개척한 일련의 대응 조치들은 그래도 효과적인 것이라 할 수 있습니다. 그러니 크게 개편할 필요는 없습니다. 이 방면은 예펑쥐 동지가 책임지는 것으로 하겠습니다 …"

새로 부임한 셰정눙은 첫눈에 특별취재단이라는 이 이도 저도 아닌 작은 대오가 거추장스러운 존재임을 발견했다. 그래서 그는 멍징롄 단장을 찾았다. "동지들은 전 한 단계에 훌륭한 일들을 많이 하였는데 한 단락을 마무리 지을 때가 된 것 같습니다. 만약 사람들이 죄다 죽어 버린다면 당신들이 쓴 글을 읽을 사람도 없을 테니까요. 만약 사람들이 이 재난을 이겨낸다면 그때 가서는 당신들의 글을 읽고 싶어 하는 사람이 없을 거고요. 우리 민족은 건망증이 심한 민족이어서 고난을 기억하고 싶어 하지 않으니까요. 그러니 고생도 많고 공로도 많은 여러분들을 돌려보내는 게 어떻겠습니까?"

그렇지 않아도 멍징롄은 끝이 보이지 않는 방역 투쟁에서 기록할 것은 기록할 만큼 했으니 그만할 때도 됐다고 생각하던 참이었다. 모두들 집 떠난 지도 오랜데 적합한 계기를 찾아 마무리하는 것도 좋을 듯 했다. 그래서 지휘관의 제의에 즉시 동의했다.

다른 사람은 괜찮은데 A구역에 심입한 하오저만은 즉시 철수할 수 없었다. 그래도 여럿이 그 하나를 기다릴 수도 없는 노릇이어서 총합회의를 하고 상응한 방역 조치를 거친 뒤, 특히 비밀을 지킬 것을 재차 강조하고 승낙서들을 쓰게 한 다음, 드디어 군왕부를 떠나게 되었다.

비록 뤄웨이즈가 이미 작고한 총지휘관 웬자이춘의 특수한 배려로 인해 다른 사람보다는 군왕부를 나설 기회가 많았다지만 그런 임시적인 외출은 오늘과 같은 완전한 철수와는 비할 바가 못 되었다. 도심의 도로를 거닐 때 비록 산뜻하지는 않지만 비상 시기여서 도로에 차가 거의 없는 덕에 전보다 훨씬 깨끗해진 공기를 들이마시니 마음이 착잡하기 그지없었다. 뤄웨이즈는 저도 모르게 고개를 돌려 군왕부를 바라보았다. 이제 또 이곳에 올 일이 있을지 모르겠다. 한 가지 분명한 것은 오늘 이곳을 떠나는 뤄웨이즈와 지난날 이곳에 들어서던 뤄웨이즈는 달라도 너무나 다르다는 것이다. 그녀는 무시무시한 공포를 딛고 다시 태어났다. 오늘은 흡사 자신의 껍데기를 이곳에 벗어 놓은 채 새로운 영혼을 지니고 떠나는 듯했다.

집에 돌아오니 엄마는 당연히 반가워 죽을 지경이다. 탕바이초가 느닷없이 묻는다. "참, 언니가 이렇게 돌아왔는데 그 사람이 또 올까요?"

이번에는 뤄웨이즈가 모르는 척할 차례다. "그 사람이라니?"

바이초가 눈을 흘긴다. "리위안 말이에요."

뤄웨이즈가 입을 다시며 물었다. "요즘 그 사람이 자주 왔나 보지?"

"그럼요. 언니 전화를 기다린다면서 일찍부터 와 기다리곤 했지요. 그런데 전화를 받기만 하면 그 자리로 돌아갔어요. 그러니 언니 전화가 늦으면 늦을수록 우리 집에 더 오래 머물렀지요."

바이초의 살짝 넋이 나간 듯한 모습을 본 뤄웨이즈는 장난을 치고 싶어졌다. "얘도 원, 그 말을 어째 이제야 하니? 일찍 말했으면 한밤중에 전화했겠는데. 그럼 그하고 이야기라도 더 나눌 거 아니냐?"

바이초가 손사래를 친다. "아녜요. 그 사람과 얘기하는 건 할머니였어요. 전 몇 마디 하지도 못했어요."

뤄웨이즈가 말했다. "그 사람이 더 올지는 나도 모른단다. 전에야 사업 때문에 왔지만 내가 방역 지휘부를 떠났으니 그 일은 끝났다고 봐야지. 그래서 말인데, 이제 그 사람을 보고 싶으면 너 스스로 약속을 잡아야겠구나."

바이초가 아쉬운 듯 말한다. "그 사람한테 제 같은 게 눈에나 들어오겠어요? 약속해도 들어주지 않을 거예요."

"그래도 시도는 해봐야지. 시도도 해보지 않고 어떻게 아니?" 뤄웨이즈가 천연덕스럽게 말을 받았다.

집에 돌아왔으니 환경도 익숙한데다가 엄마까지 곁에 있으니 뤄웨이즈의 마음이 푹 놓일 만도 했다. 하지만, 전혀 그러지 못했다. 군왕부에서의 생활이 그녀의 삶의 리듬을 바꿔 놓았었다. 웬자이춘이 없고 매일의 사망자 수가 없고 구내식당의 메뉴가 없는 일상, 뤄웨이즈는 가슴 한 편이 뻥 뚫린 것처럼 허전하기 짝이 없었다.

리위안이 기다렸다는 듯이 즉시 전화를 걸어왔다. 고생했다고 한턱 쏜다는 이유에서였다.

비상 시기인데도 문을 연 음식점들이 있었다. 손 놓고 기다리기가 너무나도 갑갑했나 보다. 전면적인 배급제를 실시하다 보니 음식점의 식자재들도 모두 관계망을 이용해서 외지로부터 알음알음 들여온 것들이었다. 그러니 당연히 비쌌다. 게다가 교차 감염을 염려하여 음식점들에서 접대하는 손님은 극히 제한적이었다. 어떤 곳은 하루에 손님 한 상만 받았다.

뤄웨이즈가 약속대로 특색이 있어 보이는 한 음식점에 들어서니 다른 손님들은 보이지 않았다.

리위안이 예약한 단독 룸은 창가여서 쓸쓸한 거리 정경을 내다볼 수 있었다.

리위안이 와인 잔을 들었다. "누님의 귀환을 축하합니다. 험지에서 구사일생으로 개선하셨으니 정말 장합니다."

"그건 모두 백낭자 덕이에요! 그쪽에서 준 신선약이 없었더면 저는 지금 와인 저장고에 가서 와인 냄새나 맡고 있었을 거예요."

두 사람이 잔을 부딪혔다. 쟁강 소리가 난다. 둘은 모두 단숨에 잔을 비웠다.

리위안이 감탄하듯 말한다. "누님이 보내 준 혈액 표본을 살피면서 우리는 누님이 어떤 고난을 겪었을지 상상할 수 있었습니다. 얼마나 심각한 감염이었는지!"

뤄웨이즈는 어지간히 놀랐다. "어머, 그것까지 알아낼 수 있어요?"

"저희들을 얕잡아 보지 마셔요. 다년간 여러 성과가 좋다 보니 설비가 얼마나 선진적인데요."

뤄웨이즈는 이때다 싶어 다그쳐 물었다. "당신들은 도대체 누구세요?"

리위안이 담담하게 말을 받는다. "한 무리의 민간 의사들이라고 해 둡시다."

뤄웨이즈가 의아한 듯 되묻는다. "민간 공예미술 대사, 민간 곡예 대사, 그리고 민간 요리사라는 말은 들어 보았는데 의사도 민간 의사라니, 혹시 의료 허가증이 없는 건 아닌가요?"

"정곡을 찔렀네요. 정말 대단해요. 우리는 확실히 허가증 같은 건 없습니다. 하지만 이것이 우리가 병을 치료하는 걸 방해하진 못하지요. 누님 자신이 좋은 실례가 아닙니까? 이 세상의 제일 첫 의사도 허가증이 없는 의사였을 거고요."

뤄웨이즈가 진심으로 동감을 표한다. "그 견해에 천만 번 공감해요. 저는 백낭자를 먹기 전에…" 여기까지 말한 그녀는 푹하고 웃음을 터뜨렸다. "얼마나 자극적이에요? 백낭자를 먹다니 — 내가 무슨 요괴라도 된 기분이에요. 백낭자의 진짜 이름은 뭐예요? 이젠 말해도 되잖아요?"

"물론 말해도 됩니다."

"어서요." 뤄웨이즈는 자신이 드디어 중대한 비밀의 핵심에 접근했다고 느꼈다.

리위안이 또박또박 말한다. "백낭자의 진짜 이름은 백소정이지요."

뤄웨이즈는 입술을 잘근잘근 씹는다. "그 말뜻은 알겠어요. 비밀을 지키겠다 이거죠?"

"백낭자를 임상에 전면적으로 도입하자면 아직 갈 길이 멀거든요. 그전에는 그냥 백낭자라 칭할 수밖에 없습니다. 양해 바랍니다."

뤄웨이즈가 고개를 끄덕인다. "이해가 가요. 이제 더는 묻지 않을게요. 이 말은 그만하고, 백낭자를 복용하기 전에 나는 다량의 약을 먹었지만 아무런 효험이 없었어요. 모든 약이 효과가 없다고나 해야 할까요. 그때는 정말이지 당장 죽는 줄 알았어요. 내 몸은 이미 죽음의 신호를 보냈거든요. 제 생각에 화관바이러스로 목숨을 잃은 사람들은 모두 이런 과정을 겪었을 것 같아요. 이 바이러스가 몸에 잠입하는 순간부터 환자는 걷잡을 수 없는 절망에 빠지지요. 이는 건강한 몸이 전혀 체험한 적 없는 감각으로서 더없이 공포스러웠어요. 그러니 절망과 무력감만 깊어질 수밖에요."

리위안이 말했다. "그건 인체 면역 계통의 집단적인 실어증이라 할 수 있습니다. 그들이 전부 혼란에 빠졌거든요."

뤄웨이즈가 말을 잇는다. "하지만 백낭자가 체내에 들어가자마자 전세가 역전됐어요. 수많은 지원군이 하늘에서 내려온 것처럼 말이에요."

리위안은 말없이 미소를 지을 뿐이다.

뤄웨이즈가 이상해서 묻는다. "내가 이렇게 열변을 토하는데 어쩜 그렇게도 무감각할 수 있죠?"

"그런 감각은 누님에게는 아주 희귀한 것이겠지만 우리는 볼 만큼 봐와서 아무렇지도 않거든요."

"우리라고요? 당신들은 어떤 집단이죠?"

"나와 나의 지도교수님, 그리고 동료들, 동문 선후배들이지요. 잘 들어 둬요, 여자는 없답니다."

뤼웨이즈가 뾰로통해서 종알거린다. "누가 여자를 물어봤나요?" 말은 이렇게 하면서도 마음은 흐뭇해졌다. "한 무리 허가증도 없는 의사들인가 요?"

리위안이 태연하게 응수한다. "그렇다고 할 수도 있겠지요. 하지만 병을 치료하는 데 허가증이 제일 중요한 건 아니지요. 가장 중요한 것은 치료 효과가 아니겠습니까. 백낭자가 없었더라면 자격증 따위를 한 트럭 갖다 놓는다 해도 눈을 멀쩡히 뜨고도 누님이 죽어가는 것을 지켜볼 수밖에 없었겠지요. 물론 저는 의료 허가증을 폄하할 생각은 없습니다. 그저 모든 일엔 예외가 있다는 것을 잊지 말아달란 말입니다. 우리는 새로운 경로를 모색하고 있을 따름이에요."

뤼웨이즈의 호기심이 발동되었다. "그 새로운 경로의 핵심은 무엇이 죠?"

리위안이 돌연히 말머리를 돌린다. "만약 내가 잘못 본 것이 아니라면 누님의 왼손 중지에 끼고 있는 반지는 다이아몬드겠지요?"

뤼웨이즈가 대답한다. "다이아몬드가 맞아요."

"이건 누님이 아직 미혼이라는 증명이지요."

뤼웨이즈는 일석이조를 노리며 되묻는다. "그런데 이것이 그쪽과 무슨 관계가 있죠?" 그녀는 '물론 관계있죠. 만약 누님의 반지가 무명지에 끼어 있다면 내게 기회가 없다는 말이 되니까요.'와 같은 대답을 내심 기대하며 되물었다.

그러나 리위안은 연애 관련해서는 숙맥이었다. "아까 핵심 내용을 묻지 않았습니까? 그럼 이 다이아몬드부터 얘기해 봅시다."

리위안은 말하면서 방금 웨이터가 주문을 받으면서 떨구고 간 연필을 주워들었다. "저, 혹시 학교 다닐 때 화학 성적은 어땠나요?"

뤼웨이즈는 담화가 자신의 생각과 전혀 다른 방향으로 흘러가는 것을 보고 약간 머쓱해졌다. "그저 그랬지요. 그런데 난데없이 무슨 화학이에요?"

"그건 인체 자체가 하나의 화학 공장이고 하나의 거대한 시험관이기 때문이지요." 리위안의 얼굴에 웃음꽃이 피어났다. 그렇지 않아도 준수한 입매에 웃음까지 띠니 사람을 싱숭생숭하게 만들기 족했다.

웨이터가 다가와 무슨 음료를 마시겠는가 묻는다. 뤄웨이즈가 묻는다. "신선한 과일즙 같은 거 있나요? 그레이프프루트나 호주 키위 같은?"

웨이터가 고개를 숙이고 대답한다. "없습니다. 수입이 중단된 지 오래 거든요. 그레이프프루트도 없고 뉴질랜드의 키위도 없습니다."

뤄웨이즈가 물었다. "수출이 중단됐다는 소리는 들었는데 수입까지 중단됐나요?"

웨이터가 답한다. "거야 당연한 일 아닙니까, 중국에 오는 배가 없거든요. 우리는 나가지 못하고 남들은 무서워 오지 못하는 거지요."

뤄웨이즈의 눈이 동그래졌다. 가만히 생각해 보니 주위 환경이 너무나 우아하여 전염병이 기승부리는 시기라는 것을 잊고 있었던 듯하다. 자신의 요구가 너무나 사치스럽고 철이 없는 같아서 뤄웨이즈는 민망해졌다. "그럼 광천수를 주세요."

"미안합니다 손님, 광천수도 없습니다. 운수가 달려서 광천수도 배급제를 하는 바람에 떨어진지 오랩니다." 웨이터의 고개가 더욱 수그러졌다. 광천수가 없는 것이 자기 탓이나 되는 듯이.

"그럼 무슨 물이 있나요? 끓인 물은 있겠지요?"

"증류수가 있습니다. 아주 깨끗한 증류수지요. 자체 증류 설비로 생산한 증류수입니다."

"좋아요. 증류수로 할게요." 뤄웨이즈가 대답했다.

웨이터가 묻기도 전에 리위안이 미소를 지으며 말한다. "같은 걸로 주세요."

이윽고 웨이터가 튤립 모양의 와인 컵 두 개를 받쳐 들고 들어왔다. 컵에는 수정처럼 깨끗해 보이는 증류수가 담겨 있었다.

"미안합니다. 이건 물 컵이 아닌데 지금 우리 음식점에 이런 컵밖에 없어서 … 양해해 주시기 바랍니다." 오랜만에 손님을 만났는지 부쩍 말이 많아진 웨이터가 음식들을 올린다.

둘은 재차 물을 술 삼아 컵을 부딪히면서 평안을 빌고 감사의 말을 나눴다. 리위안이 컵을 살랑살랑 흔들면서 묻는다. "이게 무엇인지 아시겠어요?"

"금방 웨이터가 말하지 않았어요? 물이지 뭐예요?"

"그럼, 물의 화학 분자식을 말할 수 있나요?"

뤄웨이즈는 슬그머니 약이 올랐다. "사람을 뭘로 보고 … 비록 겸손하게 화학이 별로라고 했어도 물의 분자식도 모를라고요. $H_2O$지 뭐예요?"

리위안은 손가락으로 탁자를 톡톡 치며 말한다.

"좋습니다. 또 문제 나갑니다. 방금 $H_2O$를 마셨는데 그 $H_2O$가 어디로 갔을까요?"

뤄웨이즈가 톡 쏘듯 답한다. "별 걸 다 묻네요. 물이 아닌가요? $H_2O$는 우리 몸의 일부분이 되겠죠. 〈홍루몽〉에서는 여인은 물로 빚은 것이라지만 사실 남자도 물로 빚은 게 아닐까요? 사람은 물을 떠나지 못하지요."

리위안이 고개를 끄덕인다. "맞습니다. 여인도 $H_2O$로 빚은 것이고 남자도 $H_2O$로 빚은 것이 맞습니다."

뤄웨이즈가 큰 소리로 깔깔 웃는다. 사람들은 좋아하는 사람 앞에서 언제나 과도한 반응을 보인다. 지나치게 쑥스러워 하지 않으면 너무 오버한다. 뤄웨이즈는 가급적으로 정상적으로 행동하려 했지만 어떨 때는 탈선하곤 했다. "이런 이야기 듣기에는 어색하지만 이론적으로는 성립되는 것 같아요."

"물론 인체가 물만으로 이뤄진 건 아니죠. 방금 누님의 다이아몬드 반지와 웨이터가 두고 간 연필 얘기를 했었죠. 이 두 가지가 어떤 차이점이 있는지 혹 아시나요?"

뤄웨이즈가 대답한다. "그것도 모를까 봐요? 그들의 제일 큰 차이점은 색깔이라 할 수 있죠. 좋은 다이아몬드는 굉장히 투명하고요, 좋은 연필은 까맣고 윤이 나는 연필심이 있지요. 하지만 제일 중요한 차이점은 가격이라고 봐요. 다이아몬드는 몇 만 위안씩 하지만 연필은 고작 몇 위안이거든요. 싼 것은 몇 십 전 하는 것도 있고요."

리위안이 기분 좋게 웃는다. "비록 전면적으로 서술하느라 애썼지만 정답이 아닙니다. 적어도 다이아몬드와 연필심 간의 제일 큰 차이점은 가격이 아니지요. 가격이란 것은 인위적으로 정한 것이니까요. 화폐가 없을 때 다이아몬드는 가치를 매길 수 없는 것이었답니다. 우리 중국인들은 원래 다이아몬드를 그다지 좋아하지 않았지요. 중국인들이 좋아한 것은 옥이나 비취였죠. 때문에 가격은 그들 사이의 제일 큰 차이점이라 할 수 없습니다. 먼저 말한 색깔은 차이점의 하나라고 할 수는 있겠지만 가장 근본적인 차이점이라고는 할 수 없지요."

뤄웨이즈가 이마를 탁 친다. "정말, 방금 생각났어요. 그들 사이의 가장 큰 차이점은 굳기, 즉 경도지요. 다이아몬드의 경도는 10으로서 세상의 천연물 가운데 가장 단단한 물체지요. 하지만 흑연은 아주 연하지요." 말하면서 뤄웨이즈는 연필심을 꼬집었다. 자신의 견해를 실증이라도 하려는 듯 힘을 세게 주었더니 연필심이 툭 부러졌다. 새까만 연필심은 새하얀 탁자보 위에서 몇 번이고 굴러간다.

"흑연의 경도는 1입니다." 리위안이 덧붙인다.

"봐봐요 이번에는 정확히 맞추었죠. 하나는 10, 경도가 제일 크고 다른 하나는 1, 차이가 엄청나죠. 어때요?" 별일도 아닌 걸 가지고 뤄웨이즈는 으쓱해졌다.

리위안이 말한다. "이번엔 그래도 언저리는 갔어요. 다이아몬드와 흑연의 차이점 중 하나라 할 수 있지요. 잘 말했어요. 하지만 이것도 외재적인 차이점일 뿐이고 가장 중요한 차이점은 그것들의 내부 구조에 있지요."

뤄웨이즈가 어이없는 듯 웃는다. "아우님, 오늘 식사를 화학 수업으로 만들 셈인가요?"

리위안의 얼굴엔 웃음기 한 점 없다. 그는 엄숙하게 말을 받았다. "만약 이 문제를 이해하지 못한다면 누님은 우리가 무얼 하는지 알 수 없을 겁니다."

거창한 주제가 나오는지라 뤄웨이즈는 저도 모르게 폭신폭신한 의자에서 몸을 꼿꼿이 세웠다. 소학생이 선생님을 대하는 듯한 자세로 입을 연다. "경청할 테니 말씀하세요."

리위안이 말을 이어나간다. "그것들 사이의 제일 큰 차이점이 무엇인지 알려면 그것들의 공통점이 무엇인지부터 알아야 합니다."

여기까지 듣고 난 뤄웨이즈는 더더욱 어리둥절하여 뭐가 뭔지 알 수가 없었다. 하는 수 없이 공손하게 대답한다. "알았어요. 얘기하세요."

자신의 전공에 관한 것이라 리위안은 더욱 거침없이 말한다. "다이아몬드와 흑연의 가장 큰 공통점이라면 그것들이 모두 결정체의 홑원소 탄소라는 거지요. 좀 쉽게 말하면 그것들의 기본적인 구조는 모두 탄소라는 건데 가히 친형제라 할 수 있지요."

뤄웨이즈는 자신의 다이아몬드 반지를 빼내어 그 까만색 연필심과 같이 놓으면서 중얼거린다. "오, 너희 친형제가 만났으니 악수라도 하렴."

그녀가 장난치거나 말거나 리위안은 낯빛 하나 변치 않고 이야기를 이어간다. "구성 성분이 모두 탄소 원자라는 것, 이것이 제일 큰 공통점이지요. 그것들의 가장 큰 차이점은 그 구조에 있습니다. 다이아몬드라는 것은 상품명으로서 가공을 거친 금강석을 의미합니다. 그러니 금강석이라는 본명을 그냥 쓰겠습니다. 이 본명이 더 힘 있어 보이니까요. 그럼, 이야기를 계속합시다. 탄소 원자는 보통 4가로 되어 있지요. 그러니 네 개의 단일 전자가 있어야 할 거 아닙니까. 하지만 그의 기저 상태에는 두 개의 단일 전자밖에 없으니 결합할 때 혼성화가 필요하지요. 4개의 전자가 충분히 이용되어 4개 궤도에 평균적으로 분포되어 등가 혼성화가 됩니다. 이런 구조는 완전히 대칭이 되기에 대단히 안정적이지요. 금강석 중의 모든 탄소 원자들은 전부 이러한 혼성 방식으로 결합되어 결정구조로 배열되지요. 이런 그물 구조는 최종적으로 경도가 극히 큰 고체를 형성합니다. 금강석은 녹는점이 3500℃를 넘는데 이것은 부분적으로 항성의 표면 온도에 해당됩니다."

뤄웨이즈는 어지간히 놀랐다. 사실 그녀는 리위안의 말을 전혀 알아들을 수 없었다. 사람들은 자신이 모르는 분야에 대해 숭고한 경의를 품기 마련이다. 뤄웨이즈는 튤립 모양의 물컵을 리위안 앞으로 밀어 놓으며 존경 어린 어조로 말했다. "먼저 물부터 마시고 천천히 얘기하세요."

리위안은 물 마실 생각도 않고 하던 얘기를 계속했다. "흑연이란 바로 연필심을 만드는 재료지요. 매 하나의 탄소마다 삼각형으로 배치되어 있는데 무한개의 벤젠 고리들이 합쳐진 것이라 할 수 있지요. 모든 탄소 원자들이 다 같이 큰 공액계*에 처해 있기에 층과 층의 결합은 취약할 수밖에 없습니다. 쉽사리 갈라지고 분해되지요. 때문에 다이아몬드와 흑연은 친형제이긴 하지만 전혀 다른 특성을 가지고 있지요. 그들은 서로 동소체**에 속하지요."

뤄웨이즈는 곤혹스러운 표정으로 리위안을 쳐다본다. 자신이 이런 학문 앞에서 미련하고 우둔하기 짝이 없어 보였다.

리위안이 말을 이었다. "금강석과 흑연을 빼면 탄소 원자는 생물체의 건조 무게에서 가장 큰 비율을 차지하는 원소입니다. 제가 말하는 것은 건조 무게입니다. 방금 누님께서 말씀하신 남자와 여자는 물로 만든 것이라는 명제를 제외하기 위해 우리를 모두 탈수 처리한다고 했을 때, 우리 몸을 구성하고 있는 가장 주요한 원소가 바로 탄소라는 말이 되겠죠."

뤄웨이즈가 아연실색한다. "그렇다면 우리는 모두 금강석과 흑연으로 만들어졌단 말씀인가요?"

뤄웨이즈가 놀라는 모양을 본 리위안이 너털웃음을 터뜨린다. "탄소의 존재 형식은 그야말로 다종다양하다 할 수 있습니다. 방금 얘기한 금강석과 흑연 외에도 그것은 복잡한 유기 화합물들을 구성하고 있지요. 예를 들면 우리가 지금 먹고 있는 것들도 탄수화물이지요." 말하면서 리위안은 젓가락으로 물고기 한 점을 집어 입에 넣고 말을 이었다. 입에 있는 음식

---

* 유기 화합물에서 단일 결합 하나를 사이에 두고 이어지는 이중 결합을 칭하는 말
** 같은 원소의 원자로 된 분자 또는 결정이나 원자들의 배열이 다른 물질을 칭하는 말

물 탓에 웅얼웅얼 알아듣기 힘들다. "예를 들면 동식물의 유기체, 이 물고기의 주요한 성분은 바로 유기 탄수화물이지요."

유기화합물이란 명사가 나오자 뤼웨이즈는 어지간히 안도의 숨을 내쉬었다. 분명 이 낱말은 약간은 귀에 익은 것이었다. 공액계니 뭐니 하는 듣도 보도 못하던 말보다 훨씬 친근했다. 신이 난 뤼웨이즈가 입을 열었다. "조심하세요. 탄소 원자가 목에 걸리겠어요!"

리위안은 아직도 할 말이 많은 것처럼 보였다. "탄소 원자가 형성한 결합들이 모두 비교적 안정적이기에 유기화합물 가운데의 탄소의 개수, 배열 및 치환기의 종류와 위치 등은 모두 굉장한 임의성을 갖고 있지요. 따라서 지구상의 유기물 수가 더없이 많아졌지요. 이것이 바로 대천세계*의 유래라 할 수 있겠죠."

이제 와서야 뤼웨이즈는 리위안이 장황하다 싶을 정도로 긴 연설을 늘여 놓은 의도를 알 것 같았다. 그녀는 크게 깨달은 표정을 짓는다. "아, 알겠어요. 이 세상 만물 중에 젖은 것은 주로 수소와 산소로 구성된 것이고 그것들을 말린다면 주로 탄소로 구성된 것이다, 이 말이 맞죠? 우리처럼 이렇게 젖지도 마르지도 않은 물체는 수소, 산소와 탄소로 이루어진 것이겠지요?"

리위안은 이번에는 떡 한 조각을 집어 든다. "누님의 요약은 아주 거칠기는 하지만 그런대로 맞는다고 할 수 있습니다. 생명이란 바로 각양각색의 원소로 구성된 것이니까요. 인류는 원소의 집합체이고 원소가 바로 세계와 인체를 이루는 가장 기본적인 물질이지요."

뤼웨이즈는 오늘 나눈 이야기들이 지나치게 학술적이라고 느꼈다. 이런 얘기를 나누며 식사하려니 위가 경련을 일으킬 지경이었다. 그녀는 분위기를 풀기 위해 우스개소리를 한다. "방금 얘기를 들으니 우리 사람들

---

* 불교에서 방대한 우주를 이르는 말로, 하나하나의 태양계가 천 개 모여 소천세계가 되고, 그러한 소천세계가 천 개 모여 중천세계가 되며, 중천세계가 천 개 모인 것을 대천세계라 칭한다

이란 사실 다이아몬드와 연필심을 담그는 한 통의 물에 불과하군요."

뤼웨이즈는 리위안의 자신의 비유를 듣고 웃기라도 할 줄 알았는데 정색하고 대답할 줄은 몰랐다. "그렇게 간단하진 않습니다. 인체 내에는 또 6종의 금속 원소가 있거든요. 그것들은 칼슘, 마그네슘, 인, 칼륨, 나트륨과 유황인데 모두 홍량宏量원소들이지요."

뤼웨이즈가 반문한다. "내 기억에는 이 몇 가지 원소들은 모두 흰 색인 것 같은데 뭣 때문에 빨갛다고 하죠?"

리위안이 다급히 설명한다. "내가 말한 홍이란 빨갛다는 홍이 아니라 굉장하다는 뜻의 홍*입니다. 이 몇 가지 원소들이 인체 내에서 비교적 풍부한 함량을 차지한다는 의미지요. 이것들뿐만 아니라 미량원소들도 균형적으로 인체라는 이 물통 속에 입수하게 된답니다. 탄소 원자들이 최적화로 배열되면 세상에서 제일 단단한 다이아몬드가 되는 것처럼 인체 내의 각종 원소들이 균형을 이루게 되면 이 사람은 건강하고 활력이 넘치게 된답니다. 하지만 균형을 잃게 되면 병에 걸리게 되거나 적어도 건강하지 않은 상태가 되지요. 인체 속의 연필심이 압력을 받아 부러진다고나 할까요." 이야기를 하면서 리위안은 부러진 연필심을 쓸어버렸다. 새하얀 탁자 보를 어지럽히기라도 할까 봐.

요리는 식어 버렸지만 리위안의 얼굴에는 젊은이 특유의 윤기가 반짝인다. 청춘의 탄성이 넘치는 피부 아래에 모세혈관이 확장되어 뜨거운 피가 역동적으로 흐른다. 얼굴에 그물 모양의 홍조가 피어오른다.

뤼웨이즈가 기분 좋게 말한다. "저한테 인체 원소 강의를 해 주셔서 감사해요. 덕분에 이제부터 사람을 봐도 사람이 아니라 무수한 종류의 원소의 혼합체로 보일 것 같아요."

리위안이 놓치지 않고 그녀의 말을 바로잡는다. "무수한 종류는 아니지요. 세상 만물은 그 숫자가 그다지 많지 않은 물질로 조합되고 구성된 것이랍니다. 자연계가 우리한테 내린 원소는 도합 92종에 불과한데 그것들

---

* 중국에서 紅과 宏의 발음은 hóng으로 같다

은 세계를 구성하는 자모표와도 같지요. 사람들이 26개의 영어 자모만 알면 기괴한 욕설이나 얼토당토않은 문자들을 만들기도 하고 세익스피어와 같이 위대한 문학작품도 만들어 낼 수 있지요. 이 종류가 그다지 많지 않은 원소들도 미술에서의 3원색처럼 대서양의 암초를 만들어 내는가 하면 우리가 방금 마신 물도 만들 수 있지요. 바퀴벌레가 될 수도 있고 원자탄이 될 수도 있지요. 저 창밖의 하늘에서 볼 수 있는 수만 광년 밖에 있는 별들도 원소이고 방금 지나간 저 구급차도 원소지요."

뤄웨이즈가 말을 받는다. "원소 계몽 교육 감사해요. 하지만 이렇게 간곡한 가르침을 주시는 이유가 뭐죠? 설마 저를 중학교 화학 선생으로 기르시려는 건 아닐 테죠?"

리위안은 사뭇 정중한 태도로 말한다. "누님은 줄곧 백낭자의 진짜 이름을 알고 싶어 하지 않았습니까? 그것은 바로 이 92종의 원소 중의 하나입니다."

# 제25장
# 시뻘건 도관

그녀는 시뻘건 비닐관을 보았다. 그것은 한창 자신의 혈관에서 피를 뽑아가고 있다. 애정은 인생의 가장 막막할 때 태어나며 마귀들이 출몰하며 애간장이 끊어질 때 싹이 튼다.

뤄웨이즈는 백낭자가 무엇인지 캐묻지 않았다. 비록 어렴풋한 윤곽은 짐작할 수 있었지만. 하지만 이 정도로 안다고 하는 것은 실상 모르는 것과 별반 차이가 없었다. 우리 모두가 지구에서 생활하니 지구가 92종의 원소로 만들어진 것이라면 누구도 그 범주를 벗어날 수 없을 것이 분명했다. 뤄웨이즈는 자신의 경험을 통해 백낭자가 지니고 있는 중대한 의료적 가치를 누구보다도 깊이 알고 있었다. 두말할 것도 없이 이것은 지대한 상업적 가치이기도 했다. 하지만 이 세상의 그 어떤 재물이 인간의 생명을 구할 수 있는 것보다 더 가치 있을까.

묻지 말아야 할 것은 묻지 말고 알지 말아야 할 것은 알려고 하지 말라. 뤄웨이즈는 이것이 마지노선임을 알고 있었다. 하지만 그녀는 백낭자가 하루빨리 대중 앞에 모습을 드러내기를 고대하고 있다. 아니면 그녀가 목숨을 내걸고 균주를 얻어 준 것이 무의미한 헛수고가 될 것이 아닌가.

리위안은 뤄웨이즈의 기대에 찬 눈길을 읽어냈다. "교수님은 이미 백낭자를 임상시험에 사용하기 시작했는데 좋은 효과를 보고 있습니다. 이제 얼마 안 있어 광범위하게 사용할 수 있을 것 같아요. 그때가 바로 우리 중국인들이 화관바이러스를 이겨낸 결정적인 순간이 되겠지요."

뤄웨이즈는 대뜸 기분이 좋아졌다. "제가 도울 일이라도 있나요?"

"단 한 가지, 자신을 잘 보호해야 합니다." 리위안이 심각한 어조로 말한다.

뤄웨이즈는 그 말에 어려있는 친인의 정을 느꼈다. "전 이젠 군왕부에서 나온 걸요. 이제는 화관바이러스와 접촉할 기회도 없어요."

리위안이 나무라듯 말한다. "만약 웨이즈씨가 그냥 군왕부에 있다면 비교적 안전하다고 할 수 있지요. 화관바이러스는 이제 웨이즈씨를 어쩌지 못하니까요. 오히려 밖에 나왔으니 더 걱정입니다. 아무쪼록 조심해야 합니다."

뤄웨이즈가 흔쾌히 대답한다. "알았어요. 조심할게요."

웬자이춘의 죽음은 옌시 시민들 심리에 거대한 후폭풍으로 다가왔다. 시에서는 과로로 인한 심장 발작으로 인해 관사에서 쓰러졌다고 몇 번이고 발표했지만 시민들은 이제 더 이상 스크린에서 신선 같은 풍채를 가진, 언제나 흰 가운을 단정히 걸친 엄숙한 노전문가를 볼 수 없다는 사실에 큰 충격을 받았다. 그래서인지 웬자이춘의 사인에 대한 유언비어가 폭풍처럼 휘몰아쳤다. 어떤 사람은 그가 화관바이러스에 감염되어 결국 사망됐다고 했고 또 사태가 걷잡을 수 없이 최악으로 치닫자 외국으로 도망쳐 아내와 자식들과 함께 노년을 보내기로 했다고도 했다. 심지어 입막음을 위해 죽임을 당했다는 소문도 있었다…

물론 이것은 모두 유언비어이니 해명하기 그다지 어렵지 않을 것이다. 문제는 방역 투쟁의 승리가 기약이 없는데다가 총지휘관까지 쓰러져 마음의 동요를 일으킨다는 것이었다.

신다오는 방역 부 총지휘관으로 승진되고 또 홍보 담당관이니 가장 짧은 시간에 여론을 돌려세우는 것이 그의 임무였다. 그래서 그는 특별 회의를 소집하고 뤄웨이즈를 특별 초청했다.

이번에 신다오는 자신을 5·4운동 시기의 청년처럼 단장했다. 깃을 세운 중산복에 새하얀 와이셔츠 소매가 보일락 말락 했다. 소맷부리에 달린 정교한 금속 단추가 눈에 띈다.

회장에 들어선 뤄웨이즈가 알은체 한다. "오늘 옷차림이 세련돼 보이네요."

신다오가 웃으며 말을 받는다. "고맙습니다. 사기가 떨어진 마당에 쭈글쭈글한 옷까지 걸쳐서야 되겠습니까."

그런데 뤼웨이즈의 다음 말에 신다오의 미소가 사라지고 말았다.

"이건 아마 트레머리를 한 여성 주필님의 생각이겠죠?"

신다오가 흠칫한다. 이 괘씸한 여자가 설마 요괴는 아니겠지?

뤼웨이즈는 그가 놀라는 것을 눈치 챘다. "뭘 그러세요. 저번 전화회의 때 그분의 헤어스타일이 인상적이었지요. 민국풍이 아니었나요? 그래서 이런 걸 즐기겠구나 싶었어요. 자연스럽게 신 지휘관님의 패션에도 조금 영향을 미치겠다고 생각했지요."

신다오가 말한다. "꿰뚫어 보는 사람 앞에선 거짓말하지 말아야지요. 뤼 여사님의 뜻인즉 제가 그 의혹을 피해야 한다는 말이지요?"

"만약 사귀는 사이라면 의혹이랄 것도 없겠지요. 하지만 아니라면 선택할 수 있을 같은데요. 이 말은 그만합시다. 오늘도 전화 회원가요?" 뤼웨이즈는 말하면서 주위를 훑어보았다. 자그마한 회의실은 마음을 터놓고 이야기하기에 안성맞춤이다. 카메라와 스크린도 보이지 않는다.

"전화 회의에 신물이 나신 거 아닙니까? 오늘은 마주 보면서 하는 회의입니다. 작은 규모의 연구회지요."

회의 참석자들이 모였다. 주로 텔레비전 방송국과 방송국의 책임자들이었다.

신다오가 먼저 발언했다. "웬자이춘 총지휘관님이 돌아가셨으니 그분을 대체할 수 있는 사람을 찾는 일이 시급합니다."

텔레비전 방송국 국장이 말한다. "새로 총지휘관을 임명하지 않았습니까? 그리고 이런 일은 우리가 관여할 일이 아니잖습니까?"

신다오가 말을 이었다. "내 말은 텔레비전에 나올 사람이 필요하다는 겁니다. 돌아가신 웬 지휘관님처럼 말입니다. 사람들에게 경외감과 신뢰감을 줘야 하거든요."

다들 서로 쳐다보며 머리를 굴리다가 말한다. "지도층에는 그렇게 생긴

분이 정말 없군요."

뤄웨이즈는 재차 애통한 감정에 빠졌다. 어떤 사람들은 그가 사라지고 나서야 이전에 무심히 지나쳤던 그의 장점들을 새삼스럽게 떠올리게 한다. 그리고 미처 그에게 가르침을 받지 못했던 중요한 일들까지. 천국은 그 사람과 함께 이런 좋은 점과 중요한 일들을 모조리 회수해 가고 그를 그리워하는 사람들에게 끝없는 미련을 남겨준다. 미약한 광선이 흰 눈을 비추는 것처럼.

신다오는 그녀의 애상은 전혀 느끼지 못한 채 자기 말만 한다.

"어쩌면 물량으로 질을 대체할 수 있을지도 모릅니다."

사람들은 그가 무슨 소리를 하는지 알아듣지 못했다. "질이란 무엇입니까? 물량으로 대체하다니요?"

신다오가 설명한다. "자신의 경험담을 이야기할 수 있는 의료팀을 찾자는 말입니다. 지금 화관바이러스에 감염될 위험성이 가장 큰 집단은 의료진이 아니겠습니까. 이런 의료진이 나서서 확고한 어조로 확신에 가득 찬 이야기들을 하는 겁니다. 이런 이야기들은 얼마든지 사전에 작성할 수 있으니 그 사람들은 그대로 옮기기만 하면 되겠지요. 어려운 점이 있다면 척 봐서 의사 같게 생긴 사람을 찾는 거지요."

사람들이 킥킥 웃는다. "의사 같게 생긴 게 어떤 거죠?"

신다오는 마음속에 그림이 그려진 듯 말했다. "세 가지 안을 고려해 보았습니다. 첫 사람은 남성이고 중년은 넘어야 합니다. 마른 얼굴에 턱 선이 분명하고, 가는 금테 안경을 낀 사람. 단호하고 과감하며 의심할 여지가 없다는 듯한 태도여야 합니다. 둘째 사람도 역시 남성으로 나이는 좀 더 많아야 합니다. 둥근 얼굴에 부처님 상인데 미륵불처럼 웃는 얼굴이면 좋겠죠. 척 봐도 친절하고 듬직하고 믿음이 가는 사람 말입니다. 이 두 사람은 큰 병원 주임의사 직함을 가지고 있고 외국 유학 경력도 있어야 합니다. 박사 학위는 물론이고요. 셋째 인물은 중의로서 나이는 앞의 둘보다도 더 많아야 합니다. 남성이고 수염을 기른 분이면 더 좋고요. 흰 수염을 흩날리며 중국식 전통 복장을 한 혈기 좋은 분. 여기서 주의할 점은 기공사나 태극권을 하는 사람처럼 보여서는 안 된다는 점입니다. 의학적인 가계도가 있는, 즉 조상 때부터 의사인 집안을 찾아야겠지요. 만약 선대에 어의가 나온 집안이라면 더 바랄 게 없겠지요. 하지만 굳이 이 점을 고집하라는 건 아닙니다. 어쨌든 보이는 이미지가 더 중요하니까요."

방송국 국장은 여성이었다. 그녀는 참지 못하고 입을 열었다. "큰 틀은 저도 동의합니다. 하지만 한 가지 아주 중요한 보충 의견이 있습니다. 무엇 때문에 여성은 한 명도 없죠?"

신다오가 즉시 반응한다. "제가 소홀했던 것 같습니다. 단아하고 몸매가 날렵한 간호사도 있어야겠지요. 고생을 겁내지 않고 남의 마음을 잘 헤아리는 그런 타입이면 좋겠죠."

방송국 국장은 호락호락 물러설 생각이 아니었다. "제 생각엔 간호사뿐만 아니라 학식이 있고 결단력도 있는 여 의사가 있어야 할 것 같은데요. 방금 지휘관님이 묘사한 패턴대로라면 여성이고 중년 이상인 분이 좋겠죠. 아, 이건 젊은 사람들을 비하하는 게 아니라 의사라는 이 업종의 특수성 때문이겠죠. 애초에 다른 학과보다 학제도 긴데다가 풍부한 임상 경험까지 쌓으려고 하다 보면 어느새 중년은 벗어나게 되니까요. 이미지는요, 제 생각엔 자애로운 어머니 같으면서도 지성미를 지닌 분이면 좋겠어요. 사람들에게 신뢰감을 줘야 하니까요. 하지만 지나치게 예쁠 필요는 없어요. 미인은 사람들에게 딴 생각을 하게 하니까요."

이 말을 듣고 다들 웃음을 터뜨렸다. 하지만 그 소리가 좀 이상야릇하다. 다들 "어느 때라고 딴 생각을 하겠습니까."라고 한다.

방송국장이 맞받아친다. "식욕과 색욕은 인간의 본성이라 했습니다. 이 말을 가벼이 여기지 마세요. 우리는 모든 수단을 동원하여 긍정 에너지를 불러일으켜야 하니까요."

공청단 시위원회에서 왔다는 사람이 건의한다. "듣자니 모두 중년 노년들뿐인데 생기발랄한 젊은 이미지도 필요하지 않을까요?"

신다오가 잠시 생각하고 나서 대답한다. "훌륭한 생각입니다. 치유된 사람들이 필요합니다. 어린애도 있고 젊은이도 있고 늙은이도 있어야 하겠지요. 이렇게 해야만 여러 연령대에 처한 사람들이 모두 희망을 얻을 수 있으니까요."

뤼웨이즈가 느릿느릿 입을 연다. "이런 팀이 나서서 목소리를 낸다면 사람들의 긍정 에너지를 북돋우는 데 도움이 되리라 생각됩니다. 그런데 한 가지만 물읍시다. 옌시가 지금 어떤 곳이죠?"

사람들은 그녀가 도대체 무슨 소리를 하는지 종잡을 수 없었다. 지리적 위치를 말하는지 아니면 다른 좌표를 염두에 두고 하는 소린지, 아무도 대답하는 사람이 없었다. 하는 수없이 뤼웨이즈는 자문자답할 수밖에 없었다.

"옌시는 화관바이러스 감염의 태풍의 눈이라고 할 수 있습니다. 이 말의 뜻인즉 태풍의 중심 지대는 도리어 바람이 잔잔하고 고요하다는 뜻입니다. 심리학에도 이러한 심리적 태풍의 눈 현상이 있지요. 위험의 핵심부에 있는 사람이 도리어 상대적으로 평온하다는 뜻입니다. 무엇 때문일까요? 사실 엄격하게 말하면 이것은 모종의 심리 실조 현상입니다. 이런 심리 혼란은 두 가지 중요한 요인으로부터 생기지요. 첫째는 이곳이 가장 위험한 곳임을 뻔히 알고 있기 때문이고 둘째는 불가피하게 이곳에 남아 있어야 한다는 점입니다. 이 두 가지 인지와 선택이 극과 극의 첨예한 충돌을 낳지만, 문제는 해법이 없다는 것입니다. 옌시의 시민으로서 당신은 이 도시를 탈출할 수 없습니다. 그리고 보통 시민들은 지금 현재로서는 화관바이러스 감염을 치유할 수도 없지요. 조화할 수 없는 심각한 대립에 직면하여 인류는 타협이란 방식을 생각해 냈지요. 그것을 통해 이런 실조가 자신에게 주는 상처를 최소화하려는 거지요. 옌시에 사는 것은 사실적 행위로서 이 점은 변화시킬 수 없습니다. 변할 수 있다면 오직 자신의 태도뿐이겠지요. 이로 인해 심리적 태풍의 눈이 형성되는 것입니다. 우리는 이러한 심리를 틀어쥐고 폭풍의 중심에 있을수록 더 조용해지고 평온해지는 이런 마음가짐을 부추겨 타협을 이루게 해야 합니다."

신다오가 손뼉을 친다. "알겠습니다. 이런 심리적인 태풍의 눈을 더욱 크게 더욱 깊게 파자는 거지요."

수군거리는 소리가 들린다. "심리적 태풍의 눈은 우물도 아닌데 그렇게 말하니 어쩐지 음모 같게 들리는걸요."

그러건 말건 신다오가 말한다. "금방 수 하나를 생각해 냈습니다. 즉 조직적으로 지라시 비슷한 소문들을 퍼뜨리는 것입니다."

이런 말을 들은 사람들은 눈이 휘둥그레졌다. 이 신다오라는 사람이 위험한 순간에 명을 받더니 수단을 가리지 않는구먼.

뤄웨이즈가 평온하게 말을 받았다. "재난이 들씌워질 때 사람들은 특히나 떠도는 소문에 집착하게 되지요 듣는 바에 의하면 62% 이상의 사람들이 정보를 얻는 주요한 루트가 항간에 떠도는 소문이라고 해요."

신다오가 한시름 놓았다는 듯 말한다. "직감으로 말한 소리가 이론적 근거가 있을 줄은 몰랐습니다. 지금 시점에서 정당한 루트의 소식이야 당연히 틀어줘야 하지만 사람들이 항간의 소문에 집착하는 성향이 있는 이상 그런 소문들도 충분히 제공하자는 겁니다. 공식 루트 소식이라는 정식 외에 소문이라는 디저트도 만들어 제공하면 빛깔, 향기와 맛을 골고루 관리할 수 있지 않겠습니까."

다들 듣고 보니 일리는 있다면서도 이런 달콤한 소문을 어떻게 양산할 것일지는 아는 바가 없었다.

신다오가 말을 잇는다. "유언비어를 날조하는 법부터 배워야겠죠. 우리가 유언비어를 만들지 않으면 다른 사람들이 더 살벌한 요언을 만들어 낼 겁니다. 그러니까 우리가 고지를 선점해야 하지요 이를테면 이미 백신을 만들어내서 지금 사람들이 시험적으로 복용하고 있다거나 아니면 여성들이 자수정 장신구를 착용하는 것이 바이러스를 죽일 수 있다, 그것이 팔찌나 목걸이나 귀고리나 상관없이 효험이 있다는 것과 같은 요언 말입니다. 그리고 날마다 27분간 일광욕을 하면 화관바이러스에 감염되는 것을 예방할 수 있다거나 또…"

뤄웨이즈가 참다못해 끼어든다. "무엇 때문에 30분이 아니고 27분이죠? 이것도 저것도 아니잖습니까?"

신다오가 대답한다. "뤄 박사님, 평소에 그토록 영민하신 분이 이걸 못 이해하십니까? 이건 뒷골목 소식이 아닙니까? 너무 교과서적이면 사람들이 되레 믿지 않지요. 약간은 괴이한 점이 있어야 더 흡인력이 있을 거 아닙니까. 아무튼 자수정이나 일광욕 같은 건 부작용은 없을 테니까요."

뤄웨이즈는 말을 잃었다. 이 사람은 분명 난세의 효웅梟雄*이구나.

회의가 끝났다. 두 사람은 말없이 숙소로 돌아온다. 방금 한 말로는 부족하다고 생각했는지 신다오가 설명하기 시작했다. "인간은 애초부터 먹고 자란 것들을 먹어야 속 편하고 건강하지요."

"그럼 우리는 뭘 먹고 자란 걸까요?" 뤄웨이즈가 지나가는 말처럼 묻는다. 그녀는 자기가 어릴 때 유치원에서 제일 많이 먹은 것이 만두였다는 것을 떠올렸다. 그때 엄마는 일이 바빠서 그녀를 밤낮을 가리지 않고 봐주는 유치원에 맡겼다. 지금 생각하면 시설도 별로였던 같다. 공장에서 잘린 여공이 취사부를 담당했었는데 조리하기 쉬워서인지는 모르겠지만 날마다 아이들에게 돼지 곱창 기름 배춧속 만두를 먹게 했었다. 그 만두는 어찌나 큼직하던지 뤄웨이즈는 반 개 밖에 먹지 못했었다.

"허다한 거짓말이지요." 신다오가 설명한다. "때문에 사람들은 거짓말을 들어야 마음이 편해지지요."

뤄웨이즈는 가타부타 말이 없다. 우리가 핍박에 의해 허다한 거짓말들을 접했다고 하더라도 이런 '전통'을 굳이 계승할 필요가 있을까?

신다오는 그녀의 생각을 눈치 채지 못한 채 자기 말만 계속한다. "아까 회의에서 그쪽의 의견을 듣지 못해서 내놓고 말하지는 못했는데요. 지금 우리에게 제일 모자란 긍정적 모델이 어떤 사람인지 아시겠어요?"

뤄웨이즈가 대답한다. "모자랄 리가요? 남녀노소 사면팔방을 두루 아우르지 않았나요? 그 어떤 연령대에 속한 사람이라도 당신의 선전 공세에서 자신의 본보기를 찾을 수 있을 텐데요. 본보기의 힘은 무궁하다고 하잖아요. 내 생각엔 이번 공세가 발동되면 심리적 태풍의 눈이 전 시를 덮을 것 같은데요."

---

* 사납고 용맹스러운 인물

신다오가 겸손하게 말한다. "과찬이십니다. 직위는 비천하나 나라 근심을 안 할 수 없다고 힘을 다할 뿐입니다. 그런데 대중이 제일 갈구하는 긍정적인 정보들이 어떤 것인지 아십니까?"

뤄웨이즈가 응수한다. "설마 제가 대답 못하리라 생각하시는 건 아니겠죠? 노벨 경제학상이 두 차례나 심리학자에게 수여된 일을 아시죠? 그것은 심리학자가 사람들이 무엇을 판단하거나 중대한 결책을 할 때 정서와 심리가 결정적인 역할을 한다는 것을 밝혀냈기 때문이지요."

"옳은 말씀입니다. 하지만 저의 문제에 대한 대답은 아니군요."

뤄웨이즈가 말한다. "그걸 꼭 말해야 합니까? 전염병에 처한 사람들에게 있어서 가장 듣고 싶은 긍정적인 정보는 발병자 감소와 완치자의 증가겠지요."

신다오가 말한다. "맞습니다. 새로운 발병자 수의 감소에 대해 우리는 숫자 유희를 통해 답을 줄 수 있고 마찬가지로 완치자 수의 증가도 숫자 유희로 완성할 수 있지요."

뤄웨이즈가 막무가내라는 듯 말한다. "그렇다면 천하에 못할 일이 없겠네요."

신다오가 말한다. "아까는 상황을 모르는 사람들 앞에서 제대로 말할 수 없었습니다. 우리에게 내세울 만한 회복기 환자가 없다 해도 실례를 들어 얘기할 수는 있지요. 새로운 감염자 수에 대해서는 증거를 내놓지 않으면 그만이고요. 하지만 완치자에 대해서만은 반드시 본인이 나서야 합니다. 그리고 지금 많은 사람들이 화관바이러스의 재발을 우려하는데 우리에게는 이 병이 재발하지 않는다고 단정할 만한 확실한 증거도 없지 않습니까. 사람들의 공황 심리를 해소시키려면 반드시 누군가가 나서야 합니다. 뤄 박사의 이론에 따르면 심리 회복의 힘은 천지를 뒤흔드는 재난에 직면한 개체가 의지할 곳이 없을 때 기댈 수 있는 유일한 자원이 아닙니까."

뤄웨이즈는 명명할 수 없는 위험이 다가오고 있음을 느꼈다. 그녀는 촉각을 곤두세우며 말한다. "그게 어디 저의 이론입니까? 그건 심리학계의 공통된 인식인걸요. 그건 그렇고 무슨 뜻으로 이런 말씀을 하는 거죠?"

"제 뜻은 아주 간단합니다. 뤄 박사가 나서야겠다는 겁니다. 화관바이러스는 치유할 수 있고 일단 치유가 되면 절대 재발하지 않는다는 것을 증명하는 겁니다. 가장 중요한 점은 여전히 건강하고 아름다울 수 있다는 것을 보여주는 거지요." 신다오는 취임한 직후에 방역 지휘부의 모든 서류를 열람했다. 그러니 뤄웨이즈의 일을 알고 있었다.

뤄웨이즈는 이 약아빠진 사람이 자신을 장기말로 쓰려고 할 줄은 생각지도 못했다. 그녀는 단 마디로 거절했다. "그건 안돼요!"

호락호락 물러설 신다오가 아니다. "하나만 물읍시다. 뤄 박사님은 화관바이러스에 감염된 적 있으시지요?"

뤄웨이즈는 하는 수없이 시인한다. "그래요."

신다오가 다그친다. "그럼 이제는 나은 거 맞죠?"

뤄웨이즈는 계속 대답할 수밖에 없었다. "맞아요."

"그럼, 더 많은 사람들에게 이 병을 이겨낼 수 있다는 믿음을 주고 싶지 않으십니까?"

"거야 물론, 주고 싶지요."

신다오가 더 말할 것이 뭐냐는 투로 말을 받는다. "그렇다면 다른 답이 있을 수 없지요. 뤄 박사께서는 반드시 나서서 대중에게 힘과 격려를 줘야 합니다!"

뤄웨이즈는 내가 병에 걸린 것도 맞고 이제 나은 것도 맞지만 이건 통상적인 방법으로 치료한 게 아니지 않냐고 말하고 싶은 걸 겨우 참았다. 리위안이 비밀을 지켜야 한다고 거듭 강조하지 않았던가. 비록 이런 일을 비밀에 부치는 것이 무슨 의의가 있는지는 알 수 없지만 그녀는 리위안의 뜻을 거스르고 싶지 않았다. 그보다도 더 중요한 것은 뭐니 뭐니 해도 그녀가 이런 병에 걸렸었다는 사실을 엄마가 알게 해서는 안 되기 때문이었다. 이것은 말하자면 그녀가 나설 수 없는 세 가지 이유인데 앞의 두 가지는 대놓고 말할 수 없다. 그래서 그녀는 그저 "제가 나설 수 없는 것은 제 노모가 제가 병에 걸렸었다는 사실을 모르기 때문이에요. 만약 엄마가 알게 되면 그야말로 큰 충격을 받게 될 겁니다. 우리 어머니는 말기 암 환자예요."라고 할 수밖에 없었다.

신다오는 이런 이유는 생각하지 못했었다. 하지만 그만한 일에 백기를 들 그가 아니었다. 급속히 머리를 굴리던 그가 입을 열었다. "집의 모친께서 건강이 좋지 못하시다니 평소에 거의 집에 계시고 밖으로 나가시지 않겠네요?"

뤼웨이즈가 머리를 끄덕인다. "그런 편입니다."

신다오가 묻는다. "댁은 어디에 계시죠?"

뤼웨이즈는 자기 집의 주소를 알려주었다.

신다오가 말한다. "이건 아주 간단한 일입니다. 텔레비전에서 이 프로가 나갈 때 뤼 박사네 집 구역을 정전되게 하면 되지요. 재방송할 때도 마찬가지고요. 프로가 끝나는 대로 전기 공급을 재개하지요. 그러면 모친께서 보실 일은 없지 않습니까. 지금은 비상 시기니까 마실 다니는 사람도 없을 거고 또 한가하게 이런 소문을 퍼뜨릴 사람도 없을 거라 믿습니다. 만 번 양보해서 어머니께서 뤼 박사가 병에 걸렸었다는 것을 아시게 된다 해도 그쪽은 지금 완전히 나았고 전혀 후유증이 없지 않습니까. 모친께서 놀라시긴 하겠지만 소중한 딸을 보면 마음이 금세 가라앉을 거라고 믿습니다. 옌시의 천만 인민의 생명을 위하여 꼭 허락해 주시기 바랍니다!"

"저희 집 하나 때문에 한 구역을 정전시킨다는 것은 너무나 민폐잖아요." 뤼웨이즈가 난처해하며 말한다.

신다오가 단호하게 말을 받았다. "두 가지 해로운 일이 생길 때에는 가벼운 쪽을 택해야지요. 정전쯤은 극복할 수 있는 곤란입니다. 게다가 아주 잠깐이니까요. 하지만 민중들의 의지가 무너져서 화관바이러스 앞에 무릎을 꿇는다면 그것이야말로 만회할 수 없는 손실이 아니겠습니까."

이렇게까지 나오니 뤼웨이즈는 더는 사양할 이유를 찾을 수 없었다.

텔레비전 방송국에 가서 녹화하던 날 신다오가 따라나섰다. 뤼웨이즈가 말렸다. "바쁜 분이 뭐 이렇게까지야 …"

"이게 바로 내 사업인걸요. 텔레비전 방송국과 구체적인 방송 시간을 확정하고 배전소와도 정전할 시간과 구체적인 구역을 의논해야 합니다. 절대로 착오가 생겨서는 안되니까요. 내가 직접 하는 편이 낫습니다."

뤄웨이즈는 사업도 사업이지만 자신을 배려하기 위하여 이런다는 것을 아는지라 꽤 감동했다.

분장사는 몇 번이나 재사용했는지도 모를 화장솜으로 페인트를 연상시키는 메이크업 베이스를 묻혀 뤄웨이즈의 얼굴에 덕지덕지 바르기 시작했다. 무수한 진드기들이 얼굴에서 기어 다니기라도 하는 듯, 뤄웨이즈는 께름칙해 죽을 지경이었다. 반나절이 걸려서야 겨우 분장을 마치고 분장실에서 나오다가 신다오와 딱 마주쳤다.

신다오의 표정이 가관이다. 그는 모르는 사람을 쳐다보는 듯이 그녀를 한참이나 뜯어보다가 탄성을 지른다. "나는 전에 뤄 박사를 자세히 본 적이 없는데 이렇게 예뻤다니!"

"그 말은 분장사에게 하세요. 그분의 솜씨니까요."

"전에는 자세히 보고 싶어도 쑥스러워서 못 봤다고 수정할게요. 머리도 푸석푸석하니 흩뜨리고 다녔잖아요. 이런 미모를 저버리다니."

뤄웨이즈가 톡 쏜다. "다 파먹은 김칫독인걸요."

뤄웨이즈는 얼굴이 조막만한데 텔레비전 스크린은 가로로 퍼지는 성향이 있어서 평소보다 풍만해 보였다. 게다가 본인이 느끼기에는 별로였지만 분장사의 손을 거치고 나니 스크린에 비친 뤄웨이즈는 정말로 아름다웠다. 어여쁜 처녀의 입에서 나온 바이러스 회복기는 시민들의 믿음과 투지를 북돋우기에 충분했다. 저 봐, 저 처녀도 병에 걸렸다잖아. 저 많은 검사 결과지가 증명해 주니 거짓은 아닐 테고. 그런데 저렇게 씻은 듯이 나은 걸 봐, 고운 얼굴에 허물하나 남지 않았네. 말하는 걸 보니 머리도 전혀 영향 받지 않은 것 같네. 어쩜 말도 저렇게 감칠맛 나게 할까. 이제 보니 화관바이러스가 그렇게 무서운 것은 아닌 것 같아.

그런데 신다오의 정전 전술이 약간 빗나갔다. 어머니의 친구가 텔레비전에서 뤄웨이즈를 알아보고 전화를 걸어왔던 것이다. "아 참, 그 집 웨이즈는 대단도 하지, 화관바이러스에 감염됐다는데 살아남은 것도 대단한데 전보다 훨씬 예뻐진 거 있지?"

엄마가 나무랐다. "거 무슨 헛소리를 하는 거요? 우리 웨이즈가 언제 그런 몹쓸 병에 걸렸다고?"

"아니, 그 애 입으로 텔레비전에서 말하던데, 그걸 못 봤소?"

엄마는 아마 홍보의 일환으로 그렇게 했으리라 생각했다. 애가 하루도 거르지 않고 전화를 걸어댔는데 앓기는 언제 앓았단 말인가. 뤄웨이즈의 일에 지장이라도 될까 봐 늙은 어머니는 어물어물 넘겨 버렸다. "그래, 그럴 수도 있겠지 뭐."

결과적으로 이 일은 그런대로 잘 넘어갔다.

속이 켕기는 것은 뤄웨이즈뿐이었다. 그렇다. 이것은 분명 진실이다. 하지만 그 속에 숨어 있는 어마어마한 비밀을 누가 알랴.


며칠 후, 뤄웨이즈는 홀로 시내에 갔다. 군왕부의 울타리를 벗어난 뒤로부터 그녀는 하릴없이 발 가는 대로 거리를 거니는 것을 즐기게 되었다. 그동안의 금고 생활에 대한 보상이라도 되는 듯. 아니면 이것을 통해 웬자이춘과 위정평에 대한 끝없는 그리움을 잊으려는 것인지도 모르는 일이었다. 어쨌든 그녀는 이제 진실된 인간 세상에 돌아와야 했고 허리와 다리가 시큰시큰하고 땀에 푹 젖는 고생을 통해 살아있음을 확인해야 했다. 눈에 띄는 모든 세속적인 광경을 통해 자신이 속세에 돌아왔음을 느껴야 했다.

그런데 그녀가 어느 길모퉁이를 지나려는데 난데없이 튀어나오는 승용차에 치였다. 허공에 치솟았던 그녀는 얼굴부터 길에 처박혀 심한 타박상을 입었다. 그때 뤄웨이즈의 눈에 비친 마지막 장면은 길가 쇼윈도의 아리따운 비닐 마네킹이었다. 그 마네킹은 은빛으로 반짝이는 털 솔을 쓰고 있었는데 구슬 장식의 사이사이에는 먼지가 잔뜩 끼어 있었다. 겨울 차림을 그대로 하고 있구나… 그녀의 생각이 끝나기도 전에 눈앞이 캄캄해지더니 아무것도 알 수 없었다.

뤄웨이즈는 깨어날 때까지 그 마네킹 생각을 하고 있었다. 그런데 눈앞이 온통 새하얀 것이 마치 북극에 온 것 같다.

"깨어났네! 놀라 죽을 뻔했어!" 그녀는 머나먼 곳에서 들려오는 듯한 말소리를 들었다. 놀랍게도 어딘가 익숙한 목소리였다. 지금 제일 가까운 남자라면 리위안이다. 하지만 그것은 리위안의 목소리는 아니었다. 그럼 또 누굴까?

"나 하오저요!" 익숙한 목소리는 소독약 냄새로 가득 찬 안개를 뚫고 다시 모습을 드러낸다.

"아 … 당신이군요." 뤄웨이즈는 특별취재단의 이 전우를 기억해냈다. 그리고 그날 밤 이루지 못한 치정까지. 그런데 입술이 퉁퉁 부어올라 말하기가 힘들었다.

"미안하오. 아까 내 차가 당신을 들이받았다오. 정말 미안하오!" 하오저는 진심으로 미안해하는 것 같았다.

"여긴 … 어디예요?" 뤄웨이즈는 거의 아무것도 볼 수 없었다. 얼굴에 심한 상처가 나서 그런지 붕대를 칭칭 동여서 커다란 쭝쯔와도 같았다.

"내 친구의 미용진료소라오." 하오저가 대답한다.

"병원에 보내주세요." 뤄웨이즈는 하오저의 친구에게 폐를 끼치기 싫었다. 그렇지 않아도 하오저는 지금 불안으로 떨고 있을 텐데.

"천만다행으로 상처가 깊지 않다오. 그저 피부 찰과상이라오. 이 친구는 괜찮은 정형의인데 방금 당신을 살펴봤소. 걱정 마오. 미인한테 흉터가 남지 않을 거라 하는구만. 하지만 회복되려면 좀 시일이 걸릴 거라네. 좀 답답하더라도 이렇게 붕대를 해야 한다오. 그렇게 하지 않았다가 감염이라도 되는 날엔 회복이 어려울 테니." 하오저는 큰일은 작은 일로 작은 일은 없던 일로 만들어 뤄웨이즈를 안심시키려 한다.

미처 용모가 망가질 수 있다는 생각은 못 했던 뤄웨이즈는 하오저의 말을 듣고 나서 되레 걱정이 되었다. 그렇지 않아도 시집도 못 간 올드미스인데 용모까지 추해지면 그보다 더한 비극이 없을 것이었다. 불쑥 리위안이 생각났다. 이 세상에서 단 한 사람만 꺼리지 않는다면 추녀가 된들

어쩌랴!

평소에 이런 생각을 할 때와 같으면 낯이 붉어질 터, 그런데 지금은 걱정하지 않아도 되었다. 붕대로 칭칭 동여진 판에 낯이 붉어지는 정도가 아니라 타오른다고 해도 남들은 눈치 채지 못할 게 분명했다. "괜찮다면 차라리 저를 집에 데려다주세요. 이리 오래 돌아가지 않으면 어머니가 걱정할 테니까요."

"나도 그 생각을 했었는데 당신 핸드폰이 망가져서 집에 전화를 못 드렸소. 인제 깨어났으니 어서 전화부터 하오. 어머님이 걱정 안 하시게." 하오저는 세심한 사람이었다.

하오저는 자기 휴대폰으로 뤄웨이즈네 집에 전화를 걸었다. 뤄웨이즈의 친구라고 자기소개를 하고 나서 그녀의 휴대폰이 고장이 나서 자기가 건다고 했다. 지금 특별취재단의 전우들이 모였는데 또 임무가 있어서 언제 돌아갈지 모르니 걱정하지 말라고 했다. 그리고 뤄웨이즈를 억지로 일으켜 직접 엄마한테 두어 마디 하게 했다. 붕대가 입을 막아 말하기 힘든지라 뤄웨이즈는 간호사더러 붕대를 풀어 달라 하고 나서 크게 숨을 들이쉬었다. 애써 평소의 말투로 엄마하고 통화를 했는데 엄마가 나이 들면서 점점 청각이 무뎌져서 그런지 이상한 점을 못 느껴 다행이었다. 어쨌든 딸아이의 목소리를 들은 엄마는 마음을 놓았다. 그저 몇 마디 했을 뿐인데 뤄웨이즈는 어지러워서 쓰러질 지경이었다.

"경미한 뇌진탕이 온 것 같으니 요양해야겠소." 하오저가 살갑게 말한다.

뤄웨이즈는 자신의 주장을 굽히려 하지 않았다. "그래도 저를 국립병원에 보내 주세요. 하루 이틀만에 나을 병도 아닌데 당신 친구에게 폐를 끼치고 싶지 않아요."

"우린 형제 같은 사인데 뭐, 당신을 잘 돌봐줄 거요. 그러니 걱정하지 마오. 지금은 비상 시기여서 성형수술 같은 것을 하는 사람이 없다오. 그러나 여기는 조용하기도 하고 조건도 좋소. 내가 당신을 직접 국립병원에 보내지 않은 것은 그곳은 온통 화관바이러스 의심 환자 천지기 때문이오. 큰 병도 아닌데 그곳에서 바이러스라도 옮기라도 하면 그야말로 큰일이 아니겠소?"

뤄웨이즈가 고개를 젓는다. "걱정 마세요. 제가 화관바이러스에 감염될 일은 없을 테니."

하오저가 대답한다. "건 모르는 소리요. 당신이 뭐 금강불괴라도 되는가, 요행을 바라서는 안 되오. 내가 그 후에 A구역에 가지 않았소? 너무나도 많은 것을 알게 되었다오. 이래봬도 반쪽짜리 전문가는 될 거요. 그 어떤 경우에도 소홀함은 금물이오."

뤄웨이즈가 말한다. "그러고 보니, 그쪽에서는 1선에 들어가서 우리보다 늦게 철수했었지요."

"그러게 말이오. 나의 격리 검역기간은 누구보다도 길었다오. 내가 나왔을 때 당신들은 이미 식구들과 만났었지. 그래서 바람이나 쐬려고 오늘 차를 몰고 나온 거요. 이런 시기니 거리에 사람이 없을 줄 알고 속력을 낸 건데 당신을 칠 줄은 정말 몰랐소. 정말 미안하게 됐소."

뤄웨이즈는 가만히 손발을 움직여 보았다. 얼굴에 짜릿한 통증이 오는 것을 빼놓고는 별로 불편한 곳이 없는 것 같았다. 보아하니 진짜 찰과상이고 큰 상처는 없는 것 같았다. 그래서 다시 하오저에게 말했다. "집으로 보내줘요. 아는 처지니 이렇게 합의 본 걸로 하죠. 내가 조심하지 않아 넘어진 거라고 할게요."

하오저는 한참 생각하더니 너그럽게 말했다. "정 그러겠다면 더는 말리지 않겠소. 그리고 내 책임을 묻지 않겠다니 정말 고맙소. 나중에 좀 나으면 꼭 보러 갈 터이니. 그때 한 턱 단단히 쏠 테니 기다리시오. 혹시 얼굴에 작은 허물이라도 남으면 내 친구 보고 잘 치료하라고 하겠소. 어쨌든 전보다 더 예쁘게 만들 테니 시름 놓으시오. 아직 날도 저물지 않았고 또 방금 전화도 했으니 너무 급해할 건 없잖소. 갈 때는 가더라도 온 김에 링거라도 맞아 면역력도 높이고 영양 보충도 해야 할 거 아니오. 그래야 빨리 회복되지."

듣고 보니 맞는 말이었다. 방금 전화할 때 말도 제대로 나오지 않은 걸 보니 밥 먹기도 힘들 게 뻔했다. 차라리 포도당이나 항생제를 좀 맞는 것도 좋을 것 같았다.

"많이 피곤해 보이니 더 말하지 마오. 간호사를 불러 영양 수액을 달게 할 테니 푹 쉬시오." 말을 마친 하오저는 발소리를 죽이며 조용히 나갔다. 뤄웨이즈는 맥없이 눈을 감았다. 하오저의 휴대폰을 빌려 리위안에게 전화라도 할까 하다가 남들 앞에서 좀 불편할 것 같아 수액을 다 맞은 후에 정신을 차려서 다시 시도하기로 했다.

핑크색 가운을 걸친 간호사가 조용히 들어와 베개 높이를 조절하여 뤄웨이즈를 편안히 눕게 했다. 이후에 주삿바늘이 팔의 혈관을 찌르는 감각이 전해오더니 뤄웨이즈는 정신이 몽롱해지며 깊은 잠에 빠졌다. 잠결에 이상야릇한 감각이 전해 온다. 마치 수많은 비수가 자신의 혈맥에 꽂힌 듯하다. 금세 붉은 피가 폭포처럼 흘러나와 땅을 붉게 물들인다. 온몸이 걷잡을 수없이 땅으로 가라앉는 듯했다. 그녀는 안간힘을 다해 저항해 보았으나 역부족이었다. 마치 사막에서 죽어가는 도마뱀처럼 점점 말라가서 결국엔 얼룩얼룩한 껍질만 남을 것만 같았다. 그녀는 온몸의 의지력을 동원하여 이 괴이한 감각을 떨쳐버리려고 악을 썼다. 끝내 눈꺼풀에 실낱같은 틈이 열렸다.

눈앞이 온통 새하얗다. 뤄웨이즈는 온 얼굴에 붕대가 칭칭 감긴 상태임을 기억해 냈다. 하지만 희미한 빛이 스며든다. 아까 전화를 걸 때 붕대를 약간 느슨하게 해 놓은 덕이었다. 붕대의 틈을 통해 자신의 팔이 눈에 띄었다. 글쎄 시뻘건 도관이 자신의 겨드랑이께의 혈관에서 피를 뽑아내고 있지 않는가. 붉은 혈액은 그녀의 체온을 지닌 채 옆에 놓인 저장통에 방울방울 떨어지고 있었다. 어찌나 괴기스러운 정경이었는지 뤄웨이즈는 저도 모르게 악하고 소리를 냈다.

"잠들지 않은 것 같은데요." 방금 그 핑크빛 가운을 걸친 간호사의 목소리 같았다.

"정말 질긴 사람이오." 하오저의 목소리다.

간호사가 의견을 말한다. "약을 좀 더 주사하는 게 어때요? 방금 양이 너무 적었어요. 이러다간 금방 깨어날 거예요."

"약을 너무 많이 쓰면 혈액의 질이 떨어질 거요."

간호사가 말한다. "몇 백 밀리그램이 됐어요. 이 정도면 충분할 것 같아요."

하오저가 대답했다. "그럼 됐소. 약을 주사하시오."

여기까지였다. 그 뒤로 뤼웨이즈가 아무리 정신을 차리려 해도 아무 소용이 없었다. 눈 깜짝할 사이에 천지를 뒤덮는 어둠이 몰려왔다. 그 어디에도 출구는 없었다. 그녀는 아무것도, 심지어 아픔까지도 느낄 수 없었다. 끝도 없는 끈적끈적한 혼돈 속에 빠져든 것만 같다.

뤼웨이즈는 차가운 밤비 덕에 정신을 다시 차릴 수 있었다.

얼굴에 감았던 붕대는 이미 비에 젖은 채 목으로 흘러내려 마치 교수형 밧줄을 걸고 있는 것처럼 보였다. 살을 에는 듯한 아픔이 엄습해 오는 와중에도 뤼웨이즈는 경각심의 끈을 놓지 않았다. 그녀는 묵묵히 사방을 둘러보았다. 아니, 이건 황량한 교외가 아니라 자기 집 근처의 작은 화원이 아닌가. 그녀가 버려진 위치는 큰 나무 밑이었다. 일반적인 상황에서는 웬만한 비바람도 막을 법 했다. 화관바이러스가 횡행하는 비상 시여서 여기에 오는 사람도 없었다. 그러니 누구도 여기 버려진 뤼웨이즈를 발견하지 못하는 게 당연했다. 그래서 뤼웨이즈는 자신이 얼마나 오래 이러고 있었는지도 알 수 없었다.

뤼웨이즈는 나무를 짚고 가까스로 몸을 일으켰다. 온몸이 욱신욱신 아파왔다. 누군가에게 흠씬 두들겨 맞기라도 한 것 같았다. 뤼웨이즈는 자신의 옷부터 살펴보았다. 다행히 몹쓸 짓을 당한 것 같지는 않았다. 그러니 차 사고와 피를 잃은 것으로 인한 후유증이 분명했다. 그녀는 비틀거리면서 한 나무에서 다른 나무로 한 발짝 한 발짝 몸을 옮겨 갔다. 가다가 가다가 정 힘이 없으면 그대로 기어서 갔다.

이렇게 그녀는 끝끝내 집에 도착했다. 초인종을 누르는 순간 그녀는 기진맥진하여 물먹은 솜처럼 그 자리에 쓰러지고 말았다.

문을 연 사람은 리위안이었다. 피투성이 얼굴을 한 뤼웨이즈를 품에 안고 그는 몇 번이고 되뇌었다. "끝내 돌아왔군요! 끝내! 우리는 막 경찰에 신고하려던 참이었어요!"

알고 보니 벌써 이틀이나 지난 후였다. 그날 바이초는 배급받는 채소를 타오느라고 뤼웨이즈의 전화를 받지 못했다. 그러나 엄마가 뤼웨이즈가 무사하다고 하는 전화를 받은지라 하루쯤은 그러려니 하고 지나갔다고 했다. 그런데 그 후에 소식이 딱 끊기니 엄마가 먼저 이상한 낌새를 눈치 챘다. 뤼웨이즈는 어디에 가든지 집에 자주 연락을 하는 사람이었기 때문 이었다. 단 한 번도 이렇게 연락이 끊겼던 적이 없었다. 바이초는 그 이튿 날 즉시 리위안에게 전화를 걸었다. 리위안도 이상하다고 생각해서 뤼웨 이즈의 휴대폰에 전화를 했지만 연결되지 않았다. 엄마는 어떤 남자가 먼 저 전화를 걸어와 자신이 특별취재단이라고 했던 것을 기억해 냈다. 그래 서 리위안은 즉각 군왕부에 전화를 걸었는데 그곳에서는 특별취재단은 진작에 철수했다고, 그러니 더이상 방역 지휘부와 아무런 관련이 없다고 대답했다. 어수선한 가운데 하루가 또 지나갔다. 모두들 두려움에 휩싸여 리위안이 신고를 하려던 참이었단다.

리위안의 품에 안긴 뤼웨이즈는 두 눈을 지그시 감고 있다. 하지만 마 음속은 거대한 안도감이 고동쳐서 마치 겨울철 노천탕에 몸을 담근 것만 같았다. 더 큰 고난과 괴롭힘을 겪는다 해도 이 따뜻한 포옹 한 번이면 전부 보상받는 것만 같았다.

리위안이 그녀를 가볍게 침대에 눕혔다.

"어서 병원부터 갑시다."

뤼웨이즈가 본능적으로 거부했다. "싫어요! 그냥 집에 있을래요. 어디 도 안 갈래요."

딸아이가 돌아온 것을 보니 엄마는 내내 졸였던 마음이 조금은 풀어지 는 듯했다. 리위안은 바이초더러 크게 놀랜 노인을 푹 쉬게 하라 당부했 다. 다른 일은 모두 자기에게 맡기라고.

리위안은 뤼웨이즈에게 서양삼을 우린 물을 먹였다. 그녀가 좀 정신을 차린 이후에야 이 이틀간의 일을 물었다.

"그들이 웨이즈 씨의 피를 뽑았단 말이죠?" 리위안은 양미간을 찌푸리고 복잡한 생각에 잠겨 물었다.

"아마, 적어도… 수백 밀리그램은 뽑았을 거예요." 뤄웨이즈는 말하면서 가냘픈 팔을 뻗어 보였다. 겨드랑이 아래쪽에 두 개의 커다란 바늘구멍과 시퍼런 멍 자국이 보였다. 이것은 일반적인 정맥 수액인 것이 아니라 굵다란 주삿바늘로 피를 뽑았다는 것과 일반적으로 행하는 주삿바늘 자국을 누르는 절차도 수행하지 않았음을 증명한다. 생사람의 목숨을 빼앗는 것과 다를 것이 없었다. 리위안은 백지장처럼 새하얗게 바랜 뤄웨이즈의 얼굴을 가슴 아프게 바라보았다. 혈색이 급격히 나빠진 것으로 보아 짧은 시간 내에 다량으로 피를 잃은 게 틀림없었다.

"그 하오저란 작자가 약을 많이 쓰면 혈액 질이 떨어진다고 말한 것도 들었다면서요?" 리위안의 눈썹이 꺼먼 밧줄처럼 꿈틀거린다.

"네. 그런데… 혈액 질이라는 것이 무슨 말인지 모르겠어요." 뤄웨이즈는 진심으로 궁금했다.

"전 알겠어요. 그자들은 당신 혈액 중의 항체를 노린 겁니다." 리위안이 수수께끼를 풀어낸다.

"무슨 말이죠?" 뤄웨이즈가 자기 머리를 톡톡 쳤다. 뇌진탕에다 많은 피를 잃은 것으로 인해 그녀는 반응이 둔해졌다.

뤄웨이즈가 이해하거나 말거나 리위안은 자신의 생각을 이어 말했다. "그자들은 당신의 혈액에 고농도의 항체가 함유되어 있다는 것을 알고 있었던 게 틀림없습니다. 그렇다면 이 소식은 어떻게 새어 나갔을까요?"

뤄웨이즈가 천천히 사색하면서 말을 받았다. "하오저에게는 이게 일도 아니었을 거예요. 그는 일찍 전염병 전문병원에 취재하러 들어갔거든요. 저를 포함한 화관바이러스 감염 의심자의 혈액과 생화학 표본은 모두 전염병 전문병원에서 검사와 분석을 했구요. 그는 그 당시 병원에서 이 방면의 소식들을 전문적으로 취재한 사람이니 해당 자료를 입수하는 것은 그리 어렵지 않았을 거예요. 그리고… 제가 방송에서 제 입으로 이 일을 홍보도 하지 않았나요?"

"그런 점을 고려해 보면 그가 이번에 당신을 차로 친 것 부터가 음모임이 틀림없습니다. 그것도 오랫동안 꾸민 음모일 것입니다. 그 미용 진료소 위치를 대강이라도 기억합니까?"

"그건 전혀 모르죠. 당시에 온 얼굴과 머리에 붕대를 칭칭 감아놔서 주변을 볼 수 없었거든요."

리위안이 말한다. "이건 분명히 예측할 수 있는 상황입니다. 어쩌면 그 미용진료소 자체가 애초에 존재하지 않는 것일 수도 있으니까요. 그자들은 먼저 당신을 다치게 한 다음, 자신들의 거점에 끌고 갔을 거예요. 이후에 또 주도면밀하게 당신 입으로 집에 소식을 전하게 해서 시간을 벌었겠지요. 그러고 나서는 사전에 계획한 대로 당신의 혈액을 채취한 거예요. 혈액의 질을 담보하기 위해 극소량의 수면 마취제만을 투약했을 거예요. 그래서 당신이 깨어날 수 있었던 거고요. 이미 피도 충분히 뽑았지만, 당신이 혹 반항이라도 할까 봐 다량의 진정제를 투여하고 당신을 그 작은 화원에 버린 거겠지요 …"

뤄웨이즈는 이 놀라운 추리 때문에 식은땀이 쫙 났다. 잠시 말을 잃었던 그녀는 한참 지나니 또 의문이 생겼다. "그럼 무엇 때문에 저를 죽여버리지 않고 그냥 두었을까요?"

"당신을 죽여 버리긴 쉽죠. 하지만 사람을 죽인다는 건, 게다가 방역 일선의 특별취재단 일원을 죽인다는 건 쉽게 넘어갈 일이 아니지요. 그건 당신이 실낱같은 숨을 겨우 이어가게만 만드는 것만 못하지요. 첫째, 당신은 이 일의 기승전결을 모를 수도 있고, 둘째, 설사 알더라도 이 시간이면 그는 진작 외국으로 도망쳤을 테니 영향을 미치지 못하겠지요. 그리고 당신에게 무슨 증거라도 있나요? 당신이 다른 사람한테 혈액을 채취 당했다고 우겨도 무슨 증거를 제출할 수 있나요? 물론 나야 믿지만."

뤄웨이즈가 묻는다. "그쪽 뜻은 이 사람이 이미 도망쳤다는 건가요?"

리위안이 대답한다. "내가 방금 당신의 휴대폰을 수리해 왔어요. 그 사람한테 전화를 거니까 연결음만 울려요. 이미 중국을 떠난 게 아닐까 싶네요."

"그렇다면 이 사람이 내 피를 외국 기업에게 줘서 화관바이러스를 연구하게 한다는 뜻인가요?"

리위안이 긍정적으로 답한다. "그렇습니다. 한 가지만 수정할게요. 거저 준 것이 아니라 돈 받고 팔았을 겁니다."

이 말을 들은 뤼웨이즈는 안색이 파랗게 질렸다. 넋이 나간 표정을 짓다가 자기 머리를 마구 때리기 시작했다. 자신의 머리가 복싱 연습용 모래주머니라도 되는 양. 얼굴의 상처 자국은 안면 충혈로 인해 지렁이처럼 꿈틀거렸다.

리위안은 이성을 잃은 듯한 뤼웨이즈를 가슴 아프게 바라보다가 그녀의 머리를 쓰다듬으며 부드럽게 타이른다. "당신이 이렇게 살아 돌아온 것만으로도 천만다행이에요. 우리 이것만 생각합시다."

리위안의 손을 잡은 뤼웨이즈는 점점 안정을 찾았다. 그녀는 눈을 감고 정신을 가다듬는다. 이윽고 그녀는 리위안에게 말했다.

"그 사람, 그 사람이 생각났어요."

"그 사람이라니요, 누구 말입니까?" 생뚱맞은 소리에 리위안은 어리둥절해 하며 물었다.

"제가 시체 창고에서 부딪쳤던 사람 말이에요."

리위안은 목소리를 한껏 낮추었다. 뤼웨이즈의 긴장을 덜어주기 위해서였다. "그 사람이 누군데요?"

"그가 바로 하오저예요."

리위안은 여전히 낮은 목소리로 묻는다. "틀림없어요?"

그의 어조에 전염이라도 된 듯 뤼웨이즈도 더는 흥분하지 않고 담담히 말한다. "저는 줄곧 그 사람이 제가 아는 사람이라고 믿었지만 생각해 낼수가 없었어요. 그런데 방금 당신 말을 듣고 그 사람과 목소리를 매치시킬 수 있었어요. 틀림없어요. 그 자가 분명해요. 이제 보니 그 자는 일찍부터 외국 세력과 연결되어 있었던 게 틀림없어요. 그래서 반대를 무릅쓰고 최전방에 자처해 갔겠지요. 취옹의 뜻은 술에 있는 게 아니라고 하듯이 속셈은 딴 데 있었던 거죠. 그리고 시체 창고 관리 기사를 매수하고 가장 뛰어난 외국산 방호복을 입고 균주를 채취하러 시체 창고에 잠입했을 거예요. 그런데 공교롭게도 딱 그날 내가 와인 저장고에 간 거죠. 원수는 외나무다리에서 만난다고 내 눈에 띄고도 처음엔 피해볼까 했는데 내가 경보기를 누르려는 줄 알고 스스로 나타났겠죠. 그 자는 사전에 시체 창고의 구조를 면밀히 파악하고 있던 게 틀림없어요. 그래서 나를 감시 사각지대로 데리고 가서 자신의 정체가 폭로될 위험을 피했겠지요. 이후에 그는 매체를 피해 숨어 있다가 제 몸에 다량의 항체가 존재한다는 방송을 보고서는 자신을 고용한 자에게 후한 예물인 항체를 바치려고 교통사고로 위장하려 갖은 술수를 다 가져다 쓴 거죠. 그러고는 저들의 거점에 끌고 가서 피를 뽑은 거지요…"

이 추리와 토로가 어찌나 길었던지 뤄웨이즈의 기력을 전부 소진시켰다. 그녀는 가냘픈 겨릅대*처럼 꺾일 듯이 위태위태하게 흔들린다. 두 눈을 꼭 감은 모습에 생기라곤 전혀 없어 보였다.

그녀를 품에 안은 리위안은 자신의 온기로 그녀에게 힘을 주려 했다. 하지만 그녀의 상처투성이 몸뚱이가 바스라지기라도 할까 봐 힘껏 껴안지는 못하고 입을 그녀의 귓전에 대고 속삭일 뿐이었다. "허! 정말 그럴듯한 추리입니다. 셜록 홈즈라고 해도 되겠어요."

말을 마친 리위안은 뤄웨이즈를 가벼이 내려놓고 재차 그 전화번호를 눌러보았다. 이번에는 "이 번호는 정지되었습니다."라는 응답이 들렸다.

리위안이 말한다. "이미 출국한 모양입니다. 더 이상 방법이 없습니다."

조금 숨을 돌린 뤄웨이즈는 약간 정신을 차렸다. "어찌 된 일인지는 알겠는데 무슨 방법이 없을까요?"

이때 바이초가 들어와 말한다. "왜 아직도 경찰이 안 오는 거예요?"

뤄웨이즈가 일렀다. "바이초, 가서 채비를 해서 좀 이따가 내 머리를 감겨 주렴. 온몸에서 쉰내가 나는구나."

바이초가 나간 다음 리위안이 말한다. "신고해서는 안 됩니다. 너무나 많은 비밀이 숨겨 있거든요. 만약 경찰이 그 사람을 아는가 묻기라도 하

---

* 껍질을 벗긴 삼대를 이르는 말

면 뭐라고 할 건데요? 그리고 피를 뽑혔다고 해도 증거를 내놓으라고 하면 또 어떻게 할 수가 없잖아요. 그 진료소는 아예 찾을 수도 없을 겁니다. 그리고 시체 창고는 더더욱 극비 사항이지요. 군왕부를 떠날 때 비밀을 엄수하겠다는 승낙을 한 이상 이를 위반해서는 안 되지요."

뤄웨이즈가 고개를 끄덕인다. "알았어요. 하지만 하오저란 이 나쁜 자식이 쉽사리 도망치게 할 순 없잖아요."

리위안이 말한다. "하오저의 음모를 파탄시킬 제일 좋은 방법은 우리 중국 사람들이 그들보다 먼저 화관바이러스에 대처할 백신을 개발해 내는 거겠지요. 이렇게 되면 하오저의 가치가 폭락하지 않겠습니까. 무수한 사람들의 생명을 구하기 위해 우리는 반드시 그들보다 앞서야만 합니다!"

뤄웨이즈가 묻는다. "우리 '백낭자'는 언제쯤 중생들을 구제할 수 있을까요?"

리위안이 조심스레 답한다. "멀지 않았습니다!"

뤄웨이즈는 눈을 감고 있었다. 하지만 리위안이 가진 청춘의 기운을 고스란히 느낄 수 있었다. 그녀의 마음속에서는 사랑이 샘물처럼 솟구친다. 뤄웨이즈는 어떨 때는 사랑이 인생의 어두운 곳에서 싹튼다는 것은 알고 있었지만 호랑이가 출몰하고 사람의 간담이 서늘해지는 극한 상황에서도 움틀 수 있을 줄은 몰랐다.

# 제26장
# 갇혀진 아이

공기가 탁하고 산소가 부족한 열악한 환경에서 생활하며 제대로 휴식하지 못하는 지도자는 악수를 둘 수도 있다.
다람쥐, 까치, 버섯과 물고기들과 같이 놀 수 없다면 아이는 살아가기도 싫어졌다.


올해 들어 봄부터 여름까지 화관바이러스가 기승을 부리는 바람에 사람들은 숨죽이고 살았다. 아이러니하게도 인간들에게 밟히지 않고 쓸데없이 만져지지 않으니 도시의 초목들이 도리어 싱싱하게 살아나 더없는 생기를 띠었다. 게다가 비까지 많이 오다 보니 잎사귀의 색깔까지도 더 푸른 듯했다. 식물들에게도 지각이 있다면 분명 화관바이러스에게 감사를 드릴 것이다. 바이러스 덕에 인간들의 시달림과 짓밟힘에서 벗어나 원시적인 자유를 만끽하게 되었으니 말이다.

다섯 살배기 천톈궈陳天果는 꽃밭에 나가 놀고 싶었지만 엄마 쑤야苏雅한테 번번이 퇴짜를 맞았다. 그래서 그는 집안의 창문에 매달려 실외의 꽃이며 꿀벌들을 바라볼 수밖에 없었다. 화관바이러스가 유행되기 시작하고 나서부터 엄마는 그가 밖에 나가는 것을 절대 금지시켰다. 친구들이 집에 놀러 오는 것도 거절했다. 나가지도 오지도 못하니 그는 실상 감옥에 갇힌 거나 다름없었다. 엄마가 이것은 화관바이러스 탓이라고 누누히 말했지만 톈궈는 모든 원망을 엄마한테 쏟았다. 그도 그럴 것이 그는 한 번도 그 화관바이러스라는 것을 본 적 없었다. 게다가 다른 꼬마 친구들은 그래도 밖에 나가 놀 수 있는데 무엇 때문에 자기만 안 된다고 하는지 이해할 수 없었다.

천톈궈의 아빠 천즈인陳智因은 유학하고 돌아온 고고학 박사로 대학교수였다. 지금은 외국에 방문 연구자로 가 있는데 바이러스 사태가 터지는 바람에 귀국하지 못하고 있었다. 만약 단지 이런 가정 배경이었다면 천톈궈는 그래도 좀 자유롭게 살았겠지만 애석하게도 톈궈의 할아버지 천위슝이 옌시 시장이었다. 시장이다 보니 천위슝은 자연히 화관바이러스 사태의 모든 세부 상황들을 속속들이 알고 있었다. 바로 이 시장 어르신이 며느리 쑤야더러 절대 톈궈를 밖에 내보내지 말라고 당부했기 때문에 밖에서 놀 수 없었던 것이었다. 엄중한 사태에 직면하여 일반 시민들이 알 수 있는 정보는 제한된 것일 수밖에 없다. 지금이 어느 때인가? 공기 속에 화관바이러스 입자들이 퍼져 있는 마당에 방역 총지휘관마저 바이러스로 순직하지 않았는가. 바이러스의 살상력은 그야말로 무시무시하다. 물론 천시장은 웬자이춘이 직접적인 바이러스 감염으로 죽은 것이 아니라는 것을 안다. 하지만 날이면 날마다 웬자이춘의 보고를 받아 온 시장은 누가 총지휘관을 죽였는지 알고 있었다. 마음속 깊은 곳에서 그는 이것이 비범한 자살행위라고 믿고 있었다. 물론 시체 해부를 통해 웬자이춘이 심장 파열로 사망했음이 판정된 것은 사실이었다. 이것은 급성 심근경색의 일종이어서 구급이 불가능하다고 했다. 천위슝은 인간이 인위적으로 자신의 심장을 파열시킬 수는 없다는 것을 안다. 하지만 그는 진작부터 웬자이춘에게서 분명 불가능한 줄을 알면서도 그 일을 해야만 하는 사람의 절망을 눈치 챘었다. 공훈이 탁월한 노 의사가 범람하는 전염병 앞에서 아무것도 할 수 없을 때, 그런데도 사람들이 모든 희망을 그한테 걸고 있을 때, 그가 죽음 말고 또 무엇을 선택할 수 있단 말인가?

천위슝의 숙소는 원래 옌시의 중심에 자리 잡고 있었다. 이것은 물론 사업 편의성을 위해서였다. 신속하게 시내의 모든 곳에 갈 수 있으니 말이다. 그래서 역대 시장들은 모두 이 구역에 거주했다. 하지만 천위슝은 이런 관례에 동의하지 않았다. 그는 시장이 소방대원이 아닌 바에야 구태여 신속히 현장에 출동할 필요가 없다고 판단했다. 제대로 된 대책을 제시하는 것이 시장의 직책이라고 생각했다. 그래서 7년 전에 취임한 천위슝은 곧바로 지도자 전용 별장 구역을 건설하기 시작했다. 천위슝은 지도자일수록 퇴근한 다음 충분한 휴식을 취해야 한다고 생각했다. 제대로 휴식하지 못하면 나쁜 수를 둘 수 있으니 말이다. 그리고 공기가 신선한 곳에 거주해야 한다. 공기가 나쁘고 산소가 부족해도 머리가 흐려지니 말이다. 결론적으로 말하면 지도 간부의 저택은 반드시 주변 환경이 좋아야한다는 것이다. 시끄럽고 위생 환경이 열악한 곳에 거주하는 것은 남들에게 보이기 위한 제스처일 따름이다. 아주 위선적이라는 것이다. 천위슝의별장은 크기부터 남달랐는데 시설 중에 최신식 수영장이 있는가 하면 굉장히 정교한 주방, 빛이 잘 드는 서재, 편안한 침실… 모든 것이 훌륭했다. 제일 중요한 것은 아름다운 화원까지 딸려 있다는 것이다. 버들은 푸르고꽃들은 붉은데 겨울에는 매화요, 여름에는 연꽃, 가을에는 국화와 단풍이울긋불긋했다. 왜 봄꽃은 거론하지 않는가? 그것은 봄꽃이 너무 많아서셀 수 없을 정도였기에 차라리 생략한 것이다. 사람들은 이곳을 '천 씨장원'이라 칭했지만 사실 이곳은 천 씨 사저가 아니었다. 천위슝은 자신이시장 직에서 물러나면 이 저택을 후임에게 넘기겠다고 했다. 외국의 공무원들에게 관저가 있는데 우리라고 무엇 때문에 그렇게 하지 못하겠는가?

그의 말대로 천 씨 장원은 정부의 공공 자산이었다. 천위슝은 그저 잠시 이곳에 머물고 있을 뿐, 시장 직을 내려놓으면 반드시 떠나야 했다. 장원 안의 사무 구역을 보수하는 등의 지출은 모두 정부에서 책임지고천 시장은 자신의 생활 구역의 집세를 내고 있었다.

천즈인은 자신의 주택이 있었다. 게다가 일이 바쁘다 보니 국내에 있을때에도 장원에 올 때가 드물었다. 하지만 그의 아들 천톈궈는 태어나서부터 천 씨 장원에서 자랐다. 넓고 안전한 것도 좋았지만 꼬마 톈궈가 제일좋아하는 것은 그 화원이었다. 지금 세상에 이렇게 아름다운 개인 화원을누릴 수 있는 사람이 몇이나 될까? 아이가 나쁜 사람의 꼬임에 들 걱정도,난데없이 튀어나온 강아지나 고양이에게 물릴 걱정도 없는데다가 더러운물에서 자라는 모기 따위도 걱정 안 해도 된다. 더 정확하게 말하면 천톈궈는 태어나기 전부터 이곳에서 생활한 셈이다. 며느리 쑤야가 임신하자마자 이곳에 들어와 살았으니 말이다. 다들 이곳의 깨끗한 공기가 태아의 발육에 이롭다고 했기에. 천톈궈는 장원의 땅에서 걸음마를 깨우치고 꽃밭에서 자랐다. 비록 순수한 도시 아이, 게다가 금수저를 물고 나온 귀족 후예라 하지만 겉으로 보기에 톈궈는 시골 아이와 흡사했다. 구릿빛 피부에 군살 없는 탄탄한 몸매, 어린 톈궈는 행동이 동물처럼 민첩했다. 게다가 많은 화초와 식물들도 알고 있었다. 이것은 모두 그 작은 화원의 덕이었다.

천당 같은 생활의 흠이라면 같이 뛰놀 친구가 없었다는 것이었다. 천톈궈는 이 넓은 장원의 유일한 어린이였으니. 그래도 화관바이러스 사태가 터지기 전의 낮에는 유치원에서 동무들과 같이 놀고 집에 오면 엄마와 화원에서 놀다 보니 그다지 적적한 줄 몰랐다. 그런데 화관바이러스가 유행하면서부터 유치원이 휴원했다. 지금은 집집마다 애가 하나뿐인데 병이라도 걸리는 날엔 큰일이기 때문이었다. 천톈궈는 대낮에도 널따란 장원에 홀로 있자니 감옥살이와 다를 바 없게 느껴졌다. 그는 친구를 불러 달라고 떼를 썼다. 쑤야도 어린이 한둘을 데려다 함께 놀게 하는 게 어떻겠는가 청을 넣어 봤건만 천 시장에게 단칼에 거절당했다. 그 이유에 대해 천 시장은 말하지 않았다. 그저 천톈궈 곁에서 한시라도 떨어지지 말 것을 당부할 따름이었다. 이것은 아마 그가 이 사태의 발단은 한 어린애로부터 시작된 것이고 그 어린애가 결국은 죽고 말았다는 것을 알고 있기 때문이었으리라. 어린이들은 화관바이러스에 극히 민감한 체질로서 일단 발병하기만 하면 살아남을 가능성이 극히 희박하다고 했다. 물론 천 시장은 이런 말까지 집식구들에게 곧이곧대로 할 수는 없는지라 그저 인정사정 보지 않고 손자의 나가 놀겠다는 요구를 묵살할 수밖에 없었다. 처음에는 장원 밖이 금지 구역이었다면 최근 들어 사망인구가 늘어나는 데다가 웬자이춘까지 사망하고 나니 천톈궈는 화원에서 두어 시간 노는 자유마저 박탈당했다. 천 시장은 며느리에게 천톈궈를 단 한 발짝도 집 밖에 나가지 못하게 단단히 지키라고 엄포를 놓았다. 단 1분이라도 나가서는 안 된단다!

더 좁은 감옥에 갇힌 천톈궈는 맥없이 방 안을 돌며 창밖의 경치를 내다볼 뿐이다.

"엄마, 바깥에 나가 놀게 해줘요." 천톈궈는 커다란 눈을 깜빡이며 1000번째로 쑤야에게 부탁한다.

"안 된다. 안 돼." 쑤야는 1001번째로 아들의 요구를 거절했다. 이번에는 곱씹어 두 번이나 말한다.

"왜요?" 천톈궈가 묻는다. 사실 그는 답을 모르는 것이 아니었다. 그래도 행여나 엄마의 답에 변화가 생겼으면 하는 마음에 되묻는다.

"화관바이러스 때문이란다." 엄마가 대답했다.

"그런데 같은 반 친구들한테 전화해 보니까 걔들은 조금씩 집 밖에 나와서 놀아요. 화관바이러스는 어디에나 다 있어도 걔들은 안 무서워하는데 왜 톈궈만 무서워해야 돼요?" 천톈궈는 납득이 가지 않았다.

쑤야는 말을 잃었다. 하지만 가만히 생각해 보니 자기와 애의 관계를 틀어지게 하고 싶지 않았다. 그래서 실언을 하고 말았다. "할아버지가 엄마더러 너를 내보내지 말라고 했단다."

톈궈가 대뜸 말을 받았다. "할아버지가 매일 나를 지킬 수 있는 건 아니잖아요. 할아버지는 많이 바빠요. 아까 비서 아저씨가 그랬는데 할아버지는 오늘 베이징에 회의하러 간대요."

가난한 집 아이가 일찍 살림을 짊어진다는 말이 있다. 하지만 살림을 짊어지고 안 짊어지고를 떠나서 잘 사는 집 아이들이 같은 연령대의 다른 집 아이들이 모르는 일을 얼마나 많이 알고 있는지 사람들은 모를 것이다.

쑤야가 타이른다. "톈궈야, 할아버지 말씀을 잘 들어야지."

"할아버지는 나한테 용감한 사람이 되라고 했어요. 매일 집 안에 있으면 다른 친구들보다도 더 겁쟁이인데 그게 용감한 사람이 맞아요?"

"화원에 나가 논다고 용감한 사람이 되는 건 아니잖니? 네 말대로라면 화원을 가꾸는 원예사가 이 세상에서 제일 용감한 사람이 아니겠니?" 쑤야는 자기가 생각해 낸 이 말이 아주 설득력 있다고 생각했다.

멍하니 앉아 있던 톈궈가 불쑥 묻는다. "내 몸이 다른 사람보다 안 좋아요?"

"거야 물론 아니지. 넌 건강한 편이니까." 쑤야는 자기 아이가 자신을 병약하다고 생각하는 것이 싫었다. 그리고 사실 톈궈는 건강에 아무 문제가 없었다.

톈궈가 또 묻는다. "그런데 왜 모두 다 밖에 나가도 되는데 나만 집안에 있어야 해요?"

쑤야가 대답한다. "넌 아직 어리니까."

톈궈가 대뜸 말한다. "계속 이렇게 안에만 있어야 한다면 나는 어려도 더 살고 싶지 않아요."

이 말은 쑤야에게 청천벽력이나 다름없었다. 그녀에게는 이 애 하나뿐이었다. 그러니 그녀는 애를 길러 본 경험이 없었다. 게다가 이 아이는 남다르게 총명하여 할아버지가 무한한 기대를 걸고 있는 장손이다. 그런데 이런 아이가 죽음을 입에 올린다. 그녀는 이런 경우에 자신이 어떻게 대처해야 하는지 몰랐다. 그녀의 실시간 반응은 이러했다. "헛소리 하지마! 죽네 사네 하다니 그게 무슨 말버릇이야! 벌써부터 그런 생각을 하면 못 써."

천톈궈가 못을 박는다. "텔레비전에서 날마다 우리 동네에서 사람들이 얼마나 죽는지 방송하는데 왜 나는 이런 생각 하면 안 돼요? 이 바이러스 때문에 나는 유치원에도 못 가고 화원에 나가 놀 수도 없는데 왜 생각 안 해야 해요? 이런 일이 없었더라면 다람쥐, 까치, 버섯과 물고기들과 놀 텐데 지금은 책상, 걸상, 땅바닥과 창문만 쳐다보잖아요. 만약 계속 이렇게 살라고 한다면 난 정말 그만 살고 싶어요…" 톈궈는 발버둥 치며 떼쓰는 아이가 아니었다. 하지만 조목조목 따지는 이런 말의 힘은 단순한 억지보다 몇 배나 센지 모른다.

그날 오후, 천위승은 사업 보고차 베이징으로 떠났다. 시아버지가 떠나자마자 쑤야는 화원으로 통하는 문을 살짝 열어놓았다. 그녀는 톈궈에게 아무 말도 하지 않았다. 이 아이는 너무나도 총명했다. 만약 자기가 놀러 나가라고 했다가 어느 날 천위승이 추궁이라도 한다면 쑤야 자신의 책임을 면하기 어려울 것이다. 하지만 지금은 천톈궈가 스스로 마당에 나간 것이니 누구도 책임질 이유가 없었다. 사실 마음속으로 쑤야도 천위승이 너무하다고 생각하던 참이었다. 화관바이러스가 얼마나 멀리에 있는데 곧바로 우리 아이한테 옮을까, 그러면 우연이라고 해도 너무나 기이하지 않은가.

천톈궈는 이내 문이 잠겨 있지 않다는 것을 눈치챘다. 그는 바람처럼 달려 나가 화원에 갔다.

나의 돌들아, 나의 꽃들아, 그동안 잘 있었니? 그리고 새들, 개미들아, 너희들도 무사하니? 다람쥐, 내 달팽이들아, 너희들은 어디 있니?

굴레에서 벗어난 천톈궈는 마음껏 뛰놀며 기쁨을 만끽했다. 한눈파는 사이에 아이를 밖에 뛰쳐나가게 한 이상 쑤야는 즉각 나타날 수는 없었다. 그랬다가 훗날 천위승에게 발각이라도 되는 날엔 할 말이 없게 된다. 모르쇠하고 넘어가는 것도 시스템 공학의 범주여서 일단 시작하면 끝까지 가야 한다. 차라리 투명 인간이 될까 보다. 다행히 이곳의 화원은 아동 안전을 위해 세밀한 곳까지 신경을 썼기에 어른이 곁에 없어도 아이가 위험할 일은 없었다. 쑤야는 창문 너머로 아이를 가끔 내다보며 애가 자유를 즐기게 놔두었다.

천톈궈는 머리를 들어 하늘을 쳐다보았다. 생각대로라면 오랫동안 바깥에 나오지 않았으니 그새 하늘이 꽤나 변해 있어야 할 것이었다. 그런데 웬걸, 하늘은 여전히 전에 본 하늘, 아무런 변화도 없는 것 같았다. 오, 자세히 보니 변화가 있긴 있었다. 난데없이 까만 점 하나가 저기 박혀 있지 않은가. 마치 대낮의 까만 별처럼 보였다.

천톈궈는 속으로 그건 아마 독수리일 것이라 생각했다. 물론 지금 독수리 같은 건 아주 드물지만 그렇다고 멸종된 건 아니니까. 저 용맹한 새가 화관바이러스를 이길 수 있어서 인류를 도우러 왔는지도 모르지 않는가. 이런 생각을 하던 천톈궈는 눈 깜짝하지 않고 독수리만 쳐다보았다. 그런데 그 독수리가 갑자기 화원에 내리 꽂히듯 떨어지는 것이 아닌가. 그 새는 활짝 핀 협죽도 나무 사이에 떨어졌다.

천톈궈는 한달음에 뛰어갔다. 그건 독수리가 맞았다. 다만 살아 있는 독수리가 아니라 종이에 그린 독수리였다. 정확하게 말하면 독수리 연이 었다. 바람 타고 높이 치솟았던 독수리 연의 모양은 그런대로 온전했다. 몸뚱이의 참대 오리들은 아주 질 좋은 것이었는데 짙은 코코아색의 나일 론 천을 씌우고 그 위에 먹으로 독수리를 그렸다. 그림 솜씨는 아주 뛰어 났는데 그중에서도 독수리의 눈은 마치 살아있는 것 같이 반짝반짝하게 빛났다.

누가 날린 연인지는 몰라도 끈이 끊어진 모양이다. 천톈궈는 연을 주워 들고 자세히 훑어보았다. 천톈궈의 아버지는 고고학자로서 눈썰미가 아주 좋아 극히 미세한 변화까지 꿰뚫어 볼 수 있었다. 나이 어린 천톈궈는 물 론 고고학자와는 거리가 멀겠지만 아버지의 예리한 눈썰미의 유전자는 이어받은지라 한눈에 이 연은 수제임을 알아보았다. 다른 곳은 아주 탄탄 했지만 끈이 좀 부실해 보였다. 그래서 화원에 곤두박질친 모양이었다. 협죽도 숲에 들어와 손으로 연을 줍느라고 천톈궈의 손가락은 월계화의 가시에 찔려 피가 났다. 천톈궈는 강인한 아이여서 꾹 참고 악 소리도 입 밖에 내지 않았다. 아이는 자신의 전리품이 아주 마음에 들었다. 손으로 독수리의 눈을 만져보니 눈알이 도드라진 듯했다. 심지어 움직이는 것 같 기도 하다. 이윽고 천톈궈는 이제 집에 들어가야겠다고 생각했다. 지나치 게 오래 놀다가 어른들에게 들키기나 하면 더 단단히 구속당할 것이 분명 하니 말이다. 천톈궈는 독수리 연을 어느 나무 구멍에 조심스레 숨겨놓았 다. 나중에 다시 빠져나오면 가지고 놀아야지.

불행하게도 천톈궈는 다시 빠져나올 기회가 없었다. 베이징에 회의하 러 간 할아버지가 이전처럼 며칠 묵은 것이 아니라 이튿날로 돌아왔으니 말이다. 상황이 상황인지라 천위슝은 중앙 지도자를 만나 옌시의 방역 정 황을 보고한 다음 그대로 돌아왔던 것이다. 그 후의 며칠 동안은 옌시에 서 사업을 주재하다 보니 쑤야가 마음은 있어도 더는 아들을 정원에 내보 낼 수 없었기 때문이었다.

## 제27장
# 협박 전화

그 누가 네 차례나 한밤중에 시장에게 전화를 걸었을까?
그 집 손자를 병에 걸리게 하니 의료 통행증이 발부되었다.

천위슝은 북경에서 돌아오자마자 비서가 건네는 서류 한 부를 받았다. 그런데 할 말이 있어 보이는데 우물쭈물하는 주 비서의 모습이 어딘가 이상했다. "무슨 내용인데?"

"이건 시장 전용선 전화 메시지에서 발췌한 건데요. 구체적인 내용은 보시면 아실 겁니다."

옌시에는 시장 전용선 전화가 설치되어 있었다. 하지만 시장이 직접 받는 경우는 거의 없다 보니 진열품 비슷한 역할을 한다고나 할까. 하지만 기록 담당 직원을 두어 전화 내용을 기록했다가 해당 부서에 넘기곤 했다. 해당 부서에서 다시 조사한 다음 회답을 주는 시스템이다.

천위슝이 서류첩을 열어 보니 달랑 한마디가 적혀 있었다. "천 시장님, 시장님의 손자 천뎬귀가 병에 걸렸습니다."

천위슝이 묻는다. "이건 누가 걸어온 전화요?"

주 비서가 대답했다. "번호 추적을 해 봤는데 거리의 공중전화였습니다."

천위슝이 재차 묻는다. "언제 걸어온 거요?"

"새벽 두 시에요."

천위슝은 감정을 내비치지 않고 담담히 말했다. "알았소."

주 비서는 소리 없이 물러갔다.

천위슝은 당장 저택에 전화를 걸어 가정부에게 분부했다.

"쑤야를 바꿔주시오."

쑤야가 전화를 받았다. "아버님." 불러 놓고 속으로는 의아함을 금치 못했다. 시아버지가 집을 나서서 시청으로 출근한지 얼마 안 되었는데 그 사이 무슨 일로 전화까지 한담? 천위슝이 다짜고짜 묻는다. "천톈궈의 상황은?" 손자의 이름은 할아버지가 직접 지은 것이다. 하늘 톈자에 과일 궈자, 하늘의 과일, 얼마나 성스럽고 미묘한 것이냐! 천위슝은 톈궈라는 두 글자를 입에 담을 때마다 형언하지 못할 온정과 호연지기를 동시에 느끼곤 한다. 식구들은 처음에 애를 아명으로 '궈궈'라고 불렀는데 천위슝한테 즉각 제지 당했다. 쩨쩨하게 '궈궈'가 뭐냐, 톈궈란 하늘의 선물이란 뜻인데.

쑤야가 대답한다. "좋아요. 금방 일어나서 아침을 먹고 있어요."

천위슝이 계속하여 다그친다. "얼마나 먹었는데?"

시어머니가 일찍 돌아가셨지만 시아버지 시집살이도 만만치 않다. 별 걸 다 간섭하지 않는가.

쑤야가 머뭇거린다. "그건 … 제가 가볼게요. 그리고 이따 전화 드릴게요."

"당장 가보고 즉시 알려주게." 천위슝은 일초라도 지체하기 싫었다.

쑤야는 별수 없이 수화기를 전화 탁자 위에 씌운 수놓인 탁자 보 위에 놓아둔 채 주방에 달려가 천톈궈의 식사 정황을 체크했다. 꼬맹이는 한창 우유를 마시고 있었는데 입술에 새하얀 거품을 칠한 모양이 흡사 작은 짐승 같았다.

"너 뭘 먹었니?" 쑤야가 귓속말로 애한테 물었다.

"옥수수떡하고 달걀이요." 입속의 우유를 삼키며 아이가 우물우물 답한다.

"떡은 몇 개?" 달걀은 물을 것도 없이 한 알일 것이었다. 천위슝이 톈궈에게 하루에 한 알 이상의 달걀을 먹여서는 안 된다고 단단히 주의를 주었으니. 어렸을 때부터 콜레스테롤을 통제해야 한다고 했다. 옥수수떡도 천위슝이 요리사에게 당부하여 만들게 한 음식이다. 아이가 어려서부터 잡곡을 섭취하게 해야 한다면서. 옥수수떡은 아주 바삭바삭하였고 앙증맞았다. 1위안짜리 동전보다 약간 큰 정도로 작은 떡이다.

"일곱 개요." 천톈궈가 대답한다.

쑤야는 그 자리로 전화 탁자에 달려갔다. "아버님, 옥수수떡 일곱 개에 달걀 하나, 우유 한 컵이에요. 좀 있다 사과 하나를 먹일게요."

천위슝이 수화기를 내려놓는다. 모든 것이 정상이었다. 하지만 이건 여느 공갈 전화와는 다른 듯했다. 그리고 재물을 갈취할 생각도 없어 보인다. 그렇다면 일부러 이런 메시지를 보낸 의도는 무엇이란 말인가?

장난 전화겠지. 넓디넓은 세상엔 기괴한 일도 많으니까. 천위슝은 드디어 시름 놓고 업무를 시작했다.

집에 돌아와서도 전화 내용은 머리에서 떠나지 않았다. 천위슝은 평소보다 더 깐깐히 손자의 일거일동을 살폈으나 별다른 이상한 점을 발견하지 못했다. 보아하니 진짜로 누군가 장난을 친 것만 같았다.

이튿날, 사무실에 들어서던 천위슝은 비서가 또 뭔가 말할 듯 말 듯 기괴한 표정인 것을 발견했다. 이번에는 그가 먼저 입을 열었다.

"또 소식이 있소?"

"그렇습니다. 번거롭게 굴어도 될지 …"

"번거로울 거 없소. 어디 봅시다."

전화 기록의 내용에 변화가 있었다. "천 시장님, 천톈궈는 오늘 기침할 겁니다."

비서가 시장의 표정을 살핀다. 오늘의 메시지를 어떻게 처리할지 판단해야 했다.

천위슝이 묻는다. "같은 시간, 같은 전화 부스였소?"

"전화 부스가 바뀌었고 시간도 좀 더 늦었습니다. 대략 3시경이었습니다."

천위슝은 소름이 끼치는 것을 느꼈다. 한밤중에 텅 빈 거리를 누비며 자신의 귀여운 손자한테 이런 무시무시한 잠꼬대를 해대다니? 그는 도대체 누구인가?

마치 그 사람이 눈앞에 있는 양, 천위슝은 한마디 한마디 또박또박 내뱉는다. "오늘 나오면서 일부러 천톈궈를 보았는데 애의 모든 것이 정상이었소." 비서는 알겠다면서 공손히 물러갔다.

그날 밤, 회의를 하느라고 천위슝은 밤늦게야 저택에 돌아왔다. 집에 들어서자마자 그는 아이 방으로 가서 천톈궈를 보았다. 애는 이미 잠들어 있었는데 입가에 침이 발려 있었다. 천위슝은 손자의 이마에 손등을 가만히 대보았다. 촉촉하고 따스하고 서늘하다. 모든 것이 정상이다. 일이 이쯤 되자 천위슝은 이것은 누군가가 장난치는 것이라고 단정 지을 수 있었다. 멀쩡한 애를 두 번이나 저주하다니, 정말 고약한 심보다!

천위슝은 훌륭한 생활습관을 지니고 있었다. 늙은 농부처럼 새벽이면 어김없이 일어나 하루 일과를 시작한다. 아침 일찍 태극권을 하고 나서 손자의 방문 앞을 지나던 천위슝은 난데없는 기침 소리를 들었다. 날카롭고 귀에 거슬리는 소리다. 심해의 물고기의 큰 가시처럼 약하고 기다란 소리, 사람의 심장에 콕 박히는 소리.

천위슝은 가슴이 떨렸다. 다짜고짜 천톈궈의 방에 뛰어 들어갔다. 아이는 아무 탈 없이 침대에 누워 쌔근쌔근 자고 있었다. 어젯밤의 모습과 아무런 변화도 없다.

천위슝은 금방 들은 기침 소리가 자신의 의심이 일으킨 환각일 것이라 생각했다. 하지만 기침이란 것은 사라지면 그만으로 가래와 같이 흔적을 남기지 않는다면 그 누구도 확정 지을 수 없다. 천위슝은 마음이 놓이지 않아 손자의 작은 침대 머리에 버티고 서서 그 애의 가느다란 호흡에 귀를 기울인다.

모든 것이 정상이다.

그래도 천위슝은 차마 발을 뗄 수 없다. 사방은 그야말로 고즈넉하여 태고 시대로 돌아간 듯하다. 바로 이 순간, 천위슝은 손자에게서 터져 나오는 또 한마디 기침소리를 들었다. 실시간으로 청각을 자극하는 생생한 소리였다.

누구한테 한 대 얻어맞기라도 한 듯, 천위슝은 저도 모르게 휘청거렸다. 천톈궈가 정말 병에 걸렸단 말인가? 사실 어린애는 병에 걸릴 수도 있다.

세상에 어떤 아이가 감기 한 번 안 하고 자란단 말인가? 천위슝은 이 사실을 잘 알고 있었다. 그러니 기침 소리 한마디에 놀랄 만큼 취약한 정신이 아니었다. 그리고 천톈궈도 다치면 깨지는 유리그릇이 아니기 때문이었다. 하지만 누군가가 사전에 증세를 예고하고, 또 그것이 무시무시하기 짝이 없는 전염병의 초기 증세라고 통보해 왔을 때 도대체 누가 평소처럼 태연자약할 수 있으랴.

손자를 바라보는 천위슝은 마음이 갈기갈기 찢기는 것만 같았다. 이 시각, 그는 손자가 병에 걸렸다고 단정 지을 수 있었다. 그것도 누군가의 음모에 의해서. 그런데 무엇 때문에 죄 없는 아이한테 이런 몹쓸 짓을 한단 말인가? 그것도 사전에 모든 절차를 통보해 가면서. 생각이고 뭐고 할 필요도 없이 천위슝은 느낄 수 있었다. 모든 것은 할아버지인 자신에게 압력을 넣기 위해서이리라. 그런데 이 음모의 배후에 무엇이 도사리고 있을까?

천위슝은 세상이 험악하며 곳곳에 음모가 도사리고 있다고 믿는 사람이었다. 하지만 지금, 관록 있는 관원으로서 모든 정치적 경험을 동원해 보아도 도무지 영문을 알 수가 없었다. 미간을 찌푸리고 있는데 문이 살며시 열렸다. 쑤야가 아들을 보러 들어온 것이다. 시아버지가 방에 있는 것을 본 쑤야는 조금 이상하다는 생각이 들었지만 놀라지는 않았다. 몇 대나 독자로 내려온 천 씨 가문으로 놓고 말하면 이 손자는 금싸라기 같은 존재였다. 임신해서부터 천위슝은 쑤야에게 모든 일을 그만 둘 것을 명하였고 행여 전자파로부터 나쁜 영향이라도 받을까봐 전자레인지나 휴대폰 근처에도 가지 못하게 했었다. 가까스로 열 달을 채워 아이를 낳으니 용모가 준수한 톈궈는 할아버지의 보배가 되었다. 언젠가 한밤중에 아이 방에서 인기척 소리가 나기에 쑤야가 걱정되어 일어나 보니 글쎄 할아버지가 곁에 앉아 자는 애를 쳐다보고 있지 않겠는가. 쑤야는 무슨 일이나 난 줄 알고 물어보려는데 천위슝은 그녀더러 자기 방으로 돌아가라고 손짓했다. 할아버지는 그저 밤중에 일어나 손자를 보고 싶어서 이 방에 온 거라고 했다. 눈 깜짝 않고 손주를 들여다보고 있노라면 끝없는 행복에 잠긴다고 했다.

천위슝이 묻는다. "톈궈가 기침을 하나?"

"아닌데요. 제 앞에선 한 적 없어요."

그런데 할아버지의 말을 증명이라도 하려는 듯 천톈궈가 기침을 두 마디나 한다.

쑤야가 시아버지를 안심시키려는 듯 덧붙인다. "애들이야 뭘, 기침 같은 건 일도 아니죠. 사레가 들려도 그렇고 감기에 걸려도 기침을 하는데 며칠 지나면 저절로 나을 거예요."

천위슝은 더는 이 말을 하지 않고 그저 당부한다. "애를 잘 보살피게. 만약 더 기침하거든 꼭 의사를 보이고. 그리고 그 즉시 나한테도 전화로 알리고."

쑤야는 네네 대답하면서도 속으로는 너무하다고 생각했다. 애가 기침 두어 마디 했다고 큰일이나 난 것처럼.

승용차에 앉은 천위슝은 눈을 감고 휴식을 취하는 듯했다. 하지만 마음속으로는 이상한 메시지에 대한 생각이 떠나지 않았다. 메시지가 오늘도 온다면 한시라도 빨리 보고 싶다. 만약 오늘 메시지가 없다면 그것도 큰일일 것 같았다. 사무실에 들어서니 과연 비서가 세 번째 메시지를 건넨다. 이번은 아주 간단했다. "천톈궈는 열이 날 겁니다."

이번에 천위슝은 아무것도 묻지 않았다. 주 비서가 나가자마자 천위슝은 집에 전화를 걸었다.

"아버님, 무슨 일이죠?"

"톈궈가 어때?"

쑤야는 아무 일도 없는 듯이 말한다. "약간 기침이 나긴 하는데 밥은 잘 먹었어요. 옥수수떡 여섯 개에 우유 한 공기, 달걀 하나요."

"열은 안 나나?" 천위슝이 다짜고짜 물었다.

"겉으로 봐선 모르겠는데요." 쑤야가 대답한다.

천위슝이 대뜸 불같이 화를 냈다. "열이 나고 안 나는 게 겉으로 볼 일이야? 체온기를 가져다가 재 봐야지."

쑤야는 영문도 모르고 일단 대답했다. 시아버지는 중책을 떠안고 있는 사람이니 성미가 나쁜 것쯤은 이해할 수 있었다. 게다가 손자 때문에 그러지 않는가. 체온을 재 본 결과 쑤야도 약간 걱정이 되었다. 모든 것이 정상인 것 같던 천톈궈가 정말로 열이 났기 때문이었다. 물론 미열이었다. 정상적인 체온보다 0.5도가 높았다. 쑤야는 이상한 느낌이 들었다. 곁에 있는 사람도 눈치채지 못한 이 0.5도를 출근한 시아버지가 어떻게 알았을까?

애들이 열이 나는 것쯤은 다반사인데 바쁜 시아버지를 번거롭게 할 필요는 없을 것 같았다. 그래서 "톈궈의 체온을 재 봤는데 정상이었어요."라고 시아버지께 알렸다. 진실을 알 길 없는 천위슝은 수화기를 내려놓으면서 안도의 한숨을 내쉬었다. 그 메시지를 집어 들고 하늘을 우러러 길게 탄식한다. "이번에는 당신이 틀렸어."

하지만 오후가 되자 대반전이 일어났다. 쑤야가 황급히 전화를 걸어와 천톈궈가 고열이 나며 설사하기 시작했다고 알렸다. 게다가 영 정신을 못 차린다고 했다.

늘 보고를 받고 또 방송 텔레비전에서 날마다 화관바이러스에 대해 선전하기에 천위슝은 손자가 전염병에 걸렸음을 의심하지 않을 수 없었다. 기침하고 열이 나고 설사하고 … 전형적인 증세가 아닌가! 그는 즉각 의사를 불러 천톈궈를 진찰하라고 했다. 손에 일이 잡히지 않는 대로 퇴근 시간까지 기다린 천위슝은 급급히 천 씨 장원에 돌아왔다. 이때의 손자는 더는 사과 알 같은 낯빛이 아니었다. 시퍼렇게 죽은 낯빛에 두 볼이 푹 꺼지고 시선은 몽롱하다. 가까스로 "할아버지 …"하고 부르고는 눈을 뜰 생각도 하지 않는다.

"이미 피를 뽑아 분석하러 보냈습니다. 그 병이 옳은지 아닌지는 내일 아침에야 알 수 있습니다. 지금 이미 제일 나쁜 가능성에 대비해 치료하고 있습니다."의사가 보고한다.

이어 의사가 묻는다. "아이한테 혹시 전염병을 옮길 만한 접촉자가 있습니까?"

쑤야는 진작부터 제정신이 아니다. 황급히 대답한다. "없어요. 걘 집 밖에 나간 적도 없는걸요. 그러니 무슨 접촉자가 있겠어요?"

의사는 그래도 단념하지 않고 계속 묻는다. "그렇다면 여기 이 환경에서 누가 화관바이러스에 접촉할 가능성이 있습니까?"

다들 말없이 서로 쳐다보기만 한다. 만약 화관바이러스가 이곳 천 씨 장원까지 침입해 들어왔다면 이 세상에는 그야말로 안전한 곳이 없을 것이다. 그러니 다들 죽으라고 머리를 흔들어댔다.

천위슝이 대답한다. "가능성이라면 내가 화관바이러스를 접촉할 가능성이 있지. 방역 지휘부의 동지들이 날마다 나에게 보고하는데 그들은 바이러스에 감염됐을 위험성이 있습니다."

일이 이쯤 되니 다들 말을 잃었다. 꼬치꼬치 캐묻던 의사까지 입을 다물어 버렸다.

이튿날 아침, 일련의 치료를 거쳐 천톈궈의 병세는 어지간히 안정된 듯했다. 낫지는 않았지만 그렇다고 더 악화된 것 같지도 않았다. 천위슝은 강박증에 걸린 것처럼 서둘러 출근했다. 그의 예측은 적중하여 네 번째 메시지가 철새처럼 날아와 있었다. "천톈궈는 이미 화관바이러스에 감염되었습니다. 속히 제게 전화를 걸어주십시오. * * * * * * * * * * * *"

천위슝은 의미심장하게 주 비서를 쳐다보았다. 비서가 급급히 말한다. "비밀을 지킬 겁니다. 누구한테도 보이지 않았거든요."

천위슝은 즉시 메시지에 남긴 전화번호에 전화를 걸었다.

"누구세요?" 전화 저쪽에서 남자 목소리가 전해 왔다. 썩 젊은 음성이었고 천위슝이 상상했던 것처럼 사악한 사람은 아닌 것 같았다.

"나 천위슝이요."

"그러세요." 그 남자는 놀라지도 기뻐하지도 않고 담담하게 받는다.

"당신이 네 차례나 한밤중에 시장 전화를 건 거요?"

"그렇습니다. 혹 시장님이 못 받으면 어쩌나 했는데 직원들이 아주 책임감이 있군요." 그 남자가 다행이라는 듯 말한다.

"당신 말이 맞았소." 천위슝이 말한다. "내 생각에 당신은 이 전화를 기다리고 있는 듯한데, 무슨 요구가 있으면 말하시오." 천위슝은 가만히 녹음 버튼을 눌렀다. 이제 모든 통화 내용은 법정 증거가 될 것이었다.

"제 요구는 아주 간단합니다. 저를 한 번 만나주십시오." 저쪽의 응답이다.

"나를 한 번 보자고 한 어린애의 목숨을 볼모로 잡아야 한단 말이오? 도대체, 도대체 뭘 하려는 거요?" 이 시각 전까지 천위슝은 몇 번이고 성을 내서는 안 된다고, 절대 체통을 잃어서는 안 된다고 자신을 다잡았지만 톈궈의 처량한 모습에 생각이 미치자 울화통이 터졌다.

저쪽은 여전히 담담하다. "저는 몇 번이고 방역 지휘부에 찾아가 지도자께서 저를 만나주시고 저의 생각을 들어 달라고 부탁드렸지만 아랑곳하는 사람도 없었습니다. 저는 시정부의 접대 사무실에도 찾아가서 저에게 확실히 효과가 있는 치료법이 있다고 말했는데도 연결해주는 사람이 없었습니다. 전염병이 걷잡을 수 없이 퍼지고 여태껏 백신이 없으니 중국인으로서의 저는 속이 타서 재가 될 지경입니다. 하는 수없이 이런 하찮은 계책을 쓴 것은 그저 시장님께서 저의 말을 들어 주십사하는 것입니다."

이런 말을 안 들었으면 몰라도 들으니 더 화가 치민다. "그럼 진짜 당신이 천톈궈를 감염시켰다는 거지?"

그쪽에서 대답한다. "저는 아닙니다. 저는 그저 이 일이 인위적인 요소와 관계있다고 생각할 따름입니다."

증거가 없으니 상대에게 덮어씌우기도 곤란했다. 하지만 그가 보지도 않고 무슨 일이 일어나고 있는지 알아맞히는 걸 보면 보통 사람이 아닌 것만은 분명했다. 천위슝은 숨을 고르고 나서 말했다. "천톈궈가 병에 걸린 걸 맞췄는데 더 맞춰보시오. 그 애가 나을 수 있겠소?"

천위슝의 이 말은 실상 물에 빠진 자가 지푸라기라고 잡는 심정이었다. 말을 입 밖에 내자 자신도 아차 했다. 당당한 시장 어르신이 점쟁이 같은 강호인한테 가르침을 청하다니, 체통을 잃어도 분수가 있지. 그런데 웬걸, 젊은이가 댓바람에 큰소리를 친다. "제가 그 애를 고칠 수 있습니다!"

맙소사! 세상에 화관바이러스를 고칠 수 있다고 장담하는 사람이 다 있다니! 천위숭은 즉각 자신의 손자로부터 한창 사경을 헤매며 신음하고 있는 수천의 환자들에게 생각이 미쳤다. 그는 화급하게 말한다. "당신 즉시 이곳으로 오시오!"

"좋습니다. 제가 즉시 그곳으로 가지요. 전 빨간색 점퍼를 입었습니다. 들여보내라고 말씀해 주십시오."

천위숭은 즉각 그 말을 따랐다. 같은 시각, 저택에서 의사가 전화를 걸어왔다. 검사 결과가 나왔는데 천톈궈는 화관바이러스 감염이 확진되었다는 것이다. 의사는 즉시 전염병 전문병원에 보낼 것인지 물어왔다.

"좀 기다리시오." 천위숭이 말한다. 전염병 전문병원이 어떤 풍경인지 너무나도 잘 아는 그는 자신의 손자가 그 안에서 울부짖는 참상을 상상도 할 수 없었다. 빨간 점퍼의 젊은이가 장담했으니 일단 그를 만나보기로 했다.

빨간 점퍼가 왔다. 천위숭은 불같은 색상이려니 했는데 정작 만나고 보니 살짝 녹슨 쇳빛을 띤 크롬레드 색이다. 천위숭은 크롬레드를 상객으로 모셨다. 두 사람은 작은 접견실에서 은밀히 만났다.

천위숭이 먼저 입을 열었다. "당신이 정말 내 손자를 살릴 수 있겠소?"

크롬레드가 대답한다. "손써 볼게요. 충분히 자신 있습니다."

"그럼 당장 착수하시오. 화관바이러스는 기하급수로 번식한다니 일분일초가 귀중하지 않겠소?"

크롬레드가 말한다. "수천수만의 환자들이 이렇게 몸부림쳤습니다. 그들도 이런 고통을 맛보았지요."

천위숭이 그의 말의 속뜻을 눈치챘다. "그 말인즉 나의 손자의 고통은 보잘것없는 거라는 거요?"

크롬레드가 차분하게 말한다. "그 애의 고통 덕에 우리가 이렇게 만난 거 아닙니까. 그러니 그 애의 고통도 의미 있는 것이라 할 수 있습니다. 제가 그 애를 살리겠다고 했으니 최선을 다할 겁니다. 그리고 그 애를 살리는 일이 일분일초를 다툴만큼 급한 건 아니니 마음 놓으십시오. 적어도 지금 마음 놓고 이야기를 나눌 정도는 되니까."

크롬레드가 너무나도 당당하게 나오니 천위슝도 어느 정도 안심은 되었다. 그리고 그를 다그칠 일도 아니었다. 만약 상대방이 화가 나서 가버리기라도 하면 마지막 지푸라기까지 날아나 버리는 게 아닌가. 별수 없이 마음을 누그러뜨리며 그와 이야기를 나누어 갔다.

"젊은이는 무얼 하는 사람이오?" 천위슝은 시장의 존엄을 회복했다. 아무리 불이 발등에 떨어져도 자기와 이야기를 나누는 사람이 누군지는 알아야 될 거 아닌가.

"저는 화학 박사입니다." 크롬레드가 대답한다.

"직장은 어디요?" 천위슝이 재차 묻는다.

"직장에 다니지 않고 자택에서 연구하고 있습니다."크롬레드가 말했다.

천위슝은 원래 "박사가 일자리를 얻지 못하다니, 당신 문제요 아니면 직장의 문제요?"라고 물어보려 하다가 다시 생각해 보니 상대편이 불쾌해 할 수도 있겠다 싶어서 삼켜버렸다. "그럼, 방역 지휘부를 찾아서 무슨 문제를 알리려 했던 거요?"

크롬레드가 답한다. "저와 저의 팀은 화관바이러스를 통제할 수 있는 백신을 연구해 냈습니다. 그래서 임상에 써보려 합니다."

천위슝이 탁하고 책상을 쳤다. "정말 잘 됐소! 그런데 이렇게 좋은 소식을 못 들은 체 하는 사람이 과연 있을까?"

크롬레드가 설명한다. "그들은 정말로 못 들은 체 했습니다. 저를 못 믿고 우리 팀을 못 믿는 거죠."

천위슝은 재차 맞은편의 젊은이를 훑어보았다. 깨끗하고 단정한 모습이 시정잡배들과는 차원이 달랐다. 말도 논리정연하고 정신상태도 정상적으로 보인다. 그래서 더더욱 의아스럽게 물었다. "방역 지휘부에서 당신들을 거절한 이유는 뭐길래?"

크롬레드가 답한다. "저희들은 기술 직함도 없고 의대 졸업장과 의사 면허증도 없으니까요."

천위슝이 머리를 끄덕인다. "알겠소. 이건 확실히 큰 문제요."

크롬레드가 흥분되어 벌떡 일어선다. "우리에게 이런 자격증이 없다고 훌륭한 치료 방법이 무시당한다 이겁니다. 지금 수천수만의 사람들이 고통 속에서 죽어가고 있습니다. 저는 한 번 또 한 번 방역 지휘부를 찾았지만 매번 쫓겨났습니다. 이런 규정들이 천만 인민의 목숨보다 그렇게도 귀중하단 말입니까?"

천위슝이 묻는다. "그럼 당신의 뜻은 내가 즉시 명령을 내려 이 약품의 임상시험을 허가해 달라는 거요?"

"그렇습니다."

천위슝이 말한다. "내가 만나 주지 않으니 아예 독한 수를 써서 내 손자를 병에 걸리게 했구먼. 그러면 나를 만날 이유가 생길 테고 또 내 손자를 실험 대상으로 삼을 수 있겠으니. 만약 정말 낫기라도 하면 당신들은 특별 통행증을 손에 넣게 되는 거고 … 하지만 내 손자가 낫지 않으면 당신들도 별수 없다 … 내 말이 맞지?"

크롬레드는 천위슝의 관록과 예리함에 감탄하지 않을 수 없었다. "기본적으로는 그렇다고 할 수 있지요. 하지만 시장님 손자의 병은 저와 상관없습니다."

"방금 팀이라고 했는데 당신들 팀과는 꼭 관계있을 거요." 천위슝이 단정하듯 말한다.

크롬레드는 묵묵부답이다. 긍정하지도 부정하지도 않는다. 천위슝이 말을 이었다. "어찌 됐든 내 손자는 화관바이러스에 감염되었고 그 애를 시급히 치료해야 할 거 아니요? 우리가 바라보는 방향이 같다고 할 수 있지."

크롬레드가 격하게 고개를 끄덕인다.

천위슝이 손을 내민다. "좋소. 당신들 약품을 내놓으시오. 오, 미안한데 난 아직도 당신 이름을 모르는구먼."

크롬레드가 대답한다. "저는 리위안이라 부릅니다."

# 제28장
# 안전성 증명

5배나 되는 약 가루를 단번에 복용한 나는 자신의 몸으로 그 안전성을 증명한 셈이다. 백낭자가 어찌 되어 뇌봉탑 밑에 깔렸는지 아십니까? 바로 신선초를 훔쳤기 때문이랍니다.

"이제 어떻게 해야 하지?" 천위슝이 큰 숨을 내쉬었다. 손자를 구하기 위하여 그는 사무적인 어투를 집어치우고 자상한 할아버지로 돌아와 있었다.

"빨리 시장님 집에 갑시다. 제가 천톈궈에게 약을 먹일 테니까요. 만약 의외의 일이 생기지 않는다면 그 애는 이내 호전될 것입니다." 리위안이 무거운 화제를 가볍게 이야기한다.

천위슝은 두 손을 허리에 얹은 채 굳은 자세로 사색에 잠겨 창밖에 눈길을 준다. 보통 이런 자세는 거절을 의미한다.

천위슝은 지금 사용되고 있는 약물들이 화관바이러스에 대해서는 빛 좋은 개살구에 지나지 않는다는 것을 잘 알고 있다. 하지만 그렇다고 자신의 손자에게 의학적 자질이 전혀 없는 낯선 화학 박사가 추천하는 불명의 물질을 복용하게 하기는 위험 부담이 너무나도 컸다.

"어떻게 당신을 믿지?" 천위슝이 몸을 돌려 리위안의 눈을 똑바로 쳐다본다. 화내지 않아도 대단한 위엄이 느껴졌다.

진작 답을 준비했던지라 리위안은 전혀 꿀리는 것이 없었다. "저도 같은 약을 같은 시간에 복용하지요. 저의 몸으로 그의 안전성을 증명하겠습니다."

천위슝의 팔은 아직도 허리를 떠나지 않는다. 전혀 리위안의 '자신의 몸을 바치는' 행위에 감동되지 않은 모양새다. "하지만 아이와 성인의 약물 수용도는 같지 않지. 당신은 견딜 수 있더라도 아이에게는 위험할 수도 있으니."

리위안이 대답한다. "그럼 제가 5배 분량을 복용하지요."

천위숭의 팔이 조금 느슨해졌다. "당신이 쓰겠다는 이 물질이 무엇인지 알고 싶은데."

리위안은 약간 망설이는 듯하다. 이윽고 입을 열었다. "이건 저의 지도교수님께서 아직 연구 중이어서 … 중요한 전매특허에 관계되는 일이어서 지금 말씀드리긴 좀 그렇습니다. 우리는 보통 '백낭자'라고 칭하지요."

천위숭이 대답한다. "알겠소. 하지만 그 '백낭자'가 무엇인지 알지 못한다면 나는 절대 천톈궈에게 먹이지 않을 거요. 그리고 나는 어쩐지 당신이 여기에 온 것은 단순히 톈궈를 낫게 하려고 하는 게 아니라고 생각되는데. 천톈궈의 일이 커서가 아니라 그 일을 통해 당신의 '백낭자'가 효험이 있다는 것을 증명하고 나아가 더 많은 사람들이 '백낭자'를 복용하게 해서 전염병에 대처하려는 것, 내 말이 맞지? 이런 상태에서 시장으로서의 나는 반드시 이 '백낭자'라는 것이 무엇인지 알아야겠소. 당신들에게는 전매특허에 불과하지만 나한테 있어서는 수천수만의 생명에 직결되는 일이니까."

천위숭의 말은 이치도 맞고 근거도 있었다. 리위안은 거절할 명분이 없었다. 하지만 이 문제는 그의 직권 범위를 벗어난 일이었다. '백낭자'가 도대체 무슨 물질이며 어떤 효능이 있는지, 이런 것들을 밝힐 권리는 그의 지도교수에게 있었기 때문이었다.

전혀 밀리지 않던 리위안도 이번에는 말문이 막혔다.

"시장님, 시장님의 말씀도 일리가 있습니다. 하지만 '백낭자'의 화학 명칭을 밝히는 일은 지도교수님께 물어봐야 합니다."

천위숭이 고개를 끄덕인다. "좋소. 지도교수님에게 물어보시오. 한 사람의 특허권이 중요한지, 아니면 무수한 사람들의 목숨이 중요한지. 기다리지."

리위안은 지도교수의 전화를 눌렀다. 하지만 오래도록 받는 사람이 없었다. 이것은 이상한 일이었다. 지도교수는 정력이 넘치는 분이었고 지금은 오전이어서 한창 일을 해야 할 때인데 어째서 전화를 받지 않는단 말인가.

리위안이 전화를 끊으려고 할 때 상대방이 전화를 받았다.

"교수님, 이런 문제가 있습니다. 천 시장님은 '백낭자'가 무슨 물질인지 확인해야겠다고 하십니다. 아니면 임상에 도입할 수 없다고 하십니다." 사안이 사안이니 만큼 리위안은 대번에 다 털어놓았다. 그런데 지도교수의 응답은 들려오지 않고 다른 사람의 목소리가 전해 온다.

"리위안, 미안해, 나 링녠凌念이야." 목소리의 주인은 동문 후배였다.

리위안은 깜짝 놀랐다. 지도교수의 휴대폰이 어찌 남의 손에 있는가? 다그쳐 묻는다. "무슨 일이 있나?"

링녠이 대답한다. "교수님이 아프셔."

"무슨 병인데?"

"교수님께서는 '백낭자'의 효과와 최대 안전치를 점검하기 위하여 일부러 극대량의 화관바이러스에 감염되셨거든. 선배도 알겠지만 이건 대단히 위험한 일이지. 감염된 후 교수님은 다량의 '백낭자'를 복용하셨어. 그런데 지금 상황이 낙관적이지 않아. 교수님은 깊은 잠에 빠지셨는데 우리는 이게 화관바이러스의 증상 중 하나인지 '백낭자'의 독성인지 아직 변별할 수 없어. 그렇다고 병원에 보내는 것은 전혀 출구가 없는 것이나 마찬가지니까 교수님 곁을 지키면서 시간이 답을 주기를 바랄 뿐이야."

리위안은 몇 마디 당부하고 전화를 끊었다. 지금 모든 중책이 자신의 어깨 위에 놓인 셈이다.

그런데 그가 미처 대책을 생각해 내기도 전에 천위승이 들어왔다. 그의 낯빛은 그야말로 준엄했다. "미안하오. 허락도 받지 않고 당신의 전화를 감청하였소. '백낭자'를 발명한 당신의 지도교수도 바이러스와 당신들 자체 제작한 약물로 인해 쓰러진 마당에 나더러 어떻게 당신들을 믿으라는 거요?! 하물며 당신들의 수중에 화관바이러스의 균주가 있어서 수시로 다른 사람을 감염시킬 수 있지 않소? 지금 같은 방역의 비상시에 이것은 모살죄에 해당되는 범죄요! 당신이 신비롭게 이 청사에 들어왔다만 신비롭게 나갈 수는 없게 됐소." 말하면서 그의 손가락이 잘 보이지 않는 버튼으로 다가간다. 이것은 시장이 돌연적인 습격을 당했을 때 혹은 특수한 상황에서 누르는 긴급 버튼으로서 전신 무장한 경호인원들이 즉각 들이닥칠 것이다.

백척간두 위기일발의 순간이었다.

리위안이 머리를 쓰다듬는다. 마치 자신의 용기가 까맣고 꼿꼿이 서 있는 깍두기 머리에서 오는 것처럼.

"시장님, 시장님은 손가락만 까딱하면 그 버튼을 누르실 수 있겠지요. 저 같은 것을 유치장 같은 곳에 처넣는 건 일도 아니겠지요. 하지만 저를 처리하고 나면 이 세상에는 시장님의 손자 천톈궈를 구할 수 있는 사람이 아무도 없게 됩니다. 저의 지도교수님은 민중들의 안전을 위하여 몸소 약물을 시험하여 자신이 중독되는 지경까지 이르렀지요. 이것이 그래 그분의 드넓은 마음과 남다른 사명감을 증명할 수 없다는 말입니까? 버튼부터 누르시지 마시고 지금 당장 전화를 걸어 사랑하는 손자의 상태를 확인하시는 게 어떨까요? 만약 천톈궈의 병세가 진정 호전되었다면, 만약 전통적인, 통상적인 약물이 진정 효과가 있어 전염병에 허덕이는 무수한 사람들을 구할 수 있다면, 나 하나의 생사가 무슨 문제가 되겠습니까? 저의 지도교수님은 지금 목숨이 경각에 달렸다고 합니다. 게다가 원인도 모르지요. 이 시점에서 시장님이 저를 체포하시면 저의 지도교수님도 손을 쓸 수 없지 않습니까. 한창 살판을 치는 전염병 앞에서 무슨 다른 수가 있습니까? 아무쪼록 신중하게 고려해 주시기 바랍니다."

말을 마친 리위안은 아예 소파에 털썩 앉아 두 다리를 편안히 뻗는다. 방금 마시지 못한 차를 한 모금 맛본 리위안이 찬사를 내뱉는다. "시장 집의 물건은 다르긴 다르군요."

천위슝이 저도 모르게 응수한다. "진짜 청명절 전의 용정차요. 지금 찻잎 상점들에서 파는 것은 대개 가짜거든. 우리 집의 것은 진짜요." 말하면서 버튼에 다가가던 손가락을 가볍게 약간 거두어들인다.

"저희들 것도 진짜랍니다."리위안이 질 세라 말을 받는다.

천위슝은 못 들은 척하고 천 씨 장원의 전화를 눌렀다.

울음기 섞인 쑤야의 목소리가 전해왔다. "아버님, 이제야 전화 주십니까. 제가 걸려고 해도 사업에 방해라도 될까 봐… 톈궈가 전혀 낫지 않고 있어요. 차도는커녕 시시각각 나빠지기만 해요. 아버님이 불러온 의사들은 무슨 의사들입니까. 약이란 약은 다 썼는데 애가 아무런 반응도 없어요. 혼절하기 직전이에요. 그냥 이러다간… 흑흑…"

쑤야의 목소리가 어찌나 높은지 리위안이 예의를 지키기 위해 엿듣지 않으려고 해도 귓속을 파고든다.

"쑤야, 비관하지만 말고 의사 말을 듣게, 나도 한창 방법을 찾고 있으니." 천위슝은 수화기를 내려놓았다.

"자네에게 선택을 맡기지. '백낭자'의 실체를 털어놓든지, 아니면 자네가 가야 할 곳으로 가든지." 천위슝도 찻잔을 들고 차를 한 모금 마신다. "청명전 용정차는 생산량이 극히 적거든. 사실 너무 어린 차가 제일 좋은 것도 아니고."

리위안이 말한다. " '백낭자'의 진상을 알려드리지요. 하지만 이건 시장님의 위협에 굴복하는 것이 아니라 천만 백성들을 도탄 속에서 구해내기 위한 것입니다. 물론 여기에는 시장님의 손자도 포함되고요. 아시다시피 저는 지도교수님의 허락은 받지 못했습니다. 하지만 '밖에 나간 장수는 임금의 명도 받들지 않을 수 있다'고 이 이후의 모든 일은 제가 책임지겠습니다."

천위슝의 손가락이 드디어 버튼을 떠났다. "말씀하시오."

리위안이 찻잔을 들며 말한다. " '백낭자'는 사실 이 맑은 찻물과 관계 있지요."

"백낭자는 원래 뇌봉탑 밑에 진압되어 있었지, 임자는 그 이야기를 하는 거요?"

"그렇습니다. 백낭자가 어찌 되어 뇌봉탑에 깔렸는지 기억하고 계십니까?"

천위슝이 대답한다. "거야 법해라는 중과 싸우다가 금산을 물에 잠기게 한 탓이지."

"그러면 그녀는 왜 법해와 싸우게 됐을까요?"

천위슝은 마음속의 초조감을 억누르며 태연하게 말한다. "법해라는 늙은 중이 쓸데없는 참견을 한 거지. 그 자가 백낭자의 부군인 허선에게 백낭자가 뱀이 변한 요괴라고 알려줬거든. 허선더러 웅황 약주를 준비했다가 오월 단옷날에 백낭자에게 먹이라고 했지. 백낭자가 마시고 본래 모습이 드러났는데 아닌 게 아니라 백사였어. 그것을 본 허선은 그 자리에서 정신을 잃었고 …"

이때 비서가 노크하고 들어왔다.

"시장님, 급건입니다."

천위슝이 대답한다. "알았소. 내가 즉시 처리할게." 그는 비서에게 물러가라고 눈짓한다. 방금 들어올 때 비서는 시장의 말꼬리를 들은지라 의아하기 짝이 없었다. 지금이 어느 때라고 민간 신화를 연구하는 사람과 시시껄렁한 이야기를 나누고 있나? 평소의 지혜롭고 결단력 있던 시장이 맞나?

리위안이 침착하게 묻는다. "그 후는요?"

천위슝은 끝내 참지 못하고 폭발한다. "그래, 이런 얘기나 나눌 셈이요?"

리위안이 담담하게 말을 받는다. "이제 곧 문제의 핵심에 접근하게 되니까요. 흥분하지 마시고 하던 얘기를 계속하십시오."

천위슝은 가장 큰 자제력으로 심장을 찢는 초조감에 저항한다. "허선이 쓰러지니 진상을 밝혀 낸 백낭자가 자연히 법해한테 죄를 물었지. 그런데 허선의 생명이 위급하니 백낭자는 임신한 몸도 돌보지 않고 불원만리하고 영지 선초를 구하러 곤륜산으로 갔다네. 천신만고 끝에 선초를 구해다가 허선이를 살려냈지 …" 아름다운 이야기를 천위슝은 이를 갈며 구술한다.

리위안이 기다랗고 아름다운 두 손을 뻗쳐 농구 시합의 '타임' 동작을 한다. "시장님, 전설은 여기까지 합시다. 시장님이 이런 것도 아시는 걸 보니 훌륭한 어머님이 계신 게 분명합니다. 많은 이야기를 해 주셨겠죠?”

천위슝이 짜증내며 말을 자른다. “어머니가 아니라 외할아버지였소.”

리위안이 말한다. “시장님께서도 이 이야기를 온전하게 천톈궈한테 들려주시기 바랍니다.”

천톈궈라는 이름을 들은 천위슝은 가슴이 미어졌다. 그는 예리한 눈빛으로 리위안을 뚫어져라 노려보았다. “이젠 빙빙 돌려 말하지 말고 터놓으시오. 그 ‘백낭자’라는 게 도대체 무엇이요?”

천위슝이 무슨 말을 하던 리위안은 자신의 리듬대로 천천히 말을 이어나간다. “그때 백낭자가 훔쳐 온 선초가 바로 영지였습니다. 우리나라에 현존하는 가장 오래된 중의 약전인 〈신농본초경〉에 총 365종 중약이 기재돼 있는데 상, 중, 하 삼품으로 나뉘어 있지요. 상품에 속하는 120종 중약에서 영지는 인삼 앞에 놓인 상상품이지요. 영지는 눈을 밝히고 기를 보하며 지혜와 기억력을 높이고 관절에 이롭고 정력을 돋우며 근골을 강하게 하고 낯빛을 좋게 하는 등 효능이 있습니다. 장기복용하면 장생불로하며 수명을 늘려 신선 부럽지 않다고들 하지요. 현대의 약학과 임상시험에서도 영지에는 트리테르펜, 스테롤, 다당, 폴리펩티드, 뉴클레오티드, 알칼로이드, 유기게르마늄 등등 여러 가지 활성물질이 풍부히 함유돼 있는 것이 판명되었지요. 때문에 영지는 면역력을 강하게 하고 원기를 보충해 주고, 기를 보하여 강장하게 하며 연년익수하는 효능이 있지요.”

천위슝은 부쩍 의심이 들어 민감하게 반응한다. “당신의 ‘백낭자’라는 게 영지란 말이요? 몇 년 전에 영지포자분의 명성이 자자했던 때가 있었지. 체질을 튼튼히 하는 데 효과가 없는 건 아니겠지만 그것으로 화관바이러스를 저항하다니, 너무 천진한 거 아니요?”

리위안이 말한다. “시장님 말씀이 정곡을 찔렀습니다. 우리가 사용하는 ‘백낭자’는 바로 영지의 핵이라 할 수 있는 항병물질 ─ 게르마늄입니다.”

“게르마늄이라고? 원소의 일종인가?”

리위안이 대답한다. “맞습니다. 인간이란 모두 원소로 구성되었지요. 사람뿐만 아니라 우리 주변의 모든 것들, 크게는 전반 우주로부터 작게는 우리 앞에 놓인 이 찻물까지 예외는 없습니다. 우리의 인체 내에는 수십 종의 원소가 들어있지요.”

답을 알아내야 하겠기에 천위숭은 가까스로 성질을 누그러뜨리며 묻는다. “인체 내에 그렇게 많은 원소가 있다면 무엇 때문에 게르마늄이 특별히 중요하다는 거요?”

리위안은 맑은 찻물을 또 한 모금 삼키고 나서 말한다. “게르마늄은 원소 주기율표에서 아주 특수한 위치에 처해 있지요. 즉 금속과 비금속 사이에 끼어 있거든요. 이것이 바로 그의 비할 바 없는 효능을 결정해 준답니다. 게르마늄鍺은 쇠 금金 부수가 붙어있긴 해도 많은 비금속의 성질을 띠고 있지요. 화학에서는 이를 ‘반금속’이라 칭한답니다.”

여기까지 말한 리위안은 휴대하고 있는 작은 공문 가방에서 조그만 병하나를 꺼냈다. 책상 위에서 A4 용지 한 장을 뽑아 들고 작은 병의 백색 분말을 조심스레 종이 위에 조금 쏟았다. “게르마늄은 연회색으로 흰색에 조금 더 가까운 색의 금속입니다.” 말을 하면서도 정겨운 눈길을 백색 분말에서 떼지 못한다. 게르마늄이 자신의 친인이라도 되는 것처럼.

“이게 당신이 말한 ‘백낭자’요?”

천위숭이 가까이 다가와 찬찬히 훑어본다.

회백색의 분말, 외양은 그야말로 평범하다. 맷돌로 갈아 낸 거친 밀가루와 흡사하다.

“완전히 새하얗지는 않구먼.” 천위숭이 중얼거린다.

리위안이 말을 받았다. “X선 촬영에 의하면 게르마늄 결정체의 원자 배열은 금강석과 비슷하다고 합니다. 구조가 성능을 결정하지요. 때문에 게르마늄은 금강석과 마찬가지로 단단하면서도 바삭바삭하지요. 게르마늄의 지각 중의 함량은 백만 분의 칠로서 지각에서 가장 분산되어 존재하는 원소 중의 하나입니다. 다시 말해 게르마늄이 집중되어 매장되어있는 광산이 거의 없다고 할 수 있죠. 어떤 의미에서 이건 극도로 희귀한 원소라 할 수 있습니다. 다행히 우리 중국은 세계에서 둘째가는 게르마늄 보유국으로 게르마늄 보유량이 3,500톤에 달한다고 합니다. 전세계의 40%를 차지하는 셈이지요. 하지만 우리는 지금 전 세계의 70%의 생산량을 공급하고 있다고 합니다. 그래서 아주 비관적인 말이지만 이제 몇십 년만 지나면 중국의 게르마늄 비축량이 동이 날지도 모릅니다."

자신도 너무 숙맥은 아니라는 것을 증명이라도 하려는 듯 천위슝은 애써 성질을 누르며 말했다. "내 기억에 의하면 화학자 멘델예프가 이 원소의 존재를 예언한 바 있고 '규소류'라고 명명했다고 하던데."

아닌 게 아니라 리위안의 얼굴에 흠모하는 기색이 피어오른다. "시장님, 화학 지식이 보통이 아닌데요. 이제 말이 더 잘 통할 수 있겠군요. 멘델예프는 게르마늄의 존재를 예언하기는 했지만 그것을 찾아내지는 못했지요. 그 뒤, 1886년에 이르러서야 독일의 프리비그 광업 학원의 분석화학 교수 윙크라가 최초로 게르마늄을 발견했지요. 게르마늄의 명명은 라틴어의 라인 강에서 온 거라고 합니다. 발명자의 조국을 기념하기 위해서요."

천위슝의 인내심은 고갈 상태에 이르렀다. "리위안 박사, 똑똑히 들어 두시오. 지금은 화학 강의를 할 때가 아니란 말이오, 어서 게르마늄이 전염병을 저항할 수 있는 원리를 말씀하시오. 천톈궈의 고통과 위험이 점점 심해지고 있단 말이오. 물론, 많은 환자들도 마찬가지일 테고."

"저더러 자세히 말하라고 한 것은 시장님이시지 않습니까? 처음부터 얘기하면 시간은 더 들지 몰라도 후속 방안에 도움이 되니까요. 뿌리로부터 이 일을 똑똑히 되짚어야 제대로 알 수 있습니다. 우리의 이 방안이 무수한 질의를 불러올 것은 자명한 일이니까요."

천위슝은 별수 없이 정신을 가다듬었다. "계속하시오."

리위안이 빠르지도 느리지도 않게 말을 잇는다. "연구에 따르면 대뇌피질 가운데 풍부한 게르마늄이 함유되어 있다고 합니다. 게르마늄은 인체의 피로를 해소시키고 빈혈을 예방하고 치료하며 신진대사를 촉진하는 효능이 있습니다. 이 밖에도 뚜렷한 항종양과 소염 활성 효능이 밝혀졌습니다."

천위슝이 말한다. "듣자 하니 호랑이 연고처럼 두루 쓰이는 것 같구먼. 화관바이러스와는 직접적인 관련이 없이."

"그렇습니다. 직접적인 관련은 없습니다. 게르마늄은 광범위한 항바이러스 약물은 아니거든요. 하지만 놀랍게도 신기한 점이 있습니다. 그것은 인체의 면역계통을 극도로 강화하여 체내의 세포들을 강해지게 한답니다. 바이러스로 인해 인체 내의 전위가 급격히 상승될 때 게르마늄은 감염된 세포의 전자를 탈취하여 그 전위를 하강시킴으로써 병세의 악화를 막아 주지요. 그리고 게르마늄은 인체 내의 여러 계통들이 협동하게 하여 치열한 공격으로 인한 비정상적인 전위를 조절해 주지요. 하니 인체는 세균과 병균의 침입을 막을 수 있는 힘을 얻게 되지요."

천위숭이 어떤 생각이 떠오르듯 침음한다. "듣기에는 그럴듯하구먼. 이것이 바로 게르마늄이 화관바이러스에 저항하는 본질이라 그거요?"

"그렇습니다. 이것이 바로 백낭자가 사경을 헤매는 허선을 구할 때 세상의 많고 많은 영약들을 놔두고 영지를 선택한 원인입니다. 그녀는 천년을 수련한 뱀 신선이어서 초목들을 익히 알거든요, 영지는 대자연 중의 게르마늄 함유량이 제일 풍부한 식물입니다. 게르마늄은 죽어가는 생명에 생기를 불어넣는 효능이 있거든요. 화관바이러스가 인체에 침입하여 지대한 파괴력을 과시하는 것은 그것이 태곳적의 바이러스여서 현대의 인류가 그에 대한 면역력이 전혀 없기 때문이지요. 때문에 백약이 무효했던 것입니다. 약물이란 알고 있는 적에 대비하여 설계한 것이 아니겠습니까. 그런데 화관바이러스와 마주친 적이 없으니 어떻게 그것을 다스릴 무기를 만들어 낼 수 있겠습니까! 이런 경우, 인체의 면역계에 의존하여 가장 짧은 시간에 침입한 바이러스를 식별해 내고 항체를 만들어 낼 수밖에 없지요. 이것은 유일한, 아주 좁은 생존의 오솔길인데, 게르마늄이 바로 이 화관바이러스에서 경천동지의 효과를 발휘한 셈이지요. 인체의 면역계가 게르마늄에 의해 깨어나고 총동원하여 최전방에 진출하여 화관바이러스와 판가름이 날 때까지 싸움을 벌인 거죠. 이것이 바로 게르마늄이 화관바이러스를 이겨낼 신호탄이라 하는 원인입니다."

천위숭은 몸을 벌떡 일으켜 큰 걸음으로 문을 나선다. "갑시다!"

# 제29장
# 사라진 효능

무엇 때문에 모든 것을 무찌르며 위풍당당하던 백낭자가 한순간에 맥을 쓰지 못하게
되었을까?
하느님과 한판 붙었는데 또 붙어야겠다. 신선의 오타를 바로잡기 위하여.

　　천위슝과 리위안은 그대로 천씨 장원에 달려갔다. 지금 이곳은 여느 때
와는 생판 다른 모습이었다. 사람들이 총총히 오가는데 저마다 어두운 표정
을 하고 있었다. 평화롭고 아늑하던 정원에 이름 모를 살기가 넘쳐흐른다.
　　급급히 천톈궈의 방으로 들어가려던 천위슝은 방역 지휘관 예펑쥐에게
가로막혔다. "시장님, 들어가선 안 됩니다."
　　"그건 왜, 숨도 안 돌리고 손자를 보러 왔는데!"
　　예펑쥐는 끄덕도 않는다. "천톈궈는 이미 화관바이러스 환자로 확진되
었습니다. 지금 집에서 치료받는 것도 파격적인 대우입니다. 톈궈의 방
안에는 지금 무수한 화관바이러스 입자들이 떠다니고 있습니다. 시장님은
한 시의 지도자로서 옌시의 모든 인민을 인솔하여 화관바이러스와 싸우
는 막중한 사명을 떠안고 있지 않습니까. 이제 무턱대고 들어가셨다가 옮
기라도 하면 자신의 직책을 수행하지 못하실 거고 그렇게 되면 우리도
전시 인민 앞에 할 말이 없게 됩니다. 시장까지도 병에 옮았는데 그 병을
이겨낼 수 있다고 하면 설득력이 있겠습니까?"
　　천위슝이 삐친 듯 반문한다. "그렇다면 저 사람은 어째서 들어갈 수 있
소?"
　　마침 이때 간호사 한 명이 그 방으로 들어가려 한다.

예펑쥐가 설명한다. "의사의 분부로 치료하러 들어가지요. 그리고 방호복을 입었잖습니까?"

"당장 방호복 두 벌을 가져오시오. 큰 사이즈로!"

막무가내인 천위슝 앞에서 예펑쥐도 방법이 없었다. "방호복을 착용했다고 해도 백 프로로 막아낼 수 있는 건 아닙니다. 시장님, 정말 일이라도 나는 날엔 저희들이 죄인이 됩니다."

천위슝이 한 발짝 물러섰다. "그럼 이렇게 합시다. 들어가서 한번 보기만 하고 나올게요. 말도 하지 않고."

방호복을 가져왔다. 리위안과 천위슝은 각기 방호복을 착용했다. 예펑쥐는 시장이 데려온 사람이 누군지 궁금했지만 시장의 낯빛이 너무 어두워서 차마 묻지 못했다. 사실, 지금 천 시장은 자기의 손자와 최후의 고별을 하는 것과 다름없지 않은가.

두 사람은 천톈궈의 방에 들어섰다. 얼마나 아름답고 멋진 아기 방인지! 짙은 남색으로부터 점차 옅은 하늘색으로 변하는 벽면은 아늑한 열대의 해양세계와도 흡사한 모습이었다. 천장에는 해와 달, 별들이 그려져 있다. 아이는 침대에 누워서도 상상력이 넘치는 하늘을 노니는 듯할 것이다. 모든 가구들은 세심히 다듬은 원목들로 만든 것으로 옅은 노란색을 띠고 있었다. 환경 친화적이면서도 대자연의 청신함을 머금고 있는 듯했다. 단 하나, 아름다운 베이지색 작은 침대에 누워있는 아이는 이미 말라죽은 나무토막처럼 창백한 낯빛에 새파랗게 질린 입술을 하고 있어 안쓰럽다. 아이는 두 눈을 꼭 감고 있었는데 짙은 속눈썹에는 눈물과 분비물이 엉겨 붙어 솜씨 없는 분장사가 엉터리로 문대놓은 아이섀도 같았다.

천위슝은 입을 한껏 벌리고 고함쳤다. "톈궈야, 할아버지가 왔다…" 하지만 정작 소리는 내지 않았다. 그는 약속을 물릴 수 없었기 때문이었다. 한 아이의 할아버지이기 전에 그는 수천수만 명을 이끄는 시장이었기에.

리위안이 낮은 목소리로 속삭인다. "그럼 제가 약을 먹이겠습니다."

천위슝은 눈을 지그시 감는다. 비록 지금도 리위안의 과학적인 설명을 곧이곧대로 믿는 것은 아니었지만 눈앞에 누워있는 톈궈의 상태를 보니 일반적인 의사의 치료로서는 효과를 볼 수 없을 것이 자명했다. 발병한지 이제 겨우 몇 시간이 지났을 뿐인데 천톈궈는 세 가지 혼에서 두 개는 날아가고 실낱같은 목숨만이 간신히 붙어 있을 뿐이었다. 천위슝은 생전 처음 "죽은 말을 산 말처럼 치료한다"는 것이 얼마나 잔혹한 일인지 깨달았다. 그는 눈앞의 말이 살아날지 죽을지 알 수 없었다. 만약 일반적인 치료로 잘못된다면 누구도 할 말이 없을 테지만 의학적인 허가증이 없이, 강호를 떠도는 주술가와 비슷한 사람의 손에서 잘못된다면 천위슝의 영혼은 얼마나 가혹한 심판을 받을 것인가?! 아마 자신이 황천에 간다 해도 해탈하지 못하리라! 게다가 지금 애의 아버지가 외국에 있어서 의논 한마디 할 수 없다. 모든 것은 할아버지인 자신이 결단을 내려야 했다.

리위안이 애타게 그를 쳐다본다. 마침 방에는 그들 둘뿐이었다. 만약 천톈궈에게 가지고 간 약을 먹이련다면 지금이야말로 천재일우의 기회일 것이다.

"시작하시오." 천위슝이 결정을 내렸다. 말을 마친 그는 몸을 돌려 문을 막아섰다. 그가 여기 서있으면 누가 들어오려 하다가도 피할 것이었다.

리위안이 다가가 호주머니에서 게르마늄 원소를 꺼내어 천위슝에게 보였다. 그는 먼저 녹두알 반 개 분량의 원소를 쏟아 자신이 먼저 먹었다. 이어 그보다 더 적은 양을 취하여 천톈궈의 입술을 벌리고 입안에 넣었다. 그러고 나서 컵에 물을 조금 따라서 천톈궈의 입가에 천천히 부어 넣었다. 천톈궈는 아직 심한 혼수상태는 아니어서 삼킴 반응은 약하게나마 할 수 있었다. 울대뼈가 움직이더니 약 가루가 섞인 물이 넘어갔다. 리위안은 아이의 입을 벌리고 자세히 관찰했다. 이빨 틈새에 약간의 가루가 남아 있는 것을 보고 다시 물을 조금 먹여 절대 다수의 약 가루가 위에 들어가게 했다.

리위안이 한창 마무리를 하려는데 난데없는 회오리바람이 휙 불어친다. 이어 누군가 그의 방호복 멱살을 사정없이 틀어쥐는 바람에 하마터면 숨이 넘어갈 뻔했다. 앙칼진 목소리가 들려온다. "애한테 무슨 약을 먹였어? 당신 정체가 뭐야? 애를 죽이려고 이러는 거지?"

머리를 돌려보니 웬 미친 듯한 여인이었다. 봉두난발에 눈은 뻘겋고 입술에는 하얀 보풀이 일어 마치 가루 죽을 잔뜩 입술에 칠한 것 같았다. 두툼한 방호복 차림이니 망정이지 일상복 차림이었으면 옷이 갈기갈기 찢겼을지도 모른다.

"쑤야! 무슨 짓인가! 내가 치료하라고 했네." 아차 하는 순간 며느리를 놓친 천위슝이 큰 소리로 말린다.

쑤야는 남들처럼 방호복도 착용하지 않은 채 집에서 입는 실크 홈웨어 차림이었다. 병이 확진된 다음부터 의사들은 평상복 차림의 쑤야가 천텐궈의 방을 드나드는 것을 금지했다. 이곳은 확실한 전염원이므로 제대로 통제하지 못하면 전염병의 확산을 일으킬 것이 분명했기 때문이었다. 쑤야의 정서가 온정적이지 못해 시도 때도 없이 뛰어 들어와 치료를 방해하기에 예펑쥐는 사람을 시켜 그녀를 지키라고 했었다. 예펑쥐의 판단에 의하면 천텐궈는 이미 위급한 단계에 들어서 있는데 이런 판국에 쑤야가 곁에 있으면 상황을 더 복잡하게 만들 게 뻔했다. 그런데 간호사가 한눈 파는 사이에 쑤야가 평상복 차림으로 방에 뛰어 들어왔는데 마침 리위안이 약을 먹이는 장면을 목격했던 것이다.

"당신, 내 아이한테 무슨 약을 먹인 거야?" 절규하는 쑤야는 마치 미친 암호랑이 같았다.

"화관바이러스를 치료하는 백신입니다." 리위안은 길게 설명하기 싫어서 간단하게 답했다.

쑤야 얼굴의 표정이 기적처럼 밝아진다. "정말이에요?"

이번에는 천위슝이 대답했다. "지켜보자고. 우리 먼저 나가지."

쑤야에겐 시아버지도 눈에 들어오지 않는다. "싫어요. 전 여기서 애가 낫는 것을 지켜볼 거예요."

결국 방에서 나간 것은 천위슝 혼자뿐이었다. 그는 떨어지지 않는 걸음으로 몇 번이고 되돌아보면서 손자의 방을 나섰다. 처리해야 할 공무가 산적해 있는지라 너무 오래 지체할 수 없었다. 가면서 그는 예펑쥐에게 당부했다. "저 안에 있는 젊은이한테 아무것도 물어보지 마시오. 그리고 그가 하자는 대로 하게 하시오."

예펑쥐는 고개를 끄덕인다. 백약이 무효한 마당에, 비록 강호의 주술가들을 멸시하는 그였지만 달리 방법이 없었다. 말이야 바른 대로 시장의 손자가 진짜로 잘못되거나 하면 정통적인 의료진에게 골칫거리가 아닐 수 없었다. 그런데 자진해서 덤터기를 쓰려는 자가 나섰으니 중의요 양의요 가리면서 막을 필요가 없었다. 어떻게 치료하나 결국엔 비극으로 막을 내릴 게 뻔했으니까.

리위안과 쑤야는 눈 하나 깜빡하지 않고 천톈궈만 살펴보았다. 사실 리위안은 아무리 신기한 영약이라도 반응하는 과정이 있기 때문에 대번에 효과를 볼 수는 없다는 것을 잘 알고 있었다. 그럼에도 이렇게 주시하는 것은 작은 실마리도 놓치지 않고 원천 자료를 수집하기 위해서였다.

쑤야는 몸을 잔뜩 구부린 채 아주 불편한 자세로 천톈궈를 뚫어져라 쳐다본다. 그녀는 이제 피곤함도 위험함도 다 잊었다.

이 틈을 타서 리위안은 후배 링녠에게 전화를 걸었다.

"교수님은 어떠하셔?" 그는 한껏 목소리를 낮추었다.

"그냥 그래. 깨어나시지는 않았지만 더 심해지신 것 같지도 않고. 일종의 교착상태인 것 같아. 우리는 그저 조심스레 보살펴 드릴 수밖에 없어." 링녠이 대답한다.

리위안은 무거운 심정으로 전화를 끊었다. 지금 그는 완전한 혈혈단신이 되었다. 튼튼한 뒷심이던 지도교수님은 자신의 몸도 보전하기 어려운 처지이고 사경을 헤매고 있는 이 어린아이는 조금도 호전될 기미가 보이지 않는다.

하지만 그는 기다릴 수밖에, 인내할 수밖에 없다. 시간이란 어떤 경우에는 킬러이지만 경우에 따라서는 조수가 될 수도 있으니까. 그건 완전히 그의 법칙을 파악하느냐 못하느냐에 달렸다. 이런 경우 인내심이란 신과도 같은 것이었다.

바질바질 타 들어가는 속을 아는지 모르는지 시간은 속절없이 흘러간

다. 일각이 여삼추*란 이런 것을 두고 하는 말이리라. 쑤야는 하나의 조
각상처럼 눈 한번 깜빡이지 않고 버티고 있었다. 몇 시간이 흘렀다. 천톈
귀는 여전히 깨어날 조짐이 없다. 쑤야가 끝내 참지 못하고 발작한다. "수
가 있다고 하지 않았어요? 그런데 애가 왜 그대로죠?"

리위안이 설명한다. "너무 조급해 마세요. 면역력이 생기는 데는 시간
이 필요하니까요."

숨 막히는 시간이 또 한 시간이 흘렀다. 그 사이 의료진이 들어와 검사
와 치료를 했다. 복약한 효과는 보이지 않고 검사 결과는 더 나빠진 것으
로 나타났다.

도대체 어찌 된 영문일까? 뤄웨이즈의 회복이 극히 개별적인 우연일
뿐이란 말인가? 지도교수님이 모든 심혈을 쏟아부으신 게르마늄 원소 연
구가 그림의 떡과 같은 환상이란 말인가? 그토록 신기해 보이던 게르마늄
원소가 이 애 몸에서는 왜 전혀 맥을 쓰지 못하고 물에 빠진 흙소처럼
형체도 없이 사라졌단 말인가?

리위안은 머리를 쥐어짜도 영문을 알 수 없었다.

사실 검사고 뭐고 필요 없이 육안만으로도 천톈귀의 병세가 갈수록 심
각해지고 있고 목숨이 경각에 달했음을 알 수 있었다. 어린애의 가녀린
얼굴에는 해진 천 모양의 회백색 무늬가 생겨나고 있었고 기침과 설사마
저 멎었다. 이것은 호전 표현이 아니라 이러한 반응마저 못하게 된, 유기
체가 극도로 허약해져서 그야말로 실낱같은 목숨만 붙어 있음을 알려주
는 증세인 것이다.

"천 시장한테 위급하다고 통보하시오." 마지막이 될지도 모르는 검사
를 마치고 말없이 나간 예펑쥐가 직원에게 지시한다. 천톈귀가 사망한다
면 쑤야도 완전히 망가질 것이니 이 방은 곧 활화산이 될 것이다.

제일 궁색해진 것은 리위안이었다. 무엇 때문에 이론적으로는 강대하

---

*15분 동안 세 번의 가을이 지나간다는 뜻으로, 몹시 애타게 기다리는 마음을 이르
  는 말

기 짝이 없는 게르마늄이 실전에서는 이토록 무력하게 무너진단 말인가? 천톈궈를 구해내지 못한다면 생생한 생명 하나가 스러지는 것을 넘어서 방역 투쟁의 앞날이 어두워짐을 뜻한다. 창궐하는 화관바이러스 앞에서 기존의 모든 이론들이 백기를 든 마당에 새로운 원소 의학도 맥 한번 변변히 써보지 못하고 무너지다니!

더없이 막막한 가운데서 리위안은 마음을 가다듬고 사색을 거듭한다. 일이 이 지경이 되었으니 냉정해져야만 사람을 살릴 수 있을 것이다. 그런데 무엇 때문에 뤼웨이즈한테는 세상에 없는 영약이던 게르마늄이 지도교수님과 천톈궈에게서는 아무 효험이 없는 것일까? 지도교수님과 천톈궈는 뤼웨이즈와 도대체 무엇이 다르단 말인가?

문득, 번개처럼 뇌리를 스치는 생각이 있다. 그들의 제일 큰 차이점은 나이였다! 뤼웨이즈는 비록 여성이지만 한창 피어나는 젊은 나이이다. 그러니 그녀의 면역 기능은 전투력이 강한 정예 부대와도 같을 것이다. 하지만 지도교수님은 노인이고 천톈궈는 어린아이였다. 그들의 면역기능은 뤼웨이즈와 비하면 허점이 많을 것이 분명했다. 지도교수님은 일부러 다량의 바이러스를 섭취하셨고 천톈궈도 링녠이 만든 균주가 묻어 있는 연(이 일을 리위안은 사후에야 알게 되었고 불같이 화를 냈지만 이미 엎어진 물이었다. 그래서 직접 만회하러 나설 수밖에 없었다.)을 만져 과다한 양의 바이러스에 감염됐을 수 있다. 면역력이 변변찮은 사람들이 맹렬하기 짝이 없는 바이러스와 백병전을 벌였으니 게르마늄이란 강력한 지원군이 가세한다고 해도 구멍이 숭숭 뚫린 방어선은 그대로 무너질 수밖에 없었으리라. 더 많은 지원군을 투입한다고 해도 그들이 도착할 때까지는 기다려야 할 거 아닌가.

곤혹스럽던 문제의 답을 찾았으니 한숨 돌릴 수도 있을 것 같았지만 리위안은 오히려 식은땀이 흘렀다. 지도교수님과 천톈궈는 어쩌면 자신의 체내의 면역력이 깨어나는 것을 기다리지 못한 채, 기세 흉흉한 화관바이러스에 짓밟히어 소중한 목숨을 잃을지도 모른다!

맙소사! 대체 얼마나 나쁜 일을 벌였단 말인가! 지도교수님을 잃고 천톈궈를 죽이다니! 링녠도 게르마늄이 식은 죽 먹기로 화관바이러스를 쓸어버리리라 철석같이 믿었기에 균주를 심어 놓은 연을 철통보안의 시장 저택에 날려 보낸 것이 아닌가. (사실 그의 목표는 애초부터 천톈궈가 아니었다. 그저 그 집 안에 사는 사람이라면 누구라도 줍겠거니 했었다.)

링녠은 시장 저택의 감염자를 성공적으로 치유하는 사례를 통해 대중 앞에 선보일 기회가 없었던 원소 요법을 정정당당하게 무대 위에 올려놓음으로써 더 많은 사람들의 생명을 구하려 했었다. 알고 보면 얼마나 간절한 바람이었던가. 하지만 위험천만한 발상임은 틀림없었다. 지도교수님도 이를 알고 나서 링녠을 호되게 꾸짖었다. 하지만 그때는 이미 링녠이 망원경으로 천톈궈가 연을 줍는 것을 보고 위협하는 메시지까지 보낸 뒤였다. 아무튼 일을 저질렀으니 수습해야 했다. 시청에 가서 천위승을 만나는 것은 원래 링녠의 몫이었다. 자기가 저지른 일은 자기가 수습해야 하니까. 하지만 링녠이 성미가 급하고 일처리가 주도하지 못한 것을 잘 아는 지도교수는 리위안이 도와줄 것을 바랐고 리위안도 선뜻 나섰던 것이다. 지금까지는 모든 것이 순조롭다고 할 수 있었는데 난데없는 복병이 나타날 줄이야. 모든 사람의 구세주라고 할 수 있는 '백낭자'가 맥을 못 쓰는 바람에 애먼 천톈궈만 속절없이 죽게 생겼다!

리위안의 가슴속에는 세찬 파도가 휘몰아친다. 어떻게 해야 하는가? 어떻게 할 것인가? 정녕 방법이 없단 말인가?!

그는 뤄웨이즈에게 전화를 걸었다.

"지금 어디세요?"

"집이지 어디겠어요? 얼굴이 망가졌지, 다리도 후들거리지 방구석에 처박혀 있을 수밖에 없잖아요?" 며칠째, 리위안의 전화를 받지 못한 뤄웨이즈는 토라져 있었다.

"오해가 있는 같은데 제가 다 설명할게요. 그런데 지금 당장 만나야겠어요." 리위안이 다짜고짜 뤄웨이즈를 불렀다.

뤄웨이즈는 미칠 듯이 기뻤다. 그런데 얼굴의 상처가 채 낫지 않아 좋은 모습을 보여줄 수 없는 것이 마음에 걸린다. 이런 몰골로 만나는 것보다 통화로 이야기하는 것이 낫지 않을까?

"그런데 이런 몰골로 어찌 …"

리위안이 단호하게 말한다. "그 모습이어도 좋습니다. 와주시기만 한다면 어떤 모습이든 제일 좋습니다."

뤄웨이즈는 어지간히 감동되었다. "어디에서 만날까요?"

"천 시장 댁에 오십시오."

뤄웨이즈는 의아해졌다. 연애 같은 건 내쳐놓고 그저 안부 인사를 한다고 해도 그 장소가 시장 댁인 것은 너무하지 않은가.

리위안이 다급하게 말한다. "사안이 너무 급박해서 자세히 말할 겨를이 없습니다. 제일 빠른 속도로 이곳으로 오십시오. 일분일초를 다투는 일입니다." 구체적인 주소를 알려 준 리위안은 뤄웨이즈를 마중하러 급급히 밖에 나갔다. 날개가 돋친 것도 아니고 뤄웨이즈가 도착하려면 시간이 걸릴 테지만 방 안의 분위기가 사람을 질식시킬 것만 같아 도저히 참을 수 없어서였다. 비상시기여서 도로에 차가 거의 없는 덕에 뤄웨이즈는 얼마 안 되어 도착했다. 다량으로 피를 뺏기고 시달림을 받은 탓에 뤄웨이즈는 정상적인 상태가 아니었다. 숨도 겨우 쉬는 것 같았다. 그녀는 특수 제작한 커다란 마스크를 착용하고 있었는데 얼굴을 거의 가리고 두 눈만 빼꼼히 내놓았다. 마스크의 중심 부위는 호흡하는 숨결에 젖어 코에 달라붙어 있었다.

주변 사람들의 얼음장 같은 낯빛과 코를 찌르는 소독약 냄새에서 뤄웨이즈는 이곳이 자기가 그리던 핑크빛 정경이 전혀 아님을 깨달았다. 낭만의 꿈은 바로 접었지만 리위안이 자기를 불러낸 뜻이 무엇인지는 전혀 알 수 없었다.

이때 천위슝이 공무를 마무리하고 저택에 돌아왔다. 그는 문 앞에 서있는 리위안을 와락 움켜쥐었다. "사기꾼 같으니라고! '백낭자'인지 뭔지 전혀 효과가 없잖아! 천텐궈가 위독하다는 통보를 받았단 말이다! 내 손자를 물어 내!"

예펑쥐가 급히 달려가 천위슝의 손을 잡는다. "시장님, 냉정하십시오.

아직 그 정도는 아닙니다. 지금 방도를 찾고 있습니다." 그는 이 젊은이가 어처구니없게 백낭잔지 흑낭잔지 하는 강호 약물을 쓴 것 같은데 이런 대접을 받는 것도 모두 자초한 것이라고 생각했다. 하지만 천텐궈의 병이 병인만큼 그 어떤 약을 써도 효험이 없을 건 뻔한 일이니 젊은이만 탓할 일도 아닌 것 같았다.

천위승도 자신이 너무했음을 느꼈는지 매 발톱 같은 손가락을 풀어줄 수밖에 없었다.

리위안은 골수에 닿는 아픔을 아랑곳할 새도 없이 예펑줘에게 물었다. "천텐궈의 혈액형이 무엇입니까?"

"B형이오." 예펑줘가 답한다.

리위안은 이번에 뤄웨이즈에게 묻는다. "그쪽도 B형이었던 같은데?"

"맞아요." 뤄웨이즈가 고개를 끄덕인다.

"잘 됐습니다. 다른 혈액형인 사람들도 서로 혈청을 수혈할 수 있다지만 같은 혈액형만은 못하지요. 천텐궈에게 정말 좋은 일입니다."

뤄웨이즈는 저도 모르게 자신의 팔을 가렸다. 상처와 주삿바늘 자국으로 얼룩진 가녀린 팔, 아직 상처도 아물지 않았다. "피"라는 말은 그녀에게는 악몽처럼 섬뜩한 말이었다. 리위안은 뤄웨이즈를 한편에 데리고 가서 무겁게 입을 열었다. "웨이즈 씨, 당신이 심한 상처가 낫지 않았고 또 최근에 다량의 피를 잃어 몸이 아주 쇠약해진 줄 잘 압니다. 하지만 천 시장의 손자 천텐궈가 화관바이러스에 감염되어 지금 목숨이 위태로워서…"

뤄웨이즈는 화들짝 놀랐다. "그럼 어서 '백낭자'를 먹여야죠!"

"진작 먹였습니다."

뤄웨이즈가 긴 한숨을 내쉰다. "그럼 됐어요. 저의 경험에 의하면 이내 나을 거예요."

"나도 그럴 줄 알았습니다. 그런데 지금까지 시간이 꽤 흘렀는데 호전되기는 고사하고 점점 악화되고 있습니다…"

뤄웨이즈가 어리둥절해졌다. "그럴 수가? 그럼 빨리 지도교수님께 물어보지 않고 뭘 해요? 어느 고리에서 문제가 생겼는지 …"

리위안이 침통하게 대답한다. "지도교수님에게도 문제가 생겼습니다. 상세한 상황은 이따 얘기하고요. 백낭자가 어찌 되어 갑자기 듣지 않는지 그 원인도 차후에 분석하는 걸로 하고 지금 시급한 것은 천톈궈의 목숨을 구하는 것입니다. 아니면 멀쩡하던 애가 죽어나가는 것뿐 아니라 방역 계획 전반이 중단되고 말 거예요."

뤄웨이즈가 힘들게 머리를 끄덕인다. "알겠어요. 리위안 씨, 내가 무엇을 해야 되는지 주저 말고 말씀하세요."

정겹게 뤄웨이즈를 바라보는 리위안의 눈에는 안쓰러움과 미안함이 넘친다. "웨이즈 씨, 이런 상황에서 당신의 피를 뽑아야 하니 마음이 미어지는 것 같군요. 하지만 천톈궈의 목숨을 구하려면 이 방법뿐입니다. 당신의 혈액에는 고농도의 항체가 함유돼 있으니까요. 만약 지속적으로 소량씩 천톈궈의 체내에 주입한다면 시간을 벌어서 백낭자가 효력을 발휘할 공간을 창조할 수 있지요. 그러면 천톈궈가 살아날 수 있을지도 모릅니다."

뤄웨이즈가 결연히 대답한다. "난 버틸 수 있어요. 어서 피를 뽑아요!"

리위안이 그녀를 가볍게 포옹한다. "오, 나의 천사. 이 마당을 나서면 내가 그대에게 …"

뤄웨이즈는 그의 입에서 "씨암탉을 고아서 몸을 추스르게 할게" 같은 말이 흘러나올 줄 알았는데 정작 들은 것은 이런 말이었다. "… 여러 가지 원소들을 배합한 약으로 피를 금세 보충할 수 있게 할게."

아무튼 이것은 이다음에 생각할 일이었다. 리위안은 예핑쥐 곁으로 다가갔다. "의료진을 불러 피를 뽑아 혈청을 분리할 준비를 해 주시오."

예핑쥐가 리위안을 찬찬히 훑어본다. 이 젊은이가 천 씨 장원에 온 지도 꽤나 되었건만 그는 한 번도 그를 눈여겨본 적이 없다. 그도 그럴 것이 주제도 모르고 날아드는 불나방을 자세히 봐서 뭘 하겠는가? 물론 그가 천위슝의 지푸라기라도 잡고 싶은 심정을 이해하지 못하는 건 아니다. 하지만 의학적 각도에서 보면 천톈궈는 이미 가망이 없었다. 젊은이, 도대체 뭘 바라고 이러는 거지? 지금 이 시점에는 어떤 치료도 무의미한 것인 줄도 모르고.

그는 측은한 심정에서 이 하늘 높은 줄 모르고 날뛰는 젊은이에게 낮은 소리로 알려줬다. "지금 아무것도 안 하면 그쪽의 책임은 없을 거요."

리위안이 말한다. "저도 압니다. 하지만 그러면 어떤 결과가 생길지는 선생님도 아시겠지요."

예펑쥐가 마지막 성의를 다 한다. "어떤 경우에 우리는 그저 흐름을 탈 수밖에 없다오. 의사가 세상을 바꿀 수 있는 건 아니니까. 만약 지금 섣불리 뭘 하려고 하다가는 아주 난감한 처지에 빠질지도 모르오."

리위안이 담담하게 말한다. "전 알고 있습니다. 귀띔해 주셔서 감사합니다. 하지만 채비해 주십시오."

리위안은 방호복을 다시 입으면서 뤄웨이즈에게도 권했다.

"전 괜찮아요." 뤄웨이즈가 사양한다.

"그래도 조심해야지."

"소위 항체가 있다는 사람이 방호복을 입고 나타나면 남들이 그 항체를 믿을까요?"

리위안이 깊이 생각하더니 대답한다. "그럼 좋아요. 근데 마스크 좀 벗어 보겠어요? 상처가 어느 정도 회복됐는지 좀 보게."

뤄웨이즈가 가볍게 고개를 젓는다. "그럴 필요 없어요. 괜히 봤다가 제 피를 뽑기 안쓰러워지면 어떡해요?"

리위안은 더 말하지 않았다. 병을 치료하여 사람을 구하는 면에서 그들은 서로를 너무나 깊게 알고 있었다. 또 상대가 얼마나 정의로운 사람인지도 잘 알고 있었다.

예펑쥐는 본래 천위슝에게 보고할 생각이었지만 어느 책임자가 급한 일로 시장을 찾은 걸 보고 생각을 접을 수밖에 없었다. 그런 이유로 리위안의 부탁대로 급히 준비하기 시작했다.

뤄웨이즈와 리위안은 천톈궈의 방에 들어갔다.

뤄웨이즈는 첫눈에 아이를 발견하지도 못했다. 바이러스가 애를 어찌나 망가뜨렸는지 형체가 쪼그라들어 마치 갓난아이와 흡사한 모습이었다.

천톈줘는 마른 잎사귀처럼 침대에 널브러져 있었다. 얇은 이불 밑에서 바람에 날려 갈 준비를 마치고 저승사자의 부름을 기다리는 듯했다.

쑤야는 미동도 않고 침상 옆에 굳어 있었다. 이 자리는 그녀가 수백 번도 더 앉아 있던 자리였다. 그때마다 그녀는 홀린 듯이 아들의 웃는 얼굴을 들여다보곤 했었다. 하지만 지금 그녀는 낯선 사람을 보는 듯하다. 그녀는 심지어 이 백지장처럼 창백한 남자애는 자기 집에 우연히 들어온 나그네처럼 느껴졌다. 그녀는 이 애를 모른다. 이 아이는 침입자일 뿐이다. 이 애의 몸에는 바이러스가 차고 넘친다. 바꾸어 말하면 바이러스들이 모여 있는 베이스캠프 격이다. 그녀의 귀엽고 천진난만한 사내애는 사실 진작 가버렸다. 멀고도 먼 곳으로. 지금 여기 남아 있는 것은 바이러스에게 짓밟힌 껍데기일 뿐이다.

쑤야는 이제 운명에 저항할 힘도 생각도 없다. 그녀는 그저 넋이 나간 몰골로 우두커니 생김새가 자기 아들과 흡사하게 생긴, 죽어가는 아이를 바라볼 뿐이다. 그녀의 머릿속은 북극의 툰드라처럼 황량하고 쓸쓸하기 짝이 없다.

리위안은 조심스레 발걸음을 옮겼고 뤼웨이즈는 깃털처럼 가벼이 날아다닌다. 하지만 쑤야의 귓속에는 바람 스치는 소리도 천둥이 치는 것처럼 들렸다. 신경이 극도로 팽팽할 때는 외부의 모든 자극이 무한대로 증폭되는 법이다.

"나가 주세요!" 쑤야가 또박또박 단호하게 내뱉는다. 범접할 수 없는 기운이 느껴졌다.

"당신의 아들을 구하러 왔는데요." 리위안이 말한다.

"쓸모없어요. 괜히 애를 괴롭히지 마세요." 쑤야의 말은 꿈결처럼 들린다.

이에서 물러설 리위안이 아니다. "우린 새로운 방법을 찾았습니다."

"더 속이려 들지 말아요. 아무 방법도 없잖아요."

이런 절체절명의 위급한 시기에 천톈줘의 보호자가 이렇게 나오니 리위안은 할 말을 잃었다.

뤼웨이즈가 천천히 다가왔다. "그런데 왜 방호복을 입지 않으셨어요?"

쑤야는 몸이 굳기라도 듯이 까딱하지도 않는다. "방호 같은 건 필요 없어요."

뤼웨이즈가 걱정되어 말한다. "이 방에는 화관바이러스가 가득 차 있어서 감염될 위험이 커요."

"그게 뭐 대수예요? 내 아들이 나으면 나도 아무 일 없을 거고 아들이 죽는다면 나 혼자 산다고 해도 무슨 의미가 있겠어요? 나는 아들과 같이 할 겁니다."

뤼웨이즈가 귀뜸하듯 말한다. "이 방에 방호복을 입지 않은 사람이 또 있는데, 혹시 아시겠나요?"

쑤야의 눈동자가 한번 깜빡였다. 사실 지금 천톈궈를 제외하고 그녀에게는 아무것도 보이지 않았다. 그나마 한마디 물었다. "누군데요?"

"접니다." 뤼웨이즈가 대답한다.

그제야 쑤야는 가까스로 눈을 들었다. 창백한 이마에 거의 쓰러질 듯하는 뤼웨이즈가 눈에 비치었다. "당신?"

"그래요."

"나는 이 애 엄만데 당신은 누구세요?"

뤼웨이즈가 대답한다. "저는 저 애를 생전 처음 봅니다. 하지만 제 피가 저 애를 구했으면 합니다."

"뭘 믿고 애를 구하겠다는 거죠?"

"제가 화관바이러스에 감염된 적 있기 때문이에요."

쑤야의 눈동자가 드디어 파르르 떨린다. 목소리도 다급해졌다. "당신도 이 병에 걸렸었다는 거예요?"

"그래요. 그것도 아주 심하게."

쑤야가 못 믿겠다는 듯이 다그친다. "그런데도 안 죽었어요? 정말이에요?"

정말 못 말리겠네. 제 눈으로 보면서도 … 뤼웨이즈는 약간 가소로운 감이 들었으나 이내 엄숙하게 대답한다. "그래요. 전 죽지 않았어요. 그래서 제 혈액에 항체가 생겼고, 방호복을 입을 필요도 없어졌죠. 지금부터 제 피를 뽑아서 혈장을 분리해 낸 다음, 천톈궈에게 수혈할 거예요. 그러면 천톈궈 체내에 있는 화관바이러스를 박멸할 수 있을 거예요. 그럼 천톈궈도 나을 거고요."

리위안은 쑤야가 뤼웨이즈의 논리정연한 말을 듣고 기뻐서 펄쩍 뛸 줄 알았다. 그런데 쑤야는 아무런 반응도 없다. 알아듣지 못한 게 분명했다.

리위안은 쑤야의 귓전에 입을 대고 큰소리로 말했다. "회복한 사람의 혈장을 수혈하면 천톈궈가 위험에서 벗어날 수 있습니다!"

쑤야는 여전히 리위안을 믿지 않았다. 하지만 아들의 생명과 직결될지도 모르는 변화가 생겨날지도 모른다는 것은 직감적으로 느꼈다. 그녀는 고개를 돌려 뤼웨이즈에게 말했다. "방금 한 말을 다시 해 주시겠어요?"

뤼웨이즈는 한 단어씩 끊어서 또박또박 말했다. "이제. 곧. 저의. 피를. 뽑아서. 혈장을. 분리해. 낸. 다음. 천. 톈궈의. 몸에. 주입할. 겁니다. 그럼. 화관. 바이러스가. 박멸되어. 천톈궈를. 구할 수 있어요."

쑤야는 마지막 마디를 알아들었다. 삽시에 다리에 힘이 확 풀리며 그 자리에 풀썩 꿇어앉는다. 여윈 뼈가 밀랍을 먹인 마룻바닥에 부딪히며 콰이반* 같은 맑은 소리를 낸다. 쑤야는 무서운 빛을 뿜어내는 눈으로 뤼웨이즈를 노려보며 묻는다. "당신은 사람인가요, 아니면 신인가요?"

이때, 의사와 간호사들이 수혈 기구와 혈장을 분리하는 기기들을 가지고 들어선다. 사실 이런 일괄적인 작업은 평소 같으면 상상할 수도 없겠지만 상황이 상황이니 만큼 일단 해보기로 했다.

뤼웨이즈는 한쪽에 임시로 펴놓은 접이식 침상에 누웠다. 새빨간 피가 또다시 그녀의 몸에서 뽑혀 나온다. 일련의 조작을 거친 뒤, 맑은 혈장이 분리되어 천천히, 쪼그라든 천톈궈의 혈관에 흘러든다. 한 방울, 또 한 방울… 생명력이 넘치는 따뜻한 피는 풍부한 항체와 함께 이제 곧 산산이 흩어지려는 천톈궈의 신체에 주입된다. 천톈궈의 패배에 패배를 거듭하던

---

* 중국 전통악기로, 여러 개의 대나무를 묶어 서로 부딪쳐 소리를 내는 악기

미약한 면역력은 강력한 힘을 가진 지원군의 도움으로 끝내 전열을 가다 듬었다. 짧은 순간의 경악을 거치고 끝끝내 모든 것을 건 최후의 반격에 나섰다.

그런데 끊임없이 혈액을 채취 당하던 뤄웨이즈가 걷잡을 수없이 무너 지기 시작했다. 그렇지 않아도 화관바이러스의 유린을 당한 몸이 천재인 화*로 큰 변고까지 겪고 보니 이런 무지막지한 '약탈'을 더는 감당할 수 없었던 것이다. 마치 바람에 거의 말라가는 귤에서 신선한 과즙을 짜내려 는 것처럼. 비틀어 짜서 마지막 정수까지 뱉어나게 한다면 그 귤은 결국 박제한 표본이 되고 마는 것처럼 말이다.

사람들은 천톈궈의 반응만 주시하다 보니 누구도 뤄웨이즈의 상태를 눈치채지 못했다. 뤄웨이즈가 커다란 마스크로 온 얼굴을 가리고 있는 것 을 본 쑤야가 의아해서 그녀의 마스크를 살며시 벗겨 보았다. 쑤야의 눈 앞에는 상처투성이의 얼굴이 나타난다. 그래도 전의 아리따운 용모를 엿 볼 수 있었다. 그런데 지금 이 얼굴은 생기라곤 전혀 없다. 체질이 허약할 대로 허약해진 뤄웨이즈는 순식간에 너무 많은 피를 잃어서 혼수상태에 빠졌던 것이다.

의사들은 바삐 뤄웨이즈를 처치하기 시작했다. 애를 보는 동시에 사람 을 처치하려 하니 작은 아기 방은 야단법석 난리도 아니었다. 불가사의한 것은 응급환자가 생길 때마다 공기 속에 흥분이 넘쳐난다는 점이다. 이는 평범한 인간인 의사와 간호사들이 하느님과 벌이는 백병전이었다. 한 번 시도하고 나서도 한 번 더, 그리고서도 다시 또 한 번, 흰 가운을 입은 사람들은 사력을 다하여 신의 잘못된 지령을 수정하고 있었다.

---

* 자연재해와 사람이 불러온 재앙을 함께 이르는 말

# 제30장
# 천톈궈

희소식은 금안장 은안장을 얹은 붉은 말과 같이 기쁨에 기쁨을 더해 준다.
저 멀리 보이는 연을 감춘 나뭇구멍, 유리창에는 꽃잎 같은 입술자국이 남았다.


뤄웨이즈가 드디어 깨어났다. 분명 일시적인 과다 채혈로 인한 체력 쇠
약이어서 영양제를 투입하니 점점 안정을 찾았다. 천톈궈의 병세는 호전
될 조짐은 보이지 않았으나 악화가 멈춘 것은 확실하다. 위험이 지나간
후 예펑쥐는 다른 사람들을 내보냈다. 아기 방의 안정을 위해서였다.

"여사님도 나가서 좀 쉬십시오. 우리가 지키고 있을 테니 시름 놓으시
고." 예펑쥐가 쑤야에게 권했다.

"싫어요." 쑤야가 고집을 피운다.

"천톈궈의 어머니를 내보내지 마십시오. 천톈궈는 어머니의 존재를 감
지하고 있을 겁니다. 엄마가 곁에 없으면 아이가 예민해질 수 있습니다."
리위안이 한마디 거든다.

어디서 왔는지 내막도 모를 굴러온 돌이 자신의 권위에 도전하다니, 예
펑쥐는 불만을 참을 수 없었다. "애가 깊은 혼수상태에 빠져 있는데 알기
는 뭘 안다고 그러오!"

리위안이 반박하기도 전에 쑤야가 히스테리적으로 부르짖는다. "애는
다 알아요! 당신은 저를 쫓아내선 안 돼요! 더 그러면 아버님과 당신을
쫓아내라 할 거예요! 솔직히 말해서 당신들 한 일이 뭐가 있어요? 애가
당신들 손에 맡겨져서 점점 심각해졌잖아요! 이제 겨우 나아지기 시작했
는데 나더러 나가라고요?"

금방 깨어난 뤼웨이즈는 좁은 방에 불꽃이 튀는 것을 보고 허약한 몸으로 진화에 나섰다. "예 선생님, 톈궈 엄마를 내보내지 마세요. 방호복도 착용 안 했으니 새로운 오염원이나 다름없습니다. 차라리 이곳에 남아 있는 게 나을 것 같습니다."

예펑쥐는 뤼웨이즈의 말에 설득 당했다. "좋습니다. 그럼 그냥 계세요." 하지만 그는 끝내 한마디 덧붙인다. "하지만 방금 한 말씀은 바로잡아야 겠습니다. 애가 갈수록 심각해진 원인은 우리들의 의술에 문제가 있는 게 아니라 화관바이러스의 독성 때문입니다. 아무리 급하다고 책임감 없이 마구 말해서야 되겠습니까."

쑤야는 무감각하게 듣고만 있었다. 자기를 아이 곁에 남게 해주기만 한다면 하늘을 땅이라고 한들 무엇이 대수랴.

뤼웨이즈의 항체는 링거 호스를 따라 천톈궈의 가녀린 혈관에 방울방울 떨어진다. 건조한 사막에서의 관개수로처럼 스러져 가는 어린애의 가냘픈 생명을 적신다. 얼마나 지났을까, 예펑쥐가 몸을 굽혀 천톈궈의 상태를 자세히 살핀다. 이때, 천톈궈가 갑자기 눈을 뜨더니 뭐라고 중얼거린다.

예펑쥐는 과로로 인해 자신이 헛것을 본 줄로만 알았다. 그도 그럴 것이 여태껏 이런 심각한 혼수상태에 빠진 환자가 깨어난 선례가 없었으니 말이다. 단 한 건도 없었다. 환자들은 모두 끝없는 침묵의 고통 속에서 소리 없이 이 세상을 떠났다. 그가 착각했음을 강조라도 하려는 듯, 천톈궈가 또 뭐하고 쫑알거린다. 예펑쥐는 하는 수없이 리위안을 불렀다. "여기 좀 와 보시오. 이 애가 왜 이러는지."

그는 애가 눈을 떴다고 바로 얘기하지 않았다. 만약 자기가 헛것을 본 것이라면 그야말로 웃음거리가 될 게 뻔했다. 간호사가 곁에 없으니 판단을 도와줄 다른 눈이 필요했다. 그렇다고 쑤야를 부를 수는 없는 노릇이었다. 엄마이기 때문에 환각에 빠지는 것이 더욱 쉽기 때문이다. 사실 내심 부르고 싶은 것은 뤼웨이즈였다. 방역 지휘부에서 오랫동안 있었으니 진짜 전염병을 접해 봤을 터, 하지만 그녀의 몸이 문제였다. 극도로 허약한 상태니 환각에 사로잡힐 위험성이 제일 컸다. 그러니 리위안에게는 호감이 없었지만 의사라는 직책이 결국 그에게 손을 내밀게 만들었다. 뭐가 어쨌건 간에 사람부터 구해야 하지 않겠는가.

리위안이 몸을 굽혔다. 천톈궈는 좀 전과 마찬가지로 전혀 변화의 조짐이 보이지 않았다. 그런데 예펑쥐의 말을 들은 쑤야가 암호랑이처럼 덮쳐들었다. 그녀는 원래 줄곧 아들 곁을 지켰는데 간호사들이 수혈한다 어쩐다 하며 바삐 도는 바람에 그만 제일 좋은 자리를 뺏겼다. 게다가 예펑쥐가 그녀더러 나가라고 하는 바람에 너무 가까이 있으면 거추장스럽다고나 할까봐 쉽게 다가서지 못하고 있었다. 그러는데 "애가 왜 이러는지"라는 말을 들으니 애가 잘못되기나 했을까 봐 애간장이 타들어갔다.

그나마 평온한 것은 뤼웨이즈였다. 그녀는 비록 일어설 힘도 없었지만 자기 혈액 속의 항체를 믿고 있었다. 그저 너무 늦은 것이 아니기만 빌었다. 자신의 건강한 혈장이 사명을 완수하여 천톈궈를 구해내기만 바랐다.

애 옆에 다가간 쑤야는 애처롭게 울부짖는다. "톈궈야 톈궈야!" 이것은 그녀와 천톈궈의 작은 비밀이었다. 단둘이 있을 때만 그녀는 시아버지의 분부를 어기고 성을 버리고 아들의 이름만 부를 수 있었다. 바꾸어 말하면 '톈궈'라는 호칭이 울려 퍼지는 것은 단 하나의 경우, 즉 엄마와 천톈궈 단 둘이 있을 때만 가능한 일이었다.

기적이 나타났다. 천톈궈가 글쎄 아주 천천히, 하지만 누구도 의심할 바 없이 눈을 뜨는 것이 아닌가. 천톈궈도 첫눈에 엄마를 알아봤다. 그런데 엄마 모습이 이게 뭐냐, 평소의 깔끔하고 단정하던 모습과 전혀 딴판이지 않나. 천톈궈는 엄마한테 어떻게 된 일인가 하고 물어보고 싶었다. 하지만 더 참을 수 없는 일이 있었다. "엄마, 나 유탸오*가 먹고 싶어요 …"

맙소사!

---

* 길게 두 가닥으로 반죽한 밀가루를 기름에 튀겨 만든 중국 음식으로, 주로 아침에 먹는다.

천톈궈가 살아났다! 천톈궈가 글쎄 유탸오를 먹겠단다! 천톈궈의 병이 나을 모양이다! 천톈궈가 화관바이러스의 마수에서 벗어났다!

그 자리에 있던 사람들은 저마다 기쁨의 눈물을 흘렸다. 이는 천톈궈한 사람, 하나의 목숨의 승리가 아니라 항바이러스 혈청의 귀중한 승리였다. 이것은 인류가 창궐한 화관바이러스 앞에서 결코 속수무책 당하기만하지 않을 것이라는 선언서와도 같았다.

예펑쥐는 한달음에 아기 방을 뛰쳐나갔다. 그는 최대한 빨리 이 소식을 천위슝에게 알리려 했다. 무엇 때문에 인간은 저마다 기쁜 일만 전하고 걱정거리는 숨기려고 하는가? 그것은 다른 사람에게 좋은 소식을 전하면 좋은 소식이 가져다주는 기쁨이 당신과 전해 듣는 사람을 하나로 이어주기 때문이다. 좋은 소식은 금안장, 은안장을 얹은 붉은 말과 같아서 이후에 당신을 보기만 하면 이 붉은 말이 뛰쳐나와 당신의 조력자 노릇을 하게 된다. 기쁜 기억이 샘솟아 호감을 유발하여 기쁨에 기쁨을 더해준다.

부랴부랴 집에 들어서던 천위슝은 이 좋은 소식을 듣고 예펑쥐의 두손을 와락 부여 쥔다. "감사합니다 감사합니다! 예 선생, 선생은 우리 천씨 집안의 생명의 은인입니다!"

이 시각 냉정함을 잃지 않은 것은 리위안뿐이었다. 그는 아기 방에 남아서 사태의 변화를 면밀히 살폈다.

'백낭자'가 진짜 효험을 잃은 걸까?

사색에 잠겨 있는데 후배 링녠이 전화를 걸어왔다. 지도교수님이 깨어나셨단다!

무더기로 덮치는 나쁜 소식 끝에 하나 또 하나의 희소식이 날아든다. 리위안이 다급하게 물었다. "교수님의 몸 상태가 어떠하셔?"

성질이 불같은 후배가 놀랍게도 말 속도를 늦추었다. "아주 허약하셔. 하지만 백낭자의 효험은 탁월하다고 인정하셨어. 관건은 적정량을 찾아내는 거라고 하셨어. 사람마다 바이러스에 감염된 상태가 다르고 사용하는 시기도 다르기 때문이래. 반드시 환자의 상태에 따라 복용량을 정확하게 조절해야 한다고 하셨어. 양이 너무 적으면 효과가 없을 거고 그렇다고 너무 많아도 과유불급으로 면역계의 일시적인 쇼크를 일으킬 수 있는데 그것도 아주 위험하다고 …”

리위안이 연방 고개를 끄덕인다. 교수님은 다르긴 다르셔. 언제나 높이 서서 멀리 내다보시지. 자기가 골이 터지도록 생각해도 얻지 못하는 답을 콕 집어내시지 않았는가.

“잘 알았어. 교수님께 푹 쉬시라고, 하루속히 회복하시기 바란다고 전해줘.”

전화를 끊고서야 뤼웨이즈에게 가볼 틈이 생겼다. 병상에 맥없이 누워 있는 뤼웨이즈는 아무 것도 할 수 없을 정도로 허약하고 가냘파 보였다.

“좀 어떻습니까? 웨이즈 씨!”

뤼웨이즈는 병상에 누운 채로, 그것도 이렇게 가깝게 리위안을 대한 적이 없었다. 어쩐지 쑥스러워졌다. 얼른 이불을 당겨 얼굴을 가리며 말한다. “괜찮아요. 어서 볼일 보세요. 계략을 써서 남의 피를 뽑을 때는 언제고 이제 와서 좋은 사람인 척 하나요!”

뤼웨이즈를 보고 나서는 천톈궈를 보러 갔다. 꼬맹이는 인삼과라도 먹은 것처럼 눈에 띄게 상태가 좋아지고 있었다. 작은 얼굴에는 웃음꽃까지 피어난다. “유탸오가 왜 아직이에요? 배고파 죽겠는데.”

쑤야가 머리를 돌려 쭈뼛쭈뼛 리위안에게 묻는다. “먹여도 괜찮겠어요?”

리위안은 하는 수없이 뤼웨이즈에게 묻는다. “나은 다음 얼마 만에 음식을 드셨어요?”

“먹고 싶으면 먹어도 돼요. 이건 티푸스계열의 균과는 다르니까요.”

그러자 쑤야는 즉시 유탸오를 구하러 나가려 했다. 리위안이 말리면서 말했다. “여사님께서는 방호복도 안 입으시고 이 방에 오랫동안 머물렀으니 이렇게 나가시면 안 됩니다. 전화를 걸어 다른 사람을 시키십시오.”

쑤야는 그의 말을 따랐다. 그러고 나서 눈도 깜짝 않고 아들을 지켜보기 시작했다. 한눈 파는 사이에 아들의 병이 다시 도질까 봐 겁이 나서. 뤼웨이즈가 그녀를 위안한다. “걱정하지 마세요. ‘백낭자’를 계속 복용하기만 하면 금방 완쾌될 겁니다. 저처럼 말이에요."

쑤야가 애원한다. "제발 톈궈에게 계속 수혈해 주세요. 여사님이 무엇을 요구해도 다 드릴 수 있어요. 톈궈는 어린애여서 지나치게 많은 피를 소모하지 않을 거예요. 제발 우리 애를 구해주세요!"

지칠 대로 지친 뤄웨이즈가 힘겹게 대답한다. "저는 제 피를 아끼지 않을 겁니다. 피를 아낄 거였으면 애초에 오지도 않았을 겁니다. 하지만 남의 피에만 의존해서는 안 됩니다. 만약 천톈궈 자신에게 면역력이 없다면 완전히 나을 수도 없을 거고요. 그러니 '백낭자'가 필요하지요."

쑤야가 묻는다. "백낭자가 누굽니까?"

뤄웨이즈는 리위안을 가리켰다. "이 선생이 천톈궈에게 먹인 그 회백색 분말이지요."

쑤야가 재차 묻는다. "아니, 여사님의 피가 힘을 쓴 게 아니고요?"

"저의 피도 도움을 주긴 했겠지요. 하지만 제가 병에 걸렸을 때도 '백낭자' 덕에 나았거든요. 남의 피로는 응급처치 정도는 할 수 있겠지만 완쾌되려면 '백낭자'를 복용해야 한답니다."

쑤야가 머리를 끄덕인다. "그래요? 그럼 어서 천톈궈에게 '백낭자'를 먹여야겠네요."

이때 유탸오가 왔다. 천톈궈는 아예 몸을 일으켜 허겁지겁 먹기 시작했다. 그 모습을 본 리위안은 기쁨을 감출 수 없었다. 천톈궈가 배부르게 먹은 다음 그는 아이에게 다시 '백낭자'를 먹였다. 이번에는 극히 조심스레 복용량을 조절하여 '모자랄지언정 넘치지 않는' 원칙을 따르기로 했다. 번거롭더라도 적은 양을 여러 번 먹일 예정이었다.

천톈궈가 느닷없이 입을 열었다. "커튼 열어줘요."

쑤야가 급급히 미키마우스 도안이 찍힌 커튼을 열어젖혔다. 그순간, 사람들은 온갖 풍상고초가 새겨진 얼굴을 보았다. 천위승이 창턱에 엎드려 안을 들여다보고 있었다. 어린애의 육감이란 정말이지 신비하다. 아이들은 신의 귀를 가지고 있다. 할아버지를 본 천톈궈는 대뜸 침대에서 내려 작은 얼굴을 창문에 대고 할아버지의 얼굴에 뽁 하는 소리가 나게 입을 맞추었다. "할아버지, 왜 혼자 밖에 있어요?" 할아버지의 어깨너머로 자기가 연을 감춰 둔 나무 구멍이 보인다. 창유리에는 꽃잎 같은 입술자국이 찍혔다.

눈물 범벅이 된 천위슝이 되뇐다. "천톈궈, 끝내 저승문에서 돌아왔구나."

방음이 철저히 되는 창문을 사이 두었기에 누구도 그의 말을 듣지 못했다. 리위안만이 입모양을 보고 대략 무슨 말인지 추측해 내었다. 어린 천톈궈는 저승문이란 말을 모르기에 할아버지가 뭐라고 했는지 알 리가 없었다. 그저 "할아버지, 빨리 들어와요!"하고 목 놓아 소리칠 뿐이었다.

하지만 천위슝은 들어올 수 없었다. 사업 때문에, 직책 때문에 그는 화관바이러스의 심각한 오염 구역에 들어갈 수 없었다. 설사 방호복을 착용하더라도 안 된다. 그는 한 시의 수장으로 장엄한 사명을 짊어지고 있으니까. 혈육의 정이 아무리 깊다 해도 불가능한 일이었다.

# 제31장
# 혈청 주머니

남의 혈청을 사용하는 사치스러운 요법을 뒷받침하려면 화관바이러스의 유린에서 가까스로 목숨을 건진 행운아에게 과연 얼마만큼의 피가 있어야 할까?

그는 그녀의 이름을 기억하지 못한다. 왜냐하면 그녀는 한 종의 약에 불과하니까.


다들 한시름 놓았다고 생각할 때 쑤야에게서 전형적인 화관바이러스 감염 증세가 나타났다 ─ 기침을 하고 열이 나다가 설사를 시작했다 … 사실 이상할 것도 없었다. 그녀는 이제껏 사랑하는 아들 곁에 붙어 있지 않았는가. 게다가 제일 전염성이 강하다는 발병 초기에도 혼자서 아이 주변에 머물렀으니 흡입한 화관바이러스가 제일 많고 제일 강할 것은 자명한 일이었다. 그 뒤로도 방호복 따위는 집어치우고 화관바이러스가 차고 넘치는 아기 방에 있었다.

그러고도 쑤야가 무사하다면 그야말로 자연의 이치를 어기는 일이었다.

문제는 이제 어떻게 할 것인가 하는 일이었다.

첫 단계는 이미 호전되기 시작한 천톈궈를 즉시 아기 방에서 내보내는 것이고 두 번째는 이 방을 쑤야의 특별 병실로 개조하는 것이다. 그리고 셋째 단계는 치료 방안을 확정하는 것이었다. 종래의 지지요법 외에 '백낭자'를 쓰는가, 쓰지 않는가?

천위솅이 지령을 내렸다 ─ 뤄웨이즈는 이곳을 떠날 수 없다. 쑤야와 함께 머물라는 명목으로.

그 속셈이 무엇인지는 뻔했다. 뤄웨이즈의 피가 천톈궈를 구할 수 있다면 쑤야도 구할 수 있을 것은 의심할 나위도 없었다.

쓰러지기 직전의 상태인 뤄웨이즈는 자기를 이곳에 남겨 두려는 원인을 막연히 추측할 수 있었으나 아무런 조치도 취할 수 없었다. 그럴 바에 아예 골치 아프게 생각하지 않는 대신에 혼수상태와 비슷한 깊은 잠에 빠진 채 휴식을 취하고 있는 게 나았고, 실제로도 그랬다.

소식을 들은 리위안이 대뜸 반발한다. 저택에 있는 천위슝의 사무실에 찾아갔는데 담당자에게 막혔다. 시장님이 휴식 중이라는 이유에서였다. "그럼 시장님께 말씀하시오. 화관바이러스가 왔다고요." 화관바이러스란 소리에 놀란 담당자는 한달음에 뛰어 들어가 보고했다. 온 사람의 생김새를 물어 본 천위슝은 누군지 짐작이 가서 들여보내라고 일렀다. 리위안은 천위슝의 커다란 테이블 맞은편에 버티고 서서 입을 열었다. "시장님은 뤄웨이즈의 행동 자유를 제한할 수 없습니다. 웨이즈 씨의 도움이 없었더라면 시장님의 손자 천톈궈는 지금 이 세상 사람이 아닐지도 모릅니다. 은혜를 원수로 갚아서야 되겠습니까?"

의자에 단정히 앉은 천위슝은 미동도 하지 않는다. "당신들이 천톈궈를 구해준 데 대해 나는 물론 대단히 감격하고 있소. 하지만 천톈궈가 어머니를 잃게 된다면 이 애는 고아가 될 거요. 나는 이러한 일이 일어나는 것을 보고 싶지 않소."

"그런 일은 누구도 보고 싶지 않을 겁니다. 그러니 우리는 모든 힘을 다해 천톈궈의 모친을 구할 것입니다."

천위슝이 콧방귀를 뀐다. "또 그 '백낭자'로? 부질없는 짓이오."

리위안이 반박한다. "모든 약물의 임상시험은 죄다 끊임없이 완벽하도록 보완하는 과정이 필요하지요. 전 이미 그 오묘함을 터득했습니다. 이제 복용량을 정밀하게 통제할 수 있으니 더 좋은 효과를 기대할 수 있을 겁니다."

억지로 태연한 척하던 천위슝이 저도 모르게 일어서서 사무실 안을 한 바퀴 돈다. 무거운 발걸음이 푹신푹신한 카펫에 깊은 자국을 남긴다. 번뇌에 차서 입을 연다. "통 영문을 알 수 없단 말이오. 분명히 좋은 방법이 있는데, 또 그 방법이 효험을 증명했는데도 무슨 백낭자 흑낭자 타령을 하는지!"

"존경하는 시장님. 회복된 환자의 항체를 함유하고 있는 혈청은 당연히 바이러스 감염 환자들을 치료할 수 있습니다. 이것은 아주 오래된 요법이기도 하고요. 뤄웨이즈는 맹독성 화관바이러스에 감염된 병력이 있으니 목숨을 건진 다음 그녀의 피가 치유의 영약이 되는 것도 당연한 일이지요. 시기가 너무 늦지만 않다면 수혈 받은 사람은 모두 효험을 볼 수 있습니다. 하지만 이런 식, 즉 사람으로 사람을 치유하는 방법은 대규모적으로 응용할 수 없다는 근본적인 문제점을 안고 있습니다. 천톈궈는 어린아이여서 체중이 아주 가볍기에 뤄웨이즈 한 사람만의 혈액으로도 애를 깨어나게 할 수 있었지요. 그런데 못의 물을 말려 고기를 잡는 방식을 사용한다면 이제 겨우 화관바이러스의 유린에서 목숨을 건진 사람에게 얼마만큼의 피가 있어야 이런 사치스런 요법을 뒷받침할 수 있겠습니까? 때문에 우리는 반드시 대규모 임상에 사용할 수 있는, 그래서 만백성을 도탄 속에서 구해낼 수 있는 광역 스펙트럼을 가진 약물을 찾아야 합니다. 그런데 백낭자가 바로 이런 특성을 구비하고 있는 거죠."

천위슝은 지대한 인내심을 들여 리위안의 장황한 연설을 들어주고 나서 입을 열었다. "어떻게 만백성을 구해야 할지는 임자가 가르칠 필요가 없소. 누구보다 더 속이 타는 게 나니까. 지금 시급한 문제는 어떻게 쑤야를 구하겠는가 하는 거요!" 천위슝은 며느리에 대해 아주 만족하는 편이었다. 쑤야는 원래 어느 외자 기업의 부지배인이었는데 일솜씨가 꽤나 뛰어났었다. 임신하고 나서 천위슝은 아들더러 자신의 뜻을 전하게 했다. 사직하고 집에서 편히 쉬라고. 쑤야는 시아버지의 뜻을 따랐다. 그래서 성스러운 '인간 창조'를 위해 고위 직장인에서 평범한 가정주부가 되었다. 그래도 처음에는 애를 낳은 다음에는 직장에 복귀하려고 생각했었는데 시중에 유통되는 분유의 품질을 믿지 못하는 시아버지는 또 모유 수유를 명했다. 쑤야는 또 아무런 원망도 없이 주부 플러스 '젖소'의 직책을 떠안았다. 그런데 애가 세 살이 된 다음 다시 일터에 나가려니 그간 사회를 떠난 지 오래라 새로운 업무 방식에 쉽게 적응할 수 없는 자신을 발견했다. 그래서 쑤야는 하는 수없이 안방마님의 자리로 만족해야 했다. 그녀는 총명하고 사리에 밝은 사람이라 아이의 교양에 모든 심혈을 쏟아 부었다. 그 덕에 천텐궈는 훈훈한 외모뿐 아니라 아는 것도 많고 예의까지 깍듯한, 사람들의 귀여움을 독차지하는 아이로 자라났다. 그런데 이제 엄마를 잃게 되면 천텐궈의 앞날이 얼마나 암울해지겠는가? 마음은 얼마나 상처를 입을 것이며 성격은 얼마나 비뚤어질 것인가! 때문에 쑤야를 보호하는 것이 바로 천텐궈를 지키는 일이었다.

리위안은 치솟는 분노를 가까스로 억누르며 말했다. "시장님께서는 뤄웨이즈의 상황을 아십니까?"

"상황이라니? 내 보기엔 멀쩡하던데. 병실에 들어갈 때 방호복도 안 입는다면 자신의 건강에 자신이 있는 거 아니겠소?"

리위안은 하는 수없이 시시콜콜 설명을 시작한다. "뤄웨이즈는 화관바이러스에 감염되었다가 구사일생 목숨을 건진 사람입니다. 옛말에 이르기를 적 천 명을 무찌르려면 자신의 편도 팔백은 죽어야 한다지 않았습니까. 몸이 얼마나 쇠약해졌을지는 말하지 않아도 알 수 있습니다. 그런데다가 의학 연구를 위해 다량의 혈액을 채취당하기도 했지요. 화관바이러스 생존자의 혈액 중에서 그녀의 혈액은 아주 중요한 샘플임이 틀림없습니다. 이런 정당한 소모 외에도 그녀는 해외의 이름 모를 세력에게 납치당해 혈액을 뺏기기도 했지요. 이런 허약한 상태임에도 천텐궈의 목숨을 구하기 위해 선뜻 자신의 피를 바쳤습니다. 지금 그녀는 이미 만신창이이며, 극도로 쇠약한 상태입니다. 그러니 더는 그녀의 목숨을 약물로 쓸 수 없습니다!"

리위안이 격양되어 피를 토하듯이 내뱉는 절규를 들은 천위승은 깊은 사색에 잠겼다. 화관바이러스에 저항하는 싸움에 이런 무명영웅이 있을 줄은 몰랐다. 누구도 보고한 적 없는 일이었다. 하지만 심사숙고한 결과, 결론은 그래도 뤄웨이즈를 보내서는 안 된다는 결론으로 돌아왔다. 이것은 쑤야의 생명을 건질 마지막 지푸라기이며 천텐궈의 행복을 지킬 마지막 방어선이 아닌가.

천위슝이 느릿느릿 말한다. "임자가 한 말은 알아들었소. 나는 꼭 뤼웨이즈를 잘 보호할 것이오. 정말로 부득이한 경우가 아니면 그녀의 혈액을 사용하지 않을 것이오. 이젠 가도 좋소."

말만 온화하게 했다 뿐이지 사실은 내쫓는 거나 마찬가지였다. 이 말은 리위안을 내쫓을 뿐만 아니라 '백낭자'까지 추방하는 것과 같았다. 리위안이 가버리면 뤼웨이즈는 도마 위의 고깃덩이처럼 남들이 요리하고 싶은 대로 칼을 댈 것이 아닌가! 리위안은 단호하게 말했다. "안 됩니다. 저는 못 갑니다. 뤼웨이즈와 함께 하겠습니다."

천위슝이 차갑게 웃는다. "여기가 어딘 줄 알고 제멋대로 구는가!"

리위안은 물러서지 않는다. " '백낭자'가 효험이 있는지 없는지는 천톈궈만 봐도 알 수 있지 않습니까."

그 말에 일리가 있다고 생각되어 천위슝은 즉시 예펑쥐에게 전화를 걸었다. 예펑쥐의 기쁨에 찬 목소리가 들려온다. "시장님, 그렇지 않아도 좋은 소식을 알려드리려던 참이었습니다. 천톈궈의 회복 속도가 어찌나 빠른지 모릅니다. 이제까지의 화관바이러스 감염자 중에서 이렇게 양호한 사례는 찾아볼 수가 없습니다. 가히 우리 치료사治療史의 기적이라고 할 수 있습니다."

천위슝은 기쁨을 억제할 수 없었다. 그렇다면 천톈궈는 이미 철저히 생명의 위협으로부터 벗어난 것이 아닌가. 그는 확인이라도 하듯 예펑쥐에게 묻는다. "그렇다면 항바이러스 혈청이 강력한 효험이 있다는 말이 아닌가요?"

예펑쥐가 대답한다. "혈청을 사용하는 것은 아주 오래된 구급 요법이지요. 전염병이 폭발된 다음 우리는 임상에서 유사한 실험을 한 적 있습니다. 하지만 이번처럼 효과가 뚜렷했던 적은 없었습니다. 이것은 혈청 효과를 제외하고도 우리가 아직 알지 못하는 특수한 인자가 치료에서 놀라운 효과를 발휘했다고 볼 수밖에 없습니다."

수화기를 내려놓은 천위슝은 몸을 돌려 리위안에게 말한다. "젊은이, 젊은이의 추측이 증명된 것 같군. '백낭자'가 기이한 효험이 있는지도 모르겠소. 좋소. 지금 내 결정을 수정하지 …"

리위안은 흥분되었다. 뤄웨이즈는 이제 이곳을 떠날 수 있게 되었다. 자기는 사랑하는 처녀와 함께 철통처럼 에워싸이고 먹구름이 짙게 드리운 이 관저를 떠나, 지도교수님을 뵐 수 있게 되었다. 마음속에 핑크빛 희망이 피어난다. 물론, 그는 쑤야를 치료하러 이곳을 드나들 것이다. 자신의 '백낭자'로.

천위슝이 말을 잇는다. "결정을 수정한다는 것은 임자더러 계속 저택에 남아 쑤야의 병세의 변화를 관찰하게 하겠다는 거요. 그 몸에 항바이러스 혈액이 흐르는 여자는 여전히 쑤야의 병실에서 한 발짝도 떠날 수 없소." 천위슝은 뤄웨이즈의 이름을 기억하지 못했다. 그에게 있어서 그녀는 일종의 약물에 불과했으니까.

제32장

# 탈출 모의

연금술사들은 온갖 잡탕을 한데 섞고 거기에 혼백을 더한다.
정오 12시에 꼭 창문에서 뛰어내리세요. 제가 당신을 데리고 이곳을 떠나리다.

이렇게 두 사람은 사실상 연금 상태에 들어갔다. 그저 연금 위치가 약간 다를 뿐이었다. 리위안은 그런대로 저택 범위 내에서는 자유 활동이 가능했으나 뤄웨이즈는 고작 천톈궈의 침실이 끝이었다. 두 사람의 휴대폰은 모두 압수되어서 외부와의 연락은 고사하고 두 사람도 말 한마디 나눌 수 없었다. 쑤야의 병세는 점점 깊어만 간다. 예펑쥐는 종래의 치료법이 재차 궁지에 빠졌음을 느꼈다. 화관바이러스의 발현 태세에 대해 그는 이미 손금 보듯 알고 있었다. 이 정도에 이르면 환자는 죽음을 만드는 공장 내의 컨베이어 벨트에 던져진 거나 다름없었다. 작동중인 벨트는 결국 환자를 최종 목적지로 운송할 것이 분명했다.

예펑쥐는 리위안을 저택의 작은 늪가에 불러냈다. 여기서는 천톈궈의 침실을 바라볼 수 있었다. 비록 커튼으로 가려져 시선이 차단됐지만 두 사람은 그 안의 정경을 속속들이 알고 있다. 목숨이 위태로운 환자 한 명, 너무 허약하여 쓰러지기 직전인 '약재' 한 종. 물론 온 방 안에 가득 찬 화관바이러스는 말할 것도 없었다.

깨끗한 달이 밤하늘에 유연하게 걸려 있다. 예펑쥐가 불쌍하다는 투로 말한다. "젊은이, 길을 잘못 들었네. 애초부터 이런 험지에 발을 들여놓지 말지 그랬나."

리위안이 담담하게 대답한다. "큰 전염병이 터졌는데 누군들 피할 수 있겠습니까. 다들 험지에 있는 셈이지요. 미국 작가 헤밍웨이의 말을 인용하자면, '누구를 위하여 종이 울리냐고 묻지 마라. 그것은 바로 그대를 위해 울리는 것이니까'라고 할 수 있겠지요."

예펑쥐가 짜증을 낸다. "아니 지금이 어느 때라고 그따위 말을 입에 올리나? 지금은 발등에 불이 떨어졌단 말이오. 이제 어떻게 할 셈이요?"

"선생님도 아시겠지만 저는 이곳을 떠날 수 없습니다. 그 사람이 떠나지 않는다면 저도 안 떠날 겁니다."

예펑쥐가 재차 묻는다. "이제 우리가 어떻게 해야 할 것 같소?"

"우리라니요? 선생님과 저를 말하는 건가요?"

"저 안에 있는 사람들까지 포함해서." 예펑쥐가 커튼으로 가려진 작은 방을 가리킨다.

리위안이 대답했다. "저는 이미 천 시장에게 제가 사용하는 회백색 분말의 효능을 말씀드렸습니다. 전번에는 제가 복용량을 정밀하게 조절하지 못했지요. 게다가 천톈궈는 어린아이여서 특수성이 있었던 겁니다. 그래서 제때에 효과를 거두지 못했지요. 만약 선생님이 허락하신다면 한 번 더 시험해 볼까 합니다."

"우리는 여러 번 만났지만 나는 아직 내가 어떤 사람과 이야기를 나누는 지도 모르고 있소. 비상 시기라서 나한테 소개해 주는 사람도 없고."

리위안이 대답했다. "저는 리위안이라고 하는데 화학 박사입니다."

예펑쥐가 묻는다. "날이면 날마다 비커, 백조 목형 플라스크, 시험관, 집게, 스패츌러, 증발계, 결정 컵, 약절구 따위들을 만지는 사람 말이요?"

리위안이 말한다. "그건 제 일의 일부분일 뿐이고 저는 주로 원소를 연구하고 있습니다."

"그렇소? 어디 얘기해 보시오."

리위안이 얘기를 시작한다. "대략 기원 전 600년계에 고대 사람들은 세상 만물이 도대체 무엇으로 구성되었는지 탐색하기 시작했지요. 그래서 궁극적으로 이 우주에서 별들, 토지들, 물과 생명을 포함한 모든 것들이 수많은 자잘한 기본 물질로 구성된 것이라는 결론을 도출했었죠. 기원전

418

400년엔 고대 그리스 철학자인 데모크리토스가 물질을 구성한 최소의 단위는 '원자'라는 개념을 내놓았습니다. 이런 원자들은 어떤 것은 아주 매끄럽고 반들반들하지만 또 어떤 것은 투박하고 거칠거칠하지요. 가시가 돋친 것도 있고 진주처럼 반짝반짝하는 것도 있지요 … 물론 당시의 원자 개념이 현대와는 차이가 있지만 '불가분'이라는 정의는 명확했지요. 원소란 말은 자연계에 존재하는 백여 종의 기본적인 금속과 비금속 물질을 지칭하는 거지요. 지금에 이르기까지 인류가 자연계에서 발견한 물질은 총 3000만 종에 달하지만 그것들을 구성한 원소는 단 118종에 불과합니다. 이 점으로 놓고 말하면 사람들은 누구나 원소로 구성되었다고 할 수 있지요. 예 선생님께서 동의하시든지 동의하지 않으시든지를 막론하고 우리는 누구나 이 법칙을 벗어날 수 없습니다."

오만한 예펑쥐였지만 진정으로 학식이 있는 사람에게는 누구나 호감을 가지기 마련이다. 그의 태도가 대뜸 부드러워졌다. "그 말에는 나도 동감이오. 자네나 나나 모두 원소인 건 맞지."

리위안은 이어서 원소의 유래에 대해 자세히 이야기했다. 예펑쥐는 귀를 기울여 경청한다. 하지만 마음속으로는 몇 번이고 반박하고 싶은 것을 가까스로 참았다. 정말이지 자신이 수십 년 동안 공부해온 정통적인 의료 관념과는 차이가 커도 너무나 컸다. 하지만 그의 수양과 의사의 직감은 이런 장황한 설명을 반드시 들어야 한다고 알려주고 있었다.

리위안이 드디어 일장연설을 마쳤다. 그는 조용히 예펑쥐를 바라본다. 늦은 저녁이라 늪의 연꽃들은 꽃잎을 오므리고 깊은 잠에 빠졌다. 예펑쥐의 반응에 대해 리위안은 지나친 기대는 하지 않았지만 완전히 믿음을 잃지도 않았다. 다년간 지도교수와 함께 원소 연구에 정진해 오면서 그는 주변 사람들의 갖가지 반응에 진작 습관이 되었다. 멸시당하거나 질책을 받는 것이 다반사였기 때문에 이제 와서 반대자 1명이 늘어난다고 해도 이상할 것 없었다.

예펑쥐가 입을 열었다. "나는 그저 상상불가라고 말할 수밖에 없소. 아니 당신들이 신화 전설에서 영감을 찾았다니, 그렇다면 당승*의 고기도 연구 대상에 포함할 수 있지 않겠소?"

리위안은 온화한 태도로 반격한다. "우리는 옛이야기에서 원소를 찾아낸 것이 아니라 우주 발전의 법칙에서 근거를 찾은 겁니다. 우리는 우주의 자식이기에 우주를 구성한 물질들이 있다면 우리 인간들도 그것들로 구성된 것입니다. 인간이란 망망한 우주의 티끌에 불과하지요. 예를 들면 지구의 핵심이 철인 것처럼 인간의 혈액 세포에서 가장 중요한 성분도 철이지요. 가히 일맥상통이라 할 수 있습니다. 때문에 원소라는 물질은 인류를 놓고 말하면 무한한 개발 가능성을 갖고 있어요. 이 점은 누구도 의심해서는 안 될 겁니다."

예펑쥐가 말을 받는다. "너무나도 신비한 말씀이오. 나는 뼛속부터 임상 의사라 나한테 있어서 이런 이론은 너무나 허황된 것이오. 나에게는 병을 치료하는 것만이 확실한 방법이오. 자네 학설은 어쩐지 연단술과 비슷하구먼. 연금술사들이 바로 유황이며 수은이며 온갖 잡탕들을 한데 섞으며 세상의 모든 물질들은 그것들과 모종의 혼백이 혼합되어 만들어진 것이라 주장하지 않소? 자네들은 그들과 유사점이 있구먼."

리위안은 전혀 화를 내지 않는다. "현대 의학에서 사용하는 화학약품들도 본질적으로는 연단이지요. 그저 기계들로 연단로를 대체했을 뿐이니까요. 지금의 알약은 이전의 단환에 해당하지요. 양자는 원칙적인 구별점이 없습니다. 그러니 경시하는 태도는 거둬주십시오."

요점을 명중 당한 예펑쥐는 스스로가 부끄러워졌다. 그러니 어투를 바꿀 수밖에 없었다. "사실, 지금 내가 처한 위치에서는 이미 충분한 준비가 없는 상태에서 즉각 판단을 내리는 데 습관이 되었다오. 시간이 기다려주지 않고 환자들의 상태는 주저나 망설임을 용납하지 않기 때문이오. 이는 의학이란 이 예술의 독특한 요구라고 할 수 있지."

리위안이 대답한다. "선생님의 이런 실제적인 태도를 저는 아주 찬성합

---

* 서유기의 삼장법사는 요괴들에게 끊임없이 공격받는데, 그 이유 중 하나가 고승高僧을 잡아먹으면 불로장생할 수 있다는 소문 때문이었다.

니다. 뭐니 뭐니 해도 병을 치료할 수 없다면 그 어떤 약이나 그림의 떡일 뿐이지요."

예평쥐가 말한다. "좋소. 이젠 이론은 그만 말하고 실제를 논하지. 만약 쑤야의 몸에서 재차 게르마늄의 효능을 실험한다면 … 미안하오. 나는 '백낭자'라는 이름을 쓸 수 없소. 지나치게 극적이니까. 만약 게르마늄을 사용하여 임상에서 효과를 본다면 이것은 환자 한 명을 치유한 것이 아니라 전반 방역 행동에 광명과 같은 길을 개척해 주는 것이오. 문제는 이것이 법정 약품이 아니라는 것이오. 심지어 민간의 단일 처방이나 잘 듣는 처방도 아니라는 거요. 의료 처방권을 가지고 있는 의사로서 나는 이 약을 쓰는 것을 동의할 수 없소."

리위안은 어리둥절해 했다. "그렇다면 어떻게 쑤야를 치료할 셈입니까?"

"만약 쑤야의 병세가 점점 악화된다면 방법은 하나뿐이요. 우리는 곧 항바이러스 혈청의 채집과 치료에 착수할 것이오."

리위안은 긴장감을 감추지 못한다. 비명 같은 소리를 지른다. "어디에서 혈청을 채집한단 말입니까?"

예평쥐가 생경하게 대답한다. "임자가 아주 괴로워할 줄은 아오. 하지만 달리 방법이 없소. 천 시장이 임자의 여자 친구를 못 떠나게 하는 걸 보면 모르겠소?"

리위안은 가슴이 갈기갈기 찢기는 것 같았다. "그 사람은 몸이 쇠약할 대로 쇠약해진 상태입니다. 단기간에 이렇게까지 지속적으로 피를 잃는다면 죽을지도 모릅니다!"

"우리는 그녀의 혈청만 채취하고 혈구는 도로 돌려줄 거요. 이렇게 한다면 며칠 동안은 그녀의 고통과 허약함을 가중시킬 수 있지만 생명에는 지장이 없을 것이오. 그러니 마음을 놓으시오. 나도 의사인데 설마 한 사람의 목숨으로 다른 목숨을 바꾸는 비루한 짓을 하겠소. 나에게 있어서 모든 생명은 다 귀중한 것이오." 말은 이렇게 하면서도 예평쥐는 마지막 한 수를 생각하지 않은 건 아니었다. 만약 쑤야와 뤄웨이즈 둘 중에서 한 사람의 목숨 밖에 보전하지 못할 막다른 골목에 이른다면 그는 시장의 뜻을 거절할 수 없을 것이었다.

리위안은 예펑쥐의 말속에 깃든 진실과 위선의 비례를 가늠할 수 없었다. 그러니 그저 상투적인 말로 답할 수밖에 없다. "선생님께서 인도주의에서 출발하여 모든 생명을 존중하기 바랄 뿐입니다." 뤼웨이즈를 도우려면 다른 길을 찾아야 했다.

쑤야는 혼수상태에서 천뢰*와도 같은 소리를 들었다. "엄마 … 엄마 …" 쑤야의 실낱같은 의식이 이것은 천톈궈의 목소리임을 변별해 냈다. 그녀는 희미한 정신으로 생각한다. 내가 벌써 죽었단 말인가? 이것이 바로 천당이란 말인가? 아들의 목소리에는 허약함도 두려움도 없었다. 평소처럼 통통 튀는 경쾌함뿐이다.

돌연, 쑤야는 자기의 손가락이 누군가에게 잡혔음을 느꼈다. 톈궈는 손이 작아 엄마의 손을 잡을 때 손가락 밖에 잡을 수 없었다. 지금보다 더어릴 때에는 새끼손가락을 잡았고 좀 더 자라서는 중지를 잡았었다. 이번에는 톈궈가 엄마의 세 손가락을 잡는다. 천당에서 이렇게 모자가 만나는구나. 나의 톈궈가 자랐구나.

쑤야는 눈물을 흘렸다.

"엄마, 엄마 울어요." 천톈궈가 말한다.

쑤야가 안간힘을 다 해 눈을 떴다. 그녀는 자기 앞에 서 있는 천톈궈를 보았다. 가냘픈 참대 같았다. 이때 흐르는 눈물이 입술에 닿았다. 쑤야의 쓰고 마른 혀에 옅은 짠맛이 느껴졌다. 그녀는 그제서야 자신이 아직도 고난 가득한 인간 세상에 머물러 있음을 깨달았다.

"톈궈야, 여기가 어디지?" 쑤야는 뜨거운 손으로 애의 자그마한 손을 부여잡았다. 이 손만 놓치면 영영 다시 못 볼 것처럼.

"엄마, 이건 톈궈의 해저세계예요. 엄마 못 알아보겠어요?" 천톈궈가

---

* 자연에서 나는 바람 소리나 빗소리 따위를 통틀어 이르는 말

어리둥절해 한다.

기억이 가까스로 쑤야의 대뇌 스크린에 기어오른다. 혼수상태에 빠지기 전의 일들이 기억났다. "톈궈야, 너 병은 다 나았느냐?" 제일 알고 싶은 일이었다.

천톈궈가 대답한다. "제가 병에 걸렸었나요? 전 그저 길고 긴 잠을 잔 것만 같은데요. 잘 때도 제 방이었고 깨어나 보니 역시 제 방이었어요. 그 뒤에 저를 다른 곳에 옮겼고요. 그런데 엄마가 왜 제 방에 있어요?"

쑤야는 겨우 힘을 가다듬어 재차 확인한다. "톈궈, 너 정말 좋아진 거 맞아?"

천톈궈가 반문한다. "제가 나빴나요?"

쑤야가 온몸의 힘을 다해 가까스로 웃어 보인다. "아냐, 너 나쁘지 않아. 그럼 된 거다. 엄마는 시름을 놓았다. 톈궈야. 이젠 나가거라. 엄마도 좀 자야겠다. 네가 잔 것처럼. 엄마도 한잠 자고 나면 너처럼 좋아질지 모르니까."

"아저씨가 엄마에게도 흰 약 가루를 먹였나요?"

쑤야는 화들짝 놀랐다. "너 흰 약 가루를 먹은 일이 기억나니?"

천톈궈가 대답한다. "그럼요. 그저 그때는 말할 수 없었어요. 하지만 아저씨의 목소리는 기억해요. 내가 금방 깨어났을 때 어떤 아저씨가 '너 엄마 보고 싶지 않니?'라고 물었거든요. 전 그때 그 아저씨 목소리인 걸 알고 있었어요. 그 아저씬 좋은 사람이에요. 아저씨가 나를 구했잖아요. 그리고 지금은 아저씨가 방에 돌아가면 엄마를 볼 수 있을 거라 해서 내가 이렇게 왔어요."

리위안은 예핑쥐에게 기대를 거는 건 모래 위의 탑과도 같음을 깨닫고 우회 작전을 펼치기로 마음먹었다. 그래서 천톈궈에게 백낭자를 먹이면서 아이더러 자기 방에 돌아가게 한 것이다. 천톈궈는 이미 회복기라 격리도 느슨해진데다가 제집 울타리 안에서 누가 그를 붙들어 맬 수 있겠는가. 간호사가 한눈 파는 사이에 그는 물고기처럼 빠져나와 엄마 곁으로 왔던 것이다.

쑤야가 타이른다. "톈궈야, 어서 가거라 … 엄마가 나으면 … 너를 보러 갈게 … ." 자기의 병이 천톈궈에게서 옮은 거니 천톈궈는 이미 면역력이 생겼을 테지만 쑤야는 그래도 재차 옮을까 봐 걱정이 되었다. 그래서 빨리 돌아가라고 했다. 하지만 극도로 쇠약해진 터라 긴 말은 할 수 없었다.

엄마가 눈을 감은 것을 본 천톈궈는 엄마 말대로 방에서 나왔다. 떠나가면서 그는 작은 쪽지 하나를 뤼웨이즈의 손에 쥐여주었다. 그러면서 영리하게 한 손가락을 입술에 대고 말하지 말라고 귀띔한다.

사실 뤼웨이즈는 진작에 깨어있었다. 침상에 누운 채로 모자가 만나는 정경을 주시하고 있었었다. 천톈궈가 준 쪽지를 받아 든 뤼웨이즈는 간호사가 없는 틈을 타서 가만히 펴 보았다. 이 순간, 그녀는 자신이 강누나*가 되고 천톈궈가 옥중에서 소식을 전하는 무골**이 된 것 같이 느껴졌다.

쪽지에는 다음과 같은 사연이 적혀 있었다. "그자들이 당신 피를 뽑아 쑤야를 치료하려 합니다. 정오 12시에 창문을 뛰쳐나오십시오. 내가 당신을 데리고 여기를 떠날 테니까요."

쪽지에는 이름이 없었지만 뤼웨이즈는 이것이 리위안이 보낸 것임을 알았다. 그녀는 쪽지를 없애버렸다. 시계를 보니 11시 1분이었다. 이것은 그녀에게 59분의 준비 시간이 있음을 의미했다. 12시란 정말 좋은 때이다. 그것은 간호사들이 교대하는 시간이며 다른 사람들이 한창 식사하는 시간이기도 하다. 탈주하기에 안성맞춤인 시간이었다.

생각을 굴리는데 창자를 훑어내는 듯한 기침을 멈춘 쑤야가 다시 눈을 뜬다. 아들의 모습이 보이지 않는 것을 안 쑤야는 안도감과 실망감이 동시에 밀려들었다. 이 방에는 화관바이러스가 넘쳐 나니 아들이 일분이라도 더 머무르면 그만큼 더 위험해질 것이 분명했다. 그러니 빨리 갈수록 좋을 것이다. 하지만 그녀는 얼마나 그 애를 더 보고 싶은지 말로 할 수 없었다.

---

* 소설 〈붉은 바위〉에서 나오는 불굴의 투사
** 〈붉은 바위〉의 옥중에서 태어난 아이

"방금 그 애가 온 것을 봤나요?" 쑤야가 묻는다.

"봤어요. 얼마나 사랑스러운지 몰라요." 뤼웨이즈가 침상에서 대답한다.

"그쪽에서도 봤다니 정말 좋아요. 난 내가 꿈을 꾼 줄로 알았어요. 정말, 고마워요. 그쪽의 피가 톈궈를 구했지요." 쑤야가 진심으로 말한다.

"나의 피뿐이 아니에요. 그 백색 분말도 있잖아요. 그것은 이름이 '백낭자'거든요." 뤼웨이즈는 리위안을 위해 증명해야 했다.

"하지만 톈궈가 백색 분말, 그 백낭잔가 뭔가 하는 것을 먹고 별 효과가 없지 않았어요?" 쑤야가 작은 소리로 반박한다.

뤼웨이즈가 대답한다."천톈궈가 처음 '백낭자'를 복용했는데 효과가 없던 이유가 무엇 때문인지는 저도 몰라요. 하지만 저는 의심할 바 없이 '백낭자' 덕에 나은 거거든요. 설령 제 피가 천톈궈를 구했다고 해도 그것은 '백낭자'가 제게 항체를 주었기 때문이거든요." 뤼웨이즈는 '백낭자'의 의학적 원리에 대해서는 잘 모른다. 하지만 그녀는 자신의 경험을 이야기할 수는 있었다.

"그러면 그쪽은 이미 완전히 나았나요?" 쑤야가 흥미를 보인다.

"그렇죠. 적어도 나에겐 지금 그 어떤 감염 증세도 없잖아요?"

"그럼 아직도 가지 않고 뭘 하세요? 이곳이 얼마나 위험한데?" 쑤야는 뤼웨이즈를 생각하기 시작했다.

뤼웨이즈가 대답한다. "제가 가기 싫어하는 게 아니에요. 그저 그 사람들이 저를 못 가게 하는 거일 뿐예요."

쑤야가 곤혹스러워 한다. 힘들게 기억을 더듬으며 묻는다. "그 … 사람들이라니요?"

뤼웨이즈는 주저했다. 말해야 하는가 말하지 말아야 하는가? 정말 딱한 현실이었다. 한쪽은 무엇이나 다 아는데 다른 한쪽은 아무것도 모른다. 하지만 둘은 단단히 묶여 있다. 이심전심으로 뤼웨이즈는 아무것도 모르는 것도 좋을 건 없겠다고 생각되어 진실을 터놓기로 마음먹었다. "의사들 말이에요. 그리고, 그쪽 시아버지."

쑤야는 아직도 영문을 모른다. "무슨 이유로 그러는 거죠?"

뤼웨이즈가 직설적으로 알려준다. "제 피를 뽑아서 당신을 구하려고요."

바이러스의 침입으로 인해 이어지지 않던 쑤야의 사유가 이 속에 숨어 있는 냉혹한 논리를 파악하게 되었다. 그녀는 일순간 말을 잃었다. 솔직하게 말하자면 그녀는 진심으로 살고 싶었다. 다시금 생활을 누리고 외국에 있는 남편과 만나 한집 식구가 오붓하게 살고 싶었다. 하지만 이 모든 것이 뤼웨이즈의 거대한 희생이 전제되어야 한다니. 심지어 눈앞의 이 여인은 목숨을 잃을 지도 모른다. 뤼웨이즈는 자신의 아들을 구해 준 생명의 은인인데 자기가 보답하지는 못할지언정 무정하게 그녀의 피를 수탈해야 한다니. 쑤야는 부끄럽기 짝이 없었다.

그녀는 힘겹게 말한다. "나는 지금도 그쪽의 이름을 몰라요. 하지만 그쪽이 우리 천 씨 가문의 은인인 줄은 알겠어요."

뤼웨이즈가 고개를 돌리고 말했다. "저의 이름을 알고 모르고는 중요하지 않아요. 화관바이러스를 이겨내기 위해 이미 많은 사람들이 희생됐어요. 하지만 아직도 바이러스를 완치할 수 있는 백신을 찾지 못하고 있는 상태예요."

"회복한 사람의 혈액으로 치료할 수 있지 않나요?"

뤼웨이즈가 대답한다. "그건은 극히 범위가 한정된 치료법일 따름이에요. 100명이 병에 걸렸다면 근근이 한 사람이 이런 치료법의 혜택을 받을까 말까 해요. 게다가 사람의 피는 물도 아닌데 어디에서 그렇게 많이 얻겠어요?"

"알았어요." 이때 새롭게 기침이 몰려왔다. 쑤야의 몸에서는 금속 파열음이 난다. 이는 전염병이 더욱 깊은 흉강에까지 침투했음을 말한다. 쑤야는 두 눈을 꼭 감은 채 주변의 일에 대한 관심을 거두고 혼수상태에 빠져들어갔다.

죽음과 흡사한 정적이 흐른다. 시간은 조금씩 조금씩 흘러 11시 55분이 되어 있었다.

간호사들이 서로 교대하여 식사하러 간다. 분명 일반적인 전염병 병동도 아니고 방 안에 누워있는 두 여자는 숨이 간당간당한지라 사람들은 경각심을 늦추고 제 할 일들을 한다.

뤄웨이즈가 침상 난간을 붙들고 몸을 일으킨다. 창문은 바로 그녀의 손 옆에 있다. 창문을 열고 뛰어내리는 것은 그다지 힘든 일이 아니다. 리위 안이 어디에 숨어 있는지 보이지 않지만 가까운 곳에 있는 것이 분명하다. 자기가 창문에서 뛰어내리기만 하면 착지하는 순간 큰 손이 받쳐주리라 뤄웨이즈는 굳게 믿고 있다. 그 사람은 꼭 자신을 이끌고 감금에서 벗어 나 자유로운 곳으로 갈 수 있을 것이다.

창문 밖은 아름다운 꽃이 만발하고 잎사귀들이 푸르다. 맑은 바람이 살 랑인다. 창밖에는 그녀의 연인과 어머니가 있다. 그리고 자유와 안녕도 있다. 이 방만 벗어나기만 하면 밖의 경호원들은 영문을 모르므로 함부로 막아서지 않을 것이다. 불과 몇 분 뒤면 그녀와 리위안은 옌시의 한적한 큰길을 마음껏 거닐 수 있으리라.

그다음 아무 곳에나 숨어버리면 모든 것을 던져버리고 마음 놓고 차를 마시며 이야기를 나누며 사랑을 속삭일 수 있을 것이다. 비상시에 한 사 람을 찾아낸다는 것은 쉬운 일이 아니기 때문이었다.

창문 안의 공기는 검은색이다. 이것은 공기 중에 바이러스 과립이 떠다 니기 때문만이 아니라 절망과 애통이 짓누르기 때문이었다. 그녀의 피가 정녕 끝도 없는 수탈과 욕망의 골을 메울 수 있단 말인가? 앞길에 얼마나 많은 음모와 함정이 도사리고 있을까? 그녀가 떠나지 않으면 리위안도 떠나지 않을 것이다. 그녀는 그녀 자신의 목숨보다도 리위안의 목숨이 더 신경 쓰인다. 리위안의 몸에는 뤄웨이즈 한 사람의 정감을 넘어서 무수한 사람들의 안위가 걸려 있으니.

뤄웨이즈는 고개를 돌려 바로 옆에서 질병과 사투를 벌이고 있는 쑤야 를 바라보았다. 이 사람은 그녀와 운명이 전혀 다른 여인이다. 금자탑 꼭 대기에서 사치스러운 삶을 살고 있다. 고귀하고도 아름답다. 그녀에게는 권세도 있고 배경도 있다. 자랑스러운 남편도 있고 총명한 아들도 있다. 전염병의 마수에서 벗어나기만 하면 그녀는 만인이 우러르는 높은 곳에 돌아가서 중생을 내려다볼 것이다.

자신의 생활 바탕과 완전히 다른 사람을 이해하는 것은 아주 어려운 일이다. 뤄웨이즈는 한 여인이 자신의 일을 완전히 버리고 아들 덕에 고귀해져서 사치스럽게 사는 것을 이해할 수 없었다. 이런 여인을 위해 자신의 목숨까지 내놓을지도 모르는 희생을 감내하는 것이 과연 가치 있는 일일까?

시간은 이 순간에도 흐른다. 뤄웨이즈는 돌 조각상처럼 그 자리에 굳어 버렸다. 그녀는 바로 곁에서 혼수상태에 빠진 쑤야를 물끄러미 내려다본다. 그녀의 창백한 얼굴에서 혈색이 점점 소실되는 것이 보이는 것만 같았다. 그녀의 입가에 엉겨 붙은 물거품 모양의 가래침에서 뤄웨이즈는 이 여자가 죽음에 점점 임박해 감을 알아차렸다. 만약 자기가 떠나 버린다면 이 젊은 엄마는 물거품으로 변해 버릴 것이 분명했다.

# 제33장
# 유황과 비소

지도교수님은 대담하고 기이한 상상으로 차고 넘치신다. 무능함에 빠진 사람들은 태반은 상상력이 결핍한 사람들이다.
썩은 달걀처럼 화약 냄새가 충천하는 유황이 사실은 졸인 족발과 양고기 샤브샤브와 동서 간이란다.

뤄웨이즈는 사슴처럼 가뿐히 뛰어내렸다. 이것은 그녀가 팔팔하다기보다는 지나치게 야윈 덕이었다. 리위안은 그녀의 생각처럼 그녀가 착지하는 순간에 한 송이 구름을 받쳐드는 것처럼 그녀를 받아 들지는 못했다. 병으로 허약해진 뤄웨이즈였지만 훈련으로 다져진 민첩함을 유지하고 있었다. 그녀가 창문턱에서 뛰어내리는 순간 부근의 나무숲에 몸을 숨기고 있던 리위안은 쏜살같이 달려 나왔지만 그를 맞이한 것은 뤄웨이즈의 주변에 흩날리는 나뭇잎들이었다.

리위안을 보자마자 뤄웨이즈의 눈물이 비 오듯 흘렀다. 리위안이 손가락을 입술에 대며 소리 내선 안 된다고 귀띔했다.

두 사람은 두터운 수림 속 잔디를 밟으며 조용한 곳을 찾았다.

"어서 날 따라와요." 리위안이 불같이 재촉한다.

뤄웨이즈는 자신의 연인을 찬찬히 훑어보았다. 사실 그들은 갈라진 지 얼마 안 되었지만 수풀 속에 서 있는 리위안은 바이러스가 넘쳐나는 작은 방에서의 모습과 달라도 참 많이 달랐다. 특유의 장난기 넘치는 모습은 자기에게만 보여주는 것이었기 때문에 사람들 앞에서의 점잖은 모습과 과연 같은 사람인가 싶었다.

"가긴 어딜 가요?" 뤄웨이즈가 일부러 물었다.

"나도 지금은 구체적인 지점을 말할 수 없습니다. 어쨌든 이곳은 떠나야지요. 그래야 그들이 당신의 피를 못 뽑을 테니까."

뤄웨이즈는 그의 몸에 붙어있는 벌레 먹은 나뭇잎을 가볍게 털어낸다. "그다음에는 어떻게 할지 생각해 봤나요?"

리위안이 겸연쩍게 웃는다. "그게 아직 … 시간이 없어서요. 점심시간이 아주 짧은 걸 알잖아요. 지금은 여기를 벗어나는 게 첫째입니다." 언제나 지혜롭고 깨끗하던 리위안의 이런 모습이 더 사랑스럽다.

뤄웨이즈가 말한다. "우리가 툭툭 털고 달아나면, 물론 달아날 수 있을지, 중간에 붙잡혀 올지는 모르겠지만 그때 가서는 어쩌겠어요? 당신은 바빠서 미처 생각 못 했겠지만 나는 하는 일 없이 침상에 누워서 이리저리 훑으면서 밑바닥까지 생각해 봤었어요."

리위안이 나무란다. "그렇게 생각했다면서 일부러 나를 떠봤어요? 나는 정말이지 그 사람들이 당신 피를 뽑는 것을 보고 있으면 내 피를 뽑는 것보다 더 괴로웠어요. 심장이 떨리고 치가 떨려 아무것도 할 수가 없었습니다. 당신을 데리고 나가야겠다는 일념뿐입니다!"

뤄웨이즈는 천지가 빙빙 도는 것 같았다. 자신이 빈혈로 대뇌 혈액 공급이 부족하여 체력이 달린다는 것을 깨달았다. "어디 아무데나 앉아서 얘기하면 안 될까요?"

천 씨 장원은 이러한 점에서 설계가 뛰어났다. 애초부터 수림 속에서 산책하는 사람들을 염두에 두고 곳곳에 휴식 장소를 마련해 두었다. 어떤 곳은 초목이 우거져서 밖에서는 안이 보이지도 않는다. 리위안은 예스러운 벤치 하나를 찾아서 외투를 벗어 의자에 펴놓았다. 마치 푹신푹신한 새 둥지 같다.

별생각 없이 앉으려던 뤄웨이즈는 외투 칼라에 달린 상표에 눈길이 갔다. 대단한 브랜드였다. 뤄웨이즈는 안간힘을 다해 몸을 일으켰다. "이렇게 깔고 앉으면 옷을 망쳐요. 다시는 원상복구가 안 될 거예요."

"옷이란 몸 밖의 것이 아닙니까? 지금 당신을 편안하게 하는 것보다

430

더 중요한 게 뭐가 있겠어요?" 리위안은 억지로 뤄웨이즈를 눌러 앉혔다. 무성한 꽃나무들이 커튼처럼 그들을 가려주었다. 사방에는 꽃향기, 새 울음소리가 차고 넘친다.

뤄웨이즈가 장난을 친다. "이제 보니 완전 플레이보이였잖아."

리위안이 설명한다. "이건 지도교수님이 일부러 외국에서 사다 준 거예요. 지도교수님은 우리들의 차림이 단정하여 과학자의 풍채가 있어야 한다고 하셨어요."

"지도교수님은 당신에게만 이렇게 잘하나요? 아니면 누구에게나 다 잘해줘요?"

리위안이 생각해 보더니 대답한다. "학생들에겐 다 잘해 주세요."

"지도교수님이 정말 잘 사시나 봐요. 그분이 어떤 사람인지 늘 궁금했어요."

리위안이 정색하며 대답한다. "지도교수님은 참된 과학자십니다. 엄격하고 세심하시고 대담하고 기이한 상상으로 충만된 분이지요. 학생들을 자식처럼 아끼신답니다. 교수님이 늘 하시던 말씀이 생각나요. 무능함에 빠져 있는 사람의 태반은 상상력이 결핍된 사람이라고 하셨어요."

뤄웨이즈가 경탄하여 소리친다. "정말 사치스럽고 호화로운 과학자시네요. 훌륭한 지도자들은 모든 병사를 자식처럼 아끼지요. 그래야 그들을 격려해서 용감하게 적을 무찌르게 할 수 있거든요."

리위안이 어지간히 몸이 달아서 투덜거린다. "지금이 어느 때라고, 어쩜 지도교수님에 대한 흥미가 목숨을 구하는 것보다 더 큰가요?"

뤄웨이즈가 재미있는 듯 대꾸한다. "오늘 같이 달아나면 나는 운명을 철저히 당신과 같이하게 될 텐데, 당신을 좀 더 알고자 하는 게 그렇게나 이상해요? 다들 연애에 빠진 여자는 IQ가 0이라고들 하던데 이 저주를 깨보려고요."

리위안은 별수 없이 그 자리에 주저앉는다. "나야말로 지금 IQ가 0이 된 것 같아요. 그럼 어디 얘기해 봐요. 더 알고 싶은 것이 무엇인지?"

"우리가 정말 뛰쳐나간다면 천 시장님은 끝까지 추적할 것이에요. 그

집 식구들의 안전을 위해서라도 날 천방백계로 찾아내려 할 거예요.”

“거야 두말이면 잔소리지요. 인간은 이기적인 동물이고 재난은 그것을 증폭시키지요. 모든 수단을 동원할 겁니다.”

“이건 어쩐지 불륜을 저지르고 몰래 도망치는 것 같군요. 우리가 과연 어디로 갈 수 있을까요?”

리위안이 말한다. “그쪽 집은 안 될 거예요. 첫 번째로 수색할 곳일 테니까요.”

뤄웨이즈가 대답한다. “그러게요. 그 사람들이 들이닥치면 우리 엄만 놀라 죽을지도 몰라요. 동시에 가장 안전하지 못한 곳이기도 하고요.”

“그럼 지도교수님한테로 가는 수밖에 없겠네요. 우리 교수님은 꼭 우리를 받아 줄 거예요.”

“저도 교수님의 위인은 믿어요. 하지만 교수님 계시는 데도 인적이 드문 오지는 아니잖아요? 그렇다고 사전에 지하도를 파 놓지도 않았겠으니 우리를 어떻게 숨기겠어요? 그때 가면 우리가 도망칠 수 있을지도 미지수일뿐더러 지도교수님까지 끌어들이게 되지 않겠어요? 당신이 나를 위해 이렇게 하겠다고 해도 내가 싫어요.”

이 길이 막히니 리위안은 다른 방도를 찾아냈다. “그럼 누구한테도 짐이 되지 말고 우리 같이 방랑객이 됩시다!” 말하고 나니 저도 모르게 미소가 떠오른다. 사랑하는 처녀와 함께 세상을 떠돌 일을 생각하니 아이처럼 들뜬다.

뤄웨이즈는 이제 와서 연애는 사람의 IQ를 망가뜨린다는 말에 감탄하지 않을 수 없었다. 과학 분야에서 종횡무진하는 청년 영재가 무협 소설에서나 나오는 치정에 빠진 풋내기로 변한 것을 보니 뤄웨이즈는 성취감에 뿌듯해졌다. ‘나 아직도 매력이 있나 봐!’ 하는 생각이 들어 웃음이 나올 것만 같았다.

그녀는 웃음을 참으며 말했다. “옌시의 출구는 진작 봉쇄되었다는 사실을 설마 잊은 건 아니겠죠. 가긴 어디로 간단 말이에요? 간다고 쳐도 그다음에는 어떻게 하겠어요? 당신의 과학연구 일은요?”

"그리 먼 일까지 생각할 겨를이 없어요. 어쨌든 이곳부터 빠져나가고 봅시다!"

이때 천톈궈의 침실 방향에서 사람들이 떠드는 소리가 들려왔다.

리위안이 말한다. "당신이 사라진 걸 발견했나 봅니다."

"아마 그런 모양이에요."

그들이 천 씨 장원을 벗어날 기회가 순식간에 아득해졌건만 어쩐지 마음은 되레 방금처럼 긴장되지 않았다. 초목들은 사람들의 긴장을 풀어주는 신비한 힘이 있나 보다. 식물들이란 태생적으로 유유자적한 것들이어서 짓밟히더라도 곧바로 더없이 아리따우며 하늘하늘한 모습을 뽐내는 법이다.

뤼웨이즈가 또박또박 말했다. "나는 이곳에 남겠어요." 그녀의 눈동자는 빙하시대의 호수처럼 고즈넉하고 아늑하고 깨끗하다.

리위안은 가슴이 갈기갈기 찢겨나갈 것만 같았다. "내 일을 위해 자신의 생명을 이 위험한 곳에 던지겠다는 겁니까?"

까치 한 마리가 놀라서 푸드득 날아간다. 나무 그림자가 어지럽게 흔들린다.

뤼웨이즈가 리위안의 손을 가볍게 잡았다. "꼭 당신만을 위한 것은 아니에요. 내가 가버리면 쑤야가 목숨을 잃겠지요. 내가 남는 것도 그녀를 도우려는 목적에서예요. 그리고 그들이 설마 저의 목숨을 빼앗기까지 하겠어요. 연못의 물을 퍼내어 고기를 잡는 건 어리석은 일이지요. 만약 내가 가버린다면 이곳에선 그들 모자가 잘못될 거고 저쪽에선 당신에게 끝없는 불이익을 갖다 주겠지요. 이렇게까지 할 필요가 있을까요? 그래서 사랑의 도피를 정중히 사양하는 바입니다."

이 시각, 천 씨 장원 전반에서는 대규모 수사가 펼쳐졌다. 그러니 가려고 해도 갈 수 없는 상황이었다. 뤼웨이즈가 아이처럼 짓궂게 말한다. "우리 여기 좀 더 있어요. 저 사람들도 어디 좀 애타고 욕도 좀 먹게."

리위안이 대뜸 대답한다. "좋습니다. 당신과 아무런 근심 걱정 없이 이렇게 앉아 있으니 참 좋네요."

살랑살랑 흔들리는 초목의 쓰다듬 속에 네 눈동자가 서로를 정겹게 쳐다본다. 두 손을 부여잡은 청춘 남녀는 긴 목을 서로 기댄 우아한 고니 같다. 험지에서도 연인과 같이 있으니 달달한 침이 솟아 입술을 적신다. 눈동자는 여름철의 별처럼 맑고 밝았다.

뤼웨이즈가 먼저 입을 연다. "물질적인 문제 하나 물어봐도 돼요?"

리위안이 대답한다. "물론이죠. 설마 나에게 집이 있나 그런 문제는 아니겠죠?"

"그보다 훨씬 엄청난 건데요. 목표액이 어마어마해요."

"그런 말에 놀랄 내가 아니에요. 우리가 연구하는 것은 수천수만 광년이 아니면 나노 급의 물질이지요. 세상의 크고 작은 것을 모두 망라했지요. 그러니 배짱도 보통이 아니죠. 만약 정신을 논한다면 당신 적수가 못 되겠지만 물질이라면 자신이 있어요."

"그렇게 허황된 문제가 아니에요. 난 그저 당신의 교수님과 학도들이 그 뜬구름 같은 원소만 연구하다 보면 당분간은 이렇다 할 경제적 수입이 없을까 봐 걱정이 돼요. 그리고 연구 자체가 돈이 많이 드는 것일 테니 무엇으로 먹고 살아요?"

리위안이 숨을 내쉰다. "아, 이런 문제였군요. 거야 간단하지요. 우리는 세속적인 건강 보조식품도 생산한답니다. 국가 로트번호가 있는 아주 일반적인 것 말입니다."

뤼웨이즈가 묻는다. "당신들이 만든 제품 이름이 뭐예요? 제가 먹어 본 것일지도 몰라요. 이다음에 살 일이 있다면 당신 덕을 볼 수도 있겠네요."

리위안이 대답한다. "우리 제품 이름은 '취소'라고 합니다."

뤼웨이즈가 입을 막고 킥킥 웃는다. 그녀는 웃을 때 치아를 드러내지 않는 우아함을 숭상하는 숙녀가 아니었다. 드러내 놓고 웃지 않는 것은 그러다가 금방 붙잡혀가 다시 수혈 기계가 되고 싶지 않았기 때문이었다. 웃음이 한 번 터지니 걷잡을 수 없다. 한참 지나서야 가까스로 웃음을 멈추고 목소리를 죽여 묻는다. "건강보조식품에 '취소'라는 이상한 이름을 달다니, 사람들을 쫓아버릴 셈이에요? 그 제품, 망했죠?"

리위안이 그녀의 귓전에 대고 속삭이듯 말한다. "당신도 틀릴 때가 있군요. 장사가 너무 잘 되어서 오히려 걱정이에요."

이때 참새 한 마리가 그들의 머리 위에서 우짖었다. 수색하는 사람들은 그 소리를 듣고 이 부근에는 사람이 없다고 판단하여 돌아서 가버렸다. 선남선녀는 귀중한 시간을 벌었다.

리위안이 묻는다. "혹시 소갈증이라는 병명을 들어 보셨어요?"

"물론이죠. 당뇨병을 그렇게 부르잖아요? 지금 우리 중국은 당뇨병 대국이 돼 버렸어요. 현대화의 부작용이라고나 할까요. 전에 배를 곯을 때에는 이렇게 많은 병이 있다고 생각이나 했겠어요? 언젠가 한 번 선배님 몇 분을 모시고 식사를 했는데 선배님 여덟 분 중에서 일곱 분이 먼저 인슐린 주사를 맞고서야 수저를 들더라고요."

"우리가 만든 건강보조식품을 '취소'라고 이름지은 것은 바로 소갈증을 취소한다는 의미지요. 이 이름은 내가 붙인 거랍니다. 출시하자마자 대박이 났어요. 어찌나 잘 팔리는지, 그야말로 당뇨병 치료에 있어서 기적의 명약이라 할 수 있었죠."

뤄웨이즈는 어지간히 놀랐다. "다들 당뇨병이란 여태껏 정복하지 못한 완고한 질병이라고 하던데 당신들은 어떻게 건강보조식품으로 그렇게 좋은 효과를 거둘 수 있죠?"

수색하는 사람들이 멀리 간 것을 보고 리위안은 소리를 조금 높였다. "원소 앞에서는 많은 난치병, 불치병들이 생각보다 간단해집니다. 빈혈을 아시죠? 만약 철을 보충하지 않는다면 아무리 많은 영양을 보충해도 아무 소용이 없지요. 당뇨병은 인슐린의 결핍으로 인해 생기는 합병증인데 인슐린의 생산량을 늘리려면 원료부터 장만해야 합니다. 우리는 식료품을 통해 인슐린을 생산하는 원료를 제공했지요. 까놓고 말하면 일종의 희귀 원소지요." 원소 말이 나오니 리위안은 대뜸 청년 과학자의 풍채를 회복했다. 청산유수처럼 엄숙하고 날카로운 말을 한다.

뤄웨이즈가 탄성을 올린다. "맙소사! 만약 '취소'의 이런 효과가 해당 부서의 검증을 거친다면 당신들 팀은 노벨 의학상을 받아도 되겠어요!"

"우리는 그런 상 같은 것을 진짜로 크게 여기지 않습니다. 노벨이란 이 폭약 장사꾼이 그저 돈이 좀 많았던 거니까요. 그 상이 반영하는 것은 해적을 양산하는 한 나라의 세계에 대한 관점이겠죠. 그 이상도 그 이하도 아닙니다. 그러기에 자기편을 묘하게 알아본다니까요. 예를 들면 일본 과학자들은 무려 20여 명이나 노벨상에 이름을 올렸잖아요. 아무리 보아도 너무 많은데 이것을 설명할 수가 없습니다."

뤼웨이즈는 손뼉이라도 칠 기세다. "그 견해에 백 번 공감해요. 이렇게 되면 그 '취소'가 당신들 과학 연구의 돈줄이 된 거 맞죠?"

"'취소'를 복용한 사람은 인슐린 기능을 완전히 상실하지만 않았다면 모두 효험이 있습니다. 때문에 우리는 경비가 문제되지 않습니다."

뤼웨이즈가 뜬금없이 묻는다. "당신은 효자인가요?"

리위안이 대꾸한다. "사색의 도약 폭이 너무 큰데요. 금방 인슐린을 논하다가 효도에 옮겨지다니."

"이건 당신을 전면적으로 고찰하는 거예요. 정말이지 나는 당신을 너무 몰라요. 가정 출신 같은 것 말이에요."

리위안이 대답한다. "저의 부모님은 이미 세상을 떴습니다. 정말로 '자식이 효도하려 해도 부모님이 기다려 주지 않'지요. 그때 한창 외국에서 유학 중이었는데 급히 집에 돌아와 보니 기다리는 건 교통사고로 돌아가신 부모님의 싸늘한 시신이었어요."

"그분들은 모두 지식인이죠?"

"맞습니다."

"그리고 당신은 그분들을 아주 사랑했겠죠?"

"물론이죠." 대답하면서 리위안은 어딘가 이상하게 느꼈다. "그런데 뭘 보고 이런 결론을 도출한 거죠?"

"행복한 유년 시절을 보내고 경제적인 쪼들림이나 기타 방면의 가혹한 시달림을 겪지 않은 어린이는 성인이 된 다음에 내재적인 평안함과 안정감을 지니게 되지요. 당신은 이런 특성을 지니고 있어요. 티는 나지 않지만. 이런 것은 훈련해서 되는 일이 아니에요. 1+1이란 산술식에 2라는 답을 얻어내는 것은 일도 아니지요."

리위안이 약간 놀란 듯 대답한다. "오, 원래 관상에 나타났군요. 더 물어볼 게 없나요?"

뤄웨이즈는 일부러 손가락을 굽혔다 폈다 하고 나서 그럴듯하게 말한다. "당신은 맏이라고 나오는군요."

리위안이 너털웃음을 터뜨린다. "하하, 마녀님, 이번엔 틀렸어요. 난 맏이가 아닌걸요."

뤄웨이즈가 곤혹스러워한다. "하는 걸 봐서 맏이가 틀림없는데."

리위안이 쾌락을 즐긴다. "하지만 나는 진짜 맏이가 아닌데요."

약간 사색하던 뤄웨이즈가 말한다. "금방 좀 소홀했어요. 전면적으로 서술하지 못했어요. 내가 말하는 맏이에는 외아들도 포함되지요. 항렬로 말하면 외아들도 맏이지요."

리위안이 바람빠진 풍선처럼 숨을 내쉬며 말했다. "그럼 맞아요. 난 외아들이에요."

뤄웨이즈가 불현듯 생각이 난 듯 말한다. "전부터 물어본다 물어본다 하면서도 만나기만 하면 잊어버려요. 저번에 나에게 먹인 수면제 효과가 있는 백색 분말은 도대체 무엇이에요?"

리위안이 묻는다. "내가 제일 처음 줬던 그 1호를 말하는 거 맞죠?"

"맞아요. 그것도 일종의 원소 같은데, 제 추측이 맞죠?"

"틀렸어요. 그건 원소가 아닙니다."

"아니, 당신들 팀은 원소 장사 전문이 아닌가요? 다른 것도 취급하나 보죠?"

눈동자를 굴리던 리위안은 용기를 내었다. 마음속에 묻어 두었던 소망을 가급적으로 학술적으로 포장하여 내비치었다. "이 비밀을 알려면 대가를 치러야 할 걸요. 키스 한 번과 교환합시다. 나에게 키스 한 번만 하게 하면 알려드리지요."

뤄웨이즈는 터져 나오는 웃음을 겨우 참았다. 이 햇빛도 들지 않는 수풀 속에서 키스하겠으면 그냥 하면 될 것을. 숨 막힐 정도로 미친 듯한 키스, 그것도 기분이 묘할 테지. 지금 이런 형편에서 소리칠 수도 없을 테고. 그러면 얼마나 자연스러운가. 바보! 이런 일도 굳이 선포하고 해야 하는감, 그것도 과학까지 동원하면서. 날더러 어쩌라고? 하는 수 없이 대꾸한다. "진짜 불평등 조약이네요. 키스가 얼마나 소중한 건데, 원소 자격도 없는 그 1호라는 것을 가지고 교환하자니. 내가 밑져도 너무 밑져요." 말은 이렇게 하면서도 입을 뾰죽히 내민다. 둘은 앞에는 포위망이, 뒤에는 추격자가 도사리는 상황에서 넋을 빼놓을 듯한 키스를 했다.

리위안이 성에 차지 않아 재차 시도하려는데 뤼웨이즈가 목을 쏙 움츠렸다. "스톱, 무슨 키스가 이래요? 소독약 냄새가 지독한걸요."

리위안이 곰곰이 생각해 보더니 반격한다. "아마 그쪽 입에서 나는 것일걸요. 대체 며칠 사이에 얼마나 소독당한 거예요?"

"흥, 나한테서 나는 향기가 얼마나 아름다운데? 약 냄새는 당신 것이 틀림없어요. 방금도 '백낭자'를 복용했을 텐데?"

누구의 것이든 입에 약 냄새가 가득한 것은 사실이었다. 그래서 두 사람은 집에 돌아가 양치질을 잘 한 다음 다시 정식으로 키스하기로 합의했다. 풀숲 속에서 엉겁결에 한 이번 키스는 인정하지 않기로 했다.

화제는 다시 뤼웨이즈의 문제로 돌아왔다. "자, 이젠 그게 뭔지 말해줄 수 있죠?"

리위안이 묻는다. "내가 그때 1호를 건네면서 물었던 선결조건을 기억해요?"

뤼웨이즈가 생각을 더듬는다. "저한테 고기를 좋아하는지 물었었죠? 그때 내가 너무 좋아한다고 했었고."

"바로 그겁니다. 만약 당신이 고기를 좋아하지 않는다면 이 1호는 그렇게 뛰어난 효과를 발휘하지 못했을 테니까요."

"정말 이상하네요. 약도 고기 먹는 것과 관계있나요? 이 세상의 모든 수면제에도 이런 주의사항은 없었던 것 같은데요."

리위안이 대답한다. "이 1호는 보기엔 간단한 것 같지만 자세히 설명하면 간단한 문제가 아닙니다. 꼭 들어야 하겠습니까?"

"원소 덕에 목숨을 건졌으니 원소에 흥미를 가지는 게 당연한 일이 아니에요? 원래는 비상 시기의 임시조치쯤으로 여겼는데 다시 생각해 보니 불면 같은 이런 흔한 현상에도 원소가 기이한 효과가 있겠다 싶더라고요. 그래서 알고 싶은 거예요. 우리가 안 지는 꽤나 오래됐지만 심장이 쪼그라드는 일만 겪다 보니 편히 얘기를 나눌 짬도 없었잖아요."

"사실 제 심장이 가장 쪼그라들고 있는 건 지금입니다."

뤄웨이즈가 반박한다. "그래도 귀한 시간을 벌었잖아요."

"그럼 얘기해 볼까요? 사람들은 왜 고기를 좋아할까요?"

뤄에이즈가 입을 비쭉인다. "그게 문제예요? 군침이 도니까요. 맛있잖아요."

리위안이 묻는다. "그럼, 복부, 즉 배가 총명할까요, 아니면 대뇌가?"

"나를 뭘로 보고 … 거야 물론 대뇌가 총명하지요."

"하지만, 대뇌는 독버섯을 먹으라고 지령을 내리지만 배는 그것을 토해 버린단 말입니다. 이 점을 보면 무엇을 먹을 수 있고, 무엇을 먹어서는 안 된다는 것에 대해서는 배가 대뇌보다 더 총명하지 않습니까?"

뤄웨이즈는 뭔지 알 것 같았다. "그렇다면 사람들이 고기를 좋아하는 것은 걸신이 들려서가 아니라 몸에 필요하기 때문이라는 거죠?"

리위안이 말한다. "인류가 수천만 년 진화해 왔는데 우리 몸이 아주 총명해졌다는 것을 믿어야지요. 만약 단순하게 걸신이 들려서 아무 식물이나 탐했다면 인류는 진작 입으로 인해서 망했을 겁니다. 몸의 발언권을 존중한 것이 틀림없습니다."

뤄웨이즈가 까르르 웃었다. "그럼 몸이 고기를 먹고 싶다면 이 말이 가진 비언어적 의미는 무엇일까요?"

리위안은 손뼉을 치려다가 지금 상황에는 자제해야 한다는 것을 깨닫고 두 손으로 뤄웨이즈의 손을 잡고 힘껏 흔들었다. "제가 돌아가서 지도교수님께 당신을 우리 팀에 받아달라고 제안하겠습니다. 당신은 너무나도 총명한 사람입니다. '비언어적 의미'라는 말은 정말 수준 높은 말입니다. 몸은 자신의 사물에 대한 선택으로 우리의 이지에 호소하고 있는 겁니다."

뤄웨이즈가 귀띔한다. "좀 살살하세요."

리위안은 대뜸 소리를 죽인다.

"너무 꽉 움켜쥐지 말라는 뜻이에요. 이봐요. 손가락이 감각을 잃을 지경이라구요."

리위안은 그제야 아쉬움 가득히 손을 풀었다.

뤄웨이즈가 말한다. "칭찬 감사해요. 하지만 극찬을 받고서도 정작 고기와 불면의 관계는 전혀 모르겠는데요."

리위안이 대답한다. "현대인은 고기를 너무나 자주 먹지요. 직장인들이 거의 매일 회식하면서 고기를 먹는 것은 물론, 어린 아이들까지 고기를 좋아하지요. 그 결과 과체중인 사람이 날이 지날수록 늘어나고 있고요. 이것은 사실 인체에 한 가지 원소가 부족한 것인데 육식으로 보충할 수밖에 없기 때문이랍니다. 하지만 이것은 인류 진화 법칙에는 부합하지 않습니다. 다들 아시다시피 인류는 원숭이가 변해서 된 것이지요. 물론 더 정확히 말하면 유인원이 변한 거지만, 유형적으로 말하면 그렇다는 거죠. 그럼, 원숭이는 주로 무엇을 먹죠?"

뤄웨이즈는 서유기의 화과산을 떠올렸다. "복숭아, 포도, 수박… 그리고 단 과자는 먹을 같아요."

리위안이 대답한다. "단 과자는 인류가 꽤나 번성한 후에 발명한 것이지요. 그러니 원숭이가 지구상에서 가장 똑똑한 동물이었을 때는 기껏해야 고구마나 꿀 같은 것을 먹었겠죠. 원숭이는 견과류도 좋아한답니다. 호두나 해바라기 따위. 이런 것들은 모두 채식에 속하지요. 물론 동물성 음식을 더러 먹기는 하지만 절대 주식은 아니지요."

이 말들은 따로 놓고 보면 모를 말이 하나도 없었지만 이렇게 한데 섞어 놓으니 무슨 얘기를 하려는지 뤄웨이즈는 갈피를 잡을 수가 없었다. 그녀는 애써 이해하려 한다. "당신의 뜻은 인간은 채식 동물이 진화된 것이지 호랑이나 사자가 변한 것이 아니니 이렇게 고기를 탐할 이유가 없다 이거죠?"

리위안은 또 손뼉을 치려다가 상황을 고려하여 허공을 두어 번 후려치고 나서 말한다. "지도교수님은 분명 당신을 좋아할 거예요! 맞았어요!"

뤄웨이즈는 자신의 추리를 이어나갔다. "방금 고기에 포함된 한 가지 원소가 인간에게 필요한 거라고 하셨죠?"

"그렇습니다."

뤄웨이즈가 모르겠다는 듯이 묻는다. "인간이 아직 원숭이였을 때에는 고기를 탐하지 않았다. 그럼 무엇 때문에 원숭이일 때는 이런 약점이 없이 채식만 하다가 인간으로 변한 다음에 되레 육식 동물이 된 거죠? 다시 말해 인간과 원숭이의 제일 큰 다른 점이 무엇이죠?"

리위안이 말한다. "좋은 문제입니다. 문제를 제기했으니 어디 해답도 찾아보시죠."

뤄웨이즈가 아차 했다. 남의 답을 들으려다 자기만 골치 아프게 생겼다. 주변의 동정에 귀를 기울이니 저쪽에서는 아직도 찾느라 야단이었다. 그러니 나갈 수도 없고. 하는 수없이 대충 대답한다. "사람과 가까울수록 둔하다는 것이겠죠."

"무슨 뜻이죠?"

"원숭이는 나무에 오를 수 있는데 사람이 쉽게 할 수 있어요?"

리위안이 대뜸 반박한다. "나는 나무에 잘 오를 수 있어요. 내 후배 링녠은 더 말할 것도 없고요. 눈 깜짝할 새에 어디 갔는지 찾을 수도 없어요. 가만히 있을 때 우리 둘은 어딘가 비슷하지만 움직이기만 하면 난 그의 적수가 못 돼요."

뤄웨이즈가 콧방귀를 뀐다. "그래도 원숭이를 따라올 수 있어요? 이 나무에서 저 나무로 뛰어다니면서 자기는 조금도 다치지 않을 수 있나요? 등에 새끼 원숭이를 업고 쏜살같이 나무에서 미끄러져 내려올 수 있나요?"

리위안은 실패를 인정할 수밖에 없었다. "그건 안 되지요. 그리고 작은 원숭이를 업을 수 있을지는 당신 하기에 달렸지요."

뤄웨이즈가 짐짓 뾰로통한 표정을 짓는다. "헛소리 말아요!"

리위안이 말한다. "좋습니다. 각설하고, 어쨌든 나는 인간이 갈수록 둔해진다는 추리에는 동의할 수 없습니다. 원숭이가 원소를 알까요?"

뤄웨이즈가 나무란다. "당신은 정말 꽉 막힌 사람이군요. 그냥 그렇다는 거지. 인간과 원숭이를 비교하면, 구체적으로 유인원과 비교하면 뇌용량이 갈수록 커지고 도구를 사용하죠, 불도 사용하죠, 물론 갈수록 총명해지겠죠."

리위안이 말을 받는다. "우리는 점점 문제의 핵심에 접근하고 있습니다. 뇌 용량의 증가와 뇌 활동의 강화로 말미암아 아까 말한 원소에 대한 수요량이 원숭이보다 훨씬 커지지요. 뇌 활동이 많은 사람일수록, 예를 들면 학생들, 회사의 화이트칼라들, 각 분야 지도자들까지 포함해서 이런 사람들일수록 고기를 즐겨 먹지요. 그 유명한 마우스훙사오러우毛氏紅燒肉*만 봐도 알 수 있잖아요."

뤄웨이즈가 생각해 보니 나름 말이 되는 것 같았다. "그럼 그 원소가 뭔데요?"

리위안이 말한다. "우리 '백낭자'부터 얘기해 봅시다."

뤄웨이즈가 묻는다. "당신이 말하는 '백낭자'란 게르마늄 원소를 말하는 건가요, 아니면 그 호풍환우**하며 못하는 것이 없는 미인을 말하는지요?"

"진짜 백낭자말입니다. 그 뱀 요정이 변해서 된 여자요."

뤄웨이즈가 토라졌다. "왜 언제나 그 백낭자를 입에 올리고 그래요!"

리위안이 참지 못하고 웃음을 터뜨린다. "하하, 백낭자 때문에 질투를 부리나요?"

뤄웨이즈도 자기가 지나쳤음을 느끼고 바삐 무마하려 든다. "좋아요. 신화 속의 인물 때문에 괜히 … 얘기해 봐요. 백낭자가 지금 무슨 영감을 주는지?"

---

* 마오쩌둥이 좋아하던 음식으로, 삼겹살을 양념에 졸인 음식
** 바람과 비를 부르는 요술

리위안이 되묻는다. "무슨 물건이 백낭자로 하여금 원형을 드러내게 했나요?"

이 문제는 뤄웨이즈의 입맛에 맞았다. 뜨거운 사랑에 빠진 사람은 동성을 배척하는 법이다. 그것이 설사 동서양의 학문을 섭렵한 박사라 해도 다를 바 없었다. 그렇게 아름답던 백낭자가 흉물스러운 뱀으로 변하는 대목에서 뤄웨이즈는 약간 고소하기까지 했다. "그걸 모를 사람이 어딨어요? 웅황술이지요!"

"그럼 웅황주의 화학 성분이 뭣인지는 아세요?"

뤄웨이즈가 대답한다. "화학 성분 같은 건 몰라요. 하지만 웅황을 술에 담근 것이 아닌가요?"

오늘 리위안은 어떻게든 뤄웨이즈의 주의력을 분산시켜 둘만의 시간을 즐기고 싶었다. 자기가 사랑하는 사람에게 자신이 평생을 바치려는 사업 얘기를 하는 것은 얼마나 자랑스럽고 뿌듯한 일인가! 그래서 일부러 묻는다. "찬 술일까요, 아니면 뜨거운 술?"

문제도 아닌 문제가 뤄웨이즈를 말문이 막히게 했다. 하지만 그녀는 이내 애주가들이 술을 덥혀 마시는 것을 기억해 내었다. "뜨거운 술이겠죠. 술이 뜨거우면 웅황도 빨리 녹을 거 아니에요? 그리고 먹기도 더 좋겠죠."

리위안이 재차 박장대소한다. 물론 박수도 소리 없이, 웃음도 소리 없었다. 과장해서 웃는 모습을 짓느라고 얼굴이 일그러질 지경이다. "정답입니다!"

뤄웨이즈는 찍기에 능하지 않은 자신이 옳게 찍을 줄은 몰랐다. 겸손한 척하며 대답한다. "간단한 문제걸요."

리위안이 자기 얼굴을 쓱 문지른다. 사천극의 변검처럼. 손바닥을 얼굴에서 떼니 뜻밖에도 굳은 얼굴이다. "웅황의 주요한 화학 성분은 황화비소인데요, 웅황을 가열하면 화학 반응이 일어나 삼산화비소가 되지요. 이것이 바로 독극물로 잘 알려진 비상이랍니다. 다시 말해 웅황술을 마시는 것은 비상을 먹는 것과 같아서 간장을 심각하게 해친답니다. 가벼우면 메스껍고 구토하며 설사하는 등의 증세가 나타나며 심지어 중추신경계의 마비를 일으켜 의식이 몽롱해지고 혼수상태에 빠지지요. 심할 경우는 목숨을 잃을 수도 있습니다. 그런데 이런 웅황술을 덥혀서 먹는다면 위험성이 배가되지요. 그래서 중약학에는 웅황은 불에 구워서는 안 된다는 금기도 있지요."

뤼웨이즈가 화들짝 놀란다. "그러면 우리의 조상님들이 망령이 들어서 해마다 웅황을 술에 담가 마셨단 말이에요? 그 말대로라면 죽음을 자초하는 거나 마찬가지잖아요? 우리의 조상님들이 어떻게 이런 자기 무덤을 파는 멍청한 일을 저지를 수 있죠?"

리위안이 대답한다. "웅황은 여러 가지 이름으로 불리지요. 예를 들면 웅정이니, 석황이니 훈황, 황금석 따위이지요. 하고많은 이름 중에서 나는 시골 사람들이 부르는 계관석이라는 이름이 제일 맘에 들어요. 최상품의 웅황은 전기가 통하지 않는답니다. 경도는 1.5~2 정도고 비중은 3.6이며 결정면은 아름답게 반짝이지요. 이런 상등품의 색깔은 수탉의 볏과 흡사한데 주황색의 반투명한 결정체랍니다. 만약 백색 결정체라던가 으깨질 때 겉은 빨간데 속은 희다면 그것은 비상이 많이 함유되어 있는 겁니다."

여기까지 들은 뤼웨이즈는 놀란 가슴을 쓸어내리며 말한다. "우리 조상님들은 양생학이며 약재들에 대해 누구보다도 조예가 깊지 않아요? 먹는 것도 특별히 조심하는 분들일 텐데 어떻게 이리도 큰 블랙홀에 빠져 스스로 독약을 복용할 수 있나요?"

리위안이 그녀를 진정시킨다. "급해하지 말고 내 얘기를 들어봐요. 웅황술의 구체적인 제작법은 아래와 같답니다. 해마다 5월 단오 즈음이면 민간에서는 포황근*을 약하게 썰어서 말린 다음 웅황을 약간 섞어서 흰 술에 담그지요. 주의할 점은 이렇게 엄격하게 고대 제작법에 따라 담근 웅황술만 마실 수 있다는 점입니다. 웅황은 성질이 온화하고 약간 쓰며 독성이 있습니다. 심장, 간장, 비장, 위장과 대장 경락에 속하지요. 옛적에

---

* 메기부들의 뿌리 부분으로, 열을 내리고 피를 차갑게 하며 부종을 줄이고 눈을 맑게 하는 효능이 있는 약재

집에 우물이 있는 집들에서는 웅황 한 덩이를 풀솜*에 싸서 우물 안에 던져 우물물의 독을 없애기도 했답니다. 옛사람들은 웅황이 온갖 벌레를 없애서 사악함을 물리치고 온갖 독을 해독해준다고 믿었거든요. 그것을 몸에 지니고 있으면 삼림에 들어가서는 흉악한 맹수를 굴복시키고 강과 바다에 들어가도 모든 독을 피할 수 있다고들 했습니다. 사람들은 또 웅황술을 집의 애들의 귀, 코, 이마, 손과 발에 발라주기도 했지요. 웅황을 술에 짓이긴 것으로 어린애의 이마에 왕자를 써서 사악한 기운을 막기도 했고요. 때문에 사람의 몰골로 변한 백낭자도 웅황의 벽사** 기능을 이기지 못하고 본모습인 뱀의 모습을 나타낸 거지요."

뤼웨이즈가 말한다. "아니, 당신 이야기는 너무나도 모순되는군요. 방금 웅황이 이게 나쁘다 저게 나쁘다 흠집만 들춰내더니 지금은 또 고대에는 어린애에게까지 웅황을 썼다고 하니 어떻게 받아들여야 할까요? 이 세상에서 어느 민족이나 어린아이를 가장 중요하게 여겨 제일 좋은 것들을 애들한테 주지요. 우리의 조상님들이 자신의 후대를 망칠 정도로 어리석은 사람들은 아닐 테니까요."

리위안은 아랑곳하지 않고 자기 말을 이어간다. "웅황술을 음용하는 풍속은 중국에서 수천 년이나 이어져 왔지요. 그런데 무엇 때문에 음력 5월에 음용했을까요? 그것은 단오절을 전후하여 대지에 양기가 성하고 기후가 더워져서 벌레들이 움직이기 시작하고 독기가 상승해서 전염병이 고개를 쳐들기 때문이었지요. 사악한 기운들이 인간의 입과 코를 통해 몸에 들어오는데 지금 우리가 말하는 호흡기와 소화기 질환에 해당하지요. 이럴 때 웅황술을 마시면 사악한 기운을 막고 해독할 수 있답니다. 애석한 것은 현대인들은 웅황술을 마시는 것은 비상을 복용하는 것과 같다는 점만 가지고 수천 년을 내려오던 풍습을 깨고 더는 웅황술을 마시지 않는다는 겁니다."

---

* 사용하지 못하게 된 고치를 늘여 만든 솜
** 요사스러운 귀신을 물리침

리위안이 끝없이 열변을 토하건만 뤼웨이즈는 들을수록 어리둥절해졌다. 고기를 좋아한다는 향기로운 주제에서 출발했는데 곤두박질 한 번에 십만 팔천 리나 간다더니 어째 독약 타령만 하고 앉았는가? 엉터리라도 너무 엉터리다. 그녀가 머리가 깨질 듯이 생각해도 영문을 알 수 없는 것은 중국의 고대 사람들이 아무리 무지몽매하기로서니 수천 년이나 독약을 장기복용하면서 그것을 보물단지처럼 모셨을까 하는 점이었다. 그녀는 이 커다란 의문점을 리위안에게 말했다.

리위안이 대답한다. "거야 물론 의학적인 이유가 있지요. 내가 방금 웅황의 주요한 성분이 뭐라고 했죠?"

"황화비소라고 했잖아요."

리위안이 어딘가 침통한 표정으로 말한다. "사람들은 웅황 중의 '비소'에만 주의를 돌리고 '유황'은 잊어버렸죠."

뤼웨이즈가 말을 받는다. "오, 알겠어요. 웅황이 약효를 발휘하게 하는 건 사실 유황이다 이 말씀이죠? 이 유황을 얻기 위해 사람들은 할 수 없이 독성이 아주 강한 웅황을 이용했겠지요. 하지만 현대인들이 비소의 나쁜 점을 피하기 위해 웅황의 복용을 중단한 것은 구더기 무서워 장 못 담그는 격이라고도 할 수 있겠군요."

리위안이 뤼웨이즈를 와락 끌어안는다. 젊은 남녀의 정욕도 정욕이지만 뜻이 같은 동지를 얻은 기쁨은 더 이를 데 없었다.

리위안이 기쁨에 차서 말한다. "유황도 일종의 원소지요. 원소 주기율표에서의 화학 부호는 S고 원자 번호는 16입니다. 유황이란 원소는 모든 생물에 대해 자못 중요한, 없어서는 안 될 원소랍니다. 유황은 여러 가지 아미노산의 구성성분이기도 하고요. 어떤 의미에서는 유황이 없으면 단백질도 없다고 할 수 있습니다. 이시진이 집필한 〈본초강목〉에서는 유황은 허리와 신장의 오랜 냉증을 치료하고 냉풍에 완전히 마비되어 발생하는 한열증을 없앤다고 했지요. 그리고 날 것으로 쓰면 개 선충으로 인해 생기는 옴이나 버짐을 치료한다고 했습니다. 서방의 고대인들은 유황이 연소할 때 생성하는 짙은 연기와 강한 냄새가 마귀를 쫓을 수 있다고 믿었지요 …"

가만히 듣고 있던 뤼웨이즈가 불쑥 말한다. "내 기억이 틀리지 않다면 동서양의 연금술사들은 죄다 유황을 아주 중요시했어요. 그 사람들이 만든 단약에서도 유황이 큰 부분을 차지하지요. 하지만 독성도 만만치 않았던 것 같아요. 중국 역사상에서 불로장생의 신선 단약을 먹고 죽은 황제가 열 사람도 더 되지요. 동진東晉의 애제가 그 첫 사람이었지요."

뤼웨이즈가 자신 있어 하는 분야인 역사 이야기가 나오니 뤼웨이즈는 금세 물 만난 고기처럼 팔딱였다. 방금 상대방의 말꼬리나 잇던 것과는 딴판이다.

리위안이 말한다. "지금 사람들은 연단 얘기만 나오면 형편없는 것처럼 생각하지만 사실 그렇지만도 않습니다. 온 세상을 쥐락펴락하는 황제들이 하나같이 백치일 수도 없고 그들이 처음부터 너무 깊이 빠져서 멍청이가 된 것도 아닐 거 아닙니까? 최고 통치자들이 어찌 되어 단약을 신줏단지 모시듯이 했겠습니까? 주요한 이유로는 복용 초기에 확실히 효험이 있었기 때문이지요. 화학분석 결과 제일 주요한 연단 재료는 단사였습니다. 단사란 무슨 물질입니까? 그 화학 성분은 바로 황화수은인데 우리나라에서 약으로 쓰인 역사가 대단히 유구하지요. 〈신농본초경〉에서는 단사를 상품 중의 첫 자리에 놓았지요. 온갖 병을 치료하고 정신을 북돋우며 혼백을 안정시켜 꾸준히 복용하면 천지신명과 통하여 불로장생할 수 있다고 했지요."

뤼웨이즈가 묻는다. "단사에 이런 효험이 있다면 왜 널리 사용하지 않나요?"

리위안이 웃는다. "당신이 만약 1000년 전에 태어났다면 분명히 사기꾼들의 거짓말에 현혹되는 도사였을 겁니다."

"도사가 아니라 요절한 황제일지도 모르지요."

"사실 단사가 지닌 사람을 매혹시키는 효능은 죄다 유황 덕입니다. 불로장생한다는 신선 약들은 유황을 함유하고 있기에 복용 초기에는 생기와 에너지가 넘치게 만들지요. 하지만 수은이나 비소는 확실한 독극물이 아닙니까, 그런데 당시의 수준으로는 이런 것들을 똑똑히 밝히기 힘들었지요. 그래서 연금술사와 황제들은 유황의 뛰어난 에너지를 얻기 위해 유황의 화합물들, 예를 들면 웅황이나 단사 같은 것들을 사용했지요. 그러니 유황을 섭취함과 동시에 대량의 수은과 비소도 섭취했을 거 아닙니까. 좋고 나쁜 것을 가리지 않고 닥치는 대로 먹다 보니 독성이 축적되어 목숨까지 잃게 되었던 거지요. 중독되는 일도 다반사였고요. 단약을 복용하는 사람이 푹 쓰러져서 죽게 되면 당시에는 백일승천 했다고 했지요. 이런 방법으로 유황을 섭취하는 것은 지구적이고 안전한 방법이 아닌 것은 분명합니다."

뤄웨이즈가 우물우물 말한다. "새중국에 태어나 붉은기 아래서 자란 걸 감사하게 생각해야 겠네요."

리위안이 이야기를 이어나간다. "1789년에 프랑스 화학자 라부아지에가 근대 최초로 원소 주기율표를 발표했는데 유황도 원소표에 있었습니다. 유황의 불가 분할성도 확인됐고요. 식물이 토양에서 흡수한 황산이온은 대부분이 유황으로 환원되며 나아가 시스테인, 시스틴과 메티오닌으로 동화된답니다. 유황은 프로토겐, 코엔자임 A, 티아민파이로인산, 글루타티온, 비오틴, 아데닐황산염과 아데노신 트리포스 페이트 등의 구성에도 참여하지요."

뤄웨이즈가 혀를 찬다. "맙소사, 성냥과 친척인 물건이 이렇게 많은 물질에 흔적을 남기다니."

리위안은 이런 태도로 과학을 이야기하는 것이 못마땅하게 생각되어 자기 말을 계속한다. "사람의 간장, 신장과 심장 등의 단백질의 유황 함유량은 16.3%에 달합니다. 피부, 골격과 근육 같은 결합체 조직과 모발 중의 함유량도 5%나 된다고 합니다. 총체적으로 사람의 체중의 0.25%가량 된다고 하는데 약 120 그램쯤 된다고 보면 되겠습니다."

뤄웨이즈가 놀라서 묻는다. "그러면 나도 성냥처럼 불이 붙겠군요. 지금 입이 바싹바싹 마르는 것도 유황과 상관있는 거 맞죠?"

리위안이 호주머니에서 귤 하나를 꺼낸다. "이건 내가 이곳으로 올 때 링녠이 억지로 넣어 준 겁니다. 이 사달을 일으킨 장본인은 자신인데 뒷수습은 내가 해야 되니 데면데면한 자식이 물질적인 격려랍시고…"

아주 멋지게 생긴 귤이었다. 껍질은 샛노랗고 모공이 섬세했다.

리위안은 귤을 뤄웨이즈에게 건넨다. "환자 위문용으로 딱이지요?"

귤을 받아 쥐며 뤄웨이즈가 쫑알거린다. "지금이 어느 때예요? 초여름이 아닌가요? 그러니 이건 분명히 작년의 귤일걸요. 난 시도 때도 없이 아무 계절에나 모든 과일을 먹을 수 있는 게 싫어요. 사과는 가을철과 겨울이 제철이고 앵두는 5월에 먹어야 제 맛이지요. 지금처럼 철을 가리지 않고 공급하니 철도 모르겠고 소중한 줄도 모르잖아요." 말은 이렇게 했지만서도 기쁨을 감출 수 없다. 또 엉뚱한 소리를 한다. "나를 먹여줘요."

리위안이 또 웃는다. "좋아요. 난 당신이 이런 연인들 수작은 모르는 줄 알았는데 제법이네요."

"나를 지금까지 이성으로 안 봤던 거예요?"

리위안이 공손하게 귤을 깐다. 그런데 손가락이 귤 쪽에 닿으려는 순간 감전이라도 된 듯, 동작을 멈춘다. "난 당신을 먹여 줄 수 없어요!"

"왜요? 싫어요, 꼭 먹여줘요!"

"내 손이 너무 더러워서 안 돼요. 생각해 봐요. 금방 환자 곁에서 왔는데 손도 씻지 못하고, 게다가 흙을 만졌죠, 나뭇잎을 만졌죠, 세균이 얼마나 묻었겠어요? 당신은 지금 면역력이 약해질 대로 약해졌는데 이런 더러운 것들을 귤에 묻힌다면 얼마나 해롭겠어요?"

생각해 보니 그 말이 맞는 것 같아 뤄웨이즈는 그의 세심함에 감동했다. "하지만 내 손도 깨끗하지 않은걸요."

"귤은 손을 대지 않고도 먹을 수 있는 몇 안 되는 과일 중의 하나지요. 어서 먹어요."

뤄웨이즈는 귤을 두 쪽으로 깨어 절반을 리위안에게 건넨다. "사실 나도 먹여 주고 싶었는데 손이 깨끗하지 못하니 어쩌겠어요. 자력동수 풍의 족식*하세요."

리위안은 말없이 보기에 조금 더 커 보이는 반쪽 귤을 받아 들었으나 즉시 먹지는 않는다.

뤄웨이즈는 남을 신경 쓸 새 없이 샛노란 귤껍질을 받쳐 들고 귤 한쪽을 입으로 물었다. "맛있나요?" 리위안이 기대가 뚝뚝 떨어지는 눈길로 뤄웨이즈를 바라본다.

뤄웨이즈는 힘겹게 귤을 넘기면서 대답한다. "금방 속담 하나가 생각났어요. 빛 좋은 개살구."

리위안이 자기 손의 귤을 자세히 살펴본다. 아닌 게 아니라 쪼그라들고 말라비틀어져 있었다. 중간의 섬유질은 그나마 발달하여 헝클어진 삼거웃*처럼 담황색의 귤 조각을 친친 동여매고 있었다.

뤄웨이즈가 의아한 듯 묻는다. "어렸을 때부터 해결하지 못한 의문이 있었는데요. 이런 '빛 좋은 개살구'를 파는 사람들은 어떻게 귤을 이렇게 만들었을까요? 고의적일까요? 아니면 무슨 특수한 기술을 이용하여 겉은 멀쩡하고 속만 말라들게 했을까요? 도대체 무슨 목적일까요?"

리위안이 절반짜리 귤을 들고만 있는 것은 뤄웨이즈가 자기의 반쪽을 다 먹은 다음 그녀한테 건네려는 것이었는데 그녀의 말에 주의력이 귤의 신선도 유지에 쏠렸다.

리위안은 약간 생각하고 나서 입을 연다. "난 소녀 시절부터 당신을 곤혹스럽게 했던 이 문제를 풀 수 있을 것 같아요."

"허풍이죠? 화학 분야라면 몰라도 식물학도 전문가인가요?"

리위안이 말한다. "고대의 사람들은 몰랐겠죠. 이건 귤을 파는 사람들이 간사한 술수를 부려서가 아니라 귤이 태생적으로 말라비틀어져 수분이 없어졌다는 것을."

"귤 좀비라도 됐다는 건가요?"

"사실 원인은 간단하지요. 바로 귤나무에 유황이 결핍했던 겁니다. 식

---

* 마오쩌둥의 말로 스스로 노동하여 먹을 것과 입을 것을 해결하라는 뜻을 담고 있어, 당시 군인들이 직접 농사를 짓기도 했다
* 삼 껍질의 끝을 다듬을 때 긁혀서 떨어진 검불을 이르는 말

물에 유황이 결핍하면 엽록소가 모자라고 작아지며 과일이 말라들고 맛이 없어지지요. 이 말라비틀어진 귤이 바로 그 표본이라고 할 수 있지요."

뤼웨이즈가 알겠다는 듯이 말한다. "하마터면 귤 파는 사람이 덤터기를 쓸 뻔했네요. 그들은 당신께 감사해야 할걸요." 그녀는 문득 생각난 듯이 묻는다. "그럼 우리가 평소에 유황을 잘 보충하면 더 건강하고 더 좋아질 수 있겠네요?"

"균형적인 것이 제일 좋습니다. 하지만 식물 내에는 유황 함량이 비교적 적은데다가 가공 과정에 쉽게 파괴되기에 인류는 전반적으로 유황 결핍 상태에 처해 있지요. 고대인들이 이 점을 발견했기에 여름철이 닥치기 전에 웅황술을 음용하는 방식으로 집중적으로 유황을 보충했었지요. 비록 비소의 해로움이 있었지만 두 가지 해로움 중에 덜 해로운 것을 고른다는 의미에서 유황을 택했겠지요. 유황은 기대와 같이 여름철 전염병 방지에 탁월한 효과가 있었겠지요. 그래서 대를 물려가며 계속 복용해 왔던 것일 겁니다. 그런데 우리 현대인들은 비소가 가진 해로운 점만 고려하여 웅황 복용을 중단한 거죠. 하지만 더 깊이 있게 다른 물질로 대체할 수는 없겠는가는 생각하지 못했고요. 그 결과 지금 국민들의 신체 상태를 보면 유황 결핍증의 비율이 상당히 높습니다. 그럼 어떻게 해야 할까요? 육류에 비교적 많은 유황이 함유돼 있기에 우리의 몸은 우리의 입에게 가급적이면 육류 섭취량을 늘이라고 명령하는 거죠. 이러면 유황은 보충되지만 총체적인 칼로리 섭취량이 너무 많아져서 비만이 오죠. 하지만 살이 찔 줄 분명히 알면서도 유황이 부족하기에 끊임없이 고기를 탐하게 되고요 …"

뤼웨이즈는 크게 깨달은 듯이 말한다. "원소란 것이 이렇듯 정밀하군요."

"맞습니다. 원소도 사람과 마찬가지로 생명이 있답니다. 게르마늄을 사람의 목숨을 구하는 대자대비한 관세음보살이라 한다면 유황은 돼지나 양과 같습니다. 사람들이 보기만 해도 군침을 흘리는 고기반찬."

뤼웨이즈 생각에 너무나 아이러니한 일이었다. "마치 썩은 달걀 같고 화약 냄새 가득한 그 유황이 족발이랑 샤브샤브랑 동서 지간이란 말이에요?"

리위안이 나무란다. "그렇게 유황을 업신여기지 마세요. 유황이 없다면 당신의 생명의 질은 대번에 떨어질걸요. 좀비가 될지도 몰라요!"

웃고 떠들던 두 사람은 천 씨 장원이 고요함을 회복했음을 눈치챘다. 뤄웨이즈가 리위안에게 귀띔한다. "아이 참, 시간이 한참이나 됐네요. 이제 서서히 등장해야겠죠."

리위안은 행복한 순간을 조금이라도 늘리고 싶었다. "돌아가 쑤야를 구하면 되니까 그들더러 좀 더 고생하라고 하죠."

뤄웨이즈가 말한다. "그건 안 돼요. 보아하니 저택 안의 수색은 끝낸 것 같은데 이제 곧 바깥에 나갈 거 아녜요? 바깥이 어디예요? 우리 집과 당신 집 밖에 더 있어요? 그러면 우리의 친인들이 고통을 감당하게 될 거예요. 그러니 여기까지만 합시다."

리위안이 들어보니 일리가 있었다. 그래서 두 사람은 몸에 달라붙은 나뭇잎을 털어내며 우거진 수풀 속을 걸어 나왔다.

# 제34장
# 세월을 넘나드는 것

낭만의 세월을 넘나드는 보석으로 변하여 다이아몬드의 몸으로 세상을 살아가며 찬란하게 불타오르며 영원히 부서지지 않았으면 …
이 세상에서 당신을 만나고 당신을 알게 되고 사랑하게 된 것은 우주 대폭발 빅뱅의 순간에 진작 결정된 것이었습니다.


리위안과 뤄웨이즈를 발견한 직원들의 기쁨은 이루 헤아릴 수 없었다. 죄가 두려워 탈주한 범인을 체포한 것처럼. 그들은 즉시 두 사람을 천텐귀의 방에 데리고 갔다. 하지만 두 사람에게 윽박지르진 못했다. 두 사람이 너무나 천연덕스러운 것을 보니 자수하려는 것도 같고, 더 중요한 것은 이 두 사람을 왜 잡아야 하는지 누구도 몰랐기 때문이었다. 그러니 그저 다시 사라지지 못하게 눈도 떼지 않고 살필 뿐이었다.

리위안을 본 예펑쥐는 고개를 끄덕인다. "그래도 상황이 어떻게 흘러가는지는 아는 사람이군. 밖에서 좀 기다리시오."

뤄웨이즈는 임시로 들여놓은 작은 침대에 돌아가 조용히 누웠다. 그녀는 여기에 남기로 작심했다. 이 거머리처럼 수시로 그녀의 피를 뽑으려는 작은방에 조용히 누워 운명의 결정을 확인하기로 했다.

간호사가 말없이 쑤야의 최신 검사 결과를 건넨다. 예펑쥐의 안색이 파랗게 질린다. 즉각 응급조치를 취하지 않으면 쑤야의 실낱같은 목숨이 그대로 끊길 판이다. 예펑쥐는 뤄웨이즈 곁에 다가가 온화한 목소리로 말했다. "돌아왔으니 됐소. 팔을 이리 주시오."

뤄웨이즈는 고분고분 자기의 가녀린 팔을 내민다. 여윈 팔은 바람 앞의 등불처럼 위태롭게 떨린다. 주삿바늘 자국투성이인 팔, 영문을 모르는 사람은 그녀가 마약 중독자라고 생각할지도 모른다. 방금 수풀 속에서 오랫동안 이야기를 나누다 보니 그녀는 에너지가 바닥이 나서 안색이 누렇고 몰골이 말이 아니었다. 흡사 황사가 휩쓸고 간 자가용을 닦고 버린 닳아빠진 사슴 가죽 같았다.

예펑쥐는 갈등에 빠졌다. 이쪽에 누운 사람, 저쪽에 누워있는 사람, 두쪽 다 목숨이다! 하지만 그는 결코 쑤야를 포기할 수 없었다. 쑤야에게 항바이러스 혈청을 주입하지 않는다면 죽음을 피할 수 없다. 뤄웨이즈도 극도로 허약한 상태여서 이제 피까지 뽑는다면 중태에 빠질지도 모르지만 그렇다고 목숨까지는 잃지 않을 것이다. 그도 그런데 쑤야 쪽의 천평칭에는 '천 씨'라는 무게가 어마어마한 분동이 놓여있지 않은가.

예펑쥐가 간호사에게 채혈을 분부하려는 찰나 쑤야가 갑작스레 깨어났다. 그녀는 의식이 몽롱하였지만 흐리지는 않았다. 첫눈에 사람들이 무얼 하려는지 눈치 채고 입을 열었다. "예 선생님, 멈추세요." 가까스로 내는 소리였지만 또렷했다.

예펑쥐가 몸을 돌려 친절하게 말한다. "당신을 구하려고 이러는 겁니다."

"전 싫어요…"

예펑쥐가 느릿느릿 대꾸한다. "오… 뭐가 싫다는 거죠…" 위중한 상태에 빠진 환자의 말이 중요해서가 아니라 예의상 응수하는 것이다. 다시 말해 물음이 아니니 답할 필요도 없는 말이었다.

"저 사람의 피가 싫어요…" 쑤야는 안간힘을 다해 자신의 목소리에 힘을 싣는다.

이 정도까지 말하니 모르는 척할 수 없다. 예펑쥐가 묻는다. "갑자기 왜요? 저 사람의 피가 당신을 도우면 화관바이러스를 이겨낼 수 있습니다. 당신과 아드님이 모두 회복될 수 있다는 말입니다."

쑤야가 말한다. "제가 죽을 상황이라는 건 알아요. 하지만 은인을 더이상 못살게 굴 수는 없어요… 만약 진심으로 저를 구하려고 하신다면 백낭자를 복용하게 해 주세요… 제 몸으로 백낭자의 효험을 증명하는 것이 은인에 대한 제일 좋은 보답이겠지요 … 만약 그래도 내가 죽는다면 … 그 누구도 원망하지 마세요 … 저는 아쉽지 않아요 … 제 아들을 잘 보살펴 주세요 …” 기다란 말을 하느라 마지막 힘을 모두 쏟아 부은 듯 잠잠해졌다. 새까만 머리카락이 식은땀에 적셔져 이마와 귓전에 찰싹 달라붙은 모양이 경극 무대의 슬픈 청의* 같다.

예평쥐는 이 돌발 상황을 어떻게 처리해야 좋을지 몰라 정중하게 확인한다. “쑤야님, 지금 … 지금 정신이 맑은 상태인가요?”

쑤야는 이제 눈을 뜰 힘도 없다. 눈을 감은 채로 말한다. “그래요 … 지금처럼 정신이 맑은 적 … 없어요.”

“그럼 천 시장님한테 여쭤보겠습니다.”

쑤야가 말한다. “시장님을 번거롭게 할 필요 없어요 … 이 일은 제가 결정해요 …”

예평쥐가 생각해 보니 그것도 일리가 있는 말이었다. 진짜 시장한테 보고한다고 해도 그러러 어떻게 결단하게 할 것인가? 좌우간 뤄웨이즈가 곁에 있으니 먼저 백낭자를 써 보고 그래도 안 되면 혈청을 써도 될 것이었다. 물론 그때 가서 손을 쓸 수 있을지는 모르겠지만. 일단 두고 보는 걸로 하고 배수진을 치는 심정으로 리위안을 불렀다.

임시 병실에 들어온 리위안은 깊은 뜻이 담긴 눈길로 뤄웨이즈를 바라본다. 뤄웨이즈는 먼저 머리를 흔들고 나서 이어 고개를 끄덕여 보였다. 그것이 무엇을 뜻하는지 잘 알 수는 없었지만 뤄웨이즈가 무슨 결단을 내렸음은 틀림없었다. 그러니 리위안은 예평쥐의 지령에 따라 서둘러 쑤야에게 백낭자를 복용시켰다.

천톈궈의 침실은 작은 편이 아니었지만 각종 치료 설비에다 다른 침대 하나까지 들여놓다 보니 협소하기 짝이 없었다. 병상에 조용히 누워있는 뤄웨이즈는 모든 것을 들을 수 있었고, 눈만 뜨면 모든 것을 볼 수도 있었

---

* 어진 어머니나 절개 있는 여자 배역

다. 하지만 그녀는 리위안에게 자신의 뜻을 전한 후에는 아예 눈을 감고 편안히 누워 있었다. 어쩌면 백낭자가 그녀의 몸에 들어온 뒤로 그녀의 정서와 사고방식까지 변화시켰는지도 모르겠다. 뤄웨이즈는 갈수록 소탈해지고 편안해졌다. 몇 번이고 죽을 고비를 넘다 보니 어지러운 세상의 모든 것에 초연하고 순응하는 사람으로 변했다.

인간 개체란 보잘것없는 희미한 연기와도 같은 법. 그녀의 생명을 구성한 모든 성분들도 이미 아득히 먼 하늘에서부터 존재해왔던 가루 입자가 이 시각, 이 지점에서 특정된 형식으로 결합되어 그녀라는 이 아주 작은 생명을 이룬 것이다. 이럴진대 그녀가 언제 어느 때 흩어져 먼지가 된다고 해도 진정한 소실인 것이 아니라 일종의 회귀에 불과한 것이다. 또다시 첩첩산중을 넘어 끝도 없고 가장자리도 없는 우주에 돌아가 자유롭게 떠다니는 것이다. 그녀의 체내의 수소와 산소는 물로 변하여 구름 속에 떠다니고 땅 위를 흐르며 소나 말의 입에 들어갈 것이다. 그녀의 체내의 탄소는 곡식들의 이삭, 나무들의 호흡, 그리고 새까만 재로 변할 것이다. 물론 그녀는 자신이 낭만의 세월을 넘나드는 보석으로 변해 다이아몬드의 몸으로 세상을 살아가며 찬란하게 불타오르며 영원히 부서지지 않기를 바란다. 연인의 무명지에 끼어 사랑의 영원함을 증명했으면. 하지만 이것은 허황한 꿈에 가깝다. 다이아몬드가 만들어진 연대는 지구가 나이를 먹음에 따라 영원한 과거가 되었다. 그러니 그녀 몸의 탄소는 기껏해야 새까만 흑연이 되어 소학생들이 제일 처음으로 배운 글자를 쓰는 데 사용될 것이다. 그리고 온몸의 철은 인체 내에서 그토록 소중한 존재로 산소를 지니고 구석구석을 누비는 생명의 로켓에 흡사하지만 그것들은 죄다 제련한다고 해도 못 하나나 될까 말까 하지 않는가.

인간은 원소이다. 이 대전제는 전생부터 이미 정해진 것이다. 후천적으로는 경미한 조합이 변할지는 몰라도 근본적인 성질은 변하지 않는다.

자신의 목숨을 구해 준 백낭자의 학명이 '게르마늄'이라는 것을 안 후부터 뤄웨이즈는 원소에 깊은 흥미가 생겼다. 그래서 그동안 대량의 자료들을 검색해 보았었다. 원체 총명한데다가 리위안이 살뜰히 인도해 주다 보니 기묘한 과학지식들이 한데 융합되어 아름다운 동화처럼 그녀를 매료시켰다.

잘 여며지지 않은 커튼 틈으로 햇살이 쏟아져 들어와 뤄웨이즈의 몸을 비춘다. 해진 비단처럼 창백하고 반들반들한 뤄웨이즈의 얼굴은 햇빛의 쓰다듬으로 알릴 듯 말 듯 한 홍조가 어린다. 그녀는 조금 따뜻해짐을 느낀다. 아, 이 태양이라 불리는 위대한 천체도 결국은 수소와 헬륨으로 구성된 거대한 불덩이였다. 물론 그것은 이 두 가지 원소뿐인 단순한 물체가 아니다. 이 밖에도 산소, 탄소, 규소, 철과 유황 등 성분이 있다. 억만 년을 내려오며 태양은 사방으로 빛과 열을 내뿜으면서도 감사하다는 말 한마디 요구한 적이 없다. 인간은 태양과 비교하면 얼마나 공리적이며 시시한 존재인가. 항성의 운행은 주로 수소의 연소에 의거한다. 볼 바에 무궁무진한 수소도 결국은 몽땅 타버릴 날이 있을 것이다. 그때 가면 천체는 불가피적으로 불이 스러져 점차 운행을 멈추게 될 것이다. 이 비참하고도 장려한 과정에서 천체는 극히 모순된 양극 분화가 생기게 된다. 그의 내부는 지속적으로 수축될 것이지만 바깥 측의 물질들은 걷잡을 수 없는 확장을 시작하게 된다. 몰락한 항성은 고무풍선처럼 팽창되어 적색거성 상태로 된다. 문제는 천체의 핵의 수축으로 말미암아 천체 온도의 급격한 상승을 초래하기 때문에 원래의 1000만℃에서 1억℃까지 치솟는다고 한다. 이러한 불가사의한 고온으로 인해 천체 내부의 헬륨 원소가 격렬하게 연소하여 핵융합 반응으로 베릴륨을 생성한다. 베릴륨이 다시 탄소를 생성하고 산소를 생성한다 … 내부에서 이런 천지개벽의 변화가 일어남과 동시에 외부에서도 쉼 없이 팽창이 발생하며 드디어 무시무시한 극한에 달한다. 그때 가면 무슨 일이 생길까? 항성의 외층 물질은 분분히 모체를 이탈하여 우주의 깊은 곳을 둥둥 떠다닌다. 이때 내재적인 핵융합은 철을 생성한다.

이상의 과정은 단번에 완성되는 것이 아니라 몇 번이고 반복되는데 갈수록 빨라지며 미친 듯이 순환을 거듭한다.

하! 이 천체가 늙어 죽을 때 얻은 늦둥이 자식 ― 철은 천체의 생명이 스러지는 마지막 한 잔의 진붉은 와인이라 하겠다. 천체는 드디어 자신의 찬란하기 그지없는 죽음의 빛을 맞이한 셈이다. 맹렬한 폭발은 각종 원소들을 불꽃처럼 태공에 흩트렸다. 이어 차가운 온도로 응결되면서 행성이 되었다. 우리가 살아가는 지구도 이렇게 탄생한 것이 분명했다. 지구의 아무 생각 없이 만들어진 부산물 ― 인류는 제일 밑바닥의 말단 제품이라 할 수 있겠다. 원래 계획에도 없었으니까. 지구는 원래 쓸쓸한 세계였는데 오랜 세월 변화와 진화를 거치면서 물이 생기고 단백질이 생겼다고 한다. 따라서 오색찬란한 생명들이 잉태되었다. 식물과 동물, 그리고 인류가 탄생했다. 여러 가지 원소들이 유랑하고 결합되어 천태만상의 배합을 거쳐 결국에 정교하기 짝이 없는 인간의 몸을 빚어냈다. 매 하나의 인간은 거대한 우주 공간의 이러한 운동의 결과로서 결국은 성운의 끄트머리 제품인 셈이다. 정교하든 경이롭든 간에 많은 원소의 조합이다. 그러므로 지구의 매 하나의 사람은 축소판 지구이며 초미세 구조의 우주라 할 수 있다.

성운 중의 원소들이 지구를 만들었는데 그것들이 식물에 옮겨가고 다시 동물, 그리고 인류를 만들었다. 인류가 죽으면 자신의 원소를 지구에 돌려준다. 얼마나 완벽한 순환인가. 원소는 자연계의 요정이다. 영원한 우주와 순식간에 사라질 자연계 사이에서 끝없이 순환하며 전령사 노릇을 하며 그 최후이기도 하다.

이 모든 것을 깨닫고 나니 뤼웨이즈는 마음이 편안해지고 담담해졌다. 죽음도 더는 두렵지 않았다. 자신이 영원히 끝나지 않을 것임을 알았기에. 그녀의 혈액 성분을 구성했던 원소들은 지금 이미 하오저의 손을 거쳐 온 세계를 돌고 있으리라. 그것은 그녀가 원하던 바는 아니었지만 통제할 수 있는 범위도 아니었다. 그리고 그녀가 쑤야에게 수혈하는 과정에서 불행하게 생명이 종결되었다고 하더라도 그녀의 원소들은 쑤야의 체내에서 새로운 여정을 시작하게 될 것이다. 그러다가 머나먼 장래에 그녀에게 속했던 이런 원소들은 또 다른 곳에서 그녀의 영혼과 만날지도 모른다. 그러다가 더 먼 앞날에 퍼즐처럼 다시 맞추어져서 새로운 뤄웨이즈가 탄생할지도 모른다. 역으로 생각하면 지금의 뤄웨이즈도 원소의 형식으로 우주에서 떠나녔으리라. 어느 특정된 틀 안에서 부정모혈(이것도 결국은 원소이다!)이 오늘의 뤄웨이즈란 인간을 빚은 것이다. 물론 수없이 많은 곡물 육류와 달걀(이것들의 본질도 원소이다!)들이 채워져서 오늘의 뤄웨이즈가 있게 되었다.

뤄웨이즈는 윤회를 믿지 않으며 아무런 종교 신앙도 갖고 있지 않았다. 하지만 그녀는 원소는 끊임없이 윤회하며 끝이 없으리라 믿는다. 모든 시작에는 끝이 있고 모든 끝은 또 다른 시편의 제목이라고 생각한다. 모든 것은 대지여우의 우주의 배치를 벗어날 수 없으며 모든 것이 고요해지고 폭풍이 휩쓸어도 원소만은 영원히 존재할 것이라 믿는다.

미국 물리학자 리처드 파인만은 이런 말을 한 적 있다. "만약 과학사를 단 한마디로 압축한다면 이렇게 표현할 수 있다. 모든 물체는 원자로 구성된 것이라고."

그렇다. 뤄웨이즈는 원자로 구성된 것이고 리위안도 원자로 만들어진 것이다. 이 세상의 모든 인간과 물체, 저 실낱같은 목숨을 이어가는 쑤야와 창궐하게 날뛰는 바이러스를 포함하여, 모든 것은 원소로 구성된 것이다.

우리 모든 사람들의 기본적인 구성이 같을진대 그 무슨 두려움과 주저함이 있을 것인가? 원자란 어쨌든 불멸인데. 과학자들은 이미 원자가 불가사의할 정도로 오래 존재한다는 것을 밝혀냈다. 오래라는 것이 얼마일까? 대략 10의 35만 제곱 년에 해당한다고 한다. 상상이 가는 숫자인가? 과학자들은 구태여 매번 계산하는 번거로움을 덜기 위하여 간단하게 '물질 불멸'이라고 표현하게 된 것이다. 가만히 있을 줄 모르는 원자들은 어떻게 이 기나긴 세월을 보낼까? 아마 자유자재로 사방으로 떠다닐 것이다. 뤄웨이즈는 지금 자신의 몸을 이룬 일부 원자들도 천년을 이 세상, 아니 우주의 항성과 위성들을 떠다니고 적어도 백만 종의 생물의 몸에 들어갔다가 자기의 육신에 들어왔을 것이라고 믿고 싶었다.

50킬로 남짓한 자신의 육신이 소멸되면 몸속의 원자(당연히 바이러스를 구성하는 원자도 포함하여)들은 하늘하늘 날아가 새로운 윤회를 시작하리라. 폐품 재활용이라 칭하기는 이번 생의 과정을 과대평가하는 감이 드니 차라리 개두환면*, 유암화명**쯤으로 말해 두자. 어쨌든 내 몸에서 나온 원자는 이 세상을 떠돌다가 위인이나 평범한 인간의 구성요소가 되겠지. 하지만 이건 확률이 그다지 많다고는 할 수 없을 터, 아마도 그대로 바다에 처박힐 가능성이 가장 클 것이다. 바다가 지구의 70%를 차지한다고 하지 않는가. 그러니 우리 몸의 원자가 바닷물에 돌아갈 가능성도 3분의 2는 넘지 않겠는가. 나머지 3분의 1의 가능성을 살펴보면 가벼운 것을 즐기면 바람이 될 것이고 무거운 것이 좋으면 연*** 덩이, 깨끗한 것을 좋아하면 맑은 이슬이 되면 괜찮을 거고 맛있는 것이 되고 싶으면 동파육이 되는 것도 괜찮은 선택일 것이다. 어쨌든 많은 가능성이 열려 있는 것이다.

과학자 중의 호사가가 계산한 데 의하면 한 사람의 몸 안의 원자는 그 수가 10억 개나 된다고 한다. 이것들은 10억 개의 나사못처럼 우리 몸의 부품이라 할 수 있다. 기억해야 할 것은 이 부품들이 모든 사람이 두루 사용할 수 있는 표준 부품이라는 점이다. 다시 말해 이 나사못들은 베이징 원인의 것일 수도 있고 굴원이나 석가모니, 베토벤의 것일 수도 있다는 것이다. 물론 강도나 기생, 살인범의 것일지도 모른다 … 그들의 원자는 이 세상을 떠돌면서 사람들에게 포획되어 새롭게 구성되는 것이다. 우리는 그 누구나 전생은 다른 사람일 수 있고 또 시시각각 다른 사람, 또는 만물로 변할 수 있다. 인간의 일생은 아주 짧지만 인간의 몸을 구성한 기본 물질, 구체적으로 말해서 원자는 천추만대 영생불멸하는 것이라 할 수

* 머리와 얼굴을 바꾼다는 뜻으로, 어떤 일의 근본은 그대로 두고 사람만 바꾸어 같은 일을 시킴을 이르는 말
** 버들이 무성하여 그윽이 어둡고 꽃은 활짝 피어 밝다는 뜻으로, 봄 경치의 아름다움을 이르는 말.
*** 푸르스름한 잿빛의 금속 원소로, 금속 가운데 가장 무겁고 연하다

있다. 심지어 우리가 살고 있는 지구보다도 나이가 더 많다. 지구라고 해도 기껏 수십억 년 밖에 되지 않으니. 이 우주에 빅뱅이 일어나기 전에 우리 원자들은 거침없이 떠다녔을 것이다. 이것은 종교도 아니고 미신은 더더욱 아니며 과학이다. 물질 불멸, 에너지 보존 법칙, 화학에서의 분자량 균형 등등은 결국 이런 것을 의미하지 않는가? 아인슈타인의 에너지 공식도 본질적으로 놓고 보면 균형과 불멸인 것이다.

이것이 바로 과학계의 원자 윤회관이다. 곤혹이란 명석함으로 통하는 길목이다. 이 점을 깨우치니 뤄웨이즈는 대뜸 용기가 늘어났다. 누구나 영혼의 해독약이 필요한 법이다. 오랫동안 죽음을 두려워하고 죽음의 공포에 시달리는 것은 뤄웨이즈의 생명의 제일 큰 블랙홀이었다. 하지만 이제 그 블랙홀이 흔적도 없이 메워진 셈이다. 이젠 평평한 사막과도 같다고나 할까. 이것은 허무로 통하는 것이 아니라 고귀한 인성이 돈오*를 거쳐 정제된 것이다. 원소의 끝없는 순환과 그 불멸을 깨달으니 더는 이 세상에서 자신의 이익 때문에 쩨쩨해질 필요가 없어졌다. 지금 뤄웨이즈는 어찌 보면 죽음에서 제일 가까운 지점에 있다고도 할 수 있는데 그녀는 죽음을 바라보며 방긋 웃는 여유까지 생겼다. 이 변화로 인해 그녀는 날 듯이 기뻤다. 이제 생명의 순수한 기쁨을 누릴 수 있게 되었기 때문이다. 알고 보니 세상 만물의 진실성은 무생, 불멸, 무래에 무거웠다. 빛의 무수한 윤회처럼 영원히 꺼지지 않는다.

뤄웨이즈는 냉정하게 자기의 일생을 돌이켜 보았다. 기껏해야 중등 자색을 지닌 보통 여인이리라. 설익은 모과처럼 아무리 안간힘을 쓰고 몸부림을 쳐도 서왕모의 천도복숭아가 되기는 글렀다. 하지만 화관바이러스와의 일련의 처절한 싸움은 하느님이 내린 곱게 단장한 선물이라 할 수 있다. 선물을 동여맨 아름다운 비단 끈은 한 겹 또 한 겹 비범한 유린이었다. 이 모든 과정은 모과를 연어와, 샥스핀과 같은 산해진미와 함께 오랫동안

---

* 소승에서 대승에 이르는 차례를 거치지 아니하고, 처음부터 바로 대승의 깊고 묘한 교리를 듣고 단번에 깨달음

고은 것처럼 온갖 맛이 다 배어 더는 원래의 모과가 아니라고 할 수 있다. 화관바이러스와 함께 내려진 가장 큰 선물이 바로 리위안이다. 그녀와 그는 상상도 할 수 없는 험악한 시기에 가슴이 짜릿한 첫 만남을 거쳐 기쁨과 희열을 주체할 수 없는 서로의 반쪽이 되었다. 드라마나 소설에서 사랑이란 것이 폭풍처럼 밀려와 한순간에 이루어진다는 것을 본 적이 있건만 그녀와 리위안은 첫눈에 정이 든 케이스는 아니었다. 그들은 험난하고 굴곡적인 오솔길을 한걸음 한걸음 같은 곳을 바라보며 걸어오다가 가장 힘들고 차갑고 무시무시한 시각에 영혼과 영혼이 부딪쳐 아름답고 향기로운 꽃으로 피어난 것이었다.

뤼웨이즈가 이렇게 우주를 누비면서 상상의 나래를 펼치는 동안 리위안은 쑤야에게 게르마늄을 복용시킨다. 이제 그는 상당한 요령이 생겨 분량을 잘 조절할 수 있었다. 게다가 게르마늄의 효능 법칙을 파악했기에 더는 효과에 급급하지 않았다. 리위안은 모여있는 간호사들에게 먹고 자는 것을 잊어가며 환자를 싸고 돌 필요가 없다고 했다. 특수한 상황이 발생하지 않는 한, 지금 할 수 있는 일이란 조용히 기다리는 것 밖에 없기에.

방도 그 방이고, 침대도 그 작은 침대들이지만 방 안의 분위기가 확 바뀌었다. 사람들은 더는 화살에 놀란 새처럼 우왕좌왕하지 않고 조용히 질서 있게 움직인다.

쑤야는 이번에 진정한 의미의 숙면에 들어갔다. 리위안은 방 가운데의 작은 걸상에 앉아 있다. 이 위치에서는 두 사람을 함께 돌볼 수 있다.

리위안의 눈에 비친 뤼웨이즈는 창백하긴 해도 비할 바 없이 단아했다. 마치 성스러운 아우라에 싸인 것처럼 평온하고 장중해 보인다. 단아함도 섹시함의 일종인지 리위안은 참을 수 없을 지경이다. 그는 뤼웨이즈에게 가만히 물었다.

"이곳에 머물면 위험하다는 걸 알죠?"

뤼웨이즈도 낮은 목소리로 대답한다.

"하지만 내가 가면 이 사람은 죽어요."

"당신이 목숨을 빼앗길 수도 있다는 걸 몰라요?"

"그건 알죠. 하지만 이들 모자가 무사해진다면 한 목숨으로 둘을 바꾸니 괜찮은 셈이죠."

리위안이 정색하고 말했다.

"틀렸습니다. 하나로 둘을 바꾸는 것이 아니라 둘로 둘을 바꾸는 것입니다."

뤄웨이즈는 무슨 소린지 모르겠다는 표정이다.

"그건 또 무슨 소리죠?"

"당신이 죽으면 나도 죽습니다."

이 세상에 정담이 얼마며 그것을 속삭일 수 있는 곳도 얼마일까? 이 바이러스가 살판을 치는 자그마한 병실에서 이 시적인 정취는 전혀 없다고 할 수 있는 고백은 우주를 뒤흔드는 천둥소리 같았다.

뤄웨이즈는 알아 들었지만 대답은 않고 눈을 감았다. 리위안이 설명이 필요한 것은 아닌가 하고 생각할 즈음에 뤄웨이즈의 속눈썹에 구슬이 맺히기 시작하는 것을 발견했다. 눈물이란 이 분비물은 하늘땅을 삼킬 것처럼 들끓어 오를 때도 있겠지만 거의 말라가는 샘터처럼 고요하고 소리 없이 솟아날 때도 있는 것 같다. 절제되고 분수를 지키면서.

리위안은 쑤야 쪽을 살펴본다. 숨결도 제법 고르고 기침도 그리 잦지 않다. '백낭자'가 효과를 발하기 시작해서 깊은 잠에 빠진 것이다. 리위안은 가볍게 허리를 굽히고 입술로 뤄웨이즈의 눈물을 닦아 주었다. 그런데 웬걸, 눈물을 멈추게 하는 것은 고사하고 더욱 맹렬한 분출을 이끌어 냈다.

"슬퍼하지 말아요." 리위안이 속삭인다.

뤄웨이즈의 눈이 번쩍 뜨인다. 토라진 듯이 나무란다. "슬픔이라니요? 기쁨도 몰라요? 이 큰 세상에서 당신을 만나고 사랑하게 된 것은 우주 빅뱅 순간에 결정된 것일 거예요. 그때부터 우리는 원자라는 형태로 각자 여행을 시작했겠죠. 억만 번의 변화를 거치면서 상대를 애타게 기다리다가 결국은 이렇게 만난 거 아니에요? 단, 당신의 키스에는 소독약 냄새가 풍겨요."

리위안은 부드럽게 입술로 그녀의 눈물을 닦아내며 그녀의 가냘픈 손을 꼭 잡았다. 그녀의 피부 아래의 혈액이 싱싱하게 흐르면서 건초 같은 따뜻한 냄새를 풍기는 것처럼 느껴졌다. 누에처럼 몸을 꼬부려뜨린 뤄웨이즈의 눈물이 더더욱 비처럼 쏟아졌다.

이때 천톈궈가 느닷없이 뛰어 들어온다. "아저씨, 뭐해요?"

덴 것처럼 고개를 든 리위안은 변명하듯 말한다. "환자의 눈동자를 관찰하는 중이야."

"나도 알아요. 눈동자가 흩어지면 사람이 죽은 거라던데요."

리위안이 우습다는 듯 묻는다. "누가 그러던?"

천톈궈가 대답한다. "내가 거의 죽어갈 때 의사들이 말하는 걸 들었어요. 눈동자가 흩어졌는지 보라고 했어요. 그때 말은 다 들렸는데 말이 안 나왔어요. 그리고 눈동자를 작게 하려고 애를 썼는데 소용이 없었어요 …"

리위안이 그 애의 머리를 쓰다듬으며 말한다. "지금 네 눈동자는 엄청 작단다. 햇빛이 너무 강해서."

천톈궈가 호기심 가득히 묻는다. "햇빛 아래 고양이처럼 말인가요?"

"그거랑은 조금 달라. 고양이의 눈동자가 작아지면 실낱같게 되지만 네 눈동자는 아무리 작아져도 동그랗거든."

천톈궈는 살금살금 쑤야 곁으로 다가가더니 부르기 시작했다. "엄마 … 엄마 … 엄마 … 엄마 … 엄마!" 또랑또랑한 어린애 목소리는 옥석으로 된 풍경소리처럼 작은 방에 울려 퍼진다.

리위안이 귀여움과 연민이 섞인 어조로 묻는다. "누가 너더러 이렇게 부르라고 하던?"

"아빠가요. 아빠는 외국에서 아직 못 온대요. 그래서 계속 엄마를 부르라고 했어요. 내가 이렇게 부르면 엄마가 떠나가지 않을 거라고 했어요 …"

리위안이 말한다. "아빠 말이 맞아. 네가 그렇게 엄마를 부르면 엄마가 다 들을 수 있어. 그러면 절대 가시지 않을 거야 …"

천톈궈가 확신에 차서 고개를 끄덕인다. "저도 알아요. 그때 아저씨랑하는 말을 내가 다 들었거든요 …"

리위안도 고개를 끄덕이며 뤄웨이즈의 손을 잡은 자신의 손에 힘을
더 준다. 이 힘이 뤄웨이즈에게 전달되기를 바라듯이. 그러고는 몸을 일
으켜 간이 병실을 나간다. 등 뒤에서 천뗀궈의 애절한 부름이 들려온다.
"엄마 … 엄마 … 엄마 … 엄마 … 엄마 … 엄마!"

# 제35장
# 중매인

중국 국가 약품 감독 관리국에서는 단번에 10009종에 달하는 신약 비준 청구서를 접수했다. 우리의 중매인은 바이러스인 셈이라고 속삭였다.


쑤야가 기적 같이 호전되기 시작했다. 모든 사람들이 기뻐서 어쩔 줄 모르는 가운데 리위안 한 사람만이 어긋남 없는 평정심을 유지하고 있다. 성냥개비가 불을 만드는 줄 모르는 사람은 가볍게 드르륵 그어도 불꽃이 튕기는 것을 보고 미칠 듯이 기뻐하겠지만 이 법칙을 진작부터 알고 있는 사람은 그렇지 않을 것이다. 성냥개비가 불을 일으키는 것이 뉴스가 아니라 불을 못 일으키는 것이 뉴스일 테니.

이 모든 것 때문에 커다란 곤혹 속에 빠진 것은 시장 천위슝이었다. 천톈궈와 쑤야가 가시밭길을 헤치고 저승사자의 손에서 빠져나오는 것을 지켜본 그는 백낭자의 효능에 깊게 감동하게 되었다. 이제 무슨 설명과 해석이 필요하랴. 그런데 그를 이토록 격동하게 하는 것은 단순히 자신의 손자와 며느리가 목숨을 보존했기 때문만이 아니었다. 이것은 거대한 가능성이자 잠재력이 분명했다. 널리 보급한다면 수천수만 명의 생명을 구할 수 있을 것이다. 그 자신의 정치적 생명까지 포함하여 말이다.

사망자 수를 거짓으로 공표한 것은 지대한 죄악이었다. 애초에 이런 결정을 하게 된 것은 그야말로 정말로 부득이한 선택이라 할 수 있다. 아무런 특효약도 없는 형편에서 제대로 숫자를 공표하면 극도의 공황을 일으킬 것이 분명했다. 물품 사재기, 미친 듯한 피란, 그리고 외교적인 곤경 … 얼마나 큰 공포와 소란을 몰고 올 것인가. 때문에 이것은 막다른 골목에서의 승부수이자 지대한 모험이었다. 진실을 말하는 것의 위험성이 이렇듯 거대한 것을 인지한 마당에 그는 어쩔 수 없이 거짓을 택했다. 물론 거짓말을 하는 데는 책임이 뒤따른다. 이것이 얼마나 무거운 지, 그리고 그 벌이 얼마나 혹될 지도 잘 알고 있었다. 학자 출신의 관원인 그는 이것이 정치적인 자살과 다름없다는 것도 안다. 물론 애초에 웬자이춘이 자신이 감당하겠다고 했지만 그 사람은 이미 일선에서 목숨을 바쳤다. 그리고 그 당시 자신이 최고 지휘관이었는데 그가 지옥에 빠지지 않으면 누가 빠지겠는가!

하지만 그는 웬자이춘처럼 자신의 생명을 제물로 바칠 수도 없었다. 주관적인 고의이든지, 아니면 적절한 시점에 발생한 의외의 사건이든지를 막론하고 웬자이춘의 죽음은 일종의 해탈인 것만은 분명했다. 하지만 그는 그의 방법을 따를 수 없었다. 중앙에서는 방역 대책이 무력한 것에 대해 진작 문책이 있었지만 그렇다고 지휘관을 경질시키지는 않았다. 처음부터 지금까지 자신이 죽을힘을 다해 버티고 있다. 그는 이제 전염병이 잡히기만 하면 과오를 인정하고 사직할 준비가 되어 있다. 모든 것을 안고 내려올 생각이었다. 그가 자신의 친인들을 더없이 아끼는 것도 원인 중의 하나였다. 그런데 지금 돌연히 유암화명, 전혀 다른 가능성이 눈앞에 펼쳐진 것이다.

그러나 백낭자를 임상에 사용하려면 넘어야 할 산이 너무나도 많았다.

그는 당장 예펑쥐를 불러 이 일을 의논하려 했다. 자신의 사무실 옆방인 작은 면회실에서 비서까지 물리고 단둘이 마주 앉았다.

다른 사람이 없으니 천위슝이 손수 차를 우린다. 예펑쥐가 입을 열었다. "시장님, 감사하지만 저 때문에 번거롭게 서두르지 마십시오. 제가 먹을 물은 제가 가져왔습니다." 말하면서 유리로 된 텀블러를 꺼냈다. 그 안에는 누르께한 찻물이 들어 있었다. 불경스럽게도 첫눈에 일종의 배설물을 연상하게 하는 색깔이었다.

천위슝이 묻는다. "너무 소박한 거 아닙니까?"

예펑쥐가 대답한다. "스테인리스나 플라스틱 제품에는 모두 정체 모를 첨가제가 들어있지 않습니까? 그래서 나는 오래된 것들을 선호하는 편입니다. 많은 사람들이 써오던 것이니 안전계수가 높을 거 아닙니까?"

"다른 얘기는 그만둡시다. 백낭자의 대면적 응용이 가능할 것 같습니까?"

예펑쥐가 입을 다신다. "게르마늄이란 이 물건에 대해 우리가 제 눈으로 본 것은 단 두 건이 아닙니까? 뭐웨이즈까지 합친다고 해도 사례가 너무 적습니다."

"신약인 것을 감안하면 안 될까요?" 천위슝이 초조하게 다그친다.

"엄격하게 말하면 게르마늄은 약이라 할 수 없지요. 기껏해야 민간 처방이라고나 할까." 예펑쥐가 낱말을 고르며 신중하게 대답한다.

"너무 단어에 집착하지 마시고, 약이란 무엇입니까? 병을 치료할 수 있는 것이면 약이 아닙니까?" 천위슝은 속에서 불이 날 지경이다.

자신의 전문 분야에서 예펑쥐는 지조를 지키는 편이었다. "지금은 분명 농경사회가 아니지 않습니까. 그러니 풀 한 줌을 캐서 약이라고 할 수는 없지요. 지금 한 가지 약품을 임상에 대규모적으로 사용하는 데는 엄격한 심사 비준 제도가 있습니다. 약전의 규정에 따라 〈신약 심사 비준법〉은 임상시험이 규정에 따라 필요한 절차를 거쳐야 한다고 요구하고 있지요. 그럼 제가 묻겠습니다. 이 게르마늄의 성분은 도대체 무엇입니까? 독성은 또 얼마나 크고요? 사용량은 어떻게 가늠합니까? 다른 건 그만두고 리위안이 천톈궈에게 먹이는 걸 제 눈으로 보니 풀씨 절반 만큼한 미세한 양이던데 이런 양을 임상 의사와 간호사들이 어떻게 파악한단 말입니까? 원재료에 형태를 부여해야지요. 다시 말해 알약이나 캡슐 형태로 말입니다. 어떤 경우에는 형식이 대단히 중요하거든요. 알약만 봐도 그렇습니다. 우선 약을 갈아 미세분말로 만들어야 합니다. 물론 리위안의 게르마늄 가루도 보드랍긴 합니다. 그래도 보조 재료가 들어가야지요. 예를 들면 부형제*, 붕해제** 등등을 혼합기에서 고르게 섞고 다시 적정량의 습윤제와

---

* 약재를 먹기 쉽게 만들거나 일정한 형태를 만들기 위하여 첨가하는 물질

접착제 같은 것을 넣어 과립기로 과립을 만들어서 건조시킨 후 또 윤활제를 넣어 타블렛 프레스로 알약이 되게…"

듣고 있던 천위슝은 열 받아 폭발하기 직전이다. "아니, 예 지휘관님, 제약공장의 견습공을 훈련시키는 겁니까? 내가 알아들으리라 생각하시오?"

"실제로 이렇게 복잡하다는 겁니다. 만약 캡슐로 만들려면 이것보다도 훨씬 복잡하지요. 사람 목숨에 관련된 일이니 소홀해선 안되지요."

천위슝이 묻는다. "그러니까 빠르고 간편한 방법이 정녕 없다는 말입니까?"

"쾌속은 불가능하지요. 미국 식품과 약품 관리국에서 신약 한 가지를 비준하자면 보통 6년에서 8년이 걸린다고 합니다."

천위슝은 까무러칠 지경이다. "그럼 미국인들은 무슨 약을 먹는단 말입니까? 서북풍이나 마시라고 하시오!"

예펑쥐가 침착하게 말한다. "세계보건기구에서 회원국에 권장하는 기본 약품 리스트에는 단 300종의 약품이 포함될 뿐입니다. 미국에서 1년에 심사 비준하는 약품도 100종에 불과하다고 합니다. 이건 무엇을 설명하겠습니까?" 말을 멈춘 예펑쥐는 어안이 벙벙해 하는 천위슝을 보고 자문자답할 수밖에 없었다. "한 가지 약물의 심사 비준과 임상 응용은 신중에 신중을 기해야 하는 일이라는 것을 알 수 있지요."

천위슝의 인내심은 거의 바닥이 날 지경이다. "미국이요, 유엔이요 하지 말고 우리나라 얘기를 합시다."

"제가 예 하나를 들겠습니다. 2004년 한 해 동안에 중국 국가 약품감독관리국에서 수리한 신약 비준 청구서가 무려 10009종에 달했다고 합니다."

천위슝은 놀라서 펄쩍 뛰었다. "얼마라고요?"

---

\*\* 정제, 캡슐제, 과립제 따위가 소화액 속에서 붕해하는 것을 촉진할 목적으로 첨가하는 물질

예펑쥐가 싸늘하게 답한다. "만 종이 넘습니다."

"맙소사!" 천위슝이 혀를 찬다.

예펑쥐가 말을 잇는다. "중국의 신약은 특별히 많으니 심사 비준에 드는 시간도 많을 테지요. 인체 실험에 들어가기 전에 약리 및 동물 모형 수치가 있어야 하는데 이것은 주로 이론상의 추론이라 하겠습니다. 우선 이 약물이 현재에 만족시킬 수 없는 의료 수요를 충족시킬 수 있다는 것을 밝혀야 하고 이후에 임상시험 수치들로 신청한 약물과 기존 약물의 치료 효과를 직관적으로 비교해야 합니다. 이 일련의 절차들을 밟자면 대략 10년 좌우의 시간이 걸린다고 합니다."

천위슝은 죽고 싶은 생각이 들 지경이다. "10년이라고요? 그때면 화관 바이러스로 죽어 간 사람들의 무덤에서 자란 나무로 집을 지어도 되겠습니다." 그는 초조함을 이기지 못해 발을 탕 굴렀다. "그럼 아무런 방법도 없다는 말씀입니까?"

예펑쥐가 위안하듯 말한다. "지금은 그래도 빨라졌습니다. 약 1년 반이면 가능할 겁니다."

"그것도 너무 늦습니다! 더 빠른 경로는 없을까요?"

예펑쥐가 대답한다. "여기서 더 빠르자면 극단적인 특수 상황이겠지요. 예를 들면 중화인민공화국 주석이 긴급 상태를 선포한다던가, 국무원에서 성, 자치구, 직할시의 범위 내의 부분적 지구의 긴급 상태를 결정하면 위생사건 응급 처리 절차가 발동됩니다. 그러면 국가 식품약품 감독관리국의 통일적 지휘하에 조기 개입하여 쾌속으로 신약을 심사 비준할 수 있습니다."

천위슝이 손바닥을 탁 친다. "맞습니다. 이 길을 택하면 되겠군요!"

"이 경로를 통한다고 해도 제일 적게 잡아 석 달은 걸립니다."

정말 철저한 절망이었다. 천위슝은 손을 홱 저으며 말한다. "예 교수님, 셰경눙 총지휘관을 불러주십시오."

예펑쥐는 천 시장이 자기의 설명에 탐탁지 않게 여긴다는 것을 안다. 하지만 무슨 방법이 있는가? 의학은 의학이지 경제가 아니다. 군사는 더

더욱 아닌데 어찌 조기 승부를 바랄 수 있겠는가.

세경늉이 왔다. 방역 지휘부 일을 맡은 뒤로 그는 기본적으로 원래의 방식대로 추진해 왔다. 하다 보니 공이라 할 것도 과오라고 할 것도 없었다. 선전 부서는 신다오가 애를 쓴 덕에 큰 효과를 봐서 민심이 안정되기 시작했다. 이는 애초에 비의학분야의 전문가 기용을 반대했던 사람들을 깜짝 놀라게 했다. 그들은 문외한이 전문가들을 이끌게 하면 혼란된 국면만 조성할 줄 알았다. 사실 알고 보면 문제는 간단했다. 기존의 의학적 수단들로 이 신형 바이러스를 어찌할 방법이 없다면 전문가인지 아닌지는 결정적인 요소가 될 수 없었다.

세경늉과 천위슝은 대학 시절의 룸메이트였다. 도리대로라면 한 학급 동창들이 한 방에 들어야 하겠지만 그들은 한 학급이 아니었다. 매 학급의 정원수가 기숙사 침대 수와 맞아떨어지는 것이 아니어서 어느 학급이나 끄트머리가 존재하기 마련이다. 이런 학생들은 할 수 없이 다른 학급과 섞여 들게 된다. 학생들은 누구나 이렇게 되기를 원치 않았다. 자기 학급과 따로 있으면 서먹서먹해지는 것은 물론 떠도는 소문도 제때에 접하지 못할 거고 학급 간부가 될 기회도 적어질 테니. 하지만 천위슝의 생각은 달랐다. 다른 학급이나 다른 전공의 사람들과 함께 생활하다 보면 자연히 시야도 넓어지고 인맥도 쌓일 것이니 얼마나 좋은가. 천위슝의 전공은 고전문학이고 셰경늉은 사회학이며 한 학년 선배였다. 그 밖의 두 친구는 목축학과와 물리학과였다. 이 기숙사는 동북 지방의 '잡탕' 곰처럼 독특한 멋이 있었다.

천위슝은 공적인 일과 사적인 일을 죽 한번 얘기했다. 공사 구분을 몰라서가 아니라 화관바이러스가 살판 치니 공과 사가 뒤섞여서이다.

이야기를 듣고서도 셰경늉은 한참이나 침묵을 지킨다.

천위슝이 말했다. "어떻게 했으면 좋을지 알려 주세요."

셰경늉이 입을 열었다. "좋은 일이구먼그래."

천위슝이 묻는다. "무엇이 좋다는 겁니까?"

"몰라서 묻소? 자네 손자가 다시 팔팔해지고 아들도 홀아비 신세를 면

했는데 하늘만큼 좋은 일이 아니겠소?"

천위슝이 수긍한다. "그 말은 맞습니다. 자칫했다가는 패가망신할 뻔했습니다."

셰경눙이 말한다. "방금 말한 것은 사적인 면이고 공적인 면에서 말하면 하늘만큼 커다란 희소식이오!"

천위슝이 고개를 끄덕인다. "이론적으로 보면 그렇지요."

"이론은 무슨 개떡같은 이론? 화관바이러스에 관해서 이미 무수하게 이론상의 토론을 했지만 죄다 신 신고 발바닥 긁기였지 도움이 되는 것이 있었소? 완전히 나은 사례는 자네 집의 두 사례가 전부라고."

천위슝이 고개를 흔든다. "바로 내 집의 사례이기에 설득력이 약한 거 같습니다. 게다가 그중의 어떤 부분은 터놓고 말할 수도 없고요."

셰경눙이 타박하듯 말한다. "내거불피친內擧不避親을 잊었나."

천위슝이 쓴웃음을 짓는다. "내가 친척도 마다하지 않는다 해도 넘을 수 없는 장애가 있습니다."

셰경눙이 말을 받는다. "단약 제련자가 허가증이 없다는 거 아니요? 그게 뭐 대순가, 비상 시기니 격을 가리지 말고 인재를 기용해야지!"

천위슝이 말한다. "단약 제련자, 그 말 마음에 듭니다. 하지만 이렇게 우리끼리라면 몰라도 진짜로 이렇게 표현하면 난리가 날 텐데요."

셰경눙이 태연하게 말을 받는다. "중국에는 예로부터 단약을 제련하는 전통이 있었지. 손오공이 어찌 되어 비상한 재주를 얻게 되었소? 그게 다 태상로군의 연단로에 들어갔다 온 덕이 아니요? 그것이 아니면 어떻게 경전을 받아오는 위업을 이룰 수 있었겠소?"

천위슝이 말한다. "그야 그렇지만 지금 이 시점에서 어떻게 의료 허가증이 없는 사람과 심사 비준을 거치지 않은 약품을 임상에 사용할 수 있겠습니까? 정당한 경로는 아까 살펴보았는데 근본적으로 희망이 없습니다. 목마른 자가 우물을 판다 해도 팔 시간이 없습니다. 지금은 민주 사회이니 억지로 직권을 남용하는 것과 같은 규정 제도와 법률 규정에 어긋나는 일을 한다면 선배님이나 나나 모두 죄인이 되는 겁니다."

세경능이 말한다. "나라고 그 이해관계를 모르겠소? 지금을 보라고. 사람이 얼마나 많이 죽든 모두 바이러스 탓을 하지, 의료사고로 죽은 사람들까지 바이러스에게 덤터기를 씌우고 있지 않소? 이 점에서 말하면 화관바이러스를 대신해 억울함을 호소하고 싶군. 바이러스 때문이라면 사람이 얼마나 죽든 문제 될 것이 없지만 의학 허가증도 없는 떠돌이 의사를 기용한다면 사기꾼 취급을 받는단 말이지. 감투가 날아갈까 두렵지도 않아? 골탕 먹지 않나 봐!"

천위슝은 한 점 흐트러짐이 없는(아침에 헤어스프레이를 듬뿍 뿌렸다) 머리칼을 괜히 긁적인다. "맞아요. 비상 시기일수록 온당함이 필요하지요. 하지만 화관바이러스를 이겨내야 진정으로 대중의 복지를 도모하는 것이 아닐까요? 지금 눈앞에 좋은 방법이 있는데 대규모로 일반화할 수 없으니 어쩌면 좋겠습니까? 난 환자 가족이 돼 봐서 마음의 고통을 잘 압니다. 역지사지하면 가슴이 찢어집니다!"

세경능이 말한다. "이 약이 수입품이라면 대박을 치겠는데 …"

천위슝이 사색에 잠겨 말한다. "그렇게 말하면 그것은 빼도 박도 못하는 굳은 거짓말이 되겠지요. 그런 원칙적인 과오는 피해야죠." 정계에 몸을 담근 이래 천위슝에게는 일관성 있는 기준이 있었다. 거짓말을 굳은 거짓말과 연한 거짓말로 나눈 것도 기준의 하나였다. 그가 생각하는 굳은 거짓말은 철두철미한 거짓말로서 전혀 용서받지 못할 거짓말이다. 하지만 연한 거짓말이란 부분적인 사실이 포함된, 정도 상에서 문제가 있는 거짓말이다. 그런 것은 보통 착한 목적을 위한 것인데 매일의 사망자 수를 축소한 것도 이에 해당한다 하겠다.

"그럼 그다지 굳지도 않고 연하지도 않은 거짓말을 한 번 해볼까?" 세경능이 절충안을 내놓았다.

천위슝은 어떤 거짓말이 이에 속하는지 가늠할 수 없었다. 그러니 잠자코 지난 날의 룸메이트를 바라보며 대답을 기다렸다.

"나는 질병 구역 내에서 소규모로 사용하라고 지시할 수 있소. 그저 플라세보 정도라고 말하면 되겠지. 당신도 알겠지만 지금 우리 병원들은 각국 제약회사의 경마장 격이라오. 수입약품 실험이 비일비재거든. 어떤 해외 약품들은 자국의 심사는 통과했는데 중국인의 체질에 맞는지 알아보려고 재실험을 한다는 간판을 내걸고 있지. 그 결과 직업적인 약품 실험자들까지 양산하고 있다오. 우리가 여기서 좀 굽이를 돌면 게르마늄을 임상시험에 투입할 수 있을지도 모르오." 자리가 사람을 만든다고 한 단계의 의학 현장 경력을 통해 셰경눙은 반쪽짜리 의학전문가가 되어 있었다. 어떻게 이런 궁리를 다 했을까?

"그런데 그 플라세보라는 건 무슨 말입니까?" 천위슝이 조심스레 묻는다. 그도 약간은 알지만 정확한 인지가 필요했다.

"까놓고 말하면 그 어떤 치료 효과도 없는 약입니다. 하지만 진짜 약과 외관은 똑같습니다. 물론 전분이나 밀가루 아니면 포도당이나 생리 식염수 같은 것들로 만들어진 거랍니다. 하지만 환자에게는 이것이 아주 효과적인 약이다 이렇게 말해준답니다. 그 본질로 놓고 보면 찐빵이나 만두와 별다름이 없는 거지만요." 예펑쥐가 설명한다. 사실 그도 이 방법을 진작 알고 있었지만 게르마늄에 좋은 인상이 없다 보니 방금 여기까지는 생각하지 못했었다. 그러니 의학 전공이 아닌 셰경눙에게 기선을 빼앗겼다. 그러니 뒤늦게 만회하려 하는 것이다.

천위슝이 머리를 설레설레 흔든다. "이건 굳은 거짓말인데 …"

셰경눙이 그의 말을 자른다. "참, 큰 재난이 닥쳤는데 아직도 굳고 연한 것을 따질 셈이요? 전체적으로 이런 위약은 약 3분의 1의 환자들에게 효험이 있다고 하더군. 우울증 환자들에게는 약효가 80%에 달한다고 하오. 물론 전혀 효험이 없을 때도 있지. 예를 들면 당뇨병 환자들에게는 효과가 제로라오."

천위슝이 크게 실망한다. "이런 약은 흔히 보는 당뇨병에도 효과 제로인데 화관바이러스야 더 말해 무엇 하겠습니까! 바이러스가 당뇨병보다 얼마나 무서운데! 당뇨병은 인슐린을 맞고 식사를 줄이고 운동을 하기만 하면 정상인의 수명과 별 차이가 없지 않습니까. 그런데 화관바이러스에 감염되면 당장에 목숨을 앗아갑니다! 위약이 뭡니까, 인명을 지푸라기처럼 여겨도 유분수지!"

셰경늉이 어딘가 애매한 어조로 말한다. "친애하는 룸메이트 시장 어른, 지금 어디 단순한 위약을 논하는 거요? 내 말인즉, 백낭자를 위약 삼아 화관바이러스 감염 환자들에게 복용시키자는 거지. 그러면 효과를 보면 목숨 하나를 건지는 거고, 혹시 효과가 없다 해도 일반적인 약물도 효과 없기는 마찬가지니 혹시 유암화명을 맞지나 않을지 운수를 바라는 거지."

천위슝이 가만히 생각해 보니 과연 더 좋은 방법이 없는 것 같았다. "그럼 방역 지휘부에서 좀 시험해 보는 건 어떨까요?"

셰경늉이 대답한다. "그럴 생각이면 그 리위안이란 사람을 내게 줘야 하오. 백낭자란 것은 사용량이 극히 정밀해야 하지 않겠소? 게다가 사용 시기 또한 아주 중요하지. 다른 사람은 파악할 수 없을 것 같소."

천위슝이 예펑쥐에게 말한다. "그럼 이렇게 합시다. 예 교수님이 먼저 운을 떼보시오. 그다음에 정식으로 말해봅시다. 만약 '노'라고 하는 날엔 아주 피동적이게 될 테니까요."

셰경늉이 대뜸 말을 받는다. "내 생각엔 동의할 것 같은데. 한 화학자가 오랫동안 심혈을 기울여 온 것이 이런 순간을 위한 것이 아니겠소? 양병은 천일이요, 용병은 한때라고 하지 않소?"

두 사람은 예펑쥐를 바라본다. 예펑쥐가 태도 표시를 했다. "제가 한번 말해 보지요."

이번 일은 셰경늉이 귀신같이 맞췄다. 리위안은 백낭자를 안정 작용이 있는 위약으로 둔갑시켜 화관바이러스 환자들에게 복용시킬 수 있다는 말을 듣고 통쾌하게 동의했다.

출정을 앞두고 그가 뤼웨이즈와 작별을 고하러 왔다.

"전번에는 내가 호랑이 굴에 들어갔는데 이번은 당신이군요. 우리는 왜 내내 작별만 고해야 하죠?" 뤼웨이즈는 대단히 슬픈 표정이다. 그녀는 이미 천 씨 장원에서 집으로 돌아가 있었다. 체력은 회복되지 않았지만 애써 씩씩한 척했다. 전장에 나가는 리위안이 자신 때문에 걱정하지 않게 하려고 말이다.

리위안이 대답한다. "사명이지요. 애초에 당신이 최전방에 나갈 때 나도 걱정이 이만저만 아니었답니다."

뤄웨이즈가 푹하고 웃음을 터뜨린다. "됐어요. 그때와 지금이 같아요? 비교할 걸 비교하세요."

리위안이 억울한 모양을 짓는다. "비슷합니다. 사실 이 세상엔 첫눈에 반하는 경우가 존재하지요. 그저 그때 내가 그것이 사랑인 줄 몰랐을 따름이에요. 연애를 해봤어야지요. 웃지 마세요. 저번에는 내가 당신을 바래주었는데 당신이 떠나고 나니 내 마음에 구멍이 펑 뚫린 것 같았어요. 이번엔 당신이 나를 바래주고 있지요. 우리는 그저 위치가 바뀌었을 뿐이에요."

"웃기지 마세요! 그때 우리는 전혀 모르는 남남이었잖아요. 그런데 지금은 친인이지요." 뤄웨이즈는 가슴이 아려왔다. 리위안은 화관바이러스에 감염된 적 없으니 체내에 충분한 면역력이 없을 것이다. 이번 걸음은 그야말로 길흉을 예측할 수 없다.

리위안이 위안하듯 말한다. "지도교수님께서는 수차례 연구해 보시고는 제가 가도 별문제는 없겠다고 단정하셨습니다. 백낭자도 수차례 시련을 겪으며 경험을 쌓았지요. 그러니 실수가 일어날 가능성도 없다고 할 수 있겠지요. 그러니 나의 승전보만 기다리면 돼요!"

리위안이 항상 지도교수를 입에 올리는 것을 본 뤄웨이즈는 슬그머니 호기심이 생겼다. "지도교수님이 도대체 어떤 분이세요?"

리위안이 자랑스레 대답한다. "우리 지도교수님은 아주 겸손하시지만 학술 면에서는 대단한 분입니다. 환자를 위해서는 자신을 돌보지 않지요. 평생 결혼하지 않으셨는데 예순이 넘으시도록 홀로 지내십니다. 우리는 그분을 대단히 존경하지요."

"저도 만나 뵙고 싶은데요, 소개해 주실래요?"

리위안이 대답한다. "좋아요. 제가 개선하는 그날까지 기다리세요."

헤어지면서 뤄웨이즈는 꽁꽁 봉한 작은 봉지 하나를 리위안에게 건넸다. "그 안에 들어가서 풀어보세요."

리위안이 의심쩍게 봉지를 만지작거린다. "뭔데요? 이 며칠 사이에 서둘러 연서 여러 통을 써서 내가 매일 한 통씩 보라는 건 아니지요?"

뤼웨이즈의 표정은 어딘가 우울해 보인다. "아니에요. 이 위급한 마당에 제가 그렇게 로맨틱하겠어요? 그건 위정평 의사가 마지막으로 남긴 유언이에요. 제가 전번에 그분의 유체 호주머니에서 찾아낸 거예요. 전 뜯어본 적이 없어요. 죽음이 두려워서가 아니라 줄곧 완벽하게 봉쇄된 곳을 찾지 못해서였어요. 섣불리 뜯었다가 바이러스가 확산이라도 돼서 다른 사람을 감염시키면 큰일이니까요. 당신이 이번에 가는 곳은 전염병 전문병원이니 적어도 전염시킬 위험성은 없을 거 아니에요. 잘 연구해 보면 화관바이러스를 이겨내는 데 도움이 될지도 몰라요."

"알았어요." 리위안이 대답한다.

뤼웨이즈는 소리 없이 눈물을 흘린다. 그녀는 마냥 슬픔에 빠지기 싫어서 화제를 돌렸다. "정말, 저번에 1호가 무엇인지 물어보니 당신이 일부러 말을 돌렸지요. 이번엔 안 돼요. 꼭 알려줘야 돼요. 1호란 도대체 뭐예요? 당신이 이렇게 떠나가면 또 밤마다 불면증에 시달릴지도 몰라요."

"그 1호 분말을 좀 더 달라는 것인가요?"

"만약 특별히 귀한 것이 아니라면 저한테 줄 마음이 있으세요?"

리위안이 말한다. "내 심장을 달라고 해도 선뜻 드리겠는데 그깟 분말이 다 뭐예요? 하지만 당신의 지금 형편으로는 그런 물질을 더 복용할 수 없어요."

뤼웨이즈가 진심으로 놀란다. "아니, 이 물질의 작용이 때에 따라 변한다는 말씀이세요?"

"정답입니다. 인체는 항구적인 바다와 같은데 생명이란 끊임없이 조절하는 과정이지요. 그때의 당신은 복용할 수 있지만 지금의 당신은 복용해선 안 됩니다."

뤼웨이즈가 다그친다. "그것이 도대체 무엇이에요? 설마 백낭자의 그 청사는 아니겠지요?"

리위안이 웃으며 말한다. "이제 돌아와서 알려줄게요."

뤼웨이즈의 눈물이 또 못난이처럼 굴러 떨어진다. 연인과 이렇게 갈라지면 언제 또 만날까? 온갖 시련을 겪고 보니 지금은 저승사자가 문을 두드려도 우아한 자태를 잃지 않을 자신이 있다. 하지만 눈앞의 이 남자에 대해서는 근심과 걱정을 떨쳐버릴 수 없다. 다들 사랑에 빠진 남녀는 아이큐가 만 년 전으로 후퇴한다고 한다. 그렇다면 만 년 전의 나 뤼웨이즈는 무엇이었을까? 심장에 가시가 잔뜩 돋친 성게였을지도 모른다.

리위안은 뤼웨이즈를 가볍게 끌어안고 키스로 얼굴의 눈물을 닦아주며 낮은 소리로 속삭인다. "우리의 중매인은 바이러스인 셈이지요." 그의 이번 키스는 뜨겁고도 중후하다. 중요한 것은 더 이상 소독약 냄새가 나지 않는다는 점이다. 이곳에 오기 전에 일부러 양치를 했던 것이다. 담담한 허브향과 이 말은 같은 시각에 뤼웨이즈의 후각과 청각에 깊이 꽂혔다.

# 제36장
# A0020호

당차고 씩씩하며 버드나무처럼 하느작거리니 뒷모습으로는 남자와 여자의 나이 차이를
감지할 수 없다.
앙증맞은 해님으로 변하여 엉겨 붙은 얼음결정들을 녹인 뒤에 깊은 키스를 향수하리.


그는 떠났다. 혈혈단신으로 생사를 가늠할 수 없는 전장으로. 이 일을
아는 사람은 없다. 모든 것이 은밀하게 이루어지기에.

리위안의 뒷모습이 점점 멀어진다. 이상하다 할까 그의 뒷모습은 앞모
습보다 더 뤄웨이즈를 연연하게 한다. 이것은 뤄웨이즈가 리위안보다 몇
살 더 먹은 탓인지도 모른다. 얼굴을 마주하면 뤄웨이즈는 약간 주눅이
들지만 뒷모습은 다르다. 서른 살의 남자는 늠름하고 말끔한 체격을 가진
싱싱한 나이지만 서른 살이 좀 넘은 뤄웨이즈 역시 단아하고 아름다우며
버들가지처럼 하느작거린다. 뒷모습으로는 전혀 나이 차이를 감지할 수
없어 전혀 꿀리지 않는다.

규정에 따라 리위안도 자유롭게 통화할 수 없게 되었다. 뤄웨이즈는 날
이면 날마다 얼음판을 걷는 듯 조마조마했다. 어찌 보면 저번에 자신이
직접 와인 저장고에 갈 때보다 훨씬 무섭고 가슴이 떨리는 것 같기도 하
다. 여자들이란 정말이지 연애 같은 건 하지 말아야지. 용기도 심각히 줄
어들어 백치와 다름없잖아.

집에 있는 뤄웨이즈는 날마다 마음을 졸이며 전화벨 소리만 들으면 휴
대폰이든 집 전화이든 가리지 않고 굶주린 늑대처럼 튀어가곤 했다. 리위
안이 통화 권한만 회복되면 꼭 연락할 것이라고 믿기에. 물론 자기가 1순

위일지는 단정할 수 없지만. 어쩌면 그 지도교수님이 더 중요할 지도 몰라. 하지만 백 번 양보해 두 번째 통화는 꼭 나와 할 거야. 엄마는 그녀의 물불을 가리지 않는 모양이 안쓰럽다. "좀 천천히 해. 어디 부딪치기나 할라!" 마치 세 살짜리 철부지를 타이르는 듯했다. 바이초가 곁에서 시큰 둥하게 거든다. "누가 그렇게 빨리 끊겠어요? 사무실 예절에서도 적어도 네 번 벨소리가 나야 끊을 수 있다고 했어요. 얼마나 예의를 지키는 사람 인데 …"

뤼웨이즈는 바이초와 입씨름하진 않았지만 그 뒤로는 전화를 받을 때 의식적으로 걸음을 좀 늦추었다. 연로한 어머니에게까지 걱정을 끼치고 싶지 않았다.

연인에 대한 그리움은 꽉 조여 맨 스카프처럼 뤼웨이즈의 인후를 자극한다. 상상은 질식하게 하는 곤경 속에서 나래를 편다. 뤼웨이즈는 모든 것이 눈에 보이는 것 같다…….

색깔: 새하얀 색과 핏빛.

냄새: 형언할 수 없는 죽음의 냄새와 코를 찌르는 소독약 냄새.

소리: 무거운 고요 또는 죽음을 앞둔 사람의 단말마적 고함과 흐느낌. 때때로 금속과 유리가 부딪치는 소리와 무거운 물건을 실은 밀차 바퀴의 점점 삐걱거리며 멀어지는 아츠러운 소리.

광선: 낮과 밤이 바뀌는 일월성신의 변화가 사라진, 티끌도 낱낱이 보이는 새하얀 불빛과 골수에 스며드는 암흑.

……

이 모든 것은 손금 보듯 알 수 있지만 자신의 연인의 소식만은 전혀 알 길이 없다. 범의 굴에 들어 간 줄 알지만, 그가 언제 자고 언제 깨며 밥은 먹고 다니는지 모른다. 물론 어떤 밥을 먹는지는 더더욱 모른다. 무거운 헬멧을 쓰고 숨이나 제대로 쉬는지, 흐르는 땀이 셔츠를 적시지나 않는지 …

아마 흰 가운 차림이겠지? 생각해 보니 그녀는 한 번도 그가 새하얀 가운을 입은 모습을 본 적 없었다. 하지만 꼭 멋질 거야. 원소 가방을 언제나 듣고 있을까? 아마 환자들에게 백낭자를 설명하느라 여념이 없을 거야. 무심한 사람, 입술과 목이 타들어가도 모를 거야. 아니, 물은 어떤 것을 마시지? 생리식염수일까, 아니면 증류수? 모종의 원소가 섞인 자체 배합수? 자는 것은 또 어디서? 의사들의 숙직실이겠지? 그런 곳의 침대는 좁던데, 요도 아주 얇고, 딱딱해서 얼마나 불편할까? 정말, 그 기다란 다리를 제대로 펼 수나 있을까? 옷을 입은 채로 자겠지? 시시각각 출격을 기다리는 경찰견처럼 …

여기까지 생각이 미친 뤄웨이즈는 저도 모르게 허공을 향해 방긋 웃었다. 새하얀 설원에 누워있는 짱아오藏獒*의 모습이 떠올랐기 때문이다. 잠깐 숨을 고르고 나서 다시 상상하기 시작했다. 위급한 환자가 있으면 그는 스프링처럼 튕겨 일어나 서슬 푸른 검처럼 적진에 돌진하겠지. 세상을 뜨는 환자가 있으면 그는 울까? 그건 잘 모르겠지만 환자가 위험을 벗어나기만 하면 새하얀 이빨을 드러내며, 아, 헬멧에 가리어 남들은 못 보겠구나, 헬멧 안에서라도 꼭 미소를 띨 거야. 쉼 없이 일하고 나서 좀 조용한 곳을 찾아 푹 잘 수 있을까? 혹 꿈속에서라도 내 생각은 할까?

끝없이 떠오르는 상념들은 낮은 불에 올려놓은 곰탕처럼 겉보기엔 거품 하나 떠오르지 않지만 내부 온도는 갈수록 뜨거워져 갔다. 상상과 기억으로 빚어낸 리위안의 생생한 모습이 머리를 뚫고 튀어나올 것만 같다.

그는 뤄웨이즈가 최전방에 갔을 때 마음속에 커다란 구멍이 뻥 뚫린 것 같았다고 했었다. 뤄웨이즈는 이 묘사가 아주 적절하다고 생각했다. 지금 이런 상상만으로도 그녀의 심장에 하나 또 하나의 구멍이 뚫리고 있었다. 심장에 투명한 구멍이 펑펑 뚫리다 보니 그녀는 이제 만신창이가 되었다.

리위안이 떠난 지 18일이 되던 날, 그녀의 휴대폰이 울렸다. 낯선 번호였다. 극히 부드러운 여성의 음성이 들려왔다. "안녕하세요? 뤄웨이즈 씨 맞죠?"

---

* 티베트의 견종으로, 사자견이라고 불리기도 한다.

리위안이 아니었다. 심드렁해진 뤄웨이즈는 담담하게 말했다. "맞습니다. 누구신지요?"

상대는 여전히 부드럽게 답한다. "나는 리위안의 가족입니다."

뤄웨이즈의 자세가 꼿꼿해졌다. 가족? 누굴까? 목소리만 들어서는 그다지 젊은 것 같지 않았다. 그러면 혹시 리위안의 어머니? 아닐 거야. 부모님이 모두 돌아가셨다고 들었는데. 그럼 혹시 양어머니? 그러면 신분을 밝혔겠지, 빙빙 에둘러 말하지 않을 거야. 그럼 누굴까? 고모님, 이모님? 누님? 뤄웨이즈는 지금에야 자신이 사실 리위안에 대해 아는 것이 너무나도 적음을 느꼈다. 특히 주변의 친척들에 대해, 마치 그가 돌 틈에서 튀어나온 사람처럼.

온갖 의문부호를 굴리면서 그녀의 목소리는 즉시 간드러졌다. "아… 그러세요. 안녕하세요, 그런데 어떻게 불러야 할지 …"그녀는 혹시 실례라도 해서 리위안의 가족들에게 나쁜 인상을 줄까 봐 깍듯이 예의를 차렸다.

"그저 아줌마라고 부르면 돼요." 저쪽에서는 성도 말하지 않는다. 그렇다면 리위안의 보모란 말인가? 어찌 됐던 리위안의 가족이라고 하니 그의 근황은 알 것이었다. 그리고 이 전화도 리위안의 부탁으로 하는 건지도 모른다. 이런 생각을 하며 뤄웨이즈는 소홀히 들릴 세라 냉큼 말했다. "아줌마 안녕하세요? 무슨 일이 있으세요?"

상대의 목소리는 여전히 부드럽고 담담하다. "전화로 이런 얘기를 하는 건 사실 적당치 못한데, 하지만 시간이 급하니 먼저 이렇게 알려드릴 수밖에 없군요. 정말 안됐는데, 리위안은 어젯밤 11시에 병으로 돌아갔습니다."

뭐라고? 병으로 돌아가다니! 그 훤칠하고 준수한 젊은이가! 오매불망 그리던 자신의 연인이! 이런 단어가 어찌 그와 연계될 수 있단 말인가! 휴대폰이 바닥에 떨어진다. 산산조각이 날 지경이다.

이 여인은 누군가? 누가 시켜서 이런 전화를 걸었을까? 무슨 심산으로? 만약 날조라면 그녀는 왜 내게 이런 거짓말을 하는 걸까? 최초의 경악에서 벗어난 후, 뤄웨이즈는 재빨리 자신의 생각을 정리했다. 그녀는 결코 이것이 사실이라고는 믿을 수 없었다. 이것은 악독한 날조일 뿐이야! 리위안이 죽는다고? 너무 말도 안 되는 일이다. 그의 체질이 얼마나 튼튼한데, 게다가 백낭자라는 이 든든한 울타리가 있는데. 사망이라니? 완전히 불가능한 일이다!

뤄웨이즈는 바닥에 떨어진 휴대폰을 주워 들고 소리를 높여 말했다. "그런 건 불가능해요! 허튼 소리 마세요! 대체 누구길래 이런 말을 하는 거죠?"

그 여인은 여전히 빠르지도 느리지도 않게 대답한다. "나는 잔완잉詹婉英이라고 해요. 리위안과 그쪽은 친구, 좋은 친구라는 걸 알아요. 하지만 규정에 따르면 병원 측에서는 그쪽에 통지할 필요가 없는 거죠. 번거로움을 끼칠까 봐 그랬는지 리위안이 사후연락처에 남긴 연락 번호가 내 것이었어요. 내 생각엔 그쪽에서 그의 마지막 모습을 보고 싶어 할 같은데, 리위안은 그쪽과 갈라지면서 한 마지막 말을 알려주었지요 ― 바이러스는 우리의 중매인이다."

청천벽력이었다! 이것은 고별하러 와서 리위안이 남긴 마지막 말이 맞았다. 하늘이 알고 땅이 알고 그와 나만 아는 말이다! 만약 리위안이 입밖에 내지 않았다면 이 세상에 이 말을 알 제삼자는 없었다. 뤄웨이즈는 머리가 하얘졌다. 그 자리에 얼어붙은 듯 오랜 침묵이 흘렀다. 전화기 저쪽의 여인은 말없이 오랫동안 기다렸지만 끝내 이쪽에서 말이 없자 하는 수 없이 입을 열었다. "리위안의 유체는 이미 1호 와인 저장고에 옮겨 갔어요. 병원 측에서는 우리들에게 항체가 없다고 가족들의 유체 고별을 허락하지 않아요. 그래서 그들에게 그쪽을 얘기하면서 그쪽더러 마지막 고별을 하게 해 달라고 청구했어요. 병원 측의 말로는 기록에 그쪽은 항체가 있고 와인 저장고에도 들어간 적이 있다고 해서 우리 청구를 수락했다고 하더군요. 만약 갈 의향이 있다면 그들더러 데리러 가라고 할게요. 우리를 대표해 리위안의 마지막 모습을 보고 오세요."

"그럴 ― 게요." 뤄웨이즈는 더 긴 말을 할 수 없었다. 더 참지 못하고 대성통곡할까 봐.

"좋아요. 그럼 좀 휴식하세요." 잔완잉이 부드럽게 말한다.

"그런데, 어쩌다가 … ?" 이 지경이 되어서도 뤄웨이즈는 믿기지 않았다. 더 많은 디테일한 사실이 필요했다.

"임상에 임하여 그는 늘 죽음을 무릅쓰고 환자들을 구조했지요. 백낭자를 복용한 여자애가 병세가 한창 호전되고 있었는데 다량의 가래가 터져서 질식 상태에 빠졌다고 합니다. 리위안은 그 여자애의 목숨을 구하고자 즉시 몸을 굽혀 입을 대고 가래를 빨아냈지요. 결국 여자애는 살아났지만 리위안은 단번에 너무 많은 화관바이러스를 흡입한데다가 여러 날 쌓인 피로로 면역력이 저하되어 바이러스가 쾌속으로 번식하여 방대한 독소를 뿜어냈다고 하더군요. 너무 폭발성적인 감염이어서 백낭자도 그의 생명을 만회하지 못했다고 합니다. 아주 돌연적으로 발병한데다가 순식간에 혼미 상태에 빠져 그만 가고 말았다고 해요. 유언 한마디 남기지 못하고 …" 잔왕잉의 어조는 여전히 부드러웠지만 감출 수 없는 슬픔이 배어 나온다.

뤄웨이즈는 재차 휴대폰을 떨어뜨렸다. 이번에는 놀라고 무서워서가 아니라 손가락들이 마비되어 휴대폰의 무게를 당하지 못해서였다. 그녀의 심장은 운철처럼 수축되었고 천지가 빙빙 도는 듯했다. 이번에는 휴대폰이 끝내 분해되었다. 땅바닥에 떨어진 휴대폰 부품들은 죽어 널브러진 블랙 위도우라는 독거미 같았다. 이제는 저절로 최면을 거는 것처럼 리위안의 죽음을 거짓으로 몰 수는 없다. 방금 잔완잉이 말한 세부 상황들은 병원 측에서만 알 수 있는 사실이니까. 그녀는 그 자리에 그대로 굳어졌다. 얼마나 오래 지났을까? 아니면 눈 깜빡할 사이일지도 모른다. 엄마가 다가와 묻는다. "왜 그러니? 얘야."

뤄웨이즈는 극구 내심을 감춘다. "아무것도 아니에요. 친구가 잘못돼서 아마 가봐야 할 것 같아요."

엄마가 묻는다. "화관바이러스 때문이냐?"

뤄웨이즈의 얼굴에 망설이는 기색이 스쳐 지나간다. 괜히 엄마를 걱정하게 할 필요는 없겠지. "남을 구하다가 그리 됐나 봐요."

"의롭고 용감한 사람이구나. 그럼 가봐야지, 어서 가봐!"

뤄웨이즈를 데려갈 차가 도착했다. 뤄웨이즈가 롱코트를 걸치고 나서는데 엄마가 말한다. "날씨가 더워, 코트는 필요 없는데."

"추워요." 뤄웨이즈가 담담히 말했다.

승용차는 도로 위를 질주한다. 와인 저장고가 교외에 있어서 인적이 드문 것도 있겠지만 바이러스가 지속적으로 확산되다 보니 사람들이 집밖에 나오지 않아 도로가 텅 비었기 때문이기도 했다. 와인 저장고 부근은 더구나 특별 관제구여서 사람들의 발길이 끊긴지 오래였다.

모든 것이 그대로건만 풀들만은 인간의 재앙을 모르다 보니 무성하게 웃자랐다. 지천으로 깔린 민들레들은 금화 같은 꽃송이를 거두고 솜뭉치 같은 씨앗들을 품었다. 맑은 바람이 자신을 먼 곳에 데려다 주기만 기다리고 있다.

저장고 관리자, 더 정확히 말하면 1호 시체 창고의 관리자는 이미 지시를 받은지라 아무 말도 없이 뤄웨이즈에게 방호복을 착용하고 시체 창고에 들어가게 했다. "A0020호에 있습니다. 저는 이만." 그 사람은 아무런 정감도 없이 말했다.

얼핏 볼 때에 변한 것은 없었다. 오래된 시체들이 화장되고 새 시체들이 들어왔겠지만 분위기나 외형은 그냥 비슷했다. 그러나 심경은 전혀 달라졌다. 전염병이 터지기 전에 이곳에 올 때의 뤄웨이즈는 완전히 소부르주아적인 향락주의자였다. 근심 걱정 없이 우아한 척하면 그만이었다. 다른 사람과 얘기라도 나누면 족집게처럼 남의 생각을 맞추었고 그것이 뤄웨이즈의 우월감이자 낙이었다. 전염병이 터진 뒤에 들어올 때는 전전긍긍 벌벌 떨면서도 탐험가의 호기심이 있었었다. 그런데 이번은 연인과 영결하는 걸음이다. 뤄웨이즈는 자신이 이제 겪을 만큼 겪어서 어지간한 일에는 꿈쩍하지 않을 줄 알았다. 게다가 원소에 도가 텄으니 생사이별도 더는 가슴을 찢는 아픔이 아닐 줄만 알았다. 이제야 자신을 너무 높게 봤음을 알았다. 이론이란 거울 속의 꽃이나 물에 비친 달에 불과하고 현실은 언제나 암초가 뒤덮인 시커먼 암류였다.

희미한 조명은 스러지는 꽃잎 같다. 어두컴컴한 시체 창고는 그 깊이와 크기를 가늠할 수 없다. 계단을 내려가는 뤼웨이즈는 걸음걸음 위태하게 미끄러질 것만 같다. 걸음에는 종종 급박함이 실려 있었다. 한시 급히 연인을 만나고 싶었다. 마음속 깊은 곳에 마지막 환상은 아직도 살아있다. 혹시 착오가 있을지도 모른다. 그래, 꼭 잘못되었을 거야! 그러다가도 가까스로 느릿느릿 발걸음을 옮긴다. 그 자리에 무너져 내릴 듯 위태위태하다. 그녀는 정말이지 제 눈으로 리위안을 볼까 봐 겁났다. 그러면 빼도 박도 못하고 사실을 인정해야 하니까. 이렇게 뤼웨이즈는 빠르고 느림을 반복하며 쓰러질 듯 A구역에 다가갔다. 제일 먼저 찾은 것이A300, 이어서 A200 … A099 … 그녀는 하나하나 헤아리며 걸었다. 마치 거대한 지하 주차장에서 자신의 주차 위치를 찾는 것 같다. 작은 통로가 나온다. 여겨보니 A0021, 그만 지나쳐 버렸다. 무심히 바라보니 글쎄 위정펑이었다. 미처 경의를 표할 사이도 없이 돌아서서 A0020을 찾았다.

그녀는 그를 보았다. 의심할 여지도 없었다. 냉동 시간이 짧아서인지 그의 몸에는 아직 서리도 끼지 않았다. 환자로 분류되어 병실에 들어갈 사이도 없었기에 아직도 새하얀 의사 가운 차림이다. 뤼웨이즈는 여태 흰 옷차림의 리위안을 본 적 없다. 첫 번째 인상은 이 상황에 전혀 맞지 않는 것이었다 ─ 와, 정말 멋져! 아름다워! 하얀 매화꽃 사이의 저녁 안개처럼 아름다웠다.

흰색 와이셔츠, 흰색 격리신, 흰색 작업복. 얼굴빛까지 새하얀 한백옥처럼 창백하다. 검은 머리가 유일한 다른 색깔인 것 같았다. 그날 아침에 금방 면도를 한 듯, 그야말로 빙청옥결, 티 한 점 없이 무성의 얼음 세계에 잠들어 있었다. 연꽃 위에 얹힌 수정처럼.

병마에 길게 시달리지 않아서인지 리위안의 모습은 살아 있을 때와 전혀 다를 것이 없었다. 그저 떠날 때보다 약간 초췌해진 듯하다. 약간 야위니 얼굴의 윤곽이 더욱 또렷하다. 더욱 강직하고 단호해 보인다. 눈은 완전히 감기지는 않았지만 흔히 보는 화관바이러스 감염자들처럼 동그랗게 뜬 상태는 아니었다. 두 눈꺼풀은 알 듯 말 듯 벌어져 있는데 기다란 속눈썹이 그의 시선을 가리고 있었다. 바라보고 있노라면 금세 눈을 뜨고 눈앞의 연인을 바라볼 것 같다.

뤄웨이즈는 눈도 깜빡이지 않고 리위안을 뚫어져라 바라본다. 다음 순간에 벌떡 일어나서 "헤! 놀래려고 그런 겁니다. 바이러스가 우리 중매인이니 데이트 장소도 남달라야 하지 않겠습니까."라고 말할 것만 같다.

벌떡 일어난 리위안이 티베트고원의 영양처럼 사뿐사뿐 그녀에게로 걸어온다.

......

그러나 아니었다. 아무것도 발생하지 않았다. 그 주변에 있던 따스하고 고르던 숨결이 한순간에 이런 차디찬 곳에서 사라져 영원히 다시 만날 수 없다니! 뤄웨이즈는 믿어지지 않았다. 천 겹 만 겹의 슬픔과 쓰라림은 깨진 유리조각처럼 차디찬 빛을 뿌리며 그녀의 혈관을 파고들어 가슴팍에 박힌다. 예리한 조각들은 그녀의 신경의 외각을 뚫고 매 하나하나의 말초신경을 감으며 무섭게 파고 든다. 억만 갈래의 골수까지 스며든 아픔을 만들며.

뤄웨이즈는 특히 리위안의 입을 보았다. 그곳에는 지금 아무런 흔적도 남아 있지 않았다. 입을 대고 가래를 빨아냈다고?! 리위안이여, 리위안, 그대는 얼마나 무시무시하고 바보스러운가! 얼마나 원시적이고 얼마나 위험천만한 행동인가! 현대 의사들은 진작부터 이 지극히 효과적이지만 지극히 처참한 구급 방식을 포기했다. 그것이 의사를 적나라한 사망 가능성으로 빠뜨리기 때문이다. 전장으로 말하면 한 사람이 가슴팍으로 다른 사람에게 날아가는 탄알을 막는 것과 비슷할 것이다. 매 사람의 생명은 모두 소중한 것이다. 그 누구든 의사들을 이렇게 하라고 요구할 수 없다. 때문에 정규적인 의학 훈련에도 이런 과정은 없다. 시대와 더불어 진화하는 의료기기들도 이런 상황에 대비한 여러 가지 처치방법이 있고 나름 효과가 있다. 하지만 설비를 투입하려면 시간이 소요된다. 응급상황에서 제일 요긴한 것이 시간이기도 하다. 이런 시간은 분, 초 심지어 10분의 1초 단위로 계산해야 한다. 리위안 씨, 이런 가장 오래되고, 가장 소박하고, 가장 직접적인 구급 방식을 선택할 때, 나 뤄웨이즈를 생각이라도 해

봤나요?

그대는 자신의 안위 같은 건 전혀 아랑곳 않고 뛰어들었겠지요? 그곳이 억만 개를 헤아리는 바이러스의 소굴이라는 것을 전혀 생각지도 않았겠지요? 웃통을 벗고 뛰어들어 환자와 간담상조하고 생사를 함께 하려 했지요? 아니, 그대는 이런 것을 잊은 것은 아닐 거예요. 하지만 그대는 진정한 의미의 의사는 아니어서 아직 죽음 앞에서 마음이 고인 물처럼 차분할 수는 없었을 테지요. 그대는 의사의 최우선 임무가 자기 보호라는 것을 몰랐을 테지요. 생사 고투의 순간, 자신은 완전히 잊은 채 목숨으로 목숨을 바꾼 거겠지요.

하지만 숙맥 같은 리위안 씨, 당신은 당신의 목숨이 수만 명의 목숨에 맞먹는다는 걸 몰라요? 온 강을 쏟아부어도 물방울 하나를 건질 수는 없다는 것도 몰라요? 오다가다 만난 어린애 하나를 구하느라고 자기의 연인을 영원히 돌이킬 수 없는 심연에 빠뜨릴 수 있다는 건 생각하지 못했나요?

여기는 그녀의 연인과 제일 가까운 곳이다. 그녀는 내내 이렇게 서서, 끝도 없이 서 있고 싶었다. 얼음조각상이 될 수 있다면 더 좋을 것 같았다. 주변은 헤아릴 수 없는 시체이고 끊임없이 주입되는 냉기는 독사들이 혀를 날름거리는 것과 다를 바 없는 슉슉 소리를 낸다. 얼마나 시간이 흘렀는지 방호복 안에 휴대한 소형 무전기가 울린다. "어서 돌아오세요. 당신은 체류 극한 시간에 다다랐습니다. 저장고 안이 최저온 상태이니 즉시 돌아서지 않으면 동상을 입기 시작할 겁니다."

뤄웨이즈는 미동도 하지 않았다. 그녀는 이렇게 갈라지면 영영 다시 만날 날이 없을 걸 안다. 여기 이 지하의 극저온 속에서 리위안과 고별할 사람은 더는 없다. 심지어 그의 덕에 목숨을 건진 그 아이도 일생을 두고 누가 자기의 생명을 구했는지도 모를 것이다. 이 젊고 유망하고 재기 발랄한 젊은이는 이렇게 이 세상을 고별하고 원자로 돌아갔다. 지나간 일들이 새록새록 살아난다. 방울방울 추억들이 새하얀 얼음으로 얼어붙어 뤄웨이즈의 쇄골과 쇄골 사이를 짓누른다. 그곳이 바로 인간의 인후가 있는 곳이다.

뤄웨이즈는 자신이 이곳에서 얼어 터지기를 바랐다. 그녀는 생명이 추락하는 분해를 이겨내고 리위안과 함께 원자가 될 준비가 되었다. 바늘 끝만한 위치가 2500만조 개의 원자를 수용할 수 있다고 한다. 이승에서 이렇듯 가깝게 닿아 있으니 원자로 변하는 순간에도 어깨 나란히 입술과 이처럼 닿아 있을 수 있으리라. 그때 가면 모든 슬픔은 사라지고 그들은 마음껏 하늘을 날아다닐 수 있으리라. 날다가 지치면 바람의 흐름에 몸을 맡기고, 그의 수소와 그녀의 산소가 더해져 한 방울 한 방울의 맑은 이슬로 변하리라. 그녀의 탄소와 그의 탄소는 달콤한 케이크가 될지도 모른다. 그의 게르마늄과 그녀의 게르마늄은 아미산의 영지초로 태어날 것이고 그의 질소와 그녀의 질소는 한 그루의 짙은 녹음으로 변해 땅에 그림자를 던질 것이다 … 물론, 이것은 모두 뒷이야기다. 이 시각, 뤄웨이즈는 자신이 앙증맞은 해님으로 변해 그의 입술에 닿기를 바란다. 그곳에 엉겨 붙기 시작하는 얼음 결정들을 녹이고 사람을 취하게 하는 키스 한 번만 누려봤으면 … 인생은 세상을 떠나는 순간 안온해야 하는데 당신과 함께라면 세상 어느 곳이나 다 천당일 테니 … 뤄웨이즈는 꼿꼿이 그 자리에 넘어졌다. 사태가 이상하게 변하는 것을 진작 감지한 시체 창고 직원들이 때맞춰 달려와 그녀를 구해 냈다.

제37장

# 사라진 신약

99%의 의사들이 내력이 미심쩍은 백낭자의 사용을 거부할 것이다.
손오공의 보조약 처방: 잉어 오줌, 태상로군 연단로의 재, 용의 수염 다섯 대.

　잔디가 파릇파릇한 골프장, 커다란 파라솔 아래에서 천위숭은 방역 지휘부 정, 부 지휘관인 예펑쥐과 셰경눙을 긴급 소환했다. 공식적인 회의는 아니고 한담 비슷한 모임이어서 다른 사람은 부르지 않았다. 세 사람은 원탁에 둘러앉아 최상품 국화 보이차를 시키고 나서 머리를 맞대고 토론하기 시작했다. 멀리서 바라보면 정년을 맞아 할 일 없는 늙은이들 같았다.

　늙은이들은 늘 사람들을 착각하게 한다. 얼핏 볼 때에 잔소리가 많은데다가 망령이 든 것처럼 보인다. 하지만 위험에 직면하면 그들의 진가가 드러난다. 청춘과 같이 활력이 넘칠 뿐만 아니라 가장 중요한 문제를 족집게처럼 집어낸다.

　천위숭이 먼저 입을 열었다. "오늘은 회의는 아니지만 주제는 있습니다. 여전히 화관바이러스입니다. 오늘은 장유유서, 상하관계 같은 건 다 걷어치우고 생각하는 바를 서슴없이 말하기로 합시다. 감투도 씌우지 않고 몽둥이질은 더욱이 하지 않겠습니다. 주요하게는 내가 재간이 바닥나서 앞으로 어째야 할지 몰라 그럽니다." 자신의 성의를 표하기 위해 천위숭은 예펑쥐를 오늘 회의의 집행 주석으로 추대했다. 예펑쥐가 투덜거린다. "방금은 회의가 아니라더니 집행 주석까지 있습니까? 양두구육*이군요."

490

세경능이 먼저 상황 소개를 했다. 임상시험을 통해 백낭자의 효과가 실증되었다. 유엔 세계보건기구에서 긴급히 보내 준 약들보다 효과가 10여 배나 더 높았다. 작은 범위의 시험 사용에서 치유율이 무려 95%에 달했다.

그 말을 들은 천위슝은 격동되었다. "잘 됐습니다! 95%라니, 이거 무슨 개념입니까? 100명 환자에 겨우 5명이 죽었다는 말이 아닙니까? 정말 대단합니다. 승리의 서광이 보입니다."

예평쥐가 냉수를 끼얹는다. "애석하게도 이 치료법을 발명한 사람이 5% 안에 들어서 사망했습니다."

천위슝은 진심으로 애석해한다. "그 리위안이라고 하는 젊은이 말입니까?"

예평쥐가 대답한다. "그렇습니다. 이거 하늘도 웃을 일이 아닙니까? 이 치료법을 효과적이라 하려 하니 발명자가 덜컥 황천길로 갔지요. 그러니 설득력이 대단히 부족하지요."

천위슝은 여태 리위안에 대한 추념에 잠겨있다. "이는 공적인 것을 위해 순직한 것이니 그에게 명분을 줘야 합니다."

세경능이 말을 받는다. "그런 건 다 문제가 아닙니다. 우리는 꼭 정중하게 리위안의 장례를 치를 안을 제출할 겁니다. 공을 기입하거나 무휼금 등 모두 생각이 있습니다. 그저 아직은 비밀로 해야 합니다. 지금의 관건은 어떻게 전염병에 대처할 것인가 하는 문제입니다. 어쩌다가 효과적인 약물이 나타났는데 아쉽게도 완벽하지는 못합니다. 다음 걸음은 어떻게 해야 할까요?"

천위슝이 말한다. "내 벼슬자리는 내놓을 때가 된 것 같습니다. 사망자 수를 허위 보고하는 것은 내가 동의한 것이고 나라의 심사 비준을 거치지 않은 약물을 탈바꿈시켜 임상에 쓰게 한 것도 내가 결정한 일입니다. 거기다 의료 직함이 없는 무면허 의사를 중용했는데 그 의사가 죽어버린

---

* 양 머리를 내걸고 개고기를 판다는 뜻으로, 겉보기에만 그럴듯하고 속은 변변치 못함을 이르는 말

것 등등. 이가 많으면 가렵지 않고 빚이 많으면 근심하지 않는다지요. 이 판사판이니 내가 명령 하나 더 내리지요. 모든 화관바이러스 감염자들이 죄다 백낭자를 쓰라. 두 분 생각은 어떠하십니까?"

셰경능이 말한다. "직위 고하를 논하지 않는다니 후배님이라 부르지. 후배, 인민을 위해 목숨을 바치려는 정신은 높이 사네만 이 일이 그쪽 생각처럼 간단하지는 않다오. 병원 임상에서 대규모로 백낭자를 사용하겠다는데 몇 가지만 묻자고. 약품 설명서가 있소? 각종 조제량의 통일적인 기준이 있소? 임상 수치는 있소? 우리 의사들이 그렇게 호락호락한 줄 아시오? 절개가 굳어 상부에도 권력에도 아부하지 않고 심지어 관료들을 멸시하는 사람들 천지라오. 나라 로트번호도, 유효기간도 임상시험 보고서도 없는 흰 분말을 그들을 통해 모든 환자들이 덮어놓고 복용하게 하려면 내 생각엔 후배님이 또 다른 95%를 만나게 될 거요. 즉 95%의 의사들이 사용 거부를 할지도 모른단 말이오."

천위슝은 마음속 불만을 누르려는 듯 연거푸 찻물을 두 모금이나 꿀꺽꿀꺽 들이키고 나서 입을 열었다. "선배, 선배는 의사도 아니면서 전문가인 것처럼 말은 잘 하누만요. 난 불복입니다."

셰경능이 말을 받는다. "다 후배님 신뢰 덕에 이렇게 죽도록 고생만 하고 좋은 소리는 못 듣는 자리에 앉은 거 아니오. 아무튼 위험한 관두에 명을 받고 부단히 배우다 보니 이제 전혀 문외한은 아니라오. 내가 방금 한 말들은 백 프로 사실적으로 검토한 것이오. 못 미더우면 이 예펑쥐에게 물어보시오. 이분은 의학계의 원사니까."

예펑쥐가 대답한다. "기본적으로는 정확합니다. 하지만 한 가지만은 사실적이지 않습니다."

천위슝과 셰경능이 이구동성으로 묻는다. "뭐가 그렇습니까?"

"95%의 의사들이 게르마늄 치료를 거부할 것이라는 점입니다."

천위슝은 희망이 생겼다. 셰경능이 아무리 학습 능력이 강하다고 한들 정세에 쫓겨 여기저기서 얻어들은 의학지식은 필경 계통적이지 못하다고 할 것이다. 의학 면에서는 예펑쥐만이 대세를 좌우할 수 있는 인물인 것이다. 그는 애타게 바라는 심정으로 물었다. "그렇겠지요! 그럼 예 교수 생각은 …"

예펑쥐가 서둘지 않고 입을 연다. "제 생각은 거부자가 95%가 아니라는 것입니다. 99%의 의사들이 이 내력이 미심쩍은 게르마늄을 거부할 것입니다."

세 사람은 할 말을 잃었다. 저 멀리 잔디밭에 내린 알락 까치가 기다란 꽁지를 보란 듯이 흔들며 깍깍 우짖는 소리가 선연히 들려온다. 홍가시나무 꽃과 금작화 꽃에 에워싸인 필드 코스가 멀리 솟은 모래 언덕 밑에서 구불구불 에돌아간다. 그들은 헛헛한 심정으로 먼 곳을 바라본다. 골프채를 잡아 본 사람들은 절벽 구역 근방의 윤곽이 정교한 그린에서 제9 홀이 난도 계수가 제일 큰 홀이라는 것을 안다. 퍼팅을 할 때 조금만 소홀하면 공이 호수에 빠지게 되니 말이다. 시간이 꽤나 흐른 다음 천위슝이 입을 열었다. "그러면 손을 놓고서 무수한 생명이 속수무책으로 화관바이러스에게 짓밟히는 것을 보고만 있어야 한단 말입니까?"

예펑쥐가 대답한다. "저는 이 방법을 압살하려는 것이 아닙니다. 하지만 우리가 게르마늄 사용을 결정한다고 한들 어디에 가서 이런 약물을 얻겠습니까? 리워안의 사망과 더불어 우리가 깊이 있게 게르마늄을 알 길이 막히지 않았습니까?"

"아니, 어떻게 그럴 수가 …" 천위슝이 다급히 묻는다.

예펑쥐가 대답한다. "리워안은 전염병 전문병원에 들어간 다음부터 바깥과의 자유로운 연락은 금지되었습니다. 이것은 우리의 일관적인 규정이니까요. 리워안 스스로도 외부에 전화하겠다고 요구한 적 없습니다. 그런 점으로 보아 투여량을 스스로 파악할 수 있는 것 같았습니다. 그저 딱 한 번 자기의 이웃이라는 잔완잉이라는 할머니한테 전화 한 적 있습니다. 그가 남긴 전화번호도 그 할머니 것이었습니다. 아마 대신 집을 돌봐달라고 부탁한 것 같습니다. 병원에 들어오기 전의 연락 상황을 추적하니 제일 많이 연락한 것은 뤄웨이즈 …"

천위슝이 말한다. "그 사람은 나도 압니다. 그녀의 피가 텐궈를 구했지요. 오, 쑤야도 포함해서요."

예펑쥐가 말을 받는다. "맞습니다. 뤼웨이즈가 바로 게르마늄을 복용했고 또 완치된 사람입니다. 하지만 그 본인은 이 치료법의 발명자가 아니지요."

천위슝이 다그친다. "그러니 예 교수의 뜻인 즉, 설령 우리가 백낭자를 쓰려고 해도 지금은 조건이 안 된다는 겁니까?"

예펑쥐가 말한다. "그렇습니다. 비록 우리가 백낭자의 화학성분이 게르마늄이라는 것을 알고 있고, 또 제가 해당 자료들을 찾아보니 국고의 게르마늄 비축량도 충분하지만 구체적으로 어떻게 사용하는지 우리는 전혀 모릅니다. 때문에 이 계획은 실행 가능성이 전혀 없습니다."

캐디가 시중을 들기 위해 다가왔다. 천위슝이 손짓으로 그를 물리친다. 세 사람이 오늘 골프장에 모인 것은 신체 단련을 목적으로 한 것이 아니라 사람 하나 없는 이곳의 환경을 이용하려는 것이었으니. 여기서 밀담을 나누면 들을 자는 바람밖에 없다.

셰경늉이 입을 열었다. "내 생각에 이건 두 가지 문제인 것 같습니다. 첫째는 백낭자를 쓸 것인가 쓰지 않을 것인가 하는 문제이고 그다음이 어떻게 써야 하는가 하는 문제겠지요. 두 가지를 한데 섞지 맙시다. 즉 둘째 문제의 난이도로 첫째 문제를 부정해서는 안 된다는 것입니다. 이는 본말 전도이며 소탐대실이라고 생각됩니다."

예펑쥐가 말한다. "좋습니다. 비판을 접수합니다. 그럼 지금 문제들을 집중하여 표결해 봅시다. 게르마늄, 즉 두 분이 말씀하는 백낭자 사용에 동의하는 사람?" 그는 주석의 직책을 이행하기 시작했다.

천위슝과 셰경늉은 모두 손을 들었다. 예펑쥐가 자조하듯 말한다. "하, 주석이 유명무실해졌군요. 좋습니다. 소수는 다수에 복종해야죠. 그럼 이제 제2항에 진입합니다. 어떻게 사용할 것인가? 여기에는 여러 가지 작은 문제들이 포함돼 있습니다. 첫 번째 작은 문제는 어떻게 리위안의 팀을 찾아낼 것인가?"

셰경늉이 묻는다. "예 교수는 무슨 근거로 이것이 리위안 한 사람의 발명이 아니고 팀의 성과라고 생각합니까?"

예펑쥐가 대답한다. "이 책략의 대담성과 주밀함에 근거해 내린 결론입니다. 우리는 모두 리위안의 방안을 들어봤었지요. 저는 이것이 절대 한 사람의 지혜가 아니라 한 팀의 사람들의 집단 행위라고 믿습니다. 그리고 리위안이 전염병 전문병원에 가지고 들어온 정교하게 제작된 게르마늄 원소 알약들도 그렇습니다. 이런 작업을 혼자서 단기간 내에 완수한다는 것은 절대 불가능합니다."

천위슝이 찬동한다. "맞는 말씀입니다. 하지만 어디에 가서 그들을 찾아야 합니까?"

예펑쥐가 말한다. "이 점에 대해 저는 비관적인 입장입니다. 못 찾을 가능성이 큽니다."

천위슝이 혀를 찬다. "예 교수, 당신 참 재미있는 사람이군요. 초장에는 낙관적이다가 뒤에 가서는 비관주의이니."

예펑쥐가 말을 받는다. "아무튼 팀이 핵심 멤버 리위안을 잃었으니 중대한 타격을 받았을 겁니다. 그러니 재실험과 연구 단계에 들어가 세상일에 관여하지 않을지도 모릅니다. 그게 아니라면 주동적으로 우리와 연계해야 할텐데 지금까지 아무런 동정도 없지 않습니까?"

천위슝이 말한다. "우리는 모든 수단을 동원하여 그들을 정찰하고 찾아낼 수 있습니다. 이건 불가능한 일이 아닙니다."

예펑쥐가 대답한다. "그건 옆구리 찔러 절받기지요. 화관바이러스를 이겨내는 것은 그들의 법정 책임이 아닙니다. 그러니 그들이 또다시 앞에 나서기를 기다려야지 협박하려 든다면 아무것도 얻지 못할 것입니다. 그들은 범죄자가 아니고 게르마늄도 마약이 아닙니다. 게다가 게르마늄은 체적이 아주 작아 숨기기도 쉽습니다. 숨기지 않는다고 해도 모르는 사람 눈에는 소금 가루와 다름이 없습니다."

예펑쥐가 말을 잇는다. "그리고 의사들의 태도에 대해서 저는 아까 그 견해를 견지합니다. 이런 내력이 불분명한 물건을 사용하려는 의사는 없을 겁니다."

천위슝이 뚜렷하게 말한다. "이 점에 대해서는 방금 논했으니 더 논하지 맙시다."

예펑쥐가 말한다. "좋습니다. 세 번째 문제가 있습니다. 즉 대중들이 이런 아무런 증명도 없는 민간 처방을 받아들일까요? 물론 중국에는 민간요법이 큰 병을 치료한다는 말도 있긴 합니다. 하지만 그것은 민간에서 유전되는 항간의 소문이나 개인적인 행위에 불과합니다. 대규모적인 정부 행위라면 그 누구도 책임을 질 수 없을 것입니다!"

여기까지 들은 셰겅눙이 입을 연다. "예 주석, 당신의 책략을 알겠습니다. 추상적인 긍정, 구체적인 부정이군요. 반나절이나 에둘러도 안 된다는 거지요."

예펑쥐가 말한다. "방금 말한 이 세 문제만 해결된다면 나는 쌍수 들고 찬성합니다."

침묵이 흐른다.

한동안 아무 말도 안 하던 천위슝이 느릿느릿 입을 연다. "제가 지금부터 하는 말은 시장의 어조인 것이 아니라 할아버지의 입장에서 하는 말입니다."

두 사람이 푹 웃는다. "늙은 티를 내지 마시오. 우리도 젊은이가 아닙니다."

천위슝이 급급히 해명한다. "내가 다른 사람의 할아버지라는 말이 아닙니다. 그저 천톈궈의 할아버지라는 뜻입니다. 그날, 쑤야의 생명이 위급한 것을 보고 나는 뤼웨이즈를 억류하여 그녀가 자신의 피로 천톈궈의 엄마의 목숨을 구하기만 바랐습니다. 물론 뤼웨이즈가 그로 인해 정말 목숨을 잃게 된다면 나도 그녀의 목숨으로 내 손자의 기쁨을 바꾸려고는 하지 않았을 겁니다. 이점은 저를 믿어주기 바랍니다. 제가 그렇게 극악한 놈은 아닙니다. 하지만 그때 그 정경은 저로 하여금 인류란 병마 앞에서 얼마나 보잘것없는 존재인가를 깨닫게 했습니다. 이로부터 저는 수천수만의 화관바이러스 감염자들과 그들의 가족을 생각하게 되었습니다. 그들도 얼마나 친인들의 생명을 구할 수 있기 바라겠습니까! 오늘, 이러한 가능성이 보이는 데도 우리는 여기서 우유부단하고 있습니다. 늘 1%의 희망만 있어도 100%의 가능성을 쟁취해야 한다고 부르짖어 왔는데 지금 95%의 희망이 있는데도, 그리고 이 희망은 아주 뛰어난 젊은이가 자신의 목숨과 바꿔온 것인데도, 대담하게 최후의 결전을 하지 못한다면 이것은 치욕입니다!"

천위슝은 몸을 일으켜 먼 산을 바라보다가 다시 앉았다. 그는 그 방향에 와인 저장고를 개조한 여러 개의 시체 창고가 있으며 그것들이 차고 넘친다는 것을 안다. 그러니 머리를 돌릴 수밖에 없었다.

셰징눙이 침음하며 말한다. "나한테 방법이 있긴 합니다. 리위안의 팀이 나서고 의사들이 흔연히 이 요법을 받아들이며 환자들도 결연하게 이 요법을 접수할 수 있는 방법."

천위슝과 예펑쥐가 동시에 벌떡 일어선다. "어서 얘기하십시오!"

셰징눙이 대머리를 툭툭 치며 말한다. "먼저 이야기 하나 할 테니 들어보시오."

두 늙은이가 소리친다. "지금이 어느 때라고 이야기 같은 걸 생각합니까!"

셰징눙이 물러서는 시늉을 한다. "정 이야기를 듣고 싶지 않다면 나도 방법을 말하지 않겠습니다." 그는 손을 흔들어 먼 곳에 있는 캐디더러 흰 술을 올리라고 했다. "와인 저장고가 시체 창고로 변했다는 소식을 들은 뒤로 나는 와인을 입에 대지 않습니다. 심리적 장애라기보다 이 일을 떠올리기만 하면 책임을 모독하는 것이라고 생각되어서요."

간단한 밑반찬을 올리고 세 사람은 앙증맞기 짝이 없는 작은 술잔으로 흰 술을 마시기 시작했다. 누구든 이 허리가 구부정한 늙은이들 셋이 모여서 한 사람이 침을 튀기며 말하고 다른 둘이 듣는 둥 마는 둥 귀를 기울이는 것을 보면 경탄을 금치 못할 것이다. 큰 재난이 닥쳤는데도 무사태평하게 유유자적하는 사람들이 있다니!

"당승 일행 4명이 서천에 가서 경을 가져오는 길에서 타라장을 떠나 칠절산 희시구라는 곳을 지나는데 앞에 악취가 덮인 곳이 막아섰답니다. 별수 없이 저팔계가 큰 돼지로 변했지요. 입이 기다랗고 온몸에 두툼한 비계가 덮인 돼지. 대가리는 둥글고 커다란 귀는 파초 잎 같았고요. 뼈가 탄탄해 하늘만큼 장수하고요, 두꺼운 가죽은 쇠보다 질겼다고 합니다. 발굽은 흰색이었는데 크기가 천 자나 됐답니다…" 셰졍눙은 두 눈을 지그시 감고 중얼중얼 하는 모습이 자기가 제 이야기에 도취된 모습이다.

다른 두 사람은 이것이 〈서유기〉 이야기에서 따온 대목인 걸 알고 깜짝 놀란다. 천위슝이 먼저 그의 말을 자른다. "아유, 나의 선배님, 선배님은 고전문학 수양이 대단하군요. 전공자인 저보다도 낫군요. 나이를 이렇게 많이 먹으시고도 오승은의 기상천외한 묘사들을 다 기억하다니, 탄복합니다. 하지만 발등에 불이 떨어진 마당에 이런 대목이나 외우다니, 너무 비인도적인 거 아닙니까?"

예펑쥐가 말한다. "이 이야기를 하는 데 깊은 뜻이 있는 줄 압니다. 그럼 그 깊은 뜻을 바로 얘기하시지요. 이 바쁠 때 이야기꾼 노릇을 하며 재미를 볼 필요가 있습니까?"

셰졍눙이 눈을 뜨며 말한다. "내 방법이 바로 이 서유기에 숨어 있으니 어쩌겠습니까? 바쁘긴 뭐가 바빠요? 우리가 지금 결정하려는 일이야말로 가장 중요한 일이 아닙니까? 그런데 이 몇 분간이 대숩니까? 오늘 이 시간 전에 숨 고를 사이도 없이 수천수만 분이나 달려오지 않았습니까? 결과는 어떻습니까? 시체가 산을 이뤘지요. 몇 분간만 떼어내어 좋은 방법이 없나 생각하고 옛사람들로부터 지혜를 빌리자는데 이렇게 견디지 못해 하다니, 그럼 아예 그만두겠습니다. 당신들 둘을 협박하려는 건 아니지만, 마음가짐이 이렇게까지 단정하지 못해서야 내가 얘기해도 무슨 소용이 있겠습니까?"

셰졍눙의 목소리는 높지 않았으나 화난 것이 분명했다. 이쪽 둘은 하는 수없이 다시는 이야기꾼의 흥을 꺾지 않겠다고 맹세하고 서약했다. 셰졍눙은 그제야 심드렁하게 말을 이었다. "좋습니다. 내가 속도를 좀 내지요." 그도 약간 조절을 해서 다시는 원문을 길게 옮기지 않았다.

"그 저팔계가 굵고 힘센 주둥이와 코로 길을 내니 스승과 제자 4인이 계속 앞으로 나가게 되었습니다. 문득 눈앞에 번화한 도시가 나타나는데 성루의 행황기에 '주자국'이라는 세 글자가 쓰여있었습니다. 그야말로 초

대형 도시였는데 건물들이 높다랗고 사람들도 훤칠했답니다. 의관이 단정한 모습이 대당의 수도 장안에 조금도 뒤지지 않았답니다. 네 사람의 지도자인 당승이 말합니다. 우리 먼저 '회동관'에 가자. 그 이름이 좋잖아. 천하가 여기서 회동한다는 의미일 테니. 일행 4인이 입주 수속을 마치고, 아마 지금의 신분증 기입과 비슷할 것 같습니다. 이후에 관리인이 음식 대접을 하는 사람인 지응을 보내 왔습니다. 메뉴에는 입쌀 한 접시, 밀가루 한 접시, 채소 두 줌, 두부 네 모, 글루텐 두 개, 말린 죽순 한 접시, 목이버섯 한 접시 …"

천위슝이 참다못해 또 끼어든다. "보아하니 그 시절 민생문제는 꽤나 해결이 잘된 것 같습니다."

예펑쥐도 한마디 거든다. "비교적 친환경적이군요. 콜레스테롤이라든가 고지혈증을 걱정할만한 메뉴가 없으니 건강식 기준에도 부합한다고 볼 수 있을 겁니다."

셰징눙이 눈을 흘긴다. 한창 흥이 오르는 마당에 이야기가 끊겨 짜증이 나는 모양이다. 하지만 다시 생각해 보니 이건 그의 이야기에 집중해서 지식을 습득했다고 할 수도 있으니 뭐라 할 수도 없는 같았다.

"당승이 식사를 마치고 나서 관문첩 서류들을 바꾸는 곳도 알아 두었습니다. 이제 서류들을 준비해 가지고 조정에 들어갈 참이었습니다. 그래서 제자들에게 밖에 나가 사고 치지 말라고 당부 …"

"보통 이렇게 당부를 하지요. 아니면 진짜 사고를 치니까." 예펑쥐가 말했다.

"말을 끊지 말고 경청합시다." 천위슝이 말한다. 이 〈서유기〉는 거의 다 읽어 봤지만 너무 오래전의 일인데다가 비슷비슷한 요괴와 싸우는 이야기가 많아 제대로 기억하기도 어렵다. 아무튼 당장 무슨 일을 처리할 수 있는 것도 아니니 이야기나 제대로 듣자는 생각이었다.

셰징눙은 정서 교란을 배제하고 그냥 한 마디 한 마디 이야기에 집중한다.

"잠시 후 당승이 오봉루에 도착했습니다. 명성에 걸맞게 '전각이 우뚝하고 누대들이 장관이며 화려'하였습니다. 잘 들어 두십시오. 이 묘사들은 내가 생각해낸 것이 아니라 오승은의 원판 그대로입니다. 전체적으로 이 멋지고 휘황한 오봉루라는 곳은 우리 지금의 국가 외교부에 해당되는 곳입니다. 때마침 주자국 국왕이 현지 사무를 보고 있어서 당승이 서류들을 교부했습니다. 국왕이 보고 나서 대단히 기뻐하면서 묻기를 법사님, 당신의 대大당나라는 왕조가 몇 대째이며, 현명한 신하가 몇 분이나 나셨습니까? 당제가 무슨 병에 걸렸기에 법사님께 산을 넘고 물을 건너 불경을 구하라고 하십니까?

국왕의 하문에 당승이 일일이 대답했습니다. 주자국 국왕이 듣고 나서 크게 탄식하며 말하기를 정말 대단하군요. 천조대국은 확실히 다른 것 같습니다 그려. 나 같은 고독한 외톨이는 병에 걸린지 이렇게 오래 되도록 누구 하나 선뜻 나서서 구해주려는 사람이 없구려. 국왕의 말을 듣고 당승이 그제야 눈을 들어 가만히 그를 살피니 아닌 게 아니라 병세가 아주 심각한 상태였습니다. '얼굴은 누렇고 홀쭉하며 몸은 마르고 정신이 쇠약'했다고 합니다. 다시 한 번 말합니다만 이 묘사도 내가 지어낸 것이 아니라 오승은의 창작입니다.

"방금 예 교수가 추측한 대로입니다. 이제 일이 납니다. 주자국 국왕은 당연히 당승에게 식사 대접을 했을 테고 여관에 남은 나머지 세 제자들은 스스로 식사 준비를 하게 됐습니다. 그런데 조미료가 없는 것을 발견하고 손오공과 저팔계가 함께 조미료를 사러 시장에 갑니다. 오봉루를 나와 서쪽으로 가는데 고루 곁에 가니 그 밑에 사람들이 잔뜩 모여 웅성웅성하고 있었습니다. '전가색구塡街塞邱'할 지경이었다고 씌어 있습니다. 이 단어는 지금에 와서는 잘 쓰지 않는데 아마 인산인해와 비슷한 뜻일 겁니다. 손오공이 고루 밑에 이르매 물샐틈없이 사람들이 모였는데 가까스로 비집고 나가 손행자가 모든 것을 뚫어보는 화안금정으로 쳐다보니 커다란 황방이 붙어 있는지라 그 방문에 씐 글을 보니 이런 내용이었답니다. '짐 서우화주 주자국 국왕은 즉위한 이래 사방에서 우러르고 복종하며 백성들이 평안하게 살았도다. 그런데 최근 들어 나라에 불상사가 많아 짐이 몸 져 누우매 시간이 흘러도 낫지 않는다. 본국 태의원에서 누차 좋은 처

500

방을 올려도 치료가 되지 않았다. 그래서 특별히 이 방문을 내어 천하의 현명한 명사들을 찾노라. 북쪽에서 왔든 동방에서 왔든 막론하고 중화이든 외국이든 묻지 않으니 의약에 정통한 자가 있으면 궁전에 들어 짐의 병환을 고쳐주기 바라노라. 조금이라도 차도가 있으면 사직을 함께 나눌지니 절대 허언이 아니노라. 이에 방문을 붙이노라. 뜯는 사람을 고대하노라.'

방문을 보고 난 손오공이 꾀 하나가 생겼습니다. 경을 가지러 가는 일은 잠깐 제쳐두고 재미있게 한판 놀아나 볼까. 손오공은 허리를 굽혀 조미료를 사려던 그릇들을 버리고 대신 흙을 조금 집어 위로 뿌리면서 주문을 외웠답니다. 은신법을 써서 가만히 황방을 뜯고 나서 다시 땅에 신선 기운을 휙 불어넣으니 회오리바람이 일었답니다. 먼지가 자욱한 틈을 타서 저팔계가 서있던 곳에 가보니 이 녀석이 글쎄 벽에 몸을 기댄 채 곯아떨어졌더랍니다. 손오공이 팔계를 깨우지 않고 방문을 차곡차곡 접어서 저팔계의 품속에 쓱 밀어 넣고는 저 혼자서 여관에 돌아왔답니다.

다시 고루 밑으로 가봅시다. 사나운 바람이 한바탕 이니 사람마다 눈을 가리고 구석을 찾아 숨었지요. 좀 있다 바람이 잦아들고 나서 바라보니 멀쩡히 붙어 있던 방문이 오간데 없이 사라졌지요. 이거 큰일 났네. 사람마다 무서워 벌벌 떨었지요. 그도 그럴 것이 방문 밑에 환관 열둘에 교위 12명이 지키고 있었는데 붙인지 세 시진도 못 되어 바람에 날아가 버렸으니 이 책임은 누가 진단 말입니까. 그대로 전전긍긍하며 찾아 나섰지요. 찾다 보니 벽에 기대어 자고 있는 저팔계가 눈에 띄었답니다. 그런데 품속에서 누런 것이 비죽 튀어나와 있는지라 저팔계를 흔들어 깨웠죠. 당신이 방문을 뜯었습니까하고 물으니 저팔계가 정신이 흐리멍덩해서 입으로 휙 쓸어버리니 그 교위들이 비틀비틀 쓰러졌답니다. 저팔계가 돌아서서 가려는데 그 사람들이 기어이 일어나 그를 잡고 말했답니다. 방문을 뜯었으니 저희들을 따라 조정에 들어가 태세신을 치료해 주시오 아니, 어디로 간다고? 저팔계가 칠색 팔색하며 말합니다. 당신 아들이 방문을 뜯었겠지. 당신 손자나 병 치료를 할 줄 알겠지! 그러나 여기서 물러설 교위들이 아닙니다. 그럼 당신 품속의 그건 뭡니까? 저팔계가 그제야 머리를 굽혀 보니 품속에 정말 무슨 종잇장이 있었습니다. 꺼내서 펼쳐 보니 정말 누런색 방문이었습니다. 저팔계도 바보가 아닌지라 곰곰이 생각해 보니 어찌 된 영문인지 알 것 같았습니다. 이를 갈며 말합니다. 죽일 놈의 잔나비 새끼, 나를 죽일 셈이냐! 화가 치밀어 그 자리에서 방문을 찢어 버리려 하니 환관과 교위들이 우르르 모여들어 말립니다. 죽고 싶어 그러시오? 이건 국왕님께서 내리신 방문인데 찢다니 말이 되오? 어쨌든 방문을 뜯은 걸 보니 조예 깊은 의사가 분명하니 우리와 같이 궁에 들어갑시다. 그러자 팔계는 하는 수없이 실토했습니다. 이 방문은 내가 뜯은 게 아니라 내 사형 손오공이 뜯은 겁니다. 가만히 뜯어서 내 품에 넣어 놓은 게 분명하니 당신들 이 일을 제대로 처리하려면 먼저 손오공부터 찾읍시다.

… 그래서 함께 떠났는데 가까스로 손오공을 찾아냈습니다. 어찌 된 일인지 물으니 손오공 왈, 방문은 내가 뜯은 것이 맞소만 나를 모시려면 당신들 국왕이 직접 오라고 하시오. 그러면 병을 씻은 듯이 낫게 해 줄 터이니. 아역들은 그 말을 주자국 국왕에게 전했습니다. 그런데 주자국 국왕의 건강 상태가 너무 망가져서 움직일 수 없는 지경이 됐지 뭡니까. 손오공이 하는 수없이 존귀한 몸을 굽혀서 왕궁에 갈 수밖에 없었습니다. 한 나라의 국왕을 어찌 아무 사람이나 손을 댈 수 있겠습니까. 그리하여 손오공이 신기를 부려 실을 늘여 진맥하는 방법을 썼답니다. 구체적인 조작법은 다음과 같습니다ㅡ국왕더러 용상에 편히 앉아 있게 한 다음 손목의 촌, 관, 척 등 혈위에 금실을 매게 했습니다. 금실의 한끝은 국왕의 손목에 매고 다른 끝은 창문 밖으로 끌어 내 손오궁은 궁 밖에서 그 실을 받아서 먼저 자기의 엄지손가락으로 검지를 받쳐 촌맥을 보았습니다. 그다음 중지로 엄지손가락을 누르며 관맥을 보았습니다. 마지막에 엄지로 약지를 받치고 척맥을 보았지요. 촌, 관, 척을 차례로 보고 나서 국왕의 병은 놀라고 무섭고 걱정과 그리움이 엉켜 병이 된 것으로 그 이름은 '쌍조실군雙鳥失群'이라 하였습니다. 진맥을 하고 나서 손오공이 붓을 들고 약방문을 썼습니다. 약재들을 구해서 자기가 직접 큰 환약 세 알을 빚으니 '우금단'이

라 이름 지었습니다. 그런데 그가 약을 달인 물건들이 좀 특별했는데 총 6종의 약재였습니다. 그 약재들이 어떤 약재인가 하면은, 잘 들으시오. '하늘을 나는 까마귀 방귀, 급류 속을 헤엄치는 잉어의 오줌, 왕모낭낭이 바르는 분, 태상노군의 연단로의 재, 옥황상제의 해진 두건 세 조각에다 용수염 다섯 대' 였고 달이는 물은 무근수…"

예펑쥐와 천위슝은 아연실색했다. 이 이야기 때문에 아연실색한 것이 아니라 셰징눙의 기억력 때문에 놀란 것이다. 언제 본 책을 세세한 부분까지 이토록 또렷이 기억하다니. 조금 멍해졌던 그 두 사람은 약속이나 한 듯 너털웃음을 터뜨렸다. 전염병이 유행하는 비상시에 이런 방종한 웃음이 격에 맞지 않다고 하겠지만 너무 오랫동안 스트레스에 시달리다 보니 참다못해 빵 터진 것이다.

"그래서요?"

이번에도 두 사람이 같이 입을 열었다. 마치 유치원 애들 같았다.

"그래서 주자국 국왕의 병이 나았지요. 그리고 손오공과 제자들은 주자국을 도와 요괴를 퇴치했고요." 셰징눙의 이야기가 한 단락 지어졌다. 방금까지는 세세한 묘사까지 그대로 옮기더니 이번에는 두어 마디로 끝을 맺는다.

천위슝과 예펑쥐는 서로 쳐다보기만 한다. 기다란 이야기는 들었는데 깊은 뜻이 무엇인지 도저히 가늠할 수 없다.

이윽고 사색을 더듬던 천위슝이 떠보듯이 묻는다. "선배님의 대책이 이 이야기에 숨어 있습니까?"

셰징눙이 대답한다. "그렇습니다. 당신들이 알아듣지 못했다면 성의가 없는 겁니다. 그러면 내가 터놓고 말해도 소용이 없겠지요." 그는 기대 반, 실망 반으로 말한다. 이 두 아우의 아이큐로 말하면 이때쯤은 무릎을 탁 쳐야 맞았다. 이런 아둔한 표현은 그들의 성의 부족을 의미한다.

천위슝이 핑계를 찾는 것처럼 말한다. "우리 한어에는 동음자들이 많지 않습니까. 한 번 들어 그 뜻을 제대로 알기 어렵지요. 그 방문만 봐도 그렇지요. 황방이라고 하셨는데 그것이 누른 색깔이란 황입니까, 아니면 황제란 황입니까? 전에 서유기를 볼 때에는 아무려나 방문이겠지 하고 주의하지 않았습니다."

방문 소리가 나오자 셰경눙은 가망이 보인다고 생각해서 대뜸 대답했다. "황실의 고시문은 황제 황자를 써 황방이라 하지요. 그런데 이런 고시문은 밝은 노란색 종이를 쓰는데 이런 색깔은 일반 백성들이 못 쓰게 했답니다. 천자 전용 색이라 할 수 있지요. 그래서 민간에서는 그런 방문을 노란색 황자로 황방이라 약칭했답니다. 장원 급제를 하면 금방에 이름을 올린다 했는데 그 금방이라는 것이 바로 이런 노란 종이에 쓴 황가 고시문이었지요."

천위숭이 사색에 잠겨 말한다. "그럼 선배님의 이야기의 뜻인즉, 우리도 주자국 국왕을 본받아 노란 방문을 붙여 인민에게 모든 것을 설명하고 천하의 유식한 인사들을 널리 모셔서 함께 화관바이러스에 대적하라는 건가요?"

셰경눙의 표정이 준엄해졌다. "시장님, 바로 그 말입니다. 먼 옛날 서역의 봉건 제왕이 다 할 수 있는 일을 우리라고 왜 못하겠습니까."

예평쥐는 이제야 알겠다는 표정이다. "지휘관님의 뜻은 우리가 틀을 깨고 인재를 기용하며 직접 인민들에게 호소하라는 거지요?"

셰경눙이 말한다. "지금 이 시점까지 우리는 쓸 수 있는 방법은 다 쓰고 취할 수 있는 조치는 다 취했지요. 하지만 화관바이러스는 아직도 창궐하고 있어서 날이면 날마다 사람들을 와인 저장고에 보내지요. 외국에서 들여온 대형 소각로가 이미 가동되어 밤낮없이 작업하지만 아직도 수요를 만족시키지 못하고 있습니다. 와인 저장고의 두 번째 확장 작업도 시작되었지요. 이 지경이 됐는데도 옛 규정을 고수하면서 모든 것을 심사 비준에 맡기고 직함과 학력만 강조한다면 더욱 처참한 희생만이 우리를 기다리겠지요. 다른 길을 찾고 민중의 뜻을 받아들이며 현명한 인재들을 모으고 기이한 인재를 임용해야만이 이 위험한 고비를 넘길 수 있습니다."

오랫동안 침묵을 지키던 예평쥐가 입을 열었다. "나는 내가 소수라는 걸 압니다. 내가 이 말을 하면 당신들의 질책을 받을 줄도 압니다. 하지만 한 과학자와 의학 전문가의 양심과 긍지를 걸고 할 말은 해야겠습니다. 21세기에, 신화적인 처방으로 이런 심각한 전염병을 다스리려는 것은, 귀신에 홀리지 않고서야 가당키나 한 일입니까! 됐습니다. 저는 가보겠습니다." 말을 마친 예펑쥐는 일어나서 비틀거리며 떠나갔다. 그는 원래 허리가 꼿꼿하고 말수도 적은 근엄한 의학박사인데 지금은 고물을 주워 연명하는 유랑민처럼 꾀죄죄해 보였다.

셰정눙도 일어섰다. "나도 가야겠소. 주저하며 결정을 짓지 못하기 때문에 도주하려는 것이 아니라 이제 더 할 말이 없기 때문이요. 이 결정은 당신이 내려야 하오. 물론 허다한 설득이나 조정 과정을 거쳐야겠지만 나는 힘을 보탤 수 없구먼. 주자국의 국왕은 일신의 질병 때문에 방문을 붙였지만 우리는 수천수만의 인민들을 위해 이러는 거 아니요? 이유를 대중에게 밝히기만 하면 리위안의 팀이 나설 것이라 나는 믿소. 이야기에 나오는 가만있지 못하는 손오공처럼 말이오. 인민들도 주자국의 국왕처럼 게르마늄 원소 제품을 믿어줄 거요. 그 게르마늄이 아무리 이상하다 해도 손오공의 보조 약품 '공중에서 나는 까마귀 방귀, 급류에서 헤엄치는 잉어 오줌, 왕모 낭낭이 바르는 분, 태상노군 연단로의 재, 옥황상제의 해진 두건 세 조각, 용 수염 다섯 대'보다는 믿음직하지 않겠소. 더욱 완벽한 치료 기록이 없다고 해도 리위안은 분명, 병원에서 95%의 환자를 낫게 하지 않았소? 게다가 뤄웨이즈, 당신 손자와 며느리의 사례는 우리가 스스로의 눈으로 보기까지 했소. 이런 사례가 남녀노소 모두에게서 영향 범위도 꽤나 광범위한 거 아니요? 나는 대중들의 눈은 밝다고 믿소. 물론 감탄하지 않는 사람도 있겠지만 다 상관없소. 그런 사람들이 화관바이러스에 감염되었을 때, 그들이 원한다면 재래식 방식으로 치료받게 할 수 있으니까. 두 다리로 걸으면 어느 쪽도 손해가 없지 …" 그는 문득 천위슝이 자신의 말을 귀담아듣고 있지 않음을 발견했다. 그는 흐릿한 눈으로 먼 하늘을 응시하고 있었다.

셰정눙이 말한다. "천 시장, 천근 중책, 아니 만근 중책은 이제 당신 어깨에 놓였소. 아무쪼록 몸조심하시오!" 말을 마친 그는 자리를 뜨려 했다.

천위숭이 몸을 일으키며 말한다. "이 자리로 병환 중인 서기를 찾아 의논해 보겠습니다. 하지만 황방이란 이름이 좋지 않습니다. 황제의 황자든 노란색의 황자든 다 그저 그렇습니다. 부패한 냄새가 납니다."

셰징눙이 말을 받는다. "오랜 술을 새 병에 넣으면 되지. 이름이 뭐가 중요하오? 중요한 것은 내실이지. 당신의 정치 지혜를 시험할 때가 됐소."

천위숭이 손을 홱 내리친다. "좋습니다. 인민방이라 하지요!"

# 제38장
# 슬픔보다 강한 것

모든 것에 덤덤하고 죽고 싶은 생각이 드는 것, 이것은 우울증의 핵심적 증세의 하나이다. 여러 번 웃는 표정을 짓다 보면 사람들은 자기가 거절하려고 한 것이 무엇이었든지 잊어버리게 된다.

 

 

리위안의 죽음이란 커다란 타격은 끝내 뤼웨이즈를 쓰러뜨렸다. 제대로 먹지도, 잠에 들지도 못했다. 리위안은 끝끝내 그녀에게 최면 작용을 하는 그 1호 백색 분말이 무엇인지 알려주지 못했다. 설사 알려줬다 하더라도, 그리고 이 분말이 눈꽃처럼 세상을 덮는다고 해도 뤼웨이즈는 잠들지 못할 것이다. 마음은 된서리를 맞은 마른 풀 같다. 딸이 왜 이 모양인지 알 길이 없는 연로한 엄마는 그저 곁에서 맴돌기만 할 뿐이다. 차마 면전에 대고 물어보지는 못했다. 뤼웨이즈는 뤼웨이즈 대로 성가시다고 엄마한테도 짜증을 부렸다. 그리고 나서는 또 후회가 몰려와 억지로 뭘 좀 먹어 엄마가 마음을 놓게 하려고 애쓴다. 바닥까지 내려오는 커다란 창문 곁에는 짙은 갈색의 리클라이너 등나무 의자가 놓여 있었는데 원래는 어머니 차지였다. 어머니는 의자에 비스듬히 누워서 아파트 아래를 내려다보곤 했었다. 그러나 엄마 몸이 갈수록 약해져서 뼈가 아롱아롱하게 야위는 바람에 아무리 두툼하게 스펀지를 깔아도 몸이 배긴다고 했다. 그래서 결국 등나무 의자도 구석에 처박히고 말았다. 뤼웨이즈가 창가에 서서 넋 나간 듯이 아래만 내려다보는 것을 본 엄마는 바이초더러 가만히 그 의자를 창가에 끌어다 놓게 했다. 의자를 본 뤼웨이즈는 과연 거기 앉았다. 하지만 솜이불을 뒤집어 쓴 채로 하루 종일 물 한 모금 마시지도 않고

봉두난발인 채 창밖만 내다본다. 그림자도 슬픔에 전 것처럼 졸아들었다.

저 아래에 어느 황혼이 있었지. 승용차 한 대가 머물렀고 그 옆에 젊은 이가 서서 이곳을 바라보았었지 …

이날도 자정이 다 되도록 뤼웨이즈는 잠들지 못하고 있었다. 그저 등나무 의자에 앉아 어두운 허공을 응시하고 있을 뿐이었다. 저 창문을 확 열고 뛰어내릴까 생각도 해 본다. 그러면 가슴을 저미는 아픔이 사라질 거고 사랑하는 이와 영원히 함께 할 수 있을 것이다. 심리학자로서 그녀는 세상만사에 냉담하고 죽고 싶은 생각이 드는 것이 우울증의 핵심적 증세의 하나라는 것을 잘 알지만 헤어 날 방법이 없다. 이제 이 세상에서 그녀의 발목을 잡는 것은 엄마뿐이었다. 그렇다면 조금만 더 기다리자. 엄마가 먼저 가면 자신도 철저히 해탈할 수 있을 테니. 그런데 내가 그날까지 견뎌 낼까? 만약, 만약 견뎌 내지 못한다면 엄마, 이 딸을 원망하지 마세요 …

흐릿한 창밖의 세계는 모든 근심 걱정을 잊도록 유혹한다.

느닷없이 전화벨이 울린다. 뤼웨이즈는 벌떡 튕겨지듯 일어났다. 그리고 제일 먼저 전화기를 붙잡았다. 자지러지는 벨 소리가 엄마를 깨게 할까 봐. 리위안이 없는 이 세상에서 한밤중에 전화를 걸 사람이 또 누굴까?

유쾌하고 탄력 있는 남자의 음성이 전해온다. "안녕하세요? 뤼웨이즈 씨."

"안녕하세요." 기계적으로 되뇌는 뤼웨이즈에게는 상대방이 누구인지에 대한 호기심마저 소실된 상태였다. 누구든 무슨 상관이랴.

"내가 누군지 맞춰보세요." 상대는 뤼웨이즈의 심드렁함을 전혀 눈치채지 못한 듯, 오히려 수수께끼를 낸다.

뤼웨이즈는 거의 숨이 넘어가는 소리를 낸다. "당신은 사기꾼이에요."

상대는 크게 놀라는 눈치다. "건 또 무슨 소립니까?"

뤼웨이즈가 목석연하게 말한다. "모든 통신 기구들은 진작 전국의 인민 군중들에게 알려 주었지요. '내가 누군지 맞춰보라'라고 하는 자들은 모두 사기꾼이라고."

상대가 급급히 대답한다. "내가 너무 견문이 좁았네요. 너무 오래 출국해 있다 보니 당신들 중국 사정에 어두웠습니다. 난 하오저요."

그 이름을 듣자 분노가 끓어올랐다. 민족을 버린 인간쓰레기, 무슨 낯으로 전화를 한담? 분노도 에너지로 변할 수 있다. 뤄웨이즈는 등나무 의자에서 몸을 꼿꼿이 폈다. 의자가 무게를 못 이겨 무너질 것처럼 삐걱댄다. 마치 솜처럼 가볍던 뤄웨이즈가 백 근도 더 불어난 것처럼.

"이 매국노 자식, 몇 신지도 몰라요?" 뤄웨이즈는 이가 갈릴 지경이다.

"아, 미안 미안. 우리가 지금 밤낮이 뒤바뀐 상태라는 걸 깜빡했구먼. 방금 일어났는데 밖은 햇빛이 찬란하다오. 창밖의 늪에서는 검정 고니가 노니는데 동작이 얼마나 우아한지 모르오. 까만 옥 가위가 파란 융단을 자르는 것 같다오. 하이! 당신은 잘 있소? 오랫동안 못 보니 막 그립네!" 하오저는 흥이 돋는지 뤄웨이즈의 저주도 아랑곳 않는다.

"물론 잘 있죠!" 뤄웨이즈는 목청을 카랑카랑하게 하려고 애쓴다.

"그래요? 내가 당신을 사랑했던 일을 설마 잊지 않았겠지?" 하오저가 경박하게 말한다.

"그쪽이 저지른 모든 죄는 하늘이 절대 용납하지 않을 거예요!" 어둠 속에서 뤄웨이즈는 주먹을 꼭 쥐었다. 하지만 지금 그녀의 기력으로는 하오저가 앞에 서 있다고 한들 따귀 한 대 붙일 힘도 없다.

"뤄 미녀, 나는 그대에게 크게 감사를 드려야 하겠소. 나에게 오늘의 모든 것―호화로운 저택, 최고급 승용차, 호화로운 생활, 끝없는 돈, 게다가 상전 대우 등등을 누리게 한 것은 당신의 피와 큰 관계가 있다오. 만약 임자의 피가 없었다면 이 모든 것은 사상누각이었겠지. 때문에 임자가 나를 뭐라고 욕하든지 나는 이 전화를 꼭 걸어야 했다오. 삼가 나의 진심으로 되는 사의를 표하는 바요. 이 머나먼 곳에서 큰 절을 올리오. 아, 정말, 중국이 어느 방향이더라…" 하오저는 숨 한 번 쉬지 않고 말을 뱉어 낸다. 뤄웨이즈가 전화를 끊기라도 할까 봐. 이어 수화기에서는 부스럭부스럭 소리가 전해온다. 상대가 정말로 옷매무시를 바꾸며 깊이 허리를 굽히는 듯한 소리였다.

뤄웨이즈는 차갑게 웃는다. "다른 사람의 피로 외국 자본가한테 빌붙은 주제에 무슨 염치로 전화를 다 하세요? 낯짝도 두껍네."

하오저가 전혀 개의치 않고 말한다. "얼굴뿐인 줄 아시오? 마음도 옻보다 더 검고 담은 쇠처럼 단단해졌다오."

뤄웨이즈가 비웃는다. "의학 공부는 한 적 없죠?"

"없지, 건 또 왜?" 하오저가 건들건들 응수한다.

"잘난 척하는 묘사가 너무나 우스워서요. 자연산 옻이 어떤 색인지는 보지 못해서 함부로 판단하기는 그렇지만 아마 콜타르 같겠지요. 그런데 담이 쇠처럼 단단해졌다니 그야말로 흉조인 걸 아세요? 제일 좋게 말해도 담낭에 돌덩이 같은 것이 가득 찬 담석증이고요, 가벼워야 담석통으로 뒹굴 거고요, 중하면 담낭염 괴사로 패혈증이 곧 오겠죠. 제일 큰 가능성은 담낭암에 걸려 타향 귀신이 되는 거겠지요. 당신 같은 인간은 죽어도 악귀나 되겠지요!"

먼 곳의 하오저가 말을 받는다. "그렇게까지 저주할 필요가 없소. 난 두렵지 않으니까. 사람이 지극히 천하면 무적인 줄 모르오? 나의 수단이 비루했을지는 몰라도, 예를 들면 균주를 훔치고 당신 피를 훔친 것 같은 일. 하지만 내 목적은 좋았다오. 목적이 위대하기만 하면 수단이 너절한들 뭐가 대수겠소. 승리하면 왕이 되고 패하면 도적이 되는 게 동양의 영광스러운 전통이 아니겠소? 그리고 바이러스는 국경을 가리지 않으니 항바이러스 약물도 국경을 가리지 않을 거 아니요? 어느 나라 과학자이든 항바이러스 약물을 연구해 내기만 하면 그게 인류의 복음이 되는 거지. 당신도 시체 창고에서 균주를 훔치지 않았소? 우리는 피차일반이니 무슨 우열이 있겠소. 하지만 당신이 그것을 팔아넘긴 보스가 엉터리여서 수익이 없다 뿐이지."

보스? 이 말은 뤄웨이즈에게 큰 상처를 주었다. 그가 보스라고 칭한 리위안은 이미 민중을 구하기 위해 웃으며 구천으로 떠났기 때문이었다. 뤄웨이즈는 적진에 대고 외치는 기분으로 먼 곳의 하오저에게 말한다. "잘 들으세요! 과학자에게는 국계가 있죠. 자기 동포의 목숨과 선혈을 팔아 외국인에게 빌붙은 당신은 간첩이나, 매국노랑 다를 게 없어요! 당신이 과학을 위해 일했다고? 돈과 출세만을 좇는, 짐승만도 못한 인간쓰레기가 할 말이야?" 자기 말을 마친 뤼웨이즈는 악에 받쳐 수화기를 던지듯 내려놓았다.

여성 지식인의 제일 큰 폐단은 남과 다툴 때 쉽게 악다구니질 할 수 없고 쌍욕은 더더욱 할 수 없는 것이리라. 게다가 욕하는 연습이나 실전이 부족한 탓에 필요할 때마저도 쉽게 감을 잡을 수 없었다.

이 전화의 제일 큰 효과는 뤼웨이즈가 하오저를 통렬히 질책하여 분풀이를 한 것이 아니라 그녀를 기운 차리게 한 것이었다. 그렇다. 죽은 사람은 다시 살아날 수 없는 법, 그녀가 오랫동안 슬픔에서 헤어 나오지 못한다면 주변 사람들을 가슴 아프게만 할 뿐이다. 뤼웨이즈는 슬픔도 일종의 흥분인 걸 안다. 이 말은 언뜻 어폐가 있는 것처럼 보이지만 모든 강렬하고도 지구적인 자극은 모두 대뇌 피층의 고도 흥분 상태에서 오는 것이다. 슬픔이 너무 강렬하면 이런 부정적인 흥분이 모든 것을 압도하여 신경의 기타 부위들은 억제 상태에 들어가게 된다. 식욕도 없어지고 동력도 사라지며 지각도 둔화된다. 이상이나 포부는 더 말할 것도 없고… 그냥 이렇게 나아가다가는 심연에 빠지게 된다. 다행히 분노는 슬픔보다 강했기 때문에 뤼웨이즈는 슬픔으로부터 깨어날 수 있었다. 까만 밤에 그녀는 스스로에게 말했다. 뤼웨이즈, 너도 알지, 슬픔이 한 발짝만 나가면 승화된다는 것을. 그런데도 너는 이 늪에 빠진 채로 익사만 기다렸구나. 슬픔을 목적으로 착각한 거야. 뼈를 에이는 듯한 아픔을 통해 사랑하는 사람과 영원히 이어지는 것, 이건 지대한 유혹이 틀림없어. 이것은 세이렌의 노래야. 이제 한 발만 더 내디디면 암초에 부딪쳐 죽고 말 거야.

뤼웨이즈, 네가 잘못 생각한 거야, 반드시 키를 돌려야 해. 햇빛만이 그와 닿아 있고 분투해야만 그와 함께 할 수 있어.

만약 리위안이 진정 그녀의 보스였다면 무엇을 원했을 지를 그녀는 이제야 깨달았다. 자기가 이렇게 퇴폐적으로 타락해 가는 걸 보스는 절대 원하지 않을 것임을. 그 젊고도 씩씩한 사람을 위하여, 동시에 자신을 위하여 그녀는 반드시 정신을 차리고 분발해야 했다.

　이튿날 아침에 일어나자마자 뤄웨이즈는 자신을 깨끗이 손질하기 시작
했다. 정서의 정리는 흔히 몸을 정리하는 것부터 시작된다. 어디에 가서
이발이라도 하고 싶었지만 거리의 이발사들은 고향에 돌아간지 오래였다.
그래서 손수건을 찾아 머리를 질끈 묶었다. 임시로 충당한 머리끈에 별다
른 멋이 있을지는 모르겠다. 식욕이 전혀 없었지만 애써 차예단* 하나를
먹고 우유 한 컵까지 마셨다. 토스트가 모래알처럼 깔깔했지만 억지로 삼
켰다. 지켜보던 엄마가 큰 숨을 내쉰다. 며칠이나 시달리더니 딸아이가
살아난 것이다. 엄마는 먹기도 잘 하고, 입기도 잘 하는 사회의 충실한
옹호자였다. 먹어야 무어라도 할 거 아닌가!

　누군가 가볍게 노크했다. 바이초가 다가가 문을 열고 상대와 몇 마디
이야기를 나누었다. 오늘 첫새벽부터 그녀는 집안의 분위기가 가벼워진
것을 눈치챘다. 그래서 더는 숨을 죽이지 않고 유쾌하게 소리쳤다. "손님
이 왔어요!"

　뤄웨이즈가 문가로 다가갔다. 그녀의 눈에 의기양양한 신다오의 모습
이 들어왔다. 신다오 이 사람은 언제나 튀는 옷차림이다. 오늘은 회색 전
통복장을 입었다. 이 풍성학려**의 무시무시한 시절에 옷단장을 할 여념
이 있다는 데에 감탄하지 않을 수 없었다. 문을 연 가게도 없고 올해의
새 스타일, 유행색 따위를 선도하는 사람도 없을 테니 신다오의 옷은 자
기 집 옷장에 있던 옷임이 틀림없었다. 시체인이 다르긴 달라, 언제 적
옷이라도 입으면 날개가 되니.

　신다오가 말한다. "좀 이야기 나눌 수 있을까요?"

---

* 중국식 계란조림
** 「바람소리와 학의 울음소리」라는 뜻으로, 싸움에 패한 병정兵丁이 바람 소리나 학
　의 울음소리도 적군敵軍인 줄 알고 놀라서 두려워함, 곧 겁을 집어먹은 사람이 아
　무것도 아닌 조그마한 일에도 놀람을 이르는 말.

"그럼 밖에서 좀 걸읍시다. 식구들을 번거롭게 하지 말고." 뤄웨이즈가 대답하며 집을 나선다.

두 사람은 공원의 잔디밭을 따라 걸었다. 전염병이 터지니 좋은 점도 있었다. 시내의 모든 공원들에서 입장권을 받지 않았기 때문이다. 민생을 위한 서비스인지, 아니면 매표원들이 출근하기를 꺼려서인지는 모르겠지만. 어쩌면 이런 비상시에 감히 공원을 찾는 사람은 모두 대단한 사람이라고 생각해서 입장권 따위는 면제해 주었는지도 모른다.

신다오가 정색하며 말했다. "한 가지 알려드려야 할 일이 있어 그럽니다."

뤄웨이즈가 애써 생각을 더듬는다. "우리가 서로 뭘 알려 줘야 할 사이였던가요?"

신다오가 말한다. "난 이제 당신이 말하던 그 여 주필과는 아무런 관계도 없습니다."

뤄웨이즈는 그제야 알 것 같았다. "아, 꽤나 오래된 일처럼 보이네요. 그런데 그것이 저와 무슨 관계죠?"

오랫동안 다른 사람과 첨예한 대화를 나누지 않다 보니 그녀는 좀 무뎌졌다. 반응 속도도 느려졌다.

신다오가 간곡하고 의미심장하게 말한다. "그쪽과 관계를 끊었으니 웨이즈씨와 관계를 세울 수 있게 된 거 아닙니까." 이 말을 하면서 그는 길가의 무궁화나무를 보는 척한다. 뤄웨이즈의 반응을 훔쳐보면서.

뤄웨이즈의 날카로운 감각이 조금 살아난다. "그쪽이 그녀와 관계가 있는 것은 당신들의 일이지요. 저와의 관계와는 아무런 관련도 없잖아요."

"그 말은 무슨 뜻이죠?" 신다오는 진정 모르겠다는 표정이다.

"우리들 사이에는 사업 관계를 빼놓고는 근본적으로 다른 관계가 있을 수 없다는 뜻이에요."

이만한 타격에 꺾일 신다오가 아니다. "전에는 확실히 그러했지요. 저의 사업에 대한 지도와 조언에 대해 다시 한 번 감사드립니다. 하지만 지금부터 새로운 관계를 맺을 수도 있잖아요."

뤄웨이즈는 조금도 틈을 주지 않았다. "불가능합니다."

신다오가 한숨을 내쉰다. "저도 알아요. 저와 그 여자 주필의 관계를 미워하는 거죠?"

뤄웨이즈가 반박한다. "아니에요. 만약 당신을 미워한다면 그것은 당신에게 바라는 것이 있어서겠지요. 하지만 전 아무것도 바라지 않아요. 그때 몇 마디 헛소리한 것은 직업병이라 보면 돼요."

신다오가 즉시 말을 받는다. "나는 바로 당신의 이런 직업병이 좋은 겁니다. 당신의 직업병은 섹시하기까지 하거든요."

아직 컨디션이 별로였지만 신다오의 이 말은 뤄웨이즈의 반응을 이끌어 냈다. 그녀의 얼굴에 미소가 피어난다. "희한하네요. 직업병이 섹시하다고 말하는 사람은 처음 봐요."

뤄웨이즈가 웃는 것을 본 신다오는 대뜸 자신감이 늘었다. 웃는다는 것은 어쨌든 좋은 조짐이야. 사람은 웃다 보면 경각심이 없어지고 호감을 가지게 되니까. 당백호도 추향을 세 번 웃게 한 다음, 미인을 품고 돌아갔잖아. 한 번 웃을 때마다 경각심이 그만큼 느슨해지지. 여러 번 웃고 나면 애초에 거절하려던 일이 무엇이었는지도 잊어버리기 일쑤일 거야. 무심결에 무장 해제를 당해서 내가 말 하려는 것들이 침투할 틈을 주게 되지.

신다오는 총명한 사람이라 이 기회를 놓칠 리 없었다. "어떤 여인들은 날씬한 몸매를 섹시함으로 생각하고 또 어떤 사람들은 예쁜 용모를 섹시하다고 여기지요. 하지만 이것들은 너무나도 표상적인 것들입니다. 한눈으로 꿰뚫어 볼 수 있는 것들은 죄다 진정한 섹시함과 거리가 있지요. 가장 뛰어난 섹시함은 바로 여자와 남자의 서로 다른 사고방식과 서로 다른 시각이지요. 이것이 바로 어떤 여자들은 백발이 성성해도 섹시함이 넘치는 원인이지요. 그건 정녕 다른 세계입니다. 남자들이 모르지만 그들이 큰 호기심을 느끼는 세계."

뤄웨이즈가 두 번째로 미소를 짓는다. 자기의 연로한 어머니가 생각났다. 신다오의 말이 맞다. 그녀는 풍전등화 같은 엄마를 바라보면서 늘 섹시함을 느꼈던 것이다. 그 원인을 찾을 수 없었는데 이 총명하고 유능한 젊은이가 훌륭한 설명을 해 주었다. 신다오라는 사람은 분명 어디서나 눈에 띄는 사람인 것만은 틀림없다. 그의 학구열과 민감한 감각, 그리고 그렇게 쌓은 해박한 지식, 거기다 영원히 지지 않으려는 근성, 그의 야망까지 포함하여 이 모든 것들은 모두 매력적인 것들이다. 어쩌면 이것도 일종의 섹시함이 아닐까?

뤄웨이즈가 웃으니 신다오는 되레 엄숙해진다. "그쪽은 나와 같은 과가 아니지요. 하지만 난 당신에게 끌립니다. 그리고 나는 지금까지도 당신이 나를 눈에 차는 사람이라고 생각하지 않는 줄도 압니다."

뤄웨이즈가 그의 말을 자른다. "너무 상심하지 마요. 이건 눈에 차고 안 차고의 문제가 아니라 제가 그쪽을 바라본 적이 없는 것이 문제예요."

신다오가 씩 웃는다. "이건 조금 사실과 부합하지 않는 것 같은데요. 첫 만남에 웨이즈 씨는 내 넥타이의 샛노란 꼬마 용을 보아냈죠. 그리고 전에 안 봤다손 쳐도 지금부터 보면 되잖아요."

뤄웨이즈가 바삐 해명했다. "그렇게 보는 것과 지금 말하는 보는 것은 다른 개념이에요."

신다오가 말한다. "내가 당신에게 호감을 표하는 것은 당신이 나를 도와 나의 가치관을 실현하게 만들어 주기 때문입니다. 당신은 나를 꿰뚫어 보았고 또 나를 바로잡아 주었습니다. 당신이 지니고 있는 지식과 품격이 바로 나 자신이 부족한 면들입니다. 나의 이상과 포부를 위하여 나는 당신을 선택했습니다. 한 사람에게 있어서 가치관이야말로 가장 확고한 체계라는 것을 아시죠? 때문에 웨이즈 씨는 나의 충성스러움을 믿을 수 있을 겁니다. 나는 당신 개인에 충성하는 것이 아닙니다. 이건 믿음직한 것이 아니거든요. 나는 나의 신앙에 충성합니다. 이렇게 말하면 철저히 마음 놓을 수 있지 않습니까? 당신은 나의 제일 믿음직한 정치적 반려입니다."

뤄웨이즈가 감탄을 금치 못한다. "이 세상에서 당신과 같이 고백하는 사람은 아마 찾기 힘들 거예요. 유일한 것일지도 모르겠어요. 처음부터 자기가 어쩌고저쩌고 하고 있으니, 다른 사람은 생각이나 해보셨어요?"

신다오가 떳떳하게 대답한다. "한 사람이 자신의 각도에서 봐서 이 혼인이 유리한 것이고 이 여자를 가지고 싶다고 단정될 때에야 그 혼인이 제일 튼튼한 것이라고 할 수 있겠죠. 그쪽이 심리학을 연구하는 줄 압니다. 남의 마음을 꿰뚫어 볼 수 있지요. 그렇다면 우리 둘이 결합하면 어떤 웅장하고 화려한 결과가 찾아올 지 예측할 수 있겠지요."

뤄웨이즈가 세 번째로 웃는다. "웅장하고 화려하다, 이 낱말을 잘 썼어요. 하지만 나는 웅장하고 화려한 것보다는 산 좋고 물 맑은 것을 즐겨요."

신다오가 급급히 응수한다. "거야 간단하지요. 우리가 손을 잡기만 하면 청산녹수가 모두 우리 것이 아니겠습니까. 이제야 말하지만 나도 좀 배경이 있는 사람입니다. 이런 말은 오해를 살까 봐 여간해서는 안 하지만. 당신이라면 괜찮습니다."

뤄웨이즈가 머리를 끄덕인다. "믿어 주셔서 감사해요. 전 알고 있었어요."

신다오가 놀랄 차례다. "누구한테도 말한 적 없는데, 당신이 어떻게 알아요?"

뤄웨이즈가 강의하듯 말한다. "배경이 있는 사람에게는 특이한 냄새가 있습니다. 보이지는 않지만 맡을 수는 있습니다. 그쪽은 음악에 대해 조예가 깊죠. 지극히 훌륭한 가정교육이 없었더라면 이 정도까지는 무리겠지요. 그리고 관료계에서도 물 만난 고기처럼 완숙하게 처리하는데 이 점 역시 천부적인 재능 외에도 가족 전승이 필요하기 때문이에요. 게다가 당신은 하고 싶은 말은 다 하는 사람이지요. 이것은 소탈하고 총명한 성격 외에도 뒷심이 있어야 가능한 일이지요. 관료계에서 배척받은 적도, 승진에서 상처를 받은 적도 없지요. 이런 것들은 모두 보통 서민 자식이 누릴 수 있는 것이 아니에요."

신다오가 말한다. "저, 혹시 정계에 입문할 생각이 없으십니까? 남다른 발전이 있을 것 같은데요."

이번에 뤄웨이즈는 소리를 내서 크게 웃었다. "나는 탐관오리 짓은 안 할 거고 뇌물도 받지 않을 것이지만 분명 승진 같은 것도 할 수 없을 거예요. 게다가 다른 사람의 모함을 받아 공직을 잃을지도 몰라요."

어떻게 됐던 침울하던 뤄웨이즈는 네 번이나 웃었다. 이러면 된 것이다. 신다오가 말한다. "나에겐 아주 큰 하자가 있지요."

뤄웨이즈가 약간 흥미를 느끼는 듯한 표정을 짓는다. "말해 보세요. 자신을 얼마나 아는지 봅시다."

신다오가 말한다. "난 키가 너무 작습니다. 고작 일 미터 65밖에 안 되지요." 말은 이렇게 하면서도 전혀 꿇리는 기색이 없이 옥타브를 더 높인다. 풀숲에서 참새 한 마리가 포로롱 날아오른다. 옌시의 시내에서 참새를 못 본 지 오래였다. 전염병이 그들에게 원기를 회복할 기회를 주었는지 교외에서 시내 안으로 날아온 것이다.

뤄웨이즈가 말한다. "이건 하자라 할 것도 없어요. 도리어 당신을 지금의 자리로 올려놨지요."

신다오가 의아해 한다. "뭘 보고 그렇게 말씀하는 거죠?"

뤄웨이즈가 대답한다. "지금 서기님이 일 미터 70인데 180 cm되는 사람을 조수로 뽑겠어요? 그래서 그쪽의 키가 도리어 도움이 되었다고 하는 겁니다. 관료계는 농구장도 아닌데. 남자의 키를 중히 여기는 것은 유목사회, 나아가서는 상고 시대의 풍습이지요. 시대가 달라졌으니 그런 건 개의치 마세요."

신다오가 말한다. "나는 이제 곧 지금 위치에서 다른 자리로 옮기게 됩니다. 구체적인 것은 말씀드릴 수 없지만 승진이라 할 수 있지요."

"축하해요. 비밀을 지켜 드릴게요."

신다오가 말을 이었다. "보통 남자들은 구애할 때 생화며 다이아몬드 반지, 주택 같은 것을 드릴 테지요. 사실 이런 것들은 아무것도 아닙니다. 난 얼마든지 드릴 수 있습니다. 하지만 중요한 것은 이런 것이 아니라 끊임없이 진보하는 것이라고 생각합니다. 웨이즈 씨는 분명 아실 거예요."

뤄웨이즈가 말한다. "그걸 나만 알겠어요? 수십 년 전에 찍은 〈남정북전〉 영화에 나오는 시골 할머니도 고 중대장이 대대장이 됐다는 말을 듣고 '또 진보했구먼'이라고 하잖았어요. 너무 돌려 말할 필요는 없어요." 말을 마친 뤄웨이즈가 손을 내밀었다.

신다오는 자신을 축하하는 줄로 알고 덥석 뤄웨이즈의 손을 잡았다. 웃음주머니가 흔들흔들한다. 오늘 네 번이나 웃었겠다, 내가 전도유망하다는 것도 알았으니 오만한 처녀도 태도가 변할 만하지.

이것이 작별의 악수일 줄 누가 알았으랴.

뤄웨이즈는 이렇게 발 가는 대로 그에게 질질 끌려다닐 생각이 없었다. 괜한 시간 낭비였다. 그녀는 꼬집어 말한다. "애석하게도 내가 요구하는 청산녹수가 그쪽에게는 없어요." 말을 하고 나서 그녀는 다섯 번째로 웃음을 보였다. "저에게 터놓고 얘기해 줘 고마워요. 나 같은 올드미스로 말하면 당신과 같은 전도유망한 젊은 관원이 좋아해 준다는 건 그야말로 감지덕지해서 눈물이 날 일이겠죠. 그리고 제가 전에 그쪽의 프라이버시를 눈치채서 무슨 선입견이 생겼다고도 생각지 마세요. 절대 아닙니다. 저도 빙청옥결의 몸이 아니고, 또 인간의 복잡한 감정 세계에 대해 알만큼 아는 사람이니까요. 제가 당신에게 '노'라고 하는 것은 이런 것들과 아무런 상관도 없습니다. 당신은 출신이 고귀하고 천부가 뛰어나며 18반 무예에 정통하지요. 물론 키가 조금 작긴 해요. 하지만 이 점은 내가 방금 말한 것처럼 현대 사회에서는 문제도 아니에요. 키가 작기에 당신은 더욱 고고해졌고 통제형 인간이 되었죠. 그런데 나란 사람은 통제를 죽도록 싫어하는 타입입니다. 당신이 나를 필요로 하는 것은 자기에게 팔 두어 개를 더 달아 더 높이 올라가려는 것이지요. 물론 이해는 가요. 하지만 함께 할 수는 없어요. 제 마음은 진작 한 사람에게 줬거든요. 그래서 다른 사람을 사랑할 힘도, 사랑을 받을 힘도 남아 있지 않아요. 양해하기 바랍니다! 말 나온 김에 하는 말인데 오늘 입으신 이 전통식 복장은 정말 안성맞춤이에요. 그쪽의 오기를 좀 가려서 지나치게 공격적이게 보이지 않네요. 운수 대통하기를 빌게요!"

뤄웨이즈는 홀연히 자리를 떴다. 신다오는 제자리 뜀을 하여 길섶의 수양버들 가지를 거머쥐었다. 마치 초록색의 머리칼을 움켜쥔 것만 같다. 그의 몸통이 격렬하게 흔들린다. 아직 채 자라지 못한 수양버들은 폭풍을 만난 것처럼 몸을 비튼다.

## 제39장

# 그의 행방

약품 일 킬로그램 가격이 황금 10킬로그램보다 더 비싸다.
화관바이러스라는 이 고삐 풀린 말을 다시 마구간에 에워 넣어야 한다.

'인민방'의 반포는 옌시에 센세이션을 일으켰다.

이날, 옌시 모든 신문의 톱기사는 전부 노란색으로 표시된 방문이었다. 사람들은 쉽사리 과거의 황방을 연상하겠지만 그런 말은 한마디도 없다. 기교 좋은 에지볼인 셈이다. '인민방' ─ 커다란 노란색 글자가 방문 위에 찍히어 보는 사람을 놀라게 한다. 신문뿐만 아니라 옌시의 모든 텔레비전 방송국들에서도 한 시간 간격으로 '인민방'을 내보냈다. 불과 하루 만에 옌시의 거의 모든 시민들이 '인민방'을 알게 되었고 소식들은 아직도 일파만파 퍼지고 있었다.

방문 내용은 사실 간단했다. 옌시 시장 천위슝의 '전 시 인민들에게 고하는 글'이라 했는데, 사실상 천위슝이 시민들에게 보내는 공개편지인 셈이었다. 천위슝은 화관바이러스가 옌시에서 이토록 오랫동안 창궐하게 날뛰며 많은 사람들의 목숨을 앗아갔는데 시장인 자기에게 묻어버릴 수 없는 책임이 있음을 솔직하게 시인했다. 그리고 지금까지 모든 의료 역량을 동원하고 쓸 수 있는 의료 수단을 전부 썼지만 화관바이러스로 인한 사망률이 아직도 떨어지지 않는 것 때문에 시장으로서의 자신은 태산이 짓누르는 듯한 중압감과 함께 가슴이 미어지는 아픔을 느끼고 있다고 썼다. 그는 자신의 가족도 바이러스에 감염되어 죽음의 변두리에까지 갔었기에 모든 화관바이러스 감염 환자들이 겪었을 고통을 속속들이 알고 있다고 피력했다. 지금도 위험에서 벗어나지 못한 환자들을 생각하면 먹고 자는 것이 불안하고 일분일초라도 마음을 졸이지 않을 때가 없다고 했다. 눈앞의 의료 수단들이 화관바이러스 감염에 대해 백신이 없는 현실을 감안하여 그는 옌시의 모든 민중들과 세계의 모든 선량하고 지혜로운 사람들에게 다음과 같이 호소했다 — 국경과 민족을 가리지 않고 교육 정도나 의료 직함 소지 여부, 남녀노소, 사회적 계층과 배경을 불문하고 화관바이러스 치료에 대해 독특한 견해와 효과적인 약물을 소지하고 있는 자는 모두 신속히 '인민방' 사무실과 연락할 수 있으며 의학 전문가들은 최대한 빠른 속도로 그들의 제안를 심사하고 실행에 옮길 것이다. '인민방'의 마지막 부분에서 천위승은 다음과 같이 말했다. "이에 정중하게 여러분들에게 호소하나니 보기 드문 재난은 우리를 괴멸시킬 수 없으며 우리의 결속을 다지게 할 수 있을 뿐입니다. 중화민족 역사에서 우리는 하고 많은 재난들을 겪어 왔지만 결국에 그것들을 일일이 극복하고 이겨왔습니다. 우리가 한마음 한뜻이 되기만 하면 비범한 지혜와 무적의 용기로 우리 자신을 구원하고 나아가서는 인류를 구원할 수 있을 것입니다. 그것은 바이러스는 국경을 따지지 않기 때문입니다."

사실 이런 '인민방'이 반포되기까지는 결코 쉽지 않은 과정이었다. 그리고 천위승의 명의로 반은 공적이고 반은 사적인 표현방식을 취한 것도 지도부 내부에서 토의할 때 강력한 저항에 부딪혔기 때문이었다. 마지막에 가서 천위승이 격앙된 어조로 심정을 피력하며 이로 인해 발생할 모든 일을 자신이 책임지겠다고 하고 나서야 '인민방'을 반포하자는 결의가 가까스로 미약한 다수로 통과될 수 있었다.

고요한 호수에 돌을 던진 듯이 대중의 여론이 끓어올랐다. 대부분 재난을 용감히 직시하고 더욱 광범위하게 대중을 움직이게 하려는 정부의 용기를 치하하면서 방역 사업의 승리에 대해 재차 믿음을 갖게 되었다.

방문이 나붙으니 '인민방' 사무실이 바빠졌다. 전화통에 불이 달릴 지경이었지만 대부분 전화는 특수한 약물이나 방법이 있는지 문의하는 전화였다. 전체적으로 결과를 기대하는 전화가 많고 성과를 공유하려는 사람은 적었다. 게다가 민간 처방이나 소위 아무 데나 쓰는 처방을 내놓는 사람도 있었다. 예를 들자면 이 화관바이러스 감염이라는 것이 전염병인 이상 머리에 생기는 부기를 치료하는 방법을 써보면 어떻겠는가 하는 따위였다. 즉 '삼황이향산' 같은 약들 말이다. 그래도 안 되면 등불로 지지는 방법도 있다고들 제보를 했다. 한마디 반 정도의 등심초의 한쪽 끝 1센티 정도를 참기름에 담근 다음에 불을 단다. 환자의 귀밑머리 가장자리에 대고 있다가 불길이 치솟으면 신속히 수직으로 혈위*의 피부에 닿게 한다

…

란완추이가 '인민방' 사무실 주임으로 임명되었다. 그녀는 이 요법을 보고 조건반사적으로 자신의 귓불을 만졌다. 비취 귀고리를 건 그녀의 귓불은 아주 작아 머리칼과 아주 가까웠다. 만약 이 요법을 썼다가 조금만 부주의하면 전체 머리칼이 횃불로 변할지도 모른다. 사실 화관바이러스 치료팀에는 의술이 뛰어난 중의 대가들이 많이 포진되어 있었다. 쓸만한 처방과 요법은 이미 다 써보다시피 했으나 그렇다 할 효과가 없었다.

란완추이는 시장과 제보자를 직접 연결할 수 있는 권한을 부여받았다. 사흘 뒤, 그녀는 천위숭의 사무실에 뛰어 들어가 높은 소리로 고한다. "방문을 뜯은 사람이 있습니다!"

천위숭은 날 듯이 기뻤다. 리위안의 팀이 드디어 나타났군. "그들은 어디에 있소?"

란완추이가 보고한다. "그들은 외국에 있습니다."

천위숭이 깜짝 놀란다. 리위안의 팀이 외국에 갔구나, 그러니 전혀 소식이 없지. "그들이 어찌 외국에 갔나?"

그러자 란완추이가 어리둥절해 한다. "그들은 원래 외국인이니까요."

천위숭은 자기가 잘못 생각했음을 깨달았다.

진정한 의미에서 처음으로 '인민방'을 뜯은 것은 YY국의 S회사였다. S회사는 다국적 제약회사란다. 그들은 자신들이 화관바이러스 백신 시험

---

* 침을 놓는 자리

제작에 이미 성공했다면서 옌시 인민들이 바이러스를 이기는 데 기여할 의향이 있다고 했다.

리위안의 팀은 나타나지 않았지만 이것도 분명 좋은 소식임에 틀림없었다.

천위슝이 지시한다. "신속히 S회사와 연락을 취하시오. 환영한다고 하오."

란완추이는 이미 주밀한 사전 작업을 했었다. "저는 이미 해당 부서를 통해 그들의 자료를 입수했습니다. 이 S회사는 우리의 매체 사업자 하오 저를 매수했던 걸로 드러났습니다. 하오저는 도망칠 때 먼저 육로로 다른 나라에 간 다음 다시 YY국에 가서 S회사에 들어갔답니다. 첫인사 선물로 화관바이러스 전반 계열의 균주와 해당 항체를 바쳤다고 합니다. 연후에 S회사에서 다량의 인력과 자본력을 투입해 백신을 연구, 개발하기 시작했는데 지금 초보적으로 성과를 본 것 같습니다."

"그 실종됐다던 하오저란 작자가 그들과 같이 있었구먼." 천위슝은 이 일에 관한 보고를 받은 적 있었다.

란완추이가 말한다. "하오저는 지금 S회사의 중요한 인물이 됐답니다. 높은 급료와 호화로운 대우를 향수하고 있답니다."

천위슝이 분노하여 질책한다. "국난을 틈 타 돈벌이를 하다니, 쓰레기 같은 놈!" 조금 멈추었다가 즉시 란완추이에게 지시한다. "이 일은 차차 보기로 하고 빨리 S회사와 다음의 구체적인 절차를 의논해 보시오."

란완추이는 약간 망설이다가 보고한다. "S회사의 약물은 엄청난 고가입니다. 일 킬로그램의 가격이 10킬로그램의 황금보다 더 비쌉니다."

천위슝이 그들의 가격표를 가져다 보더니 굳어 버렸다. "이거 불난 집에 와 강도질하는 격이구먼! 악독하기 짝이 없는 놈들!"

란완추이가 말한다. "해당 자료에 따르면 S회사의 이 제품은 아직 엄격한 임상시험을 거치지 않은 것들로서 우리의 환자들을 통해 1차적인 자료를 얻으려는 것으로 보입니다. 게다가 그들이 제기한 조건 또한 각박하기 짝이 없습니다. 우리 의사들은 절대적으로 그들이 제출한 치료 방안에 따라 움직여야 하며 그들이 설계한 조건에 따라 매일 수차례 환자의 혈액을 채취하여 관찰, 측정해야 한답니다. 게다가 최종적인 자료들과 연구 결과는 우리 측에 비밀로 한답니다."

천위슝이 끝내 분통을 터뜨린다. "순전히 의학상의 제국주의 식민주의구먼!"

"그럼, 어떻게 회답할까요?" 란완추이가 조심스레 묻는다.

천위슝은 생각 같으면 썩 꺼져, 괘씸한 YY국 놈들 같으니라고 욕하고 싶었으나 그렇게 감정적으로 처리할 일이 아니었다. 어쨌든 화관바이러스를 이겨낼 지푸라기 같은 희망 중 하나이니. 약이 아무리 비싸다고 한들 사람의 목숨과 비길 수 없을 것이다. 한 시의 책임 장관으로서 목숨이 경각을 다투는 환자들의 희망을 묵살할 수는 없다. 그는 크게 한숨을 내쉬고 나서 말한다. "좀 놔두고 봅시다."

방법이 없을 때에는 놔둬서 시간이 결정하게 하는 것도 방법이라면 방법일 터, 답이 자동적으로 떠오를지도 모르니까.

란완추이가 이어서 보고한다. "그 밖에 두 여인이 자기들이 화관바이러스를 치료할 수 있다고 했습니다."

천위슝의 눈이 커다래졌다. "두 여인이라고? 그녀들은 한 팀이요?"

"따로따로 온 사람들입니다. 한 팀은 아니고 가지런히 방문을 뜯었습니다. 모두 시장님을 뵙기를 원합니다. 자신들에게 좋은 안이 있다면서요."

천위슝이 시계를 보았다. 곧이어 중요한 스케줄이 있어서 시간이 빠듯했다. 하지만 화관바이러스에 관한 일보다 중요한 일이 어디에 있으랴. 두 사람이 모두 방안을 제출하겠다고 하니 함께 만나도록 하자. 생각이 선 천위슝은 란완추이에게 말한다. "그 두 분이 괜찮다면 함께 작은 회견실로 모셔 주시오."

우아하고 정결한 작은 회견실은 이토록 긴급하고 분주한 시각에도 품위를 잃지 않았다. 수정 화병에 꽂힌 호피 백합은 짙은 향기를 뿜는다.

두 여사가 들어왔다. 한 여사는 젊어 보였지만 낯빛은 백지장처럼 창백하다. 다른 한 여사는 나이가 좀 들어 보였다. 60은 될 것 같았는데 혈색은 좋은 편이었다. 이마의 한 가닥 흰머리가 유난히 눈에 띈다. 두 사람은 모르는 사이 같았는데 약속이나 한 듯 검은 옷차림이었다. 검은 구름 두 덩이가 떠들어온 것 같았다. 작은 회견실은 본래 면적이 크지 않은 데다 소파도 갈색이고 카펫도 회색이었다. 어두운 색조에다 검은 두 사람까지 가세하니 불빛마저 어두워진 것 같다.

천위슝이 말했다. "환영합니다." 그리고 나서 그중 젊어 보이는 여자에게 알은체를 한다. "우리는 구면이지?"

젊은 여자가 고개를 끄덕인다. "그래요. 저 뤼웨이즈예요." 그녀는 땅에 닿는 긴 검은 치마를 입고 검은색 굽 없는 신을 신었다. 섬세하고 가느다란 새하얀 발목이 보인다.

천위슝이 말한다. "미안하게 됐습니다. 저의 시간이 급박한 탓에 두 분을 함께 모셨습니다. 두 분이 모두 '인민방'을 뜯었으니 우리 허심탄회하게 화관바이러스 얘기를 나눕시다. 모두 같은 목적을 위한 것이니 개의치 않으시겠지요?"

뤼웨이즈가 말한다. "저는 괜찮습니다. 제 말은 아주 간단하니까요."

검은색 솜두루마기 차림의 나이 지긋한 여자가 뤼웨이즈에게 말한다. "그럼 먼저 말씀하세요. 내 말은 시간이 좀 걸릴 테니."

뤼웨이즈가 사양하지 않고 말을 받는다. "좋아요. 그럼 제가 먼저 얘기하지요. 저는 이미 순직한 리위안 선생의 좋은 친구입니다. 그래서 그분의 치료법을 좀 알지요. 그리고 저 본신도 리위안 선생의 치료법으로 치료를 받았고요. 지금도 혈액 가운데 고농도의 항바이러스 항체가 있습니다. 저는 이 모든 것을 공헌하려 합니다. 지식에서 혈액까지, 모든 것을 아낌없이 바칠 수 있습니다. 저는 능력은 별로 없습니다. 하지만 극악무도한 화관바이러스를 대처하는 데 저는 모든 대가를 아끼지 않고 모든 힘을 바칠 생각입니다. 이것으로 리위안 선생을 기억하려 합니다. 화관바이러스는 리위안 선생을 살해한 녀석이니 전 복수하고 싶습니다."

천위슝은 끝없이 머리를 끄덕인다. 이것은 단순히 지도 간부의 예절적인 제스처가 아니었다. 천톈궈와 쑤야는 이미 건강을 회복했다. 좀 허약해 보이는 것을 제외하고는 화관바이러스에 짓밟힌 흔적을 찾아볼 수 없다.

뤄웨이즈가 들어올 때부터 그는 그녀가 어떤 말을 할지 짐작이 갔다.

곁에서 주의 깊게 듣던 늙은 여인이 홀연 끼어들었다. "첫 대면에 이런 말을 하는 건 예의가 없는 같은데 양해를 바랄게요. 방금 한 말씀 가운데 한 가지는 동의할 수 없는데요. 화관바이러스는 우리의 원수가 아닙니다. 그들도 이 세상의 주인이지요. 자격은 우리보다 얼마나 더 오래됐는지 모르고요. 그러니 이번 일은 인류가 부적당한 시간에 부적당한 곳에서 그들을 건드려서 이런 조우가 일어나지 말았어야 했다고 정리해야 합니다. 이런 측면에서 놓고 말하면 화관바이러스는 무죄입니다."

뤄웨이즈는 화가 나서 반박한다. "그렇게 많은 사람을 죽였는데 무죄라니요?!"

늙은 여인이 말을 잇는다. "이 지구가 도대체 누구 것인지 단정할 수 있나요? 누가 먼저 나타났으면 누가 주인이라고 할 수 있어요? 그렇다면 바이러스는 의심할 것도 없이 인류보다 먼저겠지요. 만약 누가 제일 고등 동물이고 누가 제일 총명해서 이 세계가 그의 것이라고 한다면 인류 쇼비니즘*의 낡은 틀에 빠지는 것이 아닌가요? 만약 인류만이 이 세상에서 살아남아야 하고 인류를 방해하는 것들은 죄다 멸종시켜야 한다면 그건 완전히 횡포지요."

뤄웨이즈가 조금만 냉정하고 차분해지기만 하면 늙은 여인의 말이 논리적이라는 것을 모를 리 없다. 하지만 리위안의 죽음이라는 거대한 상처와 아픔 앞에서 냉정해지는 것이 더 이상한 일이었다. 그녀는 악에 받쳐 말한다. "어쨌든 우리의 당면한 과업은 화관바이러스와 판가름이 날 때까지 싸움을 벌이는 것이지요."

늙은 여인이 말한다. "만약 우리에게 세계의 만물과 평화적으로 공존하려는 마음가짐이 없다면 이번에 화관바이러스를 이겼다고 해도 이후에 각양각색의 바이러스들이 인류를 찾을 것입니다. 그러니 궁극적으로 누가 이기는가 하는 것은 알 수 없는 일이지요."

---

* 광신적이고 배타적인 애국주의 또는 이기주의

아니, 이 늙은 여인은 완전히 바이러스의 대변인이 아닌가? 뤄웨이즈의 분노가 부글부글 피어오른다. "그쪽은 어느 입장에 서서 이런 말을 하시는 겁니까? 아니, 당신이 누군데요?"

늙은 여인이 온화하게 대답한다. "아가씨, 나는 아가씨 심정을 이해하오. 우리 통화한 적 있지, 나 잔완잉이요."

뤄웨이즈는 생각났다. 리위안의 사망 소식을 바로 이 여인이 알려 주었기 때문이었다. 그 뒤로 그녀는 연락을 시도해 봤으나 그 전화번호로는 더 이상 연락이 되지 않았다. 잔완잉이라는 사람이 증발해 버린 것만 같았다. 뤄웨이즈는 잔완잉이 무엇 때문에 큰 은자처럼 저잣거리에 숨어 있는지, 그리고 숨었다가 무엇 때문에 앞에 나서는지 이해가 되지 않았다.

천위슝도 이 이름을 기억해 냈다. 노인은 리위안의 전염병 전문병원에서의 연락인이었다. 그렇다면 리위안과 접촉했기 때문에 더 많은 비밀을 알고 있다는 건가? 천위슝이 입을 열었다. "저는 노인님이 리위안의 이웃이라는 걸 알고 있습니다."

잔완잉이 머리를 숙인다. 앞이마의 백발이 더더욱 선연하게 드러난다. 이 동작은 묵인하는 건가? 이어 그녀가 머리를 들고 말한다. "저는 리위안의 지도교수입니다."

천지가 찢어지는 듯한 굉음이 울린다.

뤄웨이즈는 경악하여 말을 잃었다. 자기가 사랑하는 훤칠하고 준수한 남자가 그렇듯 존경하고 우러르던 신비한 스승님이 눈앞의 백발이 성성한 노파란 말인가!

그녀에 비하면 천위슝은 관록이 있는 지도자여서 별의별 일과 사람들을 겪어본지라 그다지 놀라지 않았다. "스승님께서 드디어 오셨군요. 우리는 애타게 당신을 찾았습니다. 이 '인민방'이라는 것도 터놓고 말하면 당신과 당신의 팀을 위해 만든 것입니다. 지금 이렇게 와주셨으니 얼마나 다행인지 모릅니다."

잔완잉은 평온하게 말했다. "리위안의 죽음은 우리 팀에 큰 타격을 주었습니다. 백낭자가 만능이 아니니 우리는 침통하게 경험과 교훈을 총정리해서 더 완벽한 안을 내놓아야 했습니다. 게다가 리위안의 죽음으로 인해서 우리와 최전방의 연락이 돌연히 중단되어 또 다른 경로를 찾아야 했습니다. 이것이 바로 우리가 잠시 사라졌던 원인입니다. '인민방'을 보고 사태의 긴박성과 정부의 마음 깊은 곳에서 우러나오는 성의를 느꼈습니다. 게다가 우리의 연구도 장족의 진전을 가져왔습니다. 전보다 더 큰 승산이 있습니다. 이것이 바로 제가 오늘 '인민방'을 뜬 이유입니다. 우리 함께 노력하여 수천만 인민들에게 복지를 가져다주고 화관바이러스라는 이 고삐 풀린 말을 다시 마구간에 에워 넣기를 바랍니다."

잔완잉은 몸을 돌려 뤄웨이즈의 손을 가볍게 감싸 쥐었다. "꼬마 아가씨. 복수하고픈 마음이 강한 것은 알겠는데 바이러스란 지각이 없는 물건이라오. 인류가 그들의 생존의 땅을 건드린 거지 그들이 잘못한 것이 아니라오. 현미경으로 바이러스를 관찰하면 그의 아름다움에 놀라 마지않을 것이오. 현미경으로 관찰할 때마다 감탄을 금할 수 없다오. 어찌나 정교하고 생명의 힘이 넘치는지 상상할 수도 없다오. 이렇게 역사가 유구한 생물에 대해 우리는 존중과 경의를 지녀야 하오. 바이러스의 입장에서 생각해 보오. 그들이 얼마나 억울해 하겠는가. 원래 암흑 속에서 멀쩡히 살아가고 있는데 그 집을 박살내고 햇빛 아래 끄집어 내놨으니 바이러스인들 무슨 방법이 있겠소? 하는 수없이 본능적으로 번식을 시작한 것이지. 인류 몸에서 번식하게 되니 우리와 격렬하고 처절한 전쟁을 벌인 거지. 리위안은 바로 이 전쟁에서 순국한 용사지. 우리는 그를 영원히 추념할 것이오."

뤄웨이즈는 눈물 범벅이 되어 잔완잉을 쳐다본다. 마음속으로부터 우러나오는 존경의 눈빛이다. 리위안의 지도교수라면 그녀에게는 조상이나 다름없다.

잔완잉이 몸을 돌려 이마를 약간 찌푸리며 천위슝에게 말한다. "아주 중요한 기술적인 문제가 하나 있습니다."

"어서 말씀하십시오."

"순도가 극히 높은 원소 게르마늄의 나라의 비축량이 얼마나 됩니까?"

천위슝이 대답한다. "중국은 게르마늄 생산 대국이니 원소 게르마늄의 공급은 문제없을 겁니다."

"그럼 됐습니다. 쌀 없이는 밥을 지을 수 없지요. 저와 저의 팀은 모든 힘을 다해 전염병을 잡기 위해 노력하겠습니다."

천위슝은 미친 듯한 기쁨을 가까스로 누른다. "정말 잘 됐습니다! 화관 바이러스를 이길 날이 보입니다."

잔완잉은 창가에 다가가 창문을 열었다. 찬란한 햇빛이 대지를 비춘다. 그녀는 도시를 바라보며 말했다. "신임해 주셔서 감사합니다! 당신들의 이번 결정은 역사에 기록될 것입니다. 이번 방역 투쟁에서 더는 대량의 사망자가 나오지 않을 것이지만 우리가 이긴 것이 아닙니다. 물론 바이러스가 이긴 것도 아니니 무승부라 해둡시다. 머지않은 장래에 인류와 바이러스가 재차 혈전을 벌이지나 않을까 걱정됩니다."

천위슝이 말한다. "제가 즉시 방역 지휘부 책임자들을 부를 테니 앞으로 어떻게 해야 할지 토의합시다."

잔완잉이 대답한다. "오늘 저녁에는 당신들이 상의하고 내일 정식 가동하는 걸로 합시다. 지금, 나하고 꼬마 아가씨는 먼저 가보겠습니다. 이 아가씨와 할 말이 있습니다."

# 제40장
# 서광

교수는 바이러스가 변이하여 인류와 재차 혈전을 벌일 것이라 단언한다.
20NN년 9월 1일, 옌시는 화관바이러스를 완전히 이겨냈다.

시청을 나온 뤄웨이즈와 잔완잉은 나란히 보도를 걸었다.

잔완잉의 검은색 세사 두루마기 자락이 가벼운 바람에 나부끼는 모양
이 신선과도 같다. 뤄웨이즈의 기다란 검정 치마는 수녀를 방불케 한다.
잔완잉보다 키가 컸지만 리위안의 스승님이신 점을 감안하여 뤄웨이즈는
저도 모르게 구부정하게 걷는다.

"뭐라도 좀 많이 먹어요. 이렇게 야위어서야, 리위안이 보면 속상하겠
네요." 잔완잉은 뤄웨이즈의 야윈 어깨를 쓰다듬으며 자상하게 말한다.

뤄웨이즈가 고개를 끄덕인다. 그렇다. 먹기 싫더라도 사랑하는 사람을
위해서라면 밥을 잘 먹어야 한다. 탄수화물은 모든 에너지의 가장 소박한
원천이니까.

"뭘 먹고 싶어요?" 잔완잉이 낮은 소리로 묻는다.

1분 전만 해도 뤄웨이즈는 아무것도 먹고 싶은 것이 없었다. 그런데 이
순간 불현듯 먹고 싶은 것이 생각났다. "배추 소 물만두를 먹고 싶어요.
잎사귀가 없이 줄거리만 들어간. 고기소도 사람 손으로 다지고 빚기도 손
으로 빚어야지요. 삶는 것도 중요해요. 지나치지도 않고 덜 삶기지도 않아
씹으면 뽀드득 뽀드득 소리 나는 것, 한 자 두께로 쌓인 눈을 밟는 소리
말이에요."

잔완잉의 얼굴에 미소가 피어오른다. "좋아요. 자주 놀러 오세요. 내가

해줄게."

뤼웨이즈는 과분한 대우에 깜짝 놀랄 지경이다. 잔완잉의 시간이 얼마나 귀중한지 잘 안다. 이런 전문가가 손으로 빚은 물만두는 아마 자희태후의 비취 배추를 식재료로 한 것과 맞먹겠지.

화장기 없는 뤼웨이즈의 얼굴에 화색이 피어오르는 것을 보며 잔완잉이 부드럽게 말한다. "리위안을 마지막으로 만나 본 얘기를 해줘요. 우리는 누구도 그의 사후 모습을 보지 못했으니까." 그녀가 애써 가슴이 찢어지는 아픔을 참고 있는 것이 보였다.

뤼웨이즈가 그날 상황을 묘사하기 시작했다. 한 어머니에게 전장에서 용맹하게 몸을 바친 외동아들을 얘기하는 심정으로. 말을 마치면서 뤼웨이즈는 특별히 덧붙였다. "리위안의 표정은 아주 안온해 보였어요."

떨리는 손으로 이마의 백발을 쓸어넘기며 잔완잉은 크게 한숨을 쉰다. "그가 그럴 줄은 알았어요. 누구나 거기 들어가면 그렇게 될 준비를 해야 하거든요. 우리의 생명은 지옥과 천당 사이에 놓여 있죠. 삶이란 게 그렇듯 무르지만 또 무쇠처럼 단단하지요. 죽음은 어떨 때는 생명의 함몰이지만 어떤 경우에는 생명의 승화이기도 해요. 리위안의 죽음은 함몰 가운데의 승화라 할 수 있을 거예요." 그녀는 뤼웨이즈의 손을 가볍게 감싸 쥐고 묻는다. "아가씨, 리위안을 사랑하나요?"

뤼웨이즈는 고개를 끄덕였다. 눈물이 날 줄 알았는데 나지 않았다. 이분 앞에서 감히 눈물을 흘리지 못할 것 같았다. 리위안은 자신의 스승님을 그토록 사랑했었다. 그러니 그의 육신이 분해된 원자들이 이 시각 스승님 곁에 모여 있을 게 분명하다. 리위안의 모든 원자들이 오색의 옷을 입고 그렇게 존경하는 스승님을 에워싸고 나풀나풀 춤을 췄으면 ― 이것이 뤼웨이즈의 바람이었다. 정말, 사람이 원자로 변하면 남녀 구별이 없을 테지? 죄다 가볍고도 아름답겠지? 원자는 눈물이 있을까? 이 시각 그대도 나를 생각하나요? 나는 안 울 거야, 내 눈물이 그대 원자를 적시고 그대 날개에 묻어 춤이라도 추지 못하면 안 되니까.

잔완잉이 말한다. "웨이즈는 우리의 학설을 알겠지. 이 세상에서 누구를 만나고 누구를 알게 되며 누구와 어긋나는가는 죄다 운명으로 정해져 있는 거라오. 우주 대폭발의 순간부터 정해진 거라 할 수 있소. 빅뱅의 순간 모든 원자 분자의 좌표와 속도가 정해지는데 그것이 바로 모든 인생의 핵심적 비밀이거든. 얘야, 괴로워 말거라. 가장 좋은 추념은 흐느낌과 검은 상장이 아니라 부드러움과 따스함, 심지어 시적 정취가 충만한 추억이니까. 그것은 우리가 뿌리로부터 말하면 불후의 존재이기 때문이란다.”

뤄웨이즈의 궁극적인 애통은 이 말 앞에서 산산이 부서지고 말았다. 이 세상에 죽음보다 강한 존재가 있다면 그것이 바로 원자일 것이다. 원소는 가장 오래되고 가장 무거운 이유로 사람들더러 처한 환경에 안착하며 운명을 알고 편안하게 즐기며 침착하고 자신을 믿으며 고귀하고 차분하게 한다. 죽음이란 정말 아무것도 아니다. 죽음을 통해 더욱 광활한 우주를 떠돌며 이 세상을 마음껏 누빌 수 있으니까.

뤄웨이즈는 감동에 젖어 청을 들었다. “어머니라 불러도 될까요? 리위안이 스승님을 얼마나 사랑했는지 알아요.”

잔완잉은 조금 숨을 고르고 나서 말한다. “이건 차후에 생각해 보자고. 만물의 진실한 본성은 바로 원자지. 우리는 같은 곳에서 오고 우리의 혼도 같은 곳으로 가겠지. 그러니 모녀인가 아닌가는 중요하지 않아요.”

뤄웨이즈가 머리를 끄덕인다.

잔완잉이 묻는다. “웨이즈, 리위안의 경력을 알고 싶소?”

“저한테 조금은 얘기해 줬어요. 어렸을 때는 아주 행복했는데 후에 부모님이 모두 차 사고로 돌아가셨다고.”

잔완잉이 한숨을 내쉰다. “사실은 그렇지 않다오.”

뤄웨이즈는 그 말을 믿지 않는다. “리위안이 저를 속일 리 없어요!”

“리위안이 속인 게 아니오. 진상은 말하자면 긴데 … 우리 집에 가보고 싶소?”

“그럼요!” 리위안에게 관한 것이라면 무엇이든지 더 알고 싶었다.

잔완잉의 작업실은 교외에 있었다. 그녀의 집은 수수해 보이는 작은 단독주택이었다. 들어서니 모든 것이 질서 정연하고 믿지 못할 정도로 깨끗한 것이 특히 눈에 띄었다. 먼지 한 점 없다는 표현은 이런 데 쓰는구나 싶었다.

뤄웨이즈와 잔완잉은 거실에 자리 잡고 앉았다. 거실에는 문이 세 개 있었는데 주방, 침실과 서재로 통하는 문들이었다. 벽은 회색이었고 장식품의 주요 색조 역시 회색이었다. 연회색, 진회색과 은회색이 섞인 색으로 전부 면제품인데 금속 광채가 난다.

잔완잉이 말한다. "리위안이 이번에 전염병 전문병원에 들어간 것은 백낭자로 환자들을 치료하기 위한 것을 빼고도 극히 사적인 이유도 있었다오."

뤄웨이즈는 그것이 무엇일지 감을 잡을 수 없었다. "그에게 무슨 사적인 이유가 있을까요? 전 모르겠는데요."

잔완잉이 말한다. "그 애는 1호 시체 창고에 들어가 자신의 생부를 만나보고 싶어 했지."

뤄웨이즈는 그 둘의 연관성을 찾을 수 없었다. 여러 해 전에 차 사고로 세상 뜬 사람의 시체를 지금껏 보존할 수 있단 말인가?

잔완잉이 속삭이듯 말한다. 망자의 안녕을 깨뜨릴까 주저하듯이. "리위안의 생부가 바로 병리해부학자 위정펑이거든."

팅기듯 일어선 뤄웨이즈가 충격을 버티지 못하고 털썩 주저앉는다. 짧디 짧은 순간에 중압감과 무중력 상태를 경험했다. 그녀는 못 믿겠다는 듯이 물었다. "그걸 스승님이 어떻게 아셨죠?"

잔완잉은 커피 한 모금을 삼키고 말한다. "내가 바로 샤오니쉐니까. 위정펑을 조사해 봤을 테니 그 사람을 알겠지?"

뤄웨이즈는 이미 너무도 많은 자극을 받아왔다. 하지만 이 시각 이전의 모든 놀라움과 공포감을 합쳐도 지금에 못 미칠 것이다. 그녀는 전전긍긍하며 물었다. "스승님이 리위안의 생모세요?"

잔완잉이 말한다. "그렇다오."


"위정펑은 엄격하면서도 훤칠한 남자였소. 지식도 남달리 해박했고,

하지만 티끌만 한 착오와 온정도 용납 못하는 사람이었지. 그저 일밖에 몰랐다오. 물론 우리가 사귈 때는 공부할 때였으니 일이랄 것도 없었지. 과학 연구를 한다면 더 이를 데 없는 품성이겠지만 훌륭한 연인은 아니었소. 우리는 서로 너무나 비슷했기에 끌렸고 또 너무나 같았기에 배척한 것 같소. 내가 임신했을 때 그는 한창 지도교수와 함께 일종의 새로운 병원균의 발견과 배양을 하느라 바빴소. 정말로 밤에 낮을 이으며 먹고 자는 일을 잊곤 했었지. 그러다 보니 서로를 돌볼 새가 없었다오. 어디 생각해 보시오. 한 처녀가 이런 일에 부딪쳤으니 얼마나 일을 친 남자가 자기와 함께 잘 의논해서 뒤처리를 잘 할 것을 바랐겠소? 그때 우리는 서로 다른 도시에서 실습하고 있었지. 그런데 내가 아무리 요구하고 심지어 애원까지 해도 그는 끄떡도 하지 않았소. 마치 내가 칠칠치 못해 이런 일을 저지른 것처럼 말이요. 그 뒤로는 심지어 내 전화를 받지 않는 거 있지. 그는 자기가 난관을 돌파하려는 가장 중요한 순간에 내가 그를 괴롭히고 애를 먹이며 쓸데없는 소란을 가져다준다고 생각했을 거요. 그렇게 시간이 흘러 감쪽같이 애를 지울 가능성이 나날이 줄어들고 있었소. 나는 속이 타 죽겠는데 멀리 있는 그는 목석과 같았다오. 나는 그가 포부를 운동 장비처럼 장착한 채 스타트라인에 서 있다는 걸 알았소. 심판이 이제 곧 방아쇠를 당길 판인데 어찌 시시껄렁한 일 때문에 자신의 진로를 망치려 하겠소!

"그러다가 어느 날 한밤중에 나는 불현듯 태동을 느꼈다오. 이론상으로 말하면 임신 4, 5개월 뒤에나 감각이 온다는데 그때는 석 달도 안 됐기에 그럴 가능성이 전혀 없다고 봐야겠지만 내가 너무 민감한 탓인지, 아니면 태아의 심폐 기능이 너무 강해서인지 나는 분명히 내 뱃속에서 다른 한 심장이 '콩콩' 뛰는 소리를 들었다오. 웨이즈는 아직 젊어서 이런 경험을 못 해 봐서 느낌이 오지 않을 거요. 하지만 이담에는 꼭 경험할 수 있을 것이라 믿소 …"

뤄웨이즈는 저도 모르게 머리를 흔들며 마음속으로 되뇌었다. "아니요. 전 없을 거예요. 그 밝고 잘 생긴 남자가 사라졌으니 저는 그런 경험을 안 할 거예요.”

스승님은 자기의 추억에 잠겨 있다 보니 뤄웨이즈의 태도를 눈치 채지 못한다. 혼자서 자기 생각만 더듬는다. “내가 자신하건대 웨이즈는 이런 감각을 즐길 거야. 너무나 신묘한 감각이었소. 비교할 것을 찾을 수 없을 만큼. 그것이 바로 생명과 생명이 횃불을 넘겨받는 거겠지. 바로 그 시각에 망설이기만 하던 나는 결연한 결정을 내렸소. 이것은 위정펑의 일이 아니라 나 자신만의 일이다. 이 감각이 얼마나 산뜻했는지 온몸에 힘이 막 꿈틀거리는 거 있지. 작은 해님처럼 나한테 따스함과 광명을 갖다 주었소. 그날 나는 오랜만에 단잠을 잤고 아침에 깨니 다시 태어난 것만 같았다오. 그 전만 하더라도 나는 노상 홀로 곤경에 마주해 있다고 생각해서 위정펑이 곁에 와 주기를 바랐지만 그때 이후로는 그가 오지 않을 것이라는 것을 알게 되었소.

“사람이 어떨 때 제일 무서운지 아오? 노발대발할 때가 아니라 작심하고 아무것도 안 할 때라오. 하지만 난 그때부터 무섭지 않았소. 혼자가 아니어서, 다른 생명이 내 몸에 둥지를 틀었으니까. 내가 어찌 그 생명을 살해할 수 있겠소? 그는 나의 아이, 나의 동맹자인데. 어쨌든 나는 더는 두렵지 않았소. 그래서 나는 출근해서 환자들과 만나는 기회를 타서 내 아이를 키워줄 부부를 찾았소. 애를 낳는 대로 그들한테 보내기로 약속했지. 단 하나의 조건이라면 내가 언제나 그 애 소식을 알게 해야 한다는 것이었다오. 나는 평생 두고 내가 그의 친어머니라는 것을 말하지 않겠다고 보장하겠지만 그가 자라는 것을 지켜보겠다고 했소. 그 사람들은 아주 교양 있는 지식인 부부였는데 내 마음을 알아줬고 나의 승낙도 믿어줬소. 나도 그들이 세상을 뜰 때까지 자신의 언약을 지켰었소. 한 번도 애한테 내가 누구라고 말해 준 적이 없소. 심지어 그들 부부가 세상을 떠난 후에도 누가 친부모라고 얘기하지 않았소. 하지만 내가 언제나 그 애 곁에 있었기에 그 애는 나를 아주 좋아했다오. 나는 그의 교육과 인생의 모든 중요한 결정에 참여했었소. 예를 들면 유학을 떠난다든지, 학업을 마치고 조국에 돌아온다든지.

"그 뒤, 나는 자신의 회사를 세워 생물화학과 건강 보조식품을 연구하기 시작했소. 그래서 그 아이를 내 회사에 초빙하고 넉넉한 보수를 지급하고 업무지도도 하기 시작했지. 나는 심지어 이 비밀을 무덤까지 가져가려고 했다오. 한 사람을 사랑한다는 것은 그를 평안히 살게 하는 것이니까. 괜히 애를 혼란스럽게 할 필요가 있겠소. 애가 이 비밀을 모르는 이상, 또 알게 되면 기필코 마음이 착잡해질 것임을 아는 이상 말할 필요가 없다고 생각했소. 알게 되면 걔가 아빠의 버림을 받았다고 여긴다던가, 나에게도 그 오랜 세월 왜 말 한마디 안 했는가, 안 말할 거면 영영 말하지 말 것이지 왜 지금은 말하는가 등등 원망을 하지 않겠소? 그런 반응을 보이면 나는 납득이 되게 설명할 방법이 없었거든. 차라리 나 혼자서 이 비밀을 무덤까지 갖고 가는 게 좋겠다고 생각했다오. 걔가 알든 모르든 내가 그 애를 살뜰히 도와주면 되지 않겠소.

"나는 일이 제대로 풀려 영영 들통이 나지 않을 줄로만 알았소. 그런데 전염병이 터지고 웨이즈가 나타나는 바람에 내가 위정펑의 행방을 알게 된 거요. 그의 사망 소식을 접하는 순간, 나는 벼락을 맞은 것만 같았다오. 나는 그제야 내 마음속에서 그 남자는 대체 불가능한 사람임을 알게 되었소. 그전까지 나는 내 마음이 싸늘하게 식어 버려서 아무것도 마음의 파란을 일으킬 수 없을 것이라 여겼었소. 그런데 전혀 그런 것이 아니었소. 나는 더는 그와 대화할 수 없으니 그에게 모든 것을 말할 기회는 영영 사라진 것이 아니겠소. 그리고 영영 그에게 아이를 보여줄 수 없게 됐소. 그가 당시에 분노하여 나를 고소한 것은 바로 자기의 아이를 찾기 위한 것이 아니겠소. 그런데 나는 그가 죽을 때까지 소원을 이루지 못하게 한 거 아니요. 그리고 우리의 아이가 이처럼 밝고 바르게 큰 것을 보고 이 애가 죽을 때까지 아무것도 모르겠구나. 자신의 친부모가 누군지도 모르겠구나 생각하니 내가 잘못해도 크게 잘못한 것 같았다오. 어쩌면 마음속 깊은 곳에서 나하고 위정펑은 똑같은 인간인지도 모르오. 우리는 모두 타협하기 싫어하고 다 집요하고 완강한 사람이었으니까.

"그런데 위정펑은 정말로 죽었단 말이오 시체는 지금은 창고에 냉동돼 있지만 어느 순간에 한 줌의 재로 변할지 모르지 않소. 그러면 우리 아이는 영영 자신을 낳아 준 아버지를 보지 못할 거고, 바꾸어 말하면 위정평도 그의 아이를 영영 보지 못할 것이 아니오 … 이번의 전염병은 우리도 크게 바꾸어 놓지 않았소. 어느 때보다도 더 친인의 정과 살아 있는 지금의 삶을 중히 여기게 된 거지. 그래서 한 사람이 방역 최전방에 나가서 시체 창고에서 위정평을 만나 볼지도 모르는 기회가 생겼을 때, 나는 그들을 내 곁에 불렀다오 …"

"그들 …" 뤄웨이즈는 저도 모르게 소리를 질렀다. "왜서 '그들'이에요? 하나가 아니라 둘?"

"그렇소. 복수였소. 그들을 불렀다오." 잔완잉이 또렷이 반복한다. 그녀가 말을 이었다. "나는 혼자서 직접 애를 받을 때까지 쌍둥이를 밴 줄은 몰랐다오. 경험도 없었거니와 발각될까 봐 검사라는 것은 받아본 적 없으니 말이요. 그때는 그저 이 애가 왜 이렇게 한시도 가만있질 않나 이상해 했지 둘이 돼서 그런 줄은 몰랐다오. 그때 내가 하루도 빼놓지 않고 하는 일은 특수 제작한 넓은 띠로 배를 감싸는 일이었다오. 꽁꽁 감아서 남들이 눈치채지 못하게 하려고. 애를 낳아야 되니 미리 말미를 맡고 농촌의 한 가정 여관을 찾았다오. 숙박료를 넉넉히 내니 그곳에서 아이를 낳아도 된다고 하더구만. 그런데 첫째를 나은 다음 둘째가 잇달아 몸 밖으로 나온 거요. 전에 부탁했던 그 지식인 부부들은 차를 몰고 와서 즉시로 맏이를 데려 갔다오. 그런데 난데없이 더 나온 둘째가 나를 당황하게 했지. 얘는 어떻게 하지? 남을 주려고 해도 당장에 좋은 집을 찾을 길이 없었다오. 이것을 본 여관 마담이 자기가 이 애를 기르겠다고 했소. 정부에 친척이 있어서 수양 수속을 밟는 것도 문제가 없다고 했고. 나는 그들에게도 똑같은 요구를 했소. 영원히 이 아이의 친부모가 누구인지 알려주지 말되, 내가 애의 행방을 알게 할 것, 애에게 꼭 대학 공부를 시킬 것.

"나는 애플의 CEO 스티브 잡스를 이해할 수 있소. 그도 사생아였는데 그의 어머니도 아이의 교육받을 권리를 집요하게 주장했다고 하오. 그때 나는 여관 주인 부부에게 만약 돈이 없어 학교에 못 보내겠다면 내가 교육비를 부담할 수도 있다고 했소. 그 부부들도 이 모든 걸 수락했소. 이렇게 나는 하루 사이에 귀신도 모르게 애 둘을 남을 준 거요. 이것이 바로 그 뒤 위정펑이 아무리 해도 애를 찾을 수 없게 된 진상이오. 그래서 그는 자기에게 아이가 있다는 사실을, 그것도 하나가 아니고 둘이라는 사실을 전혀 몰랐다오. 나는 그가 나와 아이들에게 그렇듯 냉담하고 쌀쌀했으니 아이에 대한 모든 것을 알 자격이 없다고 생각했소. 죄를 지었으니 이런 정신적인 보복을 받아 마땅하다고 생각했소. 어떤 사람은 나쁜 일을 수두룩이 해도 양해를 받을 수 있지만 어떤 사람은 단 한 번 잘못해도 양해 받을 수 없다오. 나는 위정펑을 양해할 수 없었지. 그가 비장하게 죽고 나서야 자신을 반성하기 시작했다오.

"나는 내가 위정펑에게 반격했다는 것을 알고 있소. 그는 죽을 때까지 자신의 아이들을 만나지 못했거든. 그런데 나는 처음으로 내가 동시에 아이들의 아버지를 만나 뵐 권리를 박탈한 거 아닌가 하는 의문이 생겼소. 그리고 대답은 '그렇다'였소. 사실 내게는 자식들을 대신해 복수할 권리가 없소. 나는 그 애들의 의견을 들어야 했소. 알다시피 나는 과학자요. 과학자이기에 용감히 과오를 시정하는 습관이 있소. 그래서 애들에게 진상을 알려주기로 결정한 거요."

"그들은 누구…" 뤄웨이즈는 이럴 때는 가만히 듣고 있는 것이 최선이라는 것을 알지만 참을 수가 없었다.

"애들은 모두 나의 조수이고 내 제자들이라오. 나는 애써 일해서 자신의 이상을 실현하는 것과 돈을 벌어 애들을 기르는 것을 결부시켜 왔다오. 나는 나의 아이들이 궁극적으로 나라의 기둥이 되리라는 걸 믿어 마지않았고. 그러려면 다량의 금전과 첨단 지식 교육이 필요하지. 물론 건전한 인격을 갖춰야 하는 것은 더 말할 것도 없소. 나는 연구에 몰두하면서 링녠의 부모에게 부탁하여 자기 이름부터 고쳤소. 어찌 보면 새 삶을 시작했다고 할 수 있지. 원소 의학 사업에서는 선구자라 할 수 있소. 내가 나의 아이들에게 준 가장 훌륭한 선물은 그 애들의 학술 발전에 광활한 천지를 개척해 준 것이오. 그 두 애들 중의 하나가 리위안인데 그 애는 웨이즈가 아는 사람이오. 다른 하나는 링녠이라 부르는데 내가 여관집 주인에게 준 아이라오. 링녠도 의학과 물리학 박사과정을 마쳤는데 머리도 아주 총명했다오. 양부모의 영향을 받아서인지 리위안과 생김새는 비슷해도 성미나 성격은 전혀 딴판이었다오. 솔직하고 막 나가는 아이였소. 위정펑과 비슷하다고나 할까.

"그 애들 둘은 모두 내 밑에서 일했다오. 물론 모두 내가 불러온 거지. 첫째는 그 애들을 잘 키우기 위한 것이지만 밤낮으로 그 애들을 보고 있노라면 얼마나 흐뭇했는지 모른다오. 같은 세상에 살아도 사람마다 사명은 다르지 않소? 나는 과학자지만 현명한 아내는 못 되오. 하지만 나는 훌륭한 어머니가 되려 했소. 처음에는 그 애들이 쌍둥이가 아닌가 의심하는 사람들도 더러 있었지만 그 애들이 자신의 출신을 굳게 믿고 있으니 다들 더 뭐라 할 수 없었다오. 여관 주인 부부는 일부러 아들 생일까지 고쳤다오. 그러니 사람들은 세상에 정말 똑같게 생긴 사람도 있다고 경탄할 수밖에 없었다오. 그래도 성격이 전혀 다른 덕에 함께 있어도 혼동하는 사람은 없었다오.

"원래는 리위안이 최전방에 가서 백낭자를 시험 사용하게 된 거잖소? 그 애는 경험이 풍부하고 일처리도 알맞게 한다오. 그 애가 출발하기 전날 밤에 나는 두 애를 불러놓고 위정펑의 일을 알려주었다오. 리위안아, 이번에 가서 혹시 와인 저장고에 가 볼 기회가 있거들랑 한 사람을 찾아보거라. 그리고 그 사람에게 큰절을 올리거라. 그분은 다른 사람이 아니라 너의 생부인데 위정펑이라 한단다. 리위안은 크게 놀라긴 했어도 너무 지나치게 반응하지는 않았다오. 그런데 이 둘째 녀석이 막 흥분하면서 자기가 가겠다고 나서는 거요. 어쨌든 생부를 제 눈으로 봐야겠다면서. 형님더러 자기에게 기회를 양보해 달라고 막 떼를 썼다오.

"리위안은 본래부터 맏이여서 그런지 평소에도 링녠에게 많이 양보하는 편이었소. 그래서 이번에도 이 기회를 동생한테 양보했지. 사실 그들 둘은 누구나 항체가 생겼다고 장담할 수 없기에 위험한 건 똑같았소. 열 손가락 깨물어 안 아픈 손가락이 없다고 어미라도 나는 뭐라 할 수 없었다오. 그래서 이튿날, 링녠이 리위안의 이름으로 출발하게 되었소. 그 뒤의 일은 웨이즈가 알고 있는 그대로요. 리위안이 희생되었다는 통지를 받은 다음 내가 병원 측과 의논해서 웨이즈를 고별하러 보낸 거요. 웨이즈도 알겠지만 진짜 리위안은 갈 수가 없었소. 그 애도 항체가 있다고 장담할 수 없으니 금방 하나를 잃고 또 하나를 밀어 넣을 수 없지 않소 물론 내가 가겠다고 했지만 그쪽에서 동의하지 않았소. 일반인은 항체가 없어서 안된다는 거요. 웨이즈가 와인 저장고에서 본 그 사람은 리위안이 아니고 링녠이라오. 리위안은 살아 있소. 하지만 이제는 링녠이라 부른다오."

당년의 샤오니쉐, 오늘의 잔완잉은 온화하게 조곤조곤 굴곡적이기 그지없는 이야기를 이어나간다. 마디마디 피눈물이지만 전혀 흔들림 없이 풍상고초를 겪은 아름다움을 풍긴다. 하지만 굳세고 단단한 그녀의 몸에서 마음의 현은 진작 끊어져 깊은 옛 상처와 아물지 않은 새 상처 투성이었다.

뤄웨이즈는 그 자리에 얼어붙었다. 그녀는 이 희비가 교차되는 결말을 받아들일 수 없어서 정신이 나간 사람처럼 멍해졌다.

"그 말씀은 … 리위안이 … 살아있단 거 …"말도 마치지 못하고 눈물이 비 오듯 한다.

"그래, 아가야, 이제 링녠이라 부른단다." 잔완잉이 속삭이듯 말한다.

뤄웨이즈는 자신의 기쁨을 적나라하게 표현할 수 없었다. 그것은 잔완잉을 놓고 말하면 아들 하나를 잃은 것이고 그것이 어느 아들이든 가슴을 에이는 아픔이겠기 때문이다. 하지만 뤄웨이즈로 말하면 리위안은 바로 리위안이다. 그가 리위안이라 부르든 링녠이라 부르든 전혀 상관이 없었다. 그녀의 사랑은 쏟을 곳이 있게 되었다! 미칠 듯이 기뻤다. 강산이 뒤집히고 해와 달이 색을 잃는다! 하지만 뤄웨이즈는 정감의 마지노선을 지켜냈다. 애통이 극에 달했을 어머니 앞에서 절제된 행동을 보이기 위해서였다.

뤄웨이즈가 희비가 교차되어 어쩔 바를 모르는 동안, 잔완잉은 상대적으로 담담하다. 제일 모진 아픔이 이미 밤마다 골수를 훑으며 그녀를 괴롭혔으리라. 그녀는 서재 문을 바라보며 말한다. "리위안, 바로 링녠이 저 안에서 기다리고 있소 …"

뤄웨이즈가 머리를 드니 리위안이 서재에서 걸어 나와 저 앞에 서 있었다. 키는 변함없이 훤칠한데 엄숙한 표정으로 그녀를 바라본다. 형형한 눈빛은 생사고투를 겪은 사자처럼 피로한 듯하면서도 단호하다.

뤄웨이즈는 쏜살같이 뛰어가지 않았다. 그저 온 힘을 다해 가슴팍을 지그시 눌렀다. 거기에는 그들의 정표인 수정검이 있다. 그러나 그 순간 그녀는 조금치도 아픔을 느끼지 못했다. 뤄웨이즈는 실망을 감출 수 없었다. 원래 이건 현실이 아니라 꿈이구나. 하지만 곧이어 그녀는 액체가 피부 위를 흐르는 따끈함과 미끌미끌함을 느꼈다. 이번에 그녀는 분명하게 느꼈다. 가슴팍의 피부가 뾰족한 검 끝에 상해 빨간 피가 난 게 틀림없다.

뤄웨이즈는 말을 잃었다. 목구멍이 꺽 막힌다. 분비 기능은 그대로인지 눈물이 확 났지만 그것도 즉시 말라버렸다. 그녀는 까딱 움직이지도 않고 한 발자국도 내딛지 않고서 무거운 몸과 굳어 버린 다리로 삽시간에 지옥에서 천당까지의 수천수만 리 천산만수를 답파했다.

희비가 이렇게 불시로 바뀌어도 되는 걸까? 이런 추락과 비상을 일생 동안 과연 몇 번이나 겪을 수 있을까? 단 한 번일지도 모른다. 너무 여러 번 닥친다면 신경이 끊어지고 뇌 척수액이 작렬하고 온몸의 피가 혈관을 뚫고 나올지도 모른다. 이는 영혼의 핵폭발이요, 몸뚱이의 끝없는 함몰과도 같았다.

리위안은 약간 어눌해지고 노쇠해진 듯했다. 상상처럼 열정에 불타기는커녕 도리어 짙은 서먹함을 풍긴다. 마냥 맑기만 하던 눈빛에는 백골을 연상시키는 무거움이 어려있다. 뤄웨이즈는 그의 절제와 이성에 놀랐다. 쓸데없이 무게를 잡아서 자기까지 상봉의 경이로운 기쁨을 제대로 표현할 수 없잖아. 약간 망설이는 찰나, 귀신도 울고 갈 세상에 둘도 없을 상봉의 순간은 서로의 눈 하나 깜빡이지 않는 응시와 함께 범상함에 잠겨 버렸다.

뤄웨이즈는 처음에는 스승인 어머니가 계셔서 그런 줄 알았다. 제아무리 과학자라 해도 엄마 앞에서 사랑하는 여자에 대한 정열을 표할 수는 없으리라. 하지만 잔완잉이 핑계를 대고 나간 뒤에도 리위안은 거리를 두고 뤄웨이즈를 쳐다보기만 한다. 입술이 닿은 사이임을 잊기라도 한 듯이.

미칠 듯한 기쁨에 잠겨서도 뤄웨이즈는 심리학자의 기본적인 소질을 잃지 않았다. 약간 사색해 보니 알 것 같았다. 큰 지혜를 가진 사람은 어리석은 듯 보이고 지나치게 정교한 물건은 거친 것처럼 보인다. 큰 음악은 소리가 없고 큰 형상은 형태가 없다고 하지 않는가!

리위안에 대한 그녀의 감정은 몇 번이고 생사이별의 시련을 겪었다. 슬픔에 젖어 살고 싶지 않았는데 만나니 모든 슬픔이 눈 녹듯 사라졌다. 한마디로 맹렬하고도 단순하다. 하지만 리위안이 겪은 것은 자신과 비할 수도 없이 처절하고 복잡하다. 한 사람이 돌연히 자기를 수십 년 돌봐준 부모가 원래는 혈연관계가 전혀 없는 사람이었다는 것을 알게 된다면 얼마나 정신적으로 큰 충격을 받겠는가! 양부모가 그렇다면 친부모는 또 어떠한가? 한쪽은 이제껏 자신을 게으름 없이 교육해 온 스승님이고 다른 한쪽은 이름난 수석 병리학자란다. 그런데 이제는 생사가 갈리어 만나 뵐 수도 없다! 이것은 또 얼마나 큰 타격이랴. 이것으로 끝나지 않았다. 자기와 형제처럼 친하던 사업 파트너가 정말로 친형제란다. 이것만 해도 놀라 넘어질 일인데 형제의 정을 나누기도 전에 그마저 저세상으로 가버렸다. 이 모든 것을 살아남은 하나가 감당해야 할 텐데 그 괴로움과 고통이 오죽할까…

이 많은 일 중에서 무작위로 한 가지만 당하더라도 하늘땅이 맞붙고 한 사람을 쓰러뜨리기 족할 것이다. 그런데 짧디짧은 며칠 사이에 하나 또 하나 연타를 당하여 미칠 듯한 기쁨과 가슴을 저미는 아픔이 번갈아가며 폭풍과 소나기 같은 방식으로 한 사람을 덮친다면 제아무리 강건한 심장이라도 어찌 부서지지 않을 수 있겠는가. 원소가 제아무리 만능이라 한들 모든 것을 케어할 수는 없을 것이다. 그 주인을 까무러치지 않게 하는 것만으로도 제구실을 했다고 할 수 있을 것이다.

리위안은 이 모든 것을 감당해냈을 뿐만 아니라 지극히 힘들고 무거운 과학 연구 임무까지 수행해야 한다. 더욱 안전하고 더욱 효과적인 원소 치료법을 찾느라고 먹고 자는 것을 잊어가며 싸우는 그가 저렇게 꿋꿋이 서 있는 것만으로도 기적이라고 할 수 있다.

뤄웨이즈는 찰나의 순간에 이 모든 것을 깨달았다. 리위안의 어눌함과 둔한 반응의 원천을 알게 된 것이다. 그녀는 안쓰럽기 짝이 없었다. 리위안을 아기 크기로 축소시켜 품에 안고 생기와 따뜻함을 불어넣고 싶었다. 그녀는 시간이 지나기만 하면 리위안이 점차 원기를 회복할 것이라고 믿었다.

이렇게 그들은 한참이나 지난 뒤에야 뜨겁게 포옹했다. 암석의 단단함과 깃털의 가벼움이 한 덩이가 되었다. 뤄웨이즈는 그의 귓가에 대고 속삭였다. "사람을 놀래켜 죽일 셈이에요? 왜 일찌감치 알려주지 않았어요?"

리위안이 더 낮은 소리로 속삭인다. "동생이 그렇게 가버리니 어머니는 너무나 비통해 하셨습니다. 게다가 작업 임무가 그렇듯 무거우니 나는 혼자만 행복을 누릴 수 없었답니다. 속으로는 날마다 당신한테 말하고 싶었지만…"

뤄웨이즈는 개미 같은 소리로 말한다. "그것도 이유라면 이유겠지요. 그걸 빼놓고도… 또 어떤…"

리위안이 들릴 듯 말 듯 귓속말을 한다. "어머니가 특별히 당신을 검증해 보겠다고 했어요. 강철 같은 의지를 소유한 사람이라야 자기의 며느리로 될 수 있다면서요. 지금 합격점을 받은 거예요."

뤄웨이즈가 방긋 웃는다. "리위안 씨, 예전부터 물어보고 싶었던 게 있어요."

리위안이 머리를 흔든다. "요즈음은 원소 보고서 더미에 박혀 있다 보니 다른 문제는 대답 못할 것 같아요."

뤄웨이즈가 말한다. "원소 문젠데요. 이번에는 꼭 알려줘야 해요. 찐빵 1호가 도대체 뭔가요?"

리위안이 웃는다. "혈액을 알칼리화 시키는 약물이에요. 늘 고기를 먹다 보니 우리 몸은 산성이 되고 그러면 불면증에 걸리기 쉽지요…" 한창 말하는데 잔완잉의 발소리가 들려온다. 두 사람은 대뜸 거리를 두고 떨어져 앉아 이말 저말 나눈다. 자기들도 무슨 말인지 모를 엉뚱한 얘기를.

이것도 일종의 사랑이다. 서로 너무 깊이 아는 사람들은 때에 따라 남들 앞에서는 이렇게 천박해 보이는 교류를 하기도 한다. 흰개미가 속을 파먹은 제방은 겉보기엔 멀쩡해도 외부에서 보이지 않는 곳에는 자기들이 파놓은 굴이 얼기설기 뚫려 있음을 흰개미 스스로는 아는 것처럼 말이다.

크게 놀라면 침착하게 되고 큰 경사가 찾아오면 멍청해지는 것만 같다. 너무 슬프면 말이 없어지고 너무 기쁘면 도리어 겁이 난다.

잔완잉이 검은 서류철 하나를 들고 와서 뤄웨이즈에게 묻는다. "웨이즈가 위정펑의 최후의 유언이 들어있는 봉투를 리위안에게 준 적 있지?"

뤄웨이즈가 묻는다. "링녠이 거기 가서 뜯어보았다던가요?"

진완잉은 서류철을 펼치면서 말한다. "링녠이가 봤다오. 그런데 그의 아버지의 마지막 필체가 녹아내린 초콜릿처럼 한데 붙어서 안간힘을 다해서야 해독했다고 하오. 전화로 우리한테 들려 주었댔지. 과학 연구 자료가 아니라 임종하기 전의 넋두리 비슷한 것이었소. 원본은 아마 지금도 링녠이 지니고 있을 거요. 웨이즈가 링녠이와 그의 아버지가 나란히 누워 있다고 했는데 이것도 그들이 한데 모였다면 모인 것이겠지. 위정펑은 바이러스가 온몸에 가득 차서 바이러스의 대변인이 되었더구먼. 이걸 웨이즈한테 줄 테니 위정펑과 링녠에 대한 기념으로 삼게나."

뤄웨이즈는 그 검은 서류철을 펼쳐 들었다.

커다란 고딕 글자들이 눈에 들어온다. 어떤 곳은 물기가 번져서 희미해졌다. 그건 잔완잉의 눈물일까?

나, 바이러스. 별들, 바닷물, 공룡. 공존한다. 유구하다. 무적이다. 방대하다. 보잘것없다.

나, 깨진 조각들. 오랜 세월, 멸종, 공룡. 진화. 원숭이. 인류.

우리, 원한도 없고 원수도 아니다. 옛적. 너희들. 선조. 진입하다. 인체. 화합된다. 한 몸이 된다. 사망, 부활, 순환, 교차, 모두 무사하다.

우리, 혹한, 빙하, 터전, 소실되다. 암흑. 습관 되다. 조용하다. 깊은 잠에 빠지다.

우리, 건드리다. 깨어나다. 하늘의 빛. 떠든다. 불안하다. 살아나다. 따뜻하다.

우리, 흐른다. 밝은 곳. 범람한다. 새집이다. 번식하다. 확산되다. 물어뜯다. 화농하다. 배설하다. 구토가 난다. 불타오른다. 울긋불긋하다. 썩어문드러진다. 죽음. 날린다. 옮는다. 자리 잡다.

저격한다. 경악하다. 떨린다. 교전한다. 무능하다. 재차 교전. 재차 승리. 재생한다. 즐거운 잔치. 마귀. 태평하다. 떠다닌다. 범람하다.

안녕히, 다시 만나자. 다시 올 거야…


20NN년 9월 1일, 제일 마지막 환자가 퇴원했다. 중국 옌시는 화관바이러스로 인한 감염을 완벽히 퇴치했다.

| 지은이 소개 |

비수민畢淑敏은 1952년 신장에서 태어나 고원지대에서 여군으로 복역한 경력이 있다. 국가 1급 작가이며 우수한 심리학자로서 베이징 작가협회 부주석 직을 맡고 있다. 20년간 의학 분야 사업에 종사하다가 전문 작가의 길에 들어선 이래 350여만 자(중문 원문)의 작품을 발표하였는데 주요 작품으로는 장편소설 "빨간 처방전", "영롱한 피", "유방乳房을 구하라", "여심리사("마음 먹는 방"이라는 제목으로 한국에서 출간)", "생화 수술" 외에 12권으로 된 "비수민 문집"이 있다. 장중庄重 문학상, 소설월보 제4, 5, 6, 7, 10회 백화상, 당대문학상, 천버추이陳伯吹 문학상, 베이징 문학상, 쿤룬 문학상, 해방군 문예상, 청년문학상, 타이완 제16회 중국시보 문학상, 타이완 제 17회 연합보 문학상 등 각종 문학상을 30여 회 수상했다.
이 "화관바이러스花冠病毒"는 작자가 5년 만에 독자들에게 선보이는 역작이다.


| 옮긴이 소개 |

김연난金蓮蘭은 다년간 중한·한중 번역에 종사해 온 번역가로서 1984년에 연변작가협회에 가입하여 협회 이사, 번역 분과 위원장 등 직을 역임하였으며 2008년에 중국작가협회에 가입했다. 연변대 한어학부를 졸업하고 연변TV방송국 PD, 드라마 역제부 부장 직을 거쳐 지금 청도 빈해대학 한국어학부 교수로 근무하고 있다. 중국작가협회와 민족사무위원회에서 수여하는 전국 '준마상'과 전국 번역가 협회에서 수여하는 '번역1등상', 연변 주 정부에서 수여하는 '진달래 문예상', '진달래 영예상' 등 다수 수상 경력이 있으며 수차 중국 작가협회에서 주관하는 '소수민족 문학발전공정' 번역지원 수혜자로 선정되었다. 한국문학번역원 번역지원 수혜자로 박완서의 "나목", 김문수의 "가지 않은 길", 김주영의 "홍어", 성석제의 "왕을 찾아서", 박범신의 "촐라체", 이혜경의 "길 위의 집", 김중혁의 "좀비들" 외 다수 중국어 번역작품을 출간하였으며 한 언어권에서 1명씩 선정하는 문학번역원 "ID번역가"로 선정되기도 했다. 중국에서 방영된 첫 한국 드라마 '사랑이 뭐길래'의 역자이다.

# 화관바이러스 花冠病毒

초판 인쇄  2020년 12월 10일
초판 발행  2020년 12월 20일

지 은 이 | 비 수 민
옮 긴 이 | 김 연 난
펴 낸 이 | 하 운 근
펴 낸 곳 | 學古房

주      소 | 경기도 고양시 덕양구 통일로 140 삼송테크노밸리 A동 B224
전      화 | (02)353-9908 편집부(02)356-9903
팩      스 | (02)6959-8234
홈페이지 | www.hakgobang.co.kr
전자우편 | hakgobang@naver.com, hakgobang@chol.com
등록번호 | 제311-1994-000001호

ISBN 979-11-6586-118-6  03820

값: 25,000원